KAREN SWAN

De Ierse erfenis

XANDER

Uitgegeven door Xander Uitgevers
www.xanderuitgevers.nl

Oorspronkelijke titel: *The Christmas Party*
Oorspronkelijke uitgever: Pan Macmillan
Vertaling: Ireen Niessen
Omslagontwerp: Sander Patelski
Auteursfoto: Alexander James
Zetwerk: Michiel Niesen, ZetProducties

Eerste druk 2020

ISBN 978 94 0161 347 7 | NUR 302

Voor Jo Nana

A donkey on the edge with me

PROLOOG

De brief glipte uit het boek als een vallend blad uit een boom, geruisloos als een jacht dat loskomt van zijn ankerplaats en over het water wegglijdt. Uitdagend vrij.

Ze staarde ernaar. Het handschrift was bekend en toch kon ze het niet plaatsen. De bovenrand van de envelop was gekarteld waar hij haastig was opengescheurd, en de krul van de 'e' aan het einde van de naam vloeide zachtjes uit in het gladde papier. Een druppel champagne misschien? Of een traan?

Het was slechts een brief, maar een huiverend instinct vertelde haar dat er gewicht lag in de weggestopte woorden. Als een hinde in het gras werd ze een dreiging gewaar die ze nog niet kon zien. Een onbetekenend moment was plotseling cruciaal en alles hing af van wat zich nu zou openbaren. Met ingehouden adem liet ze haar blik over het geschrevene glijden en in een oogopslag zag ze dat het spel al aan de gang was. Ze begreep dat ze al had verloren. Net als de hinde had ze geen andere keus.

Vluchten.

1

Dinsdag 26 november 2019
Lorne Castle, Kilmally, Ierland

'Adeldom is niets anders dan oud geld!'

'O jezus, hij is ladderzat,' fluisterde Pip in haar oor terwijl Ottie een sceptische wenkbrauw optrok bij het horen van de stem van hun vader, die door de hal met zijn galerij rondom weerklonk.

'Ja, jullie hebben me goed verstaan, wis en waarachtig,' hield Declan Lorne vol. 'Verduiveld nog aan toe, de adelstand betekent niet meer voor me dan de sokken aan mijn voeten.' Alsof hij het punt kracht bij wilde zetten, schudde hij een van zijn fluwelen instappers – met daarop het familiewapen in gouddraad geborduurd – uit en onthulde zijn bleke grote teen, die door het uiteinde van een rode sok stak. Er golfde een geschokt en geamuseerd gemompel door de toehoorders.

'Dec,' berispte zijn vrouw hem zachtjes, en ze schudde wanhopig maar keurig haar hoofd. 'Die waren nieuw.'

Het gemompel ging over in een schaterend gelach terwijl hij verrukt rondkeek naar de verzamelde vrienden en familie die de lastige en ietwat hachelijke rit hadden gemaakt om hier te kunnen zijn. Behalve voor de dorpsbewoners en degenen die per helikopter waren gearriveerd, was het een rit van een uur geweest vanaf het vliegveld van Cork, waarvan de helft over smalle weggetjes met hindernissen als trage kudden koeien en doorwaadbare plaatsen.

'Het is belangrijk dat ik het punt maak, mijn lief,' zei hij, haar aankijkend met vurig liefhebbende ogen. 'Ik wil dat er vanavond niet één gast vertrekt in de veronderstelling dat ik ook maar een sikkepit geef om die verrekte titel die na mij stopt. Geen sprake van. God heeft ons drie vrijgevochten, zeer getalenteerde, prachtige dochters gegeven, en ik zou ze geen van drieën willen inruilen voor naam en faam.'

'Hij zou mij absoluut hebben ingeruild na die keer dat ik zijn geweer met vaseline had schoongemaakt,' fluisterde Pip, die opzijboog en haar met een elleboog in haar zij porde.

'Als hij je te pakken had gekregen,' antwoordde Ottie grinnikend. 'Je hebt twee nachten in het boothuis geslapen, als ik het me goed herinner.'

Pip bewoog haar donkere wenkbrauwen een paar keer op en neer met een ondeugende glinstering in haar groene ogen. Met haar warrige, licht kastanjebruine, korte haar, sproetjes en slanke, jongensachtige figuur leek ze wel een opgeschoten *leprechaun*, een Ierse elf die uit was op kattenkwaad. '*Aye*, en tegen de tijd dat ik terugsloop, was hij zo opgelucht me te zien dat hij was vergeten waarom ik me ook alweer had verscholen.'

'Je wist hem altijd om je pink te winden,' zei Ottie quasi-afkeurend.

'Ha!' hoonde Pip. 'Dat was een van mijn zeldzame successen. Jíj kon echt alles maken.'

'Ik?' siste Ottie zogenaamd verontwaardigd terug.

'Doe maar niet zo onschuldig,' grijnsde Pip. 'Je bent altijd zijn lievelingetje geweest. De eerstgeborene. De perfecte dochter.'

De glimlach op Otties gezicht verdween. Ze wist precies wat ze was, en dát was ze zeker niet. Het door champagne aangewakkerde licht in haar ogen zwakte af toen haar vader zijn arm uitstrekte en hun moeder zich als een zijdezacht vossenbontje in de kromming ervan nestelde. Hij gaf haar een kus op haar wang onder een koor van 'aaahs'. Dit was tenslotte het feest ter gelegenheid van hun dertigjarig huwelijk, en onder hun vrienden werd hun liefdesverhaal geroemd. Na al die jaren waren ze nog steeds verliefd.

'Geloof me als ik zeg dat ik zonder Serena aan mijn zijde al jaren geleden mijn ondergang tegemoet was gegaan. Ze is in de afgelopen dertig jaar zowel mijn lichtbaken als mijn anker geweest. Ik ben geen gemakkelijke man om mee getrouwd te zijn, eerlijk is eerlijk, maar zij heeft me op het rechte pad gehouden én het kasteel weer tot leven gebracht en het tot een thuis gemaakt voor mijn drie prachtige dochters.'

Hij keek op en wierp een blik door de hoge, grote hal, waarbij hij eerst haar en toen Pip vond. 'Ach, moet je ze toch zien. De mooiste dames van het hele land,' zei hij trots.

Er ging een instemmend gejuich op en Pip kreunde luid terwijl Ottie met haar ogen rolde. 'O god, als bij hem de kurk eenmaal van de fles is, zit er ook geen rem meer op,' mompelde Pip achter een geforceerde glimlach.

'Aye, ik ben een gezegend man met de vier vrouwen in mijn leven. Maar...' Hij laste een theatrale stilte in en liet zijn ogen over het publiek dwalen. Hij was er altijd goed in geweest een menigte te bespelen. 'Maar ik moet volmondig toegeven dat ik dat niet altijd heb beseft.' Ottie keek op, verwonderd over de onverholen bekentenis, en zag dat hij haar direct aankeek. Tot haar grote verbazing was de gebruikelijke vrolijke dans in zijn ogen nu slechts een pasje. 'Maar nu wel. Voorwaar, ik besef het nu wel.'

Ze voelde de dikke muren van het kasteel wegvallen, het kleurrijke feest tot wit vervagen terwijl hij haar blik vasthield en zijn ogen meer zeiden dan zijn woorden...

'En velen van jullie hebben natuurlijk opgemerkt dat onze kleine Willow vanavond niet aanwezig kon zijn.' Zijn stem haperde heel eventjes, verloor zijn gewoonlijke schwung en zwier. 'Het spreekt vanzelf dat we haar missen. Meer dan ze ooit zal weten.'

Naast haar haalde een verstijfde Pip diep adem. Wat was dit? Een biecht? Maar na een moment wendde hij zijn blik van hen af, zocht weer de verbinding met zijn gasten en bracht die vertrouwde jig terug in zijn ogen. Dit was tenslotte een feest!

'Maar ze heeft verplichtingen die voorgaan,' zei hij, luchtig over hun zee van geheimen heen springend alsof het om een plas ging. 'Werk. Het grootse sociale leven in Dublin. Want laten we eerlijk zijn, waarom zou ze in vredesnaam helemaal terug naar huis willen komen om met een stel ouwelui als wij over ditjes en datjes te praten?'

Er klonk luid gelach om zijn woorden.

'Laten we het onder ogen zien, vrienden, we zijn op ons retour! Maar gelukkig zitten we samen in hetzelfde schuitje.'

'Zo is het!' klonk het hier en daar.

Declan lachte, zijn rode wangen roder dan ooit. 'Dus ik wil jullie allemaal bedanken voor het ondernemen van de ongetwijfeld epische tocht om hier vanavond bij ons te zijn, en ik zal eindigen met een heildronk op de vrouwen in mijn leven. Op mijn lieve vrouw, Serena...'

'Op Serena!' riepen de lawaaierige toehoorders, en haar moeder gaf een ondoorgrondelijke glimlach ten beste. Ze had haar goede figuur en mooie uiterlijk nog, en ze was eraan gewend om in het middelpunt van de belangstelling te staan.

'Op mijn dierbare meiden die hier aanwezig zijn, Ottie en Pip.'

'Op Ottie en Pip!'

'En ook al is ze niet hier, we slaan haar niet over. Op mijn kuikentje, dat het ouderlijk nest heeft verlaten, Willow.'

'Op Willow!'

Ottie trok een wenkbrauw op bij het horen van haar vaders koosnaam voor hun zusje en tikte met haar glas tegen dat van Pip. Hun ogen maakten contact in een meesmuilend zwijgen. 'Op Willow.'

Dezelfde avond, Croke Park, Dublin

Willow sloot haar ogen en voelde de diepe trillingen door haar borstkas dreunen. Zelfs haar ribben zoemden ervan. Ze hield haar armen in de lucht en bracht haar hoofd naar achteren terwijl ze samen met de rest van de massa meezong, zo luid als ze kon. Als de hemel een deksel op de aarde was, zou dat eraf zijn geblazen door de pure energie die dit stadion uitstraalde: er trokken laserstralen kriskras door de avond en de witte stippen van tienduizenden telefooncamera's zwaaiden op de maat heen en weer. Achter het podium flitsten grafische beelden op schermen van wel drie verdiepingen hoog, en hoewel de band vanaf haar verre plek achterin uit speldenprikken leek te bestaan, bracht de ultramoderne geluidsinstallatie Bono's stem zo duidelijk naar haar toe alsof hij naast haar stond.

Het was echter niet de technische kant van de geoliede miljoenenshow waardoor de haartjes op haar armen rechtop gingen staan, maar de intensiteit van het op één lijn zitten met tachtigduizend andere mensen, het gedeelde moment dat met tachtigduizend werd vermenigvuldigd en versterkt. Zó voelde het om te leven, om je thuis te voelen. Dit was de kick waar ze continu naar op zoek was. Haar drug.

Naast haar stond Caz op en neer te springen en met een arm in de koude novemberavond te stoten terwijl ze de longen uit haar lijf zong. Ze droeg alleen maar een T-shirt en jeans, maar op de een of andere manier deed de temperatuur er niet toe als de lampen aan flitsten en de eerste klanken van de basgitaar door de versterkers galmden. Caz' lange blonde haar zwiepte van links naar rechts, waarbij de kleine tatoeage onderaan haar hals kiekeboe speelde en de ringen in haar linkeroor flikkerden in het licht. Halverwege een zin stopte ze met springen om nog een gulzige slok van haar bier te nemen, en Willow grinnikte om de verbijsterde en vervolgens verontwaardigde blik op het gezicht van haar vriendin toen die merkte dat haar plastic bierglas zo goed als leeg was, zich er niet van bewust dat de inhoud grotendeels op haar laarsjes en de grond was beland. Ze keek Willow verbaasd aan.

'Ik zal nog wel wat halen!' brulde Willow in haar oor, en ze nam het glas uit haar hand.

'Nee! Ik ben aan de beurt!' schreeuwde Caz terug.

'Ik weet het, maar ik moet toch naar de wc,' riep ze schouderophalend.

Caz straalde verrukt en stak haar duimen op. 'Oké dan!' Ze was een ongecompliceerd type dat niet aan valse bescheidenheid of politieke spelletjes deed. Er was niets gemaakts aan Caz en dat maakte het heel prettig en gemakkelijk om een flatje met haar te delen. Er werd nooit geruzied over wie het laatste beetje hummus had opgegeten of was vergeten om melk te kopen, er werd nooit passief-agressief commentaar geleverd op de schoenen waarmee de vloer bezaaid lag of een jeans die dagenlang nat in de wasmachine had gezeten. Caz had een impulsieve oprechtheid die Willow niet alleen bewonderde, maar ook nodig had. Wees echt. Wees authentiek. Wees verdomme eerlijk.

Met beide plastic glazen sprong Willow van de trap richting de uitgang, langs de stewards naar het overdekte gedeelte dat het stadion omgaf. Daarbeneden was het nog best druk, met mensen die naar de wc of de bars liepen, of voor de kraampjes met merchandise stonden te wachten. Willow wierp een vermoeide blik op de lange rij voor de damestoiletten en besloot dat ze haar plas wel zou ophouden tot ze thuis was.

Ze begaf zich dus maar naar de dichtstbijzijnde bar. Daar stonden ze nog drie rijen dik te wachten, maar dat was beter dan de twintig rijen voordat de band was opgekomen. Als ervaringsdeskundige speurde ze de menigte af op tekenen van zwakte, de losse schakel in de rij, en glipte in een gat aan de rechterkant dat zich plotseling opende. Slechts één wachtende voor haar.

Ze voelde de ongeduldige massa dringen en zich meteen weer achter haar sluiten nu de opening net iets te laat was ontdekt. Ze bleef stug staan en duwde haar ellebogen een stukje naar buiten om wat meer ruimte in te nemen. De jongen voor haar werd bediend en ze wachtte geduldig, maar probeerde oogcontact met de barman te maken, die biertjes tapte en heen en weer liep. Willow vroeg zich af hoe die jongen ze allemaal zonder dienblad wilde meenemen, het waren er minstens zes.

Achter de bar zat een spiegelwand, en terwijl ze daar zo stond, ving ze een blik op van haar eigen spiegelbeeld. Het duurde een moment voor ze zichzelf herkende. Het was vreemd – een tikje verontrustend zelfs – om plotseling een glimp van zichzelf op te vangen tussen de menigte, om zichzelf te zien zoals een onbekende haar zou zien. Het dikke, warrige, bijna zwarte haar dat altijd haar handelsmerk was geweest nu bot afgeknipt op schouderlengte, haar eyeliner als een tatoeage rond haar ijsblauwe ogen, haar lichte, smalle gezicht en volle mond, meerdere oorringen in haar linkeroor, het zwarte T-shirt met de 'Hot Lips' van de zomertournee van The Rolling Stones van vorig jaar. Zelfs zonder dat ze de stoere laarsjes met gespen en de strakke zwarte jeans kon zien, zag ze er aangenaam 'rockchickachtig' uit, wat precies de bedoeling was. Niemand zou vermoeden dat ze de dochter van een edelman was.

De jongen voor haar, die inmiddels betaald had, spreidde zijn vingers, klemde drie biertjes in elke hand en draaide zich langzaam om, waarop iedereen om hem heen een halve stap achteruit zette om geen bier over zich heen te krijgen.

Willow bukte zijwaarts zodat hij haar ruimte en zij meteen die van hem kon innemen. Snel verschoof de massa zich weer en dreef naar voren om het gat te vullen, als hete olie die zich in een pan verspreidde, maar zij was behendig en slank en bedreven in de regels van de kunst aan de bar.

'Hoi,' zei ze grijnzend, terwijl ze oogcontact maakte met de barman, met beide ellebogen op de bar leunend zodat ze op haar tenen stond. De counter was plakkerig en nat, maar dat kon haar niet schelen.

'Ha, wat kan ik voor je doen?' vroeg hij belangstellend, en hij boog met een schuin hoofd voorover om haar boven het rumoer uit te kunnen horen.

'Vier bier alsjeblieft,' zei ze in zijn oor. Ze had geen zin om nóg eens in de rij te staan.

Hij knikte en draaide zijn gezicht naar haar toe om weer oogcontact te maken. 'Komt eraan.'

Willow grijnsde tevreden met een blik langs de bar. Het was oneerlijk, maar mooie meiden werden altijd als eerste bediend. Er stond een heel legioen misnoegde kerels achter haar, met hun arm naar de bar uitgestrekt – in een fysieke poging een plek te bemachtigen – en een briefje van tien in hun vuist.

Ze keek weer naar zichzelf in de spiegel en zag dat er verderop iemand naar haar stond te kijken, een vent met gemillimeterd haar en een schuine streep door zijn rechterwenkbrauw geschoren. Hij zag er cool uit. Een beetje gevaarlijk. Ze glimlachte meteen naar hem en hij bracht als reactie zijn kin een fractie omhoog. Erkenning van het moment. Bevestiging van de aantrekkingskracht.

Willow keek weer de andere kant op, maar ze kon de glimlach die zich over haar lippen uitstrekte niet bedwingen. Dit zou interessant worden. Hij had nog maar één persoon voor zich in de rij staan, en achter hem verdrongen zich een paar jongens. Zou hij zijn plekje opofferen om haar op haar weg terug te kunnen aanspreken? Was hij geïnteresseerd genoeg? En zijzelf?

Haar telefoon zoemde in haar broekzak en ze greep ernaar. Caz om te vragen of ze een zakje chips meenam? Zij kreeg altijd trek van bier.

'Ja?' riep ze, haar ogen weer gericht op de barman, die terugkwam met de biertjes.

'Willow?'

Ze aarzelde bij het horen van de stem, die ze heel lang niet had gehoord, maar die toch heel vertrouwd was. 'Ottie?'

'Jezusmina, waar ben je?' vroeg haar zus, die haar stem verhief om gehoord te kunnen worden.

'Uit,' zei Willow snauweriger dan ze had bedoeld. Maar het was een schok om haar verleden zomaar in haar heden te hebben. 'Wat is er?'

'Je moet terugkomen.'

'Twaalf euro,' zei de barman tegen haar. Ze keek hem wezenloos aan. Ineens gebeurde er te veel tegelijk. 'Ik...' Ze voelde aan haar jeans en herinnerde zich het briefje van twintig in haar zak. De barman stak zijn hand wachtend uit terwijl alle andere uitgestrekte en gebalde vuisten ongeduldig op de bar klopten tot ze aan de beurt waren. Zelfs mooie meiden konden niet alles maken aan een bar waar het zo druk was. Ze overhandigde het briefje met een frons. 'Nee.' Haar reactie was simpel en onverbiddelijk omdat het onverbiddelijk simpel was: ze zou nooit teruggaan.

'Willow, alsjeblieft, het is dringend.' Otties stem klonk verwrongen, als een uitgeplozen stuk touw. 'Je moet zo snel mogelijk thuis zien te komen.'

'Otts, het spijt me, maar ik zei nee.' Ze stak haar hand naar voren terwijl de barman haar het wisselgeld gaf, met zijn blik al op de volgende klant, haar tijdelijke greep op hem verdwenen. 'Dat is mijn antwoord. Ik kom niet...'

'Het is papa!' riep Ottie uit. 'Hij gaat dood.'

Wat?

De muziek maakte plaats voor stilte, de druk van de mensen om haar heen viel weg, de zwaartekracht had even minder vat op haar. Ze voelde zich licht, vluchtig.

Aan de andere kant van de lijn, tweehonderdnegentig kilometer bij haar vandaan in county Cork, barstte Ottie in een droevig snikken uit. 'Hij gaat de ochtend niet halen,' zei ze met stokkende adem, met moeite de woorden door haar tranen heen uitsprekend. 'Alsjeblieft, Willow. Je moet thuiskomen.'

Haar vingers omklemden het stuur terwijl ze langs het bord scheurde dat aangaf dat ze terug was op haar geboortegrond. *Welkom in Lorne. Rij alstublieft rustig door ons dorp.*

Vergeet het maar.

Het was nu midden in de nacht en de talrijke sterren die de hemel sierden als lampjesslingers in een grote partytent, lokten het oog omhoog. De koplampen van haar auto vormden verder het enige licht, want de straatlantaarns brandden niet op dit onzalige uur en in geen enkel huis was het licht nog aan. Ze jakkerde erlangs in haar oude gedeukte, maar betrouwbare zwarte Golf. Haar blik zwierf over de dorpsweide en de lange silhouetten van de cottages eromheen. De blauw-witte luifel van de Stores, het supermarktje, was opgetrokken en de kratjes fruit en groente waren binnengehaald voor de nacht.

Hier veranderde nooit iets. Nou ja, hooguit met heel kleine beetjes. Bij pub The Hare hingen ze misschien eens een nieuw bord op, of er werd een vlag aan de korte toren van de kerk uitgehangen op de een of andere heiligendag, maar veel verder zou het niet gaan. Ze kon precies aanwijzen welke eiken in januari door sneeuwklokjes en in april door sleutelbloemen zouden worden omcirkeld. Ze kon de opdracht op het koperen plaatje op het bankje bij de vijver woord voor woord oplepelen, en de kauwgum die ze als dertienjarige aan de onderkant van de glijbaan in het speeltuintje had geplakt, zou ook nog wel op zijn plek zitten.

Ze keek naar links toen ze langs de kerk en het kerkhof racete, waar veel van haar voorouders hun eeuwige rust genoten. Haar oog viel op de grote bemoste engel op de grafsteen in het midden, met gebogen hoofd en de handen biddend op elkaar gedrukt. Maar in plaats van haar te troosten met Gods genade, wat de bedoeling erachter was, hadden zijn nietsziende ogen Willow als kind altijd nachtmerries bezorgd, en ze kreeg er nog steeds de kriebels van. Misschien had ze gewoon nooit hard genoeg geloofd. Misschien was ze altijd te cynisch geweest.

Ze scheurde het dorp weer uit en reed over de smalle weg waar de platanen naar elkaar reikten en elkaar ver boven haar hoofd raakten. Ze had er vroeger graag onder gefietst, op weg naar huis, rijdend door de kleine poeltjes gouden avondlicht die door het dichte bladerdak drongen, terwijl duiven en vinken van de takken riepen. Als ze aan thuis dacht, wat tegenwoordig niet vaak gebeurde, was het uitzicht door de bomentunnel een van de meest weemoedige – en zeker een van de beste – herinneringen.

Thuis.

Ze zag het nu: de grote stenen zuilen met de vliegende adelaars, de zwarte gietijzeren hekken die openstonden alsof ze klaar waren voor haar komst, hoewel ze in feite zelden gesloten waren. Haar hart begon sneller te kloppen toen ze de scherpe bocht nam en de grootte van het kasteel op zich liet inwerken. De oprijlaan was breder dan het weggetje en leidde over een lichte glooiing naar beneden, met aan beide kanten zuilvormige haagbeuken. De hemel opende zich als een tafellaken dat werd uitgeschud, het land rees en daalde met zorgeloze gratie, de met vorst bestippelde grasvelden slechts onderbroken door oude hulststruiken met dikke takken die zo zwaar waren dat ze over de grond groeiden. In de verte, om de landtong van het domein heen, glansde het donkere lint van de slapende zee als een olievlek.

Een hert dat aan een lijsterbes stond te knabbelen, keek op nu het licht van haar koplampen over de grond aan kwam glijden. Ondertussen kreeg ze de kolossale massa van kalksteen – dat zevenhonderd jaar geleden was uitgehouwen en hiernaartoe gebracht – in beeld. Zelfs als klein meisje had ze intuïtief geweten dat haar huis speciaal was, buitengewoon zelfs, maar nu ze het na drie jaar afwezigheid weer zag, kromp haar hart samen bij de aanblik: de vierkante torens met kantelen aan weerszijden, de grote erker in het midden, de decoratieve deur bovenaan een brede trap met balustrades… Lorne Castle stond er net zo trots en schitterend bij als altijd.

Maar dit was geen sentimentele thuiskomst, en in contrast met het donkere, slapende dorp schenen hier de lampen binnen alsof er een brand woedde. Geen kamer was onverlicht, alsof een weelde van licht de duisternis kon verdrijven die dreigde haar vader voor zich op te eisen.

Ze parkeerde haar auto met trillende handen en zag dat de auto's van haar zussen – Pips modderige Land Cruiser en Otties ouderwetse gele Mini – in een vreemde hoek onderaan de trap waren neergezet, wat grote haast deed vermoeden. Paniek. Ze voelde haar ongerustheid weer opborrelen. De hele rit hiernaartoe, door de nacht en over het uitgestrekte land, had ze zichzelf verteld dat het loos alarm was, dat haar familie misschien zelfs een hereniging forceerde, haar terug wilde halen nadat ze elk verzoek terug te keren botweg had afgewezen. Maar er was hier een echte crisis gaande, dat voelde ze aan een metalige zweem in de nachtelijke lucht. Ze vloog de auto uit zonder de uil op te merken die kraste naar zijn vrouwtje in een nabije boom, en rende met twee treden tegelijk de stenen trap op. Plotseling voelde ze zich buitenissig, afwijkend in haar markante concertoutfit.

Ze rende door de grote gewelfde deur, die zo dik was als haar onderarm, de grote hal in, waar ze abrupt stopte alsof ze tegen een muur was gelopen. Haar ogen speurden de hoge ruimte af, zwierven over de sierlijke, donkere – bijna zwarte – houten lambrisering en de grote trap die zich naar links en rechts splitste. Aan de leuningen waren om de zoveel spijlen bundeltjes hulst en eucalyptus gebonden, op elk oppervlak stond wel een vaas met een elegant bloemstuk en er hing een zilverkleurig spandoek met daarop FIJNE TROUWDAG! langs de galerij. Her en der stonden wat asbakken gevuld met peuken, en onderaan de trap zag ze een half verborgen fles whisky staan. Ze wist dat het de dertigste trouwdag van haar ouders was geweest, want ze had hard haar best gedaan om er niet aan te denken. Maar het waren niet zozeer de overblijfselen van het feest die ze zag, het was eerder de koppige onveranderlijkheid

die haar trof: tijdens haar afwezigheid was alles hetzelfde gebleven, maar dan ook alles. De harp stond op zijn gebruikelijke plek op het trapbordes, Rusty – haar vaders kostbare harnas, ooit eigendom van de eerste Knight of Lorne – stond nog steeds stijfjes tussen de deuren van de eetkamer en de gele salon. De Qing-vaas stond nog op het pronktafeltje in het midden van de ruimte, de staande klok liep nog altijd vier minuten achter. In drie jaar tijd was zijzelf hier het enige wat een stap buiten de gebaande paden had gezet.

Een geluid van boven – gedempt, verontrustend – drong tot haar oor door en ze begon weer te rennen terwijl er een golf van paniek door haar heen sloeg. Met zwaaiende vuisten snelde ze de trap op, van plan om meteen 'het spijt me' te zeggen. Ze waren nu de verwijten voorbij. Ze had het verleden al te lang het heden laten bepalen.

Ze bereikte de overloop, maar struikelde op de bovenste tree. Haar voet bleef haken achter een van de vele rafelige tapijten die als patchwork over elkaar heen lagen. Ze wankelde met gestrekte armen voorover om haar val te breken, precies op het moment dat de deur openging en er een paar kousenvoeten in zicht kwamen, met daarboven een strootje dat vastzat in de plooi van een broekspijp.

'Willow,' zei Pip, die naar adem hapte, haar opving en achteruit wankelde.

'Ik ben er,' hijgde ze. 'Ik heb het gehaald. Waar is hij?'

'Willow.'

'Pip, ga opzij,' drong ze aan. Want in dat ene woord, haar naam, had ze een bepaalde toon opgevangen. 'Is hij daarbinnen?'

Pips vingers grepen haar armen steviger vast, dwongen haar te stoppen en op te kijken. Te begrijpen...

'Willow,' fluisterde ze.

Willow schudde haar hoofd, voelde een ijzige hand om haar hart klemmen. 'Nee... Nee.'

'Het spijt me.'

De wereld kantelde, de grond zakte weg onder haar voeten en

ze voelde dat ze weggleed. Omviel. Het kon niet waar zijn dat ze te laat was. Dat kon niet. Ze had door de nacht gereden, door het land. Er was geen snellere manier geweest om hier te komen…

'Hij is een paar minuten geleden gestorven.'

Haar benen bezweken en ze nam Pip mee in haar val. Ze bleef vallen.

Er was geen snellere manier geweest om hier te komen. Niets wat ze had kunnen doen om haar vader nog een laatste keer te zien.

Tenzij…

Het besef was verschrikkelijk. Tenzij ze hem nooit had verlaten, natuurlijk.

2

'Hier, eet op.' Ottie zette de kommen pap neer, met wat honing als doorzichtige adertjes erover gesprenkeld. De damp kringelde naar het hoge plafond.

Niemand kwam in beweging.

'Eet op, zei ik,' herhaalde ze met haar beste bazige oudstedochterstem. 'Niemand heeft wat aan jullie met een lage bloedsuikerspiegel en ik heb vandaag echt geen vlugzout bij me.'

Nog steeds niets.

Ottie zonk zuchtend neer op de dichtstbijzijnde lege stoel aan de lange eettafel en keek met tegenzin naar haar eigen kom. Ze wist zelf ook niet of ze de pap naar binnen zou kunnen werken. 'Luister, we moeten proberen ons te vermannen. We moeten sterk zijn. Mama is niet… Nou, het zal niet gemakkelijk worden. Dus opeten maar.'

Er viel een lange stilte, alsof ze achter een muur had zitten praten en niemand haar had gehoord, maar toen pakte Pip haar lepel en deed ze wat er van haar gevraagd werd. De beweging was mechanisch, bijna robotachtig, en Ottie wist dat ze net zo goed hondenvoer kon eten, dat ze er niets van proefde. Willow pakte haar lepel ook van de tafel, maar hield hem in haar hand, waar hij boven de kom wiebelde terwijl ze voor zich uit staarde. De vingers van haar andere hand wreven gedachteloos over de groefjes die in de loop van tientallen generaties waren gemaakt door messen en ander gerei. Hun vader was aan deze tafel opgegroeid, en zijn vader vóór hem, en diens…

Ze schrokken alle drie op van het gekletter van Pips lepel op haar kom. Pip staarde met opgetrokken schouders in de pap. 'Ik geloof dat ik moet overgeven,' fluisterde ze.

Ottie stak haar hand uit en wreef over haar arm. 'Dat is de schok, Pip. De spijsvertering begeeft het altijd als eerste.'

Willow liet haar lepel ook zakken, alsof Pips misselijkheid ook haar verloste van de verplichting om te eten.

Ottie zuchtte verslagen, ze voelde hun vertwijfeling. 'Ik weet dat het allemaal onmogelijk lijkt, om te eten, te slapen, verder te gaan zonder papa...' Haar stem brak en ze keek haar vermoeide zussen aan. 'Maar we moeten de ene voet voor de andere blijven zetten en er het beste van maken.'

Pips gezwollen ogen draaiden naar haar toe. 'Hoe maken we "het beste" van papa's overlijden?' Er klonk voor de verandering geen sarcasme door in de vraag, alleen maar sombere hopeloosheid.

Willow boog haar hoofd, spreidde haar ellebogen op de tafel en vlocht haar vingers door haar haar, alsof ze zichzelf letterlijk bijeen probeerde te houden. Ze was griezelig stil, had amper een woord gezegd sinds haar aankomst gisteravond. Het bericht dat ze te laat was om afscheid te nemen leek de lucht uit haar lichaam te hebben gestompt, en haar stille schreeuw en gedempte gesnik in de hal waren het meest hartverscheurende geweest wat Ottie ooit had gezien. Haar kleine zusje had woedend en diepbedroefd tegelijk geleken, en terwijl Ottie en Pip de nacht hadden doorgebracht in de kamer van hun moeder, was Willow naar haar oude slaapkamer gevlucht en had ze de deur op slot gedaan. Aanwezig, maar tegelijkertijd nog steeds afwezig.

Alle drie keken ze op toen er op de achterdeur werd geklopt, maar ze zakten tegelijk weer in bij de aanblik van het gezicht van Mrs Mac, die door het glas tuurde. Ze droeg haar gebruikelijke tweed jas en handschoenen, haar haar zat opgestoken in een knot en haar leesbril, zoals altijd op het puntje van haar neus, vergrootte haar schrandere, vriendelijke ogen.

Ze kwam binnen zonder plichtplegingen, trok haar handschoenen uit en bekeek hen met medeleven. Ottie wist daardoor dat ze er allemaal ellendig uitzagen, met paarsige halvemaantjes als blauwe plekken onder hun ogen, hun teint bleek en mat. Ze hadden uiteraard niet geslapen, want ze hadden om de beurt naast het bed van hun moeder gezeten, hulpeloos terwijl zij als een gewond dier had gehuild en gejammerd.

'Och, arme, arme schatten,' zei ze met haar kenmerkende lage stem. 'Waar is jullie moeder?' Ze zette een mand neer en omhelsde ieder van hen kort, maar warm. Willow nog het langst. Ze hadden altijd een hechte band gehad, Willow, de benjamin van het gezin, en Mrs Mac. Willows plotselinge vertrek drie jaar geleden was voor haar net zo moeilijk geweest als voor de rest.

'Boven,' mompelde Ottie. 'Dokter Fitz is vanochtend weer geweest en heeft haar een slaapmiddel gegeven.'

Mrs Mac wachtte even en knikte. 'Aye. Dat is waarschijnlijk het beste.'

Ze staarden elkaar allemaal een ogenblik aan, de tragedie tussen hen in als een log matras. Onontkoombaar. Pijnlijk. Gisteren rond deze tijd waren ze zich nog gereed aan het maken voor het huwelijksjubileum, legden ze ieder in hun eigen huis hun kleding klaar en namen een lang bad, ter voorbereiding op een middag van champagne drinken en levendige verhalen vertellen. De verwachtingsvolle sfeer in het dorp was voelbaar geweest: de feesten van de Lornes waren altijd extravagante, uitbundige en langdurige gelegenheden. Ottie was stomverbaasd geweest toen ze hun voormalige huishoudster in een fluwelen jurk en met make-up op het feest had zien verschijnen. Ze wist niet of ze haar ooit eerder zonder schort voor had gezien.

'Wilt u thee?' vroeg Ottie, die aanstalten maakte op te staan. 'Ik heb zojuist gezet. Het water heeft net gekookt.'

Mrs Mac legde een hand op haar schouder om haar tegen te houden. 'Ik zorg wel voor mezelf. Blijf maar zitten. Zo te zien kun je de rust wel gebruiken.'

Ze bekeek de drie nog eens met een kritische blik, maar er lag liefde in haar ogen. Hoewel ze al vijf jaar niet meer voor de Lornes werkte, was ze tijdens haar dienstverband van vierentwintig jaar deels juf, deels nanny en deels spion geweest. Ze had er altijd voor gezorgd dat de meisjes goed aten en werden gekoesterd, ze hield hun huiswerk in de gaten en leverde de laatste nieuwtjes over wat hun nieuwste vlam in het dorp zoal uitspookte. Vaak hadden de meisjes Lorne geklaagd over hun 'pech' dat ze feitelijk gevangenzaten op ruim driehonderd hectare land, ver weg van een straatlantaarn, laat staan een stoep of bushalte. 'Jullie moeten sterk blijven, voor jullie moeder. Zij staat nu minder sterk in haar schoenen. Ze heeft jullie nodig om haar hier doorheen te helpen.'

'En dat gaan we doen,' zei Ottie, knikkend en met een vastberaden blik naar haar zussen. Misschien wilden ze niet naar háár luisteren, maar de woorden van Mrs Mac waren wet.

'Liefs en groeten van iedereen. Ik heb bijna dertig maaltijden voor jullie in de auto. Jullie eten pasteien tot mei, durf ik te wedden.'

'Dat is heel aardig van ze,' mompelde Pip, nog steeds een beetje wit om de neus.

'Nou, ze zien het als het minste wat ze voor jullie kunnen doen,' zei Mrs Mac, die haar thee meenam naar de grote tafel en neerzakte in de biezen stoel, waar ze een hand liet zakken om de *lurchers* Mabel en Dot te aaien, die haar begroetten en een treurige kop op elke dij legden. 'Het is een schok voor het hele dorp. Iedereen is als verdoofd. O'Malley heeft de winkel gesloten toen hij het hoorde, hoewel hij een levering van het slachthuis verwachtte.'

Een schok. Zoiets tastbaars. Ottie had het gevoel dat ze ernaar kon reiken en erop kon bijten. Ze wierp weer een blik op Willow, die hier was, maar toch ook weer niet, die naar de houtnerven zat te staren alsof er iets geschreven stond, speciaal voor haar.

'Weten ze al waaraan hij is overleden?' vroeg Mrs Mac met bezorgde ogen.

Ottie kromp ineen, want ze haatte het woord, wilde er geen vorm of klank aan geven. 'Een aneurysma.'

‘O...’ Mrs Mac duwde de rug van haar hand tegen haar mond en kneep haar ogen dicht alsof Otties antwoord als een klap was aangekomen. ‘Dus het is wel snel gegaan,’ mompelde ze, herhaaldelijk knikkend, bijna alsof ze zichzelf geruststelde. ‘Dat is dan nog een troost.’

‘Nou, eigenlijk niet,’ zei Ottie zacht, die er niet weer aan wilde denken, zich niet die afschuwelijke, slepende momenten wilde herinneren... ‘Hij heeft nog bijna vier uur geleefd.’

Mrs Mac fronste. ‘Maar... Ik dacht dat je daaraan heel snel stierf.’

‘Dokter Fitz zei dat maar veertig procent van de mensen er meteen aan sterft, en drie op de vijf binnen twee weken.’ Ze baalde ervan dat deze statistieken in haar brein waren blijven hangen, feitjes waarvan ze nooit had geweten dat ze ze niet wilde weten. ‘Hij zei dat papa afgelopen Pasen de diagnose had gekregen, maar vanwege de plek, de halsslagader, konden ze niet opereren om het weg te halen.’

‘Hij wist ervan?’

Ottie knikte, haar eigen schok wegslikkend. Haar boosheid. Het gevoel verraden te zijn. ‘De specialist had hem verteld dat er – hoewel het elk moment kon gebeuren – alle reden was om ervan uit te gaan dat hij nog jaren te leven had, als hij voorzichtig zou zijn. De meeste aneurysma’s scheuren niet. Elk jaar gebeurt dat bij slechts een op de honderd, dus...’ Ze stopte, hoorde de robotachtige klank in haar stem. Het kennen van de feiten veranderde niets aan de afloop. Haar vader kon niet door de statistieken worden gered.

‘Jeetje, de arme man,’ fluisterde Mrs Mac. ‘En hij heeft het nooit aan iemand verteld?’

‘Wel aan mama, maar zij zei dat hij ons niet ongerust wilde maken.’ Ze keek de andere kant op. ‘Typisch papa, de eeuwige optimist. Hij meende dat hij degene zou zijn die ermee weg zou komen.’

‘Ach ja, natuurlijk. Hij had ook altijd de wind mee, jullie pa.’

Otties ogen schoten naar haar zussen, maar voor de verandering reageerden ze niet op de bewering. Welke privileges hun vader ook had genoten, meewind hoorde daar niet bij.

'En wat is er gebeurd? Hij was...' Mrs Mac maakte haar zin niet af, maar Ottie wist wat ze had willen zeggen: dat hij in orde was toen zij weggingen, dat hij jolig afscheid had genomen vanaf de trap voor het kasteel, zijn wangen rood van wijn en geluk.

'Mama en hij gingen naar boven om iets anders aan te trekken. Ineens klaagde hij over barstende hoofdpijn en is mama een ambulance gaan bellen, maar tegen de tijd dat ze terugkwam, was hij al buiten kennis.'

'O, nee toch. Wat zal het een schok voor haar zijn geweest.'

Ottie zweeg een ogenblik. Een deel van de pijn – kwelling zelfs – van haar moeder lag in het feit dat hij in zijn laatste momenten van bewustzijn alleen was geweest. 'Ja. Dokter Fitz was er heel snel, maar...' Ottie slikte en schudde haar hoofd. 'Hij zei dat er niets aan te doen viel. Het was een ernstige subarachnoïdale bloeding. Er was geen hoop meer.'

De vingers van de huishoudster vlochten zich rond de mok en Ottie zag dat haar handen trilden. De oude Mrs Mac was misschien niet het type voor emotionele dramatiek, maar ze had een zachtmoedig hart. 'Nou, het is vreselijk, hoor... en het loopt ook nog tegen Kerstmis,' mompelde ze, waarna ze samen met hen in een verslagen stilte verviel.

Het geflakker en geplof van de vlam van het oude gele AGA-fornuis was het enige geluid in het vertrek, en Ottie wist dat dat betekende dat er vandaag een noordenwind stond. Het voelde merkwaardig toepasselijk, als de triomfwagen van de dood, snijdend en genadeloos, de stenen muren geselend en wachtend in de bittere novemberkou. Maar hierbinnen... Otties ogen dwaalden door de keuken. Van alle zwaar omsloten vertrekken in het kasteel had deze ruimte altijd het veiligst gevoeld. Het was haar lievelingsvertrek, waarschijnlijk omdat het iets huiselijks had, met de stenen vensterbanken en de hoge, smalle glas-in-loodramen waardoor het zonlicht in lange bundels naar binnen viel. De terracottakleurige tegels op de vloer waren na generaties van voeten versleten tot een lichte perziktint, de lange bereidingstafels waren tegen de muren gezet en stonden vol kookboeken, keukenmachines, vazen en victoriaans crèmekleurig aardewerk: grote melkkannen, botervlootjes en kaasborden met zwarte letters erop, voor het geval men zou vergeten waar ze voor bedoeld waren. Er stond een ratjetoe aan borden in rekjes en op planken aan een zijwand, veel met scherfjes eraf, en er hingen koperen pannen van het oude rek aan het plafond. In dit vertrek kon niets ergs gebeuren en zou de dood al helemaal niet binnen komen wandelen.

'Nou, ik moest maar eens aan de slag,' zei Mrs Mac ten slotte om de stilte te doorbreken, en ze kwam met enige moeite overeind.

'U gaat toch nog niet weg?' smeekte Pip met wanhoop in haar stem. Ze leek altijd heel sterk in haar schoenen te staan, maar van die bluf was vandaag niets over. Net als zijzelf voelde haar zus zich leeg en angstig nu hun vader er niet meer was. Hij was de rots in de branding van het gezin geweest. Hun moeder was weliswaar mooi, kalm, liefdevol en capabel op velerlei gebied – als iemand een kleurenschema voor de slaapkamer nodig had, was zij de expert – maar ze was in wezen een broos schepsel, verwend met de liefde van hun vader, die haar had beschermd tegen het grootste verraad en de ergste teleurstellingen van de wereld. Mrs Mac was hier de enige die als volwassene functioneerde.

De huishoudster gaf haar een hartelijk klopje op haar hand. 'Natuurlijk ga ik niet weg, kind. Ik ben er nog maar net. Ik zal beginnen met de slaapkamers. De bedden moeten natuurlijk verschoond worden en jullie zijn momenteel niet in staat je daartoe te zetten.'

'O, maar...' flapte Pip eruit, met een gloeiende blos die zich over haar wangen verspreidde. Ottie ving haar blik en wist precies wat ze wilde zeggen.

'We kunnen u niet betalen, Mrs Mac,' zei Ottie. Het was de eerste van de lastige beslissingen geweest die Ottie had moeten nemen toen ze haar vader begon te helpen met het runnen van het landgoed. Zij was degene die de harde boodschap had moeten overbrengen dat ze het zich niet langer konden veroorloven om hun geliefde huishoudster in dienst te houden, wat hartverscheurend was geweest. Ze had het schuldgevoel sindsdien steeds met zich meegedragen.

'Pff, alsof ik er geld voor zou willen hebben,' schamperde Mrs Mac. 'Denk je dat het salaris de reden was waarom ik al die jaren ben gebleven?' Ze maakte een afkeurend geluidje en stak haar hand uit om Willow over haar hoofd te strijken, teder maar ook onderzoekend, want Willow was nooit een rustig kind geweest, en haar stilte nu – nog steeds een vorm van afwezigheid – bleef niet onopgemerkt. Ottie zag dat Willow zich ontspande bij de aanraking van de oude vrouw. 'Ik kom gewoon af en toe langs om de boel voor jullie draaiende te houden tot jullie het zelf weer afkunnen.'

Alsof haar woorden balsem voor de ziel waren, draaide Willow haar hoofd en liet het tegen de heup van de huishoudster rusten terwijl er weer stille tranen over haar wangen stroomden. 'Stil maar, meiske, het komt goed, heus.'

Maar gezien de tranenvloed van haar zusje, zwijgend en eindeloos, met een bittere, gekwelde trek om haar lippen, was Ottie daar niet zo zeker van.

'Hallo?'

De hoge stem weerklonk door de grote hal en drong via de met eikenhouten panelen gelambriseerde gang door tot in de oude keuken. Ottie voelde zichzelf verstijven bij het horen van het geklak van hakken over de vloerplanken. Een moment later verscheen het geföhnde hoofd van haar moeders beste vriendin om de deur. Haar ogen waren zo rood en gezwollen dat ze bijna dichtzaten. Even bedacht Ottie dat het getuigde van slechte smaak dat zij zichtbaarder – opzichtiger – van streek was dan de familieleden van de overledene, maar ze forceerde een glimlach, zoals ze altijd deed.

'Hoi,' zei ze zacht.

'O hemel, hier zitten jullie,' riep Shula Flanagan. Ze barstte met een heftige snik in tranen uit en drukte een zakdoek tegen haar neus. Haar echtgenoot Bertie kwam binnen en bleef met een knikje achter haar staan. Zijn ogen leken ook vochtig, maar hij stortte niet in en bleef simpelweg stijfjes staan terwijl zijn vrouw voor hen beiden huilde. Hij was ex-militair, net als haar vader, en hij deed niet aan het etaleren van emoties, maar Ottie zag aan zijn hoog opgetrokken schouders en de manier waarop zijn kin iets te ver vooruitstak dat zijn ware gevoelens net onder het oppervlak lagen.

Mrs Mac glipte met opeengeperste lippen discreet de keuken uit. Ze was nooit dol op de Flanagans geweest, hoewel ze, als bewoners van het eerstvolgende grote landgoed, Rockhurst, net voorbij Dunmorgan, twintig kilometer verderop, vaak op Lorne op bezoek kwamen. Ze waren in het weekend geregeld te gast aan de eettafel, en de volgende ochtend ook vaak weer aan de ontbijttafel, als ze samen met haar ouders te diep in het glaasje brandy hadden gekeken.

Ottie sloot haar ogen en onderging Shula's stevige, met parfum doordrenkte omhelzing gelaten.

'Jullie zien er alle drie belabberd uit,' zei ze, nog harder snikkend. 'Arme, arme meiden.'

Niemand zei iets. Pip, zo wist Ottie, zou het niet kunnen laten om een of ander vernietigend antwoord te geven, want zij had weinig met de geparfumeerde, aandachttrekkerige types waar Shula een schoolvoorbeeld van was. En Willow... nou, die zei überhaupt niets.

'Mama ligt in bed, ben ik bang,' deelde Ottie mee terwijl Shula een stoel naar achteren trok en ging zitten. 'De dokter is geweest en heeft haar een slaapmiddel gegeven.'

'Ze heeft vannacht vast geen oog dichtgedaan,' zei Shula, die probeerde te fronsen, voor zover haar gladde voorhoofd dat toeliet. Ze was altijd een aantrekkelijke vrouw geweest, en nu was ze recentelijk gezwicht voor de verleiding van 'een beetje hulp' zoals zij het uitdrukte. Schoonheidsbehandelingen waren chemische peelings geworden, afvalkuren waren naadloos overgegaan in een onderkincorrectie...

'Nee.'

'Nee, natuurlijk niet. Ze zal wel buiten zichzelf van verdriet zijn. Ik bedoel, wat een schók...' Ze legde een hand op haar hart. 'Ik dacht serieus dat Bertie zou flauwvallen toen hij vanochtend het telefoontje kreeg. Hij werd krijtwit!'

Ottie keek naar hem. Hij zag er niet uit als de meeste achtenvijftigjarigen. Als enthousiast fitnessadept liep hij overal ter wereld geregeld marathons en kon hij gemakkelijk doorgaan voor iemand van midden veertig. Terwijl haar vader een 'buikje' had gekregen, had Bertie een sixpack en een gespierde borstkas, en het baardhaar op haar vaders kaken was nooit het designerstoppelbaardje geworden waar Bertie mee wegkwam. In feite was het Berties obsessie met zijn goede conditie – in het leger opgedaan – die hem nu zijn tweede fortuin opleverde. Hij was een uitgekookt zakenman die in de jaren tachtig al een bedrijf had gehad en verkocht, een onderneming die vanuit Azië teakhouten meubels importeerde, maar later had hij zich op de bloeiende markt voor extreme duursporten begeven: zesendertig uur durende marathons over lastig terrein onder zware weersomstandigheden. Haar vader had spottend gelachen onder het genot van zijn brandy toen Bertie voor het eerst met het idee kwam, maar hij had kennelijk toch iets in handen, want inmiddels stond zijn merk Ultra op het punt om zijn eerste fortuin te overschaduwen. De man verdiende geld als water. Anders dan haar vader, die altijd klaagde dat hij was 'geboren met gaten in zijn zakken'.

'Kunnen we iets voor jullie doen?' vroeg Bertie met een blik op haar. Omdat ze de oudste dochter en haar vaders rechterhand op het landgoed was, richtte iedereen zich automatisch op Ottie. Daar kwam bij dat Pip te vurig en onvoorspelbaar was; de meeste mensen wisten dat ze haar soms beter konden vermijden. Maar de oprechtheid in zijn woorden bracht de emoties boven die ze had geprobeerd te verbergen in haar hart, in elk geval tot ze terug in haar slaapkamer zou zijn. De vraag voelde als voetstappen in een vijver, waardoor het water troebel werd. Want dit was het dan: het begin. Na de schok moest er gehandeld worden. Het gedoe rond de dood. De uitvaart regelen. Zaken uitzoeken. Telefoontjes plegen.

Ze keek de andere kant op, kon zijn blik niet vasthouden. Ze wilde niet huilen waar iedereen bij was. 'Eigenlijk wel, ja,' zei ze na een moment, pratend tegen de vloer. 'Zou je contact willen opnemen met pa's oude vrienden uit het leger? Hun willen vertellen wat er is gebeurd en de informatie over de uitvaart doorgeven als we die hebben?'

Hij knikte somber. 'Natuurlijk.'

'Dank je.' Ze beet op haar lip, kon nauwelijks geloven dat ze haar vader en de term uitvaart zojuist in dezelfde zin had genoemd. De manier waarop hij gisteravond zijn grote teen voor iedereen heen en weer wiebelde, lag nog vers in het geheugen.

'Wil je dat ik ook iets schrijf voor het in memoriam?'

Ze keek op. 'In memoriam?'

'Voor *The Irish Times*,' zei hij met een knikje. 'Ze zullen wel iets over hem willen plaatsen, neem ik aan.'

Ottie verstrakte. Ja, natuurlijk. Haar vader was niet zomaar een man geweest. Hij was de negenentwintigste Knight of Lorne, de laatste ridder van heel Ierland. Van de drie oude ridderorden die het hadden overleefd sinds de Normandische tijd, was Declan Lorne de laatst overgebleven edelman. Er was niet alleen een echtgenoot, vader en beste vriend gestorven; met hem ging ook een zeker erfgoed verloren. Een in zevenhonderd jaar ononderbroken geslacht dat drie revoluties, een belegering, twee branden en verschillende faillissementen had doorstaan, eindigde nu door het simpele genetische feit dat er drie dochters waren – en geen zoon.

In een poging haar emoties te bedwingen beet Ottie weer op haar lip en knikte. De dag waar zij – net als haar vader – haar hele leven tegen op had gezien, was aangebroken, want ze erfde zijn titel niet. Ja, ze was de eerstgeborene geweest. En de eerste teleurstelling.

3

Pip had nooit opgemerkt hoe kleurig haar thuis was tot het gevuld werd met in het zwart geklede mensen. De zonnebloemen op het zijdebehang in de salon, weelderige olieverfschilderijen van verre oorden, blauw-witte Chinese lampen, versleten tapijten van diverse herkomst en grootte die elkaar overlapten, waardoor er amper nog iets van de vloerplanken te zien was… Maar vandaag, met rouwenden die als zwarte klaprozen door de ruimtes rondliepen, was het moeilijk om de warme sfeer te voelen die binnen het kasteel zorgvuldig was gecultiveerd en gekoesterd.

Leunend tegen de muur in de schemerige nis naast de zware gordijnen sloeg ze het gebeuren met afstandelijke desinteresse gade. Rouw was als een mantel die iedereen deelde. De gezichten waar ze mee was opgegroeid – mensen uit de buurt die op het landgoed hadden gewerkt, babysitters van vroeger, jongens uit hun tienerjaren waar ze stiekem verliefd op waren geweest – hadden vandaag een diepe frons op hun voorhoofd. Ze wierp een blik omlaag. Zelf droeg ze een jurk – een jurk, in jezusnaam! – en had ze wat rouge op haar wangen, die Mrs Mac met zachte dwang had aangebracht voordat ze naar de kerk ging. Haar hand reikte onzeker naar haar licht kastanjebruine haar, dat ze altijd kortwiekte boven de gootsteen en dat nodig weer geknipt moest worden, met de krullende plukjes achter haar oren en in haar nek. Ze liet haar hand weer vallen, haar ongemak hing net zo zichtbaar om haar heen als een sjaal. Ze droeg zo zelden iets anders dan haar rijbroek en laarzen dat ze zich in dit vreemde uniform van burgerkledij nog 'naakter' en kwetsbaarder voelde, en dat kon ze juist vandaag niet gebruiken. Persoonlijk dacht ze dat haar vader het prima had gevonden als ze in haar paardrijkleren aan zijn graf had gestaan. Als degene die ze was, degene van wie hij had gehouden.

Ottie, die op haar gebruikelijke zelfverzekerde wijze rondliep, had een zwartfluwelen lint in haar lange roodblonde haar. Ze droeg een dienblad met canapés mee en had een geforceerde glimlach op haar gezicht. Ze knikte beleefd waar vriendelijke handen op haar schouder werden gelegd, werd overgoten met medeleven alsof het een saus was.

Pip zag haar moeder en Shula op de houten George II-bank zitten, allebei met een onaangeroerde kop thee in de hand, terwijl vrienden bleekjes om hen heen stonden. Zelfs in al haar wanhoop was haar moeder de mooiste vrouw in de ruimte, popperig in haar tengerheid, maar met scherpe, verfijnde gelaatstrekken, iets scheve groene ogen, een ronde mond, hoekige jukbeenderen en dik, golvend roodbruin haar, dat ze tegenwoordig in een bob droeg. Ze had altijd met louter een zweem van een glimlach ieders aandacht weten te trekken, en haar vader was geen uitzondering geweest. Declan Lorne had als de beroemde negenentwintigste Knight of Lorne een wild, losbandig vrijgezellenleven geleid, dat definitief tot stilstand was gekomen op het moment dat hij kennismaakte met de elegante Serena O'Shaughnessy. Het was voor hem liefde op het eerste gezicht geweest, maar hij had de nodige overtuigingskracht op haar moeder moeten uitoefenen voor ze met hem uit eten wilde gaan. Desondanks wist ze tegen het eind van die avond al dat ze nooit meer een man zou ontmoeten die zo gevaarlijk opwindend was als deze moderne ridder, en ze waren smoorverliefd geworden.

Hun liefde was een succesverhaal en in die tijd waren ze een bekend stel. Ze stonden geregeld in *Tatler* en waren bevriend met iedereen, van prins Charles tot Bryan Ferry. Het leven had haar moeder altijd meegezeten, dus dat haar nu de tegenslag ten deel viel van een relatief jong weduwschap... Pip veronderstelde half dat de meeste mensen dát vooral schokkend vonden, dat deze tragedie nou net hún was overkomen.

Mrs Mac liep rond met de theepot. Ze schonk verse koppen in en wees de weg naar de wc's. Ze had de afgelopen dagen onvermoeibaar gewerkt om het kasteel voor de gelegenheid in orde te maken: ze had het houtwerk gepoetst, de tapijten en wandkleden gezogen, bloemen in alle vazen – en dat waren er veel – gezet, en de bedden opgemaakt in alle vierentwintig slaapkamers, 'voor het geval er gasten zouden blijven slapen'. Pip hoopte vurig van niet. Zij, haar moeder en haar zussen leken alle vier de obsessieve behoefte te hebben om alleen te zijn. Alleen Mrs Mac mocht zich vrij bewegen in hun heiligdom.

Willow slenterde met een wezenloze uitdrukking op haar gezicht de salon weer in en Pip besefte dat ze een tijdje weg was geweest. Alweer. Ze had een glas wijn in haar hand en leek een tikje wankel op haar benen te staan. Pip liep snel naar haar toe.

'Gaat het?' vroeg ze met een directe blik in de helderblauwe ogen van haar zusje. Hoewel ze nu glazig en wazig keken, waren die ogen de reden waarom zij en Ottie haar vroeger bij ruzies 'heksje' hadden genoemd. Ze waren allebei jaloers op de kleur, die ook nog eens prachtig afstak tegen Willows donkere haar.

'Ja hoor. Het gaat uit-ste-kend.' Willow spreidde haar armen om haar punt te maken, waarbij er een beetje merlot uit het glas vloog en op het tapijt belandde. Pip zag het erin trekken en bijna meteen verdwijnen in de melange van rode, oranje en groene tinten.

'Hoeveel heb je gedronken?' vroeg ze zacht.

'Genoeg om dit draaglijk te maken,' zuchtte Willow, en er gleed een bedroefde blik als een golf over haar gezicht.

Pip legde een hand op haar arm. 'We hebben het bijna achter de rug, oké? Nog even volhouden. Over een uur zijn ze allemaal weg. Dan trekken we onze pyjama aan, en als we geluk hebben, mogen we onze maaltijd van Mrs Mac misschien wel voor het haardvuur opeten.'

'En daarna?' vroeg Willow haar simpelweg.

Pip keek haar aan. Ze wist dat haar zusje niet vroeg welk televisieprogramma ze daarna zouden gaan kijken. 'En daarna… gaan we dóór. Dat zou papa hebben gewild.'

Willow nam met een schamper lachje nog een boze slok wijn.

'Wat?'

'Nou, die arme vader van ons kreeg nooit wat hij wilde, toch?' spotte ze.

Pip fronste haar wenkbrauwen, hoewel ze het niet kon ontkennen.

'Ik maak me zorgen om je,' fluisterde Pip, maar zo zacht dat ze niet zeker wist of haar zusje het eigenlijk wel hoorde.

'Het lijkt nu allemaal gewoon zo… leeg,' mompelde Willow met een blik door de salon, waar elk oppervlak werd bezet door een snuisterij of foto of portret. Maar Pip wist precies wat ze bedoelde. Als een bruiloftsfeest waar het pasgetrouwde paar was uitgezwaaid, leek het huis van hun voorouders plotseling geen bestaansreden meer te hebben.

Ze bleven zwijgend staan kijken hoe het vertrek gonsde van het medeleven, in de wetenschap dat veel van de aanwezigen in zekere zin – mogelijk onbewust – ook wel genoten van de kans om thee te drinken en gesprekken te voeren in het grootse oude kasteel, alsof het een uitje voor de verjaardag van een oude tante betrof.

'Hartig hapje?' vroeg Ottie, die bij hen stil bleef staan met het dienblad.

'Ah, noemen we Pip tegenwoordig zo?' wilde een stem weten.

Ze draaiden zich om en zagen dat Taigh O'Mahoney zich bij hen voegde. Je zou deze postbode-slash-brandweerman-slash-ambulancebroeder van Lorne de held van het dorp kunnen noemen. Hij had een defibrillator achter in zijn auto liggen, en ook een op het postkantoor, en in de zomer had hij het geschopt tot de voorpagina van de *Lorne Echo*, toen hij de oude Joanie Fitzgerald had bijgebracht nadat ze ineen was gezakt toen ze haar pensioengeld kwam halen.

'Taigh, je komt als geroepen,' zei Ottie. Ze draaide zich om en bood ook hem een canapé aan. Hij nam er twee.

Pip zag dat hij met een knipoog bedankte en dat zijn donkere krulhaar op en neer wipte terwijl hij at. Hij had zo'n gezicht dat ze wel wilde slaan – het zat vol sproetjes, net als het hare, maar zijn hazelnootbruine ogen lachten voortdurend alsof hij alles één grote grap vond.

'Ik wilde nog naar je op zoek gaan,' zei Ottie fronsend. 'Is het waar dat ze het dorpshuis in Agmor niet gaan herbouwen?' vroeg ze.

Taighs glimlach stierf weg. 'Aye. Het bedrag voor de herbouw dat de verzekering wil betalen, is te laag. Het is nog niet eens genoeg voor het dak, heb ik gehoord.'

'Maar dat is vreselijk. Het is toch zo ongeveer de enige ontmoetingsplek in het dorp, afgezien van de pub?'

'Aye, dat klopt.'

'Wat is er dan gebeurd?' vroeg Willow mat, want ze was niet op de hoogte van het lokale nieuws.

'Het dorpshuis van Agmor is een paar weken geleden afgebrand,' zei Taigh somber.

'Kunnen ze dan helemaal niets doen?' drong Ottie aan. 'De verzekeraar aanspreken? Een inzamelingsactie houden?'

'Nou, gezien het feit dat het potje voor het dak van de kerk nu al drie jaar achtereen op zeventig procent van het streefbedrag zit, is er niet veel animo voor meer goede doelen. De mensen zitten al krap genoeg.'

'Weten ze wat de oorzaak was?' vroeg Willow ongeïnteresseerd, bijna verveeld door het provinciale drama. Tegenwoordig leefde ze een grootser leven.

'Brandstichting, zeker weten. We hebben binnen een lap in een fles gevonden, vlak bij de deur.'

'Nee!' Ottie hapte naar adem. 'Wie dóét zoiets?'

'Jongeren.' Hij zei het op nuchtere toon.

'Maar... waarom. Ik bedoel, ze hebben nu zélf geen andere plek om naartoe te gaan. Ik geloof het gewoon niet!' hakkelde Ottie, die zich er flink over opwond. 'Het slaat nergens op.'

'Verveling,' zei hij schouderophalend. 'Brand is spannend.'

'Het zal voor jou ook wel spannend zijn geweest, om eens een echte brand te helpen blussen,' zei Pip cynisch. 'Heel wat spannender dan katten redden, nietwaar?'

Pip zag Otties gezicht vertrekken en zelfs Willow leek even van haar stuk te zijn gebracht tijdens de ongemakkelijke stilte die op haar woorden volgde. Ze wist zelf eigenlijk niet goed waarom ze het had gezegd. Haar pittige karakter had vaak een kamikazeachtig element, en deze opmerking was daar geen uitzondering op. Ze had een hekel aan Taigh, met wie ze in hun tienertijd kort had gedatet. Ze had het een heerlijk schandaal gevonden dat de dochter van de Knight met de zoon van de slager zoende, maar het was allemaal fout gegaan toen hun vaders hun schouders erover ophaalden en Taigh het uitmaakte omdat hij niet klaar was voor een relatie, waarna ze hem nog diezelfde avond zag rotzooien met Lizzie Galloway. De ramen van de bushalte besloegen ervan. En al had ze het geprobeerd, die vernedering had ze hem nooit helemaal kunnen vergeven.

Taigh zuchtte even en forceerde een glimlach, gewend aan Pips vijandige houding, hoewel hij altijd bereid leek haar het voordeel van de twijfel te geven als ze elkaar tegenkwamen. 'Dan zeg ik jullie nu goedendag, dames. Ik kwam alleen maar even mijn medeleven betuigen. Niet dat jullie daar nog meer van nodig hebben, vermoed ik, maar ik vind het echt heel erg. Het is een groot verlies. Jullie weten dat ik een hoge dunk van jullie vader had.'

'O, Taigh, nee, wacht...' protesteerde Ottie toen hij zich omdraaide om weg te lopen.

'En het is goed om jou weer te zien, Li'l Will,' zei hij tegen Willow, een van haar kinderkoosnamen gebruikend. 'Ik kan me de laatste keer niet heugen. Kom vooral nog even langs voor je teruggaat. Het lijkt me fijn om even bij te kletsen.'

Willow knikte en ze keken hem na.

'Wat is er in vredesnaam aan de hand met jou?' siste Ottie, met een zacht tikje tegen Pips buik. 'Dat was ontzettend bot.'

'Feitelijk was hij de botterik dat hij ons kwam storen.'

'Hij kwam zijn medeleven betuigen.'

'Hij noemde me hartig hapje!' zei Pip verontwaardigd.

Er viel een verbaasde stilte, maar vervolgens zag ze de eerste zweem van een grijns op het gezicht van haar beide zussen. 'Nou...' peinsde Ottie droogjes. 'Het is geen slechte beschrijving van jou.'

Willow giechelde, het geluid ontsnapte haar als een luchtbel uit water. Het was zo verrassend dat ze van zich liet horen dat Ottie ook begon te grinniken, waarop zelfs Pip zichzelf toestond de lol er enigszins van in te zien. Het was ook best grappig. Hartig hapje.

Het moment sudderde en kwam toen langzaam borrelend aan de kook terwijl ze elkaar aankeken, totdat Willow als eerste in lachen uitbarstte, geholpen door de overvloedige hoeveelheid wijn die ze had gedronken. Pip kon het niet laten en giechelde mee. Ottie ook. En Pip voelde gebeuren wat er gebeurde toen ze nog kleine meisjes waren, als ze moesten lachen wanneer het niet hoorde, als het geproest in een golf over hen heen kwam, niet te stoppen was...

De mensen draaiden zich naar hen om en zagen de drie dochters van de laatste Knight bij elkaar staan, proestend van het lachen, waarbij de tranen over hun wangen rolden. Pip wist niet of ze lachte of huilde. Allebei misschien, want ze dacht niet dat ze alleen maar lachten om het geintje, maar ook om het verdriet, de schok, het kinderkattenkwaad, de saamhorigheid, het plezier, de hysterie, alles tegelijk. Ze wist dat hun vader het zou hebben goedgekeurd. Hij had altijd gelachen op begrafenissen en ze waren tenslotte de dochters van hun vader.

4

Woensdag 4 december

Het haardvuur in de bibliotheek knisperde soezerig. Af en toe sprongen er verdwaalde sintels uit waar Mabel, die languit op het tapijt lag, zich niet bewust van de zware stemming die in het vertrek hing, dan even van schrok. Ze waren er alle vier verzameld, zij drieën en hun moeder, die ze hadden weten te overreden uit haar bed te komen, waar ze zich de dagen na de uitvaart weer had teruggetrokken.

Willow wierp een onrustige blik door het vertrek en probeerde niet te denken aan de laatste keer dat ze hierbinnen was geweest, die noodlottige middag drie jaar geleden. Net als in de rest van het kasteel zag het er hier nog precies hetzelfde uit: zware fluwelen gordijnen, mahoniehouten lambrisering, boekenplanken tot drie meter hoog, volgeladen met antieke, in leer gebonden boeken, onderbroken door haar vaders collectie eerste-editiepaperbacks met oranje rug van P.G. Wodehouse en Ian Fleming.

Ze bleef half verwachten dat hij door de deuren zou binnenstormen. Dit was zijn domein, en hoewel het vertrek niet zozeer verboden terrein was geweest, had ze hier als kind zelden een voet binnengezet. Het was de plek waar de volwassen dingen plaatsvonden: het papierwerk, de moeilijke gesprekken, de gedempte of bezorgde telefoongesprekken. Het was de plek waar geheimen werden bewaard en soms onthuld. Het was de plek waar hun vader achter zijn bureau zat en 's ochtends zijn thee en 's avonds zijn borreltje dronk. Routine ging hier voor alles. De krant werd altijd door Mrs Mac op het tafeltje naast de oranje leren leesstoel gelegd, de kristallen karaf op de dienbladtafel werd continu halfvol gehouden, zijn ossenbloedrode leren pantoffels stonden zelfs in de zomer bij de haard. Nu waren het tekenen van een afgebroken leven.

Een klop op de deur kondigde de aankomst van de notaris van de familie aan. Ze keek op en zag hoe Mrs Mac hem voorging met haar bekende troostende, kordate efficiëntie. Hoewel ze elke avond terugkeerde naar haar eigen cottage in het dorp, stond ze steevast weer in de keuken tegen de tijd dat zij beneden kwamen, de pap al klaar in de oven, en ging ze pas weg als ze 's avonds hadden gegeten.

Thomas O'Leary, met bril en lang en mager als een lat, liep binnen met snelle pas en een onbewogen uitdrukking op zijn gezicht. Ze kwamen alle vier overeind. Willow dacht niet dat ze hem ooit iets anders had zien dragen dan een donker pak. Ze kende hem al haar hele leven, maar ze kon zich hem bijna onmogelijk voorstellen in een katoenen vrijetijdsbroek, een jeans of een zwembroek. Donkere keurigheid hoorde bij hem, hij was strikt, precies, formeel en hij hechtte veel belang aan details.

'Serena, hoe gaat het met je?' vroeg hij, en hij hield de hand van haar moeder vast alsof hij haar overeind moest houden. Het leek Willow een tamelijk overbodige vraag. Haar moeders haar was noch gewassen, noch geborsteld en ze had geen make-up op. Ze zag er tien jaar ouder uit dan de stijlvolle vrouw die zich vorige week nog in de kromming van de arm van haar liefhebbende man had genesteld.

Serena gaf een knikje als antwoord. Haar ogen schoten weer vol tranen en O'Leary's gezicht kreeg een sombere blik. 'Ik begrijp het,' zei hij ernstig. 'Kom. Ga zitten.'

Waarop ze allemaal weer gingen zitten, alsof dit zíjn kantoor was in plaats van hun huis. Hoewel ze de stoelen in een waaier rond de andere kant van het bureau hadden geplaatst, zag Willow dat

Pip verstrakte toen hij zijn aktetas neerzette en in de stoel van hun vader plaatsnam. Ze zag ook Otties verwarde blik. Nooit eerder hadden ze daar iemand anders zien zitten dan hun vader, en het voelde alsof ze iemand erop betrapten zijn pyjama te hebben aangetrokken.

Ze keken in afwachtende stilte toe terwijl hij mappen en papieren tevoorschijn haalde voordat hij de aktetas op de grond zette, diep ademhaalde en zijn handpalmen op het groenleren bureaublad duwde. 'Allereerst wil ik graag zeggen hoezeer ik met jullie meeleef. Declan was een krachtige persoonlijkheid en het was een voorrecht om al die jaren zo nauw met hem samen te werken. Namens iedereen van de firma onze oprechte deelneming. We zullen hem enorm missen.'

Zijn overduidelijk ingestudeerde woorden daalden neer in de lucht als een schoothondje op een fluwelen kussen. 'Heel vriendelijk,' zei hun moeder na een moment, met een van haar gracieuze knikjes.

'Ja, dank u wel,' mompelde Ottie in haar rol van rechterhand.

Willow zei niets. Ze wilde hier alleen maar weg, niet alleen uit de bibliotheek, niet alleen uit het kasteel, maar uit Lorne. Ze wilde weer in Dublin zijn, in haar flatje met Caz, waar ze slechts hoefde na te denken over de geur van een te branden kaars, en niets anders hoefde te voelen dan haar bonzende hoofd als ze een kater had. Ze wilde weer doen alsof. Dat was gemakkelijker dan dit. Ze staarde naar haar handen en voelde zich misselijk.

O'Leary liet weer een respectvolle stilte vallen – misschien om de dramatiek te vergroten – en kwam vervolgens ter zake. 'Goed, Serena, ik weet dat je verbaasd was toen ik liet weten dat jullie alle vier aanwezig moesten zijn bij het voorlezen van het testament. Dat is niet de standaardpraktijk van tegenwoordig, maar ik hoef jullie niet te vertellen dat er niets standaard is aan Lorne. Het landgoed is een log apparaat. Alleen al de ouderdom ervan betekent dat er talloze raadselachtige wetten voor gelden. Maar ik ben blij te kunnen zeggen dat Declan zijn verantwoordelijkheden als negenentwintigste Knight heel serieus nam en dat hij zijn zaken tot in de puntjes regelde. Als executeur-testamentair heb ik zelden meegemaakt dat er zo ver vooruit werd gedacht.' Hij haalde diep adem. 'Echter, niet alles in het leven kan worden gepland en sinds mijn laatste ontmoeting met hem is er iets gebeurd wat niet was voorzien.'

Willow fronste en keek op. Wat voor iets?

'Maar voor ik daarop kom, moet ik jullie enige context verschaffen omtrent Declans beslissingen. Het landgoed heeft het al een tijdje zwaar, zoals jullie ongetwijfeld allemaal wel weten.' Willow zag dat zijn blik in haar richting schoot, de grote afwezige in de afgelopen drie jaar. 'Jullie inkomsten zijn afkomstig van vier bronnen: Declans legerpensioen, de huur die jullie ontvangen van de pachtboeren, de opbrengst van de camping en de ponyverhuur. Het zijn echter bescheiden rendementen en de twee laatstgenoemde zijn ook nog eens seizoensgebonden.'

Ottie en Pip reageerden lichtjes gepikeerd en verschoven op hun stoel, want het ging om hun bedrijfjes.

'Het probleem is dat deze inkomsten grotendeels zullen worden opgeslokt door de erfbelasting, inkomstenbelasting en vermogensbelasting die betaald moeten worden, om nog maar te zwijgen van eventuele schuldeisers. In feite zou quitte spelen een zeer goed resultaat zijn.'

Ze zaten dus eigenlijk aan de grond? Willow keek naar de anderen. Pip leek zoals gewoonlijk uit haar vel te springen en haar moeder had een matte blik in haar ogen. Maar Ottie leek elk moment in tranen te kunnen uitbarsten. Haar wangen waren rood, haar ogen glinsterden en haar handen lagen bleekwit op haar schoot. Willow wist hoe hard ze haar best had gedaan om het landgoed winstgevend te maken.

'Maar… mijn trust dan,' stamelde Serena na een korte stilte, en ze ging rechtop zitten, alsof een goede houding hen uit deze narigheid kon helpen. 'Toen we trouwden, had ik een trust. Een paar miljoen.'

O'Leary wierp haar zowel een verontschuldigende glimlach als een bezorgde blik toe. 'Je herinnert je misschien nog die belastingkwestie van een aantal jaren geleden, Serena? Declan moest er aanspraak op maken om de vordering van de fiscus te voldoen. Je hebt toen een formulier ondertekend.'

'O... ja. Ja,' mompelde ze vaag, en ze leunde met een verbouwereerd gezicht achterover. Verslagen.

'Declan was zich maar al te bewust van de schaal van de problemen waar het landgoed na zijn dood mee te maken zou krijgen. Alles wat ik jullie nu vertel, wist hij al, en hij heeft jullie belangen zo goed mogelijk beschermd. Hij heeft gedaan wat hij kon om de winstgevendheid te vergroten, het beheer te stroomlijnen en de kosten ervan in te dammen, maar ik ben bang dat het een hopeloze strijd was. We hebben regelmatig in Dublin afgesproken om het bedrijfsmodel uit te werken dat het landgoed in stand kon houden, waarbij een deel van het personeel kon blijven en de kleinere perifere bedrijvigheid op het landgoed kon worden voortgezet. Maar hij wist dat het hooguit genoeg was om het hoofd boven water te houden, en dat er na zijn dood onontkoombare moeilijkheden zouden ontstaan, dat de erfbelasting het laatst overgebleven kapitaal zou opeisen. Dus toen hij in april zijn diagnose te horen kreeg, is hij verschillende opties gaan onderzoeken die de last voor jullie als zijn begunstigden zouden kunnen verlichten. Eén daarvan was de verkoop van het landgoed.'

Pips adem stokte. 'Niet waar!'

'Papa? Lorne verkopen?' Ottie hapte naar adem.

Willow voelde plotseling haar hartslag versnellen. Ondanks al haar gevoelens omtrent dit kasteel, ondanks haar wanhopige behoefte er zo ver mogelijk vandaan te zijn, was het onmogelijk om zich de Lornes voor te stellen zonder... Lorne.

'Er was eerder dit jaar een geïnteresseerde partij en de onderhandelingen waren al vrij ver gevorderd toen de deal uiteindelijk niet doorging,' zei O'Leary kalm.

'Het is nooit een reële optie geweest,' zei haar moeder nu misnoegd. 'Het was een onaangenaam sujet dat ons probeerde op te lichten met zijn onderhandse tactieken. Hoe zat het ook alweer, Thomas?'

'Hij bood uiteindelijk lager dan afgesproken.'

'Ja. Hij probeerde op de dag dat de contracten zouden worden getekend een veel lagere prijs te bedingen. Daar wilde jullie vader uiteraard niets van weten. Die vent krabbelde nog terug toen hij besefte dat hij zijn hand had overspeeld, maar op dat moment wilde jullie vader uit principe niet meer aan hem verkopen. En terecht.'

O'Leary wachtte nadrukkelijk tot Serena was uitgepraat, want zo stellig had ze de hele week nog niet geklonken. Hij haalde weer diep adem, iets wat Willow inmiddels herkende als de aankondiging van nog meer slecht nieuws. 'Serena heeft gelijk. Declan was gedesillusioneerd door de ervaring met die verkooppoging, waarna hij heeft besloten om An Taisce te benaderen.'

Willow fronste. De National Trust van Ierland?

'In het licht van de negatieve verkoopervaring en gegeven alle te verwachten moeilijkheden dacht hij dat het weggeven van Lorne Castle en het bijbehorende land de meest haalbare optie zou zijn, en de gunstigste uitkomst voor jullie alle vier.'

'Hoe dan? Door ons thuis van ons af te nemen?' barstte Pip uit terwijl ze opsprong van haar stoel. Willow zag dat Ottie een hand op haar arm legde, een zwijgend verzoek om weer te gaan zitten.

'Nou, dat is het punt,' zei O'Leary rustig. 'Als het landgoed aan An Taisce wordt geschonken, kunnen daar voorwaarden aan worden verbonden, namelijk dat jullie hier allemaal voor de rest van jullie leven kunnen blijven wonen zonder huur te betalen, en jullie kinderen ook. Jullie kleinkinderen en volgende generaties zouden ook in het kasteel mogen blijven, maar een marktconforme huur moeten betalen.' Hij wachtte even en zag hun verblufte gezichtsuitdrukking. 'Op het moment van zijn overlijden was Declan ervan overtuigd dat dit de beste oplossing zou zijn. De familie blijft zo verbonden aan het landgoed, maar zonder de lasten en de financiele druk die erbij komen kijken.'

'Maar dan zouden we geen eigenaar zijn? Het zou niet van ons blijven?' riep Pip uit. Haar achterwerk kwam opnieuw een stukje van de zitting en Otties arm hield haar weer tegen.

Hij schudde zijn hoofd. 'Nee.'

'Maar Lorne is altijd in het bezit van onze familie geweest, al zevenhonderd jaar,' sputterde Ottie met schorre stem tegen.

'Dat weet ik.'

'Mama, wist jij hiervan?' vroeg Ottie.

Hun moeder knikte, ze zag er gebroken uit. 'Hij heeft het me nog maar een week geleden verteld. Ik kan niet zeggen dat ik er blij mee ben, maar gezien de andere opties die er liggen...'

'Dus we geven het kasteel gewoon wég?' wilde Pip weten, met opnieuw een woeste blik naar O'Leary.

'Nou, in feite...'

'Nee.' Pip sloeg haar armen over elkaar. 'Dat doen we niet.'

'Pip, lieverd...' zei haar moeder vermoeid.

'Mama, er zijn andere manieren. Dat weet ik zeker. Papa heeft geprobeerd het allemaal in zijn eentje te regelen, maar dat had niet gehoeven. Wij zijn nu volwassen. We hadden hem kunnen helpen. Ottie dééd dat al. Wist jij hiervan, Otts?'

Maar ze kon het antwoord al van haar gezicht aflezen.

'Pip, jullie hebben allemaal je eigen leven. Jij hebt het druk met de stallen, Ottie hielp niet alleen je vader, maar doet ook de camping, Willow woont in Dublin. Hij wilde jullie niet met deze problemen opzadelen.'

'O? Ik durf te wedden dat hij dat wel had gedaan als we jongens waren geweest,' zei Pip bitter. 'Dan had hij ons er wel bij betrokken. Als hij had gedacht dat de mogelijkheid bestond de adellijke titel door te geven, zou hij er alles aan hebben gedaan ook het kasteel te behouden. Maar omdat we slechts meisjes zijn, waren wij voor hem niet van waarde. Hij zou toch alles verliezen, dus heeft hij ons ook afgeschreven.'

'Philippa, nee!' zei haar moeder plotseling fel, bijna weer zichzelf. 'Dat is niet waar. Jullie waren alles voor hem.'

Willow zag dat zij niet de enige was die bij die woorden verkrampte. Ottie verstijfde ook. Ze geloofden er niets van.

'Maar mag ik even...' zei O'Leary verontschuldigend, in een poging ertussen te komen.

'Van ons houden en in ons geloven zijn twee verschillende dingen, mam. En hij geloofde niet in ons. Hij kon dat niet, dus hij dacht dat wij het ook niet zouden kunnen. Hij wilde gewoon dat we het opgeven, dat we het kasteel weggeven...'

'Mag ik jullie even onderbreken?' zei O'Leary nu op krachtiger toon. 'Dit was niet de onvoorziene ontwikkeling die ik vandaag met jullie wilde bespreken. Ik ben bang dat het hier niet simpelweg om de schenking van het landgoed aan An Taisce gaat.'

'Wat bedoel je in vredesnaam? Waarom niet?' vroeg Serena met een geschokt gezicht.

'Laat ik jullie eerst wat achtergrondinformatie geven. De Trust werd oorspronkelijk opgericht om belangrijke landhuizen na de oorlogen voor sloop te behoeden. De mensen konden het zich niet meer veroorloven om ze te onderhouden, hun levensstijl veranderde, enzovoort. Maar zoals de trustees al snel ontdekten, waren er enorme geldbedragen nodig om deze huizen te restaureren en in stand te houden. Een pot met geld raakt een keer leeg en de regering springt zelden bij, tenzij het gaat om een pand dat van grote nationale historische waarde is. En ik ben bang dat dat niet geldt voor Lorne Castle. De laatste jaren heeft de organisatie zich vooral gericht op het aankopen van land, met name aan de kust, om het landschap te beschermen tegen grootschalige bouwprojecten, dus op de zeldzame momenten dat er een landgoed met gebouw wordt aangekocht, worden daar bepalingen aan verbonden.'

'Bepalingen?' herhaalde Pip alsof het een vies woord was.

'Het landgoed moet een bewezen winstgevende onderneming zijn of worden overgedragen met de schenking van een aanzienlijk bedrag.'

'Hoe aanzienlijk?'

'Vijf of zes miljoen euro.'

'Maar zoveel geld hebben we helemaal niet!' riep Serena, die met een asgrauw gezicht de leuningen van haar stoel vastgreep.

'Dat weet ik.' Hij haalde – alweer – diep adem. Willow wilde gillen, hoewel ze wist dat ze nauwelijks wat gepiep zou kunnen uitbrengen. 'En daarom moet ik jullie helaas meedelen,' zei hij langzaam, 'dat de Trust het mooie aanbod van je echtgenoot heeft afgeslagen.'

De stilte explodeerde als een vuurkogel in het vertrek en verzengde hen allemaal.

'Afgeslagen?' fluisterde Serena.

O'Leary vlocht zijn vingers ineen en knikte.

'Wil je nou zeggen dat we dit kasteel niet eens wég kunnen geven?' riep Pip, nu verontwaardigd vanwege de andere kant van de zaak.

'Niet zoals het er nu voor staat, nee.'

'Wat heeft Declan hierover gezegd?' fluisterde haar moeder. 'Ik kan me amper voorstellen...'

'Hij wist het niet. De brief arriveerde de dag na zijn overlijden.'

Haar moeder liet een kort snikje horen, drukte haar hand tegen haar lippen en schudde ontdaan haar hoofd. 'Dat was dan een geluk bij een ongeluk. Hij zou het vreselijk hebben gevonden. Dit kasteel betekende alles voor hem. Dat ze... botweg hebben geweigerd het van hem aan te nemen...' Ze begon te huilen.

'Hij zou erger in zijn maag hebben gezeten met de gevolgen voor jullie,' zei O'Leary vriendelijk. 'Hij vond het heel, héél belangrijk om de last voor jullie te verlichten. Ik denk dat het nooit in hem is opgekomen dat ze zijn aanbod zouden kunnen afwijzen.'

'Maar je hebt hem toch wel verteld dat die mogelijkheid bestond?' wilde Pip weten.

'Feitelijk heeft hij mij er helemaal niet over geraadpleegd. Hij heeft de Trust min of meer in een opwelling benaderd. Het schijnt dat hij de secretaris op een golftoernooi heeft ontmoet, vlak nadat de verkoop niet door bleek te gaan.'

Willow staarde de notaris vol ongeloof aan. Haar vader had besloten zijn kasteel weg te geven na een rondje golfen en een drankje op de negentiende hole?

'Ik kwam er daarna pas achter. Hij dacht dat het de oplossing was voor al jullie problemen.'

Ze wisten niet wat ze moesten zeggen. Wat konden ze zeggen? Ze konden het zich niet veroorloven het kasteel te behouden, maar ze konden het zich ook niet veroorloven het weg te geven? Wat was dit voor patstelling?

'En welke opties blijven er nu over?' vroeg Ottie ten slotte, terwijl ze zich oprichtte en op zoek ging naar een uitweg, zoals ze altijd deed.

'Jullie kunnen nogmaals proberen het landgoed te verkopen. Dat zou de meest voor de hand liggende optie zijn.'

'Maar dan zouden we… zouden we hier niet kunnen blijven. Het zou voor altijd verloren gaan voor de Lornes. Er moet een alternatief zijn,' hield Ottie vol.

'Nou, als jullie ergens een grote som geld vandaan kunnen halen…'

'Tuurlijk,' zei Pip sarcastisch. 'We trouwen gewoon allemaal met een rijke kerel en dan zijn we gered. Daar zijn de dochters van edellieden slechts goed voor, toch? Een welgestelde partij huwen?'

'Dit is niet de schuld van Mr O'Leary, Philippa,' zei haar moeder met bevende stem.

Ottie wierp haar een blik toe om haar te waarschuwen hun moeder niet verder van streek te maken, waarop Pip gehoorzaam achterover ging zitten en haar mond hield.

'Jullie kunnen ook alternatieve ondernemingsplannen onderzoeken. Ik begrijp dat dat gemakkelijker gezegd is dan gedaan, maar de economie is sterk verbeterd sinds jullie eerste poging er een bed and breakfast van te maken. Het toerisme bloeit weer. Dus misschien kunnen jullie daar wel weer iets mee?'

Ottie schudde haar hoofd. 'Het kasteel is niet meer wat het was. We zouden er heel wat geld aan moeten besteden voordat we betalende gasten zouden kunnen ontvangen. Het dak lekt bijna overal, maar de offerte die we hebben laten opmaken voor de reparatie, was een half miljoen!' Ze liet een vertwijfeld, breekbaar lachje horen. 'Zo'n bedrag hebben we niet. En dat is niet het enige renovatieproject dat we hebben moeten laten schieten. Er moet heel veel gebeuren...' Een trilling in haar stem deed hen allemaal opkijken. Ottie brak nooit. Ze was de oudste, de sterkste. Zij wist altijd raad. 'Ik zou gewoon niet weten waar we moeten beginnen.'

Willow knipperde met haar ogen en voelde een golf van paniek door zich heen gaan.

'Dat begrijp ik,' zei O'Leary knikkend. 'Het was maar een suggestie. Er zijn vast wel andere ideeën te bedenken.'

Als dat zo was, dienden ze zich nog niet onmiddellijk aan.

'Ik weet dat het veel is om te verwerken, en het lijkt allemaal slecht nieuws te zijn, maar er is wat respijt in de vorm van de specifieke legaten, waar ik nu op kom. Dan keren we daarna terug naar het overkoepelende plan,' zei O'Leary. Hij voelde zich duidelijk niet op zijn gemak met al die vrouwelijke emoties die vrijkwamen. 'Serena, nu An Taisce de schenking van Declan niet accepteert, houdt het legaat uiteraard geen stand en geldt het vorige testament, dat Declan drie jaar geleden heeft laten opmaken.'

Willow zag dat haar moeder haar rug rechtte, alsof ze zich schrap zette voor de volgende klap.

'Ottilie, omdat jij de oudste dochter bent, wilde je vader dat ik bij jou zou beginnen. Hij heeft jou het land nagelaten dat momenteel voor de camping wordt gebruikt, in de akten aangeduid als Sawday's Patch. Hiertoe behoort ook het privéstrand aan de zuidkant en het boothuis, waar je op dit moment woont.' Ottie beet hard op haar lip, maar knikte driftig met een hand tegen haar borst om te laten zien dat ze het begreep. 'Als de schenking aan An Taisce doorgang had gevonden, had hij laten bepalen dat dit land onvervreemdbaar zou zijn, dat wil zeggen dat het niet tot de rest van het landgoed zou behoren. Het is hoe dan ook van jou. Hij schenkt je ook de oorringen en de ketting met robijnen en diamanten van zijn moeder, en het landschapsschilderij van Singer Sargent in de gele salon, dat je altijd zo mooi hebt gevonden.'

'De Sargent?' herhaalde Ottie, en de tranen begonnen over haar wangen te lopen. Hun moeder reikte naar haar hand en drukte die tegen haar lippen.

Hij keek naar Pip. 'Philippa, de stallen, inclusief het land, de dieren en alle inhoud, worden aan jou nagelaten. In zijn voorstel aan de Trust had je vader het land van Coppers Beech in het noorden tot Finnegan's Gallop in het zuiden, en van Broad Oaks in het oosten tot Clover Field in het westen voor jou laten reserveren. Opnieuw, als An Taisce de schenking had geaccepteerd, zou dit land onvervreemdbaar zijn geweest en losstaan van de rest van het landgoed. Het is hoe dan ook van jou. Je vader wilde je ook de smaragden van zijn moeder geven, en de Lorne Cup.'

'De Lorne Cup?' herhaalde Pip perplex. Deze kelk was een erfstuk dat in de dertiende eeuw had toebehoord aan de eerste Knight of Lorne. Hij was gemaakt van puur goud en bezet met robijnen. Maar niet alleen dat maakte het van onschatbare waarde. Als klein meisje had ze hem vaak op haar hoofd gezet en ermee rondgerend door het kasteel, dan deed ze of ze een Viking was. Dat had hun vader zich dus herinnerd?

'Wil...'

'Noem haar níét Wilhelmina,' zei Pip vlug met een vriendelijk waarschuwende blik in haar ogen.

O'Leary glimlachte en knikte, maar pas nadat hij even naar hun moeder had gekeken. Hij haalde diep adem en Willow voelde dat haar lichaam zich schrap zette. 'Willow, met uitzondering van de zojuist genoemde specifieke legaten, de inboedel van het kasteel en het Dower House, oftewel het Weduwehuis, heeft je vader jou het hele landgoed nagelaten.'

Er viel een lange, onthutste stilte terwijl de vier vrouwen zijn woorden tot zich lieten doordringen. *Je vader heeft jou het hele landgoed nagelaten.*

Haar moeder lachte een schrille, hysterische lach en haar hand vloog naar haar keel, haar ogen vol ontzetting. 'Wat?'

'Wát?' vroeg Ottie ook, met een ongebruikelijke woede in haar stem. 'Willow krijgt het kasteel? Niet mama?'

Of zijzelf?

'Serena, Declan heeft jou het Dower House en de inboedel van het kasteel nagelaten,' zei O'Leary snel.

Serena knipperde en keek hem aan, haar ogen glinsterend van de tranen die opwelden. 'Nee,' fluisterde ze met een zwak glimlachje, smekend om een teken van hem dat dit een grapje was. 'Nee, dat... Het slaat nergens op. Dat zou hij... nooit doen. Thomas?'

Willow staarde verward naar haar moeder en zag dat ze wit wegtrok – zelfs haar lippen waren bleek – en ze wist dat zij dezelfde aanblik bood. Haar moeder had gelijk, dit kon niet waar zijn. Het was een vergissing. Een perverse grap. Hoe kon haar vader haar vrijwel alles nalaten in plaats van zijn vrouw? Ze was niet eens het oudste kind en ook niet zijn oogappel. Ze was hier drie jaar geleden vertrokken en had niet achteromgekeken. Ze had hen verlaten. Hen afgewezen. Hem. Hij zou haar heus niet het huis geven dat ze de rug had toegekeerd.

'Ik snap dat dit een schok voor jullie is,' zei O'Leary, die haar en Serena beurtelings aankeek. 'Maar hou in jullie achterhoofd dat Declan dacht dat deze versie van het testament zou vervallen door zijn schenking van het landgoed aan An Taisce, waardoor het probleem zou worden omzeild. Dit was níét zijn laatste wil. Het zat hem helemaal niet lekker. Hij was bang dat je zou denken dat je uit je eigen huis werd gezet, maar bij gebrek aan een alternatief wilde hij jou niet opschepen met het onderhoud van het kasteel…'

Maar mij wel, dacht Willow bij zichzelf, en ze zag aan Pips gezicht dat ook zij geschokt was. Ze zag bleek, haar mond was opengevallen en ze knipperde niet met haar ogen. Geen van hen vond dat zij dit verdiende, zelfs zijzelf niet.

Serena schudde ontdaan haar hoofd. 'Maar… die arme Willow, mijn kleine meisje. Wat kan zij dan wat wij niet kunnen? Zij kan die last toch niet dragen? Wat dácht hij wel?'

'Ik red me wel, mam,' zei Willow in de leegte terwijl ze zich allemaal naar haar toe draaiden. 'Echt. Het komt goed.' Haar stem voelde hees en vreemd, haar keel nog rauw van de stille schreeuwen in de nacht dat haar vader was gestorven.

'Je woont hier tweehonderdnegentig kilometer vandaan, lieverd. Je hebt een leven in Dublin opgebouwd. Wat moet jij nou met dit oude kasteel en driehonderd hectare?'

'Feitelijk, als je in aanmerking neemt dat het land is verdeeld volgens de specifieke legaten, omvat de onvervreemdbare oppervlakte van het landgoed nu honderdvijfenzeventig hectare,' corrigeerde O'Leary haar.

O ja, daar wordt het een stuk gemakkelijker van, dacht Willow bitter.

'Dit kan niet zo zijn, Thomas,' zei haar moeder smekend. 'Declan was niet bij zijn volle verstand toen hij dit schreef. Dat kan niet! Hij zou dit zijn jongste kind nooit hebben aangedaan!'

Willow verstijfde.

'Het spijt me, Serena, ik weet dat het moeilijk is. Maar hoewel dit niet Declans allerlaatste wil was, was dit zijn eerdere wilsbeschikking, en iedere rechter zou oordelen dat dit testament geldig is.'

Er bouwde zich een gespannen stilte op in het vertrek, die bleef hangen als een ongewenste regenwolk op een zomerse dag.

'Mama, we komen er wel uit,' zei Ottie op onzekere toon, maar ze wierp Willow een scherpe blik toe, alsof ze haar op de een of andere manier verraden had.

'Dus Willow wordt geacht haar leven in Dublin in te ruilen voor de stress van het runnen van dit kasteel, en ik word geacht naar het Dower House te verhuizen?' vroeg Serena, en ze begon te huilen en paniekerig met haar vingers over haar parelsnoer te wrijven. 'Dat vertel je me dus? Declan wilde dat ik in dat sjofele, donkere, deprimerende huis ga wonen?'

'Serena...'

'Nee, ik geloof je niet. Declan zou mij én Willow dit niet aandoen. Nee. Hij hield van ons. Hij aanbad mij.'

O'Leary leunde naar voren over het bureau in een poging haar te sussen. 'Declan aanbad je inderdaad, Serena, maar hij was een goede man die werd gedwongen lastige keuzes te maken. Zijn intentie was de last voor jou te verlichten, het was niet de bedoeling je te straffen.'

Willow staarde de notaris met bonkend hart aan. De man in het pak had gelijk. Dit was niet bedoeld als straf voor zijn vrouw. Het was háár straf.

5

Ottie zat bij het raam van het boothuis de duisternis in te staren en liet haar tranen de vrije loop. Nu ze eindelijk alleen was, bleven ze maar komen en was ze niet bij machte ze tegen te houden. Mrs Mac had haar dringend verzocht om vannacht weer in het kasteel te blijven, maar ze had zich niet in staat gevoeld er nog een minuut langer door te brengen, zelfs niet om wat van de stoofpot, die de huishoudster met liefde voor hen had gemaakt, naar binnen te werken. Pip had het ook gevoeld, wist ze. Zij was naar de stallen gevlucht met als smoes dat ze de paarden moest voeren, hoewel die de afgelopen week perfect waren verzorgd door Kirsty, een van de meisjes uit het dorp.

Er lagen zoveel herinneringen tussen de muren van het kasteel dat het leek alsof de lucht zelf er was doordesemd van alles wat Lorne inhield. Ze kon er niet ademhalen, ze had ruimte nodig. Het testament van hun vader had de dingen veranderd, de moleculaire structuur van hun gezinsdynamiek, en ieder van hen had tijd nodig om het te verwerken. Willows nieuwe status als de officiële erfgename van Lorne, de wettige eigenares van het kasteel, was verbijsterend. Het klopte niet, het was het huis van haar moeder, de plek waar ze haar kinderen had grootgebracht, waar ze aan de zijde van haar man had gevochten voor het voortbestaan ervan. Dat hij zijn eigen vrouw niet eens had verteld dat ze kon fluiten naar het kasteel… Ze werd eruit gezet, hoezeer O'Leary het ook met de mantel der liefde probeerde te bedekken. Hoe kon haar vader zo'n belangrijke beslissing voor zijn echtgenote hebben verzwegen?

En voor zijn dochter?

Ze sloot haar ogen en zag voor zich hoe hij over het veld naar haar toe liep, zijn ene hand op zijn hoofd om zijn pet op z'n plek te houden, zijn wangen rood, zijn heldergroene corduroy broek in zijn rubberlaarzen gestoken. De afgelopen vijf jaar had ze elke dag schouder aan schouder met hem gewerkt, of ze nu een schaap uit prikkeldraad bevrijdden of een omgevallen boom in stukken hakten. Ze hadden samen hun meegebrachte lunch gegeten, op met mos bedekte rotsen, of sandwiches gemaakt in haar huisje, en die opgegeten op het strand, uitkijkend over zee. Als hij het landgoed al aan een ander dan haar moeder had willen geven, was zij daar toch zeker de aangewezen persoon voor? Zelfs als ze niet de oudste zou zijn, wat ze wél was, was ze in elk geval zijn landgoedmanager! Zijn rechterhand. Wat wist Willow nou van het onderhoud van de voetpaden langs de kust? Die van de Wild Atlantic Way, die over hun land liepen? Wat wist haar kleine zusje over het regelen van borden voor hondenbezitters over het aanlijnen van hun viervoeter tijdens het lammetjesseizoen? Als je kon afgaan op haar feed op Instagram, dronk zij alleen maar *matcha lattes*, voerde ze geregeld de boomhouding uit, ging ze naar feesten en concerten en nam ze lachende selfies met knappe mannen die nooit vaker dan twee keer opdoken.

Maar ook Willow had bepaald niet opgetogen gekeken bij de onthulling. Ze wilde dit niet, wist Ottie, en ze had er zeker geen idee van gehad dat dit eraan zat te komen. Afgezien van een zwak protest dat ze het wel zou redden, was ze verder vervallen in de verblufte stilte die haar sinds hun vaders dood in zijn greep hield: een tweede schok, een tweede verdriet.

Ottie liet haar hoofd weer naar voren zakken, waarbij haar zijdezachte roodblonde lokken langs haar gezicht vielen, en ze balde haar handen tot vuisten. Ze wilde hierom geen hekel aan haar zusje krijgen. Zij kon hier niets aan doen, maar toch...

Op wie kon ze anders boos zijn? Er was niemand anders tegen wie ze zich kon keren. Niet haar moeder, niet O'Leary, want hij was alleen maar de boodschapper geweest. En haar vader, de veroorzaker van deze puinhoop, was er niet meer. Het was niet zoals in het gedicht van Henry Scott Holland, hij was niet dichtbij in een andere ruimte, hij was vertrokken naar een heel andere tijd en plaats, en had hen achtergelaten met stenen muren, met schapen, met kelken en elkaar. Voor wat het waard was.

Haar hoofd tolde, haar bloed ruiste van de woede en verbijstering, en de schommelstoel waarin ze zat piepte en kraakte terwijl ze sneller heen en weer begon te wiegen om zichzelf te kalmeren, haar kamerjas strak om haar tengere gestalte getrokken.

Het schermpje van haar telefoon was weer donker geworden, maar het stond nog open op het laatste berichtje dat ze had verstuurd: *Noodgeval. Lekkende klep. Water stroomt langs de muren. Kom snel.*

Hoeveel had ze er verstuurd? Ze had geen idee. Ze wist niet eens hoelang ze hier al zat. De zon was een tijdje geleden ondergegaan, maar dat had ze niet gemerkt. Het schitterende uitzicht over de ronde baai op de paarse heuvels erachter gleed langzaam maar zeker de duistere omarming van de nacht in. Maar wat ze niet kon zien, kon ze horen: de zware dreun van de zee door het dikke dubbele glas van het hoge raam dat de gevelzijde van haar geliefde strandhuisje vulde. Haar vader had het grote raam laten installeren als cadeau voor haar eenentwintigste verjaardag. Waar haar vriendinnen een auto of een parelsnoer of een aanbetaling op een appartement hadden gekregen, had hij haar een geschenk van licht gegeven. Het beste cadeau ooit.

De klop op de deur deed haar opschrikken. De camping was momenteel verlaten, de gasten voor het weekend zouden op zijn vroegst pas morgen komen, dus ze verwachtte geen bezoek. Maar dit was geen gewone klop en dat betekende dat dit geen gewoon bezoek was. Met een snik van opluchting gooide ze de deken die ze om zich heen had geslagen van zich af, vloog over de oude donkere iepenhouten vloer en opende de deur met een zwaai. 'Je bent er,' zei ze met stokkende adem.

'Natuurlijk,' zei hij met zijn diepe, melodieuze stem, en hij nam haar bleke gezicht, betraande wangen, rode ogen en rillende fragiele gestalte in zich op. 'Ik ben gekomen zodra ik weg kon. Ik heb me zo bezorgd om je gemaakt. Kom eens hier.'

Als een gazelle sprong ze in zijn armen en klemde haar benen om zijn middel. Ze drukte haar gezicht tegen zijn hals en begon harder te snikken. Hij was haar ontsnapping, haar veilige haven. Dat was hij altijd geweest.

'Schatje toch,' mompelde hij terwijl ze bleef huilen. Hij stapte het huisje binnen alsof ze niet meer woog dan een tas met boodschappen, en hij trapte de deur dicht met zijn voet. 'Je bent heel sterk geweest. Dapper. Ik vond het vreselijk dat ik hier niet eerder naartoe kon komen.'

Ze begon nog harder te huilen en hij tilde haar door het huisje naar de bank tegenover het houtkacheltje, waar hij ging zitten met Ottie schrijlings op zijn schoot. Hij leunde achterover om haar beter te kunnen zien, duwde haar haren uit haar natte gezicht, streek met zijn duimen over haar huid, veegde haar tranen weg en wreef de in haar voorhoofd gegrifte zorgrimpels glad. Ze wist dat ze er ellendig uit moest zien, maar hij keek haar altijd aan met zoveel achting en tederheid dat ze het gevoel kreeg dat ze goed genoeg was. Meer dan goed genoeg...

Hij kuste haar langzaam, zijn lippen zacht tegen de hare. Ze bewoog achteruit en keek naar het gezicht van de man van wie ze hield, de enige man van wie ze ooit had gehouden. In zijn ogen lag vandaag niets van de glinstering die haar hart altijd deed opspringen, alleen maar droefheid.

'Je ziet er gebroken uit, liefje,' zei hij bezorgd.

Er ontsnapte haar weer een snik. 'Het was zo vreselijk, je weet niet half hoe verschrikkelijk. Mama is een wrak, Pip is woedend en Willow is zo... fucking stil. Iedereen is gespannen en ik heb geen idee hoe ik ze kan helpen. Als ik een van hen ondersteun, vallen de anderen om. Zo voelt het.'

Hij liet zijn handen onder haar kamerjas glijden, voelde haar koele huid en keek haar verwijtend aan. Hij wist dat ze het altijd koud kreeg als ze niet at. Zijn hand voelde warm aan en hij streek langs haar lichaam omhoog, omvatte haar borsten en liet hun gewicht in zijn handen rusten. 'Het is niet aan jou om voor iedereen te zorgen.'

'Maar wat moet ik anders?' riep ze uit. 'Ze kunnen zich niet redden.'

'Dat is de schok, het plotselinge overlijden van je vader, zonder waarschuwing... Maar het wordt elke dag een beetje beter, geloof me.' Hij duwde haar lange haar naar achteren en kuste het kuiltje tussen haar hals en schouder terwijl hij haar behabandje omlaagtrok.

Ze schudde haar hoofd. 'Nee. Het wordt niet beter. Je begrijpt het niet. Het wordt alleen maar erger en erger.'

Hij fronste en wipte een borst uit zijn cup met die vertrouwde bewonderende blik die steevast over zijn gezicht gleed als hij haar naakte lichaam zag. Het duurde een moment voordat hij besefte dat hij antwoord moest geven.

'Hoezo wordt het erger? Jullie hebben de uitvaart achter de rug, altijd het moeilijkste onderdeel. Je toespraak was prachtig, lieverd.'

Ze legde haar handen over de zijne om zijn strelingen te stoppen. 'We hebben vandaag de voorlezing van papa's testament gehad.'

'O?' Hij trok geïnteresseerd een wenkbrauw op, hoewel ze niet zeker wist of dat was vanwege de aanblik van haar tepel of het aangesneden onderwerp.

'Hij is gek geworden! Hij heeft het landgoed aan Willow nagelaten.'

'Wat?' Hij rukte zijn blik los van haar ontblote borst om haar gezichtsuitdrukking te lezen.

'Precies! Willow! Willow, onze millennial, ons sneeuwvlokje dat alles weet over sociale media en geen ene moer over het managen van een landgoed.'

Hij fronste weer, verbijsterd. 'Wat zei ze er zelf van?'

'Niets! Willow zegt tegenwoordig amper meer wat. Ze heeft blijkbaar een gelofte van stilte afge...' Ze slikte en voelde zich meteen schuldig om de onaardige opmerking. 'Ze leek er totaal van slag door te zijn,' zei ze met zachtere stem.

'Dat geloof ik graag.'

Ze keek hem smekend aan, alsof hij alle antwoorden had. 'Wat dacht papa in godsnaam wat zij ermee gaat doen? Iets wat hij niet kon?'

'Het is heel vreemd, dat ben ik met je eens,' zei hij peinzend. 'En wat betekent het voor...'

'Mama?' Ze rolde met haar ogen. 'Papa wil dat zij in het Dówer House gaat wonen.'

'Het Dower House? Waar is dat?'

'Aan de verste rand van het landgoed, verborgen tussen de bomen. Het is gebouwd door een of andere rancuneuze voorouder die wraak wilde nemen op zijn schoonmoeder of zoiets, en hij heeft het op de donkerste, koudste, meest beschaduwde plek gezet die hij kon vinden.'

Hij fronste opnieuw. 'Ah.'

'Precies. En papa heeft haar min of meer uit haar huis gezet om daar te gaan wonen!'

'Ik kan me niet voorstellen dat hij je moeder dat zou aandoen.'

'Nou, hij heeft het wel gedaan!' Ze realiseerde zich dat ze bijna gilde, dat haar lichaam stijf stond van de spanning. Ze dwong zichzelf om diep adem te halen en ze sloot haar ogen in een poging zich te ontspannen. Hij probeerde haar te kalmeren door troostend met zijn handen over haar haren en haar huid te strijken, en haar angst met kussen te smoren. Hij wist altijd precies hoe hij haar tot bedaren kon brengen, hoe hij die grillige, gejaagde gevoelens van verontrusting die haar de adem benamen, kon afzwakken. Maar ze was te zeer afgeleid door haar hoofd om zich in haar lichaam te kunnen verliezen.

'Dat was niet het enige. Hij schijnt geprobeerd te hebben Lorne weg te geven.'

'Wát?'

Ze was blij dat hij net zo geschokt was als zij. 'Hij heeft het aan An Taisce aangeboden. We hadden trouwens op Lorne kunnen blijven wonen, maar ze hebben de schenking afgewezen! Kennelijk kun je dingen tegenwoordig niet meer gratis weggeven, je moet wat overhebben voor het privilege.' Het sarcasme droop als stroop van haar woorden.

Hij knikte langzaam. 'Ah, ja. Een extra schenking of bewezen winstgevendheid, dat wist ik wel.'

Natuurlijk wist hij dat. Hij wist alles.

'Hoe dan ook, dat was zijn eigenlijke laatste wens, maar omdat die optie verviel, geldt de daaraan voorafgaande versie van het testament en krijgt Willow alles.'

Hij fronste. 'Hij heeft jou toch ook wel wat nagelaten?'

Ze kreunde zachtjes in de wetenschap dat het niet eerlijk was om alleen de hoofdlijnen over te brengen. 'Eh, ja... Ik wil niet suggereren dat hij de rest heeft onterfd. Dat zou papa nooit doen. Hij hield van ons.' Ze slaakte een zucht. 'Ik heb dit huisje gekregen en een stuk land. Wat sieraden en een schilderij dat ik altijd mooi heb gevonden.' Ze staarde naar een plek op de muur achter zijn oor. 'In alle andere opzichten was het allemaal... goed gekozen. Perfect, in feite.' Ze keek voor zich uit zonder de haarscheur in de muur te zien, of de spin die naar de hoek sloop. 'Het is niet heel veel, alleen maar alles waarvan hij wist dat ik er dol op was. Hij wist wat dit huisje voor me betekende en waarom: het uitzicht, het licht hier, dat je midden tussen de elementen zit.'

Hij schonk haar een wrang glimlachje. 'Je vader had altijd al een zwak voor je.'

Een zwak? Ze vroeg zich af of dat het juiste woord ervoor was. Het schuurde, voelde scherp aan.

'En Pip? Wat heeft zij gekregen?'

'Dat is vergelijkbaar. Ze heeft de stallen plus inhoud geërfd, ook alles wat ze ooit heeft gewild. En de smaragden van oma, die, nou ja...' Haar gezicht betrok. 'Niet aan haar besteed zijn. Ze zal ze nóóit dragen.' Ze fronste en keek hem weer in zijn lichtblauwe ogen. 'Maar begrijp je het? Daarom is het heel vreemd dat hij mama en Willow zo behandelt. Het lijkt wel alsof hij het verkeerd om heeft gedaan, alsof het een tikfout is of zo. Het zou veel logischer zijn geweest als Willow het Dower House had gekregen, ze is hier tenslotte nooit meer.'

'Maar waarom zou hij het dan zo hebben geregeld?'

'O'Leary denkt dat hij mama wilde beschermen tegen de zware last die het landgoed met zich meebrengt.'

'Door die op de schouders van zijn jongste kind te leggen?' Hij trok zijn wenkbrauwen op. 'Merkwaardig.'

'Dat vond ik ook.'

Hij zweeg even. 'Nou, misschien dacht hij dat er moeilijke beslissingen in het verschiet liggen en dat je moeder niet degene is die ze zou moeten nemen,' opperde hij tactvol. 'Als je ergens lang hebt gewoond, kan het lastig zijn om sentimenten en nostalgie buiten beschouwing te laten, hoewel het me een heel harde dobber voor Willow lijkt, dat zij met de problemen komt te zitten.'

Hij dacht er nog een ogenblik over na en haalde toen zijn schouders op alsof hij het onderwerp van zich afschudde. Hij boog zijn hoofd om haar hals te kussen, haar decolleté, haar borsten. Ze voelde dat hij opgewonden werd, maar deinsde achteruit. 'Ik ben vanavond niet in de stemming,' mompelde ze, verontschuldigend met de rug van haar hand over zijn wang strijkend, waarbij ze het stoppelbaardje tegen haar huid voelde. 'Kun je me even vasthouden?' fluisterde ze. 'Ik wil alleen maar dat je me vasthoudt.'

Zijn lippen plantten een kus op haar haar en zijn stoppelige kin wreef langs haar hals. 'Ik wil je altijd wel vasthouden. Ik weet alleen niet wanneer ik weer weg kan glippen. Het was al lastig genoeg om hier vanavond te komen.' Hij keek haar treurig aan. 'God, je weet hoe ik je mis, Ottie. Bij je vandaan zijn is een soort marteling. Te moeten doen alsof… Soms denk ik dat ik gek word van verlangen naar jou.'

'Ik weet het. Dat geldt voor mij ook. Maar…'

Hij legde zijn handen onder haar armen en tilde haar een stukje op, net genoeg om haar van zijn schoot te kunnen schuiven en haar op haar rug op de bank te leggen. 'Ik vind het verschrikkelijk je zo overstuur te zien. Laat me je troosten. Alsjeblieft, schat, laat me…'

Zijn lippen dwaalden over haar schouder, haar kamerjas lag nu helemaal open en hij bewoog met zachte kusjes over haar naakte huid naar beneden. Ze kneep haar ogen dicht, voelde zich verward, wilde dit nu niet willen. Het was niet het juiste moment, ze was van streek. Maar zo was hun leven samen nu eenmaal, er was nooit tijd genoeg. Ze konden Shula niet te lang laten wachten.

Het was midden in de nacht, maar de kamer was licht. De volle maan klom langs haar raam en wierp schaduwen over de rozenpatronen op de muur. De loodlijsten van de ramen creëerden rasters op het tapijt en een zacht gekraak op de ruiten duidde op vorst buiten.

Willow trok haar knieën op en hulde zich dieper in het donzen dekbed terwijl er weer een huivering door haar lichaam ging. Na maanden te hebben doorgebracht in de hoofdstad, met centrale verwarming, kostte het moeite om te wennen aan de kenmerkende kou van Lorne, maar ze wist dat deze kilte niets te maken had met het eenpijpsverwarmingssysteem hier. Deze kilte kwam van binnenuit. Ze was inwendig bevroren. Het vuur dat aanvankelijk in haar had gewoed toen ze drie jaar geleden in de bibliotheek had gestaan, was in de loop der tijd afgekoeld als magma, tot iets permanent onbeweeglijks. Een nieuw landschap.

De ergste schok van vanmiddag was voorbij – dat beklemmende gevoel op de borst, de zwarte draaikolk in haar hoofd – en nu begon het nieuws in te dalen en een simpel feit te worden: Lorne was van haar.

Het was een gifbeker, dat wist ze. Bij de 'schenking' van bijna tweehonderd hectare en een kasteel van bijna drieduizend vierkante meter was niet alleen een schuld inbegrepen, veel hoger dan ze ooit zou kunnen afbetalen, maar ook de beëindiging en ontmanteling van een nalatenschap, hun erfgoed. Iemand moest daarmee worden opgezadeld, en zij was nu dus de klos. Haar vader had het landgoed gemakkelijk aan zijn vrouw kunnen nalaten, die het relatief eenvoudig van de hand had kunnen doen. Want hoewel ze hier bijna haar hele volwassen leven had gewoond en ze haar dochters hier had grootgebracht, was ze niet geboren als een Lorne. Haar schuldgevoel om het einde van het landgoed Lorne zou veel minder groot zijn dan wanneer hij er zelf een punt achter had moeten zetten. Of hij had het aan Ottie kunnen nalaten, het oudste kind en traditioneel, rationeel gezien, de erfgename. Of aan Pip, zijn lievelingsdochter, die jongensachtig was, de zoon die hij nooit had gehad. Maar nee, hij had haar gekozen, en ze wist waarom. Ze wist precies waarom. Deze afwijzing was zo verschrikkelijk en allesomvattend als hij ooit had kunnen bedoelen, en de kracht ervan was fysiek aangekomen, had haar opnieuw beroofd van haar adem, haar woorden, haar protest, haar stem, haar wezen.

Maar nu de minuten wegtikten en de uren verstreken, begon de andere dimensie van haar vaders wilsbeschikking haar te dagen. Haar moeder en zussen konden de klok niet terugdraaien en tenietdoen wat ze wisten en hadden gedaan. De teerling was geworpen en dit was de onherroepelijke uitkomst. Ze waren samen maar ook ieder alleen, verdeeld door Lorne, juist datgene wat hen ooit had verenigd.

En als zij degene moest zijn die in de toekomst te boek zou staan als de dochter die het landgoed van de hand had gedaan – en O'Leary had haar geen haalbare alternatieven gegeven – scheen de zon dan niet ook achter de wolken? Als ze Lorne kon verkopen, zou ze rijk zijn. Dan kon ze overal naartoe gaan, doen wat ze wilde doen, zijn wie ze wilde zijn. Was dat niet de schaamte en het schuldgevoel waar ze mee opgezadeld was waard? Tenslotte was haar leven al veranderd. De verschrikking van drie jaar geleden had haar toch al gedwongen om hier weg te gaan en alles achter te laten wat ze kende en waar ze van hield. Het was doodsimpel. Ze had deze plek al eens haar rug toegekeerd. Nu hoefde ze het alleen maar nog een keer te doen.

6

'Een biertje graag, Joe.' Pip knikte naar de barman, leunde tegen de bar en liet vermoeid haar hoofd voorovervallen.

'Terug in het zadel, dus?' vroeg Joe, die met een opgetrokken wenkbrauw naar haar keek en een glas pakte, terwijl er regen van haar haar op de bar drupte. Ze had haar rijkleding en laarzen nog aan. De lange Driza-Bone-regenjas reikte bijna tot haar enkels, haar fleecetrui en gezicht waren bevlekt met modder en de suède hoed was zo nat dat de gebruikelijke kastanjekleur was veranderd in een donkere chocoladetint.

'Yep,' zei ze zuchtend. Ze was vandaag voor het eerst sinds haar vaders dood met een groep op pad gegaan, en dat was een vergissing geweest. Het stond al maanden in de agenda en Kirsty had aangeboden het op zich te nemen, maar dat aanbod had ze afgeslagen, met de gedachte dat 'terug naar normaal' goed voor haar zou zijn. Ze had verondersteld dat het gemakkelijker zou zijn dan op het erf rondscharrelen. Wat had het voor zin om af te wachten en niets te doen? Haar vader was begraven en zijn laatste wensen waren bekend. Ze konden toch moeilijk doelloos blijven rondhangen met bleke, betraande gezichten. Het leven moest vroeg of laat weer beginnen, hoewel dat in haar moeders geval moeite zou kosten. Ze was al overrompeld door het plotselinge verlies van haar man, maar het testament leek haar nog harder te hebben getroffen.

'Lange dag?'

'Dat kun je wel zeggen. Ik ben net terug van een tochtje naar Americas Point met een gezin uit Sligo.'

'In dit weer?' Hij grinnikte en keek met een lome blik uit het raam naar de stromende regen. 'Aan de andere kant, het is daar wel mooi,' zei hij mild, het biertje tappend.

'Aye, zeker. Met het uitzicht zat het wel goed. Maar voor de rest was het ergerlijk.' Ze pakte de dichtstbijzijnde barkruk en ging op haar gebruikelijke plek zitten. Het was nog vroeg en er was verder nog niemand, behalve Stan Burr, die zoals gewoonlijk bij het haardvuur zat en de race-uitslagen van de dag bekeek.

'O?'

Ze wierp hem een smalende blik toe. 'Een van de kinderen was doodsbang, zo erg dat het een half uur duurde voordat hij zijn voet in de stijgbeugel zette. Ik moest hem uiteindelijk zowat vastklemmen met de singel.'

Joe fronste. 'Waarom hebben ze een ponytocht geboekt als zo'n arm joch bang is voor de dieren?'

'Ze dachten dat het zou helpen als hij "met zijn angsten zou worden geconfronteerd",' zei ze, terwijl ze met haar vingers aanhalingstekens in de lucht tekende. 'Hoe dan ook, zijn broertje was het tegenovergestelde, een brutale knul die over alle heggen wilde springen, tot op het punt dat ik genoodzaakt was het hoofdstel te pakken om te voorkomen dat hij de gang erin zou zetten en aan de andere kant over de rotsen de diepte in zou storten.'

'O jee.' Joe grijnsde.

'En de moeder bleek allergisch voor paarden te zijn en heeft de hele tocht met gezwollen, bijna dichte ogen doorgebracht.'

'Gossiemijne,' gniffelde Joe. 'Je hebt het vandaag dus slecht getroffen met die lui.'

'Absoluut. Echt, ik moet wel gek zijn.' Ze zette haar hoed af en wreef met haar handen over haar gezicht. Er viel een strootje uit haar haren op de bar en ze pakte het verstrooid op om het tussen haar vingers te laten rollen.

'Maar bekijk het eens van de zonnige kant: je bent in de buitenlucht, samen met je dieren. Dat is wat je altijd al hebt gewild, toch?'

Haar ogen flitsten even naar hem op, waarna ze ze weer neersloeg. 'Ik denk het,' zuchtte ze. 'Dank je,' zei ze toen hij haar biertje neerzette en zij hem het geld overhandigde. Ze keek hoe hij naar de kassa liep.

'Vanwaar die aarzeling?' vroeg Joe terwijl hij haar het wisselgeld gaf. 'Ik dacht dat je graag met paarden werkte?'

'Niet al het werk met paarden is even leuk.' Ze nam een flinke teug zonder zich druk te maken om de schuimsnor die achterbleef toen ze haar glas liet zakken. Ze nam de tijd om hem af te deppen. 'Ik denk niet dat het personeel in de stallen van sjeik Mohammed ooit te maken heeft gekregen met getraumatiseerde kinderen en anafylactische moeders.'

'Dus is dat wat je eigenlijk wilt? De paardenraces?'

'Nee, dat niet.'

'Wat dan?'

Ze slaakte een diepe, vermoeide zucht en gleed met een vinger over de rand van haar glas. Ze kon zichzelf er niet toe brengen het hardop te zeggen: volbloeden fokken. Mijn eigen stoeterij. Het klonk altijd zo… onaannemelijk. Onmogelijk. Iets voor rijkelui. 'Ik weet het niet. Gewoon… iets anders.'

Joe pakte een glas en begon het droog te wrijven. 'Ik heb gehoord dat je pa je de stallen heeft nagelaten.'

Ze schonk hem een schalkse blik. 'Is dat zo? En waar heb je dat dan gehoord?' Er werd altijd flink geroddeld in het dorp. In Lorne bleef nooit iets lang geheim.

Er brak een grijns door op zijn gezicht. 'O, je weet wel. De mensen kletsen wat af.'

Ja, dat wist ze. Ze haalde haar schouders op. Het kon haar niet schelen of de mensen ervan wisten, hoewel ze zich afvroeg hoe ze hadden gereageerd toen ze hoorden dat Willow, en niet Serena of Ottie, nu de eigenares van het kasteel was.

'Dus je kunt ermee doen wat je wilt, toch?'

'Waarmee?' vroeg ze met een frons. 'Ik kan je even niet volgen.'

'Het bedrijf. Dat is nu officieel van jou. Ik dacht dat je pa degene achter de ponytochten was.'

'Nou, inderdaad, hij zei altijd dat het jammer zou zijn om aan de Wild Way te wonen en er niet wat aan te verdienen.' Het was dezelfde gedachtegang die tot de camping had geleid, waarmee hij ook nog eens werk en een thuis voor twee van zijn dochters had gecreëerd, zodat hij ze dichtbij kon houden. Maar niet de derde dochter. Zij was ervandoor gegaan als een paard dat was geschrokken van een muis.

De deur van de pub ging open en Pip draaide zich om. Een groepje jongelui stampte lachend de modder van hun laarzen, ieder schuilend onder een exemplaar van de plaatselijke krant, met op de voorpagina een foto van haar vaders gezicht.

'Goeienavond,' zei Joe met een knikje als reactie op hun uitgelaten stemming.

Pip voelde dat haar dag er niet beter op werd. 'Geweldig,' zei ze in zichzelf, en ze draaide zich weer om.

'Ha, Joe. Hoi, Pip.'

'Taigh,' mompelde ze, waarop ze een slok van haar bier nam.

'Vier bier en een gin-tonic graag, makker. Heb je nog van dat luxe rabarberspul?'

'Een dure date heb je vanavond, Taigh,' grapte Joe, die naar de fles Arrowsmiths Ruby Rhubarb Gin reikte.

Pip rolde met haar ogen en staarde in haar glas. Het was net iets voor Taigh om duur te verwarren met smaakvol.

'En ik neem even een paar menukaarten mee.' Taigh stak zijn arm voor haar langs en ze leunde ver achterover. 'Dank je.' Hij keek Joe weer aan. 'Wat zijn de dagspecials vanavond, Joe?'

Dat was een geintje van Taigh. The Hare deed niet aan specials. De klanten aten wat de pot schafte, een maaltijd die werd bereid van wat de boerderijen die week hadden geleverd.

'Fazantstoofpot of vleespastei,' dreunde Joe op.

Pip tikte langzaam met haar vinger op de bar terwijl Taigh talmde en deed alsof hij nadacht.

'Ik breng jullie bestelling wel,' zei Joe, die haar nauwelijks verholen irritatie waarnam. 'Het is momenteel rustig.'

'Oké, bedankt. Het weer houdt iedereen thuis, denk ik. Alleen idioten gaan er nu uit.'

'Ha!' riep Joe geamuseerd uit. 'Hoor je dat, Pip?'

'O, jawel,' antwoordde ze met zo verveeld mogelijke stem.

Taigh maakte aanstalten zich om te draaien, stopte en wendde zich tot haar. 'Pip, eh, hoe gaat het met je? Red je het een beetje?'

Ze draaide rond op haar kruk om hem aan te kijken. 'O, met mij gaat het top,' zei ze sarcastisch. 'Het is een fantastische week geweest.'

Hij opende zijn mond om te reageren, maar leek zich te bedenken en knikte alleen maar met een vluchtige blik naar Joe, die hem meelevend gadesloeg. Taigh liep naar de anderen aan de tafel bij het haardvuur.

Pip keek hem niet na, ze gunde hem dat genoegen niet. Maar ze had zijn nieuwste date stiekem al gezien: een helblonde meid in een strakke jeans met te veel eyeliner. Ze woonde in Dunmorgan. Dat wist Pip omdat ze – Laura? Lorna? Ja, Lorna Delaney – af en toe voor haar ouders werkte in het lokale supermarktje, waar Pip vaak met klanten naartoe ging als ze op de terugtocht zin hadden in een drankje of een ijsje. Ze had wat Mrs Mac een 'zekere reputatie' zou noemen.

'Nog eentje?' vroeg Joe terwijl ze haar laatste slok bier nam.

Ze aarzelde. Ze had echt trek in nog een glas. Na vandaag voelde ze zich mat en gefrustreerd. Na gisteren voelde ze zich verward. (Hoe had haar vader het in zijn hoofd gehaald om het landgoed aan Willow na te laten? Ze kon er nog steeds met haar hoofd niet bij.) Ze voelde zich terneergeslagen. Ze wist niet of ze al terug wilde naar haar kleine, rustige onderkomen boven de stallen. Aan de andere kant had ze ook geen zin om mee te luisteren met het flirterige voorspel van die lui achter haar. 'Nee, laat maar,' antwoordde ze met een zucht, en ze pakte haar hoed. Ze had thuis nog een fles pinot noir. 'Ik heb nog papierwerk liggen en zo.'

'Ah,' zei Joe knikkend zonder door te vragen. De dood bracht altijd papierwerk met zich mee. 'Sterkte daarmee.'

Ze trok haar wenkbrauwen op en draaide zich om.

'O, eh, Pip, voor je gaat, ik wilde je vragen of we je zaterdag nog zien op het feest van de Mullanes?' riep Joe haar na.

Ze draaide zich om en keek hem blanco aan. 'De Mullanes?'

'Weet je nog dat ze hun winst op de Aintree Racecourse zouden vieren? Dat doen ze dit weekend. Terry was hier een paar dagen geleden nog.' Ze liep langzaam terug naar de bar en hij begon wat zachter te praten. 'Hij was in Dubai toen je pa overleed, dus hij heeft het nog maar net gehoord. Hij vond het vreselijk dat hij de begrafenis heeft gemist.'

'Hij kon het niet weten,' zei ze stijfjes, ervan balend dat haar keel zich steeds weer dichtkneep als het over haar vader ging, en dat de tranen voortdurend achter haar ogen bleven hangen, klaar om te vallen, terwijl ze een hekel had aan huilen.

'Hij dacht erover om het feest af te gelasten, als teken van respect, weet je wel.'

'Jeetje, nee hoor, dat moet hij niet doen,' zei ze snel. Dat feest stond al maanden gepland. Praktisch iedereen in een omtrek van vijftien kilometer was uitgenodigd om het glas te heffen op het geweldige paard dat op deze grond was geboren en getogen. 'Mijn vader zou voor geen goud hebben gewild dat welk feest dan ook vanwege hem niet door zou gaan.'

'Dat heb ik ook gezegd. Maar hij twijfelt nog.'

'Zeg maar dat dat nergens voor nodig is.' Haar stem klonk schor. Haar vader had zich zelf enorm op het feest verheugd.

'Kom jij dan ook? Terry hoopt erg van wel.'

Pip keek hem aan, zich te laat realiserend dat haar ogen zich weer met tranen hadden gevuld en glansden in het lamplicht. 'Misschien. Ik weet het nog niet.'

Joe reikte over de bar en gaf een troostend kneepje in haar hand.

Haar tranen leken mensen altijd ongerust te maken – anders dan haar sarcasme. 'Hé, er is geen haast bij. Je hoeft het nog niet te beslissen. Kijk maar hoe het gaat.'

'Dank je, Joe,' zei ze hees. Ze trok haar hand snel weg en zette haar hoed op. Ze draaide zich om en boog haar hoofd om zich achter de rand te verbergen terwijl ze snel naar de deur liep, verlangend naar de camouflage van de regen op haar gezicht. Ze zou sommige mensen nooit toestaan haar te zien huilen.

Weer thuis keek ze hoe haar kant-en-klaarmaaltijd voor één persoon ronddraaide op de schaal in de magnetron. Er was nauwelijks een sneuer tafereel te bedenken, dacht ze bij zichzelf toen het belletje klonk en haar maag instemmend rammelde.

Slinki, haar kat en oppermuizenvanger, strengelde zich in achtjes rond haar benen terwijl ze het plastic deksel van het bakje probeerde te trekken zonder zich te branden aan de stoom die eraf kwam. 'O, Slinki,' zei ze kregelig toen ze bijna over haar struikelde terwijl ze haar maaltijd op het dienblad zette. 'Jij hebt al gegeten. Ik nog niet.'

Ze pakte het dienblad op en nam het mee naar de kleine bank, waar ze met een zucht in de kussens neerzonk en naar de afstandsbediening greep. Slinki sprong op de leuning en miauwde klaaglijk. 'Nee, geloof me maar, tikka masala is niet goed voor je ingewanden, wat je maag je ook vertelt.' Pip kreunde bij het idee. 'Getsie, geen lekkere gedachte.'

'Praat je weer tegen je kat?'

'Wat?' Pip liet het dienblad bijna van haar schoot glijden en keek op. Iemand tuurde bovenaan de trap door de deuropening naar binnen.

'Jezus, Willow! In godsnaam!'

'Klop, klop,' zei Willow, en ze liep het appartementje binnen.

'Het heeft geen zin om te "kloppen" nádat je me de stuipen op het lijf hebt gejaagd!' riep Pip uit. 'Ik schrok me dood...'

Het woord bestierf haar op de lippen.

'Ik dacht dat je de auto wel gehoord zou hebben,' zei Willow na een ogenblik. Ze zette een doosje theezakjes op het aanrecht. 'Mrs Mac zei dat ze bijna op waren.'

Pip keek er verbaasd naar. Was Mrs Mac hierbinnen geweest om voor haar te zorgen? 'Nou, je weet wat voor stille machine die auto is,' zei ze ironisch zonder op de theezakjes in te gaan, verwijzend naar de logge luchtmachtblauwe Land Rover Series II uit 1958 die hun vader voor hun moeder had gekocht toen ze tien jaar getrouwd waren – hun tinnen bruiloft. 'Wijn?' Ze hield een goedkope fles rood omhoog en keek hoe haar zusje door het kleine appartement liep en neerzeeg in de leunstoel tegenover haar, met haar hoofd achterover en haar armen en benen slaphangend als die van een vogelverschrikker.

'Nee. Te moe.'

'Maar goed ook. Hij smaakt naar zeep,' merkte Pip op met een grimas, en ze nam een slok. Ze begon te eten. 'Je ziet er trouwens ellendig uit.'

'Dank je. Jij ook.'

'Ik heb er een goede reden voor,' zei Pip met volle mond en met haar vork in de lucht prikkend. 'Ik heb vandaag een tocht van kílometers gemaakt met een gezin dat nóóit de bewoonde wereld had mogen verlaten, en dat terwijl de regen met bakken uit de hemel kwam.' Willow schonk haar een wrang glimlachje, haar ogen nog gesloten, haar hoofd nog schuin achterover. 'En jouw excuus?'

'O, je weet wel, alleen maar die kleine kwestie van wat te doen met een zevenhonderd jaar oud kasteel dat al een half miljoen vraagt om alleen maar waterdicht gemaakt te worden, hoewel we vijfentachtig cent op de bank hebben staan.'

'Hm, leuk,' zei Pip bruusk, en ze stak een stukje kip in haar mond. Als haar zusje medeleven zocht, zou ze het hier niet vinden. Ze was boos op haar, al wist ze best dat Willows erfenis een blok aan haar been was, een blok dat ze zelf godzijdank niet hoefde mee te zeulen. Maar ze had medelijden met Ottie en hun moeder. Zij tweeën waren er bekaaid af gekomen. 'Hoe gaat het met mama?'

Willow was even stil. 'Die ontwijkt me, geloof ik.'

'O.' Pip slikte en voelde zich onmiddellijk schuldig. Haar rationele zelf wist dat Willow er niets aan kon doen. 'Nou, geef haar maar wat tijd,' mompelde ze. 'Ze draait wel weer bij. Het is de schok.'

'Ja. Daar kunnen we allemaal over meepraten.'

Pip keek haar aan. 'Heb je enig idee wat je gaat doen?'

Willow haalde nonchalant haar schouders op. 'Het verkopen natuurlijk.'

Pips vork bleef halverwege in de lucht hangen. 'Alsof het niks is?'

'Nee. Niet alsof het niks is,' zei Willow, die in de verdediging schoot. 'Maar wat moet ik dan? Papa heeft alle opties al onderzocht. We kunnen er niets mee zonder een grote geldinjectie, die we domweg niet hebben. En we kunnen het niet weggeven zonder geld bij te leggen, verdomme. Het kasteel moet gerestaureerd worden. Misschien zien jullie het niet omdat jullie steeds hier zijn, maar het verval is gewoon schokkend.' Ze haalde nog eens haar schouders op. 'Als we het ons niet kunnen veroorloven ervoor te zorgen, kunnen we het beter verkopen aan iemand die dat wel kan, dat is de meest verantwoordelijke keus.'

'Nou, als je het zo bekijkt... Het is erg pragmatisch van je, Will. Heel rationeel,' zei Pip uiterst sarcastisch. 'Je kunt op zijn minst probéren manieren te bedenken om het in de familie te houden voordat je gaat cashen! Je bent goddomme nog maar sinds gisteren eigenaar!'

'Nou, heb je een suggestie dan? De luxe bed and breakfast was een mislukking...' zei Willow, die haar vingers opstak en begon te tellen.

'Alleen maar vanwege de recessie. Daarvóór ging het prima.'

'Papa heeft tweehonderdduizend euro geleend om het bed-and-breakfastgedeelte te moderniseren, en dat bedrag heeft hij nooit terugverdiend.' Ze wees naar de volgende vinger. 'De patrijzenjacht was een mislukking.'

'Alleen omdat de vossen de kuikens hadden gepakt toen een of andere stadse halvezool de deurtjes open had laten staan.'

'Het foodfestival was een mislukking.'

'Die verrekte jam was te duur! Dat zei ik toen meteen al.'

Willow keek haar zus aan. 'Jij weet net zo goed als ik dat er honderd andere initiatieven op niets zijn uitgedraaid. Het was ook allemaal niet grootschalig genoeg. We liggen aan de Wild Atlantic Way, maar het probleem zit hem in de locatie: te afgelegen, te landelijk. Een camping? Prima. Ponytochten? Prima. Kleinschalige, goedkope ondernemingen werken wél, maar die leveren niet genoeg op om het kasteel te kunnen onderhouden. Als mensen in een kasteel willen logeren, verwachten ze een paar dagen Assepoester op het bal te zijn, niet het meisje dat in lompen as loopt te vegen.'

Pip maakte een afkeurend geluid, maar ze kon de waarheid in de woorden van haar zusje niet weerleggen. Wat had O'Leary gisteren ook alweer gezegd? Dat ze ternauwernood het hoofd boven water konden houden?

Willow zonk terug in de kussens en sloot haar ogen. 'Ik heb contact opgenomen met mijn vriendin Hels – Helena Talbot. Ze werkt als tussenpersoon bij Christie's in Dublin. We hebben veel gemeenschappelijke vrienden. Ze heeft op dezelfde school gezeten als mijn flatgenoot.'

'Shaz.'

'Caz.'

'O, oké,' reageerde Pip lauw, geheel niet onder de indruk.

Willow zuchtte geërgerd. 'Ik heb haar gevraagd hiernaartoe te komen en alles te bekijken. Mama heeft de complete inboedel van het kasteel geërfd, maar er is veel te veel om mee te kunnen nemen naar het Dower House, dus ze zou een groot deel in de verkoop kunnen doen.'

'Denk je dan niet dat zij dat dan zélf zou moeten organiseren, aangezien het zo ongeveer alles is wat papa haar heeft nagelaten?' Weer klonk er een beschuldiging door in haar stem.

Willow kneep haar ogen tot spleetjes. Ze voelde heel goed waar Pip in deze kwestie stond. 'Als er iets speciaals is wat je uit het kasteel zou willen hebben, raad ik je aan zo snel mogelijk te regelen dat je het krijgt.'

'Jezusmina,' mompelde Pip. Haar humeur verslechterde met de minuut. 'Is het niet genoeg dat we ons huis kwijtraken? Nu moeten we ook nog de dingen verliezen die er een thuis van hebben gemaakt? Laat er vooral geen gras over groeien, hoor,' zei ze boos.

Willow keek voor zich uit en zweeg – iets wat ze steeds leek te doen als ze het even niet meer wist – terwijl Pip verder at. De stilte bleef tussen hen in hangen en Pip voelde de muren weer om haar zusje neerdalen. Er stond tegenwoordig een obstakel tussen hen in waarvan ze niets begreep. Toen ze opgroeiden, waren ze heel hecht geweest. Willow keek altijd tegen haar op als de ondeugende grote zus, heimelijk giechelend als Pip iets durfde waar zij het lef niet voor had. Maar toen was Willow naar Dublin vertrokken en was alles veranderd. *Wat is er met je gebeurd?* Het was de vraag die nu altijd op het puntje van haar tong lag, want ze wilde er dolgraag antwoord op hebben. Het was niet zozeer het vertrek van haar zusje dat pijn had gedaan – Willow had nooit dezelfde fysieke band met deze plek gehad als zij en Ottie, ze had het land niet nodig zoals zij – maar de manier waarop ze bijna doelbewust het contact met hen had verbroken. Ze had telefoontjes en berichten onbeantwoord gelaten, verjaardagen vergeten en was zelfs met Kerstmis niet thuisgekomen, omdat ze dan altijd ergens in Goa of Acapulco of Tulum zat. De familieleden waren om de paar maanden beurtelings bij haar in Dublin op bezoek gegaan – hoewel het voor Pip het moeilijkst was geweest om weg te gaan vanwege de paarden – maar geen van hen was teruggekomen met het idee dat er weer iets van verbinding met haar was ontstaan. De afstand leek alleen maar gegroeid te zijn.

In de loop der jaren had ze verschillende keren geprobeerd het onderwerp aan te snijden – ze nam nooit een blad voor de mond, dat wist iedereen – maar iets in Willows ogen had haar altijd tegengehouden, een waarschuwing dat er landmijnen onder haar voeten konden ontploffen als ze dat terrein zou betreden.

'Nou, het zal een bezoeking worden om het te verkopen, dat kan ik je wel vertellen,' mompelde Pip, en ze nam nog een slok wijn en een hap. 'Je hebt gehoord wat O'Leary zei over die botterik die probeerde de boel te besodemieteren. En mama heeft me verteld dat ze daarvóór al een groot deel van het jaar op zoek waren geweest naar een koper. Geen interesse.'

'Maar wie had hij erop gezet dan? McGinty's in Cork heeft natuurlijk niet het internationale bereik dat Lorne nodig heeft.' Willow trok haar lip op, wat Pip vertelde dat Dublins grotere, stijlvolle scene haar zusje naar het hoofd was gestegen. Geen wonder dat Lorne in haar beleving slechts een godvergeten provinciaal gat was.

Pip hoopte dat haar ogen vuur schoten. 'Je zult het wel merken. Er komt geen mens op af.'

'Ik geloof niet dat er geen enkele belangstelling voor was,' kaatste Willow terug.

Pip haalde haar schouders op. 'Alleen die vent die op het laatst onderbood, en die deal was sowieso tot mislukken gedoemd.'

'Waarom dat? Ze konden toch niet weten dat hij uiteindelijk te weinig wilde betalen?'

'Daar ging het niet alleen om.'

'Waar ging het dan nog meer om?'

Pip fronste haar wenkbrauwen, zoals ze altijd deed als ze imponerend wilde overkomen. 'Mama heeft me verteld dat hij een Engelsman was.'

'En? Wat heeft dat ermee te...' Willows ogen werden groot. 'O mijn god, dat meen je toch niet?'

'Nou ja, zeg!' Pip verslikte zich bijna in een hap. 'Hoe had papa zijn kasteel kunnen verkopen aan een Engelsman? Wat maak je me nou! Geef je dan niets om onze geschiedenis? Het is gebouwd als beloning voor het verslaan van de Engelsen!'

'Ja. Zevenhonderd jaar geleden!' zei Willow spottend. 'Hoog tijd om die wrok maar eens te laten varen, vind je niet?'

Pip schudde krachtig haar hoofd. 'Nee. Gaat nooit gebeuren. Mama zei dat papa accepteerde dat hij het ridderschap niet kon overdragen, en zelfs dat hij er niet voor kon zorgen dat we hier konden blijven wonen, maar dat hij het kasteel nooit zou verkopen aan een Engelse oplichter – over zijn lijk.'

Willow gaf geen antwoord en er kroop een blik van afschuw over haar gezicht om de onhandige woordkeus van haar zus. 'Ik moet gaan,' zei ze kortaf en ze stond op, met tranen in haar ogen.

'Willow...' Pip staarde haar aan, zonder te weten wat ze moest doen. Waarom leek elk gesprek tegenwoordig in een ruzie te eindigen? Wat was er met hen gebeurd? Dit was geen tijd om onenigheid met elkaar te hebben, zelfs al had hun vader hen in een lastig parket gebracht. 'Wacht nou even.'

'Wat is er?' snauwde Willow vanuit de deuropening. Ze oogde gespannen en haar wangen waren ingevallen.

Pip pijnigde haar hersens om iets neutraals te bedenken. 'Heb je zin om naar een feest te gaan?'

'Nú?'

'Nee, niet nu, jezus, waar zie je me voor aan?' zei Pip verontwaardigd. 'Maar geef daar maar geen antwoord op...' mompelde ze erachteraan. 'Het is in het weekend. Bij Terry Mullane in Wickling. Zijn paard Midnight Feast heeft...'

'De Grand National gewonnen. Dat weet ik nog,' zei ze mat. Paarden deden Willows hart niet sneller kloppen.

'Oké. Nou, ze houden een verlaat feest om het te vieren. Ze hebben lange tijd in Dubai doorgebracht. Het wordt een grootse toestand. Vintage champagne, de hele nacht dansen, vermoed ik. Net iets voor jou.'

Willow keek haar strak aan. Ze zag er onbedoeld statig en slank uit in haar legging en wijde trui, en voor de honderdste keer bedacht Pip hoezeer haar zusje was veranderd. Ze was kennelijk volwassen geworden. Toch zou ze er nooit helemaal aan wennen: gestroomlijnde spieren waar ze in haar tienertijd nog enige molligheid vertoonde, groene kruidendrankjes in de koelkast in plaats van cola, sportleggings en gympen in plaats van jeans en rubberlaarzen, een bobkapsel op schouderlengte in plaats van haar donkere, zwiepende paardenstaart. Het voelde eerder als een revolutie dan als een evolutie, als een afwijzing van het naïeve plattelandsmeisje, dat ze had ingeruild voor een nieuwe identiteit: vlotter, flitsender, beter. 'Ik denk het niet. Het lijkt me geen goed moment voor een feest.'

'Je hebt gelijk, ik had datzelfde idee al.' Pip zuchtte en liet haar schouders hangen. Alles leek tegen hen te zijn.

Willow wachtte even, maar kwam weer in beweging en maakte aanstalten om te gaan. 'Aan de andere kant,' merkte Pip tegen haar rug op, 'hebben de afgelopen twee weken ons misschien wel geleerd dat je de dag moet plukken.' Ze beet op haar lip en wachtte terwijl haar zus zich weer naar haar omdraaide. 'Denk je niet?'

7

Vrijdag 6 december

Ottie trok haar anorak dichter om zich heen en liep verloren langs de standplaatsen voor de tenten, met haar klembord tegen zich aan gedrukt. Het waaide stevig, want er kwam een storm over de Atlantische Oceaan hun kant op, en haar natte haren zwierden tegen haar wangen als die van een strijkstok over de snaren van een viool.

'Goedemiddag, is alles naar wens?' vroeg ze aan een paar vrouwen die het toiletgebouwtje uit kwamen, ieder met een handdoek over de schouder. Ze waren gekleed zoals zo ongeveer iedereen die hier de afgelopen anderhalve dag was neergestreken: een trainingspak, fleecevest, windjack en stevige sportschoenen. De meesten van hen brachten hun tijd door in hun tent, waar ze pasta kookten op hun kooktoestelletjes, heel veel pasta. Berties inmiddels beroemde Kilmally Ultra Event zou morgen in alle vroegte beginnen, met een voorbereidende bijeenkomst in het dorpshuis van Gallaloe vanavond, en er hing al een verwachtingsvolle sfeer in de lucht.

'In een van de toilethokjes is het wc-papier op,' zei een van hen bij het langslopen.

Ottie knikte, zich bewust van de tomeloze energie en het uithoudingsvermogen van de vrouw. Zij ging kilometers hardlopen, de dag en de hele nacht door, vrijwíllig, terwijl Ottie alleen maar op dit veld rondging. Haar vaders afwezigheid lag overal waar ze keek op de loer. Ineens begreep ze dat zij werkelijk lééfden en dat zijzelf enkel bestond. 'Oké, dat maak ik in orde, bedankt.'

Ze keek de vrouwen na. Ze zetten hun gesprek meteen weer voort en hun armen raakten elkaar bijna tijdens het lopen, waardoor ze een steek van jaloezie voelde. Zij had geen beste vriendin, die had ze nooit nodig gehad. Zij, Pip en Willow waren altijd heel hecht met elkaar geweest, in elk geval in hun kindertijd, maar opgroeien bleek ook uit elkaar groeien te betekenen. Willow was natuurlijk verhuisd, maar hoewel Pip nog altijd dichtbij was, hoewel ze nog altijd konden voorspellen wat de ander zou zeggen, of elkaar beledigen als piraten met een vrolijke dronk, was het niet meer hetzelfde, want ergens op de achtergrond speelde altijd haar grote geheim. Dat hing haar als een schaduw boven het hoofd, of ze nu in de pub of aan de keukentafel zat, en er was niemand aan wie ze het kon vertellen. Haar zussen niet, haar ouders al helemáál niet en zelfs Mrs Mac niet. Ze was verliefd, maar dat mocht niemand ooit te weten komen.

Ze liep naar het toiletblok. Het was een fraai gebouwtje, een opgeknapt *blackhouse*, met oude stenen muren en een rieten dak, waarvan de aarden vloer in latere tijden was bedekt met lokale leistenen. Haar vader en zij hadden veel belang gehecht aan de ecovriendelijkheid toen ze besloten om deze camping achter het strand te realiseren, dus hadden ze een waterrecyclingsysteem laten installeren, waarbij de wc's werden doorgespoeld met grijswater en er voor de douches regenwater werd opgevangen (dat in Ierland natuurlijk overvloedig voorhanden was).

Ze maakte de bezemkast open en vulde de rollen wc-papier in de hokjes aan. Daarna controleerde ze of alles schoon was en naar behoren werkte en of de douches goed waren uitgezet. Ze vond een handdoek aan een van de haakjes, een sjaal van het merk Columbia op de vloer achter een deur, en een Adidas-slipper onder een wastafel. Ze legde de items in de rieten mand met GEVONDEN VOORWERPEN in de hoek. De eigenaars hadden tot de volgende zaterdag om ze op te halen voordat ze werden weggegooid of naar de kringloopwinkel in Agmor werden gebracht. Met een laatste blik om zich heen tekende ze de controlekaart en hing hem terug aan de muur. Het schoonmaakteam zou morgenochtend vroeg komen.

Weer buiten in de elementen bukte ze haar hoofd en zette zich schrap tegen de wind en de natte sneeuw. Hoewel het nog maar halverwege de middag was, werd het al donker en voelde het koud aan door de kille wind. Ze deed nog een laatste ronde over de camping om te controleren of alles er goed uitzag en er geen afval lag. In de loop van slechts enkele uren waren bijna alle plekken bezet, en ze liep langs de vele oranje, hemelsblauwe en olijfgroene tenten, goed uitkijkend voor scheerlijnen. In sommige tenten hoorde ze mensen kletsen, ergens hoorde ze iemand snurken, elders weer zachte muziek, het geblader in boeken of geritsel van landkaarten, en terwijl ze terugliep naar de windbestendige warmte van haar kantoortje, tevens de receptie, vroeg ze zich voor de zoveelste keer af wat het kamperen in deze omstandigheden voor deze mensen zo aantrekkelijk maakte. Waarom zou iemand er vrijwillig voor kiezen om op de harde grond te slapen, rillend van de kou, met de hele nacht wapperende nylon doeken boven het hoofd? Maar ja, dat was nog weelderige luxe vergeleken met wat ze zichzelf aandeden in het Ultra Event: uren en uren en uren lopen, dag en nacht, bijna zonder te stoppen om te eten, drinken of slapen of zelfs maar naar de wc te gaan.

Als steward bij deze duurloopwedstrijd – die helemaal werd gerund door vrijwilligers – zag ze wat het deed met het lichaam. Er stortten deelnemers in, ze braakten, raakten onderkoeld en geblesseerd. Wat dreef iemand om zichzelf zoiets aan te doen? Modern ascetisme? Een grotere pijn? Een spirituele roeping?

Aan de andere kant hoorde Bertie niet alleen bij deze stam, hij was het opperhoofd. Ze maakte zijn enorme drive van dichtbij mee, zijn behoefte om zich tot het uiterste in te spannen, beter te zijn dan de meeste mensen... Het was een zichtbaar gefocuste en gerichte manier van leven, ondernemend en dynamisch. Het was een van de redenen waarom ze van hem hield. Ze genoot van zijn energie, die de hare voedde. Hij gaf haar een licht en tintelend gevoel. Wie zou zich niet speciaal – en veilig – voelen bij zo'n man?

Ze liep haar kantoortje binnen, deed de deur achter zich dicht, de wind buitensluitend, en zette meteen water op. Ze trok haar natte jas uit en hing hem aan het haakje achter de deur, waarna ze in haar handen wreef en erop blies terwijl ze voor het elektrische kacheltje stond.

Het was een klein vertrek in een oud schapenhok, en er pasten niet veel meer dan een bureau en een stoel in. Maar de stapelmuren waren dubbeldik en op kille, winderige dagen als deze betekenden de kleine afmetingen dat het er in elk geval snel warm werd. Er waren twee ramen, een op het oosten, met uitzicht op de ingang van het campingveld, waar de mensen zich kwamen melden, en het andere op het westen, met uitzicht op haar huisje en direct daarachter het privéstrand van landgoed Lorne, dat alleen toegankelijk was voor familie en kampeerders. Die kant stond ze nu op te kijken terwijl ze wachtte tot het water kookte. Ze zag een stel sternen door de lucht zwenken, als surfers zeilend op de wind. Het was eb en er bleven lange strengen zeewier achter op het goudkleurige zand, en een paar helderblauwe oude visnetten plus een half verscholen gele emmer die ze van deze afstand nog kon zien. Ze zuchtte om de droevige vertrouwdheid ervan. Ze had haar dagelijkse schoonmaakronde al gemaakt en petflessen, een verdwaalde schoen en wat plastic zakken weggehaald, maar elke keer dat het vloed was, spoelde er nieuw afval aan.

Het water kookte en ze maakte met een tevreden blik op het volgeboekte veld een kop oploskoffie voor zichzelf. Haar vader had dit evenement altijd 'hun Glastonbury' genoemd. Het was een bont allegaartje van kleuren, lawaaierig ook, zoals de tenten door de wind werden geteisterd, en ze wist dat zij en het gras er minstens een week over zouden doen om te herstellen als ze allemaal weer weg waren. Maar het was de laatste lichting van het jaar; vanaf dinsdag zou ze gesloten zijn tot eind februari en ze wist niet goed of ze zich daarop verheugde of er juist tegen opzag. Had ze er nu wel behoefte aan om tijd tot haar beschikking te hebben?

Ze leunde tegen het bureau en keek in de agenda. Er moest nog één gast inchecken – ene Ben Gilmore die hiernaartoe kwam vliegen vanaf Heathrow – en daarna kon ze het voor vandaag voor gezien houden. Ze staarde ongeduldig wachtend uit het raam. Ze kon niet vertrekken voordat ze hem had ingeschreven en hem een sleutel voor het toiletblok en de tijdelijke code voor elektriciteit op zijn standplaats had gegeven. Zelfs tentkampeerders hadden tegenwoordig een oplaadpunt nodig. Volgens zijn reservering zou hij hier om vier uur zijn, maar het was inmiddels half vijf en ze wilde heel graag weg. Bertie zou de officiële briefing voor de wedstrijd van morgen om zes uur houden, en daar wilde ze bij zijn. Dat verwachtte hij ook van haar. Het was achtenveertig uur geleden dat hij haar had verrast – dat hij was ontsnapt door Shula te vertellen dat hij de bordjes voor de wedstrijd ging checken – en haar verlangen naar hem werd alweer groter. Ze miste hem vreselijk. Het was altijd al moeilijk geweest om te moeten wachten op hun gestolen momenten, maar nu, na de dood van haar vader, was haar eenzaamheid, het gevoel helemaal alleen op de wereld te zijn, exponentieel toegenomen. Haar moeder had zich sinds het voorlezen van het testament weer teruggetrokken in haar kamer, Mrs Mac bracht haar daar zelfs haar maaltijden, en Willow was ook nergens te bekennen geweest toen ze bij het kasteel was langsgegaan. Pip was natuurlijk meteen weer op dreef. Zij werkte de hele dag en ging 's avonds naar de pub...

Verstrooid speelde ze een spelletje patience op de computer. Verloor. Probeerde het nog eens. Verloor opnieuw.

'Toe nou, Gilmore, waar ben je?' mompelde ze ongeduldig terwijl de minuten verstreken. Ze liep naar het raam en bleef naar buiten staren tot het glas besloeg. Ze begon te ijsberen. Zette nog een kop koffie. IJsbeerde verder.

Ze zag het buiten donker worden en steeds meer atleten langs het kantoortje lopen, allemaal op weg naar het dorpshuis van Gallaloe voor het praatje over veiligheid en de verdere briefing. Bertie had bussen geregeld voor alle grote campings in de buurt, gegeven het jammerlijke gebrek aan openbaar vervoer.

Het werd half zes en haar geduld raakte op. Vijf voor zes. Tien over. Ze werd gek. Woedend. Voelde zich hulpeloos.

Om kwart over zes kreeg ze een ingeving. Zonder eigen auto was er maar één manier om naar dit dorp te komen. Snel draaide ze een nummer op de telefoon en wachtte ongeduldig terwijl hij drie keer overging.

'Seamus, hoi, met Ottie,' zei ze haastig zodra er werd opgenomen.

'Ottie, hallo daar,' riep de taxichauffeur van het dorp terug, met een ontspannen lach in zijn stem, door de ruis heen. 'Hoe gaat-ie?'

'Goed, dank je wel.'

'Tis druk daar, hè. Ik heb vandaag zowat 't heen en weer gekregen van de ritten over dat weggie van je.'

'Ha, ja... Seamus, luister eens, daar bel ik ook eigenlijk over. Heb je eerder vanmiddag misschien een rit vanaf het vliegveld gehad? Ik heb een reservering van iemand die niet is komen opdagen.'

'Aye, zekers, ik ben net terug.'

'Ging het toevallig om ene Ben Gilmore?'

'Gilmore... Gilmore... M'n geheugen is niet meer wat 't was. 't Was een Amerikaanse knakker, dat weet ik wel. Zwijgzaam type. Gaf niet veel sjoege.'

'Een Amerikaan? O, dan weet ik niet of hij het wel is.' Ottie beet op haar lip. 'Ik heb alleen begrepen dat hij vanaf Heathrow vloog.'

'Aye, vanaf Heathrow, klopt als 'n bus.'

Haar oren spitsten zich hoopvol. 'Zag hij eruit als een doorgewinterde hardloper?'

'Zag er verdomd hongerig uit als je 't mij vraagt. Geen onsje vet.

Die lui zouden wat vaker 'n flinke pastei naar binnen moeten lappen.'

'Sportkleding? Sportschoenen? Verweerd gezicht?' Ze waren gemakkelijk te herkennen.

'Neuh. Hij had 'n pak aan.'

Ottie slaakte een wanhopige zucht. Iemand in pak zou niet op een camping hebben gereserveerd. 'Nee, dan kan hij het niet zijn.' Ze beet weer op haar lip. Waar bleef die man? Had hij het weerbericht gezien en was hij toch maar naar een bed and breakfast gegaan? Maar waar dan? Alles binnen een straal van acht kilometer zat al maanden volgeboekt. Misschien had hij zijn vliegtuig gemist? Of had hij zich bedacht? Vond hij het toch waanzin om in een dag en een nacht zo'n honderdzestig kilometer te rennen? Misschien was hij geblesseerd en had hij verzuimd te annuleren? Het was hem geraden van niet, dacht ze wrevelig, want ze had vandaag al aan zes mensen nee moeten verkopen.

'Maar ik heb 'm wel bij 't dorpshuis afgezet.'

'Wát?' Er knapte iets in haar.

'Aye. Zei dat-ie me later zou bellen. Dan moet ik 'm jouw kant op brengen. Ik ga d'r over een uur weer heen, na m'n avondeten.'

Hij was dus bij de bijeenkomst? Hij was er rechtstreeks naartoe gegaan? Ottie voelde haar woede groeien. Al die tijd had zij hier gewacht om hem in te kunnen checken en hij had niet het fatsoen gehad om even te bellen en het haar te laten weten? 'Wat een stomme klojo!' barstte ze uit.

'Heb 'k wat verkeerd gedaan?' vroeg Seamus, zo te horen geschrokken.

O god. Ze boog haar hoofd voorover, duwde tegen haar slapen en probeerde zich te vermannen. 'Nee, Seamus, het spijt me, nee. Helemaal niet. Ik… ben gewoon kwaad op die man. Ik word ook op die bijeenkomst verwacht, dat is alles. Ik ben morgen steward.'

'Pf, wat maakt 't uit of je d'rbij bent of niet? Je doet 't al zo lang dat je best weet hoe 't in z'n werk gaat. 't Gaat die ouwe Bertie Geldwolf er alleen om de grote m'neer uit te hangen voor de nieuwkomers. Opschepperij, dat is 't. Hij zegt elk jaar toch hetzelfde: goeie schoenen, geen geouwehoer, volg de vlaggetjes, reservebatterijen voor de zaklamp, noodslaapzak, fluitje en kaart. Blablabla.'

Ottie sloot haar ogen, ze wist dat hij gelijk had. Ze hoefde er niet bij te zijn voor de technische details, maar hij kon niet weten waarom ze heel graag op die bijeenkomst wilde zijn, en ze zou het hem nooit kunnen vertellen. Het was altijd hetzelfde liedje. Ze moest doen alsof het niets te betekenen had als ze Bertie op straat tegenkwam, alsof het geen pijn deed als zijn vrouw even door zijn haar kroelde als ze aangeschoten aan tafel zaten met haar ouders. Alles moest in het geheim, haar hele leven was een schertsvertoning en gewoonlijk hield ze dat vol, kon ze het nog net verdragen. Maar gewoonlijk was nu ver weg. Dit was een ellendige tijd en ze had hem nodig, haar grote liefde.

Vertwijfeld keek ze naar de klok aan de muur. Twintig over zes. Ze zou er twintig minuten over doen om er te komen. De weg ernaartoe was zelfs hartje zomer hobbelig en ruig, maar in deze tijd van het jaar, met dit weer, zou het een en al glibberigheid zijn. Als ze geluk had, zou ze arriveren op het moment dat iedereen vertrok. Nee, het was al te laat. De kostbare kans hem te zien, met de samenkomst voor de duurloop als alibi voor hen beiden, was haar door de vingers geglipt.

'Je hebt gelijk, Seamus,' zei ze op gespannen toon, terwijl ze haar zelfbeheersing hervond. 'Ik reageerde overdreven. Sorry. Ik wil gewoon niemand teleurstellen.'

'Jij? Nooit. Rust maar goed uit. Ik haal 'm na 't eten op en lever 'm dan bij je af. Maak je niet dik, meissie.'

'Dank je, Seamus.'

Ze hing op en liet haar hoofd met een kreet van frustratie voorovervallen. Was de hele wereld tegen haar? Ze had vanavond alleen maar een glimp van hem willen opvangen en misschien een moment samen willen vinden in de toiletten of zijn auto. Was dat te veel gevraagd? Ze had alleen maar de behoefte hem in zijn ogen te kijken, zijn handen in haar haar te voelen. Iets om haar op de been te houden, om de eenzaamheid te verdrijven. Hij deed morgen mee aan de wedstrijd, dus ze wist dat er vanavond laat geen bezoekje in zat, en aangezien zijn trots hem een fanatiek loper in zijn eigen race maakte, wist ze precies hoe uitgeput hij de dagen erna nog zou zijn, iets wat Shula ongetwijfeld het excuus zou geven hem mee te sleuren naar de Bahama's voor 'een adempauze' en 'wat winterzon voor de drukke kerstdagen'.

Ze wierp zichzelf achterover in haar stoel, geagiteerd en van streek. Er gleden weer bittere tranen over haar gezicht bij de gedachte aan Shula die nonchalant nog een fles wijn opentrok, die haar echtgenoot niet eens de keuken in zag komen, die zich elke avond van hem wegdraaide in bed zonder te beseffen hoe blij ze met hem mocht zijn. Het was niet eerlijk. Zij wilde hem niet eens, ze wilde alleen maar wat hij haar kon geven: de levensstijl, het cachet, de sieraden, de paarden, de vakanties...

En wat kreeg Ottie? Ze gaf niet om dingen of spullen. Ze wilde alleen hém, maar ze kon hem niet krijgen. Ze keek om zich heen in haar kleine kantoortje alsof ze het voor de eerste keer zag: een verbouwde stal op een winderig veld bij een afgelegen strand. Was dit echt alles wat het leven haar te bieden had? Het was een vraag die ze steeds weer probeerde weg te stoppen. Ze was verliefd, alleen dat al maakte haar een geluksvogel, hoewel ze merkte dat ze er net zozeer door gevangenzat als erdoor werd bevrijd. Ze ging zelden spontaan een avond uit in The Hare, voor het geval Bertie zou bellen als ze weg was, en ze nam nooit de uitnodigingen om samen te eten aan van de jongens die hier kampeerden – avonturiers, wandelaars, hardlopers – want ze had er geen behoefte aan om Bertie jaloers te maken. Hij had immers ook niet voor deze liefde gekozen. Ze waren er beiden door verrast en overweldigd geweest. Hoe hadden ze moeten weten dat het terloopse aanbod om een kapot slot te repareren op een moment dat haar ouders weg waren, voor hen allebei levensveranderend zou blijken? Ze had nog nooit op die manier aan hem gedacht tot hij haar had opgevangen toen ze over haar schoenveter struikelde en ze oog in oog, neus tegen neus, mond tegen mond kwamen te staan... Ze huiverde nog bij de herinnering aan het moment dat ze die onzichtbare grens overschreden en hun lichamen tintelden van verboden aantrekkingskracht.

Maar hoewel hun liefde per ongeluk was begonnen, was het een opzettelijk geheim geworden. En zij was het bewaren ervan inmiddels moe. Het leven was kort, haar vaders dood op achtenvijftigjarige leeftijd was daar een bewijs van. Ze moesten toch zeker de dag plukken, en morgen en alle volgende dagen met beide handen aangrijpen?

'Hallo?' Een stem buiten, gevolgd door een klop op de deur, deed haar opschrikken, en ze tuurde uit het raam. Ze kon nog net een man en vrouw onderscheiden, beiden in een blauwe parka, met een yorkshireterriër aan een riem. Dit waren geen duursporters. Haastig veegde ze haar tranen weg.

Ja, er moest iets veranderen, dacht ze bij zichzelf toen ze de deur opendeed en ze haar met hoopvolle ogen aankeken, en zij zou er hoogstpersoonlijk voor zorgen dat dat zou gebeuren.

Ottie kwam net onder de douche vandaan en wikkelde juist een handdoek om haar hoofd toen ze de klop op de deur hoorde. Hij moest wel snel gereden hebben! Haar hart maakte een sprongetje en ze bekeek zichzelf snel in de spiegel. Zijn bezorgde berichtje – met de vraag waar ze was – had haar stemming en avond getransformeerd. Ze pakte haar glas rode wijn en rende de slaapkamer uit, trok een sprintje naar de voordeur en vertraagde met een danspasje terwijl haar hand naar de knop reikte.

'Hé...' zei ze verleidelijk, maar de glimlach bestierf op haar lippen toen haar blik op een paar leren schoenen viel. Bertie droeg altijd suède brogues.

'Hallo. Bent u Ottie Lorne?'

Toen ze het accent hoorde, werd haar gezichtsuitdrukking zo hard als beton.

'En wie wil dat weten?' vroeg ze, al wist ze heel goed wie hij was.

'Ben Gilmore.'

'Ben Gilmore,' herhaalde ze zonder verder iets te zeggen. Hij zag er niet uit als een Gilmore. Ze had eerder iemand verwacht met een gezonde glimlach, donker naar achteren gestreken haar, ronde ogen en een vergenoegde, kleinburgerlijke uitstraling. Een netflix-type. Maar hij was lang en slank, met lichtbruin, kort haar en een rank, hoekig gezicht. Zijn ogen hadden eveneens iets scherps, qua vorm, maar ook, had ze het idee, qua opmerkzaamheid, want hij maakte een kalme, intense indruk. Hij zag er precies uit als iemand die midden in de winter honderdzestig kilometer hardlopen zou bestempelen als 'leuk'.

'Ik heb voor vier nachten gereserveerd.' En toen ze geen antwoord gaf, voegde hij eraan toe: 'Op de camping.'

Ze wachtte een paar tellen en keek hem toen verrast aan. 'O ja, Mr Gilmore. We verwachtten u al eerder.'

'Ik ben naar de receptie gegaan, maar daar was niemand. Ze zeiden dat ik u hier misschien zou kunnen vinden.'

'Iemand heeft gezegd dat u me hier zou kunnen vinden?' herhaalde ze verbaasd.

'Ja. Een stel met een hond.'

'Ach ja, de Packards. Aardige mensen. En een leuke hond.'

Er verschenen enkele rimpels op zijn voorhoofd, alsof hij zich verwonderde over de details die hij te horen kreeg. 'Ja.'

'Crackers, zo heet hij geloof ik.'

'Juist ja. Nou, hoe dan ook, ik kwam me dus even melden, en als we de administratie kunnen afhandelen, zal ik mijn tent opzetten. Dat wordt wel lastig in het donker en met deze wind.'

'Ja.' Ze sloeg haar armen voor haar borst over elkaar. 'Het is jammer dat u niet bij daglicht bent aangekomen.'

'Inderdaad.' Hij verplaatste zijn gewicht naar zijn andere voet en ze zag de grote rode North Face-reistas op de grond achter hem liggen, waarmee hij zijn ware zelf onder het stijlvolle Brooks Brothers-pak onthulde. 'Het luchtverkeer op Heathrow werkte helaas niet mee.'

'Nou, het spijt me, Mr Gilmore, maar ik heb uw reservering moeten laten vervallen en ik ben bang dat we helemaal vol zitten.'

Hij keek beduusd, ongetwijfeld omdat ze het slechte nieuws met een glimlach had gebracht. 'Sorry… Wat?'

'Ja. In deze tijd van het jaar kunnen kampeerders tot uiterlijk zes uur inchecken. Zoals u vast wel zult begrijpen, brengt het veiligheidsrisico's met zich mee om mensen in het donker hun tent te laten opzetten.'

'Maar ik had gereserveerd. Al maanden geleden,' hield hij vol. 'U kunt mijn plaats niet zomaar weggeven.'

'Nou, volgens onze bepalingen en voorwaarden,' zei ze tergend beleefd, 'moet de gast voor zes uur 's avonds inchecken. Daarna vervalt de reservering.'

Hij staarde haar aan met een blik die het midden hield tussen woede en ongeloof. 'Dit is een grapje, toch?'

'Ik vrees van niet. Wij Ieren zijn niet zo grappig.'

'Maar ik doe morgen mee met de wedstrijd. Ik kan toch niet…'

'U kunt het bij Maureen proberen, zo'n vijf kilometer verderop langs de weg. Voor haar is het buiten het seizoen, dus ik weet niet of ze de koeien nu op het veld heeft staan, maar u kunt altijd een poging wagen.'

'Nee,' zei hij beslist. 'Het is donker en ijskoud. Ik heb geen auto…'

'Hoe bent u hier dan gekomen?'

'Met een of andere maniak van een taxichauffeur, die de hele weg vanaf het vliegveld meer dan honderd kilometer per uur heeft gereden.'

'Ach ja, Seamus. Ja, dat is me een portret,' zei ze glimlachend, en ze begon de deur voor zijn neus dicht te doen. 'Hoe dan ook, het spijt me dat ik u niet kan helpen. Veel succes morgen.'

'Wacht!' Zijn uitroep klonk zo krachtig en paniekerig dat de vissen erdoor uit het water hadden kunnen springen. 'U kunt me niet... u kunt me hier niet zomaar buiten laten staan.'

'Mr Gilmore, ik zie niet in wat ik nog kan doen. U hebt uw reservering hier verspeeld.'

'Maar mijn vlucht was vertraagd! En toen moest ik meteen naar de briefing voor de uitrustingscheck. Ik ben hier zo snel mogelijk naartoe gekomen.'

'Natuurlijk. Natuurlijk. Dat begrijp ik, Mr Gilmore,' suste ze meelevend. 'En als u even had gebeld om het uit te leggen, had ik uw standplaats voor u kunnen vasthouden.'

'Maar ik... Dat heb ik me niet gerealiseerd.'

'Nee. Zo gaat dat. Veel mensen denken dat wij urenlang op het veld zitten te wachten tot ze een keer komen opdagen.' Ze haalde haar schouders op. 'De Packards kwamen aan op het moment dat ik afsloot, dus hebben zij uw plaats gekregen. De laatste standplaats aan deze kant van Cork, veronderstel ik. Ik heb ze nog gezegd dat ze geluk hadden, zeker in dit weer.'

Ze keek hoe hij daar in de regen stond. Zijn pak raakte langzamerhand doorweekt en er begonnen natte kringen op zijn leren schoenen te ontstaan. Ze nam een slok van haar wijn en voelde slechts een klein beetje medelijden. Ja, het was een rotstreek geweest om zijn standplaats weg te geven, maar had hij ook maar één moment overwogen dat zijn gedrag van eerder op de dag háár weleens slecht zou kunnen uitkomen? Natuurlijk niet. Hij had geen idee wat de gevolgen van zijn egoïsme voor haar betekenden.

'Luister, het spijt me dat ik niet heb gebeld, oké? Ik was te zeer met mezelf bezig en u hebt alle recht om nijdig op me te zijn. Maar ik kan mijn tent toch zeker wel ergens in een hoek opzetten?'

'Ik zou willen dat ik u tegemoet kon komen, maar dat zou in strijd zijn met onze veiligheidsvoorschriften, om nog maar te zwijgen van onze verzekering die dan ongeldig wordt.'

'Maar het is maar voor één nacht. Het is zeer belangrijk om de nacht voor de wedstrijd goed te slapen. Morgennacht slaap ik niet in de tent, dan ren ik door, en op zondagochtend ben ik vóór zonsopgang terug.'

Ze onderdrukte een veelbetekenende grijns. Zondag vóór zonsopgang? Hij had zichzelf kennelijk hoog zitten. Het was niet voor niets dat de wedstrijd op die dag 's avonds om zes uur was afgelopen.

'Mr Gilmore, alstublieft,' zei ze met een strak glimlachje. 'U brengt me in een lastige positie. Ik zou willen dat ik kon helpen, maar ik kan niets voor u doen. Goedenavond dan maar...'

'Maar dat is waanzin!' riep hij toen ze de deur weer dicht wilde doen, waarbij haar blik plotseling werd getrokken door het licht van een paar naderende koplampen op het weggetje achter de haag.

'Wat...' Ben Gilmore draaide zich om en zag de Range Rover de hoek om komen en stoppen op haar korte, hobbelige oprit.

Ze keek hem weer aan en realiseerde zich dat ze deze man van haar stoep moest zien te krijgen voordat Bertie zou uitstappen. 'Oké, luister, u kunt, eh...' Ze keek haastig om zich heen. 'U kunt uw tent in de tuin opzetten.'

'Echt?' vroeg hij verbaasd. Hij keek naar het kleine gazon, dat was omringd door een laag, bemost stenen muurtje. Dat bood een verrassend effectieve beschutting tegen de wind op de zeldzame dagen dat zij een poging deed om bruin te worden. Ergerlijk genoeg zou hij daar vannacht beter slapen dan hij op het veld zou hebben gedaan, maar haar kwaadheid op hem was geluwd. Bertie was hier en dat was het enige wat ertoe deed.

'Ja, echt.'

'Nog op een bepaalde plaats?'

'Nee, nee,' zei ze snel. 'Maar niet te dicht bij het huis. Daar ergens,' zei ze, waarmee ze hem naar zo ongeveer de verste hoek stuurde.

Maar Bertie was al uit zijn auto gestapt en kwam door het hek lopen. Hij zag de bezoeker op haar stoepje te laat en hield zichtbaar zijn pas in terwijl hij overwoog wat de voordelen zouden zijn als hij snel zou omkeren.

'Mr Flanagan,' zei Gilmore met enige verwondering in zijn stem.

'Ah! Onze Amerikaanse vriend,' zei Bertie, die dichterbij kwam en hem klaarblijkelijk ook van de bijeenkomst herkende. 'Aan het inchecken?'

'Ik doe een poging.'

Gilmore wierp een blik achterom naar Ottie voordat hij Bertie verwachtingsvol aankeek, alsof hij wachtte op zíjn verklaring voor zijn aanwezigheid hier.

'Ja, ik, eh, kwam nog even aan bij Miss Lorne, aangezien zij de briefing heeft gemist en ze morgen een van onze stewards zal zijn.'

'Ik was er niet omdat ik wachtte op de komst van Mr Gilmore,' zei ze. 'Zijn vlucht was vertraagd maar helaas had hij mij daarover niet bericht, dus ik legde hem zojuist uit dat ik zijn standplaats aan een echtpaar had gegeven dat hier op de bonnefooi is.'

'Ah.' Bertie keek gepast pijnlijk, maar Ottie zag dat hij zich ontspande nu haar afwezigheid was verklaard. 'Wat vervelend.'

Ottie keek naar Mr Gilmore, in de hoop dat hij nog meer in verlegenheid was gebracht, maar hij leek er voorlopig klaar mee te zijn. Hij had een heel ongedwongen houding, merkte ze op. Zou dat iets Amerikaans zijn? Ze slaakte een zucht. Wat maakte het uit? 'Hoe dan ook, aangezien de wedstrijd over minder dan twaalf uur begint en hij op dit late uur waarschijnlijk geen andere plek meer zal kunnen vinden, heb ik gezegd dat hij zijn tent voor vannacht in de tuin mag opzetten.'

'In de tuin? Ja, dat kan natuurlijk,' zei Bertie. 'En dat is heel vriendelijk van je.'

'Het is maar voor een nachtje,' zei ze schouderophalend. 'Hij rent morgennacht de hele nacht door en haalt de tent dan zondagochtend vroeg weg. Toch, Mr Gilmore?'

Hij knikte terug, maar keek haar aan met een blik die ze niet prettig vond – alsof hij wist dat hier komedie werd gespeeld. Maar dat kon hij onmogelijk weten. Haar paranoia speelde haar parten, meer niet. Berties alibi was buitengewoon geloofwaardig, al helemaal omdat het was voortgekomen uit Gilmores eigen handelen.

Ze keek weer naar Bertie, erop gebrand om deze vreemdeling uit de weg te krijgen. De klok tikte altijd maar door... 'Je zei dat je het over de stewardtaken wilde hebben, Bertie?' vroeg ze huichelachtig. Ze zag dat hij zo ver mogelijk in zijn jas wegdook tegen de regen.

Hij keek haar recht aan, de sprankeling al in zijn ogen. 'Dat klopt.'

'Nou, excuseer me dan alstublieft, Mr Gilmore,' zei ze, en ze zette een stap achteruit om haar minnaar binnen te laten.

Gilmore keek naar hen en pakte langzaam zijn tas op. 'Nog één ding,' zei hij toen ze de deur bijna had gesloten.

Ze zuchtte. 'Ja?' vroeg ze ongeduldig, turend door de kier.

'Hoe kom ik aan een sleutel voor het toiletgebouwtje?'

Nee hè. Ze onderdrukte nog een zucht en haalde haar eigen sleutel van het haakje. 'Gebruik die van mij maar en gooi hem morgenochtend in de brievenbus,' zei ze stijfjes glimlachend.

En voor hij nog iets kon zeggen, deed ze de deur dicht en sloot de wind, de regen en die verrekte alwetende blik van hem buiten.

8

Zaterdag 7 december

'Toast?'

Haar moeder gaf geen antwoord. Ze zat met haar benen opgetrokken op de met blauwe stof beklede vensterbank over de tuinen uit te kijken. Ze droeg haar ochtendjas nog terwijl het al bijna middag was, er zat wat uitgelopen mascara onder haar ogen en ze had haar haar sinds de begrafenis niet meer gewassen. Het was alsof ze zich eerst goed had weten te houden, maar zichzelf na het voorlezen van het testament had toegestaan om langzaam in te storten.

Nou ja, in elk geval had Mrs Mac haar zover gekregen dat ze haar kamer had verlaten.

'Mama?' probeerde Willow nog eens.

'Hè? Wat?' Haar moeder draaide zich naar haar toe. Ze was de afgelopen anderhalve week zichtbaar afgevallen; haar wangen waren hol en de huid onder haar ooghoeken hing een beetje.

'Ik vroeg of je trek had. Ik maak toast.' Het lukte haar maar net om niet te snauwen.

'O. Nee. Ik heb geen trek.' Ze draaide zich weer om en keek opnieuw uit het raam.

Willow stopte het brood toch in de broodrooster en zocht in de voorraadkast naar de marmelade. Ze bracht een mok met vers gezette thee naar haar moeder en drukte die in haar koude handen. 'Opdrinken graag. Je bevriest nog, hier bij het raam. Waarom ga je niet bij de AGA zitten?'

'Ik kijk graag naar het uitzicht,' zei ze stilletjes, met haar hoofd rustend tegen de muur.

Willow zuchtte en leunde zelf tegen de stang van de AGA terwijl ze wachtte tot de toast omhoogsprong. Ze wierp een blik door de keuken en vroeg zich af hoeveel jaren – hoeveel generaties zelfs – ditzelfde tafereel zich hier had afgespeeld. Mabel en Dot lagen op hun vertrouwde plek op de kleden, hun oogleden hangend en hun snuit genesteld tussen hun modderige poten na een ochtend ronddarren op het landgoed. De keuken was tijdens haar leven nooit veranderd, de beige houten kastjes en eiken werkbladen waren ouderwets en saai, maar niet lelijk, en er zaten boerentegeltjes met barstjes in het glazuur op de muur. Ze kon zich geen tijd heugen waarin die crèmekleurige kannen met een streep rondom niet op de plank boven het oude gele AGA-fornuis stonden, en ze had geen idee hoe de barst in de onderste ruit naast de potten met kruiden terecht was gekomen – een onbesuisd kind of een verward roodborstje? Er stonden emmers met houtblokken en een mand vol vergeelde kranten ernaast om het haardvuur mee aan te steken, waarvan de onderste exemplaren ongetwijfeld van jaren geleden dateerden, want ze pakten altijd de bovenste krant van de stapel. De kookboeken uit de jaren vijftig met hun linnen kaft en veelvuldig omgeslagen pagina's rekenden nog met het Britse imperiale meetsysteem. Dit vertrek leek wel een tijdcapsule, dacht ze bij zichzelf. De enige recente toevoeging was een kleine emaillen emmer in de hoek bij de voorraadkast. Ze keek omhoog naar het plafond erboven en de vochtige plek die zich over het pleisterwerk verspreidde. Er stonden ook emmers in de biljartkamer en in veel van de slaapkamers.

Ze keek weer naar haar moeder, die broos en zwijgend bij het raam zat. Ja, er was tussen deze gekanteelde muren eeuwen geschiedenis te vinden, maar daar hoorde ook een nog levende geschiedenis bij: het persoonlijke verhaal van haar moeder. Dit was het kloppende hart geweest van haar thuis, waar ze haar gezin om zich heen had gehad, met kinderen die op de grond zaten te spelen terwijl zij menu's bedacht voor het diner van dat weekend, met Mrs Mac die stond te koken en te strijken. Die gouden jaren van hun kindertijd voordat ze alle drie bijna ongemerkt volwassen waren geworden, voordat Willow was vertrokken om in de grote stad te gaan wonen, voordat haar echtgenoot was overleden. Iedereen leek haar te verlaten.

De toast sprong op in de broodrooster. De kenmerkende geur van de keuken, vond Willow altijd. Zelfs in Dublin bracht de geur van toast haar in gedachten en haar hart altijd even naar hier. Ze smeerde er een dun laagje marmelade op, precies zoals haar moeder haar toast graag at.

'Eet op.' Ze nam haar moeder de thee uit handen en gaf haar in plaats daarvan het bordje aan. 'Je moet op krachten blijven, mama.'

'Maar ik heb geen trek.'

'Eet toch maar op.' Willow klom met haar eigen thee op het andere uiteinde van de vensterbank en nestelde zich tegenover haar moeder, waarbij ze ervoor zorgde dat hun voeten elkaar niet raakten. Ze voelde de stille verbolgenheid die haar moeder uitstraalde terwijl ze werktuiglijk zat te kauwen, en besefte dat zij nu precies deed wat haar vader altijd had gedaan: voor haar zorgen, haar beschermen. Ze zag er heel kwetsbaar uit, zo zacht als een kussentje, een klein bundeltje. Het was nauwelijks te geloven dat zij de vrouw kon zijn achter zoveel pijn en leed. Willow bedacht dat ze nu zelf aan den lijve ondervond hoe het voelde als je lot werd bepaald door iemand anders, als je toekomst je uit handen werd gerukt. Ze trad nu in de voetsporen waar ze haar eigen dochter in had gedwongen, maar ze maakte er geen vuist tegen. Haar moeder ging ten onder waar Willow zich erbovenuit had weten te werken. Willow veronderstelde dat daar enige genoegdoening in zou moeten schuilen. Ergens.

Het was voor het eerst dat ze samen alleen waren sinds die dag in de bibliotheek toen haar vaders testament werd voorgelezen, en ondanks het onweerlegbare feit dat haar moeder was lamgeslagen door verdriet, was Willow er ook van overtuigd dat haar moeder haar ontweek. Net als haar zussen. Ze waren weggeblazen naar hun verschillende hoeken van het landgoed, als bloemblaadjes in een storm. Ottie was in de afgelopen dagen niet één keer op het kasteel geweest, en Pip leek prikkelbaar in haar aanwezigheid, maar zonder kleur te bekennen. Haar woorden zeiden iets anders dan haar ogen. Mrs Mac bleef maar zeggen dat ze allemaal tijd nodig hadden om het een plek te geven. Maar zij dan? Wie hielp haar om het een plek te geven?

Bovendien was tijd – net als geld – iets wat ze niet hadden. Zoals de druppels die in de emmers vielen, zouden de problemen op het landgoed zich snel vermenigvuldigen. Er werd voor dit weekend zwaar weer verwacht en de echte winter moest nog komen. Er zou voorlopig geen verbetering optreden, want de bestaande problemen zouden alleen maar groter worden: verwarmingskosten, lekkage…

Willow haalde diep adem en dwong zichzelf om te zeggen wat gezegd moest worden. 'Je weet toch nog wel dat we het team van Christie's vanochtend over de vloer krijgen?'

Er verscheen een vaag verraste uitdrukking op haar moeders gezicht. 'Christie's?'

'Ja. Mrs Mac zei dat ze het jou heeft verteld toen ze je gisteren je ontbijt bracht.'

'O. Ja.' Ze slaakte een zucht. 'Dat zal dan wel.'

Juist op dat ogenblik kwam Mrs Mac binnen met het waterreservoir van het strijkijzer. Ze vulde het zwijgend, maar wierp Serena een bezorgde blik toe en trok een wenkbrauw op naar Willow toen ze de deur weer uit liep.

'Het wordt heel informeel, het gaat eerst alleen maar om een verkennend gesprek. Als we het niks vinden, zijn we nergens toe verplicht. Er zit geen enkele druk achter. Ze willen alleen maar een idee krijgen van wat we eventueel bereid zijn te veilen. Heb je al nagedacht over wat je zou willen houden?'

Haar moeder gaf geen antwoord, maar volgde met haar ogen een spreeuw die over de grond hupte. Luisterde ze wel?

Willow onderdrukte de steek van woede die door haar heen schoot. 'Nou ja, hoe dan ook, als ze het de moeite waard vinden, organiseren ze een boeldag, waarschijnlijk ter plekke, en anders verkopen ze de diverse items in verschillende specialistische verkopingen.'

Nog steeds geen reactie.

'Tegelijkertijd zal de onroerendgoedspecialist een kijkje nemen en het land en de gebouwen taxeren om ons een indicatie te geven wat betreft de vraagprijs en de verkoopstrategie.'

Haar moeder leunde met haar hoofd achterover tegen de muur alsof ze zelf niet meer in staat was het te dragen. Ze vergat te kauwen en bleef eventjes bewegingloos zitten staren naar de glinsterende strook zee.

'Mama?' drong Willow aan.

'Hm?' vroeg ze, en ze begon automatisch weer te kauwen, alsof ze terug in het moment werd gebracht.

'Degene die met ons komt praten, is mijn vriendin Helena Talbot.'

'Wie komt waarover praten?'

In jezusnaam. 'De vertegenwoordiger van Christie's. Ze is een vriendin van thui...' Ze zweeg nog net op tijd, maar de ogen van haar moeder waren plotseling, als in een reflex, op haar gericht. Ze had de verspreking gehoord. Dát hoorde ze dus wel. Even dook de duistere waarheid die nooit was uitgesproken tussen hen op, de ruimte vullend als een dikke, spinnende kat. Zou haar moeder nu dan iets zeggen? Zou ze het toegeven? Zeggen dat ze wist waarom zij was vertrokken? Het moment zwol, dijde uit en...

Barstte.

Haar moeder wendde haar blik af en Willow slikte, want ze voelde de afwijzing van heel veel meer dan alleen dit gesprek.

'Ze komt uit Dublin. Ze heeft op school gezeten met Caz, mijn flatgenote.'

'Goh.'

'Ja.' Het was alsof ze tegen een muur praatte. Opnieuw een stilte, maar deze keer zonder dat die iets bevatte. 'En ik dacht dat jij en ik later naar het Dower House zouden kunnen gaan om samen rond te kijken. Ik ben er gisteren even geweest. Ik had het huis in geen jaren gezien.'

'Nee. Nee, ik geloof niet dat ik dat wil.'

'Maar mam...'

'Het kan me niet schelen wat O'Leary zegt. Het was niet de wens van je vader dat ik in dat donkere, groezelige huis terecht zou komen,' snibde haar moeder.

Willow voelde dat ze terugviel in de gevoelloosheid die de beste manier was geworden om zich tot haar moeder te verhouden. 'Het is niet groezelig, dat is nou juist mijn punt. Het is eigenlijk heel mooi. Natuurlijk is het nu overwoekerd, maar ik heb eens goed rondgekeken en ik denk dat het veel verschil zal maken als we Ted Flaherty vragen om wat van de bomen om te zagen. Het huis is alleen maar donker omdat het midden tussen de bomen staat, maar je kunt een gedeelte laten kappen, of zelfs alles. Het gazon is er vlak en als de bomen weg zijn, heb je uitzicht op de landtong. En je zit er dichter bij het dorp. Je kunt de afstand makkelijk lopen.'

'Nee.'

Willow keek haar moeder aan. Dit was het gesprek dat haar vader had geprobeerd te vermijden, het gesprek dat hij aan haar had overgelaten. Dus zij moest het vuile werk doen? Prima. 'Mama, we hebben het hier al over gehad. We zullen moeten verkopen.'

'Nee.'

'Jawél, er is geen andere keus. We kunnen het ons niet veroorloven hier te blijven. We moeten het kasteel van de hand doen, er een goede prijs voor zien te krijgen, onze herinneringen meenemen en verdergaan. Het is tijd.'

Ze wist dat haar moeder – vertroeteld, verwend, gekoesterd, te innig bemind – er geen idee van had hoe het er nou écht voor stond met het landgoed. Het kasteel begon steeds erger te vervallen en ze moesten het verkopen voor het in nog slechtere staat zou raken. Als haar moeder haar kamer uit was gekomen, zou ze weten dat Willow na het voorlezen van het testament elke dag met O'Leary om de tafel had gezeten om de nalatenschap nader te bestuderen. Haar vader had het papierwerk ordelijk achtergelaten, maar het was duidelijk dat haar moeder geen flauw benul had van de werkelijke ernst van hun wankele financiële situatie. Haar vader had haar ertegen beschermd. 'Hoe zit het met die oorspronkelijke koper? Denk je dat die nog steeds geïnteresseerd zal zijn?'

Haar moeder keek haar wezenloos aan voordat er een zweem van herkenning gloorde. 'Bedoel je die Engelsman?'

Jezus. Niet weer. 'Maakt het uit welke nationaliteit hij heeft?'

'Dat maakte voor je vader wel wat uit, ja. Heel veel zelfs.'

'Nou...' Willow vroeg zich af hoe ze dit moest zeggen. Onomwonden dan maar? 'We zullen het onfortuinlijke gegeven van zijn geboorteland misschien maar door de vingers moeten zien. We hebben weinig keus. Zelfs in goede tijden zijn er niet veel mensen die een Iers kasteel willen hebben, laat staan het zich kunnen veroorloven, en we weten allemaal dat dit geen goede tijden zijn.'

Haar moeder schudde haar hoofd, nu eindelijk met haar aandacht erbij. Verontwaardiging was kennelijk het enige wat haar uit haar apathie kon halen. 'Hij is nu echt niet meer geïnteresseerd. Het was toen de verkoop afketste niet bepaald koek en ei tussen je vader en hem.'

Willow had ook helemaal niet de behoefte om nieuwe vrienden te maken. 'Kun je je zijn naam herinneren?'

'Nee, maar je mag hem sowieso niet bellen. Een vreselijke man. Je vader had een grote hekel aan hem toen hij stierf. Hij is arrogant, zelfingenomen en gehaaid.'

'Nou, als hij maar een hoop geld heeft. We hoeven die vent niet aardig te vinden. We moeten hem alleen zo ver zien te krijgen dat hij het kasteel van ons koopt.'

Haar moeder keek haar aan met de focus die de afgelopen anderhalve week afwezig was geweest. 'Is het echt zo simpel voor jou? Iets wat alleen maar afgehandeld moet worden?'

'Ik heb gesprekken met O'Leary gevoerd, jij niet. Het is een last op onze schouders, mam.'

'Nee, het is ons thuis. Jouw thuis.'

Haar moeder kromp ineen toen Willow een bittere lach liet horen. De hete brij waar ze omheen draaiden, borrelde weer op. Die was altijd aanwezig, al bleef hij soms onder de oppervlakte.

Ze staarden elkaar aan en Willow voelde de spanning in haar lijf opkomen, de woede als een hitte die haar opwarmde. Ze voelde dat haar adem oppervlakkiger werd nu de voor de hand liggende vraag die haar moeder niet wilde stellen tussen hen bleef glimmen als een mes, klaar om te snijden en te verwonden. Op de loer...

Mrs Mac kwam de keuken weer binnen, met de strijkplank onder haar arm en mopperend over de regenspetters die haar lakens nat maakten.

De bubbel barstte weer uit elkaar en deze keer was het Willow die het eerst haar ogen afwendde. Ze probeerde zich te herpakken, dwong haar ademhaling tot bedaren te komen, waarna ze haar moeder aankeek alsof zíj het kind was. 'Het wordt tijd dat je je gaat aankleden, mam.'

Willow sloot de deur van de bibliotheek en liep langzaam naar het bureau, nog steeds gejaagd ademend. De golf adrenaline van het onderhoud met haar moeder pompte nog door haar bloedbaan. Dit was háár kamer geworden in de dagen sinds het testament aan hen was voorgelezen, en er lagen ladingen mappen en papierwerk in stapels op het bureau en op de vloer. Er zaten neonkleurige post-its op geplakt als verkeersbordjes die haar de weg wezen.

Ze ging in de stoel zitten en wierp een onbewogen blik om zich heen vanaf deze gewijde plek. Dit was niet alleen de plek van waaruit haar vader zijn zaken regelde, maar ook die waar hij niet gestoord mocht worden, waar alle moeilijke telefoongesprekken hadden plaatsgevonden, waar haar eigen leven uiteen was gespat.

Haar ogen vielen op het bureau en de in nepkrokodillenleer gebonden A4-agenda, met het uiteinde van een lintje dat als een slangentong door de goudomrande pagina's piepte. Haar vader kocht elk jaar hetzelfde model van Smythson, met zijn initialen in de rechterbovenhoek gedrukt. Misschien zou zij dat ook gaan doen. Dat was dan tenminste een familietraditie die ze hoog konden houden.

Met een grimmige vastberadenheid begon ze erdoorheen te bladeren, van achteren naar voren. Ze probeerde geen pijn te voelen bij het zien van zijn handschrift. Wat zou haar vader hebben opgeschreven over de ontmoeting met de man die zijn kasteel wilde kopen, peinsde ze terwijl ze de pagina's omsloeg. Ze ging ervan uit dat hij niet expliciet 'koper' had genoteerd om haar postuum te helpen.

Maar een agenda, zag ze, was een verbazend intiem verslag van het leven van een mens, en ze voelde dat haar hart een beetje sneller begon te slaan toen ze de besprekingen, lunches en etentjes van zijn laatste weken bekeek: 2 november: tandarts; 26 oktober: golf, Bertie; 23 oktober: etentje Rotaryclub; 18 oktober: Mr Hopwood, Mercy University Hospital; 17 oktober: MRI; 15 oktober: fietsen, Bertie; 14 oktober: huisarts; 2 oktober: jacht, Dunmorgan…

Ze stopte plotseling.

Wacht. Had O'Leary niet gezegd dat er rond Pasen over de verkoop was onderhandeld? Ze bladerde terug naar maart en bekeek die periode pagina voor pagina… en kwam terecht bij 15 april: C. Shaye, 11 uur. Er stond niets om haar te informeren over de zaken die deze C. Shaye met haar vader deed, maar het telefoonnummer dat erbij stond had het netnummer van Londen.

Ze staarde ernaar. Een poging waard, toch?

Dus haar vader had een hekel aan deze man gehad. Nou en? Dus hij was een Engelsman. Nou en? Wat maakte het uit als hij een rijke Engelsman was die hier kwam doen wat zijn voorouders niet hadden gedaan: zich toe-eigenen wat hij wilde – zonder geweld én tegen betaling? Hoe erg kon het zijn, een overwinning die zevenhonderd jaar op zich had laten wachten?

Ze pakte haar mobiele telefoon en belde.

Hij nam bijna meteen op. 'Yep.' De stem klonk kortaf, afgeleid.

Het duurde eventjes voordat ze haar eigen stem hervond. 'Hallo, Mr Shaye?'

'Met wie spreek ik?' Ze kon zijn frons bijna horen, en alles wat haar vader in hem had verfoeid: heerszuchtigheid, arrogantie, superioriteit… Ze wist meteen waarom hij een hekel aan deze man had gehad.

'U kent mij niet, maar ik meen dat u wel mijn vader hebt ontmoet. Declan Lorne.'

Er viel een stilte – gelukkig – en toen hij weer sprak, hoorde ze de focus in zijn stem. Ze had zijn aandacht. 'Alsof ik dat zou kunnen vergeten.'

Ze haalde diep adem, in de hoop dat ze net zo direct en krachtig zou klinken als hij. 'Klopt het dat u belangstelling had voor de aankoop van Lorne?'

Weer een stilte. 'Dat hád ik inderdaad.' Zijn nadruk op de verleden tijd was niet bemoedigend.

'Zou u opnieuw belangstelling kunnen hebben?'

Ze hoorde zijn hoon aan de andere kant van de lijn. 'Uw vader heeft me gezegd dat Lorne nooit zou worden afgestaan aan "mijn soort mensen".'

Willow rolde met haar ogen. Ze kon zich voorstellen hoe duidelijk haar vader zijn gevoelens aan hem kenbaar had gemaakt. Hij was er nooit de man naar geweest om zijn emoties te verbloemen en hij was er trots op dat hij er nooit doekjes om wond. Maar wat kon ze nu tegen deze man zeggen? Ze wilde hem niet te veel vertellen over de gewijzigde omstandigheden. Het nieuws van haar vaders dood was niet een terloopse zin die ze zomaar in een gesprek met een onbekende kon inpassen.

'De situatie is veranderd en we brengen Lorne weer op de markt. Gegeven uw eerdere interesse nemen we contact met u op, voor het geval u het recht van eerste koop zou willen hebben.'

'Wie zijn wij?'

'De familie.'

Opnieuw viel er een lange stilte en ze kon hem zijn hersens bijna hóren kraken over dit onverwachte telefoontje en de ontwijkende dochter...

'Nou, heel vriendelijk dat u hebt gebeld, Miss Lorne, maar mijn vastgoedportefeuille is momenteel compleet. Ik ben nu niet op zoek naar nieuwe investeringen.'

'O.' Ze kon de teleurstelling in haar stem niet verbergen. Ze slikte. 'Ik begrijp het. Nou, als u...'

Ze hoorde een klikje.

'Hallo? Mr Shaye? Bent u daar nog?'

'We missen je allemaal vreselijk!' zei Hels terwijl ze tussen de bloemperken door liepen, haar moeders lievelingsgedeelte van de tuin. 'De studio is niet hetzelfde zonder jou. Ik ben deze week naar de Go Slo Flow-les geweest en ze hebben een interim-manager ingehuurd. Zij heeft kennelijk besloten om te bezuinigen door een goedkope luchtverfrisser rond te spuiten in plaats van jouw heerlijke meditatiegeur.'

'Niet waar!' zei Willow vol afschuw. Pyro Tink was een ultrahippe sportschool met een cultaanhang, het dynamische tegengif voor de yogarevolutie, met een wachtlijst waar de andere sportclubs in de stad alleen maar van konden dromen. In haar begintijd in Dublin was deze manier van sporten haar enige manier geweest om te kalmeren, om haar woede terug te dringen, en ze had bijna al het geld dat ze als serveerster verdiende, besteed aan dagelijkse lessen met daarna proteïnesmoothies in de sapbar. Ze was dus fan voordat ze er ging werken, en toen de functie van manager vrijkwam, had ze de kans met beide handen aangegrepen. Ze was nooit beter in vorm geweest en ze was meteen superpopulair op feestjes zodra men erachter kwam waar ze werkte. Maar haar Australische baas runde de afdeling in Dublin volgens de beproefde formule die zijn onderneming down-under een succesverhaal van tweeëntwintig miljoen dollar had gemaakt, en hij week er niet graag van af. Elk klein initiatief dat ze had genomen, was er met moeite doorgekomen, en goedkeuring voor de verspreiding van een biologische meditatiegeur tijdens de coolingdown was weliswaar duur, maar toch een van haar triomfen geweest. Alle klanten waren er weg van en ze maakten zesenveertig procent winst op elk flesje dat ze ervan verkochten. Bovendien had ze op het punt gestaan voor te stellen hun eigen productenlijn te ontwikkelen vlak voordat ze het telefoontje over haar vader kreeg. Dus om nu te horen dat haar invloed na twee weken afwezigheid al begon te tanen…

Achter hen stond het kasteel nobel en ondoorgrondelijk. Vóór hen leek een oude taxus bijna een buiging te maken met één grote tak die in een boog naar de grond hing. Het was zo'n dag waarop het licht kleur leek te hebben en de wereld verwarmde met een rozige blos. Willow wist dat het de stilte voor de storm was, als de inademing van de zee voor een tsunami, of van een meisje voordat ze begon te gillen. Voor morgen werden stormachtige wind en stromende regen verwacht. Er zou in drie uur net zoveel vallen als normaal gesproken in een maand.

'Ik heb jullie ook gemist, Hels. Het is nogal…' Ze slikte. *Mijn vader is zes minuten voor ik thuiskwam overleden. Mijn familie wil niet met me praten.* 'Emotioneel geweest.'

'O, wat rot voor je, meid.' Helena gaf een troostend kneepje in haar arm. Ze had een bruin kleurtje overgehouden aan haar recente safarivakantie in Kenia met haar nieuwe vriend. 'We hebben heel veel aan je gedacht.'

'Dank je.'

'O mijn god, moet je kijken!' Hels wees verrukt lachend naar een pauw die over het gazon schreed.

Willow glimlachte. Er waren altijd pauwen geweest op Lorne, in elk geval gedurende haar leven, en ze hadden zelfs een keer een witte gehad, die door Pip voor de lol Midnight was genoemd.

Helena haalde diep adem, bleef stilstaan en gooide haar armen in de lucht en haar hoofd achterover. 'God, wat is het hier ongelooflijk stil.'

'Ik weet het,' mompelde Willow, zich afvragend of het iets positiefs was. Ze was zelf helemaal voor drukte en afleiding. 'De stilte is zo zwaar en massief dat ik soms denk dat je erin kunt bijten.'

'Dat zal ik in het verslag opnemen: eetbare rust,' lachte Hels. Ze had altijd een stijlvolle uitstraling, zelfs badend in het zweet op de sportschool, maar vandaag zag ze er extra goed uit, of misschien was dat alleen maar omdat Willow zich een boerentrien voelde in haar oude jeans en trui, met modderspetters op haar kuiten. Haar stadse glans werd nu al doffer. Ze was zo haastig uit Dublin vertrokken dat ze geen tijd had gehad om te pakken, dus moest ze het doen met de oude kleren die drie jaar geleden in haar kledingkast waren achtergebleven.

Hels daarentegen droeg een marineblauwe geplooide jurk en elegante schoenen van Tabitha Simmons, met een bandje over de wreef. Ze zag eruit als een schaakstuk van het speelbord van de stad, verzorgd en mondain, en alles wat dit langzaam afbrokkelende, lekkende, gehavende, winderige landgoed niet was. Alleen al haar aanblik was een pijnlijke reminder aan alles wat Willow had achtergelaten door hier terug te komen, en ze voelde nu nog meer het wanhopige verlangen zo snel mogelijk weer te vertrekken. Elke dag die verstreek, voelde ze dat de stad haar verder ontglipte. Haar achterliet.

'Het is echt prachtig, Willow. Ik had geen idee dat je zo hebt gewoond. Je hebt nooit laten doorschemeren wie je vader was. Ik bedoel, wat een erfgoed! Je bent de dochter van een *knight*, een heuse ridder. Waarom heb je dat nooit verteld?'

Willow keek vlug de andere kant op. 'Ja, nou... Het is niet iets om heel trots op te zijn of zo,' zei ze schouderophalend. 'Bovendien, wat had ik dan moeten zeggen? Hoi, ik ben Willow Lorne, manager bij Pyro Tink en dochter van een knight? Het heeft niets met mijzelf te maken. Het is maar een titel, en ook nog een voor mannen.'

Hels' glimlach verflauwde. 'Het is wel droevig, dat jullie moeten verkopen én dat de titel uitsterft...'

Willow voelde haar lichaam verstijven. 'Ach, je weet wat ze zeggen: aan alles komt vroeg of laat een eind, en wij hebben het hier lang volgehouden. Zevenhonderdtwaalf jaar is niet niks. Bovendien wordt het hier nooit meer hetzelfde zonder mijn vader. Hij wás Lorne.'

'En de knighttitel kon op geen enkele manier worden overgedragen op jou of je zussen?'

Willow schudde haar hoofd en voelde een hete golf van woede in zich opkomen. 'Hij heeft het geprobeerd, maar er was geen beweging in te krijgen. Het moest een "sir" zijn.'

'Nou ja zeg, en dat in deze tijd...' Hels zuchtte moedeloos.

'Tja.'

Hels draaide zich om en keek haar recht aan. 'Maar ben je er absoluut zeker van dat je dit wilt doen? De boel verkopen?'

'Dat hangt ervan af wat jij denkt dat we ervoor kunnen krijgen,' zei Willow met een slag om de arm, hoewel bijna elk bedrag alleen maar een verbetering zou kunnen zijn van hun huidige financiële situatie.

Hels lachte alsof ze een grapje had gemaakt. 'Het zal een harde dobber voor je zijn, zowel emotioneel als in praktisch opzicht.'

'Ik heb geen andere opties,' zei Willow schouderophalend. 'Weggeven gaat niet, houden is financieel ondoenlijk en ik kan geen geweldig ondernemingsplan bedenken om miljoenen mee te gaan verdienen.'

Hels draaide zich opnieuw om en nam de erkers aan deze kant

van het kasteel in zich op, de vele glas-in-loodramen en de meervoudige schoorstenen... 'Nou, iets van dit kaliber verdient een koper met smaak, iemand die weet wat er moet gebeuren, iemand met hart voor het gebouw. Zoals je al zei, zal de nieuwe eigenaar behoorlijk wat restauratiewerk moeten laten verrichten. Het is niet iets voor bangeriken, de grootschaligheid ervan zal veel mensen afschrikken, maar ergens zal de juiste koper rondlopen, zeker weten.' Ze keek Willow weer aan. 'Op dit niveau heb je wel een lange adem nodig. Dat weet je, toch? Er zijn niet veel potentiële gegadigden.'

'En over welk niveau hebben we het dan ongeveer?'

Hels blies via haar gebolde wangen de lucht uit haar longen, en ze wist zelfs dát nog elegant te doen. 'Ons team denkt aan vijfenhalf, misschien zelfs zes miljoen...'

'Holy shit!' riep Willow uit. 'Serieus?'

'Als de juiste koper zich op de juiste dag aandient. En als het allemaal meezit.' Hels grijnsde. 'Veel mitsen en maren dus. En het kan lang duren. Zeker maanden, maar misschien zelfs een jaar of twee.'

Willow knipperde met haar ogen en voelde haar euforie vervliegen. Een jaar of twee? Zoveel tijd had ze niet, laat staan zoveel geduld. Ze wilde niet al die tijd dit landgoed op haar nek hebben, met alle narigheid die het haar had opgeleverd.

Hels zag haar blik en streek meelevend over haar arm. 'Luister, de markt is momenteel een uitdaging. Wat zakelijke taal is voor waardeloos,' zei ze glimlachend. 'Er is veel aanbod en kopers hebben de wind mee. Maar je kunt altijd tegen een lagere prijs verkopen als je het snel van de hand wilt doen. Mensen handelen vaak snel als ze denken dat ze met een buitenkans te maken hebben.'

'Juist ja,' mompelde Willow, maar het was lastig om het bedrag van zes miljoen uit haar hoofd te krijgen nu het er eenmaal was binnengeslopen. 'En de verkoop van de spullen? Wanneer zou die kunnen plaatsvinden? Mocht mijn moeder ertoe besluiten, bedoel ik.'

'Nou, er is enorm veel om te bekijken en taxeren. Je familie heeft in de loop der jaren veel verzameld! We zullen er een team op moeten zetten. De inventaris opmaken duurt weken, zo niet maanden.'

'Maar wanneer kunnen we gaan veilen, denk je?' drong ze aan.

Hels dacht even na. 'Waarschijnlijk ergens rond Pasen.'

Verdomme. 'Echt?' Willow beet op haar lip. Zelfs dat leek haar veel te ver weg. Ze wilde terug naar Dublin en haar eigen leven. Haar vervangster spoot in haar afwezigheid verdorie luchtverfrisser rond terwijl zij hier haar scherpte aan het verliezen was. Ze voelde het gewoon, de steeds aanwezige dreiging dat ze zou terugvallen in wie ze hier vroeger was geweest: de lieve, meegaande, onnozele Willow. Het kleine zusje. Het domme gansje. De...

'Tja, bij een landgoed van deze omvang en reikwijdte duurt het even voor we het voor elkaar hebben. En luister, je hebt een enerverende tijd achter de rug. Je hebt een hoop te verwerken gekregen. Het is belangrijk dat je de tijd neemt om grondig na te denken over wat voor jou goed is, en vooral ook voor je moeder...'

'Ik hoef er niet over na te denken,' zei ze scherp. Resoluut. Haar moeder was hier niet het slachtoffer. 'We gaan ervoor.'

Hels keek haar stomverwonderd aan. 'Echt?'

'Ja,' zei Willow met een blik op het eeuwenoude kasteel dat ooit had gevoeld als haar thuis, haar veilige haven, haar toevluchtsoord, maar nu niets meer van dat alles was. Haar vader had het haar nagelaten opdat zij het van de hand zou doen, en haar moeder moest er maar mee leren leven. 'Ik wil voorgoed van dit kasteel af. We gaan het verkopen.'

9

Diezelfde dag

Ottie stond met haar klembord in haar armen hevig te rillen in de regen, wachtend op de hardlopers die voorbij zouden komen, van wie ze de tijd zou noteren, plus het nummer dat op hun borst en rug was gespeld. De wedstrijd was vanochtend om zes uur begonnen en het was inmiddels na achten. Het parcours liep vanaf de start op het landgoed van de Flanagans langs de grillige kustlijn, en hoewel ze al vanaf zeven uur op haar post stond, kostte het zelfs de snelste lopers zeker twee uur om dit punt te bereiken.

Om de zoveel tijd reed een van de wedstrijdcommissarissen langs op een quad, een walkietalkie aan zijn riem geklikt, om de pitstopplekken en de stewards in de gaten te houden en flesjes water uit te delen. Ze had echter geen behoefte aan water, maar aan koffie, thee, warme chocolademelk, iets warms. De weersomstandigheden waren een stuk ruiger dan waarop was gehoopt en precies zoals ze waren voorspeld. Het regende pijpenstelen en een krachtige aanlandige wind bezorgde haar een permanente kou in haar vingertoppen en tenen. Ottie was er zeker van dat het zwaarder was voor de stewards dan voor de deelnemers, die tenminste in beweging waren en hun eigen warmte genereerden. Zij zat echter vast op haar post, een smalle strook van de Wild Atlantic Way met aan de ene kant een steile afgrond naar zee en zonder enige beschutting in de buurt. Haar precieze plek was op een vooruitspringend gedeelte, een klein plateautje, waar de wind en regen haar van alle kanten belaagden. Ze had de overkapping en de tafel en stoel een stukje om de bocht geplaatst, waar ze hoopte op iets meer luwte, maar het was tevergeefs. De donkere wolken die in de lucht samenpakten, bleven genadeloos.

Het grootste deel van de wedstrijd over de Way liep boven langs de kliffen, blootgesteld aan de wind, over brede paden en op stevige grond, maar hier dook het pad vijftien meter onder de top en was in de zijkant van de kliffen uitgegraven, waar het smal was en blootstond aan erosie. De zware regen erbij was niet bepaald gunstig voor de hardlopers. Dit was een van de gevaarlijkste stukken van het parcours, veel te gevaarlijk om 's nachts te lopen. Dat was de reden waarom de route zo gelopen werd en niet andersom, want op deze manier kwam iedereen er in het ochtendlicht langs. Bertie had haar deze post gegeven omdat hij wist dat zij het hier beter kende dan wie ook, aangezien het op het landgoed Lorne lag. Zij en Pip en Willow hadden in hun jeugd honderden keren over dit pad op en neer gerend, met hun ouders hand in hand achter hen aan.

Ze stapte van de ene voet op de andere en tuurde over het pad naar beide kanten door de regen om te kijken of er een hardloper aankwam of iemand met koffie, dat maakte niet uit. Ze verveelde zich en had het koud, en ze verlangde naar iets wat de eentonigheid zou doorbreken, want de horizon was niet eens zichtbaar. Alleen het vooruitzicht dat ze Bertie even zou zien beurde haar op. Dat was de enige reden waarom ze als vrijwilligster meehielp, en plein public verborgen. Ze hadden gisteravond een heerlijk uur samen doorgebracht en hij had beloofd dat hij zou proberen deelnemers in zijn buurt af te schudden wanneer hij haar post naderde, om haar dan een vluchtige kus te geven. Hij kon het zich veroorloven om te vertragen als dat nodig was. Hoewel hij een ongelooflijk goede conditie had, koesterde hij geen hoop meer dat hij de wedstrijd zou lopen in een concurrerende tijd nu hij over twee jaar zestig zou worden. Ottie wilde alleen maar dat hij zijn koers veilig zou voltooien, maar als eigenaar van het evenement, en als voormalig kandidaat om rekening mee te houden, had hij wel de eer dat hij mocht starten vóór de gedoodverfde kanshebbers, als een officiële 'haas'. Aan Otties lijst te zien was hij al ingehaald door drie hardlopers, die haar een paar minuten geleden waren gepasseerd, en ze bleef gretig door haar verrekijker turen in de hoop dat ze hem nu snel over het pad aan zou zien komen. Dat zou elk moment moeten gebeuren.

Volgens de statistieken van vorig jaar had hij dit punt toen al twee minuten geleden bereikt.

Maar er verscheen niemand in de verte. Het abominabele weer zat natuurlijk ook niet mee. Dat was het nadeel van dit evenement. Het niveau lag ver boven dat van gewone stervelingen. Alleen al om deel te kunnen nemen had je een waanzinnige conditie, uithoudingsvermogen en mentale veerkracht nodig die grensden aan SAS-niveau, maar het gat tussen de voorste linie en de volgers kon immens groot zijn. Soms zat er wel vijftien of zelfs twintig uur tussen de eerste en de laatste plek. Ze kon hier een hele tijd staan zonder ook maar iemand te zien.

Ze liep heen en weer in een poging warm te worden en probeerde haar steeds vollere blaas te negeren. Ze had haar thermoskan thee snel leeggedronken om wakker te worden, warm te blijven en de verveling te lijf te gaan, maar nu brak dat haar op. Ze bleef van de ene voet op de andere huppen en probeerde er niet aan te denken, maar de kou en het gebrek aan afleiding maakte dat moeilijk.

Met de touwtjes van haar capuchon strak aangetrokken rende ze een stukje over het pad in de richting van de start en weg van de aan de elementen blootgestelde bocht om een beetje uit de wind te raken. In de verte zeilden wat boten, als vlokken zeepsop deinend op de stormachtige grijze zee.

Ze bereikte de vork, de kleine tweesprong waar het pad zich splitste, met de buitenste tak die smaller werd en een stukje omlaagkronkelde over de steile helling voordat hij als rook in de lucht in het gras verdween. Devil's Fork, zo heette de splitsing, en met reden. Als kind had ze er nooit naar beneden gemogen en zelfs de honden werden op dat gedeelte aangelijnd.

Ze keek weer hoe laat het was en moest steeds nodiger plassen. De wedstrijdcommissaris was hier nog maar twintig minuten geleden geweest en zou voorlopig niet terugkomen. Zou ze via de walkietalkie om een waarnemer vragen? Maar het was een paar kilometer naar de volgende post en ze zou eerst moeten wachten tot de quad hier was.

'Jezus, geweldig weekend, Otts,' mopperde ze toen een sterke windvlaag haar bijna omverblies en haar capuchon afrukte. Ze rechtte haar rug en keek weer over het pad in de verte. Nog stééds niemand. Wat waren ze daar allemaal aan het doen? Hinkelen?

Verdomme. Ze kon niet langer wachten. Haar blaas smeekte om genade. Ze keek onzeker naar links en naar rechts. Op het pad was dan wel niemand te bekennen, maar het was hier ook volledig onbeschut. Zodra er iemand aankwam, zou ze meteen te zien zijn. De melding dat een van de stewards zat te plassen langs het pad was bepaald niet de pr waar Bertie op zat te wachten. Ze keek nerveus om zich heen. Tenzij… Ze keek weer naar de bocht die achter haar lag. Als ze tegen de steile helling zou leunen aan de andere kant daarvan, zou ze misschien lang genoeg uit het zicht zijn…

Wat moest ze anders? Ze had geen andere optie.

Ze rende terug naar de ondiepe verscholen inham, ritste zo snel mogelijk haar jeans open, haar handen rillend van de kou en worstelend met haar lange regenjas en alle lagen die ze had aangetrokken om de dag door te komen. Ze sloot opgelucht haar ogen terwijl ze haar blaas van zijn last verloste, en een minuut later kwam ze weer overeind en trok ze haar kleren recht. Niemand hoefde het ooit te weten.

Ze keek weer naar links en naar rechts. Geen mens…

Nee, wacht. Er kwam iemand aan.

Ze fronste. Dat zou je net zien, mompelde ze in zichzelf. Ze holde terug naar haar post en pakte haar klembord, klaar om de tijd op te nemen. Een paar ogenblikken eerder en haar eerbaarheid en waardigheid waren enorm in het geding geweest.

'Goed op weg,' riep ze enthousiast terwijl de hardloper naderde, de pen gereed boven het klembord om zijn tijd te noteren. 'Je doet het geweldig! Hou vol, nummer...' Ze tuurde met samengeknepen ogen om het nummer te kunnen zien. 'Hé, hallo nummer 69,' zei ze lachend. 'Heb je dat speciaal uitgekozen?'

Bertie vertraagde, stopte en legde zijn arm om haar middel. 'Wat denk je zelf?' hijgde hij. Hij zweette hevig en zijn gezicht was eerder bleek dan rood. Hij gaf haar een kus. 'Goed getimed, hè?' zei hij met een gebaar om aan te geven dat er verder niemand in de buurt was die hen kon zien.

Ottie lachte toen hij zich vooroverboog om haar hals te kussen. 'O, je hebt geen idee!' giechelde ze. 'Je timing is perfect.'

Willow staarde naar het bericht, haar handen beverig terwijl ze de woorden steeds opnieuw las.

> *Bij nader inzien zou ik bereid zijn om mijn eerdere bod van 2,75 miljoen euro opnieuw te doen. Reageer svp per ommegaande als u geïnteresseerd bent. C. Shaye.*

Twee komma vijfenzeventig? Dat lag ver onder de zes miljoen die Hels had ingeschat. Héél ver eronder. Te ver. Dit kon hij niet menen. Geen wonder dat haar vader hem ferm de deur had gewezen. Een voorzichtig aanbod was nog tot daaraan toe, maar dit was gewoon beledigend.

Onbeschaamd.

Belachelijk.

En wat had hij ook alweer gedaan? Op het laatste moment lager geboden dan afgesproken, op de dag dat de overeenkomst zou worden getekend? Hij was duidelijk niet te vertrouwen. Ze gooide de telefoon op het bed en liep door de kamer. Ze haalde haar vingers door haar donkere haar en keek boos in de spiegel. Het glansde zoals het in de stad nooit deed, omdat het water hier zachter was. Ze had ook weer wat kleur op haar wangen. Daar zorgde de zeebries wel voor.

Ze bleef even met haar hand in haar haren staan.

Aan de andere kant had O'Leary haar verteld dat alleen al het dak repareren een half miljoen zou kosten.

En de vastgoedmarkt was in haar nadeel.

En brexit was een ramp.

En Hels had gezegd dat zes miljoen het maximum was, als het allemaal meezat en als de juiste koper zich op de juiste dag zou aandienen...

Waarschijnlijk was vijf miljoen realistischer, en vierenhalf als ze snel wilde verkopen.

'Willow!' Pips stem klonk luid, drong zelfs door muren van bijna een meter dik. Ze typte snel met haar duimen:

Marktprijs is vijf, maar zou daar flexibel in kunnen zijn als u meteen een besluit kunt nemen.

Voor ze zichzelf kon toestaan om te aarzelen, tikte ze op verzenden. Ze keek op het schermpje om er zeker van te zijn dat het bericht werd verstuurd, maar had er meteen spijt van toen dat gebeurde. Ze kromp nerveus ineen. Ze had in wezen gevraagd om bijna het dubbele van zijn bod terwijl één vogel in de hand meer waard was dan tien in de lucht. Ze staarde nog een moment met tegenstrijdige gevoelens naar het schermpje. Aan de ene kant was ze boos, overmoedig, roekeloos en opstandig, aan de andere kant behoedzaam, weifelend en in dubio. Ze zat lelijk in de knel, zoveel was wel duidelijk.

De minuten sleepten zich voort en het schermpje bleef donker. Hij had ongetwijfeld zijn schouders opgehaald bij haar dwaze tegenbod en zijn telefoon weggelegd. Dat was dan maar zo.

Ze beet op haar lip en probeerde net als hij haar schouders erover op te halen. Er was simpelweg geen snelle oplossing mogelijk. Zevenhonderd jaar oude kastelen werden niet verkocht middels een enkel telefoontje en een uitwisseling van een paar berichtjes. Dit was handel. Ze hadden het over miljoenen euro's. Of ze het nou leuk vond of niet, ze zou dit gewoon moeten doen op Hels' manier. Ze moest geduld oefenen.

Ze pakte haar jas van het bed en stond al bij de deur toen haar telefoon weer pingde.

Als u akkoord gaat met vier, hebben we een deal.

Haar mond viel open van verbazing. Hij wilde vier miljoen betalen? Zomaar? Het was een derde minder dan ze er volgens Hels voor zou kunnen krijgen, maar ruim een miljoen meer dan zijn oorspronkelijke bod. Het ging wel héél snel zo... Ze wilde het graag vlot afhandelen, maar dit was wel erg radicaal.

Haar hart bonkte, maar ze dwong zichzelf om te kalmeren en adem te halen. Hij zette haar onder druk, wilde een deal sluiten zonder van tevoren met haar de gebruikelijke details door te nemen. Ja, hij had eerder onderhandeld met haar vader, dus hij had al veel informatie tot zijn beschikking. Hij kende de bijzonderheden van het landgoed en de bijbehorende plus- en minpunten al, daar was in feite niets nieuws onder de zon. Maar... als hij zo gebrand was op een supersnelle overeenkomst op afstand, zou er waarschijnlijk nog wel ruimte zijn om te onderhandelen. Nietwaar?

Ze typte langzaam. Was dit inhaligheid of gewoon goed zakendoen?

Met vier kan ik niet akkoord gaan, maar we zitten dicht bij een deal. Laten we elkaar ontmoeten om erover te praten.

Ze wachtte op zijn reactie, onderwijl bijtend op haar duimnagel. Toe nou, kom op. Hap toe.

'Willow!' riep Pip nog eens.

'Nee hè,' kreunde Willow, terwijl ze rusteloos van de ene voet op de andere springend op zijn antwoord wachtte, in de wetenschap dat haar zus elk moment kon komen binnenvallen.

Goed, maar alleen als het snel kan en het ondertussen niet op de markt wordt gebracht. Ik neem komende week contact op. CS.

Ze slaakte een verrukt gilletje en sloeg een hand voor haar mond. Hij was impliciet akkoord gegaan met vier-plus-nog-wat? Ze had zomaar alle moeilijkheden laten verdwijnen? Pip had eerder die week sarcastisch en beschuldigend gereageerd op haar suggestie dat ze het landgoed uit praktische overwegingen zou verkopen, maar juist dat pragmatisme had nu opgeleverd wat door de sentimentaliteit van haar vader niet mogelijk was geweest: ze had een weg naar de toekomst gecreëerd. Hij had op grond van een middeleeuws principe geweigerd om te verkopen aan een Engelsman die op het laatst had geprobeerd een lagere prijs te bedingen, maar zij had het simpel gehouden. Verkopen. Aan een koper.

'Willow!'

Willow zuchtte.

'Ben je klaar?' riep Pip.

'Nou ja,' zei Willow een ogenblik later met een ironische glimlach toen ze haar oude slaapkamer verliet en over de balustrade naar haar zus tuurde, die languit op de onderste tree lag alsof ze daar al dágen wachtte.

'Eindelijk!' zei Pip op dramatische toon toen ze haar zag verschijnen.

'Hoelang zit je daar dan al?' vroeg Willow terwijl ze de trap af liep. Ze voelde zich lichter dan ze zich in weken had gevoeld. Nee, in járen. Ze voelde zich vrij.

'Een eeuwigheid!'

'Vijf minuten? Waarvan je er drie met mama hebt zitten kletsen?'

Pip rolde met haar ogen toen Willow haar naderde. 'Hm. Ik zou het geloof ik geen kletsen noemen. Ze heeft me op het hart gedrukt niet te veel te drinken en niet te laat thuis te komen, alsof ik vijftien ben of zo.'

Willow keek fronsend naar de outfit van haar zus. 'Hou je dat echt aan of gaan we eerst langs de stallen?' vroeg ze met opgetrokken neus en ze nam de stof van Pips overhemd tussen duim en wijsvinger. Het was een geruit geval dat van hun vader was geweest, veel te breed bij de schouders en met opgerolde mouwen.

'En hou jij dát aan?' wilde Pip op haar beurt weten, met een kneepje in haar leren broek, die daardoor piepte. Hij had in de tas met 'noodspullen' gezeten die Caz voor haar had gepakt en die Hels had meegenomen, samen met een zakje van haar favoriete weipoeder en een heimelijk flesje wodka met een post-it erop: VOOR HET GEVAL HET ALLEMAAL TE VEEL WORDT. Pip lachte. Ze had haar punt gemaakt en gaf haar zus een speels duwtje terwijl ze door de hal liepen. 'Dag, mam!' riep ze. 'We gaan!'

Ze wachtten even op een groet terug, maar er kwam niets. Ze keken elkaar aan, allebei met een zweem van bezorgdheid op hun gezicht, waarna Pip haar schouders ophaalde en ze samen de avond in liepen. Na het woeste weer van eerder die dag was het wat rustiger geworden. Het was nog steeds snijdend koud, maar de stromende regen was gestopt, in elk geval voor nu, en de stormachtige wind was inmiddels vlagerig. Ze stapten in Pips Land Cruiser en reden weg. De koplampen schenen over de brede oprijlaan en hier en daar keek een verschrikt konijn van onder een struik toe en bleef even staren naar de auto die langsreed.

'Wat zie je er vrolijk uit,' zei Pip met een blik opzij toen ze bij de hekken kwamen en ze keek of er verkeer aankwam.

'Is dat zo?' Willow keek in het bijrijderspiegeltje en prutste even aan haar haar. Ze wilde haar zus wel het goede nieuws vertellen, heus, maar zou zij het ook als goed nieuws beschouwen? Willow vermoedde van niet. Pip moest nog wennen aan het idee dat Lorne überhaupt zou worden verkocht. Als ze zou horen dat de verkoop al bijna rond was, dat ze zo doortastend en vlot had gehandeld... Nee, het was nog te vroeg. 'Ik verheug me gewoon op het feest, denk ik,' zei ze dus maar. 'Het zijn een paar zware weken geweest.'

Pip stak haar arm uit en gaf haar een liefhebbend kneepje in haar knie. 'En of, kiddo.' Ze sloeg rechts af de smalle weg met bomen aan weerskanten in, weg van het dorp. 'Enig idee hoe het tot nu toe gaat met het Ultra Event?'

'De eerste lopers komen naar verwachting rond drie uur 's ochtends aan, geloof ik.'

'Jezus, wat een malloten,' rilde Pip. 'Wie doet zichzelf dat aan, de hele nacht doorrennen?'

'Ik zou het niet weten,' mompelde Willow, die op haar telefoon naar haar Spotify-playlist zocht. 'Waar heb je zin in? Indie, Walk Like a Badass, of dance uit de jaren negentig?'

'Dance, absoluut. Laten we wat lekkere nummers luisteren nu het nog kan, want god mag weten wat voor muziek Marie Mullane heeft uitgekozen. De hele avond Daniel O'Donnell?'

Willow kreunde. Het was waar. Terry en Marie Mullane waren van hun ouders' leeftijd, en ze mochten dan tot de rijkste mensen in de regio behoren, ze waren geenszins de coolste. 'Halen we Otts ook nog op?' vroeg ze, hopend dat haar stem niet raar klonk. Ze had haar oudste zus niet meer gezien sinds hun nieuwe lot bekend was gemaakt.

'Nope, ze is de hele dag steward geweest. Bij het krieken van de dag begonnen, doorweekt geraakt en steenkoud geworden. Dus ze gaat de rest van het weekend *Game of Thrones* bingewatchen.'

'Heeft ze dat nog steeds niet gezien?' zei Willow misprijzend. 'Mijn god, ze leeft echt in de middeleeuwen.'

'Luister, je vergeet dat we hier breedband hebben,' schoot Pip in de verdediging. 'Ze heeft er bijna een jaar over gedaan om die hele verrekte serie te downloaden.'

'Oké.'

Pip wierp een blik opzij, alsof ze iets hoorde aan de klank van haar stem. 'Heb je haar nog gezien?'

'Nope.'

'Tja, niet verbazingwekkend, eigenlijk. Ze heeft het hartstikke druk gehad met alle wedstrijdvoorbereidingen. Ik heb Seamus nog gesproken en hij zei dat het daar net Glastonbury voor geheelonthouders is.'

'Klinkt vreselijk,' zei Willow, die de duisternis in staarde en haar vreugderoes voelde wegzakken. De eeuwenoude stenen muurtjes en de ontbladerde bomen passeerden in een waas. Er waren vlaggetjes aan de bushalte gehangen en om de vijftig meter was een wedstrijdpijl aan een boomstronk bevestigd. Een handbeschilderd bord dat aankondigde dat er kerstbomen te koop waren, was omgewaaid.

'Dat wordt opruimen, dat is een ding wat zeker is. Vorig jaar was het verschrikkelijk. Zoals ik Otts al heb gezegd, kan Bertie Flanagan het evenement niet steeds maar groter laten worden om zijn winst op te schroeven,' mopperde Pip. Willow verschoof op haar stoel bij het horen van de naam Bertie Flanagan. Ze had een hekel aan die man. Ze wist precies wat voor iemand hij was. Een leugenaar en een bedrieger. 'Op een gegeven moment zal hij het aantal moeten beperken. De infrastructuur kan het niet aan, en het land trouwens ook niet. Kun je je voorstellen hoe het pad eruit zal zien nadat vijfentwintighonderd ascetische maniakken er in dit weer over hebben lopen stampen?'

'Nope.'

Pip keek weer opzij. 'Nou, dan moet je maandag maar eens gaan kijken. Je zult ervan schrikken – en het is jouw probleem nu de boel van jou is. Jij bent degene die het geld moet zien te vinden voor het herstelwerk.'

Maar dat had ze niet. Als Pips woorden al iets hatelijks bevatten, voelde ze het niet, en er begon weer een klein glimlachje om haar mondhoeken te spelen. 'Oké dan, ik zal kijken,' reageerde ze luchtig, terwijl ze met haar arm op de raamlijst leunde en naar buiten staarde. Ze had het kasteel al zo goed als verkocht. Zou het werkelijk zo zijn?

Pip gaf haar een listige knipoog. 'Weet je wat je zou moeten doen? Tegen Bertie zeggen dat hij voortaan zal moeten betalen als hij het landgoed wil gebruiken. Papa heeft het vaak genoeg overwogen, maar Ottie heeft het hem steeds weer uit zijn hoofd gepraat.'

Willow voelde weer een steek van jaloezie om de terloopse manier waarop Pip over hun vader praatte, om de dagelijkse gesprekken die zij en Ottie met hem hadden gehad over de dagelijkse gang van zaken op Lorne, zodat tussen hen drieën een band was gesmeed waar zij buiten stond. Willow mocht dan het landgoed hebben geërfd, maar Ottie en Pip waren beter af. Ze hadden herinneringen waar zij nooit meer aan toe zou komen.

'Ze zei tegen papa dat het hun vriendschap zou aantasten,' ging Pip honend verder. 'Alsof Bertie zich daardoor zou laten tegenhouden als de rollen omgedraaid waren!'

Willow keek opzij naar haar zus. Wist Pip wat zij wist? Wist ook zij hoe gewetenloos die man feitelijk was?

Pip slaakte een wanhopige zucht. 'Tja, en papa zei, toen puntje bij paaltje kwam, dat hij meer waarde hechtte aan hun vriendschap dan aan een kans om snel geld te verdienen.'

'Ook al was dat geld hard nodig?'

'Je kent papa,' zei Pip schouderophalend. 'Altijd een softie geweest.'

Willow keek uit het raam en hield met moeite haar mond. Het

was bijna niet te verdragen dat haar vader had geweigerd om zijn deel van de koek op te eisen van de vriend die niet alleen van zijn goede wil profiteerde, maar hem op de kwalijkst denkbare manier had verraden. Wat was het toch ellendig dat zijn geheim nu min of meer het hare was geworden. Het vrat aan haar.

Ze reden door slaperige gehuchten en langs velden, waar de wind door kale hagen woelde en hier en daar een das door het kreupelhout langs de kant van de weg scharrelde. Pip zong het grootste deel van de rit luid – en vals – in een poging om in feeststemming te komen (Willow wist dat haar zus heilig geloofde in het principe 'dan maak je maar zin'), tot ze de auto uiteindelijk scherp naar rechts stuurde en ze een oprit op reden die werd gemarkeerd door een paar tweeënhalve meter hoge roodstenen pilaren met smeedijzeren hekken. Er stond met vergulde letters TRELANNON MANOR gegraveerd in een stenen plaquette in een van de pilaren.

Pip tikte op het stuur en bewoog met haar hoofd op de maat van de muziek terwijl de elektrische hekken automatisch met een lage zoem openzwenkten. Ze rolden langzaam naar voren en aan weerszijden van de oprijlaan gingen lampjes aan als een wave op een tribune, en weer uit als ze waren gepasseerd.

'Waanzinnig zeg, het lijkt wel een landingsbaan op een vliegveld,' mompelde Willow terwijl ze langs de houten omheining reden met daarachter keurig onderhouden, lege weiden.

Maar Pip was voor de verandering stil. Haar kin lag bijna op het stuur nu ze het huis naderden, en haar gewoonlijk zo opstandige ogen keken vol ontzag naar de grote, fraaie stallen waar de paarden verbleven. 'Jezusmina, moet je zien,' fluisterde ze, haar ogen gericht op de onberispelijke keitjes van het erf met het logo van de Mullanes in een mozaïek in het midden. 'Dan heb je het wel gemaakt.'

'Ja hoor, fangirl,' zei Willow met opgetrokken neus. Wat haar betreft was zo'n logo bij de stallen net zoiets als een dolfijn van mozaiek in het zwembad, maar ze zei het maar niet hardop. De stallen van Mullane's waren misschien wel de meest succesvolle en prestigieuze in heel Ierland, en het stamboek van de paarden die hier werden gefokt, was onovertroffen. Dit was Pips droom en plotseling begreep Willow waarom ze hier vanavond zo graag wilde zijn.

Ze parkeerden de modderige, gehavende Land Cruiser tussen de rijen glimmende Mercedessen en Range Rovers, en zelfs enkele Bentleys. Willow dankte de hemel dat ze zich had opgedoft, want toen ze thuis had gezien dat Pip gekleed was alsof ze een avondje naar de pub ging, had ze getwijfeld. Maar haar oudere zus aarzelde niet en liep naar het huis met van ambitie glanzende ogen.

Ze klopten op de deur en Willow keek rond terwijl ze wachtten tot er iemand open kwam doen. Zou dit iets zijn wat ze voor vier miljoen en nog wat kon kopen? Het was haar smaak niet, dit perfecte, vierkantige gebouw in neogeorgiaanse stijl. Het was haar te keurig, te blinkend. Voor de sierzuilen naast de voordeur stonden loden bloembakken met coniferen die kunstig waren gesnoeid en er waren slingers met lichtjes in de bomen gehangen. Uit elk van vloer tot plafond reikende raam stroomde licht, alsof alleen al de wattage een indicatie was van de rijkdom en macht van de bewoners. En misschien was dat ook wel zo, te oordelen naar de vrolijke geluiden die binnen klonken.

Pip belde vol ongeduld nog eens aan, precies op het moment dat de deur openging en Terry Mullane voor hen stond in een frambooskleurige corduroy broek en een gele kasjmieren trui.

'O hemel,' mompelde Pip bijna onhoorbaar. 'Hoi, Terry!'

Terry's brede glimlach verflauwde toen hij hen zag, de Lornezussen wier vader recentelijk was gestorven. 'Willow, Pip,' zei hij, en hij zette een stap naar voren om een hand op hun arm te leggen en er een meelevend kneepje in te geven. 'Jullie zijn er.'

'Ja,' zei Pip opgewekt, en Willow wist dat haar zus het medelijden in zijn ogen probeerde te negeren. 'Dank voor de uitnodiging.'

'Graag gedaan. We hoopten al dat jullie toch zouden komen.' Hij keek over haar schouder. 'En jullie moeder?'

'Voor haar is het nog te vroeg, vrees ik,' zei ze snel.

'Natuurlijk, natuurlijk,' zei hij met een gepijnigde uitdrukking op zijn gezicht. 'We hadden haar ook niet verwacht.'

'En Ottie had wel willen komen, maar die heeft de hele dag aan het Ultra Event meegewerkt en heeft het dus wel even gehad,' voegde Pip eraan toe.

'Jullie zijn hardwerkende meiden, alle drie. Geen wonder dat jullie vader altijd zo trots op jullie was.'

Willow voelde haar glimlach ter plekke bevriezen.

'Luister, voor we naar binnen gaan, wil ik dat jullie weten dat we op het punt hebben gestaan om vanavond te cancelen uit respect voor Declan. Hij was een goede vriend.'

'Dat heeft Joe me verteld,' zei Pip op kordate toon. 'En we zijn blij dat jullie dat niet hebben gedaan. Papa zou het zo gewild hebben. Hij hield immers wel van een feestje.'

'Ja, zeker weten! Hij bracht altijd leven in de brouwerij. Het was een enorme schok toen we hoorden dat hij was overleden. Wij waren op dat moment in Dubai.'

'Een succesvolle reis, heb ik gehoord,' zei Pip, en Willow hoorde aan de klank in haar stem dat ze het gesprek dolgraag op een ander onderwerp wilde brengen. Pip en medelijden gingen samen als sinaasappelsap en tandpasta. 'Het is een superjaar geweest voor Mullane's. We zijn heel blij voor jullie.'

'Dank je, Pip, dat is aardig van je,' zei hij met een knikje. De boodschap leek te zijn overgekomen. 'Maar kom binnen. Het is ijskoud buiten en binnen staat een feest op het punt te beginnen.'

'Het klinkt alsof het al in volle gang is,' zei Willow beleefd toen de deur weer openging en de zoetgevooisde klanken van Daniel O'Donnell naar buiten kwamen zweven. Ze slikte haar tegenzin weg en wilde dat ze niet waren gekomen. Dit was een vergissing.

Ze liepen een hal met een glanzende zwart-witte marmeren vloer binnen, waarboven een immense kristallen kroonluchter uitbundig flonkerde. In de hoek stond een enorme blauwe kerstboom met ledverlichting, versierd met zilverkleurige en blauwe kerstballen.

Willow voelde dat de moed haar nog verder in de schoenen zonk terwijl ze haar jas uittrok. Daniel O'Donnell en truien met V-hals waren in haar beleving niet bevorderlijk voor de sfeer op een feestje, en haar leren broek voelde plotseling erg gewaagd. In Dublin keek niemand ervan op, maar hier waren de zijdelingse blikken niet van de lucht. De zwarte, bijna doorschijnende blouse hielp waarschijnlijk ook niet.

'Misschien was dit een vergissing,' zei ze zachtjes toen Terry meteen wegliep om drankjes voor hen te halen.

'Dat meen je niet,' mompelde Pip terug, en haar ogen gleden over de weelderige olieverfschilderijen van paarden aan de muren. 'Ik ben in de hemel!'

'Staat je gehoorapparaat wel aan? Ze draaien "Danny Boy". Serieus. Ik bedoel, niet als grapje dus.'

'Nou en. Het stikt hier van de ruiters. Ik ga misschien wel nooit meer weg. Denk je dat ze me willen adopteren?'

'Pip...'

Terry Mullane kwam terug met twee verdacht roze drankjes, die hij hun overhandigde. 'Alsjeblieft. Deze zijn speciaal voor vanavond gecreëerd. Midnight Feasts,' zei hij grijnzend.

'Wat zit erin?' vroeg Willow met een sceptische blik. Dit kitscherige drankje zou zich niet durven laten zien in de bars waar ze in Dublin geregeld kwam.

'Geen flauw idee,' lachte hij. 'Maar ik heb gevraagd ze niet té sterk te maken, want je weet hoe dat gaat met cocktails. Anders is iedereen na twee drankjes al ladderzat.'

Willow glimlachte. Cocktails waren wel oké, voor één avond dan. Ze zou snel vier miljoen euro rijker zijn en dat was iets om te vieren, al deed ze dat in het geheim. 'Nou, gefeliciteerd,' zei ze, het glas naar hem heffend. 'En moge jullie succes nog vele jaren voortduren.'

'Dank je.'

Pip fronste haar voorhoofd en kreeg meteen een ietwat berekenende blik in haar ogen. 'Trouwens, Terry, nu ik je toch spreek...'

Willow nam nog een slok van haar drankje – dat voorspelbaar zoet was, maar heel goed te drinken – en nam notitie van haar zus' ongebruikelijk ernstige toon.

'Er is iets waar ik heel graag met je over zou willen spreken. Hoe zijn jullie eigenlijk precies begonnen?' Als Pip zich beleefd gedroeg, werd Willow daar altijd nerveus van. 'Het is altijd mijn droom geweest om me met volbloedpaarden bezig te houden.'

'Echt?' vroeg Terry geïnteresseerd. 'Ik dacht dat je meer op de lijn zat van... gezinsvriendelijke excursies en zo.'

'O nee, nee, nee,' zei Pip vlug, haar wangen vuurrood door zijn tactvolle woordkeus. 'Ik bedoel, ja, we organiseren momenteel tochtjes voor toeristen, maar alleen vanwege... nou ja, je weet wel, de gunstige ligging aan de Wild Way. Wat ik écht graag zou willen, is wat jullie hebben weten te...'

'Terry!' Een opgewonden vrouw in een jurk die ze beter niet had kunnen aantrekken haastte zich naar hem toe, nam zijn gezicht in beide handen en kuste hem op zijn lippen. 'We zijn er!'

'Fijn!' reageerde hij met een vaag verbouwereerde blik. De in een blazer gestoken echtgenoot van de vrouw stevende op hen af met een nog bredere glimlach.

Willow keek verbijsterd toe. Het was één ding om populair te zijn als manager van het o zo trendy Pyro Tink, maar ze kon zich amper voorstellen hoe het moest zijn als eigenaar van de winnaar van de Grand National.

Pip deed een stap om de vrouw heen in een poging weer dichter bij haar gesprekspartner te komen. 'Hoe dan ook, Terry, ik heb de vorige zomer een mooie merrie gekocht, Shalimar. Een Anglo-Arabier. Een prachtdier. Ik moest mijn trailer ervoor verkopen, maar ik zou er bij wijze van spreken desnoods ook een nier voor hebben verkocht. Maar goed, ik heb dus mijn laatste cent aan haar uitgegeven en...'

'Wat een gewéldig feest, Ter, *darling*!' zei de vrouw, die haar hoofd even schuin hield, zodat Pip zijn gezicht niet meer kon zien. 'Iedereen is er! Nou, vertel eens, hoe komen we aan zo'n overheerlijk drankje?'

Terry keek Pip met een strakke blik aan. 'Pip, vind je het goed als we dit onderwerp later nog even oppakken? Dan haal ik een paar drankjes voor Nancy en Bob.'

Pip keek beteuterd. 'Prima.'

'Ik kom je opzoeken, oké, dan hebben we het erover? Ik zou er graag meer over horen.'

'Ja hoor,' mompelde Pip onhoorbaar terwijl Terry werd meegetroond.

'Kom,' zei Willow, die zag dat het gezicht van haar zus betrok. Ze trok haar mee aan haar elleboog en begon zich een weg door de aanwezigen te banen. 'Ik voel me net Spock die onder dat ding wacht tot hij omhoog wordt gestraald.'

Pip keek nog even op naar de watervalvormige kroonluchter voordat ze zich uit de spotlights bewogen en een pilaar vonden om tegenaan te leunen, waar ze goed zicht hadden op het feest. Veel van de gasten leken bericht te hebben ontvangen over het dragen van een kerstslinger als decoratief accessoire, en er waren ook enkele mannen die een kersttrui droegen – en Willow was er niet van overtuigd dat die ironisch bedoeld waren. Ze stonden een tijdje zwijgend te kijken, allebei met het gevoel dat ze hier niet thuishoorden en dat ze bij nader inzien liever thuis hadden willen blijven.

'O mijn god,' zei Pip naar adem happend en plotseling verbleekend.

De schrik sloeg Willow om het hart. 'Wat is er?'

'Daar.'

Ze keek waar haar zus naar staarde. Er stond een grote gouden bokaal tegen de achtermuur van de hal, in een glazen kast en op een zwartgeschilderd voetstuk. Er hing een schilderij van een zwarte hengst boven.

'Jezus, je denkt toch niet...' fluisterde Pip, haar ogen bijna op steeltjes.

'Dat kan niet,' zei Willow fronsend, op hetzelfde moment dat ze de potige mannen in donker pak aan weerszijden ervan zag staan, hun handen voor zich gekruist, hun benen een stukje uit elkaar. 'Toch?'

'Hij is zo mooi en... gouderig.'

Willow keek haar van opzij aan. 'Dat is geen woord.'

'Denk je dat het glas kogelvrij is?' vroeg Pip, die haar drankje naar binnen klokte.

Maar Willow hoorde haar niet. Haar ogen hadden zich nu gefixeerd op iets wat nog fascinerender was dan de bokaal. Hij droeg een jeans, een wit overhemd en een marineblauw fluwelen jasje, en hij stond uitdrukkingsloos te luisteren naar iets wat zijn metgezel – een man van in de veertig – tegen hem zei.

'O mijn god, ik geloof bijna niet dat de Grand National Cup hier is. Op een feest. We moeten dat ding van dichtbij zien,' siste ze op dringende toon. Waar Pip zich in de auto al als een fangirl had gedragen, naderde ze hier wel ongeveer stalkerniveau.

'Nee,' zei Willow snel, haar hand uitstrekkend om te voorkomen dat haar zus ernaartoe zou stormen.

Pips wenkbrauwen schoten omhoog. 'Hè? Waarom niet?'

Willow keek weer naar de man. Alleen al zijn profiel liet haar hart sneller slaan.

'Will? Kom, laten we gaan kijken,' zei Pip vertwijfeld.

Willow keek haar al net zo vertwijfeld aan. Ze kon niet die kant op lopen. Hij stond amper een meter bij de vitrine vandaan, en hij was iemand om naar te kijken, niet om mee te praten. 'Het is... een beetje ordinair om ernaartoe te lopen en ermee te dwepen.'

'Ordináír?' sputterde Pip verontwaardigd. 'Waarom denk je dat ze het ding daar hebben neergezet? Ze willen juist graag dat mensen ermee dwepen!'

'Nou, ga jij dan maar,' zei ze koppig, en ze zette een stap achteruit.

Pip fronste en wierp haar een blik vol ongeloof toe voordat ze weer naar de bokaal keek, en vervolgens iets links daarvan. 'O.'

'Hoe bedoel je "o"?' vroeg ze defensief.

Pip haalde haar schouders op. 'Ik snap het al.'

'Wat snap je?'

Pip keek door de hal naar de onbekende en floot zachtjes. 'Dat is inderdaad een lekker ding.'

'Pip...'

'Wel vreemd... Ik dacht dat je vrij direct was als het om mannen ging. Er staan er genoeg op je Instadinges. Daar kom je bepaald niet als een verlegen tiepje over.'

'Ik ben ook niet verlegen,' protesteerde Willow, hoewel haar zus wel een punt had. Waaróm liep ze niet gewoon die kant op? Normaal gesproken ging ze regelrecht af op de mannen die haar opvielen, en in haar Dublin-kringen stond ze bekend om haar vrijheidblijheidfilosofie.

'Hoe zou hij heten, denk je?'

'Hoe moet ik dat nou weten?' Willow rolde met haar ogen, hoewel ze in gedachten allerlei opties naging. James? Chris? Paul?

'Ik vraag me af wie hij is. Hij ziet er erg... gedistingeerd uit,' peinsde Pip hardop. 'Ik durf te wedden dat hij musea bezoekt en geregeld gaat brunchen.'

'Sta niet zo naar hem te staren!' siste Willow. Ze gaf haar een por en keek snel zelf naar de man om te checken of hij het had gezien. Nee, gelukkig niet. Waarom keek hij niet?

Ze sloeg de rest van haar drankje nerveus achterover en ze pakten allebei een nieuw glas van het dienblad waar een serveerster mee voorbijliep.

'Heeft hij je al gezien?' vroeg Pip als een slechte spion, haar glas tegen haar lippen alsof ze aan haar drankje rook.

'Nee.'

'Tuurlijk wel,' zei Pip na een ogenblik zelfverzekerd. 'Hij heeft ons beslist zien binnenkomen vanaf de plek waar hij staat.'

Willow keek naar het midden van de ruimte en besefte dat het inderdaad waar was. Het had gevoeld alsof ze in een schijnwerper stonden toen Pip tegen Terry aan had staan kletsen. 'Nou, als hij ons heeft gezien, lijkt hij niet erg onder de indruk.'

'Hij wil zich gewoon niet laten kennen.'

Willow fronste. 'Sinds wanneer ben jij zo'n expert op mannengebied?'

'Niemand hoeft expert te zijn als het om mannen gaat, zusje. Het zijn simpele wezens, vergeet dat nooit. Pik en maag. Klaar.'

Willow maakte een afkeurend geluidje. 'Ik geloof bijna niet dat je dat echt hebt gezegd.' Ze rolde met haar ogen. 'Weet je, dit verklaart wel zo ongeveer waarom je nog single bent.'

'Niet iedereen is op zoek naar liefde,' zei Pip schouderophalend.

'Ik ook niet.'

'Je Instadinges suggereert iets anders.'

'Dat is geen liefde. Er is een verschil.'

Pips ogen knepen zich tot spleetjes. 'Hm, nou, dat is wel een hele ommekeer in jouw kijk op de dingen. Toen je klein was, speelde je altijd bruiloftje met de tafellakens.'

'Toen ik klein was, ja.'

'Dus je hebt besloten dat de ware liefde niet aan jou besteed is, is dat wat je zegt?'

'Precies.'

'Je gaat niet trouwen.'

'Beslist niet.'

'Omdat...'

'Omdat het huwelijk draait om hormonen vermengd met belangen en dat alles overgoten met een commercieel sausje van sentimentaliteit.'

'Au!' Pip kromp ineen alsof ze zich gebrand had. 'Keihard oordeel, hoor.'

'En dat zeg jij. Wat is jouw excuus voor je verstoktevrijgezellenleven?'

Pip zuchtte luchtig. 'Ik ben nog geen vent tegengekomen die ik leuker vond dan mijn paarden.' Ze klonk oprecht monter.

Willow kreunde, want ze wist dat ze deze woordenwisseling niet kon winnen, net op het moment dat Pip plotseling en verdacht vlot haar rug rechtte. 'O shit. Opgelet,' mompelde ze tussen bewegingloze lippen.

'Hè?' Er viel een schaduw over haar heen.

'Hoi.'

Pip gaf een klein piepje. Wérkelijk een piepje.

Willow draaide zich om en keek op. De mooie man was door de hal gelopen en stond nu bij hen. Hij glimlachte niet, maar toch... Hij was naar hen toe gekomen. 'Ik ben Connor.'

Connor. Niet James of Chris of... nou ja. Connor. Goede naam. Knap gezicht. Over het geheel genomen... goed. Geweldig zelfs. Ze slikte zwaar. Van dichtbij was hij nog aantrekkelijker. Donker golvend haar met zijscheiding, volle donkere lippen, felblauwe, gretige ogen. 'Hoi, ik ben Willow,' zei ze met een stem die verbazend genoeg niet trilde. 'En dit is mijn zus, Pip.'

'Pip en Willow. Interessante namen.'

'Mijn naam is een afkorting van Philippa,' zei Pip snel, met een kenmerkende schittering in haar ogen. 'En haar naam is een afkorting van...'

'Waag het niet...' zei Willow vlug met een waarschuwende vinger in de lucht.

Connor trok een wenkbrauw op en Pip barstte in lachen uit.

'Het is gewoon Willow,' zei ze, zich weer tot hem wendend.

'Nou, aangenaam kennis te maken, Pip en Gewoon Willow.'

Pip lachte weer. 'Gewoon Willow! Dat vind ik leuk! Ik vind hém leuk!' schaterde ze voordat ze ineens opmerkte dat haar glas weer leeg was. 'O nee! Hè, kijk nou toch. Ik ga een drankje halen.' En met een glimlach en een niet al te subtiele knipoog slenterde ze weg.

Ze keken haar na.

‘Verlegen en bedeesd, die zus van je?’

‘Een zorgenkind.’

Er verscheen een zweem van een glimlach in zijn ogen. ‘Is ze ouder of jonger dan jij?’

‘Twee jaar ouder.’

‘Nog meer zussen of broers?’

‘Nog een zus, een jaar ouder dan Pip.’

‘Ah, dus jij bent de benjamin?’

Haar hart maakte een sprongetje. De mooiste man die ze ooit had gezien was naar haar toe gelopen en flirtte met haar. ‘Ik kan het niet ontkennen. En jij? Heb je broers of zussen die je het leven zuur maken?’

‘En of. Ook twee zussen, die me nog steeds willen aankleden alsof ik een pop ben, en die hun make-up op me willen uitproberen.’ O god, ze kon zich hem zó voorstellen met mascara op. Nog mooier. Zijn ogen dansten nu beslist, maar zijn mondhoeken krulden nog steeds niet. Van een afstandje zou het kunnen lijken alsof ze het hadden over de brexit of de paardenraces van Cheltenham, en ze vroeg zich af wat ervoor nodig was om deze man een glimlach te ontlokken.

‘Dat zal wel de nodige sporen nalaten,’ plaagde ze.

Hij trok zijn prachtig rechte, donkere wenkbrauwen op. ‘En waar ken jij de Mullanes van?’ Hij zette een stap opzij toen een brunette in een zilverkleurige jumpsuit zich tussen hen in perste, haar ogen eventjes in zijn richting schietend. Hij keek kort naar haar en richtte zich weer tot Willow.

Ze forceerde een glimlach, hoewel ze haar onzekerheid voelde groeien. Hij moest de vrouwen vast altijd van zich afslaan. ‘Vrienden van de familie.’

‘O. Je woont dus in de buurt, Gewoon Willow?’

‘Mijn familie wel. Ongeveer een half uur hiervandaan, of twintig minuten als Pip rijdt.’ Ze nam nog een slok van haar drankje en zag de vrouw verder door de menigte lopen. Bijna iedere man keek om.

'Maar jij niet?'

'Ik woon tegenwoordig in Dublin.'

'Ah. Een meisje uit de stad.' Zijn ogen gleden over haar heen. 'Dat verklaart de broek.' Ze voelde een diepe blos op haar wangen verschijnen. 'Ik dacht dat ze de ramen zouden moeten opendoen toen je binnenkwam. De temperatuur steeg een paar graden.'

O. Mijn. God. Zei hij nou dat ze er sexy uitzag? Ze slikte en dwong zichzelf kalm te blijven. 'En jij?' vroeg ze, het compliment opzettelijk negerend. 'Waar kom jij vandaan?'

'Londen, hoewel ik ook een huis in Dublin heb.'

Ook. Daar lag een suggestie in verborgen, in dat ene woordje. 'En waar ken jij de Mullanes van?' vroeg ze.

'Ik maak deel uit van het consortium dat eigenaar is van Midnight Feast.'

Ze sperde haar ogen open. 'Wauw! Wat opwindend.'

'Jazeker.'

Een paardenman. Dat had ze niet gedacht. Ze had hem gehouden voor een bankier of zoiets. 'En hoe voelt het om de National te winnen?'

Hij dacht er even over na. 'Het was pijnlijk.'

'Pijnlijk?' vroeg ze verwonderd.

'Ja, als je paard een race wint, schijnt het traditie te zijn dat ze je nogal hardhandig jonassen. En ik ben nog nooit op zoveel schouders gehesen.'

'O,' grinnikte ze. Maar haar glimlach verdween toen hun ogen elkaar weer ontmoetten. Ze voelde alle woorden haar hoofd verlaten. Geen prietpraat meer. Geen snedige gevatheid meer. Zelfs geen kwikzilverige brunette meer. Hij was ontregelend, overweldigend, net als de chemie tussen hen…

'Je glas is leeg,' zei hij na een ogenblik, terwijl hij zijn blik losscheurde van haar ogen om ze op haar glas te richten. Dat stomme glas dat hem afleidde. 'Wil je nog een drankje?'

En de zeepbel knapte. Ze wist precies wat die vraag inhield: hij zou zich uit de voeten maken onder het voorwendsel dat hij een serveerster ging zoeken. Zelf deed ze dit heel vaak in een bar als ze van iemand af wilde komen. Hoe had ze deze situatie zo verkeerd kunnen inschatten?

'Graag,' zei ze schouderophalend, en ze voelde haar zelfvertrouwen en vrolijke stemming een duikvlucht maken. Had ze iets verkeerds gezegd? Was ze te flirterig geweest? Niet flirterig genoeg?

Ze keek de andere kant op, zich schrap zettend voor zijn vertrek. Het feest was de beleefdheden inmiddels al voorbij, de roze cocktails en blauwe kerstboom begonnen hun magie over de mensen uit te strooien. Er werden lachend hoofden achterovergegooid, maniertjes werden uitvergroot, stemmen klonken luider... Op het eerste gezicht had ze alleen de vrienden van haar ouders opgemerkt, maar nu zag ze ook het jongere aandeel, eerder verscholen in de hoeken, schaduwen en zijkamers. Het geluidsniveau steeg snel.

Ze zag dat Pip te midden van een groepje kerels stond, die allemaal schaterlachten om iets en borrels achteroversloegen. Willow keek toe. Haar zus was dan misschien gekleed als 'een van de jongens', met haar geruite overhemd, warrige haar en onopgemaakte gezicht, maar ze zag er niet uit als een van hen, met haar fijne botstructuur en heldere ogen. Willow veronderstelde dat Pip er geen idee van had dat ze mooi was. Ze zou misschien zelfs door de grond willen zinken bij de gedachte.

'Hallo!' Ze keek op en zag Connor met zijn hand in de lucht en zijn kin omhoog staan om iemands aandacht te trekken. 'Dank,' mompelde hij toen er een ober aan kwam snellen en hij Willows lege glas uit haar hand pakte en het verving door een vol exemplaar.

Ze sloeg haar ogen verrast op.

'Wat is er?' vroeg hij, een slokje van zijn champagne nemend. Geen roze cocktail voor hem.

'Niets, ik...'

Hij hield haar blik vast, voelde haar ontwijkende beweging. 'Zeg nou maar.'

Ze haalde haar schouders op. 'Ik nam aan dat je je discreet uit de voeten wilde maken.'

Hij fronste. 'Waarom zou ik dat doen?'

Haar ogen vielen op de in zilver gehulde brunette, die nog steeds hun kant op keek. 'Nergens om. Let maar niet op mij.' Ze keek weer weg.

Er viel een korte stilte. 'Nou, laat ik dat nou net heel moeilijk vinden.'

Haar blik schoot weer naar zijn ogen, de flirterige glimlach die er eerder in had gelegen, was nu vervangen door pure opwinding.

'Niet op het mooiste aanwezige meisje letten, bedoel ik.'

Ze voelde haar hartslag versnellen en het begon haar te duizelen. Kwam dat door hem? Of door de roze drankjes? Het kon haar zelfs niet meer schelen dat ze Daniel O'Donnell draaiden. Gebeurde dit echt? Kon ze zoveel geluk hebben op één dag? Het overspoelde haar. Maakte haar dronken.

'Je ziet er verhit uit.'

'Echt?' Haar hand schoot naar haar wang.

'Wil je misschien een luchtje scheppen?'

Ze staarde hem aan. Ze had haar hele leven nooit liever een luchtje willen scheppen. 'Gaat u voor.'

10

De tuindeuren vlogen open en voor haar stroomde een drom joelende mensen naar buiten, de avond in, langs een stel dat zat te flikflooien op het terras. Er had zich al een laagje rijp over het gras gedrapeerd, waardoor de tuin in een blauwige tint gehuld was, met bomen die zich als koralen uitstrekten tegen de inktzwarte lucht. Het meer onderaan het glooiende gazon was een matte spiegel.

Ze renden als krijgers, brullend met hun armen in de lucht, en Pip was blij dat het overhemd dat ze droeg haar te groot was. Dat kon ze nu des te gemakkelijker in één beweging over haar hoofd uittrekken. Ze holde over het gras, voor de rest uit, zwaaiend met haar armen, haar ogen op het eindpunt gericht: de ponton die midden op het meer dreef. Deze leek niet op de gammele ponton die haar vader had gebouwd en vlak bij hun privéstrand vastgelegd toen zij klein was; die bestond uit enkele met touw samengebonden schoongemaakte oude olievaten. Dit exemplaar was een fraai, speciaal vervaardigd drijvend plankier met een afdak erboven, voor romantische etentjes, veronderstelde ze. Ze kon zich niet voorstellen dat ze ooit iemand zou worden die ervoor zou kiezen – er ook maar over zou denken – om te gaan eten in een drijvend, veredeld tuinhuisje achter in een tuin, maar wie was zij om daarover te oordelen? Zij was de mafketel die had gewed dat ze er midden in de winter naartoe kon zwemmen.

'Pip?' De stem klonk ver weg en geschokt, maar vertrouwd. Heel vertrouwd. Willow?

Pip probeerde haar een glimlach toe te werpen, althans ergens in haar richting, met een blik over haar blote schouder. Ze was absoluut dronken, dat wist ze – de borrels die ze achterover had geslagen, hadden haar zowat gevloerd – maar ze werd gedreven door zuivere wanhoop, niet de drank. Ze kon dit. Ze moest wel. Alles hing ervan af.

Sean, haar gezette, niet al te fit ogende rivaal, kwam op nauwelijks twee stappen achter haar aan. Hij worstelde om zich van zijn shirt te ontdoen en scheurde het daarom maar half open. Ze stopte abrupt met rennen en bukte wankelend om haar rijlaarzen uit te trekken. Sean haalde haar lachend in, zichzelf met zijn armen boven zijn hoofd gelukwensend, maar ze wist dat hij zijn schoenen ook nog uit moest doen, zoals een auto in de Formule 1 de pitstops niet kon overslaan.

De sokken gingen gelijk uit met de laarzen, iets waar ze anders altijd een grondige hekel aan had, maar nu was ze blij met die efficiëntie en begon ze meteen weer te sprinten, waarbij het voelde alsof haar voetzolen werden gekieteld door de stijve grasprietjes. Het meer lag op ongeveer een voetbalveld afstand en ze zwengelde haar armen zo hard als ze kon op en neer, achter Seans stevige silhouet aan rennend zonder de vrieskou te voelen. Hij was groter en sterker dan zij, maar ook zwaarder, en zijn conditie liet te wensen over. Ze was fitter dan hij, dat wist ze.

Ze haalde hem in aan de waterkant en wurmde zich uit haar jeans zonder de rits open te hoeven trekken, terwijl hij eerst zijn sportschoenen uit moest doen, waarvan de veters – ongunstig voor hem – met een dubbele knoop waren gestrikt.

'Pip!'

Ergens ver achter haar hoorde ze haar zus nog roepen, maar er was geen tijd om het nu uit te leggen. Er stond te veel op het spel. Haar hele toekomst.

Zonder te aarzelen rende zij als eerste het water in. Haar lichaam spande zich meteen door de enorme schok van de ijzige temperatuur. De kou benam haar de adem en de grond in het water voelde stenig en oneffen, zodat ze strompelde en voorover in het meer viel.

Iedereen joelde toen ze weer bovenkwam, maar ze spatte en plonsde zelf dusdanig dat ze niet zag of Sean nu ook in het water was. De kou was nu van een felheid die ze nooit eerder had ervaren, haar ademhalingsreflex werkte urgenter, sneller dan ze kon tellen, en haar hersens hadden de grootste moeite om de immense fysieke schok te bevatten.

Ze kon amper zien, laat staan nadenken, maar op de een of andere manier richtte ze haar ogen op het ponton en begon te bewegen: hoe sneller ze het ding bereikte, hoe sneller ze hier weer uit was. Achter haar groeide de kakofonie. Het ging kennelijk als een lopend vuurtje rond op het feest, want een aantal gasten kwam de toeschouwers versterken, waardoor het lawaai ook luider werd. Ze hoorde dat haar naam werd geroepen, maar ook die van Sean. Ze zwom uit alle macht, met al haar wanhoop, maar was dat genoeg?

Ze voelde even zijn huid tegen de zool van haar voet en realiseerde zich dat hij dus vlak achter haar aan kwam. Hij was vrij groot, minstens een meter vijfentachtig, en ze dwong haar armen om sneller te blijven zwemmen, haar benen om harder te trappen. Misschien kon ze hem met opspattend water achter zich houden?

Maar haar ledematen leken de commando's die haar brein uitzond niet op te volgen. Sneller. Sneller, spoorde ze zichzelf aan, maar ze ging juist trager en trager. Het werd al lastig om haar arm überhaupt uit het water te tillen, en haar benen trapten niet zozeer, maar flapperden maar wat.

Ze voelde een scheut van paniek. De oever lag nu zo'n vijftig meter achter haar en Sean kwam langszij in een waas van woest opspattend wit water. De ponton was nog maar tien, misschien vijftien meter bij haar vandaan, maar haar ademhaling ging nu heel vlug en haar lichaam wilde maar niet gehoorzamen… Haar armen kwamen helemaal niet meer boven het oppervlak en de kou voelde aan als een bevroren ijzeren staak die zich een weg zocht door haar aderen waardoor ze letterlijk zo stijf als een plank werd.

Sean nam een voorsprong, te zeer opgaand in zijn eigen gespat en geplons om haar te zien, en ze voelde nog een scheut, nu niet alleen van paniek, maar ook van angst. Haar benen zakten onder haar lichaam en ze begon te zinken.

Ze moest in beweging komen. Waarom kon ze niet bewegen? Ze hijgde vertwijfeld, ze hyperventileerde, ze hoestte en probeerde geen water in te slikken. Ze hoorde de meute aan de waterkant niet meer. Ze zag de ponton niet meer. De waterlijn begon over haar kaak te kruipen, omhoog over haar gezicht...

Haar brein schreeuwde tegen haar ledematen dat ze moesten zwaaien, slaan, maaien, bewégen, maar ze had geen gevoel in haar handen. Het werd geblokkeerd onder haar ellebogen en de gevoelloosheid kroop steeds verder naar boven. Haar benen hingen als linten onder haar lijf.

Jezus, nee. Ze mocht niet doodgaan. Niet vlak nadat ze haar vader hadden begraven. Haar arme moeder. Willow. Ottie... Zwémmen! Maar ze kon niet bewegen, haar lichaam was compleet verlamd door de kou en ze begon als een baksteen te zakken. Ze zou verdrinken door de hyperventilatie, verstijfd door onderkoeling. Haar lichaam snakte naar adem nu ze langzaam maar zeker onder water gleed...

Het laatste wat ze zag voordat ze onder het oppervlak verdween, was de maan, kristalhelder en weelderig rond, rijzend aan de hemel als een reuzenparel. Het was de laatste glimp van licht die ze opving voordat de duisternis onder water haar helemaal omgaf en alle geluid gedempt werd en ver weg klonk.

Ze knipperde naar de donkerte, maar er viel in de diepte niets te zien. Geen vissen. Geen waterplanten. Geen Sean. Geen geluid. Geen kleur. Alles sloot zich. Ze verloor haar greep op de werkelijkheid, die overging in hersenschimmen binnen haar kwijnende bewustzijn, en ze vocht om haar laatste ademteug vast te houden tegen een paniekerig bonzend hart.

Het ging niet. Het ging niet. Haar longen schreeuwden het uit.

Haar brein droeg haar op het te doen: ademhalen. Open je mond en adem in. Open je mond. Open je mond.

Er viel niets meer tegen te beginnen. Ze opende haar mond en voelde dat het water haar overspoelde, haar opeiste, op haar af kwam razen, met explosies van kleur in haar hoofd nu haar schreeuw geen verlichting gaf en het zwarte gat dieper en dieper werd...

De pijn – scherp en schurend – doorbrak de mist en schoot door haar lichaam. Het voelde alsof haar hoofdhuid van haar hoofd werd getrokken, en plotseling was er de harde klap van lucht op haar gezicht. Ze kwam boven, maar kon niet naar adem happen, haar lichaam slap terwijl iets haar greep, wanhopig en genadeloos, haar huid openhalend.

Ver weg, verdoofd, voelde ze dat ze de ijzige omarming van het meer verliet en zwaar op een vast oppervlak viel, waar meerdere manen zich om haar heen verzamelden en er openingen bewogen, maar geen geluid haar oren bereikte. Er werd gewicht op haar machteloze gestalte uitgeoefend, de wind gleed over haar huid en de eerste stakerige toppen van bomen begonnen haar gezichtsveld in te schuiven. Haar blik vond de maan opnieuw, maar zelfs die heldere parel kon niet op tegen de onverbiddelijke trekkracht die vanuit de diepte van haar lichaam kwam terwijl ze weer weggleed. Weg, weg, weg, het donker in.

Warmte is een kleur. De kleur van fruit: perzik die overgaat in nectarine en dan in bloedsinaasappels... Ze zag het allemaal opbloeien tegen haar oogleden, waarna het zich uitbreidde over haar wangen en via de achterkant van haar hoofd omlaag langs haar nek en schouders...

De sensatie groeide. Haar ijsblokken van handen en voeten begonnen pijnlijk te kloppen nu de bloedcirculatie weer op gang kwam. Haar lichaam was stijf en lag languit gestrekt, als dat van Gulliver toen hij was vastgepind door de Lilliputters. Er trokken sidderingen door haar heen als elektrische schokken die ze niet kon controleren of stoppen.

Ook het geluid keerde terug, het geroezemoes van stemmen die op dringende toon praatten. Monitors die bliepten. Een suizende luchtstroom. Geruis dicht bij haar oor.

De warmte bouwde zich snel op, wikkelde zich om haar heen en zette haar in beweging. Ze draaide haar hoofd, maar haar ogen wilden niet opengaan. Ze zat gevangen in haar lichaam, net zo krampachtig vastgeklemd door de warmte als eerder door de kou.

Er vibreerde een klank door haar heen. Haar eigen geluid.

'Pip? Pip, hoor je me...' Druk op haar schouders, een kneepje in haar hand.

De stem klonk ver weg. Vervormd.

'Ze komt bij.'

'Zorg ervoor dat die band goed vastzit.' Een andere stem. '... rillingen nemen toe. We willen niet dat ze verder wegzakt.'

'Ze is zwaar onderkoeld. Hoelang nog voor we er zijn?'

'Drie minuten. Ze staan stand-by.'

'Hebben ze een verwarmd infuus beschikbaar?'

'Zal ik vragen.'

'Vertel ze dat ze hypoxisch is. Zuurstofsaturatie tweeënvijftig. Kans op acidose.'

'Oké.'

Er klonk nog een geluid, dat door haar botten trilde. 'Pip? Hoor je me?'

'Leg nog een deken over haar heen.'

Haar lichaam voelde star en broos. Ze had er geen controle over. Ze was los van haar eigen zelf, als de schaduw van Peter Pan. Ze probeerde haar ogen te openen, maar die warmte, het licht...

Ze zonk terug in de duisternis. De zwaarte. De stilte.

'We moeten mama bellen.' Otties stem klonk angstig. Er zat een trilling in, als gelei die heen en weer werd geschud.

Willow keek haar aan vanaf de andere kant van het bed. 'Nee. Nog niet. Wacht nog even. Laat haar slapen.'

'Maar ze moet het weten!' hield Ottie vol.

'En dat komt wel. Maar er is nu niets wat we kunnen doen.' Haar stem klonk vlak en toonloos. 'Pip is stabiel en wordt goed in de gaten gehouden. Het heeft geen zin om mama ongerust te maken nu het ergste achter de rug is en ze hier niets kan uitrichten. Het is nog niet eens zes uur. Laat haar maar rusten nu het nog kan. Ze zal al haar kracht nodig hebben als ze te horen krijgt wat er is gebeurd.' Willow liet haar hoofd vermoeid naar voren vallen. Ze was de hele nacht wakker gebleven.

Ottie beet op haar lip, want ze wist best dat nog een gebroken nacht hun moeder geen goed zou doen. 'Oké dan,' mompelde ze, zich verwonderend over het vreemde feit dat haar zusje en zij opnieuw van rol waren gewisseld: Willow niet langer de benjamin, maar de erfgename. En nu de beschermvrouwe? Het was de eerste keer dat ze elkaar weer zagen sinds het testament aan hen was voorgelezen. Ottie had haar daarna ontweken, want ze was er niet zeker van of ze haar gevoelens over wat er die dag bekend was geworden, wel zou kunnen maskeren. 'Nog een uur dan. Voor mama's bestwil.'

'Nog een uur.'

Ze keken allebei weer naar Pip, roerloos en bleek in het bed. Ze hielden allebei een hand vast. Het was een ongebruikelijke aanblik, geheel tegen de natuurlijke orde der dingen in. Niemand had Pip ooit onderuit zien gaan. Ze was altijd zo'n vechter, ontembaar, niet klein te krijgen… Roekeloos.

'Waarom heeft ze dit gedaan?' fluisterde Ottie. 'Wie rent er nou drie weken voor kerst midden in de nacht een ijskoud meer in?'

'Ze was ladderzat, ze had een hoop borrels achterovergeslagen met Sean Cuneen en zijn kameraden.'

'Maar dan nog… Ik bedoel, hoe dronken moet je wel niet zijn om alle gevoel voor gevaar te verliezen?'

Willow slaakte een diepe zucht. 'Nou, er schijnt ook nog een weddenschap in het spel te zijn geweest.'

Ottie fronste. 'Wat voor weddenschap?'

'Weet ik niet precies. Ik heb er alleen maar wat mensen over horen praten.'

Ottie knipperde met haar ogen. 'Ze is bijna verdronken om een weddenschap te winnen?'

Willow haalde haar schouders op.

'Maar dit zal... Het zal mama's hart breken. Hoe heeft ze zo stóm kunnen zijn? Dat ze ons dit aandoet na alles wat er al is gebeurd...' Haar stem sloeg over.

'Ik weet het.' Willows vermoeide ogen keken op. 'En we vermoorden haar zodra ze sterk genoeg is.'

Ottie voelde een onverwacht glimlachje opkomen in plaats van een snik nu haar vaders gevoel voor humor boven kwam drijven. Lachen op een uitvaart, bij een ziekenhuisbed... Geen plek was veilig of heilig. 'Zeker weten.' Ze depte haar ogen droog met haar vrije hand. 'Hoor je dat, Pip? We vermoorden je als je hiervan hersteld bent.'

Er kwam een verpleegkundige binnen en Ottie en Willow verstijfden meteen. Ze keken hoe ze de monitors checkte en ze vervielen beiden in een gehoorzame, bezorgde stilte.

'Is alles in orde?' vroeg Willow, terwijl de verpleegkundige het infuus controleerde voordat ze met haar hak op de rem van het bed trapte en aanstalten maakte om met hun zus de kamer te verlaten.

'Pip is stabiel, maar ik moet jullie vragen nu te vertrekken. We geven haar nog een bad om haar temperatuur te stabiliseren en daarna worden er röntgenfoto's gemaakt.'

'Röntgenfoto's? Maar ze heeft toch niets gebroken?' vroeg Willow verbaasd.

'Het hoort bij de standaardprocedure in zulke gevallen. Als ze water heeft binnengekregen, kan dat leiden tot longoedeem, wat weer kan leiden tot ademhalingsmoeilijkheden, wat uiteindelijk zelfs levensbedreigend kan zijn.'

'Secundaire verdrinking bedoelt u?' zei Ottie scherp. Ze had toen ze de camping openden uit voorzorg een strandwachtcursus gevolgd. Hoewel ze niet wettelijk verantwoordelijk was voor de veiligheid op het strand, leek het haar verstandig om te weten wat ze in geval van nood zou moeten doen als er vlak bij huis onverhoopt iets zou gebeuren.

'Ja. Maar ze is in goede handen,' zei de verpleegkundige simpelweg toen ze de uitputting op hun gezicht zag. Ottie had haar pyjama nog aan, met een jas erover en haar voeten in de rubberen klompen gestoken die ze in het veld altijd droeg. Haar roodblonde haar hing in warrige slierten. Een groot contrast met Willow, die haar nauwsluitende leren broek nog aanhad en helemaal in het zwart was, compleet met smokey oogmake-up. 'Maar het zal wel even duren. Proberen jullie intussen maar wat rust te krijgen.'

Willow keek haar oudere zus aan. 'We zouden nu naar mama kunnen gaan? Als het meezit, zijn we hier terug tegen de tijd dat Pip bijkomt.'

Ottie knikte en liet zichzelf meevoeren. Ze draaide zich nog een keer om, ineenkrimpend bij de aanblik van haar zus die door de gang werd gereden, met slangetjes aan haar bevestigd en dekens over zich heen. Ze zag er zo bleek uit, zo stil, zo breekbaar als een vogeltje. Met haar krullige korte coupe en vele sproetjes zou ze makkelijk kunnen doorgaan voor een twaalfjarig jongetje.

'Kom,' zei Willow, die stevig doorliep, niet langer het kleine zusje. 'Deze kant op.'

Ottie keek opzij naar Willow terwijl ze in de auto terugreden. Onder de vakkundig aangebrachte make-up zag haar zusje er bleek en afgetobd uit. Ze was de laatste tijd afgevallen, maar dat gold misschien wel voor hen allemaal. Ondanks de goede zorgen van Mrs Mac had niemand van hen veel trek in eten.

'Heb je het zien gebeuren?' vroeg ze zacht, haar vingers om het stuur geklemd terwijl ze de duisternis in tuurde. De zon was nog niet opgekomen en het had net zo goed middernacht kunnen zijn als zes uur in de ochtend.

Willow zweeg een ogenblik. 'Ja.' Ze knikte en keek stoïcijns uit het raam, maar in de weerspiegeling zag Ottie de tranen in haar ogen glanzen. 'Ik was al buiten toen ze langs kwam rennen.'

'Was je buiten?' vroeg Ottie fronsend. 'Maar het was íjskoud. Wat deed je...'

'Ik had een leuke vent ontmoet.'

'O.' Het feit werd met een rechtstreekse eenvoud gebracht. Willow was tegenwoordig behoorlijk open over haar liefdesleven. Zij vond mannen leuk en vice versa.

Willow schudde haar hoofd. 'Ik had bij haar moeten zijn. Ik had moeten weten dat ze iets idioots ging doen.'

Ottie wierp weer een blik opzij. 'Doe niet zo gek, jij bent haar oppas niet. Ze is vierentwintig. Jullie waren op een feest. Het is niet jouw taak om te voorkomen dat ze dwaze weddenschappen aangaat en een meer in holt.'

'Maar ik heb haar die borrels zien drinken. Ik had moeten weten dat ze te ver zou gaan.'

'Willow, Pip is volwassen. Ze maakt haar eigen keuzes, hoe slecht die ook mogen zijn.'

Willow gaf geen antwoord, maar keek weer uit het raam, haar gezicht nog vol van schuldgevoel, en Ottie wist dat het niet uitmaakte wat ze zei, ze kon haar toch niet overtuigen.

'En hoe heet hij?' vroeg Ottie, die dan maar probeerde om van onderwerp te veranderen. Niemand had er wat aan om stil te blijven staan bij de rampspoed. 'Die vent.'

'Hè? O... Connor.'

'Connor hoe?'

'Weet ik niet. Daar zijn we niet aan toegekomen,' mompelde Willow, die nu nog hardnekkiger uit het raam bleef kijken.

Ottie grijnsde. 'Een knapperd?'

Er ontsnapte Willow een onwillekeurig kreuntje als antwoord.

Otties vingers omklemden het stuur nog vaster. 'Vertél.'

Willow aarzelde alsof ze een terugkeer naar de herinnering wilde voorkomen, alsof het beter was om vast te houden aan de ellende dan aan het fijne. 'Hij is rond de dertig, schat ik in. Een Engelsman.'

'En hij heet Connor?'

Willow fronste en groef in haar geheugen. 'Ik geloof dat hij het heeft gehad over een Ierse grootvader.'

'Dan kan hij er dus mee door. En wat voor werk doet hij?'

Willow kneep haar ogen samen in een poging door de roze getinte scherven van de vorige avond te turen. 'Hij maakt deel uit van een consortium... geloof ik?' Ze haalde haar schouders op. 'Ik weet het niet, we hebben niet echt veel gepraat.'

'Je bent verschrikkelijk,' zei Ottie afkeurend.

'Hoezo? Ik ben tweeëntwintig. Ik word geacht om op feestjes met onbekende mannen te zoenen.'

Ottie trok haar wenkbrauwen op, voelde zich preuts. Zij was de oudste zus, maar ze had nog nooit met een onbekende man op een feestje gezoend. Bertie was de enige. 'En denk je dat je weer met hem zult afspreken?'

Willows gezicht betrok. 'Ik heb zijn nummer niet. Met alles wat er met Pip gebeurde... Ik ben gewoon vertrokken. Een van Terry's vrienden heeft me naar het ziekenhuis gereden en ik heb er niet meer aan gedacht.' Ze legde haar elleboog op de armsteun en beet op haar nagel. 'Het is niet eens meer in me opgekomen.'

'Nou, dat is ook logisch,' zei Ottie, die probeerde zich het tafereel waar Willow aan was blootgesteld, haar zus die bijna verdronk in dat meer, niet voor de geest te halen.

Ze zwegen allebei een moment, van streek door het beeld, de herinnering. 'Ja, maar ik heb hem ook niet eens bedankt. Hij is degene die haar eruit heeft gehaald, namelijk.'

'Hè?'

'Toen ik iedereen over het gazon naar beneden zag rennen, achter Pip en die kerel aan, besefte ik wat ze ging doen. Connor hielp me de boot in het water te krijgen en heeft ons naar haar toe geroeid.'

'O!'

'Ja. En ik heb hem niet eens bedankt.'

'Dat zal hij heus wel begrijpen, Will. Hoe dan ook, als je hem zo leuk vindt, vraag je de Mullanes toch om zijn nummer. Zij hebben hem toch uitgenodigd?'

'Ja hoor, zie je het voor je? Ik weet dat mijn zus bijna in jullie meer is verdronken, maar hoe heet die knappe vent met wie ik stond te zoenen in de achtertuin eigenlijk?' Ze trok haar neus op. 'Ik dacht het niet.'

Ottie bleef even stil. Het leek inderdaad ongepast. 'Vond je hem echt leuk?'

Willow verschoof op haar stoel. 'Ach nee, het is prima zo. Hij was gewoon een aantrekkelijke vent. Een heel knappe, aantrekkelijke vent,' voegde ze er meesmuilend aan toe. 'Maar ach, geen handvol maar een landvol.' Ze keek weer uit het raam, haar arm nog op de armsteun, bijtend op haar wijsvingernagel. 'Pip is gered, dat is het enige wat ertoe doet.'

Ze reden om, bij de Mullanes langs, zodat ze Pips auto konden ophalen. Willow had de plek van het ongeluk niet al zo snel weer willen zien, maar ze wist ook dat er geen beter moment was om het te doen. De Mullanes zouden nog in bed liggen, dus konden ze ongemerkt komen en gaan zonder het vragenvuur dat er ongetwijfeld zou zijn, te hoeven beantwoorden.

Ottie zat naar het meer te staren, dat net zichtbaar was vanaf de parkeerplek, terwijl Willow de auto van Pip startte. Ze probeerde zich niet de verschrikkingen van de vorige avond voor te stellen. Maar in de koplampen zag ze de ponton dobberen op het kristallijnen oppervlak, het water roerloos en gevaarlijk donker. Het was de aanblik van het gazon dat haar het meest schokte, de deken van vorst die was verbrijzeld door wel honderden voetstappen, als gebroken glas, een stille getuige van de meute, het gedrang, de paniek...

Ottie volgde haar zus' auto de rest van de weg terug naar huis, hun koplampen afketsend op hagen en stenen muurtjes, en af en toe de starende ogen van wat oude schapen. Ze passeerden het bordje van het dorp Lorne en een wankelende hardloper die alle lagen droeg die hij moest hebben ingepakt in de kou van de vroege ochtend, want zijn rugzak was zo goed als leeg. Willow ging langzamer rijden om hem niet van het donkere, smalle weggetje te duwen. Ottie zwaaide beleefd naar de steward die dit stuk van het Ultra Event bemande. Hoelang stond hij hier al? Sinds gisteravond of was hij net begonnen? Het was nog geen zeven uur 's ochtends, maar de wedstrijd was de hele nacht doorgegaan, de deelnemers hadden gisteren de hele dag en de afgelopen nacht doorgelopen, met tussendoor slechts drie uur slaap.

Vaag vroeg ze zich af hoe het met Bertie ging toen ze vlak voor de hoofdingang van het kasteel links afsloeg, het weggetje op dat naar haar camping leidde. Ze wist niet hoe hij het kon, al helemaal op zijn leeftijd. Ze was heel opgelucht geweest dat ze haar plicht had gedaan toen ze gisteravond had uitgeklokt. Eén dag als vrijwilliger vond ze meer dan genoeg en ze voelde nog steeds de kou van een hele dag aan de Wild Way in de wind en de regen staan.

Haar kleine auto hobbelde over het ruige weggetje met aan weerszijden de golvende rijzende en dalende velden die oogden als puddingen. Het was nog te donker om de glinsterende zee te kunnen zien, om zijn stemming te peilen en te weten of hij vandaag op haar ronde stuk strand zou beuken of het juist zou strelen. Niet dat het wat uitmaakte, zij zou hier toch niet zijn. Deze dag zou worden doorgebracht onder tl-buizen, luisterend naar bliepende machines en in de geur van desinfecterende middelen.

Toen ze de bocht nam, zwaaiden haar koplampen over de lappendeken van tenten op het kampeerveld voordat ze koers zette naar het boothuis en de smalle parkeerplekken naderde. Ze voelde haar hart een sprongetje maken bij de aanblik. Haar eigen woning. Die was in alle opzichten het tegenovergestelde van het kasteel: lang, laag en smal, witgeverfd en met de dakspanten binnen in het zicht. Het stond met de zijmuur aan de weg en de roze voordeur zat in de puntgevel. Het huisje lag tegen een helling en van hieraf was het onmogelijk om de bescheiden opslagruimte aan de andere kant onder beganegrondniveau te zien, waar ooit de boten hadden gelegen. De tuin was bijna belachelijk klein, gegeven de hectares land die eromheen lagen, maar de zeewind en ziltige lucht maakten het nagenoeg onmogelijk om iets te kweken en ze was al blij dat het stenen muurtje enige bescherming tegen de wind bood als ze er in de zomer op een handdoek lag.

Ze zette de motor uit en sprong uit de auto. Ze had een douche en schone kleren nodig – ze had letterlijk meteen haar sleutels gepakt en was het huis uit gerend toen Willow had gebeld – maar ze had niet veel tijd. Willow zou alleen haar moeder ophalen en haar onderweg naar het ziekenhuis weer komen oppikken.

Ze zette de zaklantaarn op haar telefoon aan, duwde het piepende hek open en liep het smalle pad op. Met een flits van ergernis zag ze dat de rode tent nog steeds in de verste hoek van de tuin stond. Ze fronste bij de gedachte aan de Amerikaan en de problemen die hij had veroorzaakt, zijn stille brutaliteit, de manier waarop hij over haar leek te oordelen zonder een woord te zeggen. Ze was hem al bijna vergeten. Het was ook zo'n druk weekend geweest. Hoe heette hij ook alweer? Gilman? Gilmore? Hij had inmiddels weg moeten zijn, ze had duidelijk gezegd dat hij er één nacht mocht staan: vrijdagnacht slapen, zaterdag rennen, zondag wegwezen. Het was nu zondag.

Gewend aan kampeerders die probeerden een gokje te wagen en langer bleven dan ze hadden geboekt, liep ze over het gras en schraapte haar keel. Ze wachtte even en deed het nog een keer. Toen er geen reactie kwam, krabbelde ze met haar nagels over het nylon. 'Mr Gilmore?'

Niets.

'Mr Gilmore, ik ben bang dat u deze plek nu zult moeten verlaten. We hadden afgesproken dat het voor één nacht zou zijn.'

Ze wachtte op de verontschuldiging, in elk geval een teken van leven, maar er gebeurde niets. Sliep hij misschien?

'Mr Gilmore,' zei ze geïrriteerd, hier niet voor in de stemming. Ze hurkte en trok de rits omhoog. Ze zat midden in een familiecrisis. Ze had nu even geen behoefte aan onachtzame toeristen die misbruik maakten van haar goede wil of gastvrijheid.

Ze tuurde de tent in.

Die was leeg. Althans, híj zat er niet in. Maar er lagen een slaapzak en een matje, een kampeerkussen en netjes daarbovenop een dichtgeritste kledinghoes van het merk Ermenegildo Zegna. Daarin zat het pak waarin hij had gereisd, nam ze aan.

Ze kroop met een zucht achteruit en ritste de tent weer dicht. Die doortrapte kerel was natuurlijk nog aan het rennen. Hij had zijn kunnen schromelijk overdreven door te zeggen dat hij de wedstrijd binnen vierentwintig uur kon voltooien en dat ze daarna van hem af zou zijn. Met een vloek beende ze naar haar voordeur en liet zichzelf met een trap van haar voet binnen. Ze had haar privacy nodig en bovendien een beetje respect. Ze hadden een afspraak gemaakt en hij hield zich niet aan zijn kant van de deal. Als die verrekte tent er nog stond als ze terugkwam, zou ze het ding met een schaar in stukken knippen en het hoogstpersoonlijk in de afvalbak gooien – met pak en al.

11

Willow stond bij de deur en had het gevoel dat de tijd niet alleen stilstond, maar naar het verleden terugkeerde. Ze voelde zich weer kind, de vertrouwde geur van haar ouders' slaapkamer troostend en zacht als een deken. Haar moeder sliep met haar benen opgetrokken aan haar vaders kant van het bed, en ze droeg een van zijn kasjmieren truien. De ingelijste trouwfoto lag net buiten het bereik van haar gebogen vingers op de beddensprei.

Willow voelde dat de moed haar in de schoenen zonk toen ze de vredige uitdrukking op het gezicht van haar slapende moeder zag, en heel even liet ze al haar woede, al haar bitterheid varen. Nu ze hier zo stond, was het eenvoudig te geloven dat ze was wie ze leek te zijn: de inschikkelijke, lieve moeder die ze zich uit haar kindertijd herinnerde. De moeder die het begin van elk weekend enthousiast had gevierd met een versgebakken 'vrijdagtaart', die hun zondagse jurken had gemaakt van stoffen die ze had gekocht bij Liberty London, die hun op regenachtige dagen verhalen had voorgelezen, liggend op de bank, en op zonnige dagen picknickmanden had ingepakt. Op dat rustige, stille moment kon ze zich makkelijk de pure eenvoud van de liefde herinneren die ze ooit voor haar had gevoeld. Voordat ze tot een nieuw inzicht was gekomen… Ze wist dat de zuiverheid van haar emotie zou wegvallen als die groene ogen opengingen. Ze waren gebroken, zij allebei, en óf haar moeder wist het niet, óf het kon haar niet schelen.

Geen van beide opties leek geloofwaardig. Kon het waar zijn dat het haar niet kon schelen? Aan de andere kant, kon het waar zijn dat ze het niet wist? Had ze Willows leugens over het verlangen naar een 'grootser leven in de grote stad' werkelijk geaccepteerd?

Voorwendselen die haar zussen of vader nooit volledig hadden overtuigd? Had haar moeder zich niet één keer afgevraagd of ze...

Maar nu ze hier zo stond, gevangen tussen twee werelden, zweefde er een donkere, ongemakkelijke vraag in de krochten van Willows gedachten: wat als het géén mededogen was dat haar had bewogen om haar moeder vanochtend door Pips crisis heen te laten slapen? Wat als ze haar eigenlijk had willen straffen, haar buiten had willen sluiten zoals Willow zelf was buitengesloten? Was zij nu ook een monster? Was ze in staat tot een dergelijke bewuste wreedheid?

Ze wist het niet. Rouw kon een verwrongen iets zijn zonder dat er ook nog woede bij kwam kijken, en ze lagen allemaal op de een of andere manier met zichzelf overhoop. Het leven met de vloek van Lorne had van hen allemaal zijn tol geëist.

Willow liep de kamer door en hoorde de vloerplanken onder haar voeten kraken, de hakken van haar laarzen werden gedempt door de elkaar overlappende kleden. Ze liet zich op het zachte matras zakken en legde een hand op haar moeders schouder. Ze was warm en haar frêle lichaam lag loom op de lakens. Haar oogleden knipperden verdwaasd, maar toen haar groene ogen de blauwe ogen van Willow ontmoetten, holde de tijd weer vooruit en werd het verleden weggedrukt. Er was alleen maar nu. Alleen dit. Alleen zij beiden.

'Wat is er?' wist haar moeder uit te brengen, meteen wakker. Haar slaperige blos trok zich al terug nu ze zich bewust was van het feit dat haar dochter de kamer was binnengedrongen.

Willow knipperde met haar ogen. 'Het is Pip.'

Ottie wachtte – gedoucht en omgekleed – op hen bij haar tuinhek toen ze bij haar huis stopten. In gespannen stilte jakkerden ze door het slapende land. Ottie deed vanaf de achterbank aanvankelijk nog een poging een gesprek gaande te houden, maar hun moeder was niet gerust te stellen tot ze haar kind met eigen ogen had gezien. Het was gemakkelijker om in stilte te verzinken en alle drie glazig door het raam te staren.

Terwijl Willow en Ottie al de hele nacht in touw waren geweest, was het nog geen acht uur 's ochtends, en behalve enkele Ultra-achterblijvers, wat vroege fietsers en de melkboer waren ze de enigen op de weg. Het was vanaf het kasteel iets meer dan een half uur rijden naar het ziekenhuis, en ruim een uur en een kwartier nadat ze er waren weggegaan, reed Willow de parkeerplek op, net toen de zon boven de horizon tevoorschijn begon te komen. De ochtend was helder na de storm van gisteren en de hemel zou snel een rode blos krijgen. Willow zag het als een hoopvol teken, een teken van een frisse, nieuwe, mooie, fijne dag om te leven.

'Stappen jullie maar vast uit, dan ga ik parkeren,' zei ze tegen haar moeder en Ottie, en ze zette hen af bij de ingang.

Haar moeder haastte zich de auto uit, schijnbaar zonder te horen wat ze had gezegd. Ottie wierp haar een bezorgde blik toe. 'Doe er niet te lang over,' mompelde ze.

Daar was geen hoop op, geen gelegenheid voor zelfs maar een paar minuten respijt door rond te rijden, op zoek naar een plekje. De parkeerplaats was bijna leeg en Willow parkeerde snel en was vlot terug in het gebouw op de afdeling waar Pip lag, vlak na Ottie en haar moeder.

'... als ik jou ook zou verliezen.'

Willow stopte in de deuropening en keek toe. Haar moeder lag half over het bed, heftig snikkend, met Pip ergens in haar armen gehuld.

'Het spijt me heel erg.' Pips stem klonk gedempt, maar ook toen hun moeder zich terugtrok om haar beter te kunnen bekijken, met een blik vol ongeloof, klonk haar stem nog zwakjes en dun. 'Het was niet mijn bedoeling om...'

'Ik geloof bijna niet dat dit met ons is gebeurd. Waarom gebeurt dit met ons? Mijn kleine meisje!'

Pip hield haar blik omlaag gericht. Willow zag dat het eerste zweempje kleur weer op haar wangen terugkeerde, dat ze er iets beter uitzag dan toen ze waren vertrokken. Ze was nog steeds bedekt met de dikke dekens. De artsen hadden haar de hele nacht met verwarmde vloeistof behandeld, maar nu had ze ook het speciale warme bad gehad. Ze was buiten levensgevaar, maar ze zag er nog uit als iemand die op het randje van de dood had gebalanceerd.

Een verpleeghulp wurmde zich langs haar en Willow stapte opzij. Ze droeg een keurig stapeltje kleren mee dat ze zorgvuldig op de tafel aan het voeteneind legde. Iedereen keek ernaar. Het waren de kleren die Pip de vorige avond had aangehad: haar blouse, jeans, ondergoed, alles gewassen en gestreken. Willow zag echter dat er iets ontbrak – de rijlaarzen – en besefte dat die nog op het gazon moesten liggen op de plek waar haar zus ze had uitgetrokken, als kleine monumenten van een grote stommiteit.

'Bedankt,' zei haar moeder dankbaar toen de verpleeghulp knikte en de kamer weer verliet. Ze staarde naar het gevouwen wasgoed alsof het giftig was, verantwoordelijk voor de opwarming van de aarde en zelfmoordbommen. 'Waarom heb je het gedaan?' Ze keek weer naar haar uitdagende, sterke, jongensachtige, vrijgevochten middelste dochter.

Pip durfde haar niet aan te kijken en knabbelde nerveus op haar onderlip. Dat verwonderde Willow; ze had die kleine tic sinds hun kindertijd niet meer gezien. 'Het was een weddenschap.'

'Een wéddenschap?' De stem van hun moeder klonk ineens zwakjes.

'Met als inzet Shalimar tegen Sean Cuneens beste paard. Wie het eerst bij de ponton was.'

Het duurde lang voor hun moeder weer sprak. 'O,' zei ze zacht, een lang, uitgerekt ogenblik starend naar een plek achter Pips hoofd, waarna ze haar handpalmen tegen het matras duwde en langzaam van het bed kwam. Haar ogen waren roodomrand en de kleur trok uit haar gezicht weg terwijl die terugkeerde in het gelaat van haar dochter.

'Mam, het spijt me. Ik weet dat het een stomme zet was,' zei Pip op dringende toon, en ze stak een hand naar haar uit. 'Ik had te veel gedronken, ik dacht niet na.'

Haar moeder keek naar haar, plotseling met een koude blik. 'Betekent jouw leven zo weinig voor je dat je het zou vergokken om een paard?'

'Nee! Ik probeerde een beter leven te krijgen. En het was niet zomaar een paard. Ik ging mijn droom achterna, mam.' Er rolde één enkele traan over Pips bleke wang.

'Geen enkele droom is het waard om voor te sterven, Philippa.' Haar stem klonk kalm en afgemeten, maar toen ze naar de deur liep, zag Willow dat ze trilde.

'Waar ga je heen?' riep Pip.

'Het spijt me, maar ik kan... Ik kan je nu even niet zien. Ik heb frisse lucht nodig.'

'Mama!' riep Pip terwijl hun moeder langs Willow de gang in liep, haar tranen de vrije loop liet en zonder iets te zien tegen een arts botste.

'Fuck,' fluisterde Pip.

'Ik ga wel achter haar aan,' zei Willow, maar Ottie schudde haar hoofd.

'Nee, laat mij maar. Het is misschien beter als ik ga.'

Willow hoorde de vermaning in de woorden en voelde dat ze zich in zichzelf terugtrok. Kleiner werd.

'Hoezo is mama boos op jóú?' vroeg Pip vermoeid terwijl Ottie de kamer uit snelde.

Er viel een korte stilte. Willow voelde zich misselijk. 'Waarschijnlijk omdat ik haar niet onmiddellijk heb gebeld om haar te vertellen dat jij hier lag.'

Pips geschokte blik gaf haar een nog slechter gevoel. 'Waarom niet?'

Willow slikte. 'Ik wilde haar niet onnodig ongerust maken. Jij was aan het bijkomen, de hulpverleners zeiden dat de kans groot was dat je helemaal zou herstellen.' Ze kromp ineen bij de herinnering. Zo had het niet geleken toen ze haar naar de ambulance reden: slangetjes, reddingsdekens, blauwe lippen, krijtwitte huid.

'Juist ja,' mompelde Pip beschaamd, dieper in haar kussens wegzinkend.

'Als het er slechter had uitgezien, had ik natuurlijk niet geaarzeld,' zei ze vlug. Dat was ook zo, dat wist ze. Ze had alleen maar gewild dat haar moeder zou weten hoe het voelde om de controle over haar leven, haar familie te verliezen, al was het maar een moment. 'Maar de artsen zeiden dat je stabiel was en het leek me beter dat zij zou rusten. Ik wist dat ze zich vreselijk zorgen zou maken als ze het hoorde, en het had toch geen zin haar de hele nacht de wacht te laten houden terwijl je niet eens bij bewustzijn was? Na alles wat ze met papa heeft meegemaakt...'

'O Will, wat heb ik gedaan?' snikte Pip. Er begonnen grote tranen over haar wangen te rollen.

Willow repte zich naar haar toe en sloeg haar armen om haar heen. Pips greep was zwak, maar haar berouw en spijt waren voelbaar hevig. 'We zijn alleen maar heel opgelucht dat je in orde bent.'

'Ik kan mezelf wel voor mijn kop slaan, ik geloof bijna niet dat ik jullie dit heb aangedaan.'

Willow liet haar los, ging op de rand van het bed zitten en nam Pips handen in de hare. Ze voelden nu warmer aan. 'Niet doen,' zei ze simpelweg, en kneep in haar hand. 'Maar die weddenschap, leg eens uit. Waarom ben je daarop ingegaan? Waarom was die zo belangrijk?'

'Ik ben er niet op ingegaan, zusje. Ik heb de weddenschap zelf voorgesteld.'

'Wilde je zó graag een ander paard?'

'Niet zomaar een paard. Het júiste paard. Ik heb mijn hele leven al zelf paarden willen fokken. Dat is mijn droom.'

'Maar dat heb je nooit gezegd,' zei Willow fronsend.

‘Wat had dat voor zin gehad? Er is veel geld voor nodig. Geld dat wij in de verste verte niet hebben, en ook nooit zullen hebben.’ Ze zuchtte. ‘Ik weet dat ik geluk heb dat ik met paarden kan werken. Dat is geweldig, zonder mijn paarden zou ik gek worden...’

‘En dat willen we natuurlijk niet,’ plaagde Willow.

Pip liet een halfbakken grijns zien. ‘Maar tochtjes maken met toeristen over de Wild Way is niet genoeg. En nu papa is overleden, zo plotseling, zo jong, realiseer ik me dat ik het leven zoals ik het eigenlijk wíl leven, niet kan blijven uitstellen. Ik moet het op de een of andere manier voor elkaar krijgen. Een gok wagen. Toen ik Shalimar kocht, deed ik dat in de hoop dat ik haar als mijn fokmerrie zou kunnen gebruiken. Ze heeft een supergoede bloedlijn.’

‘Hoe kon je je haar dan veroorloven?’

‘Vanwege een ligamentblessure. De vorige eigenaar wilde haar laten inslapen. Ik heb hem moeten smeken ervan af te zien en haar aan mij over te doen, hoewel de dierenarts er een hard hoofd in had. Er waren zeven maanden verdomd intense, dagelijkse fysiotherapiesessies voor nodig om haar weer op de been te krijgen. Ze zal nooit geschikt zijn om wedstrijden mee te rijden, maar dat is prima. Ze is verreweg het beste fokpaard dat ik ooit heb gehad.’

Willow zag de ogen van haar zus glanzen. ‘En door welke hengst zou je haar willen laten dekken?’

‘Dat is de grote vraag,’ zei Pip weemoedig in de verte starend. Haar ogen gleden weer naar Willow. ‘Je kent Shula Flanagans paard, Dark Star?’

Willow trok haar neus op en schudde haar hoofd. ‘Eh... nee, sorry. Ik weet nog maar net de namen van jouw paarden.’

‘Nou, hij was een nog onbekende nieuweling. Groot, donker en o mijn god, wat een knapperd. Lange wimpers. Prachtige ogen.’

Willow slikte. Beschreef ze nu een paard? Of Connor? ‘Wás?’

Er verscheen een frons op Pips voorhoofd. ‘Totdat zijn vader de Grand National won.’

Willow hapte naar adem. 'Dark Star is de zoon van Midnight Feast?'

Pip knikte. 'En niemand gaf daar iets om tot Midnight die verrekte wedstrijd won. Daarna is zijn waarde pijlsnel gestegen.' Ze zwaaide zwakjes met haar arm omhoog.

'Maar had je hem daarvóór wel kunnen kopen?'

'Ja! Hij was bijna van mij, Will. We waren er zó dichtbij.' Pip bracht haar duim en wijsvinger naar elkaar toe.

'We?'

'Papa en ik. Hij heeft Bertie voor me benaderd.'

'Bertie?' herhaalde Willow, die de bekende spanning in haar lijf voelde bij het horen van de naam van die man.

'Op een van hun golfuitjes. Shula berijdt hem toch nauwelijks. Ze zijn hier verdomme immers nooit, ze zitten altijd ergens in Barbados of Gstaad of waar dan ook. Papa had hem al ongeveer zover dat ze een prijs waren overeengekomen toen Midnight zo nodig de belangrijkste wedstrijd van de wereld moest winnen, waarna de deal plotseling van de baan was en ze potdomme een bedrag van zeven cijfers voor hem wilden hebben. Voor die tijd hadden ze geen enkel idee welke kwaliteit ze met hem in huis hadden,' zei Pip, die fel in de lucht zat te prikken. 'Ze hebben totaal geen interesse. Ze moesten eerst een opzichtige bokaal zien voordat ze inzagen dat hij van waarde was.'

'Pip, wat spijt me dat voor je.'

Ze plooide haar lippen, de teleurstelling nog tot diep in haar vezels voelbaar. 'Dark Star was voor mij het perfecte paard om een goed begin mee te maken. Hij en Shalimar...' Ze zag dat Pip haar aankeek. 'En voor je het zegt, vertel me nou niet dat er meer paarden zoals hij langs zullen komen, want dat is niet zo. Niet een die voor mij geschikt en betaalbaar is.'

'Dus daarom ging je voor alles of niets met Sean Cuneens paard.'

Pip haalde mistroostig haar schouders op. 'Hij heeft niet de klasse van Dark Star, bij lange na niet, maar hij zou toch een redelijk goed startpunt geweest zijn.' Ze keek de andere kant op, haar mondhoeken iets naar beneden getrokken, en er rolde een traan over haar bleke wang. 'Ik dacht dat de weddenschap de enige weg was die nog voor me openlag, alles of niets. Want laten we eerlijk zijn, ik zal nooit genoeg geld hebben om het op de gebruikelijke manier voor elkaar te boksen.'

Daar kon Willow het niet mee oneens zijn. Toppaarden waren waanzinnig duur. Connor had haar verteld wat het hem had gekost om zich bij het consortium te kunnen aansluiten en ze had van verbijstering bijna haar drankje over zich heen gegooid.

Er werd op de deur geklopt en ze keken allebei op.

'O, hoi Taigh!' zei Willow, die opstond en hem met een omhelzing begroette terwijl Pip haastig de traan van haar wang veegde. Hij droeg zijn uniform en zag er net zo afgemat uit als zij, want ook hij was de hele nacht op geweest. 'Ga je nu naar huis?'

'Ja. We hebben zojuist een andere patiënt binnengebracht, dus ik kwam nog even kijken. Hoe gaat het met haar?' Hij stapte voorzichtig de kamer in en zijn ogen gingen meteen naar de monitors om ze af te lezen, waarna hij zijn blik op Pip richtte, een klein bundeltje onder de dekens.

'Daar kan ze je zelf antwoord op geven, dus het gaat goed met haar. Wat kom je hier doen?' vroeg Pip kortaf.

Taigh leek van zijn stuk gebracht. 'Eh... Ik wilde alleen even nagaan of je in orde was.'

'Om vervolgens in het dorp te gaan lopen roddelen, bedoel je.'

'Pip!' zei Willow geërgerd. 'Taigh is degene die je hier gisteravond naartoe heeft gebracht.'

'Wat?' Pips gezichtsuitdrukking veranderde. Ze leek geschokt te zijn, maar ook nog iets anders... Boos? Gegeneerd? Beschaamd? Willow kon er de vinger niet op leggen.

'Ik had dienst toen het telefoontje kwam,' zei hij schouderophalend, bijna alsof hij zich tegenover haar verontschuldigde. 'We kwamen net terug van een hulpactie in Repley, dus wij waren het dichtst in de buurt. We waren er in vier minuten, wat gezien de omstandigheden...'

Pip leek met stomheid geslagen, haar mond viel open van ontzetting. Willow vroeg zich af of de herinneringen aan gisteravond terugkwamen. Het was voor haarzelf al moeilijk genoeg om eraan te denken, de aanblik van Pips haar drijvend onder het wateroppervlak. Ze kon zich amper voorstellen hoe het voor haar zus moest zijn als ze haar ogen sloot of probeerde te slapen. Was de duisternis nu iets om bang voor te zijn? Zou ze nachtmerries krijgen? Flashbacks? Zou ze therapie nodig hebben?

Hij glimlachte onzeker terwijl ze bleef zwijgen. Er kon geen bedankje af, zelfs nu was hij nog niet welkom. 'Maar eh, ik geloof dat ik stoor, dus ik zal jullie niet langer lastigvallen. Ik wilde gewoon even weten of het... goed met je ging. En dat is zo, dus dan ga ik maar weer.'

Pip hield hem niet tegen, maar Willow volgde hem naar de gang. 'Taigh,' zei ze, en ze raakte zijn elleboog aan. Hij draaide zich om. 'Het spijt me, ze is... ze is nog erg van slag. Ze is zichzelf niet.'

Maar ze wisten allebei dat het een leugen was. Ze was volledig zichzelf. Het leek wel of Pips aanhoudende vijandigheid jegens hem de enige constante factor was waar ze op konden rekenen. 'Hou in elk geval een oogje op haar, want de schok zal waarschijnlijk binnenkort nog komen,' zei hij simpelweg.

'We zijn je eeuwig dankbaar voor wat je hebt gedaan. Mama zal je zeker persoonlijk willen bedanken.'

'Ik heb gewoon gedaan waarvoor ik getraind ben,' antwoordde hij schouderophalend. 'En jij hebt het leeuwendeel gedaan. Als jij en die knakker er niet op tijd bij waren geweest...' Hij schudde zijn hoofd, opnieuw onthutst nu ook hij zich het drama van de vorige avond weer voor de geest haalde. 'Gek genoeg is het nooit in me opgekomen dat ook zij sterfelijk kon zijn. Ze is altijd zo'n taaie. Ik denk dat ik geloofde dat ze met een laagje titanium bedekt was of zo.'

'Ja, wij allemaal, denk ik.' Willow snikte instemmend. Haar emoties lagen vlak onder de oppervlakte. 'Het was kantje boord.'

Hij pakte haar armen vast en keek haar vriendelijk aan. 'Maar ze heeft het gehaald. Ik heb net een verpleegkundige gesproken en ze mag vanavond waarschijnlijk naar huis.'

'Vanavond? Maar is dat niet wat snel?'

'Ze monitoren haar de hele dag nog, maar haar lichaamstemperatuur is weer normaal en haar longen lijken schoon te zijn, hoewel ze wel in de gaten gehouden moet worden. Je zult alert moeten zijn op hoesten, pijn op de borst, slaperigheid, benauwdheid...'

'O mijn god.' Willow fronste paniekerig. 'Hoe kunnen ze haar laten gaan als er nog van alles mis kan lopen?'

'Maak je geen zorgen, het zijn alleen dingen om op te letten. Voor de zekerheid. Als de artsen dachten dat het risico daadwerkelijk aanwezig was dat er zoiets gebeurt, zouden ze haar nog niet laten gaan. Ze zullen het allemaal uitgebreider uitleggen als ze komen om...'

'Nee.' Willow schudde verontrust haar hoofd. 'Het is niet eerlijk om zoveel verantwoordelijkheid bij ons neer te leggen.'

Hij aarzelde. 'Ze hebben de bedden nodig, Willow.'

Maar ze schudde simpelweg nog eens haar hoofd en sloeg haar armen over elkaar. 'Mijn moeder heeft al genoeg meegemaakt. Dat weet je. We kunnen haar niet vragen om te waken voor signalen dat haar dochter ook plotseling doodgaat.'

Taigh keek haar aan. Kon hij de pijn van haar gezicht aflezen? 'Je hebt gelijk...' Hij fronste zijn voorhoofd terwijl hij een oplossing probeerde te bedenken. 'Oké, luister, zal ik dan de komende dagen een aantal keren bij haar langsgaan? Billy is deze week vrij, hij heeft oefenwedstrijden voetbal in Cork, dus ik ga sowieso de kranten rondbrengen. Ik kan wel een paar keer komen checken of het goed met haar gaat.'

'O, zou je dat willen doen? Dank je,' zei Willow opgelucht, en ze sloeg haar armen om hem heen. 'Dank je wel.'

'Het is maar voor een paar dagen. We kennen je zus allemaal. Ze zal niet lang als een teer poppetje behandeld willen worden.'

Willow kromp ineen. 'Ik weet het. Ze zal vast een onuitstaanbare patiënt zijn. Ik verontschuldig me bij voorbaat voor haar.'

'En ze wordt nog onuitstaanbaarder als ze merkt dat ik degene ben die naar haar zal omzien.' Hij rolde met zijn ogen.

Dat kon Willow niet ontkennen. Als Pip het al voor elkaar kreeg om ijzig te reageren op de man die haar van haar onderkoeling had gered, zou ze op zijn zachtst gezegd niet blij zijn met diens controlebezoekjes. 'Weet je wat? Als je het overleeft, trakteer ik je op een drankje om je te bedanken,' riep ze hem na toen hij door de gang liep, op weg naar de uitgang.

'Eén drankje?' hoonde hij. 'Je bent me de hele pub verschuldigd tegen de tijd dat zij klaar met me is.'

'Ottie, waar ben je?'

Ze fronste bij het horen van de onverwacht snauwerige toon van haar minnaar, terwijl ze rechts afsloeg en wegreed bij de hekken van het kasteel. Het was weer donker en het groot licht zwenkte over de robuuste stammen van oude iepen en eiken. Ze realiseerde zich dat ze vandaag geen daglicht had gezien. 'Ik bel handsfree. Ik zit in de auto. Ik kom net uit het ziekenhuis en ik heb zojuist mama, Pip en Willow afgezet.'

'Het zíékenhuis? Wat deden jullie daar?'

Ottie voelde een flits van verbazing door zich heen gaan nu ze besefte dat hij nog niet op de hoogte was van de crisis die ze had doorstaan. Het was niet in haar opgekomen hem te bellen, deels omdat hij onbereikbaar was vanwege zijn deelname aan de wedstrijd, maar ook omdat ze er gewoon niet aan had gedacht. Ze was alleen met haar familie bezig geweest, het troosten van haar snikkende moeder in het restaurant van het ziekenhuis.

'Dat... hoor je wel als ik je zie,' zei ze, omdat ze het er niet via de telefoon over wilde hebben. Als ze hem zou vertellen over de verschrikking van het bijna verliezen van haar zus, tien dagen na haar vader, wilde ze dat doen met zijn armen om haar heen. 'Wat is er? Je klinkt gestrest.'

'Dat kun je wel zeggen. Luister, je moet hiernaartoe komen.'

'Wat? Nu?' Rockhurst, zijn landgoed, was van hieraf vijfentwintig minuten rijden, en na gisteren de hele dag in de regen en de wind te hebben gestaan, de afgelopen nacht geen slaap te hebben gehad en de hele dag in het ziekenhuis te hebben rondgehangen, wilde ze alleen nog maar haar pyjama aandoen, een pot thee zetten en televisiekijken in bed. Zelfs hij kon haar niet verleiden iets anders te verlangen.

'Ja, meteen. Er is iets gaande en ik heb iedereen hier nodig.'

'Eh... oké.' Hij sprak tegen haar alsof ze een personeelslid was, zijn stem klonk afwezig en afstandelijk. Wat was er aan de hand? 'Maar...'

'Kom meteen naar de hoofdtent.' En hij hing op.

Ottie stopte bij de bushalte en staarde naar haar telefoon. Waar ging dit over? Met een vermoeide zucht keerde ze de auto en reed terug het dorp in, langs de kerk en de dorpsweide, langs de slagerij en de Stores en het postkantoor. De wedstrijdvlaggetjes hingen nog steeds tussen de straatlantaarns, maar het was zes uur geweest, wat betekende dat de Kilmally Ultra Marathon van dit jaar officieel was afgelopen.

Ze reed het dorp uit naar een smalle weg, waar het groot licht van haar auto op de hagen scheen en op een uil viel die op een lage tak zat. Tegen de tijd dat ze twintig minuten later het land van de Flanagans op reed, begonnen de eerste sterren de avondhemel al te sieren. Ze reed langs het huis – een gepleisterde neoclassicistische villa die van Shula's vader was geweest – over de onverharde weg naar de verzamelplaats van het Ultra Event. Op het grote veld stonden een grote tent plus twee kleinere tenten.

Ze parkeerde op het verharde gedeelte – haar Mini kon niet al te veel modder hebben – en stapte uit. Er liepen tientallen mensen rond. Verrassend veel, eigenlijk. Ze wist dat ze de prijsuitreiking waarschijnlijk net gemist had. Die vond altijd rond deze tijd plaats, op het moment dat de winnaars een paar uur hadden gehad om uit te rusten en de achterblijvers net binnen waren, maar het was ongebruikelijk dat zich hier zoveel mensen hadden verzameld. De meesten van hen hadden hulp nodig om een auto in of uit te stappen, of van een stoel te komen, zo vermoeid waren ze. Dus dat ze allemaal waren gebleven voor een feestje, leek onwaarschijnlijk.

Ze baande zich een weg door hen heen naar de grote tent. De grond was ruig en hobbelig, maar er waren nachtlampen op palen geplaatst, zodat de mensen konden zien waar ze liepen. Een verrekte enkel op de weg terug van de registratietent was het laatste wat deze deelnemers konden gebruiken.

Ze tilde de flap van de tent omhoog en stopte verbaasd bij de aanblik van alle wedstrijdcommissarissen en stewards in hun gele fluorescerende hesjes. Bertie stond op een kistje voorin en had een microfoon in zijn hand. Zijn ogen gleden over haar heen, maar hij leek geen acht te slaan op haar ontboden aanwezigheid. Hij gaf geen teken waaruit bleek dat ze bijzonder of speciaal voor hem was, dat hij het fijn vond haar te zien. Hij gaf zelfs geen teken waaruit bleek dat hij haar überhaupt had opgemerkt, maar ze waren allebei geoefend in het verbergen van de olifant in de kamer.

'... allemaal om jullie gegevens te checken en op deze kaart hier te noteren hoe laat hij jullie is gepasseerd. Wanneer we weten waar hij voor het laatst is geregistreerd, weten we ook waar we moeten beginnen met zoeken. Haast jullie een beetje, alsjeblieft.'

Hij stapte van het kistje en kromp ineen, want ook zijn lichaam was afgemat. Ze keek hoe hij door de menigte naar haar toe liep. Hij hinkte een beetje en zijn ingevallen wangen waren bedekt met grijze stoppels. Verschillende mensen hielden hem tegen, voor aanwijzingen of verduidelijking of leiderschap, en hij wees naar de hoek waar de andere stewards nu als een kudde schapen in de sneeuw samenschoolden.

'Hoi,' mompelde hij. Hij oogde uitgeput, afgepeigerd, en ze wilde alleen maar haar armen om hem heen slaan, hem vertellen over haar vreselijke dag en hem aanhoren over wat er hier gebeurde. In plaats daarvan bleef ze staan en kon ze niet eens een hand naar hem uitsteken in het openbaar.

'Wat is er aan de hand? Is er iets gebeurd?'

'Er wordt iemand vermist.'

'Wat?'

'Een van de deelnemers ontbreekt. Hij is geregistreerd bij vertrek, maar hij is niet gefinisht en de wedstrijdcommissarissen hebben de route al drie keer gecheckt op de quads, maar er is niemand meer.'

Ottie fronste. 'Dus hij is verdwaald?'

'Daar lijkt het wel op,' zei hij zuchtend. 'Het is klote, maar we moeten die vent natuurlijk wel zien te vinden.'

'Juist,' zei ze, en ze wreef met haar handen over haar gezicht. Hier zat ze absoluut niet op te wachten.

Toen keek hij haar eens wat beter aan en zag haar verstrakte gelaat. 'Je zei dat je in het ziekenhuis was geweest. Wat is er gebeurd? Er is toch niets met Serena?'

Haar moeder? Waarom zou hij dat denken? Ze fronste. 'Nee, zij is in orde. Het was Pip.'

'Pip?' herhaalde hij, alsof er met haar nooit iets aan de hand kon zijn.

'Ze was gisteravond op een feest en ze werd dronken en...' De roekeloosheid, de pure stupiditeit van Pips actie wervelde weer om haar heen als een wind. 'Ze is een ijskoud meer in gerend. En bijna verdronken.'

'Allejezus!' riep Bertie luid met een verschrikte blik. Verschillende mensen keken om. 'Maar ze is in orde?'

'Ja, het komt goed met haar. Gelukkig was er een roeiboot en lukte het om haar tijdig uit het water te halen. Maar ze is de hele nacht en vandaag in het ziekenhuis onder observatie geweest.'

'Jezus, die arme Serena.' Hij streek met zijn handen over zijn gezicht. 'Het is dus waar wat ze zeggen: een ongeluk komt nooit alleen. Godsamme.'

Ottie bleef zwijgend staan. Op de een of andere manier bood zijn reactie niet de verlichting die ze verwacht had.

Hij legde een hand op haar arm, een vaderlijk gebaar van medeleven, mocht er iemand kijken. 'Nou, luister, het spijt me dat ik je hiernaartoe heb laten komen. Als ik had geweten… Maar ik moet je lijst met notities van gisteren zien. Heb je die bij je?'

'Ja.' Ze had haar rugzak meegenomen uit de auto, omdat ze wist dat ze haar pasje en klembord zou moeten inleveren.

Ze haalde het klembord eruit en gaf het hem. Meteen begon hij vluchtig de vellen door te nemen, met een vinger van boven naar beneden over het papier glijdend. Hij bekeek alle acht pagina's en controleerde ze een tweede keer.

'Nope. Hij heeft jou nooit bereikt.' Zijn frons werd dieper. Hij keek bezorgd.

'Wat is er?'

'Nou, het zou één ding zijn als hij was verdwaald in de nacht, maar jij stond ergens aan het begin van de route. Zelfs met de harde wind was het zicht op dat punt vrij goed.' Hij draaide zich om en liep in de richting van de grote landkaart op het prikbord in de hoek. 'Wie bemande Kinaughton Point?' riep hij.

Ottie volgde hem door de groep mensen heen. Kinaughton Point was de post die dertien kilometer voor de hare lag.

Er ging een hand omhoog. 'Ik!'

Bertie liep naar de man toe en bleef voor hem stilstaan, zijn blauwe ogen intens en doordringend. 'Is 271 daarlangs gekomen?'

'Aye, om…' De steward checkte zijn notities. Het stond op de eerste pagina, bovenaan. 'Zeven uur zevenenveertig.'

'En de volgende deelnemer na hem was…'

'069 om zeven uur vijftig.'

'069? Dat was ik,' riep Bertie uit. Zijn blik ontmoette de hare. Ze herinnerden zich allebei heel goed het moment dat hij op haar post aankwam, hoe hij met zijn handen onder haar shirt voelde. Hij keek snel weer naar beneden, naar haar notities. 'En ik arriveerde op het volgende punt om acht uur zesendertig.'

Maar deelnemer 271 niet. Ergens tussen de voorgaande post en die van haar was hij verdwenen. Vroeg in de ochtend, ergens aan het begin van de wedstrijd...

'Kan hij het niet gewoon hebben opgegeven? Het parcours af zijn gelopen zonder het iemand te vertellen?' vroeg ze.

Bertie lachte honend en de mensen om hem heen begonnen druk te praten en te speculeren. 'Nee. Absoluut niet,' zei Bertie. 'Hij heeft hier veel te veel in geïnvesteerd om zomaar af te haken. Niet alleen is 271 een van de beste lopers, hij is ook de winnaar van de Ultra Patagonia en de Ultra Atlas. Hij hoefde deze wedstrijd niet te lopen om zich te kwalificeren voor de Mont Blanc van volgende maand. Hij deed alleen mee om te trainen.'

Dit was een training voor hem? Otties ogen werden groot. De Ultra Mont Blanc was zoiets als de Olympische Spelen van de extremeduursportwereld: over een afstand van honderdzeventig kilometer ging het parcours tienduizend meter omhoog. De winnaar van die wedstrijd behaalde daarmee de wereldtitel. En dat niet alleen, ze had genoeg uren met deze obsessieve, competitieve, gedreven man in bed doorgebracht om te weten dat hij een bedrag van een miljoen euro had uitgeloofd voor degene die de hattrick wist te scoren en alle drie de Ultra-titels in één jaar wist te winnen. Bertie ging ervan uit dat hij zijn geld in de zak kon houden. In de zeven jaar dat het aanbod nu al gold, had nog niemand het voor elkaar gekregen.

Hij wendde zich direct tot de menigte. 'Nummer 271 heeft zich niet – sorry voor de woordkeus – uit de voeten gemaakt. En het is niet aannemelijk dat hij bij daglicht is verdwaald op een duidelijk gemarkeerde route. Dus we moeten ervan uitgaan dat hij gewond is geraakt,' zei Bertie ernstig. 'Vermoedelijk zwaar. Hij moet ergens zijn uitgegleden of gevallen, anders was hij wel gezien door de wedstrijdcommissarissen of andere deelnemers. Het is de enige logische conclusie.'

Hij liep naar de landkaart en trok twee grote rode cirkels rond Kinaughton Point en Devil's Fork, haar post. Ze kon zich hem voorstellen in het leger: hoe hij zijn manschappen bevelen zou geven, zijn gezag zou laten gelden. 'Voor zover we kunnen nagaan, is hij verdwenen tussen deze twee punten. Een stuk van zo'n dertien kilometer. Een groot deel daarvan ligt het pad onder de rotsrand en is het uitgehakt in de kliffen, wat betekent dat het zoekgebied smal is. Hij kan en zal niet omhoog zijn gegaan. Dit is zowel goed als slecht nieuws, want het houdt in dat hij alleen maar beneden het pad kan zijn terechtgekomen.'

Er viel een sombere stilte in de tent. Iedereen wist wat dat betekende. Het was daar steil, een val zou heel goed een onstuitbare glijpartij langs de helling tot gevolg kunnen hebben gehad, over de kliffen en dan de oceaan in.

'Maar laten we niet op de zaken vooruitlopen,' zei Bertie gedecideerd. 'We hebben te maken met een aantal gunstige omstandigheden: een smal zoekgebied over een afgebakende afstand en...' Zijn stem stokte toen hij besefte dat er verder niets positiefs over te zeggen viel. 'Dus laten we die kant op gaan om hem te vinden.'

Ottie keek rond in de zee van bezorgde gezichten, die je niets hoefde wijs te maken. Deze deelnemer was nu al vierendertig uur vermist, hij was gisterochtend om zeven uur zevenenveertig voor het laatst gezien. Gedurende vierendertig uur had niemand zijn vermissing opgemerkt en had er niemand naar hem gezocht. De weersomstandigheden waren gisteren de hele dag slecht geweest en de temperatuur was 's nachts onder de heldere hemel scherp gedaald, dus hij was vermoedelijk én gewond geraakt én aan de elementen blootgesteld. Het heette er niet voor niets de Wild Atlantic Way.

'Nu meteen!' snauwde Bertie.

Iedereen kwam in actie. De vrijwilligers trokken allemaal hun waterdichte jas aan en zetten een hoofdlamp op, waarna ze vertrokken als een kudde bizons die een rivier overstak.

'Wacht!' riep iemand van achter uit de tent. 'Hoe heet die man? Welke naam kunnen we roepen?'

'Gilmore,' zei Bertie. 'Ben Gilmore.'

12

Er stond een harde wind, waar ze dwars tegenin moesten rijden op de quads. Ottie voelde haar ogen tranen en haar hart bonken terwijl ze probeerde de rest bij te houden. Bertie, die vooropging, reed als een bezetene. Het maakte niet uit dat hij de wedstrijd zelf in zesentwintig uur had voltooid, dat hij niet had geslapen, dat zijn lichaam afgemat was. Hoewel hij eigenlijk zelf zou moeten herstellen, begaf hij zich in het dodelijke decemberweer. Maar zijn reputatie stond op het spel. Hij wist dat als deze man, deze Gilmore – God verhoede – dood was, dat het einde van zijn Ultra Event zou betekenen.

En het zou allemaal haar schuld zijn, want had zij vanochtend niet met eigen ogen gezien dat hij niet terug was gekomen? Ze had het gezien en niet aan de bel getrokken. Ze had zijn lege tent geopend, in de wetenschap dat hij had gezegd dat hij rond die tijd al terug en vertrokken zou zijn, maar ze had niet gecheckt of hij nog aan de wedstrijd bezig was, of hij in orde was. Ze had nog eens twaalf uren voorbij laten gaan.

Dit was per definitie een extreme wedstrijd. Het event werd geacht zwaar te zijn, maar niet gevaarlijk. Daarom waren er langs de route veel checks en wedstrijdcommissarissen. Daarom mochten alleen mensen met een bewezen trackrecord op duursportgebied zich inschrijven en deelnemen. Dat ze zo luchtig was omgegaan met zijn afwezigheid, dat ze had verondersteld dat hij simpelweg had gelogen en zijn hardlooptalent had overdreven, dat ze niet had bedacht dat er iets gebeurd zou kunnen zijn…

Bertie zette de motor uit en sprong van zijn quad toen ze aankwamen bij de post op Kinaughton Point. Het kleine blauw-wit gestreepte afdak stond er nog, met de tafel en ingeklapte metalen stoel eronder, alles klaar om morgen ontmanteld en opgehaald te worden.

De wedstrijdcommissarissen die hem volgden, stopten en bleven op een kluitje staan, zich schrap zettend tegen de stormachtige wind die tegen de kliffen beukte na een ruim zesduizend kilometer lange reis vanaf de Amerikaanse kust.

'De kustwacht is op de hoogte gesteld,' riep hij luid, om zich verstaanbaar te maken. 'Ze gaan het gebied hieronder uitkammen,' schreeuwde hij, met een armgebaar naar de verraderlijke, rotsachtige kliffen. 'Ga níét zelf naar beneden. Ik herhaal: ga niet zelf langs de kliffen omlaag! Ik wil dat jullie je verdelen in groepjes van twee of drie. Concentreer je op stukken van honderd meter rond het pad. Begeef je niet buiten het eigen zoekgebied. We zijn met voldoende mensen om het hele terrein af te zoeken als we methodisch te werk gaan.'

Er sloeg een plotselinge windvlaag tegen zijn rug, waardoor hij bijna languit op de grond viel, en hij zette zijn voeten verder uit elkaar, waarbij zijn waterdichte jas luid flapperde. 'Gebruik de quads om naar de jullie aangewezen zone te gaan. Ik ga wel voor, Ottie gaat met mij mee. Zij heeft gisteren de post bij Devil's Fork bemand en kent dit stuk beter dan wie ook. De rest deelt zich op in groepjes tussen hier en daar. Geen tijd te verliezen.'

Ze deden allemaal wat hun was opgedragen, zelfs zij. Ze volgde Bertie gedwee en stapte met hem op de quad. Zonder iets te zeggen reden ze weg, het kleine konvooi geleidelijk achter zich latend, twee bij twee over het dertien kilometer lange stuk, tot zij uiteindelijk nog maar met zijn tweeën waren.

Bertie zweeg. Hij had zijn kaken opeengeklemd en zijn hele lichaam stond stijf van de spanning. Ottie dacht bij zichzelf dat hij eruitzag als een ranger op safari, zoals zijn ogen geconcentreerd door de duisternis schoten, waarbij zijn oren zich bijna letterlijk spitsten om geluiden boven de wind uit te horen.

'Ga jij naar jouw post en werk dan terug deze kant op. We zien elkaar in het midden.' Zijn stem klonk hard en emotieloos en Ottie knikte, want ze wist dat hij alleen maar deed wat hij moest doen. Er stond een mensenleven op het spel. Toch werd ze weer die knoop in haar maag gewaar die ze soms voelde als ze het idee had – bang was – dat ze hem aan het verliezen was, dat zijn interesse misschien wel afnam...

Ze rende half gebukt over het rotsige pad. De lichtstraal van haar hoofdlamp stuiterde op en neer terwijl ze de duisternis wanhopig afzocht naar tekenen van een lichaam. Wat als ze al te laat waren? Dat zou haar schuld zijn, tenzij hij was gevallen en meteen was overleden. Dood door onderkoeling zou haar aan te rekenen zijn.

'Natuurlijk is hij niet dood,' zei ze al rennend en hijgend tegen zichzelf, met haar voeten over de ruige grond strompelend. Maar de feiten zeiden iets anders: mensen gingen zomaar dood. Haar vader, en Pip ook bijna. Het was of de duivel ermee speelde.

De wind huilde. Een paar kilometer landinwaarts in het dorp, beschermd door de rotswanden en bomen, zou niemand vanavond de rukwinden al te erg opmerken, maar hier, aan de rand van de Atlantische Oceaan, was de wind genadeloos en bitter koud.

Ottie zag de vork in het pad en gaf een kreuntje van opluchting terwijl ze erlangs jogde. Over een aantal meters was ze bij haar post. Dan kon ze...

Wacht.

Ze stopte en keek achterom. Ze liep een stukje terug en scheen met haar lamp op de vork. Het lager gelegen paadje van deze splitsing kon bijna geen pad genoemd worden: het was zo smal dat alleen klimgeiten en andere klautergrage dieren zich er naar beneden waagden. Haar vader had hen er vroeger altijd voor gewaarschuwd. Het leidde nergens naartoe, dat vage paadje, alleen maar naar een lapje gras dat te steil en glad was om op te staan. Zíj wisten dat, de Lornes. Dit was hun land, gewoonlijk was het alleen bestemd voor privégebruik, behalve tijdens dit ene evenement, waarvoor haar vader toegang had verschaft aan zijn oude vriend. Hij had er nooit geld voor aangenomen, maar wel één voorwaarde gesteld: dat dit gedeelte goed bewegwijzerd werd.

De gedachte dat iemand hier het verkeerde pad zou inslaan – en hem vervolgens zou aanklagen – had hem dusdanig verontrust dat hij eiste dat op dit punt van het traject voor de zekerheid een bordje met een pijl zou worden geplaatst.

Maar dat stond er niet.

'Gilmore?'

Ze hoorde Bertie roepen in de wind. Zijn stem was slechts vaag te horen, maar de wanhoop die eruit sprak, was duidelijk. Dit was de toon die moeders gebruikten als ze hun kind een bal op de weg achterna zagen lopen, de toon die soldaten gebruikten als ze een gebarricadeerd huis binnenvielen.

'Ben!' riep ze mee. Ze draaide haar rug naar de wind en schreeuwde zo hard ze kon, in de hoop dat haar stem ver zou dragen. 'Ben Gilmore!'

Ze keek om zich heen en speurde achter rotsen waar hij zich verborgen kon hebben om beschutting te vinden. Die waren allemaal te klein om effectief te zijn, maar iets was hier beter dan niets, natuurlijk. Ze tuurde over de rand van het pad langs de steile helling, maar daar zag ze niets anders dan een donkere leegte. Zou hij... Nee, alsjeblieft niet.

Maar hij kon nergens anders zijn: hij was óf op dit pad óf in de zee. Ze voelde een hol gefluit door haar lijf gaan nu de zuivere logica andere opties feitelijk uitsloot. Volgens de registratie was hij nog gezien op Kinaughton Point, maar hij was nooit bij haar post gearriveerd. Hier. En ze had net de dertien kilometer tussen beide punten samen met Bertie gereden. Bovendien waren talloze andere deelnemers achter hem aan gekomen. Wedstrijdcommissarissen hadden het traject gecontroleerd. Als hij op of dicht bij het pad was, zou iemand hem hebben gezien. Wat betekende...

Het betekende...

Ergens heel ver beneden hoorde ze het zware rijzen en dalen van de oceaan. Het klonk ontzagwekkend en bijna tastbaar, een grote massa die verschoof. Als hij daarbeneden was, zouden ze hem vannacht nooit vinden. En als ze wachtten tot morgenochtend, zou hij beslist dood zijn.

'Gilmore! Ben Gilmore!' schreeuwde ze de avond in. Haar stem voelde net zo verscheurd als haar hele wezen.

Berties geroep doorsneed dat van haarzelf. Hij kwam nu snel dichterbij. 'Iets gezien?' vroeg ze buiten adem toen hij haar bereikte. Het was natuurlijk een zinloze vraag, want dan had ze het wel gehoord.

Hij schudde zijn hoofd met een ongelukkige blik. Dit zou het einde betekenen van zijn Ultra Event, dat wist hij. Er mochten geen mensen bij doodgaan. Zo'n wedstrijd draaide om uithoudingsvermogen, niet om overleven.

'Bertie, denk je niet...' Ze staarde naar het paadje dat omlaagleidde.

'Doe niet zo idioot. Daar kan hij niet naar beneden zijn gegaan. Het is overduidelijk onbegaanbaar.'

'Maar waar is het bordje met de pijl?'

Hij keek naar de plek waar het zou moeten staan. Er bleef een zware stilte hangen. 'Nou, dat is kennelijk al weggehaald.'

Ze tuurde naar beneden, waarna hij hetzelfde deed. Er zat nergens een gat in de grond waarin recentelijk een paal met een bordje had gestaan. En geen van de andere bordjes en overkappingen was opgeruimd.

Hij wendde zich tot haar, nu met een bleker gezicht. 'Nou, jij was de steward die op dit gedeelte dienst had, dus jij zult het je toch wel herinneren? Heb je het bordje hier zien staan?'

Ze staarde hem aan en dacht na. Had ze het zien staan? 'Ik...' Ze tuurde tegen de wind in. 'Ik weet het niet. Ik kan het me niet herinneren.'

'Maar het was jouw taak om het op te merken, Ottie! Dáárom

stond jij op deze post, voor de veiligheid van de deelnemers.'

Zijn woorden waren wreed, maar waar. Ze voelde haar ademhaling versnellen en een brok in haar keel opkomen terwijl de tranen in haar opwelden. 'Ik geloof dat ik het niet heb gezien.' Ze had gefaald in de enige taak die ze had gehad. Zij wist beter dan wie ook dat deze plek gevaarlijk was. Hoe kon het dat ze niet had opgemerkt dat het bordje er niet was neergezet?'

'O jezus,' fluisterde hij plotseling, en hij legde een hand voor zijn mond nu hij zich iets leek te herinneren. 'Je hebt gelijk. Het bordje is niet geplaatst, nu weet ik het weer.'

'Bertie, waaróm dan niet?' riep ze uit, en ze keek hem wanhopig aan. 'Je weet dat het papa's voorwaarde was. Zijn énige voorwaarde.'

'Ja. Maar het was vanwege jou, Ottie. De avond ervoor kwam ik bij je, weet je nog? Je had me die dag steeds berichtjes gestuurd om te zeggen hoe rot je je voelde... Ik zou het bordje nog gaan plaatsen, maar ik ben in plaats daarvan naar jou toe gegaan. Ik maakte me bezorgd om je.'

Ottie voelde haar paniek groeien. Haar berichtjes. Haar tranen. Haar boosheid op Willow. Haar vader. 'Dus dan komt het... Het komt door ons dat hij... daarbeneden is?'

'Door ons. Door mij. Door jou.' Hij haalde zijn schouders op. 'Wie weet hoe de autoriteiten het zullen zien.' Hij keek weer omlaag naar het doodlopende paadje. 'De prioriteit moet nu zijn om hem te vin...'

Hij leek opnieuw te schrikken van een herinnering en Ottie kromp ineen door de paniek die verder groeide. 'Jezus, er was inderdáád iemand voor mij op dit gedeelte, nu weet ik het weer.' Hij kneep zijn ogen dicht alsof hij het daardoor weer beter voor zich kon zien. 'Hij lag een paar minuten voor. Soms was hij in zicht en soms niet.'

'Denk je dat het Gilmore was?'

'Geen idee, hij was slechts een gestalte op die afstand.' Hij fronste en keek haar vragend aan. 'Maar jij moet hem toch gezien hebben als hij vlak voor mij liep? En hij moet jou ook gezien hebben. Dat kan niet anders. Jouw post ligt juist om die reden op het vooruitgestoken punt van de bocht.'

Ottie voelde haar bloed stollen. Nee, dat kon niet waar zijn. Die ene minuut waarin ze met opzet was weggedoken... Zou hij juist op dat moment zijn aan komen lopen? Een korte plaspauze had een leven gekost? 'O god, Bertie, het is allemaal mijn schuld,' fluisterde ze. 'Ik moest plassen. Ik ben even om de hoek uit het zicht gaan zitten. Een minuutje maar. Nog niet eens!'

Hij sperde zijn ogen open. 'Fuck!'

Ze had het gevoel dat ze ging flauwvallen van de schok, van afschuw, van schrik, van vermoeidheid... Ze wankelde met gesloten ogen, liet zich op haar hurken zakken en legde haar hoofd in haar handen. Dit gebeurde niet echt. Ze deed haar ogen weer open, verlangend naar troost, geruststelling, maar Bertie was alweer weg en schreeuwde woeste bevelen in zijn walkietalkie, waarna hij bij de splitsing naar beneden begon te lopen.

'Bertie, nee!' gilde ze, en ze dwong zichzelf achter hem aan te gaan.

Hij was al op het doodlopende paadje en zij liep hem achterna, schuin in de luwte van de klif, waarbij haar vaders waarschuwingen – 'Ga nooit, nóóit naar beneden via dat pad! Dat wordt je dood!' – door haar hoofd spookten.

Ze kon Bertie niet goed zien, alleen maar de verende lichtstraal van zijn hoofdlamp terwijl hij op zijn hurken omlaag klauterde, met zijn handen achter zich als tegenwicht voor de voorwaartse impuls die hen beiden van de klif wilde werpen, in het schuimende water beneden. Ze had geen idee waar het vage pad eindigde, waar het kleine beetje houvast dat ze hadden zou stoppen en het glijden zou beginnen...

Plotseling stopte de lichtstraal met stuiteren. 'Gilmore! Ben Gilmore!' Berties stem klonk als die van een krijger en spleet de hemel als een pijl. 'Gilmore! Jezus!'

Hij draaide zich om en zijn uitdrukking veranderde meteen toen hij zag dat zij zich twintig meter achter hem bevond. 'Ottie, ga terug!' Ze stopte gehoorzaam en zonk hevig trillend neer op haar achterwerk. 'Ga terug naar boven. Ik kan hem zien!'

'Leeft hij nog?' gilde ze. O god, alsjeblieft, als hij nog maar leeft.

Er viel een lange stilte. 'Ik weet het niet, hij beweegt niet! Ik kan niet dichterbij komen! Ga terug naar de splitsing en roep de bergreddingsdienst op! We hebben een brancard en touwen nodig!'

Pip staarde uit het raam en beet gefrustreerd op haar nagels terwijl ze Willow op het erf zag worstelen met de emmers voer. Ze droeg ze helemaal verkeerd en ze had veel te veel haver door het voer gedaan.

Willow keek op alsof ze de afkeurende blik van haar zus kon voelen en knikte haar toe, bij gebrek aan vrije handen. Pip knikte terug en beet hard op haar lip. Het was een marteling om toe te moeten kijken zonder iets te mogen doen.

Het was ook belachelijk. Ze was uitstekend in staat om haar eigen paarden te voeren. Ze voelde zich prima. Ze had de afgelopen nacht goed geslapen in haar oude bed in het kasteel, en ze had het hele ontbijt dat Mrs Mac haar had voorgezet opgegeten. Ze had zelfs een vest aangetrokken om 'goed warm te blijven'. Maar beloofd was beloofd. Haar moeder had haar alleen naar haar eigen huis laten gaan – 'buiten haar gezichtsveld' – na haar toezegging dat ze zou rusten en dat ze Willow de rest van de week de stallen zou laten uitmesten en de paarden zou laten voeren. Ze had dus geen keus gehad. En Willow was ook niet bepaald blij geworden van het vooruitzicht. Hoe sneller ze weer naar de normale situatie konden terugkeren, hoe beter.

Ze liep weg bij het raam. Het was beter om niet te kijken, ze was nooit goed geweest in delegeren. De televisie stond aan – een of ander huizenprogramma dat ze zich herinnerde van toen ze een keer ziek was tijdens haar studententijd – maar ze had geen zin om ernaar te kijken. Ze was niet ziek, alleen maar dom. En egoïstisch.

Ze zette de waterkoker weer aan. Het was de derde keer sinds ze twintig minuten geleden terug was gekomen, maar ze bleef maar vergeten thee te zetten. Ze was er zo aan gewend om altijd op pad te zijn, dat ze gewoonlijk niet thuis was tussen zeven uur 's ochtends en zeven uur 's avonds. Wat moest ze nu de hele dag doen?

De schone vaat op het druiprekje staarde haar aan als een antwoord op die vraag. Ze kon in elk geval beginnen die op te ruimen.

'Ik heb het goed getimed, zie ik.'

De plotselinge mannenstem maakte haar zo aan het schrikken dat ze een gilletje slaakte, en ze draaide zich om met een koekenpan dreigend vooruitgestoken in haar hand.

Taigh stak zijn handen op in een gebaar van overgave en er speelde een glimlachje om zijn lippen bij de aanblik van haar wapen. 'Ik ga écht geen strijd met je aan zolang je dat ding in je hand hebt. Je slaat me nog tot moes.'

'Ik zou je ook verslaan bij een potje armpjedrukken,' mompelde Pip. Ze wist dat het nergens op sloeg, maar ze probeerde het feit dat ze zojuist als een klein meisje had gegild, weg te moffelen. 'Wat doe je hier in godsnaam?'

Verwarrend genoeg droeg hij zijn postbode-uniform, maar had hij ook zijn EHBO-tas bij zich. 'Ik kwam Willow beneden tegen. Ze zei dat ik meteen naar boven kon lopen.'

Ze rolde met haar ogen. 'Nee, ik bedoel, wat kom je hier überhaupt doen?'

'Hebben ze je dat niet verteld?' zei hij fronsend. 'Ik ben hier om te checken hoe het met je gaat.'

'Wat? Dat is nergens voor nodig!' protesteerde ze fel. 'De dokters hebben me laten gaan. Het gaat prima met me.'

'Prima voor iemand die zichzelf twee dagen geleden bijna de dood in heeft gejaagd, maar er moeten toch controles plaatsvinden. Ze hebben gezegd dat je longen in de gaten moeten worden gehouden. Het laatste wat je kunt gebruiken, is een longontsteking.

Die zou je plannen voor de kerst behoorlijk in de war sturen.'

Pip keek hem misnoegd aan. De dokter had dat inderdaad gezegd, maar ze had verwacht dat er een buurtverpleegkundige zou langskomen, of haar huisarts. Was het niet al erg genoeg dat ze door hem was gered? Nu kwam hij ook nog voor haar zorgen? 'Er is vast wel iemand anders die dat kan doen.'

'En bedankt!' reageerde hij met een sarcastische glimlach, waarna hij bukte en de tas opendeed, een stethoscoop om zijn nek hing en ook nog naar iets anders zocht. 'Maar ik bracht toch de krant rond en je weet vast wel dat we al een tekort aan mankracht hebben zonder dat er dubbel bezoek wordt afgelegd.' De waterkoker sloeg af met een klik. 'Ah, met melk en twee klontjes suiker, graag.'

Kreunend draaide Pip zich om en pakte een paar koppen. De brutaliteit van die vent.

'Je hebt het trouwens leuk ingericht,' zei hij tegen haar rug.

Ze keek even over haar schouder. 'Grappig hoor,' snauwde ze, maar terwijl hij in zichzelf grinnikte, wierp zij heimelijk een blik rond in haar appartementje. Ze had er nooit wat aan gedaan. De muren waren nog bedekt met het originele limoengroene pleisterwerk en ze had alleen flyers voor jachtbijeenkomsten, rommelmarkten en paardenverkopen opgehangen. Boven de bruine corduroy bank had ze met sellotape een krantenknipsel opgeplakt over de overwinning van Midnight Feast in de Grand National, in plaats van iets moois met een lijst erom. Net als in het kasteel was de vloer bedekt met verschillende elkaar overlappende kleden, die ze daar op zolder had gevonden. Ze had ook wat blauw-witte lampen meegenomen, niet zozeer omdat ze ze mooi vond of er emotionele waarde aan hechtte, maar omdat ze het licht hard nodig had. Haar appartementje lag boven een van de stallen, en afgezien van de basic elektriciteitsvoorziening moest de verwarming van de kolengestookte kachel komen, die voor de muur stond (en die ook haar warme water leverde). Haar bed stond achter een ietwat mottig zijden scherm, ook afkomstig van de zolder van het kasteel, en haar kleren – de weinige die ze had – hingen aan een waslijn tussen haken aan de muren. 'Het voldoet allemaal prima,' schoot ze in de verdediging.

'Zoals alles in je leven, toch? Geen overbodige zaken. Is er dan niets wat je alleen maar hebt omdat je het leuk vindt of omdat je er blij van wordt?'

Het klonk als persoonlijke kritiek. Ze fronste en overhandigde hem een kop slappe thee, in de hoop dat hij van sterk hield. 'Ik heb geen suiker in huis.'

'Maar daar zitten wat klontjes in,' zei hij, wijzend op de pot die op het aanrecht stond.

'Die zijn voor de paarden.'

Hij keek stomverbaasd en barstte toen in lachen uit. 'Nou, daar kan ik het mee doen,' gniffelde hij, met een grote grijns van zijn thee slurpend.

Pip liet een brede glimlach zien.

Hij slikte, smakte met zijn lippen en rilde theatraal, waarna hij haar met zijn heldere ogen indringend aankeek. 'Toch best lekker, hoor.'

Pip keek de andere kant op en een paar seconden lang bleef het stil in de kleine kamer. Ze voelde zijn intense blik en er rees een ongemakkelijke blos over haar hals omhoog. Ze droeg haar haar graag kort – ze was nooit het type meisje geweest voor linten of vlechten of een bepaalde 'stijl' – maar nu zou ze dolgraag lange lokken hebben om zich achter te verschuilen.

'Goed dan,' zei hij ten slotte, aangezien ze vijandige stilte leek te verkiezen boven koetjes en kalfjes. 'Ga jij op de bank zitten? Dan controleer ik of alles met je in orde is.'

Ze zuchtte geërgerd, maar gehoorzaamde. Hoe sneller hij klaar was, hoe sneller hij weer zou weggaan, nietwaar? Hij zou ongetwijfeld verslag uitbrengen aan haar moeder, dus als ze in haar eentje thuis wilde blijven, zat er niets anders op.

'Ik ga even naar je longen luisteren. Zou je de bovenste knopen van je blouse even willen losmaken?'

Met haar ogen neergeslagen deed ze wat haar werd gevraagd. Ze draaide haar hoofd weg en keek uit het raam terwijl hij de stethoscoop – die hij eerst verwarmde – op haar borstbeen plaatste.

'Haal maar een paar keer adem,' mompelde hij.

Ze wierp een blik op zijn kruin en zag de donkere krullen als opgerolde dropveters tegen zijn schedel liggen.

'Pip, ik ben weg.'

Ze keek op en zag Willow om de deur kijken. Ze fronste. Hoe kon het dat iedereen haar trap zomaar kon beklimmen zonder dat ze hen hoorde?

'Heb je de melasse aan het voer voor Fudge toegevoegd?' wilde ze weten.

'Ja.'

'En je hebt gecheckt op schimmel?'

'Zoals je me had gezegd.'

'Hoe ging het met Whippy?'

Willow haalde haar schouders op. 'Zoals het een paard betaamt. Ik heb voor ik wegging wel gevraagd waarom hij zo'n lang gezicht trok.'

Taigh grinnikte om het grapje, deinsde een stukje achteruit en wiebelde op zijn hakken heen en weer. 'Goeie.'

'Ha,' grijnsde Willow, kennelijk blij dat haar gevoel voor humor ook eens een keer gewaardeerd werd. 'Hoe gaat het met de patiënt?'

'Die kan niet wachten tot ik weer vertrokken ben,' zei hij, Pip een plagerige blik toewerpend.

'Vat het vooral niet persoonlijk op. Ze wil ook zo snel mogelijk van mij af,' bromde Willow, en ze keek haar weer aan. 'Helaas voor jou kom ik vanavond weer langs om je knollen te voeren en jou een maaltijd te brengen. Ik heb de soep van Mrs Mac voor je lunch in de koelkast gezet. Opeten, hoor,' zei ze ernstig. 'Denk maar niet dat ik het niet zal checken.'

'Jakkes,' kreunde Pip, die zag dat Willow en Taigh nog een samenzweerderige blik wisselden voordat haar zus weer uit haar gezichtsveld dook.

Taigh keek haar aan alsof hij zwijgend om toestemming vroeg verder te gaan, en zette de stethoscoop op de andere kant van haar borstkas. Willows luchtige stemming was met haar uit het appartement verdwenen.

'Oké.' Even later leunde hij weer achterover. 'Kun je nu je blouse omhoogtrekken en naar voren buigen?'

Ze voelde het metalen schijfje in slow motion als een konijntje over haar rug hoppen en na ongeveer een minuut vroeg ze zich af waarom het zo lang duurde. Was er in haar longen een disco aan de gang of zo?

Hij kwam overeind en ging naast haar op de bank zitten. Hij trok een thermometer uit het borstzakje van zijn overhemd. 'Steek die maar onder je tong,' mompelde hij. 'Dan meet ik ondertussen je bloeddruk. Wil je je mouw even opstropen?'

Jezus, dit zou in een T-shirt allemaal een stuk makkelijker gaan, dacht ze geïrriteerd terwijl ze deed wat hij vroeg. Hij plaatste de band om haar bovenarm en begon snel een aantal keren te pompen, tot ze de druk tegen haar huid voelde. 'Hou je arm maar even recht,' zei hij, en hij pakte haar hand en legde hem zachtjes met de handpalm naar boven op zijn knie, zijn ogen gericht op het schermpje.

Ze zag hem ernaar kijken, zijn gebruikelijke vrolijke uitdrukking vervangen door iets serieuzers en volwasseners. Ze had nooit eerder opgemerkt hoe lang zijn wimpers waren. En dat littekentje aan de buitenkant van zijn wenkbrauw had ze ook niet eerder gezien. Ze vroeg zich af hoe hij daaraan kwam, hoewel ze wist dat ze hem er nooit naar zou vragen. Interesse in hem tonen, hoe gering ook, was iets wat haar trots nooit zou toelaten.

De band om haar arm verslapte en hij trok het klittenband los. Hij stak zijn hand uit en pakte de thermometer uit haar mond. 'Hm.'

'Wat bedoel je met "hm"?' vroeg ze zo verveeld mogelijk terwijl ze haar mouw weer omlaagtrok.

'Je hebt een beetje verhoging.'

'Dat is goed, toch, gegeven mijn lage lichaamstemperatuur van gisteren?' Ze deed een tikje spottend, dat wist ze, maar ze kon het niet helpen. Hij bracht het slechtste in haar naar boven.

'Het kan op een infectie duiden. Kun je je herinneren of je water hebt ingeslikt?'

Ze kromp ineen en keek snel weg nu de herinneringen door die vraag onverhoeds naar boven kwamen. Ze wílde zich er niets van herinneren, was dat niet duidelijk?

'Hé. Het is oké,' zei hij vlug, en hij legde een hand op haar arm. 'Je bent nu veilig.'

'Dat weet ik,' snauwde ze. 'Ik ben niet achterlijk.'

'Nee,' zuchtte hij, en hij liet zijn hand weer zakken. 'Dat ben je niet, maar dat zou je wel zijn als je nu te veel van jezelf vraagt. Je lichaam is herstellende en je moet het rustig aan doen. We moeten dat rocheltje in je longen in de gaten houden. Zorg dat je warm blijft, ga niet naar buiten en neem voldoende rust. Als het morgen nog niet weg is, moet je aan de antibiotica. Het is het risico niet waard.' Hij keek haar recht aan. 'Je mag je familie niet nog eens zo laten schrikken.'

Er klonk een beschuldiging door in zijn stem. Boosheid zelfs.

Ze keek toe hoe hij opstond en zijn spullen weer in de tas stopte, juist op het moment dat het geluid van een achteruitrijdende truck buiten klonk. Hij wierp een blik uit het raam.

'Verwacht je een levering?' mompelde hij.

'Waarvan?'

'Cuneen Livery?'

'Wát?' Ze vloog naar het raam en voelde een golf van paniek door zich heen gaan. Ze kleurde rood terwijl de paardentrailer voorzichtig werd geparkeerd. Ze kon het niet geloven, ze wílde het niet geloven, maar er was geen twijfel mogelijk. Die rottige

Sean Cuneen was gekomen om zijn winst op te eisen. Ze voelde de grond onder zich wegzakken en haar lichaam weer koud worden, de herinnering van het water dat zich boven haar hoofd sloot... 'Wat een eikel,' fluisterde ze. Hij had haar op zijn minst wat meer tijd kunnen geven! Beleefd de telefoon kunnen pakken om haar te laten weten dat hij eraan kwam. Ze was verdomme nog maar amper terug uit het ziekenhuis.

'Wat is er mis?' vroeg Taigh, terwijl ze allebei keken naar Seans stevige gestalte die uitstapte. Zijn broek hing laag op zijn heupen en onder zijn omhooggekropen shirt was een diep bouwvakkersdecolleté zichtbaar.

Kon het leven nog ellendiger worden?

Taigh keek haar aan, en zijn nieuwsgierigheid ging over in bezorgdheid. 'Wat doet hij hier, Pip?'

Ze haalde langzaam en diep adem. Hij was hier omdat hij daar recht op had. Hij had gewonnen en zij had verloren, zo simpel was het. Ze slikte en kwam moeizaam overeind, vastbesloten om haar gevoelens te beheersen. Ze zou niet aan Taigh laten merken dat ze van streek was. 'Gewoon om wat... administratie af te handelen.' Ze liep door de kamer en haalde haar jas van zijn haakje.

'Waar ga je naartoe?' riep hij haar na. 'Je kunt beter niet naar buiten gaan bij deze temperatuur. Het is bitter koud.'

'Het duurt niet lang,' zei ze, en ze stak haar voeten in haar rubberlaarzen.

'Wacht even!' Zijn toon veranderde, waardoor ze stil bleef staan. 'Is dat Cuneen als in... Sean Cuneen?'

Ze stond al met één voet op de trap. Ze leunde ongeduldig achterover in de deuropening. 'En wat dan nog?'

Hij keek haar vol ongeloof aan. 'Dat is die kerel tegen wie je hebt gezwommen in dat meer?'

'En wat dan nog?' herhaalde ze koeltjes, maar haar hart begon te bonzen en haar emoties woedden vlak onder de oppervlakte. Ze voelde de tranen in haar ogen opwellen en haar hart bleef als een razende tekeergaan. Ze had nog geen afscheid van Shalimar genomen, niet eens verteld wat ze had gedaan, welk vreselijk risico ze had genomen en hoe slecht dat was afgelopen. Wat had ze er een puinhoop van gemaakt...

Hij staarde haar verbijsterd aan. 'Zeg nou niet... Vertel me nou niet dat hij hier is om zijn prijs op te eisen? Die stomme weddenschap was toch zeker niet géldig?'

Ze keek hem aan en zag dat zijn afschuw net zo groot was als de hare. Die hele weddenschap was sinds die avond niet meer in haar gedachten geweest. Ze was vergeten dat zij had verloren en dat hij had gewonnen. Ze had het te druk gehad met overleven. 'Een deal is een deal,' zei ze mat.

'Een deal is een...' riep Taigh woedend uit, zijn ongedwongen blijmoedigheid volledig verdwenen. 'Telt het feit dat je bijna bent verdronken niet mee? Je hebt geen wedstrijdje verloren, Pip. Je hebt het bijna met de dood moeten bekopen! Ik zou zeggen dat die weddenschap van de baan is, vind je ook niet?'

Ze gaf geen antwoord – dat kon ze niet, want dan zou ze haar tranen niet meer kunnen bedwingen – en wendde zich af om de trap af te lopen. Hij haalde haar onderaan in en greep haar bij haar elleboog.

'Luister, ben je bang voor hem, is dat het? Dat begrijp ik, het is een grote kerel. Maar ik kan hem wegsturen, Pip. Je hoeft dit niet te doen. Het is niet oké.'

'We hadden een mondelinge overeenkomst,' zei ze simpelweg.

'Lulkoek! Geen rechtbank in het hele land zou instemmen met zijn claim.'

'Maar het gaat om wat we zijn overeengekomen. We hebben in goed vertrouwen een deal gesloten, en ik heb verloren. Ik denk niet dat hij hier zou zijn als ik het niet had overleefd, zo'n hufter is hij ook weer niet, maar ik ben er nog. Het gaat uitstekend met me, afgezien van dat vermeende rocheltje waar jij je zo te sappel over maakt.'

Taigh negeerde haar kleinerende opmerking. 'Die weddenschap zou nietig moeten worden verklaard.'

'Ik geef toe dat hij me wel een paar dagen respijt had mogen geven. Het is… smakeloos dat hij hier nu al opduikt.' Haar stem trilde lichtjes bij de gedachte dat ze zo snel al afscheid moest nemen. Had ze maar beter nagedacht… 'Maar ik verdom het hem de kans te geven om te kunnen zeggen dat ik me onder een deal uit heb gewurmd. Onze familie heeft niet veel meer tegenwoordig, maar we hebben onze trots verdorie nog wel.'

Taigh staarde haar met een gezicht vol ongeloof en frustratie aan. Ze kon zien dat ze een raadsel voor hem was. Onbegrijpelijk en verwarrend.

'Mag ik mijn arm terug?' vroeg ze met een nadrukkelijke blik op haar elleboog, die hij nog stevig vasthield.

'O.' Hij liet haar los. 'Jezusmina. Nou, zal ik dan ten minste met je mee naar buiten gaan om je te helpen?'

'Wat?' hoonde ze. 'Ik zou je nog niet om hulp vragen als mijn…' Ze zweeg abrupt.

'Leven ervan afhing?' Er flitste een zeldzame woede door zijn hazelnootbruine ogen terwijl ze zich beiden schrap zetten in de smalle trapopgang. Ze voelde dat hij iets van haar wilde, maar wat? Een verontschuldiging? Een bedankje? Ze had hem die avond niet om hulp gevraagd en ze had zijn hulp nu niet nodig. Zonder nog iets te zeggen draaide ze zich om en beende het erf op om te doen wat gedaan moest worden.

13

Willow reed over de oprijlaan naar het kasteel en parkeerde haar auto op haar gebruikelijke plek voor de lage paarse rododendron. Maar ze stapte niet uit. Ze wilde nog niet naar binnen gaan om te checken hoe haar moeder er vanochtend mentaal aan toe was, of om Mrs Mac te helpen met de bedden. Ze wilde zich niet verroeren, ze wilde hier alleen maar zitten en zwijgen, stil, onzichtbaar, vergeten.

Ze keek over de golvende gazons naar de zilverkleurige strook zee die glinsterde in de ochtendzon, en leunde voorover tegen het stuur. Het uitzicht dat voor haar lag was troostend en vertrouwd, net zo onveranderd gebleven tijdens haar tweeëntwintig jaren als in de honderd jaren daarvoor, op hier en daar een neergezet bankje of een omgehakte boom na. Dit was haar thuis, het maakte net zozeer deel van haar uit als de botten in haar lichaam. Ze had het voor lief genomen toen ze hier opgroeide, gedacht dat het altijd van haar zou zijn, dat het landschap van haar kindertijd onaangeraakt en absoluut was. Maar aan die droom was lang voor de dood van haar vader al een einde gekomen. En nu zou dit uitzicht definitief uit haar blikveld verdwijnen.

Het was wel moeilijk. Moeilijker dan ze had verwacht. Hels had op indrukwekkend efficiënte wijze gehandeld nadat ze hier was geweest, en het eerste team van Christie's zou later vandaag al arriveren om te beginnen met het in kaart brengen en taxeren van alle spullen die ze bezaten. Willow moest haar moeder nog op de hoogte stellen en ze had geen idee hoe ze dat het beste kon doen. De timing kon nauwelijks slechter, gegeven het feit dat Pip nog maar net toestemming had gekregen om naar haar eigen huis te gaan – een bijna-verdrinking en terugkeer naar huis in één weekend. Het zou geen prettig gesprek worden.

Ze probeerde manieren te bedenken waarop ze het nieuws kon brengen. Het landgoed werd sowieso al in stukken opgedeeld en haar zussen behielden de stukken die hun dierbaar waren. Ottie had het strand, Pip kreeg de stallen en het bijbehorende land. Willow had zoiets nooit gehad, een gedeelte dat exclusief als haar domein voelde. Voor haar was Lorne altijd de som der delen geweest, en haar familie had kennelijk verondersteld dat dat betekende dat haar liefde voor het landgoed minder groot was. Het leek in niemand op te komen dat haar liefde misschien juist nog groter was? Op de rustige, saaie zondagen in het appartement in Dublin, als ze met een kater op de bank hing en lusteloos televisie zat te kijken, waren haar gedachten vaak afgedwaald naar deze plek, als een thuisinstinct of een resetknop. Dan herinnerde ze zich het 'drijfzandspelletje' dat ze vroeger op de overloop tussen de twee trappen deden, waarbij hun voeten de vloer niet mochten raken, het sleeën over de glooiende gazons, het verstoppertje spelen achter geheime deuren, en de wedstrijdjes hardlopen door de verborgen gang tussen de keuken en de bibliotheek, getimed met de stopwatch. Ze had haar zussen gemist... Ze herinnerde zich hoe ze als tiener op de brede vensterbank in haar slaapkamer had gelegen, haar benen omhoog tegen de muur, hoe ze zich het opwindende, glamoureuze leven had voorgesteld dat zich moest afspelen buiten deze eeuwenoude stenen muren. Nooit had ze erbij stilgestaan dat ze in dat leven op een bank zou liggen en zou terugverlangen naar thuis. Ze herinnerde zich de kerstdagen, altijd met een waanzinnig grote boom. Er was een jaar waarin ze verwachtten dat er eekhoorns zouden komen springen uit de enorme boom die hun vader had geveld en in zijn jaarlijkse demonstratie van ridderlijke trots mee naar huis had gesleept. Ze herinnerde zich ook dat hij Rusty, zijn geliefde harnas, had aangetrokken voor het gekostumeerde feest ter gelegenheid van haar moeders veertigste verjaardag. Hij had de hele avond niet kunnen zitten en niet naar de wc gekund, hij had staand gegeten, kon de trap niet op klimmen en was vier dagen daarna nog bont en blauw en stijf. Haar moeder had dat het beste feest ooit genoemd…

Haar moeder. Alles voerde op de een of andere manier terug op haar, maar waar ze ooit het licht midden in haar leven was geweest, vormde ze nu een schaduw op Willows hart. Een zwarte vlek in een ongerept landschap, een smet die de pure perfectie bedierf.

Ze liet haar hoofd op het stuur vallen. Ze wist dat ze het niet kon uitstellen. Ze moest naar binnen gaan en het afhandelen – haar moeder vertellen over de verkoop, haar laten weten dat zij had gedaan wat haar vader aan haar had overgelaten, wat hem niet was gelukt.

Ze wist niet goed welk nieuws het hardst zou aankomen, de identiteit van de koper of dat ze stilzwijgend een bod had geaccepteerd dat bijna een miljoen euro onder de potentiële waarde lag. Eerlijk gezegd had ze er het hele weekend amper aan gedacht. Eerst was er de ontmoeting met Connor geweest, en daarna had ze de hele nacht en de zondag met Pip in het ziekenhuis doorgebracht, met als gevolg dat ze gisteravond vroeg naar bed was gegaan, in een droomloze slaap was gevallen en in dezelfde houding was wakker geworden als waarin ze was gaan slapen. Maar nu, op deze koude, heldere, winderige maandagochtend, nu de wereld weer fris en hoopvol aanvoelde… had ze juist gehandeld? Of had ze in haar haast om het voor elkaar te krijgen een appel en een ei aangezien voor een schappelijke prijs?

Ze schrok van een plotseling hard geklop op het zijraam.

'Mam!' zei ze door het glas heen. 'Gaat het wel?'

Zo zag ze er namelijk niet uit. Haar gewoonlijk zo serene moeder droeg nog steeds de pyjama met papa's kasjmieren trui, die ze ook al had gedragen toen Willow twee uur geleden was vertrokken om Pip terug naar de stallen te brengen. Daar kwam nog haar paar korte rubberlaarzen bij. Bovendien was haar haar hard toe aan zijn dagelijkse föhnsessie en duidden haar rode wangen op óf een rondje rennen om de moestuin óf een glas wijn. Ze oogde verward en heel, heel boos.

'Waar ben je geweest?' wilde ze weten terwijl Willow de auto uit stapte.

'Dat weet je. Ik heb Pip naar huis gebracht en daarna heb ik de paarden voor haar verzorgd.'

Haar moeder keek haar beduusd en verdwaasd aan. 'O...'

'En ik had gezegd dat ik op de weg terug langs de bakker zou gaan.' Willow hield het brood in haar hand omhoog als bewijs.

Haar moeder bracht een hand naar haar wang en draaide zich half om. 'O ja. Dat is ook zo.'

Willow keek haar bezorgd aan. Had ze nog een slaappil ingenomen? Was ze suf? 'Kom,' zei ze. 'Laten we naar binnen gaan, dan zet ik een kop thee voor je en maak ik een sneetje toast. Je hebt nog niet gegeten, neem ik aan?' De vermoeidheid schemerde door in haar stem.

'Nee! Ik wil niet naar binnen,' riep haar moeder, alsof ze zich ineens haar boosheid weer herinnerde.

'Waarom niet?'

'Omdat híj terug is!'

Willow voelde een steek van ongerustheid. Haar moeder leek wartaal uit te slaan. 'Wie?'

'Die afschuwelijke man,' snauwde haar moeder met een zeldzame flits van woede in haar ogen, en Willow begreep dat ze om meerdere redenen kwaad op haar was: dit (waar het ook over ging), dat ze haar niet eerder had gebeld over Pip, dat ze Lorne had geërfd, dat ze had gefaald in het enige waarvoor ze op de wereld was gezet... Keuze genoeg. En die woede was altijd aanwezig, sluimerend onder de oppervlakte bij elke interactie. 'Hoe kón je hem nou bellen, na alles wat ik heb gezegd?'

'Mam, ik weet niet over wie je het...' Haar stem stierf weg toen het haar begon te dagen. 'Wacht! Is Shaye hier geweest?' Hij heeft gezegd dat hij de komende week contact zou opnemen, niet dat hij op de stoep zou staan!'

'Hij zei dat je hem een aanbod had gedaan. Hij zei dat je hem de eerste optie hebt gegeven op de koop van het kasteel en dat jullie een deal hebben gesloten.'

'Nee. We zijn in onderhandeling. Er is nog niets getekend.'

Maar alleen al het feit dat ze contact met hem had opgenomen, was verraad genoeg. Haar moeder staarde haar aan met rode ogen vol tranen. 'Hoe kón je, Willow? Ik heb je verteld dat je vader niets meer van hem wilde weten en waarom. Dat kunstje dat hij hem had geflikt, op het allerlaatste ogenblik... Het was schandelijk. Stuitend. Een klotestreek.'

Willow was geschokt. Zulke taal gebruikte haar moeder nooit.

'Ik heb je verteld dat je vader heeft gezegd dat hij het kasteel nooit zou verkopen. Over zijn lijk, weet je nog? Is dat wat je van plan bent?'

'Mam, ik...'

'Je gaat Lorne verkopen, over zijn lijk?'

Willow slikte, voelde zich misselijk. Het lukte haar niet om antwoord te geven.

'Hij verscheen hier alsof hij de eigenaar al was,' snikte haar moeder. 'Hij wilde weten waar je was en wanneer je terug zou zijn. Je nam je telefoon niet op.'

Willow kreunde. O god. Hoe was het mogelijk? 'Eh, nee. Ik heb hem boven aan de oplader laten liggen. Ik ging immers alleen naar de stallen. Ik ben maar een paar uur weg geweest.'

'Weet je wat hij me durfde te vragen?'

Ze schudde haar hoofd, want ze vreesde wat ze te horen zou krijgen.

'Hij vroeg me of de titel ook bij het landgoed hoorde!'

'Wát?' Willow wreef met haar handen over haar gezicht. 'O god, mam, het spijt me. Wat een klootzak. Ongelooflijk dat hij dat heeft gezegd.'

'Alsof we een stelletje akelige, ordinaire parvenu's zijn.'

'Mama, hij heeft met die vraag alleen maar zichzélf laten kennen.' Ze sloeg instinctief haar armen om haar moeder heen en hield haar vast, voordat ze het zich weer herinnerde, terugdeinsde en een ongemakkelijk klopje op haar arm gaf. 'En het spijt me dat ik niet hier was om hem te woord te staan. Ik kan nauwelijks geloven dat hij hier zomaar kwam aanzetten, zonder waarschuwing, verdomme, zonder eerst even beleefd te bellen.'

Haar moeder keek haar aan, nog op haar hoede. 'Hij zei dat hij in de buurt was.'

'Ja hoor,' snoof Willow, die daar niets van geloofde. Hij wilde alleen maar zijn buitenkansje veiligstellen. Gauw het ijzer komen smeden nu het heet is. 'Hoe ben je van hem afgekomen?'

'Dat is me niet gelukt!'

'Waar is hij nu dan? Is hij er nog?' Willow keek naar binnen door de gewelfde open deur, met een steek van woede omdat hij zo schaamteloos bezit nam van hun huis, het voortijdig voor zich opeiste.

'Nee. Hij zei dat hij een stukje ging rondrijden en daarna zou terugkomen.'

'En wanneer was dat?'

'Een uur geleden, denk ik? Ik heb je tig keer gebeld.'

Willow slaakte een zucht. Wanneer ging ze ooit ergens naartoe zonder haar telefoon? Ooit? 'Oké, nou, luister, maak je niet druk. Ik praat wel met hem.'

'Hij komt terug.'

'Dat heb je gezegd en ik zal... Ik zal hem vragen zijn verontschuldigingen aan je aan te bieden. Hij had het recht niet zich zo te gedragen.'

'Nee, ik bedoel, hij komt terug. Kijk!' Ze bracht haar arm omhoog en wees naar een marineblauwe Jaguar E-Type die over de oprijlaan aan kwam rijden. Het was een onberispelijke, kostbare klassieker. Een auto zoals je die op dit landgoed zou verwachten in plaats van oude, gehavende Land Cruisers en geelgestreepte Mini's. Maar hij was te… opzichtig. Te pretentieus.

'O jezus,' mompelde Willow zacht. Wat had ze gedaan? Ze dacht aan zijn afwijzende toon over de telefoon – 'mijn vastgoedportefeuille is momenteel compleet' – en hoe hij had opgehangen, waarna hij niet veel later dat lage bod deed zonder enige inleiding, ontmoeting of bespreking… En zij had hem de indruk gegeven dat ze bijna een deal hadden. Ging ze het erfgoed van haar familie verkopen aan een man die dacht dat hij daarmee en passant ook nog een titel kon kopen? Als een extraatje?

De zon kaatste van de voorruit, wat nog bijdroeg aan de stijlvolle allure, alsof dit Zuid-Frankrijk was en niet een winderige uithoek van Zuidwest-Ierland. Ze verwachtte half de zijden sjaal van een dame op de passagiersstoel door het zijraam te zien wapperen.

'Ga jij maar naar binnen, mam, ik handel het wel af,' zei ze grimmig. Ze draaide zich om en probeerde haar moeder in de richting van de deur te duwen.

'Ik wil niet dat hij ons huis binnenkomt, Willow,' waarschuwde haar moeder, die terug naar het kasteel begon te lopen.

'Hij komt er niet in, mam.'

Ze keek hoe haar moeder zich haastig naar binnen begaf terwijl hij met grommende motor arriveerde en aan de andere kant van de oprit parkeerde. Met haar handen tot vuisten gebald en vuurspuwende ogen beende ze naar de flitsende bolide. Het was duidelijk dat ze een enorme fout had begaan. Ze moest nu vastberaden en snel handelen.

Het portier ging open en ze stak een hand op om hem tegen te houden. 'Doe geen moeite, Mr Shaye. U had van tevoren moeten bel…' Het woord gleed van haar lippen en kwam geluidloos op de grond terecht.

Er viel een verbijsterde stilte.

'Nou, dat had ik wel willen doen, Gewoon Willow,' antwoordde hij ten slotte. 'Maar je hebt me je nummer niet gegeven.'

Ze voelde haar hart als een razende bonzen, samentrekken en omdraaien. Dit kon niet. Nee. Nee, nee, nee. Hij kon het niet zijn. 'Connor?'

'Otts?'

Ottie kreunde zachtjes, wilde de stem negeren, blokkeren. Ze had het warm, ze voelde zich zwaar, ze zweefde...

'Jeetje, Otts.' De stem klonk opnieuw en deze keer voelde ze ook een hand op haar schouder, die haar niet erg zachtzinnig wakker wilde schudden. 'Je wordt geacht aan het werk te zijn. Heb je gezien hoe het er buiten uitziet?'

'Laat me slapen,' kermde ze met haar ogen dicht. Hoelang waren ze dicht geweest? Twee uur? Drie? Twintig minuten?

'Pas maar op, anders haal ik een emmer met water en gooi het over je heen.'

Nu vlogen haar ogen open. 'Waag het niet!' zei ze naar adem happend, maar Pip lachte alleen maar. Ze wisten allebei heel goed dat ze het nog zou doen ook. Ze kreunde en legde een arm over haar gezicht in een poging het veel te felle zonlicht tegen te houden. Waar was de zon geweest toen ze hem zaterdag nodig had gehad? 'Wat doe je hier?'

'Ik vond dat ik Dolly maar eens mee uit rijden moest nemen. Ze kan de beweging wel gebruiken.' Pip tilde Otties benen op, liet zich op de bank zakken en legde haar voeten op haar schoot.

'Dolly?' zei Ottie fronsend. 'Niet Shalimar?'

'Nee, ik heb vandaag voor Dolly gekozen.'

Iets in de stem van haar zus deed Ottie opkijken. 'Gaat het wel?'

'Ja hoor.' Ze vouwde haar handen achter haar hoofd ineen en staarde uit het enorme raam. Haar lichaam was stijf en gespannen, maar zo zat Pip in elkaar. Ze deed niet aan loom zijn. Of aan zitten. 'Er staat koffie voor je, trouwens.'

Ottie draaide haar hoofd en zag de dampende mok op het salontafeltje met de koperen poten naast haar staan. Serieus? Ze was door het borrelen van de waterkoker en alles heen geslapen? 'Dank je.' Ze reikte er met moeite naar en nam dankbaar een slokje, genietend van de geurige damp op haar gezicht. Ze keek weer naar Pip, omdat ze ineens iets bedacht. 'Moet jij al wel weer uit rijden zijn? Ik dacht dat je rust moest houden?'

'O, alsjeblieft zeg, een ritje met een pony over een paar velden is nou niet echt vermoeiend,' zei Pip met rollende ogen. 'Maarre, waarom ben jíj zo moe? Jij bent toch geen ijskoud meer in gehold?'

'Het scheelt niet veel,' mompelde Ottie. 'Ik heb het hele weekend zowat alleen maar rondgelopen in de ijzige wind en de regen. Ik denk dat ik verkouden word.'

Maar Pip had haar nieuwsgierige gezicht opgezet. Ze was net een speurhond en ze wist altijd de geur van een verhaal op te pikken. 'Vertel op.'

Ottie zuchtte. 'Nadat ik jullie gisteren had thuisgebracht, belde Bertie.'

'Flanagan?' vroeg Pip ter verduidelijking, en Ottie bedacht dat zijn naam niet zo gemakkelijk van haar tong moest rollen. Dat gebeurde ook niet vaak. Ze zorgde er altijd voor dat ze zijn naam niet op al te vertrouwelijke toon gebruikte.

'Ja, precies. Een van de hardlopers was tijdens de race vermist geraakt. Dat werd pas opgemerkt toen de wedstrijd officieel voorbij was en iemand zag dat hij niet over de finish was gekomen.'

'O nee, hij was toch niet verdwaald?' zei Pip geringschattend gapend. 'Hoe krijgt hij het voor elkaar? Er waren overal vlaggetjes en stewards.'

'Nou, het is hem toch gelukt,' zei Ottie met een klein stemmetje. 'En hij is bijna twintig meter lager op de rotsen gevallen.'

'O jee,' zei Pip ineenkrimpend, meteen met een bezorgde blik. 'Hij heeft het toch wel overleefd?'

'Wonder boven wonder,' zei Ottie zacht. 'Hij was bewusteloos toen we hem vonden. Hij heeft een gebroken arm, drie kapotte ribben en een hersenschudding. En hij heeft ook nog eens de kruisband in zijn rechterknie gescheurd.'

'Godsamme!'

'Bovendien is hij lang blootgesteld geweest aan de kou. Hij lag daar al vierendertig uur tegen de tijd dat hij werd gevonden. Op de plek waar hij was gevallen, kon niemand hem zien vanaf het pad, en we wisten pas dat we naar hem op zoek moesten toen de wedstrijd was afgelopen.'

'Maar iemand zal hem toch wel hebben gehoord?'

'Niet met die wind.'

'O jezus, die arme kerel.'

'Ja.' En het was haar schuld. Ottie huiverde, staarde naar haar koffie en verwarmde haar handen aan de mok. Ze was inderdaad verkouden aan het worden, maar dat was niet de reden waarom ze deze kilte voelde. Ze had zaterdag urenlang op haar post gezeten – verveeld, koud, vermoeid – en al die tijd had er op een steenworp afstand een gebroken man gelegen die een langzame dood had kunnen sterven als ze er niet op tijd bij waren geweest. 'Hoe laat is het trouwens?' vroeg ze mat.

'Kwart voor een.'

Ze verbleekte. Dan had ze vier uur en een kwartier geslapen. Ze was vanochtend weer in het ziekenhuis geweest. Opnieuw! De verpleegkundigen hadden haar verbijsterd aangekeken toen ze door de deuren kwam aanlopen met alweer een slachtoffer. Ze was om half negen vanochtend thuisgekomen, waarschijnlijk zo ongeveer op het moment dat ze Ben Gilmore de operatiekamer in reden. Plotseling bedacht ze iets. 'O, shit! Iedereen gaat vertrekken.'

Ze wilde van de bank springen, maar Pip versterkte haar greep om haar benen. 'Doe geen moeite, je bent te laat. Ze zijn allemaal al weg. En ze hebben een puinzooi achtergelaten, ben ik bang, maar er staat geen enkele tent meer, behalve die rode in je tuin.' Pip nam een slokje van haar koffie. 'Hoe zit dat eigenlijk? Kampeer je zelf mee uit solidariteit of zo?'

'Echt niet. Dat is de tent van die gewonde man.'

'In je túín?'

'Hij was laat,' zei ze schouderophalend. 'Ik had zijn plek al aan een stel gegeven dat hier op de bonnefooi kwam aanzetten.'

'Maar je hoefde je tuin toch niet beschikbaar te stellen, Otts.'

'Hij was deelnemer aan de wedstrijd,' zei ze dof, zich haar aanvankelijke kleinzieligheid herinnerend. 'Hij zou nergens anders meer een plek hebben gevonden.'

'Pf, je bent een softie, dat ben je.' Pip hoestte even en keek uit het raam. Er ontsnapte haar een geluidje dat leek op een zucht van ontspanning. 'Wat heb je hier toch een mooi uitzicht.'

'Ja,' zei Ottie instemmend. Het strand, met haar huisje er vlak achter, bijna in het midden, lag aan een knusse inham, met ruige velden die de goudkleurige halvemaan strak omringden en verderop rondom omhoog glooiden. Nu de Atlantische storm voorbij was, kwamen de kleuren terug. De bleke, vaalgrijze en mistige tinten van het weekend waren vervangen door authentieke, krachtige schakeringen van dennengroen, granietzwart, vloeibaar zilver en zachtblauw. Nadat hij het hele weekend speelbal was geweest van de harde wind, bewoog de zee vandaag als een long, ademde in en uit, deinde op en neer, terwijl meeuwen samenkwamen rond de opening van de grot vlak bij de landtong, en vissers op een kleine boot de kreeftenfuiken omhooghaalden.

Ze voelde haar vingers verkrampen, de neiging om het moment te vangen voelde net zo fysiek als dorst of jeuk.

Pip hoestte nog eens. 'Ik heb enorme trek. Heb je iets voor de lunch?'

'Er is nog pasta van vier dagen geleden die we kunnen opwarmen,' bood Ottie aan nadat ze even had nagedacht. Had ze dit weekend haar koelkast überhaupt opengemaakt? 'Of ik kan wat brood roosteren.'

'Laten we voor de pasta gaan,' zei Pip, en ze maakte aanstalten overeind te komen. 'En daarna moeten we je camping maar eens gaan opruimen. Papa wordt gek als hij...'

Ze verstijfde. Dat deden ze allebei. Ottie stak haar hand uit en gaf een kneepje in haar arm. 'Hé...'

'Ja, ik weet het,' zei Pip bruusk, die zich terugtrok en opstond. Ze liep over de oude houten vloer de lichte open keuken in. 'En wat die pasta betreft, hebben we het dan over spiraaltjes of schelpjes? Wat voor lekkers staat me te wachten?'

'Je mag niet naar binnen.' Willow had haar armen voor haar borst gevouwen, in de hoop dat deze houding haar standvastigheid zou versterken. Ze moest zich wapenen. Zoals hij uit zijn auto stapte, zoals hij eruitzag, de herinneringen aan zaterdag nog warm op haar lippen... 'Ik meen het.'

'Echt niet?' Connor wierp haar een sceptische blik toe. 'Zelfs niet om te praten?'

Hoezo zelfs niet om te praten, dacht ze bij zichzelf. Wat dacht hij dan dat er zou kunnen gebeuren? Dat ze verder konden gaan waar ze gebleven waren op die tuinstoelen?

'Je bent hier niet welkom. Je hebt mijn moeder van streek gemaakt. Ze wil je niet in haar huis binnenlaten.'

Zijn ogen gleden even over het kasteel. 'Ik dacht dat ze zei dat het van jou was.'

'Alleen formeel gezien. Het is van haar in elk opzicht dat telt.'

Hij zweeg even. Zijn scherpe blauwe ogen daalden op haar neer als scheermesjes en drongen door haar huid. 'Luister, Willow, ik had geen idee dat je Declans dochter was...'

'Hetzelfde geldt voor mij.' En toen hij fronste, sputterde ze: 'Je snapt heus wel wat ik bedoel.'

'En voordat we verder praten, wil ik zeggen hoe het me spijt te horen dat hij... je weet wel.'

'Dood is?' zei ze bot, het woord hanterend als een stok om hem mee terug te slaan.

Hij keek ongemakkelijk. 'Ja. Hij leek me een goeie vent.'

'Doe nou niet alsof je mijn vader ook maar enigszins kende. Je kende hem niet. En hij had bepaald geen hoge pet van jou op toen hij stierf.'

Hij gaf geen antwoord. Haar woorden deden precies wat haar bedoeling was: ze schrikten hem af. Hij wendde zijn blik na een ogenblik af en staarde over de gazons in een poging zich te herpakken.

Ze wenste meteen dat hij er van opzij niet zo aantrekkelijk uitzag. Waarom hij? Waarom moesten hij en Shaye uitgerekend dezelfde persoon zijn?

'Je hebt me verteld dat je deel uitmaakt van het consortium dat eigenaar is van Midnight Feast,' zei ze beschuldigend. Ze hoorde het vleugje wanhoop in haar eigen stem.

Hij keek haar weer fronsend aan. 'En dat klopt ook. Maar dat is niet mijn werk. Het is niet wat ik dóé. Ik heb gewoon geluk gehad dat ik me erbij aan kon sluiten.'

Ze zuchtte. Als ze iets meer hadden gepraat en veel minder gezoend, was ze hier misschien zaterdag al achter gekomen en had ze hun beiden deze situatie kunnen besparen. 'Luister, het spijt me, dit is een puinhoop. Maar mijn vader wilde het kasteel uit principe niet aan jou verkopen, en aangezien ik zijn dochter ben, ga ik dat ook niet doen. Ik had je nooit moeten bellen.'

Hij kneep zijn ogen samen, ze fonkelden als saffier. 'Waarom heb je dat dan gedaan?'

Wat kon ze erover zeggen? Uit wraak? Opstandigheid? Pure wrok? Ze zou hem – of wie dan ook – het verhaal niet vertellen.

'Het was een vergissing,' zei ze simpelweg. 'Mijn moeder en ik hadden onenigheid gehad en ik heb overhaast gehandeld, in het vuur van het moment. Het spijt me dat ik je hierbij heb betrokken.'

Hij knipperde en zijn blik werd steeds kouder. 'Dus dat is het dan? Je gaat het toch niet aan me verkopen?'

Ze knikte. 'Het spijt me dat je hier voor niets naartoe bent gekomen.' Ze draaide zich abrupt om en begon terug naar het kasteel te lopen, waarbij zijn blik van ongeloof op haar rug brandde, en haar hart opvlamde in haar borstkas.

'Hoe gaat het met je zus?' riep hij toen ze bijna bij de deur was.

Wat? Ze draaide zich om en hij haalde zijn schouders op.

'Ik heb het ziekenhuis gebeld, maar ze wilden me niets vertellen. Alleen familie. Kun je me zeggen of ze in orde is?'

Ze slikte en herinnerde zich hoe krachtig hij over het water had geroeid en Pip in tien slagen had bereikt, hoe haar haarpunten nog zichtbaar waren geweest op het wateroppervlak, hoe hij de spanen had losgelaten en haar met een soepele zwaai uit het water had getild, alsof ze niets woog, de adrenaline net zo hard door zijn lijf gierend als door het hare. Hij had het ook meegemaakt, had ook iemand bijna zien verdrinken.

'Ze is herstellende, dank je.'

Hij zette een stap achteruit, zo te zien opgelucht. 'Mooi. Dat is echt goed om te horen.'

Hun ogen maakten weer contact en ze stond opnieuw als aan de grond genageld. Dat gebeurde telkens weer. 'Bedankt voor wat je hebt gedaan,' zei ze, en ze voelde de emotie doorklinken in haar stem, zoals elke keer als ze aan die avond terugdacht. Hij had haar vader misschien bedonderd, maar hij had ook haar zus gered. Wat was belangrijker? De krenking of de redding?

'Het stelde niets voor.'

'Het stelde wél wat voor. Je hebt haar uit het water getrokken.'

Hij kromp ineen. 'En nu is ze zo ongeveer half kaal, vrees ik.'

Willow kon niet anders dan glimlachen. 'Daar zit ze niet mee. Ik betwijfel of ze het heeft opgemerkt.'

Ze zag hoe zijn ogen over haar gezicht dwaalden terwijl ze glimlachte, en hoe hij instinctief een aantal stappen in haar richting zette. 'Luister, Willow, kunnen we niet... opnieuw beginnen? Er zijn veel misverstanden geweest. Ik heb me slecht gedragen tegenover je vader, dat weet ik. En het spreekt vanzelf dat ik verbaasd was jou hier te zien...'

Ze trok een wenkbrauw op en voelde gefladder in haar buik door de manier waarop hij haar aankeek. 'Dat is geheel wederzijds.'

'Als ik zaterdag enig idee had gehad wie je was, dan had ik uiteraard nooit...'

'Ik ook niet.'

Hij keek haar aan. Ze herinnerden zich allebei hun instinctieve zoenen in de tuin. Ze hadden de kou daarbuiten niet gevoeld, niet eens opgemerkt. Maar nu rilde ze wél. Alles zag er anders uit in het heldere ochtendlicht.

'Hoe dan ook, jij wilt verkopen en ik wil kopen. We zitten dus al op één lijn.' Hij zette weer een stap in haar richting. 'Kunnen we niet opnieuw beginnen? Alsof ik je vader nooit heb ontmoet? Alsof wij elkaar...' Hij zweeg bij de herinnering aan hun gretige zoenen, die alsmaar tussen hen in bleef zweven. '... nooit hebben ontmoet?'

Ze slikte. Ze was er niet zeker van dat 'doen alsof' toereikend zou zijn. Selectief geheugenverlies leek haar effectiever.

'Als we dit eenvoudiger maken en "ons" ertussenuit halen? Zaterdagavond is nooit gebeurd, oké?' Hij haalde zijn schouders op. 'Ik ben het al vergeten. Weg.'

Hij sloot het gat tussen hen door naar haar toe te lopen met een directheid die haar de adem benam. 'Hoi, ik ben Connor Shaye.' Hij stak zijn hand uit en na een moment van aarzeling schudde ze die beleefd, maar ze voelde meteen de elektriciteit tussen hun handpalmen overspringen.

Hij voelde het ook. Er viel nog een korte stilte voordat hij een kneepje in haar hand gaf en haar recht aankeek. 'Ik ben Connor Shaye en ik zou uw kasteel graag willen kopen.'

'Hallo, Connor Shaye. Ik ben Willow Lorne en dat wordt dan viereneenhalf miljoen euro, alsjeblieft.'

Hij hield zijn hoofd een beetje schuin en de glimlach bevroor op zijn mond. 'Ik dacht dat we overeen waren gekomen dat we met vier al dicht bij een deal zaten.'

'Dichtbij, maar we zijn er nog niet. Christie's heeft ons geadviseerd om zes miljoen te vragen. Viereneenhalf zou een koopje zijn en het aanbod geldt alleen als je snel kunt beslissen.'

'Het dak moet worden gerepareerd.'

'Ja, dat klopt.'

'Dat gaat minstens een half miljoen kosten.'

'En daarom vraag ik geen vijf miljoen,' reageerde ze.

Hij fronste, maar ze zag zijn ogen glinsteren. Het handjeklap was begonnen. 'Ik geef je er vier komma één voor.'

'Vier komma vier,' was haar tegenzet. 'Je hebt mijn beide ouders van streek gemaakt.'

'Vier komma twee en een verontschuldiging aan je moeder.'

Ze glimlachte. 'Vier komma vijfendertig omdat ze het je nooit zal vergeven.'

Hij glimlachte terug. 'Vier komma vijfentwintig en ik zorg ervoor dat je moeder dol op me wordt.'

'Vier komma drie, want dat gaat nooit gebeuren.'

'Vier komma drie en ze wordt dol op me, net als...' Net als wat of wie? Hij maakte de zin niet af.

Ze besefte dat hij nog steeds haar hand vasthield, dat hun lichamen aan elkaar verbonden waren. Hij moest het ook hebben gemerkt, want hij gaf opnieuw een zacht kneepje in haar hand. 'Het lijkt erop dat we een deal hebben en dat we die met een handdruk bezegelen,' zei hij, met zijn onderzoekende ogen op haar gericht.

'Dat geloof ik ook,' mompelde ze, en ze kneep terug voordat ze met tegenzin haar hand terugtrok, want wat de chemie tussen hen ook zei, hij had gelijk: ze konden geen zakendoen en tegelijkertijd méér zijn. Lust vertroebelde de dingen. Maakte iets wat eenvoudig was dubbelzinnig.

Hij stak zijn handen in zijn zakken en bleef haar aankijken. Ze wilde dat ze hier niet voor hem stond in een jeans en een oude fleecetrui, met rubberlaarzen aan haar voeten en hooi in haar haar. De glamourgirl van afgelopen zaterdag was ver te zoeken. 'Dus mag ik nu binnenkomen om mijn nieuwe kasteel te bekijken?'

Ze schudde haar hoofd. 'Nope.'

'Niet?'

'Je zult later terug moeten komen.'

De glimlach verdween. 'Nóg een keer? Maar dit is al mijn tweede bezoek.'

'Ja, maar je hebt mijn moeder overstuur gemaakt en dat is iets wat je niet mag onderschatten. Ik zal met haar moeten praten. Dit is een moeilijke tijd voor ons en ze zal mijn vaders strijd voortzetten waar hij het niet meer kan, geloof me maar.'

'Ik begrijp het.' Hij wiebelde van de ene op de andere voet. 'Wat voor moment had je in gedachten?'

Ze dacht even na. 'Morgen. Om kwart over elf.'

'Dat is nogal specifiek. Waarom kwart over elf?'

'Omdat mijn moeder dan twee uur lang haar bloemschikcursus in het dorpshuis geeft. En het geeft me genoeg tijd om eerst de paarden te verzorgen.'

'Heb je paarden?' Zijn ogen gleden over haar heen, bekeken haar van top tot teen, net als op het feest, toen ze er slappe knieën van had gekregen. 'Je leek me zaterdagavond geen paardenmeisje in die leren broek en zwarte blouse van je.'

'Ze zijn van Pip.'

'De broek en blouse?'

'De paarden,' zei ze grijnzend.

'Aha.' Hij keek haar aan. 'Nou, dan zie ik je dus morgen om kwart over elf.'

Ze knikte en voelde dat ze verschrompelde onder zijn blik, als een madeliefje onder een warmtelamp. 'Tot dan.' Ze draaide zich om en begon weg te lopen, vurig hopend dat haar billen in de jeans net zo goed uitkwamen als in de leren broek.

'Die onderhandelingstechniek van jou is trouwens keihard,' riep hij haar na.

Ze wierp een blik over haar schouder en glimlachte. 'Dacht je soms dat ik weekhartig zou zijn omdat ik week werd van je aanraking?'

Zijn mond viel verrast open bij die prikkelende vraag. Ze liep de trap naar de kasteeldeur op.

'Je werd week van mijn aanraking?'

14

'Hallo maar weer.'

'Hallo,' Ottie glimlachte opgelaten terwijl ze langs de balie liep. Het personeel hier begon haar langzamerhand te herkennen. Misschien dachten ze wel dat ze een of andere ramptoerist was.

Het was bezoektijd, dus gonsde het in de gangen van de bezoekers met fleurige boeketten, doosjes bonbons en hier en daar een ballon. Er hing een verbazingwekkend optimistische sfeer. Ze stelde zich een ziekenhuis altijd voor als een plek om te vrezen, als een brandpunt van dood en wanhoop, maar natuurlijk werden er ook baby's geboren, mensen gered en opgelapt... Als je het van de positieve kant bekeek, ontstonden hier nieuwe kansen. Maar ze zag ook veel zwaarmoedige gezichten, zoals het hare, van mensen die met lege handen kwamen en niet wisten wat ze zouden aantreffen.

Ze liep naar de afdeling waar hij gisteravond naartoe was gebracht en stopte bij de verpleegbalie.

'Hallo.'

'Je bent er weer,' zei de verpleegkundige met een verbaasde glimlach.

'Ja... Ik dacht laat ik nog even langskomen om te vragen hoe het met hem gaat. Is de operatie goed gegaan?'

'Ja, die is prima verlopen. Hij heeft een paar uur op de ic gelegen, dat is standaard, waarna hij weer hiernaartoe is gebracht. Hij begint nu bij te komen uit de narcose. Hij is nog behoorlijk suf.'

'O. Nou, dat is fijn om te horen... Dat het prima is gegaan, bedoel ik. Ik maakte me zorgen om hem.' Maar ze wist dat ze hier niet echt voor hém was. Deze man kende haar niet, hij zat niet te wachten op haar komst naar het ziekenhuis. Nee, dit bezoekje draaide om haarzelf, het was balsem voor haar schuldgevoel. Ze zou misschien nooit vergiffenis krijgen, maar ze wilde in elk geval weten of het goed met hem ging.

De verpleegkundige keek verwonderd. 'Aangezien je er toch bent, kun je misschien even bij hem gaan kijken? Hij ligt in het laatste bed aan de linkerkant.'

Er ging een golf van paniek door haar heen. 'O, maar... hij was toch nog aan het bijkomen?'

'Yep. Maar het zal prettig voor hem zijn om wakker te worden met iemand aan zijn bed. Ik heb begrepen dat hij Amerikaan is?'

'Ja.'

'Het is vast niet plezierig om in een buitenlands ziekenhuis te ontwaken zonder een bekende in de buurt.'

'Nee, dat denk ik ook niet,' mompelde Ottie, en haar schuldgevoel speelde weer op. Langzaam liep ze verder. Rond sommige bedden waren de gordijnen dichtgetrokken, het zachte gemurmel van intense gesprekken zweefde rond als veertjes in de lucht. Zijn bed was echter niet afgeschermd en Ottie stond stokstijf stil bij de aanblik. Hij zat half rechtop te slapen met zijn linkerarm in een mitella voor zijn lichaam; zijn rechterbeen werd omhooggehouden door middel van een katrol. Ze herkende in hem nog amper de wereldwijze zakenman in het elegante pak met de scherpzinnige ogen die haar vrijdagavond zo kwaad had gemaakt. Hij zag er ook bepaald niet uit als een topatleet, zoals hij daar lag in een ziekenhuishemd. Hij was bleek en oogde uitgemergeld, zonder een onsje vet aan zijn lichaam en met een stoppelbaardje dat in de loop van het weekend dikker en donkerder was geworden.

Ze naderde behoedzaam zijn bed en bleef staan zonder hem te durven aanraken. Ze kon zijn hand niet vasthouden of over zijn wang strijken. Hij was een onbekende. En toch was ze hem meer verschuldigd dan hij ooit zou weten. Ze kon de woorden misschien niet hardop zeggen – Berties onderneming zou gevaar lopen als bekend werd dat hij door hun geheime afspraakje was vergeten de laatste bordjes te plaatsen, om nog maar te zwijgen van de andere gevolgen. Deze man zou dus waarschijnlijk nooit iets te horen krijgen over de afschuwelijke samenloop van omstandigheden die ertoe had geleid dat hij zo lang tegen een klif had gelegen en nu in dit bed lag, maar zíj was zich er zeer van bewust. Het was haar schuld.

Haar ogen bewogen over de monitors. De cijfers zeiden haar weinig, maar zelfs zij wist dat zesenvijftig vrij laag was voor een hartslag in rust, en dat tweeënnegentig over achtenvijftig lage cijfers waren voor de bloeddruk. Gaven die getallen aan hoe ziek hij was? Of hoe fit?

Ze richtte haar blik weer op hem en voelde een schokje door zich heen gaan toen ze zag dat zijn ogen open waren – en op haar gericht.

'Eh... Mr Gilmore.'

Er viel een lange stilte waarin hij bleef staren, ogenschijnlijk zonder zijn blik te kunnen focussen. Ze wist dat hij geen idee had wie ze was. 'B... Ben.'

Ze schonk hem een nerveus glimlachje. 'Ben, ja. Hoe gaat het?'

'Uitstekend.' Het woord werd zo traag uitgesproken dat het bijna omviel en bleef liggen.

Ze voelde zich ongemakkelijk onder zijn blik. Nu hij nog zo verdoofd was, straalde hij niets uit van de directheid of de ironische onderstroom die ze zich herinnerde van de man die in de regen bij haar voor de deur had gestaan. Hij zag er nu eerder jongensachtig uit. Kwetsbaar zelfs. Er verscheen een scheef, aangeschoten lachje aan één kant van zijn lippen. 'Heel m... mooi.'

'Sorry, wat?' vroeg ze, maar hij gaf geen antwoord. Zijn ogen gingen knipperend open en dicht, waarbij zijn blik elke keer weer als een vlinder op haar landde. Ze wist niet wat ze moest zeggen. 'Volgens de verpleegkundige is de operatie goed gegaan.'

'Uit... stekend.' Hij bewoog niet en bleef haar alleen maar aanstaren. De gebruikelijke sociale etiquette gold niet voor patiënten die net geopereerd waren.

Ze glimlachte gegeneerd. 'Mr Gilmore...'

'B... Ben.'

'Ben, ja. Is er iemand die ik voor je kan bellen? Je vrouw? Je vriendin? Familie of vrienden? Collega's?' Zo kon ze hem misschien helpen en het een beetje goedmaken.

Er viel weer een lange stilte voordat hij bijna ongemerkt zijn hoofd schudde. 'N... Nee.'

Nee? 'Echt niet? Helemaal niemand?'

'Nee.'

Ze veronderstelde dat ze allemaal in de Verenigde Staten waren, maar wellicht had hij collega's – wat hij ook voor de kost deed – in Londen? Hij was tenslotte keurig in pak vanaf Heathrow gearriveerd.

Zijn ogen waren weer gesloten en ze hoorde aan zijn ademhaling hoe uitgeput hij was, alsof alleen in- en uitademen al grote moeite kostte. 'Nou, ik kan je beter laten rusten,' zei ze zacht. Zijn gezicht verslapte en hij verzonk weer in bewusteloze toestand. 'Ik wilde alleen maar even checken hoe het met je ging.' Haar stem verviel tot een fluistering. 'En zeggen dat het me spijt. Het was een ongeluk. Geloof me alsjeblieft.'

Ze voelde iets op haar hand en zag dat zijn wijsvinger bewoog, alsof hij naar haar reikte. Jezus, was hij nog bij bewustzijn? Er ging een scheut van paniek door haar heen, maar het volgende moment viel zijn hand slap neer op het matras, kennelijk alweer overmand door een diepe bewusteloosheid, en voordat ze nog meer schade kon aanrichten, draaide ze zich om en haastte zich weg, het geheim nog steeds bewaard.

Pip staarde in de vlammen. Haar hart voelde gekneusd aan. Ze had de hele dag haar best gedaan om het te ontvluchten – door naar Ottie te rijden, te helpen met het opruimen van het terrein, de stallen uit te mesten – maar zodra ze ermee stopte, kon ze niet anders dan het feit weer onder ogen zien: ze had haar geliefde

Shalimar weggegeven. Zomaar weggegeven. Ze had haar vergokt voor een toekomstidee dat ze nooit zou kunnen waarmaken. Ze had durven dromen dat ze haar ideaal zou kunnen realiseren als ze de sprong waagde. Maar zo werkte het leven niet. Het kon niet worden gereduceerd tot een item op Instagram of een slogan op een T-shirt. Mensen schoten elke dag weer tekort – goede mensen, hardwerkende mensen. Een verlangen was niet voldoende, zelfs vastberadenheid niet, daar was zij het levende bewijs van. Maar ze had desondanks risico genomen. Alles of niets, zo zat ze in elkaar. 'Binair,' had haar vader altijd gezegd. 'Je staat aan of uit, Pip. Voor jou is het zwart of wit. Je doet niet aan grijstinten, zoals de meeste mensen.'

In elk geval zoals Taigh O'Mahoney. Ze had zijn blik van ongeloof – grenzend aan afkeer – gezien toen ze zichzelf dwong zich aan de weddenschap te houden. In haar ogen had ze simpelweg verloren, maar in zijn ogen was ze een slachtoffer. Hij vond dat ze door bijna te sterven een troef in handen had, maar hoe zat het dan met haar eergevoel? Hoe kon ze zichzelf in de spiegel aankijken in de wetenschap dat ze zich onder haar belofte uit had gewurmd?

Slinki, haar oppermuizenvanger, wandelde de kamer in en stopte even om haar zielenleed te taxeren, waarna hij moeiteloos op de vensterbank sprong en zich oprolde om een dutje te doen. Pip gooide haar hoofd achterover tegen de leuning van de bank en liet wat bittere tranen over haar wangen biggelen, maar ze voelde zich er niet beter door. Het was niet eerlijk. Ze had het kunnen verdragen als ze had verloren omdat ze het verdiende, maar hij was geen betere zwemmer of snellere hardloper dan zij. Als ze niet zoveel had gedronken, had ze geweten dat ze die weddenschap niet kon winnen, puur vanwege het feit dat hij ruim honderd kilo woog, en zij nog geen zestig. Logischerwijs kon hij het in die temperatuur langer volhouden dan zij. Als ze niet dronken was geweest, had ze verstandig gehandeld en zou ze hebben gekozen voor iets haalbaars, zoals een race naar de bomen en weer terug, een partijtje planking, een squatwedstrijd...

Ze zuchtte en probeerde zich haar lieve paard voor te stellen op haar nieuwe plek, maar ze verdrong die gedachte snel. Ze wist dat ze goed verzorgd zou worden, daar maakte ze zich niet bezorgd over. Het zou eerder een stap vooruit zijn qua verblijf. Cuneens stallen waren dan wel niet zo super-de-luxe als die van de Mullanes, maar ze waren beslist een verbetering ten opzichte van haar enigszins haveloze, achttiende-eeuwse zwartgeverfde stallen met hun hobbelige keitjes. Zij had niet de eersteklas faciliteiten en superieure solariums, maar ze vond het geweldig dat de hoefafdrukken die twee eeuwen geleden door paarden waren achtergelaten er nog altijd zichtbaar waren, dat haar paarden elkaar konden toeknikken over de wanden heen, dat ze elkaar konden zien en met elkaar konden praten, allemaal in één grote ruimte met haar huis erboven, haar voetstappen 's avonds boven hun hoofd, zo dichtbij als ze redelijkerwijs kon zijn.

De andere vijf paarden waren de hele dag rusteloos geweest zonder Shalimar. Ze voelden het verlies. Hoewel Kirsty – die het nieuws over haar weekend inmiddels had gehoord, net als iedereen in het dorp – was gekomen om ze allemaal een paar uur in het veld te laten, bleven ze naar elkaar happen en trappen, alsof ze wachtten tot ze terug zou komen om ze terecht te wijzen. Shalimar was de baas geweest, maar wie zou het van haar overnemen?

Slinki sprong plotseling van de vensterbank, precies op het moment dat er vanaf de oprit een geluid klonk. Ze verstijfde en wreef haar tranen weg. Eindelijk had ze iemand horen aankomen voordat diegene als bij toverslag midden in haar appartement stond. Was het Taigh die haar weer kwam lastigvallen?

'Ik ben het maar,' hoorde ze Willow even later zeggen. Ze kwam hijgend de smalle trap op en verscheen met een bord dat was bedekt met aluminiumfolie. 'Voorzichtig, het is heel heet.' Ze zette het bord neer en blies op haar vingers. 'Héél heet.'

Ze keek Pip glimlachend aan, maar haar glimlach verdween meteen weer. 'O mijn god, wat is er?'

'Niets,' antwoordde ze geschrokken. 'Hoezo?'

'Je wangen zijn helemaal rood.'

Jezusmina. Kon ze dan niets voor zichzelf houden? Pip haalde haar schouders op. 'Ik ben nog maar net binnen.' Dat was niet helemaal waar. Ze was nu al minstens veertig minuten terug.

'Je werd geacht rust te houden en binnen te blijven,' zei Willow streng.

'O ja, voorgeschreven door dokter O'Mahoney,' zei Pip sarcastisch. 'Nou, sorry hoor, maar het kan me geen ene moer schelen wat hij ervan vindt.'

'Luister, je hoeft hem niet leuk te vinden, maar hij weet wel waar hij het over heeft, Pip.'

'Ja hoor, één eerstehulpcursus en ineens is hij Meredith Grey.'

'Je onderschat hem,' zei Willow, die een dienblad uit de kast haalde en het met folie bedekte bord erop zette. Pip keek hoe ze een glas water voor haar inschonk en bestek uit de jampot bij de waterkoker pakte. 'Goed, eet op. Mrs Macs overheerlijke lamsvlees. Ze zei dat ze je koteletten heeft klaargemaakt zoals jij ze lekker vindt.'

'Een speciale behandeling? Misschien moet ik vaker bijna doodgaan.'

'Pip!' Willow keek zo geschokt dat Pip een steek van schaamte voelde om wat ze had gezegd terwijl ze de folie verwijderde en de damp haar tegemoetkwam. Het was een onbehouwen opmerking. Misschien was de donkere humor van hun vader toch niet voor elk moment geschikt, of voor iedere toehoorder. Haar zusje was kennelijk nog niet klaar voor een dergelijk grapje.

Ze begon te eten en Willow begon rusteloos met haar hand op het aanrecht te trommelen.

'Wat is er?' vroeg Pip met volle mond.

'Niets.'

'Je bent onrustig.'

‘Nee hoor,’ zei Willow, die zuchtend een steeplechase-brochure neerlegde.

Pip fronste. Haar zusje liep naar haar toe, liet zich naast haar op de bank zakken, pakte de afstandbediening en begon te zappen. De televisie stond op mute.

‘Doe alsof je thuis bent,’ grapte Pip.

‘Mrs Mac wil het bord graag terug hebben,’ zei Willow, haar sarcasme negerend.

‘Uiteraard. Dat is haar manier om me van een afstandje te bespioneren. Ze controleert of ik wel genoeg eet.’

‘Zeker weten,’ mompelde Willow. ‘Ik zou durven zweren dat ze ook spionnen in Dublin heeft zitten.’

Pip lachte, maar de lach ging over in een hoestbui en ze pakte het glas water. ‘Hoe ging het vandaag trouwens met mama? Ik had half verwacht dat ze hier zou verschijnen met een koffer en zou zeggen dat ze me nooit meer alleen zou laten.’

‘Eh... wel goed, geloof ik. Ik denk dat ze wel beseft dat jij je prettiger voelt in je eigen huis.’

Pip wierp haar zusje een blik toe. ‘Hoezo “eh”?’

‘Ik zei geen “eh”.’

‘Jawel. Je zegt altijd “eh” als er een probleem is. En je bent hartstikke onrustig. Wat is er aan de hand?’ Ze zag dat Willow haar schouders kromde en wist dat ze gelijk had. Haar zogeheten ‘lulkoekdetector’ had haar nog nooit in de steek gelaten.

‘Oké, goed dan, ze was vandaag wel weer overstuur, maar niet door jou. Herinner je je nog die gegadigde voor het kasteel waar ze het over heeft gehad?’

‘Hm,’ mompelde Pip, die nog een volgeladen vork in haar mond stak. Ze had enorme trek, realiseerde ze zich.

‘Nou, die kwam opdagen.’

Pips ogen vernauwden zich tot gevaarlijke spleetjes. ‘Die vent waar papa geen zaken meer mee wilde doen?’

‘Ja.’

Pips vork bleef halverwege in de lucht hangen. 'O mijn god, wat hondsbrutaal! Denk je dat hij heeft gehoord dat papa is overleden en dat hij dacht dat-ie zomaar...'

'Nee,' zei Willow vlug, met een schaapachtig gezicht. Ze schraapte haar keel. 'Eerlijk gezegd had ik hém gebeld. Vorige week.'

'Wat?' schreeuwde Pip bijna. 'Willow!'

'Ik weet het, het spijt me. Ik had me niet gerealiseerd...'

'Dat hij een ontzettende eikel is?'

Willow wierp haar een blik toe. 'Ik wilde zeggen dat ik me niet had gerealiseerd hoe onaangenaam de verhouding tussen hem en papa nu écht was.'

'Maar dat heb ik je verteld! Mama zei dat papa zijn beste golfclub op het gazon heeft kapotgesmeten na dat telefoontje waarin hij te horen kreeg dat het bod met een miljoen was verlaagd.'

'Een miljóén?'

'O, zeker. Die lul wilde een miljoen minder dokken, en anders zou hij ervan afzien.' Pip stak nijdig met haar vork in de lucht. 'De hypocriete smeerlap. Mama zei dat papa zo zwaar teleurgesteld was dat hij dáárdoor begon na te denken over die schenking van het kasteel aan An Taisce. Ik geloof niet dat hij de gedachte kon verdragen dat Lorne ooit bewoond zou worden door zo'n rotzak als hij.'

'Wat ben je toch ruw in de mond,' mopperde Willow. Ze had Pips grove taalgebruik nooit gewaardeerd. 'Luister, ik snap heus wel wat je zegt, maar aan de andere kant was het alleen maar... een zakelijke tactiek. Het was niet persoonlijk.'

'Voor papa was het wel persoonlijk, Will! En die vent was niet uit op slechts een beetje korting. Hij wilde nog eens een miljoen – een miljoen! – op de prijs afdingen.'

Willow zuchtte. Hij zou nu ruim een miljoen minder gaan betalen dan het kasteel volgens het team van Christie's waard was. 'Ja.'

'Aan wiens kant sta je eigenlijk?' zei Pip afkeurend. 'Papa vond hem een pestvent. Een stuk tuig. Punt uit.' Ze stak een worteltje in haar mond. 'Wat is er?'

Willow zweeg even. Ze leek haar adem in te houden. 'En als ik je nu vertel dat hij degene is die je de boot in heeft getrokken?'

Pip voelde dat ze verbleekte. Ze voelde het bloed letterlijk wegtrekken uit haar tot dan toe hoogrode wangen. 'Vertel me alsjeblieft dat je een grapje maakt.' Maar Willows gezicht sprak andere taal. 'Die kerel die papa tot in het graf heeft gehaat, is de man die mijn leven heeft gered?'

Willow knikte.

Pip liet haar vork vallen. 'Godsamme, een doodgewone held was mij niet gegund, dus? Nee, ik trof natuurlijk die gladjakker, de vijand van de familie.'

'Niemand is alleen maar slecht, Pip.'

Maar Pip luisterde niet. 'O jezus, is er niet een of ander Chinees spreekwoord dat hierover gaat? Hij heeft mijn leven gered, dus nu sta ik voor altijd bij hem in het krijt tot ik zíjn leven kan redden? Zoiets?'

'Ik ben bang dat het nog erger wordt.'

'Hoe dan?' Pip lachte bitter. 'Hoe kan het nog erger worden?'

'Ik heb met hem gezoend. Herinner je je die man die naar ons toe kwam?'

Ook het mes viel nu uit haar hand en kletterde op het bord terwijl de hoonlach overging in alweer een hoestbui. 'Wat? Die knapperd?'

Willow stak haar arm uit en klopte haar op de rug. 'Dat was de reden waarom ik je überhaupt het meer in zag rennen. We waren samen naar buiten gegaan.'

'O mijn god!' Pip hapte piepend naar adem. 'Je hebt papa's aartsvijand zitten aflebberen?'

Willow keek haar aan. 'Zo zou ik het niet willen uitdrukken. En ik wist op dat moment niet wie hij was, en hij wist ook niet wie ik was. We kwamen er pas achter toen hij vandaag bij het kasteel opdook. Hij was net zo geschokt als ik.'

'O, dat waag ik te betwijfelen. Ik durf te wedden dat hij zich vergenoegd in de handen heeft gewreven. Jezus, wat een klotezooi! Jij hebt met hem gezoend en hij heeft mijn leven gered. Wat is dit? Een of andere perverse driehoeksverhouding?'

'Nee.'

Pip keek haar aan. 'Heb je het mama verteld?'

'Wat precies?'

'Wat dan ook? Alles?'

'Nee. Daar kwam mijn "eh" vandaan. Ze was in alle staten toen hij op de stoep stond terwijl ik hier was om de stallen uit te mesten. Ze wil hem niet in het huis hebben, laat staan dat hij het koopt.'

'Omdat ze vindt dat hij papa heeft bedrogen, niet lang voor hij stierf? Heel begrijpelijk! Kom op, Willow. Zie het onder ogen! Papa kreeg zijn diagnose, probeerde zijn zaken op orde te krijgen om mama en ons goed achter te laten, en die hufter – sorry, held annex hufter – schopte al zijn plannen in de war.' Ze staarde Willow indringend aan. 'Het kan me niet schelen hoe lekker hij zoent, wat hij heeft gedaan, is onvergeeflijk.' Ze pakte haar mes en vork weer op en porde ermee in de lucht. 'Zijn gedrag getuigt van geen enkel eergevoel. Geloof me, hij heeft zijn ware aard laten zien in de manier waarop hij papa heeft behandeld, dus laat je niet bedotten door zijn mooie woorden.'

Willow kreeg het er benauwd van. Had haar zus gelijk? Pip was weliswaar onstuimig, roekeloos en heetgebakerd, maar ze had veel mensenkennis.

'Let op mijn woorden, met alles wat hij nu in jouw richting onderneemt, heeft hij maar één doel voor ogen.'

'Ik weet het. Lorne kopen.'

Pip schudde haar hoofd. 'Nope. Seks.'

15

‘Doen jullie ook aan vasteklantenkorting?’ zei Ottie voor de grap toen ze weer naar de verpleegbalie liep.

‘Jij zou een gouden pas hebben, zeker weten,’ zei de verpleegkundige glimlachend. ‘De zaalarts is momenteel bij hem.’

Ottie keek de zaal in en zag dat het gordijn rond Ben Gilmores bed was dichtgetrokken. Ze voelde een huivering van opluchting door zich heen gaan en legde haar armen op de counter. ‘Dat is prima. Ik hoef niet per se bij hem op bezoek. Ik was in de buurt, dus ik kwam even langs om te kijken hoe het vandaag met hem gaat.’ Dat was een leugen. Het ziekenhuis was een half uur rijden, maar ze wilde weten of zijn herstel goed verliep. Ze had onrustig geslapen, met dromen vol stormen en kliffen waarin ze een hand die naar haar werd uitgestoken telkens weer de rug toekeerde... Dat hij hier lag, was aan haar te wijten, en als zijn toestand verslechterde...

‘Nou, hij heeft een rustige nacht gehad en hij heeft goed geslapen, maar dat zal vooral liggen aan de verdovingsmiddelen die nog in zijn lichaam zitten. Het duurt een paar dagen voor die helemaal zijn uitgewerkt. Maar alles verloopt tot nu toe gewoon naar tevredenheid. Zonder complicaties. Zijn ijzersterke conditie heeft zeker geholpen.’

‘Echt? O, dat is geweldig.’

De verpleegkundige glimlachte weer. ‘We zien zelden een hartslag van in de vijftig. Dat is bij velen het moment dat iemand buiten bewustzijn raakt.’

‘Ha, nou, dat is mooi.’ Er viel weer een last van haar schouders. Hij zou beter worden. Hij had het ergste nu vast wel gehad.

‘Wil jij contact opnemen met Broad Oaks, alsjeblieft, en kijken of

Mr Gilmore er terechtkan?' hoorde ze achter zich zeggen.

Mr Gilmore? Ottie draaide zich om en zag een arts in een witte jas staan die iets op een iPad intikte.

'Natuurlijk, dokter Cunningham. Voor hoelang?' vroeg de verpleegkundige, die de telefoon erbij pakte.

'Laten we drie weken zeggen, maar misschien heeft hij er maar twee nodig.' Ze keek achterom naar de zaal waar Gilmore lag. 'Waarschijnlijk zelfs. Ik denk dat de fysiotherapie geen probleem voor hem zal zijn. Hij is duidelijk gemotiveerd.'

'Gaat dit… gaat dit over Ben Gilmore?' vroeg Ottie. Dat was vragen naar de bekende weg, want hoeveel Gilmores konden er op één afdeling liggen? Ze draaide zich weer om en zag dat het gordijn om zijn bed weer opengetrokken was. Vanaf de plek waar ze stond, kon ze nog net zijn blote tenen zien.

'En u bent?' vroeg de arts.

'Eh… een vriendin van hem,' antwoordde ze weifelend.

'Ik kan de zorg voor Mr Gilmore helaas alleen met naaste familieleden bespreken.'

'Deze dame heeft hem gevonden,' zei de verpleegkundige welwillend.

De arts keek haar weer aan – niet onvriendelijk, maar ook niet onder de indruk. 'Goed gedaan. U hebt zijn leven gered,' zei ze kordaat. 'Hij zou het in die omstandigheden niet veel langer hebben overleefd.'

Ottie slikte. Daar was het weer, het verpletterende schuldgevoel. Ze had dan wel geholpen bij zijn redding, maar dat telde niet, want ze was tevens degene die hem onbedoeld bijna de dood had ingejaagd. Ze had geen alarm geslagen toen hij niet op de afgesproken tijd terug was bij zijn tent, zij was bovendien de reden waarom het bordje met de pijl niet was neergezet, en ze had zich ook nog eens uit het zicht verscholen toen hij over het pad kwam aanrennen…

De arts keek haar nog eens aan en leek ergens over na te denken. 'Als u bevriend bent met Mr Gilmore, kunt u misschien even met hem gaan praten? Om te kijken of u op de een of andere manier kunt helpen?'

'Helpen?'

'Ik mag er helaas niet op ingaan, hij zal het er zelf met u over moeten hebben.' De arts wierp een blik op de verpleegkundige. 'Wacht nog maar even met het plegen van dat telefoontje.' Ze gebaarde met haar kin naar de plek waar Gilmore lag. 'Ga gerust naar hem toe, hij is heel helder.'

Ottie glimlachte aarzelend en begaf zich met tegenzin in de richting van het bed. Opnieuw. Ze had hem eigenlijk niet willen opzoeken, ze wilde alleen zeker weten dat hij die nacht niet was doodgegaan. En eerlijk gezegd was de gedachte dat hij heel helder was, nogal intimiderend. Ze herinnerde zich nog zijn doordringende blik. Zou hij het schuldgevoel van haar gezicht kunnen aflezen? Zou hij weten dat het haar schuld was dat hij hier zo lag?

Zijn hoofd was weggedraaid toen ze zijn bed naderde. Hij keek uit het raam, maar er viel niets bijzonders te zien vanaf deze tweede verdieping – alleen maar af en toe een langsvliegende duif. De blauwe hemel van gisteren lag alweer ver achter hen. Vandaag hing er een dikke, wattige wolkendeken vlak boven de boomtoppen.

'Hallo.' Een stukje van het bed verwijderd stond ze stil. Ze durfde niet dichterbij te komen.

Hij keek op en fronste in een poging haar te plaatsen, zijn ogen helder maar afstandelijk, heel anders dan de onverholen nieuwsgierigheid die ze gisteren uitstraalden.

'Ottie Lorne. Van de camping.'

'O.' Zijn blik werd nog terughoudender. 'Ja.'

Het was duidelijk dat hij zich haar bezoek van gisteren niet herinnerde. 'Ik kwam alleen maar even kijken hoe het met u gaat.'

'Niet op mijn best, zoals u ziet,' zei hij zonder omhaal, en hij probeerde de vingers van zijn gebroken arm heen en weer te bewegen.

'Dat spijt me.'

'Waarom? U kunt er niets aan doen.' Hij draaide zijn hoofd weer naar het raam. Zijn gezicht was onbewogen, maar zijn mondhoeken stonden een beetje naar beneden, en ze zag de pezen in zijn hals verstrakken.

'Is er iets wat ik voor u kan doen? Is er iemand die ik voor u kan bellen?'

'Nee... Bedankt.' Hij bleef uit het raam kijken.

'Maar er zullen toch wel mensen zijn die zich zorgen om u maken?'

Hij draaide zijn hoofd naar haar toe en keek haar aan met een ondoorgrondelijke blik. 'Nee.'

Het was een afwijzende reactie die nog maar net beleefd te noemen was.

Ze keek naar haar handen en wist niet goed wat ze verder moest zeggen. Ze kon hem zijn kortaangebonden antwoorden niet kwalijk nemen. De laatste keer dat ze elkaar hadden gesproken – beiden bij zinnen – had ze hem respectloos bejegend, hem in de regen laten staan en hem zijn tent met tegenzin in haar tuin laten opzetten. Ze was hatelijk en wrokkig geweest, een giftige mengeling van pijn en eenzaamheid had haar omgevormd tot iemand die ze amper herkende. Het kwam vast onoprecht op hem over dat ze nu met bezorgde ogen aan het voeteneinde van zijn bed stond.

Ze wierp een blik achterom naar de verpleegbalie, waar de verpleegkundige en de arts nog steeds stonden. Ze keken haar kant op om de ontmoeting te volgen. Ze wist niet goed wat ze van haar verwachtten.

'Wanneer mag u naar huis?'

'Wanneer haal ik mijn tent uit uw tuin, bedoelt u?' vroeg hij kortaf. 'Maak u geen zorgen, gooi maar weg. Met alles wat erin zit. Met excuses voor het ongemak,' voegde hij er bitter aan toe.

'Nee, ik... Dat bedoelde ik niet. Ik maak me niet druk om de tent. Die mag er best nog even staan.'

Hij liet een blik over haar gezicht glijden, alsof hij op zoek was naar een aanwijzing dat ze hem een of andere loer draaide. Hij ontspande een beetje. 'Ze zeggen dat ik hier morgen rond het middaguur weg mag als het me vandaag lukt overeind te komen en op mijn benen te staan.'

'O, wauw! Dat is geweldig,' riep ze uit, oprecht verrast. Ze had verondersteld dat hij hier minstens een paar weken zou moeten blijven.

'Ja.' Hij klonk zelf niet erg enthousiast.

Er schoten allerlei gedachten door haar hoofd. 'Nou, hebt u al een vlucht geregeld? Hebt u een taxi naar het vliegveld nodig? Ik kan Seamus wel voor u bellen.' Ze wilde heel graag behulpzaam zijn, als een soort boetedoening.

'Nee. Ik kan nog niet naar huis.' En toen hij haar verbaasde gezicht zag, voegde hij eraan toe: 'Risico op trombose.'

'O.' Ze voelde haar schuldgevoel weer de kop opsteken. Zíj had hem dit aangedaan. 'En waar woont u eigenlijk?'

'New York.'

Een trans-Atlantische vlucht een paar dagen na zo'n operatie? Daar zouden de dokters nooit toestemming voor geven. 'En wanneer mag u dan wél vliegen?'

'Over een paar weken.'

'Een paar wéken?' Ze maakte een snel rekensommetje. Het was 10 december. 'Kunt u dan wel op tijd thuis zijn voor de kerst?'

'Ze zeggen dat er een kleine kans is, afhankelijk van mijn herstel. Ik heb eerst een hoop fysiotherapie nodig.'

Ze legde haar hand over haar mond. De eerdere opluchting dat ze min of meer vrijuit ging, begon te verdampen en de last daalde weer op haar schouders neer. 'God, wat akelig.'

Hij haalde zijn schouders op. 'Het is wat het is. Ze hebben me verteld dat het een stuk erger had kunnen uitpakken.'

Hij kon het niet weten, maar zijn woorden voelden als een rechtstreekse trap in haar maag. Ze forceerde een strak glimlachje. 'En waar gaat u in de tussentijd heen?'

Hij haalde nog eens zijn schouders op. 'Ik kan hier niet blijven, want ze hebben het bed nodig. Ze proberen me onder te brengen in een revalidatiecentrum, geloof ik.'

Ottie staarde hem aan en herinnerde zich de instructie van de arts bij de balie. Broad Oaks? Dat was een verzorgingshuis voor ouderen – en het had niet zo'n goede naam. 'Er zal toch wel een andere optie zijn?'

'Kennelijk valt hier in de buurt niet veel te huren voor herstellende patiënten.' Hij keek haar aan. 'Of kent u een hotel waar ik kan verblijven?'

Een hotel? Nee. Er waren wel kamers boven The Hare, maar dat was een gammel zeventiende-eeuws pand, en de trap was er smal en gevaarlijk steil. Ze keek naar zijn been, omhooggehouden met de katrol, en naar de omvangrijke en eerlijk gezegd angstaanjagend uitziende brace met pinnen rondom zijn knie. Hij zou die trap echt niet kunnen beklimmen.

Er kwam een idee in haar op, maar dat verdrong ze meteen weer. Er was echt geen sprake van dat ze...

'Mr Gilmore.'

Ze schrok van een stem die achter haar klonk, draaide zich om en zag de verpleegkundige staan. 'We hebben naar Broad Oaks gebeld, en daar hebben ze een bed beschikbaar voor de periode die u nodig hebt. Zal ik bevestigen dat u komt? Het spijt me dat ik zo aandring, maar u kunt zich misschien voorstellen dat er meer vraag dan aanbod is.'

Hij knikte mat. 'Prima. Bevestig maar.'

Ottie keek van hem naar de verpleegkundige. Ze kende Broad Oaks. Het had uitzicht op de afvalcontainers en ze serveerden er maaltijden waar zelfs Pip niet van zou eten. Het meisje van McGinty's, de kruidenierswinkel, had er korte tijd gewerkt als zorgassistente, maar was er na vier maanden vertrokken nadat ze aan de bel had getrokken over de slechte zorg die er werd verleend.

'Oké,' zei de verpleegkundige met een knikje, en ze maakte aanstalten zich om te draaien.

'Wacht!' Het woord ontglipte Ottie voor ze het wist.

De verpleegkundige en de patiënt keken haar allebei vragend aan.

'Eh...' Ze merkte dat haar stem haperde. Waar was ze mee bezig? Deze man was een onbekende en slecht gezelschap. Hij maakte haar nerveus met zijn koele, gesloten houding. Ze vond het niet prettig hem hier te bezoeken en ze wilde beslist haar huis niet met hem delen. 'Hij mag wel bij mij logeren.'

'Wat?' Hij leek er ook niet blij van te worden.

'Mijn huis is helemaal gelijkvloers, de slaapkamer, de badkamer en de keuken, dus hij kan zich er gemakkelijk bewegen. En er is veel daglicht, wat waarschijnlijk wel verschil maakt als je geen kant op kunt.'

'Hoeveel slaapkamers zijn er dan?' vroeg de verpleegkundige, die hen beurtelings aankeek.

'Eén. Maar ik...' O god, ging ze dit echt zeggen? 'Ik kan wel op de bank slapen. Geen enkel probleem. Het is een grote bank, heel comfortabel.'

'Nee, het spijt me, dat kan ik niet aannemen,' zei Gilmore op besliste toon. 'Het is heel aardig van u, Miss eh...' Hij was haar naam weer vergeten.

'Ottie. Ottie Lorne.'

'Juist. Het is echt een heel sympathiek aanbod, maar ik kan het niet accepteren.'

'Luister, u hebt geen idee hoe het in dat tehuis is. Geloof me maar, een verblijf daar zal niet bevorderlijk zijn voor uw herstel. En als u voor de kerst thuis wilt zijn...'

Hij schudde zijn hoofd. 'Het is te veel gevraagd.'

'Maar u vraagt het niet. Ik bied het aan.'

Hij fronste en keek haar verwonderd aan, alsof haar woorden – en voorstel – hem vreemd voorkwamen.

'Bovendien woon ik hier maar een half uur rijden vandaan, zodat u niet lang hoeft te reizen voor de fysiosessies. En ik ben veel in de buurt, dus ik kan u eventueel helpen als u naar afspraken moet. En dat soort dingen.'

De verpleegkundige keek haar patiënt met een discreet bemoedigende blik aan. 'Mr Gilmore? Het is uw beslissing.'

Maar Gilmore staarde Ottie alleen maar aan. 'Ik begrijp niet waarom u zoveel moeite wilt doen. U kent me niet eens.'

Was dit dan het moment om met de waarheid voor de draad te komen?

'Het is niet meer dan een kwestie van fatsoen, Mr Gilmore,' zei ze schouderophalend, zonder hem recht in de ogen te kunnen kijken. 'U had sowieso een plaats op Lorne gereserveerd. U verblijft nu alleen binnen in plaats van buiten. En uw spullen zijn er al, dus...'

Ze had het gevoel dat hij recht door haar heen keek, dat hij wist dat haar gastvrijheid een façade was waarachter ze haar schuldgevoel verborg. Dat hij wist dat hij bijna het leven had gelaten vanwege haar nalatigheid.

'Het is een genereus aanbod, Mr Gilmore,' zei de verpleegkundige, waaruit Ottie opmaakte dat ook zij wist hoe het er in dat tehuis aan toe ging. Dat had afgelopen zomer in alle plaatselijke kranten gestaan. 'Het zal voor u in een particuliere omgeving comfortabeler zijn dan in een instelling.'

Hij zweeg nog een moment en keek haar scherp aan, alsof hij wachtte tot ze zich plotseling zou bedenken en zou zeggen dat het een grap was, een vreselijke vergissing, een goedbedoeld misverstand. 'Het zou dus nogal lomp zijn om nee te zeggen, begrijp ik.'

De verpleegkundige leek een zucht van verlichting te slaken. 'Fijn. Ik zal bellen dat ze het bed kunnen vrijgeven.'

Ottie ontmoette zijn blik. Ze voelde zich opeens verlegen, opgelaten zelfs. Wat had ze gedaan? Hoe had ze hem kunnen uitnodigen om bij haar thuis te komen logeren?

'Nou, ik weet niet hoe ik u moet bedanken, Miss Lorne,' zei hij, hoewel de verwondering nog van zijn gezicht afstraalde.

Ze glimlachte stijfjes. 'Nergens voor nodig.'

Even hing er een korte stilte.

'En noem me alsjeblieft Ottie,' voegde ze eraan toe.

'Ben.'

'Aangenaam kennis te maken.' Ze glimlachte nog eens ongemakkelijk. 'Opnieuw.'

'Ik zou je de hand wel willen schudden, maar...' Hij bewoog zijn vinger in het gips heen en weer.

'Ha, ja.' Ze keek weer naar het bed, naar alle apparaten die eraan vastzaten en hoe zijn gebroken lichaam bijeen werd gehouden. Ze was geen verpleegkundige. Ze was niet met hem bevriend. Ze voelde opnieuw paniek in zich opborrelen. Wat had ze in hemelsnaam gedaan?

'Been optillen.' Pip klopte ongeduldig op het voorbeen. 'Kom op, jongen, omhoog.' Ze klopte nog eens, maar het paard bleef koppig staan met zijn gewicht op alle vier de benen.

Ze kwam hijgend overeind en zette haar handen op haar heupen. 'Serieus?' vroeg ze met een blik in zijn diep chocoladebruine ogen. 'Hoelang ben je van plan dit vol te houden?'

Magnus reageerde niet, hij knipperde alleen maar langzaam.

Ze zuchtte. 'Luister, ik mis haar net zo erg als jij, maar het heeft geen zin om te mokken. Het is niet mijn schuld.'

Hij schudde met zijn hoofd en maakte bijna contact met haar wang.

'Oké, ja, je hebt gelijk,' zei ze kreunend. Ze reikte met haar hand onder zijn kaak en legde haar eigen hoofd tegen het zijne. 'Het is wél mijn schuld. Alles. Ik ben een stomme idioot en er is niemand anders die ik de schuld kan geven, echt niemand, ik heb er zelf een puinzooi van gemaakt.' Ze streelde over de fraaie ronding van zijn wang. 'En mocht het een troost voor je zijn, ik kan mezelf er wel om schieten. Ik zou alles willen geven om haar terug te krijgen,' fluisterde ze.

Ze sloot haar ogen en voelde zijn zachte warmte. Ze had weer de hele nacht liggen woelen. Haar lichaam vocht momenteel tegen de duisternis en vergetelheid, waarbij herinneringen kwamen bovendrijven die ze liever wilde ontkennen. En de afwezigheid van Shalimar in de stal onder haar bed was als een sirene die afging, waardoor ze onmogelijk tot rust kon komen.

Hij vlijde zijn hoofd tegen haar aan en ze zette een stap dichterbij om haar gezicht in zijn hals te begraven terwijl haar tranen weer begonnen te stromen, niet te stuiten maar godzijdank geluidloos. Hij vond het nooit erg als ze bij hem uithuilde, én hij bewaarde al haar geheimen. Hij leek te begrijpen hoe moeilijk het de laatste tijd allemaal was geweest, hoe het verlies van haar vader – werkmaatje, mentor – de dagen eenzaam en lang maakte, hoe zelfs een bad nemen ineens een hele onderneming was geworden, omdat de aanblik van een massa water in al haar roerloosheid nu een bedreiging leek...

'Mijn lieve jongen,' fluisterde ze na een poosje. Ze trok zich met een liefdevol klopje terug en droogde zijn hals, die nu nat was van haar tranen. Ze liefkoosde zijn harige neus met de palm van haar hand. 'Maak je geen zorgen, zo'n vergissing bega ik niet nog eens. Jij blijft bij me, of je dat nou leuk vindt of niet. Wij brengen de rest van ons leven hier door om ritjes over de paden te maken.' Hij hinnikte en blies warme lucht in haar hand. Ze lachte. 'Juist. Zo gaan we het doen.'

Ze gaf hem een kus boven zijn oog en boog daarna voorover, waarbij ze in een hoestbui uitbarstte. 'Nou, hoe zit het met dat been?' Ze klopte opnieuw en deze keer tilde hij het op om haar de gelegenheid te geven zijn hoef uit te krabben. 'Dank je,' zei ze met een zangerige stem, en ze begon zachtjes te neuriën terwijl ze aan de slag ging.

Ze was met de achterste hoef bezig, gebukt en met een rood gezicht, toen ze door de open deur een busje bij de stal hoorde stoppen en er een paar voeten uit zag stappen. Ze keek fronsend tussen Magnus' benen door – alles zag er ondersteboven heel anders uit.

Ze zag de voeten stilstaan, omdraaien naar het busje, vervolgens weer omkeren en naar het gebouw toe lopen.

Ze trok een rimpel in haar voorhoofd toen ze zich realiseerde wie het was: redder in de nood Taigh O'Mahoney was er weer.

'Sst,' fluisterde ze tegen Magnus, en ze verschool zich achter hem terwijl ze Taigh de trap naar haar appartement hoorde beklimmen.

'Hallo!' riep hij. Zijn stem klonk zacht en verrassend ver door de stenen muren. Het was even stil tot ze voetstappen hoorde op de houten planken boven haar hoofd. 'Hallo? Pip?'

Ze wierp Magnus een listige blik toe. Die had zijn grote oogbal al op haar gericht en vroeg zich ongetwijfeld af wat ze aan het doen was, gniffelend in zijn manen. 'Sst, probeer me niet te verraden,' fluisterde ze.

'Pip? Is er iemand thuis?'

Ze deed haar ogen dicht en begon harder te giechelen nu ze de verwarring in zijn stem hoorde, de verbijstering dat ze het lef had gehad om haar appartement te verlaten.

Er viel nog een stilte, waarna ze weer het geluid van zijn laarzen op de trap hoorde.

Snel dook ze achter de afscheiding van de box en duwde Magnus' rubberachtige lippen van haar hoofd weg terwijl hij op haar haar probeerde te knabbelen. 'Niet doen,' siste ze. Ze hoorde Taigh de stal in lopen, waarop de ruimte zich vulde met de stilte van zijn verwondering over haar afwezigheid, terwijl hij de paarden bekeek die over hun staldeuren stonden te knikken.

'Hallo, Whiskey,' hoorde ze hem zeggen tegen haar grijze merrie in de voor hem dichtstbijzijnde box. Hij liep naar haar toe en klopte haar op haar hals. 'Nog niet naar buiten geweest? Waar is ze gebleven, hè? Waar is dat lastige vrouwtje van je?'

Pip trok een wenkbrauw op bij die woorden. Ze was niet lastig, verdorie nog aan toe. Ze was gewoon géén slachtoffer. En níét zijn patiënt.

Ze hoorde hem in zijn broekzak naar iets lekkers zoeken.

'Het wordt een pepermuntje, ben ik bang. Ik heb geen suikerbiet meer. Dat zul je altijd zien.' Hij liet een diep lachje horen en ze wist dat Whiskey zijn handpalm kietelde met haar borstelige snorharen. Dat was haar vaste trucje; ze was een enorme flirt.

Magnus begon jaloers te stommelen en te schrapen tegen de grond nu hij zag dat Whiskey iets lekkers kreeg, waardoor hij Pip bijna omverwierp met zijn grote buik. Ze struikelde naar voren en viel met één hand tegen de deur van de box. Ze verstijfde.

Shit! Had hij het gehoord? Ze kon niet zien of hij haar kant op keek of aan kwam lopen…

'Het spijt me, jongen, dat was mijn laatste,' zei Taigh. Zijn stem klonk nog alsof hij aan de andere kant van de stal was.

Zo zacht als ze kon, schuifelde ze naar de zijkant van de box en hield haar adem in. Haar bovenbenen begonnen te branden van de onnatuurlijke gehurkte houding. Haar lichaam wilde zich oprichten, het begon te kriebelen in haar keel en ze kreeg weer de neiging te hoesten, maar dat kon niet. Dat wilde ze niet.

Ze sloeg een hand voor haar mond en probeerde haar ademhaling te controleren en kalm te blijven. Haar ogen begonnen te tranen van het binnenhouden van de hoest. Ze rolde met haar ogen nu ze hem nog steeds tegen Whiskey hoorde praten, alsof hij wist dat ze hier zat en vastbesloten was tijd te rekken en te wachten tot ze tevoorschijn kwam. Wat mankeerde die vent toch? Iedereen die nu binnen zou lopen, zou hem voor gek verklaren, zoals hij tegen de paarden stond te praten.

Na wat een eeuwigheid leek – maar waarschijnlijk slechts twee minuten duurde – hoorde ze hem zijn tas van de vloer pakken en het geritsel van zijn postbode-uniform. Ze luisterde naar zijn wegstervende voetstappen op de keitjes, hoorde hem verder over de oprit weglopen en wachtte tot hij zijn busje startte. Pas toen hij wegreed, kwam ze overeind, waarna ze bijna meteen voorover wankelde toen het hevige gehoest er eindelijk uit kwam rollen.

'O mijn gód,' piepte ze, met tranende ogen leunend tegen de

muur om bij te komen. 'Dat krijg je ervan als je tien minuten voorovergebogen staat. Dat was jouw schuld,' zei ze met een beschuldigende vinger naar Magnus. Hij protesteerde hinnikend. 'O jawel, niet zo brutaal. En jij,' zei ze met een doordringende blik op Whiskey aan de andere kant van de stal. 'Je hoeft niet van die grote ogen op te zetten. Wij moeten eens goed met elkaar praten. Jij moet partij kiezen, dame. Partij. Kiezen.'

16

'Willow, wat ben je aan het doen?' vroeg haar moeder, die aarzelend de trap af kwam en haar dochter ijsberend door de grote hal aantrof.

Willow stopte met oefenen wat ze wilde zeggen en deed haar ogen open. Ze realiseerde zich dat ze handenwringend rondliep en liet haar handen zakken. 'Niets.' Ze zag met enige verwondering dat haar moeder vandaag een beetje make-up had aangebracht en dat ze een poging had gedaan om haar haar te stylen.

'Ik zag duidelijk dat je in jezelf praatte,' zei haar moeder met een waterig glimlachje. Ze liep naar de garderobe en haalde haar donkerblauwe jas tevoorschijn. Het was er een van Max Mara, met een grijs nepbontkraagje. Zij en haar vader hadden hem in Florence gekocht tijdens een weekje weg ter gelegenheid van hun zoveelste trouwdag, nu een aantal jaren geleden.

'O, dát. Ik was gewoon… een boodschappenlijstje voor mezelf aan het herhalen.'

'Pardon?' riep haar moeder vol ongeloof uit terwijl ze onhandig haar knopen dichtmaakte.

'Ja, Mrs Mac heeft boter, uien, keukenpapier en lucifers nodig. Boter, uien, keukenpapier, lucifers,' zei ze, bijna scanderend.

'Schrijf het dan gewoon op als je denkt dat je het niet zult onthouden.'

'Ja, doe ik misschien ook wel. Ga je weg?' vroeg Willow, een ander onderwerp aansnijdend. Ze vond het verbazingwekkend hoe eenvoudig ze haar moeder zand in de ogen kon strooien. Het was óf dat óf haar moeder was ziende blind.

'Ja, het is de eerste dag dat ik weer mijn bloemschikcursus ga geven. Iedereen wil iets moois maken voor Kerstmis.'

'O, natuurlijk,' zei Willow ingestudeerd verrast, want ze was het verre van vergeten. Ze had juist de hele ochtend gespannen gewacht tot haar moeder haar kamer uit zou komen en zou vertrekken. Connor zou straks op de stoep staan en hij mocht haar moeder absoluut niet weer ontmoeten voordat er definitief duidelijkheid was over hun deal. Het gesprek met Pip van gisteravond had haar een koud en onrustig gevoel bezorgd. Ze was erachter gekomen dat hij plotseling maar liefst een miljoen minder wilde betalen op de dag dat haar vader en hij het contract zouden ondertekenen... Hoe kon ze hem in vredesnaam vertrouwen? En als ze de gok waagde en hem inderdaad haar vertrouwen zou schenken, hoe kon ze dat dan vertellen voordat alles schriftelijk was vastgelegd? De verkoop kon elk moment weer in de soep lopen, net als bij haar vader.

'Het zal allemaal wel lukken,' mompelde haar moeder ondertussen, eerder tegen zichzelf dan haar dochter. 'Mrs Mac heeft alle benodigdheden voor me besteld.'

'Ja, het wordt vast leuk. Iedereen zal blij zijn je weer te zien. Even terug zijn in het normale leven zal je goeddoen.'

'Wat dat ook inhoudt tegenwoordig. De laatste tijd volgt de ene abnormale gebeurtenis de andere op,' zei haar moeder, frummelend aan de bovenste knoop. 'Zelfs me aankleden voelt als een onmogelijke taak.' Haar handen zakten onverrichter zake langs haar jas naar beneden, de bovenste knoop nog open.

Willow voelde een zweem van medeleven opborrelen voor de moeder die ze eigenlijk wilde haten. Ze kwam gebroken over. 'Je doet je best, meer kun je niet doen,' zei ze mat, zonder aanstalten te maken haar te helpen. Als de benjamin van het gezin wist ze dat haar woorden of daden geen gewicht in de schaal legden. Ze had niet de autoriteit om de stemming te veranderen of de pijn te verzachten.

Ze stonden een ogenblik in geladen stilzwijgen met hun ogen afgewend en hun armen slap langs hun lichaam hangend.

'Oké, nou, de docent kan maar beter niet te laat komen,' zei Willow, die diep inademde en zich probeerde te herpakken. Haar blik viel op de staande klok. Het was tien over elf. God, als Connor maar niet te vroeg zou zijn. Haar moeder moest hier weg. En vlug. 'Hoog tijd om kerststukjes te maken. Vooruit met de geit!'

Maar haar moeder staarde naar de deur en kwam niet in beweging.

'Vooruit,' herhaalde Willow. Deze keer greep ze haar moeder zachtjes bij haar elleboog en begeleidde haar naar de deur. 'Je kunt dit best. Echt, het zal je goeddoen.'

'Ja.'

Ze keek toe hoe haar moeder de tas met benodigdheden oppakte die Mrs Mac voor haar bij de deur had gezet – binddraad, snoeischaar, schaar, touw – en langzaam de trap af en over de oprit liep, naar haar oude vertrouwde Land Rover, die bekendstond onder de koosnaam Tinpot. Hij was luchtmachtblauw en op de achterbank stond steevast een wilgentenen mand voor boodschappen en aanmaakhout dat ze vond op haar wandelingen met de honden. Als Willow die mand zag, werd ze altijd herinnerd aan de momenten in haar jeugd dat haar moeder op weg van huis naar school langs de kant van de weg stopte om daslook, vlierbloesem, takjes magnoliabloesem of margrieten te plukken. Die mand stond symbool voor de moeder die ze vroeger was.

Ze zwaaide terwijl haar moeder een stukje achteruitreed, de auto in een gemakkelijke boog keerde, waarbij een paar steentjes van het grind opvlogen, en wegreed over de oprijlaan met aan weerszijden haagbeuken. Willow wachtte met de glimlach op haar gezicht geplakt tot ze bijna bij de hekken was en uit het zicht verdween, waarna ze weer naar binnen ging en met een zucht van opluchting tegen de deur leunde. Een afschuwelijk moment lang had ze gedacht dat haar moeder ervan af zou zien en niet zou gaan.

Ze sloot haar ogen en probeerde zich weer te concentreren op de opdracht die voor haar lag.

'Ik wil een schriftelijke bepaling...' mompelde ze zacht, en ze begon weer handenwringend door de hal te ijsberen. Nee, wacht, klonk dat niet te... amateuristisch? Was er een professionele term voor?

Ze probeerde het opnieuw. 'Als je terugkomt op het overeengekomen bedrag...'

Mrs Mac, die vanuit de eetkamer de hal in gelopen kwam en begon te stoffen en te poetsen, keek in haar richting. 'Wat voer jij in je schild, juffie?'

'Niets.'

'Ik zou anders durven zweren dat er iets was.'

'Echt, niks aan de hand.'

'Je bent de hele ochtend al één brok zenuwen. Ik wéét gewoon dat er wat is.'

Willow zuchtte. Net als bij Pip was liegen tegen Mrs Mac altijd een zinloze exercitie.

'Het is geheim.'

'Dat dacht ik al,' zei Mrs Mac terwijl ze het blad van een zijtafel stevig boende op de plek waar een kaars had gedrupt.

'Ik kan het niemand vertellen.'

Mrs Mac wierp haar een beledigde blik toe. 'Wat is er loos?'

Ze blies wat lucht uit via haar wangen. 'Ik ga het kasteel verkopen.'

Mrs Mac viel stil en ging langzaam rechtop staan. Haar handen zakten automatisch naar hun standaardplek achter op haar heupen, waar ze vaak rugpijn had. 'Aha.'

Willow zag dat haar ogen zich vulden met teleurstelling en dat voelde precies zo verschrikkelijk als ze had gevreesd. 'Ik moet wel. Er zijn geen andere opties, dat weten we allemaal.'

'Het is alleen zo vreselijk snel. Het is nog maar twee weken geleden dat...'

'Ik weet het.' Willow voelde haar knieën slap worden. Het kwam aan als een beschuldiging: té snel. Ongepast vlug. Een overhaaste beslissing waar ze spijt van zou krijgen. 'Maar het zou toch geen verschil maken als ik nog twee maanden wachtte? Of twee jaar? Er zal nooit een goed moment voor ons zijn om te vertrekken.'

Mrs Mac knikte alsof ze het met haar eens was, maar ze zei niets. Daar leek ze niet toe in staat te zijn.

Willow voelde dat de leegte zich uitbreidde, zich verdiepte. Haar radeloosheid leek zich te verharden als beton. 'Ik weet niet waarom papa het aan mij heeft overgelaten de knoop door te hakken, maar ik doe alleen maar wat hij zelf anders ook had moeten doen.' Ze zei het op defensieve toon.

'Aye, nou, dat is ook wel zo,' zei Mrs Mac na een ogenblik, die de trilling in haar stem had gehoord. 'En weet je moeder ervan?'

'Nog niet.' Willow slikte. 'Niemand weet ervan. Het is allemaal zo snel gegaan en ik moet gewoon... alles goed op een rijtje hebben voor ik anderen erover ga vertellen. Het kan nog misgaan.'

'Tja, dat is al eens gebeurd.' Er klonk een waarschuwing door in haar stem.

'Wist u daarvan?' vroeg Willow verbaasd.

'Natuurlijk.'

Willow knikte. 'Natuurlijk.' Het hele gezin vertrouwde Mrs Mac meer dan wie ook. Ze vroeg zich af of ze zou onthullen dat ze aan dezelfde gegadigde wilde verkopen? Ze had het gevoel dat het haar niet in dank zou worden afgenomen.

'Dus je verwacht de koper straks?'

'Hoe weet u dat?'

'Doordat je de vloer slijtplekken bezorgt en je die arme moeder van je wel kon wegkijken. Wat dacht je dan?'

'O. Ligt het er zo dik bovenop?' Willow beet op haar lip.

De huishoudster snoof. Ze had de drie meiden altijd perfect doorgehad, al sinds ze klein waren. 'Nou, ga de emmers dan maar verstoppen voor de koper er is. Het lek in het plafond van de hal aan de achterkant wordt erger,' zei Mrs Mac, zwaaiend met haar stofdoek. 'Die storm afgelopen weekend heeft het geen goed gedaan. Nog zo een en het zou me niet verbazen als er stukjes van het plafond naar beneden komen vallen. Het is doorweekt. Ik zou Patrick maar bellen.'

'Dat heb ik al geprobeerd. Hij zit vol tot na de kerst.'

'Ik vraag me af of het zo lang kan wachten,' mompelde Mrs Mac.

Willow voelde die steek van ongerustheid die elke keer weer bovenkwam als ze dacht aan het onderhoud van een zevenhonderd jaar oud historisch gebouw. Ondanks haar bedenkingen en twijfels bevestigde dat alleen maar dat ze de verkoop zo snel mogelijk definitief moest maken.

Mrs Mac keek nadrukkelijk naar haar geföhnde haar en mooiste skinny jeans, die gelukkig in de tas met spullen had gezeten die Caz voor haar had ingepakt. 'Heb ik gelijk als ik denk dat de koper die knappe man is met wie je gisteren buiten stond te sjansen?'

Willows mond viel open. 'Hebt u me bespioneerd?'

'Ik kon niet veel anders. Je moeder stond hierbinnen te fladderen en kakelen als een kip zonder kop.'

'Ja, nou, ik was níét aan het sjansen. Het was zakelijk.'

'Dat zal dan wel. Maar ik zou deze week toch maar te biecht gaan, voor de zekerheid.'

'Mrs M!' zei Willow quasiverontwaardigd, waarop de oudere vrouw haar een veelbetekenende glimlach toewierp voordat ze het tafelblad weer begon te boenen, kennelijk zonder op te merken dat het al blonk.

Ondanks het lolletje voelde Willow zich misselijk terwijl ze keek hoe de huishoudster haar werk hervatte. Haar reactie was bepaald geen bevestiging geweest dat Willow de juiste weg bewandelde – en die van haar was waarschijnlijk de mildste die ze zou krijgen, milder dan die van haar moeder, Pip, Ottie, het hele dorp...

'Hé, Willow, heb je heel even?'

Ze keek op en zag Ferdy Hopwood in de deuropening van de muziekkamer staan. Hij was de hoofdtaxateur die de opmaak van de inventaris leidde. Hij en drie specialisten (voor de kunst, het meubilair en de siervoorwerpen) waren gisteren rond het middaguur gearriveerd en liepen rond in het kasteel, waar ze elk voorwerp in het huis fotografeerden en documenteerden alsof ze forensisch specialisten in een misdaadserie waren. 'Tim wil graag weten of de harp ook te koop is?'

'O, ik...'

Het geklop op de deur weerklonk luid door de hal – toen ze klein was, had het haar altijd doen denken aan de openingsscène van *The Addams Family* – en ze staarde ernaar met haar hand over haar mond, zonder te kunnen bewegen, nadenken of handelen. Connor was er weer, nu, aan de andere kant van die deur. O god. Ze had de plotselinge neiging om weg te rennen, te doen alsof ze niet thuis was. Ze had meer tijd nodig. Het ging allemaal te snel. Aan de ene kant vertelde haar verstand haar dat ze het moest doen: besluitvaardig optreden, de deal afhandelen, het geld opstrijken en terugkeren naar haar leven in Dublin. Aan de andere kant had haar vader voor hij het graf in ging een grondige hekel aan deze man gehad. Hij was nog maar twee weken dood en zij verkocht het kasteel al aan zijn vijand?

Voor het eerst besefte ze dat het niet uitmaakte hoe gerechtvaardigd het voor haar voelde – moest je zien wat haar vader had gedaan, hoe hij haar hiermee had opgezadeld, ze mocht toch zeker verkopen aan wie ze wilde! Het eigenlijke doorzetten vergde eerder lef dan verontwaardiging.

Mrs Mac stopte met poetsen en keek haar vragend aan terwijl zij aan de grond genageld stond. 'Zeg, ga je niet opendoen?'

'Ja, natuurlijk, ik...' Ze was zenuwachtig en draaide op haar plek rond. Ze probeerde zich te concentreren op de taak die voor haar lag. 'Ferdy, kan ik straks even naar je toe komen? Ottie wil de harp misschien wel hebben, zij heeft erop gespeeld. Ik zal het haar moeten vragen.'

'Prima.' Hij knikte en verdween weer, waarop zij diep inademde en de deur opendeed.

Haar hart maakte een salto bij zijn aanblik. Hij droeg een donkergrijs pak, zonder stropdas, en zijn fraaie auto stond op deze grauwe dag achter hem te glimmen.

'Miss Lorne.' Geen glimlach. Een zakelijke houding, gesloten zelfs.

'Mr Shaye.' Ze zette een stap naar achteren om hem binnen te laten, balend van het effect dat hij op haar had. Ze wist nu dat hij net zo meedogenloos als aantrekkelijk was.

Mrs Mac rechtte haar rug toen hij binnenkwam, maar zijn ogen richtten zich meteen omhoog en keken rond in de grote ruimte voordat hij haar zag. De huishoudster had de poetsdoek over haar schouder gegooid, en hield in de ene hand een plumeau en in de andere hand een blikje boenwas vast. Op de een of andere manier lukte het haar desondanks om er intimiderend uit te zien.

'Dit is Mrs Mac, onze huishoudster,' zei Willow. 'Mrs Mac, dit is Connor Shaye.'

'Mrs Mac.'

'Mr Shaye,' zei de huishoudster met een knikje, haar karakteristieke warmte ver te zoeken nu ze zich kordaat wegdraaide en de kostbare vaas op het pronktafeltje begon te stoffen. Die bevatte gewoonlijk grote bossen bloemen die haar moeder in de tuin plukte, maar er had niets in gestaan sinds de aronskelken op de dag van de uitvaart. Mrs Mac koesterde klaarblijkelijk niet de hoop dat de nieuwe koper een baan voor haar in de aanbieding had.

Willow keek hem met een gegeneerd glimlachje over haar schouder aan, zag dat zijn blik weer op haar gericht was en wenste dat ze er geen toeschouwers bij hadden. 'Eh, nou... Ik kan me zo voorstellen dat je opnieuw wilt kennismaken met het kasteel. Het is een tijd geleden dat je hier voor het laatst was...'

Bij die woorden ging Mrs Mac abrupt rechtop staan en keek ze naar hen met een frons op haar gezicht. *Opnieuw kennismaken... tijd geleden dat je hier voor het laatst was...* Willow realiseerde zich te laat dat ze hem had ontmaskerd als de verachtelijke kandidaatkoper met wie haar vader te maken had gehad.

'Zullen we beginnen in de gele salon?' vroeg ze, wijzend met uitgestrekte arm en vlug voor hem uit lopend. Elke plek waar Mrs Mac niet aanwezig was, leek een goed idee.

'Prima.' Hij volgde haar en ze probeerde het gevoel dat hij haar bekeek te negeren. In de weelderige salon bleven ze zwijgend staan en dwaalde zijn blik over de met zijdebehang beklede muren, de oude portretten die aan dik draad hingen, de lagen tapijt en de oranje met blauwe stoelen, overtrokken met chintz en damast, in groepjes gerangschikt rond de enorme eikenhouten schouw. Ook haar eigen ogen dwaalden in de ruimte rond en trachtten ernaar te kijken met de blik van een vreemdeling, maar ze zag alleen maar de kerstochtenden waarop ze als kinderen hun cadeautjes bij het vuur hadden uitgepakt. Ella, de moeder van Dot, die heimelijk (althans dat dacht ze) binnensloop om op een bank te gaan liggen en onopzettelijk haar hondenharen op de mohairen dekens achterliet. Het feest voor haar achttiende verjaardag, toen Tommy Callaghan, op wie ze destijds verliefd was, haar hiernaartoe was gevolgd en haar achter de deur eindelijk had gezoend...

Willow waagde het om een blik op Connor te werpen terwijl hij met een uitdrukkingsloos gezicht in het vertrek rondkeek. Het was onmogelijk in te schatten wat hij dacht, en hij liet ook niets blijken toen zijn blik uiteindelijk weer op haar viel. Hij zei geen woord, maar gaf alleen een knikje. Met groeiende spanning in haar lijf nam ze hem mee naar de naastgelegen eetkamer. De grond voelde onvast onder haar voeten. Ze hadden elkaar gisteren weliswaar toegezegd dat ze zouden vergeten wat er in het weekend tussen hen was gebeurd, maar ze had het toch tussen hen voelen pulseren – stil maar voortdurend aanwezig. Aan de andere kant was hij vandaag weer een totale onbekende, de man aan de telefoon.

De eetkamer, waar het wijnrode linnen behang de achtergrond vormde voor grote landschapsschilderijen in olieverf, en waar sierlijk gedrapeerde gordijnen hingen, was groot en een beetje bedompt. Het enige wat er tijdens Willows leven was veranderd, waren de servetten en bloemstukken. Het had er precies zo uitgezien toen haar oma hier woonde, en het trouwservies van haar overgrootmoeder, met een gouden randje, stond nog in de buffetkast uitgestald. Het meubilair in deze kamer had grote opwinding veroorzaakt bij de teamleden van Christie's toen ze hen aanvankelijk had rondgeleid – de tafel was groot genoeg voor zesentwintig personen en de chippendalestoelen bleken 'sublieme exemplaren van dit type' te zijn. 'Dit vertrek hebben we altijd als eetkamer gebruikt,' zei ze zwakjes.

Connor keek haar aan. 'Dat zie ik.' Haar spanning nam verder toe. Hun wederzijdse verbazing en spelletje van aantrekken en afstoten van gisterochtend was bekoeld tot iets afstandelijkers. Ze gedroegen zich formeler. Toen ze bij hem was weggelopen, had er een glimlach om zijn mond gespeeld – *Je werd week van mijn aanraking?* – maar ze hadden zich in de tussentijd kennelijk ieder een andere houding aangemeten. Zij wist nu dat hij een man was die haar vader op het laatste moment maar liefst een miljóén euro minder had geboden dan afgesproken. Had hij ook iets over haar ontdekt waardoor zijn kijk op de dingen was veranderd? Of kon hij simpelweg wat zij níét kon? Was hij in staat dit als puur zakelijk te beschouwen? Had hij vannacht over haar gedroomd zoals zij over hem? Was hij nerveus geweest over het weerzien met haar toen hij aan de andere kant van de deur stond?

De vragen bleven door haar hoofd spoken, terwijl ondertussen het gesprek maar niet op gang kwam. Ze liepen van kamer naar kamer en Willow werd steeds nerveuzer. Ze gingen de trap op – de fraaie grote trap die zich naar links en rechts splitste, en waar ze met haar zussen wedstrijdjes op had gespeeld – en bekeken de slaapkamers en badkamers. Dat de slaapkamers aangrenzende badkamers hadden was de belangrijkste verandering die haar ouders hadden doorgevoerd. Het was het stempel dat zij op het kasteel hadden gedrukt toen ze er twee decennia geleden een luxe bed and breakfast van maakten. Willow kon zich nog herinneren hoe succesvol die in het begin was geweest, het enthousiasme van haar ouders toen de reserveringen binnenstroomden – iedereen wilde de romantiek ervaren van een verblijf in een middeleeuws Iers kasteel, met drankjes die werden geserveerd door een echte, springlevende knight! Destijds brulde de Keltische tijger; het ging Ierland voor de wind. The Troubles waren voorbij, de toeristen stroomden in groten getale toe... Maar toen had de kredietcrisis toegeslagen, was de stroom geleidelijk een sijpelend stroompje geworden en uiteindelijk opgedroogd.

Ze bleef in de deuropening van haar ouders' slaapkamer staan en keek hoe hij er naar binnen liep. Ze voelde zich een judas nu ze hem toeliet in het heiligdom van haar vader. Zijn kleren hingen nog in de kledingkasten, haar moeder was nog lang niet in staat ze op te ruimen. De kamer, groot maar gedateerd, was in een saliegroene tint geverfd en had gordijnen van chintz langs de ramen. Er stond een verbleekte rozefluwelen bank aan het voeteneind van het bed. Boven het hoofdeinde hingen drie aquarelportretten van de zussen in lichtblauwe lijsten, en op een ronde tafel met daarop een geborduurd kleed stonden familiefoto's, met een plant in een pot in het midden. Over het lichtbruine tapijt waren allerlei niet bij elkaar passende kleden gelegd, sommige om oude vlekken te verbergen, en de grote, fraaie kasten hadden sleutels met een lint eraan in de sloten. Eén muur was compleet bedekt met planken vol boeken, oude paperbacks uit de jaren tachtig met daartussen exemplaren met stofomslag uit de jaren veertig en vijftig, en er stonden kleine stapels van nog meer titels op de vloer.

Connor ging bij het raam staan en keek naar de tuin beneden. Buiten aan de westkant lag een bloemperk met daarachter een fontein en daar weer achter een ommuurde tuin met gietijzeren hekken die toegang boden tot de riviermond, de open zee en hun speciale goudgele strand, hiervandaan vlak aan de andere kant van de landtong. Vanaf haar plek in de deuropening kon Willow zien dat het vloed werd. Een paar afgemeerde houten bootjes lagen met hun neus naar zee en er liepen wat wulpen te pikken in ondiepe poeltjes.

'Prachtig uitzicht,' was alles wat hij zei toen hij zich ten slotte omdraaide en zijn ogen op de doorgezakte planken en de stapels boeken liet vallen. Op dat moment zag ze plotseling wat hij zag: rommel. Stof. Oude levens.

Hij wierp een blik in alle andere slaapkamers, steeds vanuit de deuropening, waarbij hij schijnbaar alleen oog had voor de grootte, proporties, open haarden en lichtinval. Ze zweeg en verwachtte – hoopte – dat hij bij haar kamer hetzelfde zou doen. Te laat realiseerde ze zich dat ze niet zo ver vooruit had gedacht. In de haast om de paarden te verzorgen en op tijd terug te zijn om haar haar te doen, was ze vergeten op te ruimen. Op de vloer lagen een natte handdoek en allerhande kleren, want ze had verschillende opties geprobeerd en afgekeurd. Het was onmogelijk haar aanwezigheid hier te ontkennen.

'En nog een slaapkamer,' zei ze bijna onhoorbaar, terwijl ze met tegenzin de deur openduwde. 'Er zijn er vierentwintig in totaal.' Verdergaan, bedoelde ze, hier is niets te zien. Maar haar ogen vielen meteen op de zwarte zijden blouse die ze zaterdagavond aan had gehad en die nu over de stoelleuning hing. Rook die nog naar hem?

Ze merkte dat hij hem ook zag. Ze maakte aanstalten verder te lopen door de gang, in de hoop dat hij haar zou volgen, maar om het geheel nog gênanter te maken, stopte hij en stapte naar binnen. Ze klemde de deurpost vast en zag dat de muren zich om hem heen sloten alsof ze al haar geheimen prijsgaven. Zijn gezichtsuitdrukking veranderde niet, maar ze zag dat hij elk detail in zich opnam. Een wit balletschoentje van porselein, een prijs voor de beste danseres van de klas toen ze elf was, dat aan zijn lint aan een in de muur geslagen spijker hing; haar lievelingsteddybeer, Snowball, in de leunstoel bij het raam; haar platencollectie, grotendeels afkomstig van haar ouders, die ze had gered van een gang naar het grofvuil. Hij zag het boek dat ze aan het lezen was (een biografie van Hemingway), de lege theemok en het halflege glas water dat er al twee dagen stond; haarelastiekjes, lippenbalsem, telefoonoplader... Ze slikte. Het voelde allemaal zo vreselijk intiem. Geen glamour, slechts de kleinigheden van haar dagelijkse routine die plotseling voor hem werden blootgelegd.

Zijn blik dwaalde over haar tientallen ingelijste foto's op de vensterbanken – hoogspringend op een atletiektoernooi, bij een hurlingwedstrijd, bij haar diploma-uitreiking, spelend met Dot toen ze nog een puppy was, in een baljurk liggend op het gras met haar zussen, van een boot springend op Ibiza... Ze zag dat hij even bleef hangen bij een foto van haar en Albie Mconaughie, een vriend die een tijdje wat meer was geweest en daarna weer gewoon een vriend was geworden. De foto was genomen toen ze een stel waren, met Willow bij hem op schoot in de pub, haar hoofd lachend achterovergegooid om iets wat hij – of iemand anders – had gezegd. Ze had nooit overwogen het kiekje weg te halen. Hij was een vriend, geen vijand. Ze werd er simpelweg blij van om aan die tijd te denken. Maar suggereerde het nu misschien meer, in de ogen van een onbekende?

Hij keek haar over zijn schouder aan en ze merkte dat ze zijn blik niet kon vasthouden. Het leek alsof hij haar had ontkleed en nu alles van haar kon zien. Ze voelde zich naakt.

Hij liep langs haar terug de gang in, maar leek geen belangstelling meer te hebben voor de andere slaapkamers. Hij kwam plotseling gespannen over. Rusteloos.

'Luister, Willow, het heeft geen zin hiermee door te gaan. Ik moet je iets vertellen.'

O god. Ze wíst het. Ze had het al gevoeld op het moment dat hij binnenkwam. Hij trok zich terug.

'Je wilt het niet hebben.' Ze voelde de zware verantwoordelijkheid voor het kasteel weer op haar schouders landen en neerdrukken. Geen ontsnapping mogelijk.

'Dat is het niet.'

'Wat dan?'

'Oké, je weet toch wat voor werk ik doe?' Hij schudde zijn hoofd alsof het een belachelijke vraag was. 'Ja, natuurlijk, stomme vraag. Jij hebt míj immers gebeld.'

Ze knikte. Ze wist het inderdaad, maar niet omdat ze zich op de juiste manier had verdiept in de persoon aan wie ze het huis van haar familie zou toevertrouwen. Het was voor haar genoeg geweest dat haar vader überhaupt zaken met hem had gedaan, het was genoeg geweest dat haar moeder niets van hem moest hebben. Nee, ze wist het alleen maar omdat ze de vorige avond had doorgebracht met googelen. Ze had zijn profiel op LinkedIn bestudeerd en interviews in kranten gelezen, ze had de vele foto's van hem, die op galadiners, liefdadigheidsevenementen en natuurlijk paardenraces waren genomen, tot in de details bekeken, met name de zonder uitzondering prachtige vrouwen die aan zijn zijde stonden. Een van hen, een blondine in een lichtblauwe outfit bij de Royal Ascot, had zich nogal aan hem vastgeklampt. Een hoge hoed stond hem dan ook geweldig.

'Je bent een van de oprichters van Home James,' antwoordde ze. Dat was een vrij nieuwe, maar bloeiende en zeer exclusieve franchiseformule van private clubs. Op dit moment was deze onderneming eigenaar van twee klassieke monumentale gebouwen in Engeland, herenhuizen in Dublin, Edinburgh en verschillende andere plaatsen in Europa. Een krantenartikel dat van de zomer was verschenen, had gespeculeerd dat hij op zoek was naar gebouwen in New York omdat hij in het Italiaanse restaurant Sant Ambroeus was gefotografeerd met een topmakelaar.

'Ja.' Hij verplaatste zijn gewicht ongemakkelijk naar zijn andere voet. 'En ik zit met twee problemen.'

Twee? 'Laat maar horen.'

'Het eerste is een liquiditeitsprobleem.'

'O jezus...' zei ze, en ze keerde zich met afschuw van hem af, want ze wist al wat hij verder ging zeggen. Hij kwam een miljoen tekort…

'Nee, luister. Het gaat om liquiditeit, het is een kwestie van cashflow. Dat is alles. Het geld is er wel, het is alleen niet… onmiddellijk toegankelijk.'

'Je verspilt mijn tijd, Connor, je doet precíés wat je bij mijn vader ook hebt gedaan!'

'Nee, echt niet.'

Ze wierp hem een blik vol ongeloof toe.

'Oké, ja, min of meer, maar…'

'Het is ongelooflijk! Ongelooflijk dat je het lef hebt om je opnieuw zo tegenover ons te gedragen!'

'Het zit anders dan je denkt.'

'O? Kun je mijn kasteel kopen of niet?'

Hij aarzelde. 'Nog niet. Maar ik wil het wel.'

'En ík wil een zwart jasje van Chanel én de rest van mijn leven elke dag een voetmassage, maar die dingen gaan ook niet gebeuren.'

'Luister, ik verwachtte je telefoontje vorige week niet, oké? Volkomen onverwacht had ik Lorne weer voor het grijpen.' Er klonk stress door in zijn stem. 'Er is veel veranderd sinds ik hier voor het laatst was. We hebben net een pand in Kopenhagen aangekocht. We rekenden er niet op dat we nog eens meer dan vier miljoen tevoorschijn moesten toveren. Ik moet nog overleggen met ons private-equityteam.'

'Dus wat was dat gisteren dan, dat je met mij hier voor de deur over bedragen onderhandelde?'

'Ik moest nagaan welk bedrag voor jou acceptabel was. Nu ik dat weet, kan ik met onze investeerders gaan praten om het geld beschikbaar te krijgen.'

'En hoelang gaat dat duren?'

'Een aantal weken, hooguit een paar maanden.'

'Een paar maanden?' zei ze honend. 'Ik wilde het alleen voor die prijs verkopen op voorwaarde dat het een snelle deal zou zijn. Een paar maanden is niet snel.'

'Het is geen zes miljoen waard, Willow.'

'Volgens jou.'

'Er moet voor een miljoen in geïnvesteerd worden.'

Ze beet op haar lip en staarde hem aan. Ze wist dat hij gelijk had. Ze wist dat het, ook als het een paar maanden zou duren voordat hij het kon kopen, waarschijnlijk sneller zou gaan dan met een willekeurige andere koper. Hij was de vogel in de hand. Hels – en onroerendgoedexpert Pip – hadden haar ervan overtuigd dat het hoge segment van de vastgoedmarkt op dit moment stagneerde. 'Je zei dat er twee problemen waren.'

Hij keek even naar de grond en zette zijn handen op zijn heupen. Langzaam keek hij weer op en maakte oogcontact. 'Hierin zul je me moeten vertrouwen...'

Ze voelde een knoop in haar maag bij het horen van zijn woorden.

'Alsjeblieft. Luister in elk geval even.'

'Zoals iedere oplichter altijd zegt,' grapte ze.

Hij haalde diep adem en ze hadden nu allebei een behoedzame blik in hun ogen. 'Gisteravond heb ik een vervelend telefoontje gekregen over onze kerstpop-up. Het gaat om een stunt, maar het is onmisbare reclame voor ons merk als leverancier van unieke ervaringen.'

Bij het horen van al dat jargon verscheen er een frons op Willows voorhoofd. Ze wist niet wat het allemaal betekende. 'Het spijt me, wat bedoel je met een kerstpop-up?'

'Een tijdelijk clubhuis, in feite. We hebben er in de zomer een gehad in Formentera en dat was een groot succes, dus hebben we besloten om er ook een op te zetten voor het kerstseizoen. We nemen voor een weekend – of een week, zoals we van de zomer hebben gedaan – een locatie over, waar de clubleden onze kenmerkende gastvrijheid kunnen ervaren, maar in een nieuwe omgeving, en dan met deejays van wereldklasse, eten dat bereid wordt door Noma, een formeel bal, een chartervliegtuig vanuit Londen.'

'Dus in feite een veredeld huisfeest.'

'Ja,' zei hij langzaam. 'Hoewel kaarten twintigduizend euro per stuk kosten.'

'Hóéveel?'

'En we zijn helemaal uitverkocht. We hadden twee keer zoveel kaarten kunnen verkopen, maar er is onvoldoende slaapgelegenheid op de locatie.'

'Wie besteedt er zoveel geld aan een feestweekend?'

'Voor veel van onze leden is het een koopje. Het kost in de regel meer om een tafel te bemachtigen bij een liefdadigheidsgala in Manhattan.'

'Nou, ieder zijn ding,' hakkelde ze half verwonderd, half geschokt. 'Dat klinkt allemaal super, maar wat heeft dat met mij te maken?'

Hij slaakte een diepe zucht en voor het eerst zag ze de zorgrimpeltjes bij zijn ooghoeken. 'Het kan niet doorgaan op de beoogde locatie. Het evenement zou plaatsvinden op een kasteel in Liechtenstein, maar met alle sneeuw die ze daar deze winter hebben gehad, heeft het dak het begeven en is er een massa sneeuw naar binnen gevallen. Alles is nat. Onbruikbaar. Het gaat maanden duren om het te herstellen.'

'O.' En haar ogen werden groter nu ze zich plotseling realiseerde wat er waarschijnlijk zou volgen. 'O!'

'Als we de pop-up moeten afgelasten en iedereen zijn geld moeten terugbetalen, wordt dat een ramp voor de pr. We zullen dan incompetent overkomen, en onze complete cashflow voor de clubs zal tot na de kerst nihil zijn. De solvabiliteit van de onderneming staat op het spel.'

Ze staarde hem aan, amper in staat te geloven wat ze hoorde. 'Dus je zegt dat je dat gebeuren hier wilt houden?'

'Dat klopt.'

'Voor de kerst?'

'Niet komend weekend, maar het weekend daarop.'

Ze lachte smalend. 'Je wilt een chic feest in mijn kasteel organiseren, dat over een kleine twee weken moet plaatsvinden, hoewel je het nog niet eens hebt gekocht en het de komende paar maanden ook nog niet kunt kopen?'

'Ik weet dat het een gok is, maar we zouden er een royaal huurbedrag voor betalen.'

Ze fronste. 'Hoe royaal?'

'Een hoog bedrag met zes cijfers.'

Haar frons verdween even, maar kwam meteen weer terug. 'Nee. Dit is bullshit, Connor. Je kunt niet van me verwachten dat ik hierin meega.'

'Geloof me, ik vind het ook maar niks om je dit voorstel te moeten doen.' Ze zag aan de rand van zijn kaak een spier vertrekken. Hij was gespannen en gestrest, voelde zich zo te zien opgelaten. 'Ik had de deal ook liever snel en probleemloos rond willen maken.'

'En je stelt precies het tegenovergestelde voor,' zei ze droogjes.

'Ik maak er geen gewoonte van om de cashflowkwesties van ons bedrijf te bespreken met de mensen met wie we zakendoen, maar... soms kun je niet anders.' Hij haalde hulpeloos zijn schouders op. 'Dit is het enige wat ik kan bedenken om alle ballen in de lucht te houden: Lorne te kunnen kopen en de pop-up te laten doorgaan. Het is alles of niets. Of je vertrouwt me en gaat akkoord. Of je houdt de boot af – wat ik je niet kwalijk zou nemen – en we zinken.'

Ze staarde hem weer aan en zag de spanning in zijn ogen. 'Dat is emotionele chantage.'

Hij stak zijn handen in zijn broekzakken en zag er eerder uit als een schooljongen die werd berispt voor hollen door de gangen dan als een zakenman die een overeenkomst probeerde te sluiten. 'Nee. Dat is open kaart spelen. Zonder rookgordijn. Zo staan de zaken er momenteel gewoon voor.'

Ze zweeg. Ze keken elkaar strak aan, allebei op zoek naar een antwoord van de ander. Hij vroeg haar niet alleen om hem te vertrouwen, maar om hem te redden.

'Wat komt er allemaal kijken bij dat feest?' vroeg ze ten slotte.

'De pop-up.'

'Het is een huisfeest, Connor. Hoe je het ook wilt noemen.'

Er verscheen een glimlachje in zijn ogen. 'Oké dan. Het zou betekenen dat de boel volledig wordt overgenomen, waarmee ik bedoel dat we de complete controle moeten hebben over de locatie, dat we alle ruimte mogen gebruiken... Het geheel zou moeten passen bij ons merk en dit is duidelijk nog heel erg jullie thuis.' Hij gebaarde naar de lampen, vazen, presse-papiers, ingelijste foto's en kleine bronzen beeldjes die tot in alle hoeken en gaten te zien waren.

'Dus je zegt dat we al onze spullen moeten weghalen?' Haar ogen glinsterden geamuseerd. Hij meende het natuurlijk niet serieus. Dat alleen al zou weken, zo niet maanden, duren.

'Dat zou nog maar het begin zijn.' Hij draaide rond in een cirkeltje, keek om zich heen, nam alles in zich op. 'Daarna zullen we de boel moeten strippen, zodat we kale vloeren, neutrale muren en blank hout overhouden... Om er weer licht en lucht in te brengen. Dat houdt in dat de tapijten weg worden gehaald, dat de slaapkamers en badkamers opnieuw worden ingericht, dat de eeuwenoude laklagen van de trap en de lambriseringen zullen verdwijnen.' Hij streek met een hand over de trapstijl en keek haar weer aan. 'Het zou een veelomvattende modernisering betekenen.'

Veelomvattend? Het klonk allesomvattend.

Willow knipperde met haar ogen en keek hem met open mond aan. 'Zelfs al zou ik akkoord gaan, en ik zeg niet dat ik dat doe, dan gaat het je nooit lukken om dat allemaal in een kleine twee weken voor elkaar te krijgen.'

'In feite ben ik vannacht tot laat opgebleven om dat uit te werken – en het ís mogelijk. Maar nét. We hebben eigen teams, dus we hebben alle benodigde vaklieden stand-by staan: loodgieters, elektriciens, stylisten, stukadoors, schilders. En onze interieurafdeling heeft een heel pakhuis vol dingen die ze op veilingen aantreffen en op voorraad houden voor gebruik in de volgende club. Ze opereren als speciale eenheden: ze komen, ze klaren de klus en vertrekken weer. Maar als je hiermee instemt, zullen we meteen moeten beginnen. Ik moet dan vandaag de teams oproepen.'

'Vandaag?' vroeg ze lachend. Het was zo idioot dat het lachwekkend was.

'Voor de instructies. Ze moeten vanuit Londen komen, dus ze zijn er niet voor morgen.'

'O, nou...' teemde ze spottend. 'Morgen lijkt me prima.'

Hij glimlachte niet, hij vond dit niet grappig. 'Ik realiseer me dat het veel gevraagd is, Willow.'

Hij had geen idee. Dat dit hun laatste avond zou kunnen zijn in Lorne Castle? Zevenhonderd jaar onafgebroken eigendom in één dag beëindigd? Hoe zou ze haar moeder er ooit toe kunnen overhalen? 'Maar je vraagt het me toch?'

'Bekijk het eens van deze kant. Wat ik voorstel, is dat we werk laten doen dat we sowieso verrichten als we dit gebouw eenmaal hebben gekocht. Maar nu doen we het vóórdat het van ons wordt. Dat betekent dat wij het risico lopen. Wij besteden een klein vermogen aan de modernisering zoals wij die voor ons zien, maar het kasteel is nog steeds van jou. Als jij ervoor kiest om het aan een andere partij te verkopen voordat wij in de gelegenheid zijn...' Hij haalde zijn schouders op. 'Dan hebben wij pech.'

'Aan de andere kant,' wierp ze tegen, 'stel jij voor om het huis van mijn familie op z'n kop te zetten zonder enige financiële toezegging te kunnen doen over de aankoop daarna.'

'Ik ben een man van mijn woord.'

Ze trok een wenkbrauw op. 'Heb je dat ook tegen mijn vader gezegd?'

Er viel een stilte nu ze in een patstelling terechtkwamen. 'Goed dan, het is dus de vraag of we denken dat we elkaar kunnen vertrouwen. Vertrouw jij mij?'

Willow keek hem aan terwijl de vraag door haar lichaam weerklonk en in haar hart bleef natrillen. Vertrouwde ze hem?

17

'Hier, pak mijn arm maar.' Ottie stak haar arm uit en zette zich schrap. Ben hobbelde al aardig vlot rond met behulp van zijn krukken, maar elk opstapje was problematisch, aangezien hij zijn knie niet kon buigen.

Ze merkte dat hij ineenkromp toen hij zijn been op het opstapje probeerde te zwaaien. Haar huis was weliswaar gelijkvloers, maar die gelijke vloer bevond zich toch drie treden boven het tuinpad.

'Je zult op me moeten leunen.' Ze zette een stap dichterbij en dwong hem om een arm over haar schouders te leggen. Ze voelde dat hij met tegenzin zijn gewicht op haar liet neerdalen nu ze samen de treden op worstelden en het huis binnengingen. Ze kreeg de indruk dat hij het niet prettig vond om hulp te accepteren.

'Nou, dit is het dan... *home sweet home*,' zei ze een paar ogenblikken later. Ze sloot de deur achter hen, lichtelijk gegeneerd om de spartaanse Scandinavisch-achtige inrichting terwijl hij zijn nieuwe adres voor de komende weken in zich opnam. Was het goed genoeg, vroeg ze zich af, en ze liet een hernieuwde blik over de donkere iepenhouten vloer en de hoge witte muren glijden, de achttiende-eeuwse stoelen die ze nog moest bekleden (ze had een cursus gevolgd aan het eind van haar middelbareschooltijd in Galloe), de niet zo praktische met wit linnen beklede bank die ze bij een uitverkoop had gekocht en waar sindsdien permanent een zwarte plaid overheen lag.

Ze wist niet wat hij in New York gewend was. Een vrijgezellenpenthouse in Manhattan? Een herenhuis met huurbescherming? Een huisje met een tuintje in een buitenwijk? Een industriële loft in SoHo? Ze wist helemaal niets over hem. Niet voor het eerst baalde ze van de impuls die haar had aangezet tot het aanbod haar huis te delen met een vreemdeling.

Aan de andere kant, dacht ze bij zichzelf, had hij bij stormachtige wind een nacht met een gebroken been en arm doorgebracht tegen een koude klif. Ze was hem wel wat verschuldigd.

'Dat is nogal een uitzicht,' zei hij, zijn ogen meteen gericht op de hoge glazen wand die uitkeek over het ronde stuk strand en de paarse heuvels verderop langs de kust. De hemel was vandaag van een zwaar, stemmig blauw, de zee rolde naar het strand in grote golven met schuimkoppen, en een eenzame windsurfer in een neopreen outfit zoefde op grote snelheid door de baai.

'Dank je. Ik ben er blij mee.'

Hij haalde zijn arm van haar schouder, hobbelde vooruit naar het raam en wierp in het voorbijgaan een niet erg belangstellende blik op de kleine, witte L-vormige open keuken aan zijn rechterhand.

'De slaapkamer is daar rechts,' zei ze toen hij haar slaapkamerdeur passeerde en er van een afstandje in keek. Het zwartmetalen frame van haar moderne hemelbed was zichtbaar door de deuropening, de schapenvacht op de vloer lag recht, al haar gedragen kleren, die gewoonlijk drie weken over de stoel lagen voordat ze in de was gingen, waren nu schoon en opgeborgen.

Hij draaide zich om en keek haar aan. 'Luister, Ottie, ik weet dat je hebt gezegd dat ik in jouw slaapkamer mocht slapen, en dat heb ik geaccepteerd om de arts tevreden te stellen, maar ik kan het aanbod niet aannemen. Het hoort niet zo. Ik kan prima op de bank slapen.'

Maar terwijl hij het zei, viel zijn blik op de knusse tweezitsbank. Het was duidelijk dat, zelfs al zou hij er qua lengte op passen, de zachte met veren gevulde kussens nooit enige steun aan zijn lichaam konden bieden.

'Ik sta erop,' zei Ottie schouderophalend, die zijn gezichtsuitdrukking zag. 'Dokter Cunningham zei dat je je been de komende tien dagen recht en omhoog moet houden, en ik wil daarvoor liever geen nieuwe bank kopen.' Ze schonk hem een glimlachje en probeerde hem het idee te geven dat hij háár een genoegen deed.

'God, nee zeg.' Hij keek haar aan met zijn gebruikelijke directe blik. 'Ik begrijp eigenlijk nog steeds niet waarom je dit doet. Het klikte niet bepaald tussen ons toen we elkaar voor het eerst ontmoetten. Ik had ook best in dat revalidatiecentrum kunnen verblijven.'

Ze glimlachte wrang. 'Echt niet. De gemiddelde leeftijd is er vierentachtig en bovendien zijn er recentelijk... problemen geweest op het gebied van de zorg daar. Het is geen probleem dat je hier logeert. Ik ben toch het grootste deel van de tijd weg.'

'Om te werken op de camping?'

'En op het landgoed.' Ze zette haar tas neer en liep naar de waterkoker. Eerlijk gezegd wist ze niet eens of ze daar nog wel werkte. Juridisch gezien was het landgoed nu van Willow, en behalve in het ziekenhuis met Pip hadden ze elkaar niet gezien of een goed gesprek met elkaar gevoerd sinds de laatste wil van hun vader aan hen kenbaar was gemaakt. De verschuiving in de verantwoordelijkheid – en macht – was een obstakel dat tussen hen in stond. Ze konden er niet omheen en Ottie had geen idee of Willow wilde dat ze zou doorgaan met de projecten waar ze met hun vader aan had gewerkt. 'Wil je koffie?'

'Graag.'

Ze hoorde het doffe getik van de krukken op de vloer terwijl hij naar de schommelstoel bij het raam hinkte en zich er ongemakkelijk in liet zakken. Dat zou voor de meeste mensen met maar één mobiel been al lastig zijn, maar zijn ingepakte pols beperkte zijn bewegingsvrijheid nog extra.

'Hoe is het met de pijn? Heb je meer pijnstillers nodig?' vroeg ze, omdat ze zag hoe moeilijk het ging. 'Je had een half uur geleden alweer een nieuwe dosis moeten hebben.'

'Nee, het gaat wel.' Met een licht vertrokken gezicht trok hij met zijn goede hand aan de stof van zijn broek om zijn been in een betere positie te tillen.

'Weet je het zeker? Ze helpen ook ontstekingen onder controle te houden,' zei ze terwijl ze de koppen pakte.

'Ik gebruik liever geen medicijnen.'

Ottie trok een wenkbrauw op. Pijnstillende medicatie na een operatie was bepaald geen overbodige luxe. Aan de andere kant kende deze man duidelijk zijn eigen pijngrens. De meeste stervelingen konden geen honderdzestig kilometer in een dag en een nacht rennen. 'Hoe drink je je koffie?' Ze hield de suikerpot omhoog. 'Suiker? Melk?'

'Zwart, graag.'

Ze voelde hem kijken hoe ze inschonk. 'Hoelang woon je hier al?'

'Mijn hele leven. Het landgoed is van mijn ouders.' Haar hand bleef halverwege het inschenken even hangen bij haar gebruik van de tegenwoordige tijd. Wanneer zou de verleden tijd een automatisme worden? Het nieuwe normaal? 'We zijn opgegroeid in het kasteel, maar dit is altijd mijn lievelingsplek geweest. Het uitzicht boeide me al toen ik een klein meisje was en dat doet het nu nog steeds.'

'Ben je opgegroeid in een kastéél?'

'Heb je het niet gezien?'

Hij haalde zijn schouders op. 'Ik heb alleen de plattegrond met het wedstrijdtraject bestudeerd.'

Uiteraard. 'Nou, je bevindt je op het landgoed van Lorne Castle.' Ze schonk hem een glimlachje. 'Het is hier niet zo héél ongebruikelijk, er staan in Ierland vrij veel kastelen.'

'En wil dat zeggen dat jij een prinses bent?' Zijn gezicht verraadde niets, maar ze hoorde de licht ironische toon in zijn stem. 'Zou ik eigenlijk moeten buigen?'

'Ha!' zei ze spottend terwijl ze naar hem toe liep en hem zijn koffie aanreikte. 'Dat mocht ik willen. Nee hoor, geen kouwe drukte, hoewel mijn vader de laatste nog levende knight in Ierland was.'

'Dat klinkt gaaf, zeg.'

'Dank je. Dat was het ook wel.'

'Wat doet een knight tegenwoordig zoal? Ik neem aan dat er een vergunning nodig is voor het houden van steekspelen?'

Ze lachte. Ze kon zijn droge gevoel voor humor wel waarderen. 'Het is helaas alleen nog een eretitel. Er komt vooral veel liefdadigheidswerk bij kijken, en af en toe een galadiner met rare kostuums. We hebben nog steeds het harnas dat ooit werd gedragen door de eerste Knight of Lorne. Dat noemen we Rusty, om voor de hand liggende redenen. Maar in de torens zitten geen prinsessen meer die beschermd moeten worden.'

'En jij dan? Hij was vast wel beschermend naar jou toe.'

Ze glimlachte. 'Ik heb ook nog twee zussen.'

'Dus je ridderlijke vader moest dríé prinsessen zien te beschermen! Jullie vriendjes moeten doodsbang zijn geweest.'

'Ja!' lachte ze. 'Vast en zeker, maar eerder voor Pip, mijn middelste zus, dan voor mijn vader. Hij was een softie.'

Hij keek hoe ze zich op de bank nestelde en haar benen onder zich optrok. 'En hoe was het om een dochter van de laatste nog levende knight in Ierland te zijn?'

Jezusmina, dat was nogal een vraag. 'Nou, het was natuurlijk fijn om hier op te groeien, met deze vergezichten, het land, de geschiedenis van deze plek.'

'Waarom was hij de laatste knight?'

'De titel moest via de mannelijke lijn worden doorgegeven. Het was een tegenvaller dat geen van ons drieën het zich heeft verwaardigd als jongen te worden geboren.' Ze haalde haar schouders zo nonchalant op als ze kon.

'O, zit dat zo... Dat is pech hebben.' Er sluimerde een blik in zijn ogen die ze niet kon duiden, alsof hij haar lastig te peilen vond. 'Dat moet een moeilijk gegeven zijn geweest om mee te leven.'

'Voor mijn vader? Ja. Ik geloof dat hij zich schuldig voelde, alsof hij had gefaald.'

'Het is vast ook moeilijk geweest voor jullie.'

Ze had het altijd met zich meegedragen, maar ze lachte – althans dat hoopte ze – zorgeloos, schampend langs het holle gevoel dat werd veroorzaakt door de wetenschap dat het moment van haar geboorte een vreselijke deceptie was geweest, dat wát ze ook met haar leven zou doen, het nooit genoeg zou zijn om dat ene wat ze níét was goed te maken. Ze was altijd de eerstgeborene geweest, en de eerste teleurstelling. Een meisje, blozend en beweeglijk, langer en sneller dan gemiddeld, een kind dat praatte met tien maanden en kon lopen met twaalf, maar geen opvolger. Dat was het enige wat ze nooit zou kunnen worden. 'Het was nu eenmaal zo. Onze ouders hielden van ons. Dat wisten we.'

Hij knikte en keek haar geïnteresseerd aan. 'Wanneer is je vader overleden?'

Ottie voelde haar gezichtsuitdrukking verstarren. 'Twee weken geleden.'

Ben keek geschrokken. 'God, het spijt me. Ik had geen idee dat het nog zo vers was.'

'Natuurlijk niet, dat kon je toch ook niet weten?' zei ze luchtig, met een geforceerd glimlachje. Hoe waren ze zo snel op zo'n intens – en persoonlijk – onderwerp gekomen? Zouden ze niet nog moeten praten over het weer en waar de handdoeken lagen?

Er viel een ongemakkelijke stilte en om die te verhullen, stond ze vlug op, pakte het voetenbankje, dat tevens haar naaidoos herbergde, en bracht het naar hem toe. Ze tilde voorzichtig zijn voet omhoog en legde zijn been erop. Ze nam wat kussens van de bank om zijn been nog hoger te leggen terwijl hij zwijgend toekeek. 'Zo.'

'Dank je.' Zijn alziende ogen volgden haar alsof hij wist dat haar zorg simpelweg tot afleiding diende. 'Dus je zei dat je hier woont en werkt?'

Terug op veilig terrein. 'Dat klopt. Ik run de camping als die open is, maar het grootste deel van de tijd help ik...' Ze corrigeerde zichzelf. 'Hielp ik mijn vader op het landgoed.'

'Het is prachtig. Nou ja, in elk geval wat ik ervan heb gezien vanaf mijn hangplek op de klif. Ik heb genoten... van het uitzicht.'

Ze lachte, een tikje geschokt om zijn donkere gevoel voor humor. Haar vader had hem zeker leuk gevonden.

Ook hij liet een wrang glimlachje zien, waardoor zijn gezicht een veel zachtere uitstraling kreeg. 'Heb je ooit ergens anders gewoond?'

'Nou, vijf jaar geleden ben ik er bijna vandoor gegaan. Ik was bijna ontsnapt.' Ze grijnsde. 'Ik was toegelaten op de kunstacademie in Londen en stond op het punt om in artistieke armoede in Haringey op kamers te gaan wonen.'

'Maar?'

'Ik kreeg een beter aanbod. Mijn vader vroeg me of ik het landgoed met hem wilde gaan runnen, en als oudste dochter vond ik dat het mijn plicht was om hier mijn steentje bij te dragen.'

Hij knikte en keek haar doordringend aan. 'Niet veel mensen leggen tegenwoordig nog zo'n plichtsbesef aan de dag.'

Ze haalde haar schouders op. 'Ik kan niet zeggen dat wij Lornes een doorsnee familie vormen. Wat doe jij eigenlijk voor de kost?' vroeg ze beleefd, zich er enorm van bewust dat het gesprek steeds over haar ging.

'Ik ben peiler.'

Ze aarzelde, wist niet zeker of ze hem goed had verstaan. 'Peiler?'

'Geen pijler met een lange ij, maar een opiniepeiler.'

Ze glimlachte.

'Dus ik voer enquêtes en peilingen uit voor politici, overheden, denktanks, bedrijven...'

'Dat klinkt dynamisch. Vind je het leuk?'

Hij dacht even na. 'Ik zou zeggen dat ik de onvoorspelbaarheid ervan leuk vind.'

'Maar draait jouw vak niet eigenlijk per definitie om vóórspelbaarheid?'

'Ah.' Hij grinnikte bijna. Bijna. Er sloop een klein lichtje in zijn ogen. 'Er zit verschil tussen de begrippen voorspelling en voorspelbaarheid, en ik heb gemerkt dat mensen je altijd blijven verrassen.'

'Is dat een goede zaak?'

Hij haalde zijn schouders op. 'Dat hangt ervan af.'

'Voor wie heb je gewerkt? Ook voor iemand waar ik misschien van gehoord heb?'

'We hebben aan de verkiezingscampagne van Hillary Clinton meegewerkt.'

'O mijn god! Dat is topperdepopper!' riep ze uit.

'Topperdepopper?' merkte hij droogjes op. 'Is dat een Ierse uitdrukking die ik moet kennen, of een Lorneïsme? Topperdepopper,' herhaalde hij. Door zijn accent klonk het grappiger. 'Die term ga ik gebruiken in mijn eerstvolgende vergadering.'

Ottie lachte. 'Dat zou ik maar niet doen. Tenzij je wilt dat ze je voor gek verslijten.'

'Dat doen ze toch al.' Hij gebaarde vaag naar de omgeving buiten, en ze begreep dat hij zijn aanwezigheid hier bedoelde, zijn deelname aan de Ultra.

'Is het een probleem dat je zo lang in het buitenland zit?' vroeg ze, en ze nam een slokje van haar koffie.

'Het is zeker niet ideaal, maar hopelijk kunnen we een paar keer telefonisch of online vergaderen. En het is wat rustiger nu de tussentijdse verkiezingen achter de rug zijn.'

'Hebben jullie de uitslag daarvan goed voorspeld?'

'Ja.'

'Kloppen jullie resultaten altijd?'

Hij trok lichtjes een wenkbrauw op. 'Bedoel je of we hebben voorspeld dat Trump de presidentsverkiezingen zou winnen van Hillary?' Uit zijn toon maakte ze op dat deze vraag vaak werd gesteld. Ze vermoedde dat het geen pretje was om aan de verliezende kant te zitten van een van de grootste politieke wendingen van de afgelopen eeuw. 'Nee. Onze peilingen klopten op nationaal niveau, we hebben voorspeld dat ze drie miljoen kiezers meer achter zich zou krijgen, dat bleken er twee miljoen te zijn. Maar op staatsniveau waren te veel van onze respondenten naar verhouding hoog opgeleid. We voorzagen niet dat veel twijfelaars op het laatste moment voor Trump zouden kiezen.' Hij haalde zijn schouders op. 'Maar we hebben ervan geleerd.'

Ottie veronderstelde dat hij niet graag verloor. 'En hoe ben je in dat beroep terechtgekomen? Zijn er mensen die van jongs af aan graag opiniepeiler of enquêteur willen worden?'

Opnieuw speelde zijn bijna-glimlach om zijn lippen. 'Ik ben begonnen in de reclame. Ik werkte voor de grote merken, had chique lunches, verwierf een hoop speelgoed.'

Ze trok een gezicht. Uit zijn toon maakte ze op dat hij dat allemaal niet als gunstig beschouwde. 'Maar...'

Hij deed zijn mond open om antwoord te geven, maar een ogenblik lang kwam er niets uit. 'Ik werd wakker geschud,' zei hij ten slotte. 'Dingen die er ooit toe leken te doen, waren niet langer belangrijk. Ik besefte dat ik alleen maar deel uitmaakte van een cyclus waarin we mensen lieten verlangen naar dingen die ze niet nodig hadden, dat ik alleen maar hielp om de zucht naar het kopen van spullen in stand te houden. We beleven onze ervaringen niet meer, we kopen ze. We kijken op Instagram naar mensen die naar de plaatsen reizen waar we zelf naartoe zouden willen gaan, we kopen kleren en dragen ze vervolgens maar één keer...' Hij haalde zijn schouders weer op. 'Ik had iets nodig wat verbinding tussen ons creëerde en ik merkte dat de data die we verzamelden voor polls direct invloed konden hebben op het beleid of de mediastrategie van politici. Het komt erop neer dat ze het lot van een heel land kunnen bepalen.'

Ottie was onder de indruk. Zij hoefde op de camping alleen maar wc's te ontstoppen en afval op te ruimen, ze hoefde alleen maar mensen in te huren om delen van een oud stenen muurtje te herbouwen of het meertje uit te baggeren. 'En het ultralopen? Hoe ben je daarin verzeild geraakt?'

'Dat was rond dezelfde tijd als mijn carrièreswitch. Na mijn wake-upcall besloot ik om te gaan trainen voor de marathon van New York, die ik op de dag zelf zes minuten sneller liep dan ik had gehoopt. Dus toen heb ik ook die van Boston gelopen, waar hetzelfde gebeurde. Toen kwam Berlijn. En Londen. Al snel liep ik ze allemaal af. Mijn lichaam leek gewoon gemaakt te zijn voor marathons, dus ik had een nieuwe uitdaging nodig. Meer.'

'Dat is krankzinnig,' zuchtte Ottie. 'Ik kan me nauwelijks voorstellen dat iemand gemáákt kan zijn voor het lopen van marathons.'

'Ik neem dan maar aan dat jij niet aan hardlopen doet?'

'Alleen naar de pub. Of midden in de nacht naar de wc... O!' Ze hapte even naar adem nu ze zich iets realiseerde.

'Wat is er?' vroeg hij.

'Eh... niets.'

'Weet je het wel zeker?'

Ze keek hem aan. Waarom had ze hier niet eerder aan gedacht? 'Nou, ik bedacht ineens dat de badkamer – de enige badkamer – alleen via de slaapkamer bereikbaar is.' Ze schudde snel haar hoofd. 'Maar dat is geen probleem. Ik ga wel naar het toiletgebouw van de camping.'

'Buiten op het veld? Dát is pas krankzinnig.'

'Je hebt je rust hard nodig. Ik wil je niet storen.'

'Maak je geen zorgen,' zei hij. 'Ik ben er vrij zeker van dat de anesthesioloog me een paardenmiddel heeft gegeven. Momenteel slaap ik niet zozeer, maar ben ik zo ongeveer bewusteloos.' Hij strekte zijn nek en kantelde zijn hoofd van de ene naar de andere kant. Ze realiseerde zich ineens hoe uitgeput hij oogde. Hij was nog steeds griezelig bleek, wat extra opviel door zijn snelgroeiende donkere stoppelbaardje. 'En nu we het er toch over hebben...'

'Absoluut, je moet rusten.' Ze sprong op en zette haar kop neer.

Ze had hem te lang aan de praat gehouden. In haar drang om gastvrij te zijn, was ze vergeten dat hij een herstellend patiënt was. 'Kom, ik help je wel even overeind.'

Ze legde weer een van zijn armen over haar schouders en probeerde niet te kreunen toen zijn lichaamsgewicht bij het opstaan verdeeld werd tussen zijn ene goede been en haar beide benen. 'Zo.' Ze overhandigde hem de krukken. 'Ik heb een paar schone handdoeken voor je klaargelegd, en een deken op de stoel voor het geval je het koud krijgt. Het kan hier fris worden, maar hopelijk valt het mee.'

Hij keek haar aan met zijn ondoorgrondelijke blik en knikte. 'Heel aardig van je.'

'En heb je hulp nodig bij het...'

'Ik red me wel. Maar toch bedankt.'

Ze zag hem de slaapkamer in hobbelen, waarna zijn ogen de hare nog even ontmoetten voordat hij de deur achter zich sloot. Ze slikte, voelde dat haar zenuwen weer wat tot bedaren kwamen en liep naar het raam. De windsurfer was er nog steeds, met scherpe bochten zigzaggend over de baai.

Dat was best goed gegaan, bedacht ze met haar armen stevig voor haar borst geklemd. Het gesprek was soepel verlopen en hij was duidelijk een gedreven en complexe man die, al maakte het hem niet het meest luchthartige gezelschap, in elk geval interessant was.

Ze bracht de koppen naar de keuken en terwijl ze ze afwaste, viel haar oog op iets in de hoek van het raam. Ze keek naar buiten, naar het rode tentje dat achter in de tuin nog steeds stond te flapperen in de bries. Het stond er nu al vijf dagen en elke keer als ze het zag, werd ze bevangen door een gevoel van schuld en schaamte om haar gedrag, om haar nijdige bui vanwege het mislopen van een ontmoeting met Bertie, waarna een sneeuwbaleffect bijna tot een tragedie had geleid.

Ze haastte zich de tuin in en begon de spullen uit de tent te halen.

Het waren er niet veel: een reistas met een schoon overhemd en een stropdas, een boxershort en sokken, toiletartikelen, zijn pak in de dichtgeritste kledinghoes, en zijn slaapzak, die ze oprolde. Ze bracht alles naar binnen en liep een moment later terug de tuin in om de tent af te breken. Het regende voor de verandering eens niet, dus alles was droog. Er was geen beter tijdstip mogelijk om dit te doen, en ze kon het niet verdragen om er elke keer bij het afwassen aan herinnerd te worden hoe slecht ze zich had gedragen. Ze wilde die tent weg hebben.

Ze stak haar hoofd nog even naar binnen om te checken of ze echt alles had weggehaald en wilde de rits dichttrekken toen ze iets op het grondzeil zag liggen. Het was een foto, die onder de slaapzak moest hebben gelegen. Ze kroop naar binnen, reikte ernaar en staarde naar de afbeelding van een brunette. Ze zag er precies zo glossy en intimiderend uit als Ottie van een *Manhattanite* verwachtte: perfect geföhnd haar, gestifte lippen, gestroomlijnde armen, een directe blik. De foto leek wel een profielfoto voor de website van een chic advocatenkantoor.

Zijn vrouw? Verloofde? Vriendin? Hoe dan ook leek ze bij hem te passen. Serieus. Ambitieus. Pittig. Stoer. Verdraaid stoer, gezien het feit dat ze hem sinds zijn ongeluk schijnbaar niet één keer had gebeld, laat staan dat ze was overgevlogen om hem op te zoeken.

Ottie liet de foto in de achterzak van haar jeans glijden, kroop achterwaarts de tent uit, trok de rits dicht en maakte de scheerlijnen los. Ze keek hoe het rode tentje inzakte als een naar beneden gehaald grootzeil, duwde de lucht eruit en vouwde het op in steeds kleinere vierkanten. Ze had in haar leven genoeg tenten afgebroken om het geblinddoekt te kunnen. Pip had ooit eens gezegd dat ze wel iets weghad van een soldaat die een geweer uit elkaar kon halen. Nu ze het opgevouwen pakketje tegen haar borst hield, klaar om het huis weer in te gaan, zag ze dat er een vergeeld stukje gras op het gazon was achtergebleven, als een litteken in haar tuin om haar eraan te herinneren wat ze had gedaan.

18

'Godallejezus, wat gebeurt er allemaal?' riep Pip uit. Ze sprong uit haar Land Cruiser en liet in de haast het portier openstaan.

Willow keek op van haar gesprek met een man in een donkerblauwe overall. Ze hadden allebei een klembord voor zich en keken alsof het allemaal heel vanzelfsprekend was. 'O, Pip, hoi.'

'Hoi. Wat gebeurt er?' vroeg ze, de oprit overstekend met korte, verontwaardigde passen, de opgedroogde modder van haar laarzen vliegend terwijl twee mannen zich langs haar worstelden met de lichtblauwe damasten chaise longue uit de ontbijtkamer. Er stonden vijf enorme vrachtwagens naast elkaar geparkeerd en er haastten zich tientallen verhuizers van en naar het kasteel, met de schatten van hun familie in hun handen. 'Ik dacht dat je had gezegd dat Christie's de verkoop van de spullen pas na de kerst kon organiseren?'

'Ik zoek je zo wel weer op, Harry,' zei Willow tegen haar gesprekspartner, waarna ze Pip aankeek. 'Dat is ook zo. Maar alles wordt tot die tijd opgeslagen.'

'Waarom?' vroeg Pip, die lichtjes in haar vuist hoestte en fronste toen de kaptafel van hun oma langs hen heen werd gedragen.

'Er kwam een kans voorbij die ik niet kon laten lopen,' antwoordde Willow met haar ogen op de tafel gericht terwijl die de vrachtwagen in werd gedragen en met touwen aan de wand werd vastgemaakt.

'Wat voor kans?' vroeg Pip argwanend.

Ze beet op haar lip. 'Een exclusieve private club heeft het kasteel afgehuurd voor een kerstpop-up.'

Pip staarde haar verbijsterd aan. 'Wat?'

‘Een veredelde fuif in kerstsfeer, eigenlijk. Ze nemen het weekend voor de kerst de hele mikmak over en komen hier met hun eigen personeel. Het enige wat wij hoeven doen, is ze een leeg decor beschikbaar stellen om mee te werken.’

‘Het enige?’ zei Pip spottend. ‘Alsof dat niet te veel gevraagd is!’

‘Vertel mij wat,’ zei Willow kreunend terwijl de keukentafel langs werd gedragen. ‘Eh, die kan naar het Dower House!’

‘Maar... verhuur voor een weekend? Ik dacht dat je het kasteel wilde verkopen. Betekent dit misschien dat je bij nader inzien...’

‘Nee. De verkoop gaat door,’ zei ze vlug.

Pip staarde haar aan.

‘En kijk me niet zo aan,’ zei Willow zacht, zonder terug te kijken. ‘Je weet dat ik geen andere keus heb. We moeten verkopen, er zit niets anders op.’

Pip wist dat ze gelijk had. Ondanks zijn beste bedoelingen had hun vader aan zijn jongste dochter overgelaten wat hij zelf niet had gekund: de navelstreng doorknippen en de link met het verleden van zijn familie verbreken. Ze keken beiden zwijgend toe hoe de staande klok met de onderkant vooruit naar buiten werd gedragen, zijn geruststellende getik tijdelijk stilgezet. Het zonlicht weerkaatste van de koperen slinger en Pip bedacht dat veel van deze spullen gedurende tientallen, sommige zelfs honderden jaren niet van hun plek waren geweest, niet aan frisse lucht of de elementen waren blootgesteld. Het was een rustige dag, de zon scheen mild en stond laag aan de bleke hemel, de wintervogels kwinkeleerden door de koude lucht. Gelukkig was het bijna windstil, wat maar goed was ook, want ze was haar jas vergeten.

Pip schudde haar hoofd. Ze kon haar ogen bijna niet geloven nu de spullen maar bleven komen en hun huis item voor item werd ontmanteld, als een wollen deken die steek voor steek werd ontrafeld terwijl Willow aan de draad trok. Ergens had Pip altijd het gevoel gehad dat de hele boel zou instorten zonder de Lornes erin, als de raven van de Tower of London. Ze voelde zich slap in de knieën bij de aanblik. 'Hoe is mama eronder?'

Willow schraapte haar keel en keek strak voor zich uit. 'Zoals te verwachten valt. Ze is vertrokken voordat de eerste vrachtwagen vanochtend kwam. Ze brengt de dag bij Shula door.'

Pip rolde met haar ogen. Dat verbaasde haar niet. 'Waarschijnlijk het beste. Dit gaat allemaal veel te snel voor haar.'

Willow draaide zich bliksemsnel om en keek haar aan. Er verspreidde zich een rode kleur over haar wangen en hals. 'Luister eens, Pip, jij hebt je plek, oké?' riep ze. 'Je hebt je land en je stallen en je appartement en je paarden. Jij hebt het goed voor elkaar! Papa heeft het voor jou eenvoudig gehouden! Voor mij was hij minder aardig, gek hè? Ik heb hier niet om gevraagd!'

Willow keek weer de andere kant op en Pip staarde haar geschokt aan nu ze zag hoe haar lippen zich tot een streep hadden getrokken en er boze tranen in haar ogen glinsterden. Het was duidelijk dat haar emoties op scherp stonden. Ze verhief nooit haar stem. Chill Will hadden ze haar als kind genoemd. 'Will…'

'Laat maar,' snauwde ze, en ze vouwde haar armen voor haar borst.

'Will,' zei Pip nu zachter. Ze legde een hand op haar arm en voelde hoe ze trilde. 'Luister nou, het spijt me. Ik wilde het je niet moeilijker maken. Ik weet dat je je best doet. En je hebt gelijk, dit is inderdaad een shitzooi. Ik weet niet waarom papa jou ermee heeft opgescheept. Dat is megastom.'

Willow gaf geen antwoord, maar haar ene wenkbrauw bewoog een stukje omhoog bij het horen van de tienertaal waar ze tien jaar geleden gebruik van hadden gemaakt.

'En waar gaan jullie tweeën zolang slapen als het feest gaande is?' vroeg Pip, nu vriendelijker.

'Het Dower House,' antwoordde Willow na een ogenblik. 'Dat is nu van mama, of ze dat nu accepteert of niet. Ze zal er vroeg of laat toch naartoe moeten. Ze heeft pertinent geweigerd om te helpen, dus heb ik gisteravond rode stickers lopen plakken op alle dingen waarvan ik dacht dat zij ze beslist zou willen meenemen, en daarna ben ik gaan inpakken.'

'Jezus. Leuke nacht gehad dus.'

'Dat kun je wel zeggen,' mompelde Willow, die haar armen om haar bovenlijf geklemd hield.

Pip keek met samengeknepen ogen naar haar zusje, en zag hoe bleek ze was. 'Heb je wel geslapen?'

'Ongeveer drie uur.'

'Will, dat is niet genoeg.'

'Moet je horen wie het zegt. Jij ziet er ook uit als een wandelend lijk.'

Pip grijnsde opgelucht. Zo'n belediging was altijd een goed teken bij de zusjes Lorne. 'Dank je. Ik heb vanochtend wat schaduw aangebracht onder de jukbeenderen. En wat rond de ogen om de kringen goed uit te laten komen, snap je?'

Willow grinnikte zachtjes. Pip had haar leven lang nog nooit make-up gebruikt; getinte lippenbalsem op de bruiloft van een nichtje was al heel wat geweest. Ze zuchtte en ontspande zich weer een beetje. 'Ik slaap wel in het weekend. Maar nu moet ik gewoon verder. Hoe sneller het gaat, hoe beter. De eerste vrachtwagen staat al bij het Dower House, met meubilair dat wordt uitgeladen. Ik ga er later naartoe om uit te pakken.'

'Ik help je wel.'

'Nee. Jij moet rusten.'

'Dozen uitpakken is geen hard werk. Ik kan er wel bij gaan zitten, als je dat liever hebt.'

'Eh, prima dan,' bromde Willow. Pip wist dat het gemakkelijker voor haar was om toe te geven dan ertegenin te gaan.

'En hoelang gaat het duren om het kasteel leeg te halen?'

'Een paar dagen, denken ze. Vrijdag zijn ze klaar.'

'Ik begrijp niet hoe je ze hier allemaal zo snel hebt gekregen,' zei Pip, die een zestiende-eeuws mahoniehouten hemelbed in verschillende delen naar buiten zag komen.

'Dat heb ik aan de mensen van Christie's te danken. Ze waren hier toch al om de boedel voor de verkoop te taxeren, dus ik heb met ze gesproken en ze brengen nu alles naar hun pakhuizen om het daar te bekijken. Ze hebben er het juiste licht en vochtigheidsgehalte, dus het is waarschijnlijk sowieso beter voor de spullen.'

Pip keek haar zusje aan. 'En weet Ottie hiervan?'

Willow sloeg haar armen dichter om zich heen, een defensief, maar ook waarschuwend gebaar. 'Ik heb haar gisteren gebeld om te vragen of ze de harp wilde hebben, of misschien ook andere dingen, maar ze heeft niet teruggebeld. En ze is hier al dagen niet geweest. Ik heb haar alleen in het ziekenhuis gezien. Ze ontwijkt me.'

'Jezus, zeg, jij denkt dat iedereen je ontwijkt!' reageerde Pip.

'Dat is ook zo.'

'Dat verbeeld je je.'

Willow draaide zich om en keek haar aan. 'Echt? Zij is degene die het landgoed had moeten erven, Pip, niet ik, en dat weten we allemaal.'

Pip gaf niet meteen antwoord. Wat kon ze zeggen? Haar zusje had gelijk. Het had zo niet mogen gaan. Hun vader had met dat testament meer schade aangericht dan hij had voorzien. 'Ja, nou, ik heb haar zelf alleen maar gezien omdat ik maandag langs ben gegaan om haar te helpen met de grote schoonmaak na de wedstrijd. Je had de chaos moeten zien: óveral proteïnerepen, avocadopitten, reddingsdekens en linzen.'

'Pip, je wordt geacht te rústen, niet om campings op te ruimen!' zei Willow geërgerd. 'Dat hebben de artsen gezegd.'

'Wat moest ik anders? Ik kan niet de hele dag op de bank hangen, en ik heb geen reserveringen meer tot na de kerst. Het is nu een dooie boel. Niemand wil een tocht maken als de Wild Atlantic Way écht wild is.' Even zag ze het beeld van de prachtige Shalimar voor zich; het kwam aan als een stomp in haar maag. Hoe ging het nu met haar? Begreep ze wat er was gebeurd? Dat ze niet terug zou gaan naar Lorne? Nooit meer?

'Je bent verschrikkelijk,' mopperde Willow.

Pip haalde haar schouders op en keek hoe de mannen als mieren om hen heen snelden. Niemand bleef staan om even te pauzeren, koffie te drinken, een sigaretje te roken... Het was een en al bedrijvigheid. 'En wat gaat er gebeuren als het leeg is? Gaan ze ballonnen ophangen?'

'Ha! Pas nadat de club zijn speciale eenheden heeft gestuurd.'

'Zijn wat?'

'Vaklieden. Stukadoors, schilders en zo. Ze gaan alles strippen. Om er "licht en lucht in te brengen" naar het schijnt.'

'Wat? Je hebt ze toestemming gegeven om het te veranderen?' Pip was gechoqueerd.

'Ik zou ze toestemming geven om het met veren te bedekken, voor het geld dat ze ons betalen.'

'Ons?' vroeg Pip sarcastisch.

Willow keek misprijzend en negeerde de sneer. 'Dat is nog niet eens de kern van de zaak. Het moet het weekend voor Kerstmis klaar zijn.'

Pip keek haar zus aan alsof ze stond te ijlen. 'Het lukt nóóit om zaterdag over een week het kasteel leeg, geschilderd en behangen én heringericht te hebben!'

'Ik weet dat het krap is.'

'Krapper dan de jeans van Kim Kardashian!'

Willow haalde onverstoorbaar haar schouders op. 'Nou, ze schijnen alle vakmensen in huis te hebben. En ze hebben meubilair op voorraad en ze kunnen supersnel werken.'

'Je lijkt er nogal relaxed onder.'

'En waarom ook niet? Het is niet mijn probleem, ze moeten zelf die deadline zien te halen. Wij hoeven alleen te vertrekken.'

Pip beet op haar lip terwijl ze toekeek hoe haar ouderlijk huis stukje bij beetje werd ontmanteld. 'Nou, als je het van de zonnige kant bekijkt, is het ook een opgestoken middelvinger naar die vent.'

'Welke vent?'

'Die knapperd die heeft geprobeerd papa op te lichten.'

Willows mond ging open, maar er kwam geen geluid uit. 'Die jouw leven heeft gered, bedoel je?' zei ze ten slotte.

Pip kreunde. 'Touché.' Ze keek naar Willows bezorgde, bleke gezicht. Kennelijk woog de stress van dit alles toch zwaar op haar. 'Hé, gaat het wel?'

'Ja hoor.' Maar ze oogde verkrampt, zo stijf als een plank.

Plotseling kwam Pip in actie. 'O, wacht, nee, dat niet!' Ze rende naar een van de mannen en nam de open doos die hij droeg van hem over, hem verbijsterd achterlatend. Ze hield de waterkoker triomfantelijk omhoog. 'Deze gaat niet weg voordat wij vertrekken!' riep ze. 'Pas op het laatst!'

Na een moment begon het Willow te dagen. 'Ik neem dan maar aan dat je zin hebt in koffie?'

'Echt wel! Eh, joehoe...' riep Pip, en ze liep de verhuizer achterna, die alweer terug het kasteel in liep. 'Waar hebt u de koekjes gelaten?'

Het was een afmattende dag geweest. Willow zat op de vensterbank van de overloop en staarde met een lege blik naar de verwaarloosde tuin. Ze probeerde geen acht te slaan op de dikke spinnenwebben in alle hoeken. Ergens daarbeneden stond een met mos bedekt standbeeld van Artemis, de godin van de wilde dieren, maar het was bijna onmogelijk te zien onder de dikke wirwar van braamstruiken die over haar heen was gegroeid.

Verstrooid masseerde ze haar voetzolen, die brandden van al het rondlopen. Ze dacht dat ze wel dertig kilometer moest hebben afgelegd. Ze had steeds de trap van het kasteel op en neer gehold, de verhuizers geïnstrueerd over wat waarnaartoe moest, ze had theegezet, de laatste kwesties met Christie's doorgenomen, en toen iedereen het aan het eind van de werkdag voor gezien had gehouden, was ze hiernaartoe gegaan om met het uitpakken te beginnen.

Pip was ook gekomen, zoals ze had beloofd, nadat ze even naar de stallen was geweest om de paarden te verzorgen, en samen hadden ze het linnengoed gevonden en twee van de bedden opgemaakt, alle etenswaren in de voorraadkast en koelkast gezet, de wasmachine aangesloten en op de een of andere manier de antenne voor de tv in de juiste richting geplaatst. Willow had zelfs de reiswekker en persoonlijke spulletjes van haar moeder op haar nachtkastje gezet, een glas met water gevuld en haar boek op de juiste pagina opengelegd, waarmee de indruk was gecreëerd dat ze slechts even uit haar slaapkamer was gestapt, en dat die niet een kleine kilometer was verplaatst.

Dat moest voor vannacht maar genoeg zijn. Door het hele huis heen stonden nog tientallen dozen hoog opgestapeld, en het zou dagen duren om ze allemaal uit te pakken en uit te zoeken wat waarnaartoe zou moeten. Het leed geen twijfel dat ze ook meedogenloos zouden moeten bepalen wat er mocht blijven. Het was een grote opgave voor haar moeder om haar eigendommen te selecteren en te besluiten wat er wel of niet in dit huis zou passen. Niet dat haar moeder op dit moment met haar wilde praten. Willow had haar de nieuwe, zeer urgente plannen meteen moeten meedelen toen ze gisteren thuis was gekomen, opgevrolijkt door haar bloemschikcursus. Het was alsof ze een kind haar snoepgoed had afgepakt. Haar moeder had zich teruggetrokken in haar kamer, was de rest van de dag niet meer tevoorschijn gekomen en had zelfs Mrs Mac de toegang geweigerd. Willow had een rode stip gezet op alles waarvan ze dacht dat haar moeder het zou willen meenemen naar het Dower House, maar haar hart was ineengekrompen toen ze de kleren van haar vader aan hun hangers had zien hangen, de enige items waarvan haar moeder voor ze vertrok zelf had bepaald dat ze weer in de kledingkasten moesten worden opgeborgen.

Mrs Mac was aan het eind van de middag overgekomen, de kofferbak van haar oude Corsa volgestouwd met de inhoud van de vriezer uit het kasteel, die ze in de nieuwe vrieskist had gedaan, die eerder was bezorgd. Ze had een ovenschotel ontdooid, klaar om in het kleine oventje te zetten – Willow miste hun zonnige gele AGA-fornuis nu al. Hoe dan ook wist ze niet of ze wel de energie had om te eten, en er was niemand die erop aandrong. Na al haar zware inspanningen had haar moeder een uur geleden vanuit het huis van de Flanagans gebeld om haar te laten weten dat zij 'erop stonden' dat ze er vannacht zou logeren. Willow bedacht dat het haar niet zou moeten verbazen.

Ze sloot haar ogen en vroeg zich af of ze niet gewoon ter plekke kon gaan slapen, in dit hoekje, met haar benen opgetrokken en haar hoofd rustend tegen de brede stenen zijkant van de muur. Maar er straalde kilte af van de ramen met enkel glas, dus kwam ze met tegenzin in beweging. Ze zou moeten checken of de centrale verwarming werkte voor ze naar bed ging, anders zou ze vannacht nog bevriezen. De temperatuur was sterk aan het dalen. Volgens Pip kwam er een koufront aan vanuit het noorden, vandaar dat ze dubbele dekens op de paarden had gelegd.

Ze dwaalde door het huis en voelde zich een indringer. Ze kende het niet goed, deels vanwege de afgelegen ligging ten opzichte van de rest van het landgoed, zonder noemenswaardig uitzicht en ver uit het zicht van het kasteel. Maar ook deels omdat het toen ze klein was, bewoond was geweest door huurders, een kinderloos ouder echtpaar, Mr en Mrs Wheeler, die hier waren komen wonen nadat hij was gestopt met zijn architectenbureau in Limerick. Ze hadden hier gewoond tot ze een paar jaar geleden allebei waren gestorven, maar ze waren nooit erg vriendelijk geweest tegenover de nogal ongetemde, eigenzinnige dochters op het kasteel, die bekendstonden om hun kattenkwaad.

Maar dat was eigenlijk niet wat Willow en haar zussen had tegengehouden. Het waren eerder de verhalen van hun vader over de geest die hier rondwaarde en aan de deurknoppen rammelde terwijl haar rokken het haardstel omvertrokken wanneer ze ronddoolde. Het zou gaan om de geest van Elizabeth Carr, de stiefmoeder van de vijftiende Knight, die ook wel Black Bess werd genoemd vanwege haar gitzwarte haar. Volgens de overlevering had de vijftiende Knight het huis voor haar laten bouwen als straf voor de slechte manier waarop ze hem had behandeld toen hij klein was. Toen zijn vader stierf en hij de titel, het kasteel en al het land erfde, was zijn wraak zoet: de opdracht tot het bouwen van het Dower House was zijn eerste daad als knight geweest. Het werd gebouwd volgens de mode van die tijd – in Queen Anne-stijl – met grijze hoekstenen, schuiframen, een centraal fronton en een schilddak. Maar zoals ook gold voor Black Bess, was de schoonheid van het huis bedrieglijk en oppervlakkig, want achter de stijlvolle gevel was het huis verrassend klein en sober. De meeste huizen uit deze tijd hadden een hal in het midden, twee kamers diep, maar hier was het binnen amper groter dan in een aantal van de cottages op het landgoed. De extravagant hoge plafonds waren een overbodige luxe en dienden alleen om de bescheiden afmeting van de kamers te benadrukken. En de steile, smalle trap zou met een lange rok verraderlijk zijn geweest. Black Bess was dan ook met een val van de trap vroegtijdig aan haar eind gekomen, bijna een jaar nadat haar man was gestorven. De legende vertelde, volgens haar vader, dat de laatste woorden die haar lippen verlieten toen ze viel, een vloek betroffen die ze uitsprak over haar stiefzoon en huize Lorne.

Natuurlijk zou het een achteruitgang zijn geweest voor wie gewend was te wonen in een groot kasteel, maar naar moderne maatstaven stelden de nadelen van dit huis niets voor. De kleinere kamers waren heel geschikt voor een stel of iemand die hier alleen zou wonen, en bijna alle architecturale kenmerken, zoals de ramen en haarden, waren authentiek. Als ze wat bomen zouden omhakken, de tuin zouden aanpakken en het huis zouden opknappen... Het zou een mooi project kunnen zijn, iets om haar moeder bezig te houden terwijl ze gewend raakte aan het weduwschap...

'Hallo!'

Willow schrok van de onverwachte stem. Haar knieën knikten

en ze bleef bovenaan de trap huiverig naar de donkere hal beneden staan kijken.

'Willow, ben je daar?' De stem klonk gedempt door de dikke houten voordeur. 'Ik ben het! Taigh!'

'Jezus, Taigh,' mompelde ze, en ze legde haar hand op haar nog bonzende hart. Ze liep voorzichtig de trap af en deed de deur open.

'De bel werkt dus niet?' zei hij met een grijns.

'Ik geloof dat hier veel niet werkt, eerlijk gezegd. Sorry, stond je er al lang?'

'O, er is niets mis met wat frisse lucht.'

Ze zag dat het puntje van zijn neus roze was. Hij droeg zijn ambulance-uniform en had zijn tas naast zijn voeten staan. 'Vlug, kom binnen, of het wordt je dood nog. Het is ijskoud buiten.'

'Brrr, het is bínnen ook ijskoud,' zei hij terwijl hij de hal met de natuurstenen vloer in stapte. Hij zag de donkere haard. 'Nog geen vuur gemaakt?'

'Dat was mijn volgende missie,' zei ze met een glimlach, in een poging haar vermoeidheid te verbergen. Naar bed gaan en schuilen onder een deken leek een gemakkelijker keuze. 'Wat kom je doen?'

'Ik kwam kijken of Pip hier is. Ze is niet thuis.'

'Echt niet?' Willow fronste. 'Weet je het zeker? Ze is hier ongeveer een uur geleden weggegaan en ze zei dat ze rechtstreeks naar huis zou gaan. Ze was bekaf.'

'Nou, ze reageerde niet, maar het licht was wel aan.'

'O. Dat is vreemd. Waarom heb je haar nodig? Kan ik je helpen?'

'Helaas niet. Ik moet haar nakijken, nog even naar haar longen luisteren.'

'O, aha.'

'Ja, ik kan mijn lol wel op. Maar ik loop haar steeds mis. Elke keer als ik naar de stallen ga, is ze er niet en ik kan haar maar niet vinden. Als ik niet beter wist, zou ik zweren dat ze me opzettelijk ontwijkt.'

'O, vast niet,' zei Willow, niet al te overtuigend. 'Je kent Pip, die kan gewoon niet stilzitten.'

'Dat is het nou juist. Ze moet écht rust houden. Ik vraag me af of ze de ernst ervan wel inziet. Het scheelde maar een haar afgelopen weekend, en het lichaam moet van zoiets herstellen, de geest trouwens ook. Ze kan niet doen alsof er niets is gebeurd.'

Willow aarzelde, want dat was natuurlijk precies wat haar eigengereide zus had gedaan. Voor zover zij had kunnen zien, had Pip gedaan alsof er niets aan de hand was. 'Nou, het is voor ons allemaal een rare tijd geweest. Er is zoveel gebeurd dat het lastig was om lang ergens bij stil te staan. Maar mocht het je geruststellen, ze leek gewoon in orde vandaag en we hebben uren gewerkt. Het was een gekkenhuis. We hebben het kasteel in recordtempo leeggehaald.'

'Ja, ik zag je briefje op de deur, waarop stond dat je hiernaartoe was verhuisd. Het gaat allemaal wel erg snel, hè?'

'Snel of langzaam, het moet sowieso gebeuren.'

Ze haalde nonchalant haar schouders op, maar eigenlijk voelde elke opmerking over de kwestie als een beschuldiging – van haast, van een gebrek aan reflectie, gevoel, gehechtheid. Ze voelde zich er kwetsbaar door.

Hij keek geïnteresseerd rond in de hal. 'Ik ben hier nog nooit geweest.'

'Wij eigenlijk ook niet. Het huis was in onze jeugd verhuurd. De bewoners waren niet erg toeschietelijk.' Ze trok haar neus op. 'Bovendien spookt het er, natuurlijk. Wij bleven hier als kinderen dus wel weg.'

Zijn ogen schoten verrukt open. 'Hebben jullie een spook?'

'O, zeker! Black Bess. Geen vrouw om mee te spotten, naar verluidt. En in dit huis schijnt ze dus rond te waren.'

Hij wierp haar een sceptische blik toe. 'En jij blijft hier in je ééntje?'

'Nou, alleen vannacht maar. Mama zou hier ook slapen, maar

zij logeert een nachtje bij de Flanagans. Om niet te hoeven helpen uitpakken, denk ik.'

'Maar red jij je dan wel?'

'Ik geloof niet meer in spoken, Taigh,' antwoordde ze lachend.

Hij grijnsde. 'Maar toch wel in elfjes?'

'Uiteraard!'

'En eenhoorns?'

'Daarop rij ik dagelijks over het strand,' zei ze knikkend.

'Echte Ierse leprechauns?'

'Net met eentje gekletst.'

Hij lachte. 'Ridders op witte paarden?'

Ze zoog haar lippen naar binnen. 'O nee, sorry. Nooit een gezien.'

'Ik geloof er niets van! De dochter van een heuse Ierse ridder die nog nooit een ridder op een wit paard heeft gezien?'

'Dochters van ridders hebben geen ridder nodig!'

'Tja, wat is nodig hebben?' grinnikte hij, en hij pakte zijn tas weer op. 'Jullie Lornes zijn lastige tantes, hoor.' Hij liep terug naar de deur. 'Luister, ik moet gaan, ik heb over twintig minuten dienst. Maar zeg tegen die zus van je dat ik haar probeer te vinden. In elk geval moet ik haar kunnen afvinken, meer niet. Wil je dat voor mij aan haar doorgeven?'

'Tuurlijk.'

'Ik wip morgen wel weer even bij haar langs.'

'Je bent een topper, Taigh. Ik bel haar nu wel even om het haar te laten weten.'

Ze sloot de deur achter hem en pakte haar telefoon om te kijken hoe het bereik hier was. Ze zag dat er boven in het schermpje één staafje oplichtte. Tot haar verbazing zag ze dat ze een telefoontje had gemist en dat er een nieuw bericht was ingesproken, ook al was haar telefoon niet overgegaan.

Ze luisterde haar voicemail af.

'Willow, met Connor.' Zijn stem voelde als fluweel tegen haar oor. 'Morgen komen de steigerbouwers om de stellages voor het dak op te zetten. Ze willen de vrachtwagens zo dicht mogelijk bij het kasteel zetten, voordat de verhuiswagens arriveren, dus ze zijn er al vroeg, rond zeven uur. Kun je er voor die tijd voor zorgen dat alle eventuele auto's uit de weg zijn? Dan voorkomen we dat ze beschadigd raken.' Er viel een stilte. 'Oké... dag.'

Ze hing op en drukte de telefoon tegen zich aan. Taigh was kennelijk niet goed op de hoogte. Ridders kwamen tegenwoordig niet meer te paard.

19

Vrijdag 13 december

De wind blies met speelse vlagen en rukte het bedlinnen uit Otties grijpende handen, telkens als ze ernaar reikte. Haar roodblonde haar wervelde in verticale lokken om haar hoofd. 'Verdorie,' mopperde ze, met drie houten wasknijpers tussen haar lippen terwijl ze de hoek van een dekbedhoes vastpakte. Ze hield hem met moeite tegen zich aan en bukte om hem te vouwen voordat de wind er opnieuw vat op zou krijgen en hem als een zeil weer de lucht in zou laten bollen. Uiteindelijk duwde ze de hoes met een kreun van voldoening in de wasmand en legde de gladde steen – haar pressepapier voor de was – er weer op. Het leven aan een strand was niet altijd eenvoudig. De kussenslopen en haar onderbroekjes waren gemakkelijker hanteerbaar en ze stapelde de rest van het schone wasgoed in de mand voordat ze hem ophees onder haar arm en zich het huis weer in zwoegde.

Eenmaal veilig binnen leunde ze met een zucht tegen de deur.

'Een winderige dag vandaag, dus.'

Ze keek op door haar massa warrige haar en zag Ben bij het aanrecht staan. Hij steunde op zijn krukken en hoewel hij nog steeds zijn trainingspak droeg (hij had geen andere kleding bij zich, afgezien van het chique pak), zag hij er beter uit dan de afgelopen dagen. De kleur op zijn wangen was teruggekeerd en de gekwelde, gepijnigde blik was van zijn gezicht verdwenen.

'Goedemorgen! Je bent op.'

'Dat werd ook wel tijd, dacht ik.' Hij keek verrassend schaapachtig. 'Ik kan niet blijven slapen.'

'Juist wel, dat heeft je lichaam klaarblijkelijk nodig.' Ze had hem de afgelopen anderhalve dag zijn maaltijden op een dienblad in de slaapkamer gebracht, maar hoewel hij, telkens als ze aanklopte, had geprobeerd zichzelf uit zijn staat van bewusteloosheid te wekken en een bedankje had gemompeld, was hij steeds weer onmiddellijk in slaap gevallen en bleef alles onaangeroerd. Af en toe had ze hem naar de badkamer horen schuifelen, waarbij zacht gekreun door de muur had geklonken, veroorzaakt door de pijn in zijn been en zijn beperkte mobiliteit, maar verder had hij de kamer niet verlaten.

'Ik had niet gedacht dat de narcose zo enorm veel effect zou hebben,' zei hij fronsend.

Ottie glimlachte terwijl ze naar hem toe liep en de wasmand op de kleine keukentafel zette. 'Narcose?' vroeg ze grijnzend. 'Denk je niet dat het ook iets te maken kan hebben met het feit dat je een slapeloze nacht tegen een klif hebt doorgebracht, in stormachtig weer, en dat je daarvoor al een stuk had hardgelopen?'

'Maar ik had nog geen veertig kilometer gelopen. Ik was nog maar amper begonnen.'

'Ja, is ook zo. Slechts veertig kilometer? Daar kan het niet aan liggen,' grapte Ottie met opgetrokken neus.

Hij trok een wenkbrauw op. 'Je lacht me uit.'

Ottie haalde een van de kussenslopen uit de mand en begon die glad te strijken. 'Ja, Mr Gilmore, dat klopt.'

'Hm.' Zijn bijna-glimlach zweemde weer om zijn lippen. 'Heb je zin in koffie?'

'Ik zal wel even zetten,' zei ze, en ze liet de was meteen uit haar handen vallen. Maar hij hield haar met een hand tegen.

'Nee. Het lukt me best. Het wordt tijd dat ik me nuttig maak, al is het maar door het vullen van een waterkoker.'

'Maar je hoeft het niet te doen, hoor.'

'Jij ook niet,' zei hij met een directe blik op haar gericht voordat hij zich afwendde en naar de waterkoker begon te hobbelen. 'Zeg maar waar alles staat.'

'Nou... de koffie vind je in dat smalle kastje daar. En de koppen staan in de kast aan de muur links.'

Het ging moeizaam. Voor de krukken had hij beide handen nodig, dus kon hij niet met de waterkoker lopen nadat hij hem eenmaal had gevuld. Hij moest hem op het aanrecht zetten en verder schuiven, vervolgens zijn krukken pakken om erachteraan te bewegen, en het ding opnieuw een zet geven.

'Laat mij maar,' zei ze, toekijkend met een grimas. Het was in feite pijnlijk om aan te zien.

'Nee.' Hij schonk haar een strak glimlachje. 'Dank je.'

Ze beet op haar lip, besloot dat ze beter niet kon kijken en begon het wasgoed weer op te vouwen. 'Je lijkt je alweer iets beter te kunnen bewegen.'

'Ja. De zwelling begint een beetje af te nemen. Ik maak vandaag een start met wat van de fysio-oefeningen.' Hij was weer bij de waterkoker aangekomen en zette die triomfantelijk op het onderstel.

'Echt? Is dat niet te snel?'

Hij pakte de koppen, die gelukkig in de kast vlak voor hem stonden. Daar hoefde hij niet voor te lopen. 'De zaalarts zei dat ik kon beginnen zodra ik het gevoel had eraan toe te zijn. En hoe sneller ik hersteld ben, hoe sneller ik een vliegtuig kan pakken en je niet meer in de weg hoef te zitten.'

'Het is echt geen probleem,' zei ze glimlachend.

'Ik kan me niet voorstellen dat je niet heel graag je bed terug wilt.' Hij keek naar de bank, die onberispelijk was opgemaakt met opgeschudde kussens en een gladgestreken plaid. Niemand zou vermoeden dat hij ook dienstdeed als bed.

'De bank is verrassend comfortabel,' loog ze. Zonder erbij na te denken vouwde ze haar onderbroekjes op totdat ze zich realiseerde wat ze vasthield en ze snel terug in de wasmand stopte.

Zijn blik flitste discreet de andere kant op. 'Hm,' mompelde hij weer, en hij pakte zijn krukken om naar de koelkast te hinken. Ottie verbleekte bij de gedachte aan de odyssee die zijn gestrompel door de keuken met de melk zou behelzen, maar ze durfde zich er niet mee te bemoeien. Hij had duidelijk gemaakt dat hij zelfstandig wilde zijn, dat hij op de een of andere manier iets terug wilde doen. Dat moest ze hem gunnen.

'Je hebt helemaal niets aan de muur hangen,' zei hij, reikend naar de melk in de koelkast. Het klonk eerder als een statement dan als een vraag.

'Nee.' Ze keek naar de hoge witte muren. Het viel de meeste mensen niet op, want hun blik werd altijd naar het steeds veranderende uitzicht getrokken, maar ze zagen er inderdaad erg leeg uit. Ze keek hem aan en sloeg haar ogen weer neer. Hij was opmerkzaam. Een oplettend toeschouwer. 'Ik geloof dat ik op het perfecte schilderij wacht.'

'Wat voor iets heb je in gedachten?'

Ze haalde haar schouders op, liep naar de smalle kast naast de voordeur waar de jassen hingen en trok de strijkplank eruit. 'Ik weet het niet,' zei ze vaag, hoewel ze het wel degelijk wist. Ze wist precies wat ze zou willen ophangen. Ze glimlachte stijfjes. 'Ik denk dat ik erachter kom op het moment dat ik het zie. Het is lastig iets te vinden wat met dat uitzicht kan concurreren, dat is het probleem.'

'Het is een fantastisch uitzicht,' zei hij instemmend.

Er werd op de deur geklopt en ze keken allebei op. 'O. Dat zal ongetwijfeld een van mijn zussen zijn,' zei ze, en ze trok de strijkplank omhoog tot zijn maximale hoogte, waarbij het onderstel door de verschillende standen ratelde. 'Ik verontschuldig me bij voorbaat voor eventuele beledigende of brutale dingen die ze zeggen of doen. Vooral Pip.'

Hij keek een beetje beduusd. Er werd nog eens geklopt.

'Nou, dat is absoluut Pip. Die neemt nooit haar sleutels mee,' mompelde ze, en ze liep op haar sokken over de vloer. 'Pip...' mopperde ze terwijl ze de deur opendeed.

'Jezus, ik vergeet altijd hoe mooi je bent...'

'Mr Flanagan,' zei ze stijfjes, met een snelle stap achterwaarts om Berties uitgestoken armen te ontwijken. Haar hart begon sneller te bonzen van paniek.

Bertie bleef een moment staan, met zijn armen naar voren in de lucht alsof hij een hem toegeworpen bal had laten schieten, en probeerde de situatie in zich op te nemen.

'Ik vertelde Mr Gilmore net dat ik dacht dat je Pip zou zijn, die weer eens haar sleutels was vergeten.'

'Mr Gil...' begon Bertie vragend terwijl hij zijn rug rechtte en het huisje binnenkwam. 'Mr Gilmore! Ben! Híér ben je dus!' De vrolijke verrassing die doorklonk in zijn stem, bereikte zijn ogen niet. 'Ik vroeg me al af waar je was. Toen ik belde om navraag te doen, zeiden ze dat je uit het ziekenhuis was ontslagen, maar ze mochten me natuurlijk niet vertellen waar je verbleef. Ik nam aan dat je was teruggekeerd naar de States.'

Ben knikte. 'Ottie was zo aardig om me in deze fase een dak boven het hoofd aan te bieden. Ik mag een paar weken niet vliegen.'

'Een paar weken,' herhaalde Bertie, en Ottie wist dat hij daarmee tijd probeerde te winnen om vlug te kunnen nadenken en de situatie in te schatten.

'Risico op trombose,' zei Ottie kort, en ze sloot de voordeur. Nu de schok dat hij zomaar bij haar op de stoep stond wegebde, merkte ze hoe boos ze op hem was. Ze hadden elkaar dagen niet gesproken, niet meer sinds zondagavond, toen ze paniekerig op zoek waren geweest naar Ben. Hij zou hebben geweten van haar logé als hij de moeite had genomen om op haar berichtjes te reageren. Ze had zelfs een telefoontje naar zijn vaste lijn gewaagd, en tot haar grote verbazing – en afgrijzen – had Shula opgenomen en de telefoon aan haar eigen móéder gegeven, die daar kennelijk verbleef!

Ze wist dat Bertie haar berichtjes moest hebben gezien. Ze hielden de communicatie altijd simpel: geen geheime tweede toestellen, ze stonden in elkaars contactenlijst te boek als *Dave Bridges, loodgieter*, een dekmantel voor het geval Shula ooit toevallig zijn berichtjes zou bekijken. 'Ben was net koffie aan het zetten. Wil je ook?' vroeg ze snauwerig.

'Nou, ik wil niet storen.'

'Waarom zou je storen?' Ze zag gefascineerd hoe ongemakkelijk hij zich leek te voelen. 'We zijn gewoon aan het kletsen.' Hij pikte de scherpte in haar stem kennelijk op, want ze zag aan zijn ogen dat hij wist dat hij in de problemen zat.

'Graag dan. Zwart, zonder suiker.'

Ottie voelde een kleine golf van opluchting door zich heen gaan, aangezien de taak voor Ben daar in elk geval eenvoudiger van werd. Hij hoefde niet nog eens extra naar de koelkast te hinken. Hij maakte de koffie snel en Bertie liep naar hem toe om zijn kop van hem aan te nemen. 'Maar hoe gaat het nu met je? Zo te zien ben je alweer enigszins op de been.'

'Het begint erop te lijken,' zei Ben met een knikje.

'Slaap je goed?'

'Te veel, eigenlijk. Ik probeer te minderen.'

'Nonsens, niet doen. Dat is het verdedigings- en herstelmechanisme van het lichaam,' zei Bertie zelfverzekerd. 'Luister naar wat je lichaam je te zeggen heeft.'

Bens ogen schoten even haar kant op. Hij voelde zich duidelijk opgelaten. 'Nou, in dat geval neem ik de koffie maar mee naar mijn kamer. Mijn been begint te kloppen. Ik moet het weer omhoogleggen.'

'O, maar...' Hij was de kamer nog maar net uit gekomen. Voor zijn geestelijke gezondheid zou een andere omgeving vast beter zijn. Aan de andere kant was Bertie hier... 'Wacht, laat mij je kop voor je meenemen,' zei ze dus maar. Ze snelde naar hem toe en nam de kop uit zijn hand voor hij kon protesteren.

'Dat hoeft echt...'

'Ik sta erop. Hete vloeistof en krukken vormen geen fijne match.'

Ze zette zijn koffie op het nachtkastje en haastte zich om het dekbed recht te leggen en de kussens voor hem op te schudden terwijl hij aan kwam hobbelen. Het zou op zijn minst beter voelen om op een opgemaakt bed te liggen. Ze liep vlug naar de badkamer en schonk schoon water in een karaf, die ze naast het bed zette. 'Zal ik de gordijnen voor je opendoen?' vroeg ze toen hij binnenhinkte – hij de schildpad, zij de haas.

Hij knikte en liet zich vermoeid op het bed zakken terwijl zij de gordijnen zo ver mogelijk open trok. Het raam keek uit op de zee, dus in elk geval zou hij vanuit zijn bed een mooi uitzicht hebben, al was het lang niet zo indrukwekkend als dat door het hoge raam in de naastgelegen kamer.

Ze keek naar hem. Hij leek nu gespannen, zijn lichaam ineengedoken en gesloten. Was het de pijn? Hij nam minder dan een derde van zijn voorgeschreven dosis pijnstillers. 'Heb je je medicijnen ingenomen?'

'Nee. Die heb ik niet nodig.'

Zijn lichaamstaal suggereerde iets anders. Ze zuchtte, want ze wist dat het geen zin had om aan te dringen. 'Nou, weet je heel zeker dat je hier weer wilt zijn? Je bent nog maar net weer tevoorschijn gekomen.'

'Ja.' Zijn stem klonk afgemeten. Was de pijn aan het opspelen?

'Je kunt gerust in de woonkamer zitten. Bertie en ik gaan het alleen maar hebben over...'

'Het verloop van de race?'

Ottie verstrakte om de scherpe klank in zijn stem. Wat bedoelde hij daarmee?

Ben keek de andere kant op. 'Het is prima zo. Echt.'

'Goed, maar laat het me weten als je iets nodig hebt,' zei ze zacht. Ze trok zich terug uit de kamer, maar niet voordat zijn ogen nog even contact maakten met de hare toen ze de deur dichtdeed. Het deed haar denken aan de eerste avond dat ze hem had ontmoet. Die ondoorgrondelijke blik, alsof hij een geheim met zich meedroeg.

Bertie barstte onmiddellijk los. 'Wat dóét hij hier?' fluisterde hij met opengesperde ogen, kennelijk woedend om deze onverwachte ontwikkeling.

Maar Ottie drukte een vinger tegen haar lippen en schudde ferm en met vlammende ogen haar hoofd. 'Niet hier.'

Ze zetten zich schrap tegen de wind, allebei gebukt en met de jas dicht tegen zich aan geklemd, terwijl ze over het natte zand liepen. De vloed maakte ribbels in het zand en liet de inmiddels gebruikelijke rommel uit de Atlantische Oceaan achter. Ottie had haar herbruikbare plastic boodschappentas meegenomen en bleef om de paar meter bukken om er oude waterflesjes, blikjes, stukjes visnet en plastic dekseltjes in te stoppen.

'Je kunt dit niet doen,' zei Bertie furieus. 'Hij is een volslagen vreemdeling. Je kunt hem niet bij jou in huis laten slapen.'

'Hou toch op! Jíj kunt niet alles bepalen. Je kunt je niet aan alle contact onttrekken en toch vinden dat je het recht hebt om te zeggen wie er wel of niet bij mij mag logeren.' Ze lachte smalend. 'Bovendien kan die man amper bewegen, Bertie! Wat denk je dat hij me gaat aandoen? Me wurgen in mijn slaap? Geloof me maar, hij zal me eerst moeten vragen of ik hem uit bed wil helpen.'

Bertie stopte met lopen. 'En waar slaap jij als hij nu het bed heeft?'

Haar mond viel open van ongeloof. Hij kon toch niet serieus denken dat... 'Op de bank! Waar anders?'

'Oké, ik vroeg het alleen maar,' zei hij, zijn handen verontschuldigend omhoogstekend toen hij aan haar gezicht zag hoe geschokt ze was.

Maar hij had het niet alleen maar gevraagd. Er had achterdocht in zijn stem doorgeklonken. 'Afgezien van het feit dat zijn lichaam momenteel in de kreukels ligt, denk je nou echt dat ik zomaar met die man het bed in zou duiken?' riep ze uit.

Hij keek gekweld de andere kant op. 'Nee, ik... Jezus, nee, natuurlijk niet. Het is gewoon dat... je zelf niet ziet hoe mooi je bent. Iedere man zou een idioot zijn om bij jou niet elke kans te grijpen.'

Ze staarde hem verbluft aan. 'Niet iedereen is zoals jij, Bertie,' snauwde ze. 'We gaan niet allemaal met iemand naar bed gewoon omdat we de kans krijgen.' De woorden waren eruit voor ze ze kon tegenhouden en ze bleef abrupt staan toen ze zijn gezicht van pijn zag vertrekken. 'Dat meende ik niet zo.'

'Natuurlijk wel,' zei hij zacht. 'Eens een vreemdganger, altijd een vreemdganger, toch?'

Ze keek hem aan, wilde de tijd een stukje terugdraaien, herroepen wat ze had gezegd. 'Nee. Zo zit het niet. Wij zijn verliefd geworden, dat is iets anders.' Maar haar woorden klonken stijfjes – als een uitleg, niet als vergiffenis – en toen hij haar in zijn armen wilde nemen, deinsde ze achteruit en liep over het zand bij hem vandaan. Ze zou hem niet de gekwetste puppy laten uithangen.

Hij haastte zich om haar bij te houden, zijn lichaam nog stijf van het weekend. Ze liepen een paar passen zwijgend verder, waarbij Ottie zich telkens vooroverboog om de vele flesjes en rietjes op te pakken...

'Ottie, luister, ik doe steeds alles verkeerd, dat weet ik. Ik had al eerder langs moeten komen.'

'Inderdaad, ja.'

'En ik weet dat ik me zondagavond rottig gedroeg, maar ik was enorm gestrest. Ik dacht dat we een lijk zouden vinden.'

'Ja. Dat dachten we allemaal.'

'Maar het is mijn onderneming, het was mijn verantwoordelijkheid. Mijn schuld.'

'Nee. Je hebt me heel duidelijk gemaakt dat het helemaal aan mij lag. Ik was degene die jou ervan had weerhouden de bordjes te plaatsen, weet je nog? Ik was degene die was weggedoken voor een plaspauze. Het was allemaal mijn schuld.'

'Lieverd, dat is niet waar,' protesteerde hij met een onthutste blik.

'Dat is wel wat je zei. Alsof ik het ingepeperd moest krijgen!

Dacht je niet dat ik me al schuldig genoeg voelde?'

'Otts, het spijt me als ik je dat gevoel heb gegeven. Dat is nooit mijn bedoeling geweest. Ik was afgepeigerd en gespannen. Wil je het me alsjeblieft vergeven?' Zijn ogen zochten die van haar, maar ze keek de andere kant op. Ze kón het hem niet zomaar vergeven. Zijn beschuldigingen hadden haar die avond niet alleen pijn gedaan omdat ze terecht waren, maar omdat hij geacht werd haar te verdedigen, niet haar aan te klagen. 'En natuurlijk begrijp ik waarom je dit voor Gilmore doet. Jij bent te goedhartig...'

Ze draaide zich snel om en keek hem weer aan. 'Ik doe dit niet vanuit de goedheid van mijn hart, Bertie. Die man was bijna dood door mij! Ik kon hem niet aan zijn lot overlaten. Hij is ver weg van huis, op een ander continent. Niemand heeft hem gebeld, niemand is bij hem op bezoek geweest. Dit komt voort uit schuldgevoel, zo simpel is het. Daar kun jij trouwens ook van meepraten.'

Bij de indirecte verwijzing naar zijn vrouw zetten ze beiden een stap achteruit. Shula was er altijd, ze stond tussen hen in als een derde schaduw. Al vijf jaar lang leefde Ottie met de dubbelhartigheid en de leugens die hun verhouding met zich meebracht, want ze hield van deze man. Alleen als ze met hem samen was, voelde ze zich gelukkig, zichzelf, vrij. Ze ging 's avonds naar bed met het verlangen over hem te dromen, en ze werd wakker in de hoop hem te zien. Ze durfde nauwelijks haar huis te verlaten voor het geval ze een bezoekje van hem zou missen, en haar gedachten werden overheerst door de vraag wanneer ze hem weer zou treffen, wanneer ze de wereld eindelijk de waarheid konden vertellen en vrij konden zijn om te leven zoals zij dat allebei wilden. Ze hadden hun affaire geheimgehouden om andere mensen – Shula, haar vader, haar moeder – geen pijn te doen, maar hoeveel langer kon ze dat nog volhouden? Haar hart snakte naar een normaal leven. Ze voelde zich een lege huls als ze hem – met of zonder Shula – in het openbaar tegenkwam en hem begroette alsof hij alleen maar een vriend van de familie was. Het was uitputtend om tegenover iedereen vol te houden dat ze een blij vrijgezellenbestaan leidde terwijl ze het liefst van de daken wilde schreeuwen dat ze stapelverliefd was op een man die hetzelfde voor haar voelde. Hij was haar drug en ze kon niet doen alsof zíj een slachtoffer was nu een man bijna was gestorven vanwege haar blinde, koortsachtige behoefte om haar volgende dosis tot zich te nemen.

Ze draaide zich naar hem om, waarbij de wind vat op haar haren kreeg en ze weer over haar gezicht heen liet zwiepen. Hij streek ze weg en hield ze naar achteren met zijn vingers. 'We kunnen zo niet doorgaan, Bertie. We beschadigen andere mensen.'

Hij staarde haar aan met groeiende schrik in zijn ogen. 'Christus nog aan toe, vraag dit niet van me, Ottie. Vraag me niet jou op te geven. Als ik sterker zou zijn, een betere man was...'

'Nee, dat vraag ik niet. Ik wil geen ander. Ik wil jou.' Ze zette een stap naar voren zodat hun lichamen elkaar raakten, hun jassen tegen elkaar aan flapperend. Ze sloot haar ogen toen hij haar hoofd omvatte en haar eindelijk een kus gaf. Hij smaakte naar koffie en marmelade. 'Maar ik wil dat we samen zijn. En dan echt. Dat heb ik nodig. Ik kan zo niet verder. Ik heb genoeg van alle leugens.'

'Ik begrijp het, ik ook. En we zullen samen zijn, dat beloof ik.'

'Wanneer dan?'

'Binnenkort.'

'Wanneer is binnenkort?' drong ze aan. 'Je hebt altijd gezegd dat we het voor ons moesten houden vanwege papa; je zei dat hij er kapot van zou zijn. Maar...' Ze kon de woorden niet uitspreken. Dat hoefde ook niet.

'Ik weet het. Ik weet het,' zei hij snel. Hij wreef over haar armen, en het schuldgevoel kroop steels als een kat over zijn gezicht.

'Je moet Shula over ons vertellen. Dat is het beste wat je voor haar kunt doen. Jullie huwelijk stelt weliswaar niets meer voor, maar ze is een aantrekkelijke vrouw. Geef haar de vrijheid om iemand anders te vinden, om opnieuw te beginnen. Dat ben je haar verschuldigd. Laat haar het geluk vinden dat wij bij elkaar hebben gevonden.'

Hij wendde zich af en staarde naar de beukende golven. 'Jij hebt de innerlijke overtuiging van de jeugd, Ottie. Alles is eenvoudiger als je niets te verliezen hebt.'

'Ik heb álles te verliezen,' riep ze uit. 'Jij bent mijn wereld. Ik stem mijn hele leven op jou af. Ik wacht hier op jou, verlangend naar een nacht of twintig minuten met jou. Ik weet nooit hoe, wat of wanneer.'

Hij streek met zijn handen door zijn haar. 'Ik weet dat het niet eerlijk is tegenover jullie allebei. Ik zit in een onmogelijke situatie. Ik wil haar geen pijn doen, maar ik wil jou ook niet verliezen.'

'Je zult moeten kiezen, dat weet je. We bevinden ons al te lang in deze impasse. Ik wil meer. Ik wil bij je zijn. Met je samenwonen. Elke ochtend naast je wakker worden.'

Hij omklemde haar gezicht en kuste haar opnieuw en indringend. 'Dat wil ik ook,' mompelde hij, en ze voelde zijn passie voor haar.

'Doe het dan. Vertel het Shula en ga bij haar weg.' Haar adem was warm tegen zijn hals.

'Dat ga ik doen, beloofd.'

'Binnenkort?'

'Ja.'

'Voor Kerstmis.'

Zijn mond ging verbaasd een stukje open. 'Ik...'

'Ik wil dat we op kerstochtend samen wakker worden, Bertie. Dan ben ik jouw cadeautje om uit te pakken en jij dat van mij...' Hij kreunde zachtjes terwijl ze zich dichter tegen hem aan drukte en haar hand onder zijn jas liet glijden. 'Beloof het me. Zeg me dat we met Kerstmis samen zijn... Zeg het dan...'

Hij sloot zijn ogen en knikte, want haar handen bewogen naar de plek waar hij ze wilde voelen, en ze bedekte zijn hals met kusjes. 'Ik beloof het. Voor Kerstmis zullen we samen zijn.'

20

'Nog eens hetzelfde, Joe,' zei Pip, en ze schoof haar glas over de bar naar hem terug.

'Jij hebt dorst vanavond,' zei de pubhouder mild, haar een blik toewerpend terwijl hij nog een biertje tapte.

'Aye, nou, ik heb dan ook hard gewerkt, nietwaar?' Het was vrijdag, maar haar eerste avond in de pub deze week.

'En je hebt het vorige week hard gespééld, heb ik gehoord... Goed om te zien dat je in orde bent.'

Goed om te zien dat je in orde bent. Met andere woorden: goed dat je niet dood bent. Pip rolde met haar ogen om het kenmerkende lokale understatement. Men hield hier niet van nodeloze drukte. 'Dank je.'

Hij schoof het biertje naar haar toe, maar weigerde opnieuw haar geld in ontvangst te nemen. Het eerste was van het huis geweest. 'Phil Meenahan,' zei hij met een knikje naar de timmerman die poolbiljart stond te spelen.

'Bedankt, Phil!' Ze hield het biertje omhoog.

'Aye-aye!' riep hij met een vrolijke zwaai terug.

'Je zou nog gaan denken dat je hier geliefd bent,' grapte Joe. Zijn ogen schoten naar de deur toen die openging en er wat werklui binnenkwamen. 'Wat mag het zijn, jongens?' vroeg hij ze, naar het uiteinde van de bar lopend.

Pip draaide haar hoofd om en keek over haar schouder naar de gezelligheid in haar lokale pub. Het was vanavond nog drukker dan anders. Het was geen stijlvolle gastrobar en er was ook geen sentimentele opsmuk te vinden zoals je die soms in landelijke pubs aantrof, met gedroogde hopplanten hangend aan de balken of oude dorsvlegels en roestige garelen aan de muur, hoewel Joe en zijn moeder al wel een begin hadden gemaakt met de kerstversiering. Er hingen kerstslingers die op hun plaats werden gehouden met plakgum en er stonden bosjes hulst in bierglazen op de tafels. Het was eenvoudig ingericht, met witte muren die de properheid van de pub weerspiegelden, gammele donkerhouten tafels die vrijwel nooit vlak stonden op de oneffen natuurstenen vloer, een hoek bij de open haard met een paar ingebouwde bankjes aan de zijkant, en een haspel die nog steeds te zien was boven de blokken hout, waar vroeger de ham werd gerookt. Er waren nooit dagspecials en voor zover zij wist, had quinoa of een avocado hier nog nooit op het menu gestaan. Maar aan elke tafel zaten klanten, de meeste uit de buurt. Door de kleine schaal van het dorp kon nagenoeg iedereen lopend – of wankelend – naar huis.

Ze was bij binnenkomst uitgenodigd om zich bij een groepje te voegen, maar hoewel ze niet weer een avond alleen thuis wilde doorbrengen, had ze er ook niet veel zin in om mensen te spreken. Ze was zichzelf niet helemaal, had een onrustig gevoel, alsof ze op de een of andere manier ontregeld was. Een onbeduidend praatje met de barman was alles waar ze zich toe in staat voelde.

Ze huiverde en vroeg zich af waarom ze het koud had. Ze had iemand horen zeggen dat er sneeuw werd voorspeld, maar dan nog, het haardvuur brandde uitbundig. Joe zorgde er altijd voor dat de kooltjes al gloeiden voordat hij 's ochtends openging. Vergeet het dartboard of toegang tot Sky, hij zei altijd dat niets mensen zo aanzette tot het uitschoppen van de schoenen om zich voor de avond te installeren als een knappend vuurtje.

De deur ging open en er kwamen meer gasten binnen. Het was vrijdagavond half zeven en de piek van het happy hour naderde. Ze staarde omlaag naar de nerven van het hout terwijl ze naar de bar liepen om hun bestelling te doen. Deze specifieke knoest kende ze goed, want ze zat op haar gebruikelijke plek, buiten de tochthoek als de deur openging, maar niet zo dicht bij het vuur dat haar bier er warm werd.

'Een biertje graag.'

Ze keek op bij het horen van de stem. Of eigenlijk het accent. Dat was niet van hier.

Er stond een vent met laarzen met sierspijkers en een stoere werkbroek zachtjes met zijn vingers op de bar te trommelen alsof het drumstokjes waren. Hij had een dikke zwarte baard, waardoor zijn gebit heel wit leek, warrig donker haar en bruine ogen. Er piepte een tatoeage onder een van zijn mouwen uit.

Pip voelde een belangstellende glimlach op haar lippen ontstaan.

'Hoi,' zei hij met een knikje toen hij haar zijdelingse aandacht opmerkte.

'Hoi.'

Hij aarzelde. 'Wil je...'

'Heb er al een, dank je,' zei ze met een tikje tegen het bierglas dat ze tussen haar handen had geklemd.

'Ah.' Hij keek naar de ondersteboven gekeerde drankflessen op de bar, maar leek zijn adem in te houden. Er viel een geladen stilte voordat hij haar met een glimlach aankeek. 'Ik ben Jack, trouwens.'

'Pip.'

'Pip? Geinige naam.'

Pip kneep haar ogen samen. Niemand had haar ooit geinig genoemd. Ze besloot dat ze het wel leuk vond en glimlachte weer. 'Ik hoorde je accent. Kom je uit Wicklow?'

'Klopt. We zijn hier voor een paar dagen. We hebben een grote klus op het kasteel momenteel.'

'O?' Ze trok een wenkbrauw op.

'Ken je het?'

Haar glimlach werd breder naarmate ze zich meer amuseerde. Ze zag dat Joe meeluisterde terwijl hij Jacks biertje tapte. 'Zeker, iedereen hier kent het kasteel. Ik heb gehoord dat ze daar nu heel wat werk verzetten.'

Jack floot door zijn witte tanden. 'Dat is nog zacht uitgedrukt. Ze zouden het beter kunnen neerhalen en herbouwen, als je het mij vraagt.'

'Maar het is behoorlijk oud,' zei ze fronsend. 'Een historisch pand. Het zou jammer zijn als het verloren ging.'

Hij haalde zijn schouders op. 'Oud is uit. Niemand woont tegenwoordig nog zo, toch?'

Joe gaf hem zijn bier en wierp haar een geamuseerde blik toe terwijl Jack hem een vijfje overhandigde.

'Proost,' zei Jack tegen haar, en hij bracht het glas naar zijn lippen.

'Proost,' zei Pip. Ze bestudeerde zijn ogen terwijl hij zijn eerste dorstige slok nam. Misschien was dit wel wat ze miste, peinsde ze. Het was tijden geleden dat ze met iemand in bed was beland. Op de een of andere manier leken de mannen die ze ontmoette steeds minder de moeite waard.

'Goed, Jack, wat doe jij precies op het kasteel?'

'Ik ben klimgeit.'

'Hè?'

'Steigerbouwer,' zei hij grijnzend.

'Aha.' Zijn lichaam stond nu naar haar toe gedraaid, waarmee werd bevestigd dat het praatje nu overging in een gesprek.

'Ja, ze pakken het dak aan.'

'Ik heb inderdaad gehoord dat het in slechte staat was,' zei ze, met samenzweerderig opgetrokken neus.

'Ik snap niet dat het er nog steeds op ligt,' zei hij schouderophalend. 'Wilskracht?'

'Koppigheid, zou ik denken. Daar staan de eigenaars om bekend.'

'O ja? Heb je ze weleens ontmoet?'

'Heel vaak,' zei ze knikkend. Vanuit haar ooghoeken zag ze dat Joe stilletjes in zichzelf grinnikte.

'Onder ons gezegd en gezwegen... Ze zijn vast verwaand, of niet?'

'O mijn god, ja, verschrikkelijk,' zei ze met een zucht, alsof hij een groot geheim had blootgelegd.

'Dat ziet het opperhoofd wel vaker...'

Het duurde een ogenblik voordat Pip begreep wat hij bedoelde. Zijn baas?

'Van die oude families die pochen over vergane glorie, maar geen geld hebben, geen gezond verstand, geen idee hoe de echte wereld in elkaar steekt.'

'Ik kan me er iets bij voorstellen.'

Joe, die een paar glazen pakte, gooide zachtjes lachend zijn hoofd achterover, maar Jack zag het niet omdat hij met zijn rug naar hem toe stond. Er kwamen inmiddels steeds meer klanten binnen, op de vlucht voor de snel dalende temperatuur, maar ze merkte het nauwelijks op. Om hen heen werd de pub steeds drukker.

Jack nam nog een slok en keek haar geïnteresseerd aan. 'En wat doe jij?'

'Ik? O...' Ze blies lucht uit haar opgebolde wangen. 'Ik run de plaatselijke manege.'

'Ah,' zei hij met een knikje, en hij leunde een stukje achterover om haar modderige donkerblauwe rijbroek, haar laarzen en fleecetrui in zich op te nemen. 'Een vrouw die niet bang is om haar handen vuil te maken, zie ik.'

'Ik vind het heerlijk om mijn handen vuil te maken,' zei ze flirterig.

'En eh, hoe... Stallen mensen hun paarden bij jou of...'

'Nee, de paarden zijn allemaal van mij. Ik organiseer tochten. Vakantieweken aan de kust, dagtrips, tochtjes voor het hele gezin, voor verenigingen, padvinderijen, noem maar op...'

'Zo te horen werk je veel met kinderen.'

'Die zijn vaak gemotiveerder dan hun ouders, heb ik gemerkt.'

'Nou, misschien lukt het nog om langs te komen voor ik weer ga. Ik heb paarden altijd leuk gevonden.'

'Ja? En vinden ze jou ook leuk?'

Hij lachte. 'Meestal wel.' Zijn ogen glinsterden. Ze wisten allebei wat er tussen hen gaande was.

'En waar logeer je?' vroeg ze welwillend, met haar kale ringvinger tegen haar glas tikkend.

'Hier. Boven.'

'O. Ik heb me laten vertellen dat het fraaie kamers zijn.'

'Zeker. Zeker.' Hij keek naar zijn bier voor hij zijn ogen weer naar haar opsloeg. 'Heb je ze nog nooit gezien, dan?'

Ze schudde haar hoofd. 'Nope.'

'Nou, je zou eens een kijkje moeten nemen. Ze zijn heel...' Zijn blik viel op haar lippen.

'Mooi...'

'Pip!'

Bij het horen van de stem draaide ze zich om op haar kruk. Wat?

'O jezus, het is niet waar,' mompelde ze toen ze Taigh zich door de menigte naar haar toe zag wurmen.

'Alles oké?' vroeg Jack, die zag dat ze haar hoofd in haar handen liet zakken in een poging haar gezicht te verbergen.

'Pip, jezus, waar was je de hele tijd?' wilde Taigh weten toen hij haar had bereikt.

'Hoe bedoel je?' reageerde ze zo verveeld mogelijk.

'Heeft Willow dan niets gezegd? Ik probeer je al de hele week op te sporen. Je was niet in je appartement, niet in de stallen, niet...'

'Ja, oké, je hebt je punt gemaakt,' zei ze vlug, want ze wilde niet dat hij het kasteel zou noemen. 'En je hebt me nu gevonden. Wat is er?'

Hij leek van zijn stuk gebracht door haar abrupte toon, zoals altijd, alsof hij haar botheid tegenover hem tussen hun ontmoetingen door telkens weer vergat. 'Ik moet die gezondheidscheck nog doen. Weet je dat niet meer? Daar hebben we het over gehad. Dat rocheltje...'

'O hemel, niet weer dat verrekte rocheltje,' snauwde ze. 'Het gaat overduidelijk goed met me, Taigh! Kijk dan. Ik zit in de pub en ik drink een paar biertjes met mijn vriend Jack hier...'

Taigh keek verrast op, alsof hij de grote man die naast haar stond nu pas opmerkte.

'Hoi,' zei Jack, die met zijn glas bier in de hand belangstellend toekeek.

'Hoi,' antwoordde Taigh mompelend, waarna hij zich weer tot Pip wendde. 'Luister nou, ik moet je gewoon van mijn lijstje afvinken, dat is alles.'

'Niet nodig, ik voel me prima.'

Maar Taigh keek haar onderzoekend aan. 'Je ogen schitteren.'

'Ja, want ik had het gezellig voordat jij kwam opdagen.'

Hij legde de rug van zijn hand tegen haar voorhoofd. 'En je voelt erg warm aan.'

'Ik voel... Jezusmina!' Ze duwde zijn hand weg. 'Blijf van me af.'

Jack zette een stap in zijn richting. Hij zweeg, maar er ging een impliciete dreiging van de beweging uit.

'Ik probeer je te helpen,' zei Taigh met een lach vol ongeloof, maar hij zette desondanks een stap achteruit.

'En wanneer dringt het tot die botte hersens van je door dat ik geen prijs stel op je hulp? Het gaat prima met me.'

Taigh keek Jack aan. 'Ze is vorig weekend bijna verdronken.'

'Dat is niet... Jemig!' spotte ze. 'Godsamme, jij maakt ook overal een hele heisa van, Taigh O'Mahoney.'

'Je bent bijna verdronken en nu heb je een luchtweginfectie opgelopen. Je hebt antibiotica nodig.'

'Als ik me niet goed voel, ga ik wel naar een echte dokter, hoor.'

Jack fronste. 'Dus je bent géén dokter?' vroeg hij Taigh.

'Hij is de postbode!' zei Pip laatdunkend.

'Ik ben een opgeleid en ervaren ambulancebroeder,' zei Taigh, die nu kwaad keek. 'De postwerkzaamheden doe ik er parttime bij.'

'En hij is óók nog parttimebrandweerman!' voegde Pip er sarcastisch aan toe. 'Altijd bezig mensen te hulp te schieten. Hij kan het niet helpen.'

Taigh staarde haar aan met een blik die ze nog nooit in zijn ogen had gezien. Weg was de opgewekte jongeman met de twinkelende oogopslag die iedereen hier uit de buurt kende en waardeerde. Hij keek woedend. Getergd. 'Goed dan! Loop maar een longontsteking op. Of een klaplong.'

'Zal ik doen!' zei ze opstandig. Ze sloeg de rest van haar bier achterover en zette het glas met een klap weer op de bar. 'En aangezien ik zo verdomde blij mag zijn dat ik nog leef, kan ik het leven maar beter gaan vieren! Kom, Jack.'

Jack keek haar verbaasd aan. 'Hè?'

'Je zou me toch je kamer laten zien?'

'O. Juist ja.' En ook hij leegde zijn glas.

Ze greep zijn hand en drong zich met een triomfantelijke blik langs Taigh. 'Weet je wat, Taigh? Ik laat het je weten als hij me aan het piepen en hijgen brengt, oké?'

Willow stond onderaan de trap en keek rond in de grote hal, met stomheid geslagen door de ruimte die tevoorschijn was gekomen. Iedereen was weg na een lange werkdag, al was het zaterdag. In elke hoek lagen zakken met gereedschap en overal lagen afdekkleden op de vloer. Het was ongelooflijk hoeveel het hier in slechts drie dagen was veranderd.

Elk meubelstuk, elke herinnering die van hen was geweest, was nu verdwenen, hetzij ingepakt in de opslag of naar het Dower House gebracht. Alles wat overbleef, was het geraamte, en wat voor een. Het was gebeeldhouwd, fraai, bestendig. Ze had de reliëfs op de consoles of de sierlijke stenen timpanen nog nooit bewust bekeken. Ze had amper de moeite genomen om omhoog te kijken naar de gebinten of om het heraldische familiewapen dat op de schilden was afgebeeld, te bewonderen. Rusty, haar vaders geliefde voorouderlijke harnas, had altijd onderdeel geleken van het kasteel zelf, maar was simpelweg opgetild en naar buiten gedragen alsof het een stofzuiger was. De vloer en de muur achter de plek waar het had gestaan waren verkleurd na jaren van zijn onverstoorbare aanwezigheid. Haar thuis was net een sopraan in de kleedkamer na de voorstelling: de make-up verwijderd, het kostuum over de stoel gehangen, het opgestoken haar omlaaggebracht rond een bleek gezicht.

Ademde het kasteel nu licht en lucht? Was dit wat Connor voor zich had gezien? De historische invloed van de Lornes gestript om een onopgesmukt kloppend hart te onthullen?

Ze zuchtte. Alleen al de gedachte aan hem leidde haar af van het moment en slingerde haar terug naar de verleden tijd: de gloed in zijn ogen op zaterdagavond, de schok op maandag, de behoedzaamheid toen hij dinsdag met de waarheid op de proppen was gekomen, de manier waarop hij met zijn werklui had gepraat, zijn blik die haar had gevolgd toen zij gisteren met de laatste dozen voor het Dower House langs hem was gelopen…

Ze liet haar hoofd voorovervallen en staarde naar haar voeten. Ze wiebelde met haar tenen in haar hoge schoenen, maar kon ze niet zien door het dikke leer heen. Als een teen wiebelde in een schoen maar niemand dat kon zien, wiebelde de teen dan wel echt, vroeg ze zich af. En als een vrouw op een feest met een onbekende zoent, maar later blijkt dat hij haar kasteel koopt, is die zoen dan wel echt gebeurd? Want ondanks de onderstroom die tussen hen gaande was, ondanks complete gesprekken die werden uitgewisseld met hun ogen in plaats van hun mond, hadden ze woord gehouden. *Er is geen ons*. Hoe zou dat ook kunnen nu er voor haar vier komma drie miljoen op het spel stond, en voor hem de solvabiliteit van zijn onderneming? Geen van beiden kon het zich veroorloven dat deze deal fout zou gaan.

Langzaam begon ze de trap op te lopen, perplex rondkijkend hoe onthutsend anders het kasteel er vanuit elke hoek – hoog of laag – uitzag, hoe zijn geschiedenis als vesting plotseling naar voren kwam nu de verzachtende gemakken van het dagelijks leven waren verwijderd.

Vanaf de galerij keek ze omlaag. Hoe vaak had ze hier wel niet met haar zussen staan kijken naar wat zich beneden afspeelde? Destijds werden er vaak feesten gegeven – in haar beleving elk weekend – en hadden de drie kleine meisjes met hun benen zwaaiend door de spijlen zoetigheden gegeten terwijl ze keken hoe iedereen flirtte en danste. Ze hadden de mooie jurken en sieraden bewonderd, en soms ook de donkere kilts van de mannen. Wat had ze er toen naar verlangd om op te groeien. Willow vroeg zich af of zij de enige van de zussen was die teleurgesteld was door de realiteit van het volwassen zijn. Ze ging tegenwoordig vaak genoeg naar feestjes, maar de verblindende glitter en zachte randen die haar wereldbeeld in die tijd omlijstten, waren weg en hadden alleen saaie kleuren en harde vormen achtergelaten. Vergulde momenten zoals ze hier had gekend, waren zeldzaam.

Ze hoorde een geluid bij de voordeur en keek op. Een timmerman die iets vergeten had misschien? Een van de schilders? Ze maakte een moppergeluidje. Ze was opzettelijk laat naar het kasteel gekomen, had gewacht tot iedereen was vertrokken voordat ze was komen kijken wat er van haar huis was geworden. Ze had er geen publiek bij gewild, dat ogenblik toen ze het leeg zag, voor de eerste keer in haar leven, en ze was blij dat ze dat moment voor zichzelf had gehad. Behalve dat ze waren uitgeruimd en met steigers bedekt, was de helft van de slaapkamers al ontdaan van hun landelijke chintz. Ze werden nu witgesausd. De teams raakten het zijden behang en de edelsteentinten van de salons beneden niet aan; dat had ze dan toch in elk geval bedongen. Tot het kasteel officieel was verkocht.

Hoe dan ook was het vanavond bij binnenkomst wel een schok geweest. Het was geenszins dat het kasteel er niet beter uitzag, dat deed het wel. Maar het voelde al niet meer als thuis. De transitie was begonnen en ze wist niet hoe haar moeder zou reageren als ze het zag. Behalve dan ontsteld.

Het geluid van het slot dat werd omgedraaid en de voetstappen op de stenen vloer maakten dat ze stilviel, en haar hogere positie zorgde ervoor dat ze hem zag voordat hij haar opmerkte, dat ze zag hoe hij zich zichtbaar in zichzelf terugtrok bij haar aanblik.

'O. Ik dacht dat iedereen weg was,' zei Connor.

'Dat is ook zo.'

'Er stonden buiten geen auto's, dus ik nam aan...'

'Ik ben komen lopen vanaf het Dower House.'

Hij wendde zijn blik van haar af alsof hij een schilderij van een haak tilde, en keek om zich heen. 'En, wat vind je ervan?'

'Wat vind jíj ervan?' pareerde ze.

'Ik vind dat het er een stuk beter uitziet.'

'Het is onvoorstelbaar hoeveel ze al gedaan hebben,' zei ze schouderophalend.

'Ja. Ze zijn efficiënt.'

Efficiënt? Dat was nogal een understatement. 'Ik snap nu wat je bedoelde toen je zei dat ze opereren als speciale eenheden,' zei ze. 'Ik veronderstelde dat je overdreef.'

Hij keek haar aan, zijn lichaam roerloos, en ze moest zichzelf dwingen om te blijven staan waar ze stond, om niet naar beneden te rennen, naar hem toe.

'Ik overdrijf nooit.'

'Denk je nog steeds dat het voor volgend weekend klaar is?'

'We zitten op schema, ja,' zei hij knikkend. 'Hoewel het er op dit moment misschien niet op lijkt. Morgen de tweede verflaag...'

'Ze werken ook op zóndag?'

'Dat kan niet anders,' antwoordde hij schouderophalend. 'Dat wordt dubbel betalen, maar we moeten alles op alles zetten om het op tijd af te kunnen maken. Het houtwerk wordt maandag en dinsdag gedaan, woensdag worden de steigers afgebroken en komen de meubels, donderdag volgen catering en personeel. Officieel gaan we vrijdag meteen open, maar de gasten worden pas aan het eind van de middag verwacht, dus dan hebben we wat extra uurtjes om de laatste dingen te doen.'

Hij richtte zijn blik weer omhoog om haar aan te kijken. Zijn focus leek te verschuiven en ze voelde een kleine knoop van spanning in haar buik ontstaan. Ze sloeg hem gade terwijl hij de trap begon te beklimmen, waarbij de treden onder zijn voeten kraakten omdat hij nog niet wist welke dat deden en welke niet. En misschien zou hij daar nooit achter komen. Het probleem zou misschien zomaar kunnen worden verholpen door een van zijn tweehonderd manschappen sterke leger, die de treden zouden vastzetten tot ze volmaakt stil bleven. Hij zou dit kasteel nooit leren kennen zoals zij het kende.

Ze realiseerde zich dat ze haar adem inhield nu hij de overloop naderde. Het was alsof de zon dichterbij kwam en de warmte toenam terwijl hij naar haar toe liep...

En haar voorbij, zijn ogen als een briesje over haar heen glijdend.

'Waar ga je naartoe?' Ze werd de koele kilte gewaar die hij achterliet.

'Ik ga kijken wat de jongens vandaag gedaan hebben.' Hij verdween de groene kamer in – althans de kamer die groen was geweest – en ze werd overspoeld door een verpletterend gevoel van teleurstelling. Een minuut later kwam hij weer tevoorschijn. 'Wil je even komen?'

Ze liep naar de deuropening en stapte de kamer binnen die altijd van haar oma was geweest als ze hier logeerde. Haar oma had hier altijd geslapen om te kunnen genieten van het morgenlicht, aangezien ze in de regel vroeg wakker werd. Ze zei dat de nachten korter leken als ze de ochtendstralen over de muur zag kruipen. 'Wat is er?'

'Weet jij wat dit is?' Connor zat ineengedoken en wees naar een klein rond gat in de vloer, bijna tegen de buitenmuur. Het was jaren verborgen geweest achter een palissanderhouten kledingkast.

Ze ging verbaasd naast hem op haar hurken zitten. Hoe was het mogelijk dat hij dat niet wist? 'Dat is een *meurtrière*. Oftewel een moordgat.'

'Een moord...' Hij keek er nog eens naar.

'Een tweede verdedigingslinie voor als de vijand het kasteel was binnengedrongen, wat in zevenhonderd jaar maar vier keer is gebeurd. Ze gooiden er brandende teer, olie, was, enzovoort doorheen, op de indringers beneden.'

'Een móórdgat,' herhaalde hij, met een grijnzende blik over zijn schouder. Ze wilde dat hij dat niet deed, hij was te dichtbij.

Ze stond op en hij deed hetzelfde. 'Dit is een kasteel, weet je nog?'

Er blonk een lichtje in zijn ogen en zijn jongensachtige opgetogenheid verlevendigde zijn anders zo gereserveerde manier van doen. 'Nog meer architecturale eigenaardigheden waar ik van zou moeten weten?'

'Talloze. Hiervan zijn er drie in elke vleugel. Dan is er nog de sluippoort bij de...'

'De sluip...' echode hij, en zijn blik gleed over haar gezicht als een veertje dat danste in de bries.

'Het priestergat bij de ochtendkamer. De geheime tunnel vanuit de bibliotheek.'

Hij keek haar aan met een intense oogopslag en even leek het alsof hij vergat te spreken. Er bleef een stilte hangen. 'Dit gebouw heeft nogal een geschiedenis.'

'En een mooie toekomst,' zei ze simpelweg, waarmee ze de betovering verbrak en een stap achteruit zette. Wat zou het gemakkelijk zijn om juist naar hem toe te bewegen. De inspanning dat niet te doen, bracht haar aan het wankelen.

Hij bleef haar aankijken en het voelde alsof hij haar hart op hol kon laten slaan, sneller en sneller...

Ze zette nog een stap achteruit. 'Hoe dan ook, ik moet maar eens gaan. Ik stond op het punt om te vertrekken...'

'Willow, wacht.'

'Wat is er?' vroeg ze vanuit de veilige deuropening.

Hij aarzelde. 'Ik logeer vannacht in The Hare. Als je tijd hebt, zouden we misschien... samen wat kunnen drinken? Een hapje eten? Om over werk te praten.'

Ze staarde hem aan. Dat was precies wat ze wilde en niets anders: een luchtje scheppen met hem. Een drankje met hem. Een maaltijd met hem. Een nacht met hem. Het alledaagse en aardse werd met hem op de een of andere manier essentieel. Hij was een alchemist, liet de lucht schitteren, haar huid tintelen.

'Bovendien is het ons jubileum,' voegde hij er met een glimlach aan toe nu haar weifeling langer duurde. 'Een week sinds onze kennismaking.'

Was het echt een week geleden dat ze hem voor het eerst had gezien? Een week sinds die zoenen waardoor ze elke keer als ze eraan dacht haar vingers tegen haar lippen drukte? Een week sinds Pips middernachtelijke zwempartij? Bijna drie weken sinds de dood van haar vader? Het leven veranderde zo snel dat ze het niet kon bijhouden. Ze had een onwerkelijke overeenkomst gesloten omtrent haar thuis en in een paar dagen het kasteel gestript waar haar familie zeven eeuwen had gewoond. Al haar ankerpunten waren verdwenen. Het voelde alsof de grond onder haar voeten was weggeslagen en ze wist niet zeker of ze nu vloog of viel.

Hij liep naar haar toe en keek haar in de ogen.

Het was allebei.

Het was druk in The Hare. De locals verdrongen zich om een plekje aan de bar met de toegestroomde werklui die waren ingehuurd om het kasteel op te knappen. Joe en zijn moeder Betty werkten zich een slag in de rondte om de bestellingen af te handelen.

'Misschien was dit niet de beste plek om naartoe te gaan,' zei Connor terwijl er alweer een werknemer met een handvol glazen bier langs hun tafel liep, veelbetekenend knipogend naar de baas.

'Het lijkt mij juist perfect,' wierp ze tegen, opgelucht dat er zoveel mensen waren. Ze konden zichzelf duidelijk niet vertrouwen. Dat moment tussen hen in het kasteel... Het was te dichtbij geweest.

Ze zaten aan de tafel tussen het raam en het haardvuur. Het glas was beslagen, maar de lichtjes van de kerstboom die op de dorpsweide was opgezet, schenen er vaag doorheen. De versierelfjes waren ook in de pub zelf aan het werk geweest: langs de balken en muren hingen rood-met-groene kerstslingers en er waren bosjes hulst en sneeuwbessen tegen de spiegelbar geplakt. Ook stond er een iets te grote boom in de hoek bij de toiletten, waarvan de top was afgeknipt en waarop een engeltje vervaarlijk vooroverboog.

'Wat zou je aanbevelen?' vroeg hij haar terwijl hij de menukaart bekeek.

'Het rundvlees. Dat koopt Joe van Paddy Mahoney, verderop langs het pad bij Finnegan's.'

'Is dat zo? En als ik lamsvlees bestel?'

'Van Bob en Liz van de Fairgreen Farm, aan de andere kant van het dorp.'

'En de kip?'

Ze grijnsde. 'Van elders, vrees ik.'

'Waarvandaan dan?'

'Cork.'

'Helemaal uit Cork?' plaagde hij.

'Ik weet het. Schokkend.'

'En de... fazant?'

'Van Bertie Flanagans landgoed. Altijd prima.'

Hij legde de menukaart neer en keek haar aandachtig aan. 'Het is hier een hechte gemeenschap dus.'

'Ja. Iedereen kent iedereen.'

'En iedereen weet ook alles van elkaar?'

Ze haalde haar schouders op. 'Natuurlijk.'

'Dus dat wij hier samen eten, wordt gezien als...'

'Een zakelijke bespreking. Onder het genot van een maaltijd. Ik vertel je alleen maar welke lokale leveranciers je moet hebben als je een restaurant wilt runnen in je nieuwe club.' Ze haalde nog eens nonchalant haar schouders op, maar het voelde vreemd om die woorden uit te spreken. Haar kasteel – haar thuis – een veredeld clubhuis.

‘Aha.’ Zijn vinger tikte zachtjes tegen zijn glas, waar de condens langs druppelde terwijl het vuur naast hen knisperde en knapperde.

‘Hé, hoi Willow.’

Ze keek op en zag Taigh, die net was binnengekomen en zijn jas uittrok. Zijn wangen waren rood en voor de verandering droeg hij geen uniform.

‘Hoi, Taigh. Geen dienst?’

‘Gódzijdank. Laten we hopen dat ze op een heel vat bier voor mij hebben gerekend.’ Hij keek even vragend naar Connor.

‘O, dit is Connor Shaye. Hij… huurt het kasteel voor een feestelijke bijeenkomst volgende week. We bespreken de logistiek.’

Taigh stak zijn hand uit. ‘Hoi.’

‘Hoi,’ antwoordde Connor.

‘Je hebt een groot team voor je aan het werk,’ zei Taigh met een knikje naar de drukte rondom de bar.

‘Er is heel veel werk te doen. En daar krijg je dorst van.’

‘Taigh, heb je Pip trouwens weten op te sporen?’ vroeg Willow, en ze nam een slokje van haar gin-tonic.

‘Nee. Nou, gisteravond wel, maar…’ Zijn blik veranderde, zijn vrolijke, open gezicht betrok. ‘Ik heb het maar opgegeven. Ze wilde er niets van weten en ik heb meer te doen dan haar te overtuigen van de noodzaak.’

Willow trok haar neus op. ‘O, wat vervelend. Ze kan zo koppig zijn als een ezel.’

‘Aye…’ Hij leek zich niet helemaal op zijn gemak te voelen. ‘Nou, ik ga mijn ellebogen maar eens gebruiken om een biertje te bemachtigen. Sjonge, wat is het druk… Tot later.’

Ze richtte zich weer tot Connor. ‘Pip is echt de meest eigenwijze…’ Ze zweeg even toen ze zag hoe hij naar haar keek. ‘Wat is er?’

‘Niets. Ik vroeg me alleen maar af wat je gaat doen als je het kasteel eenmaal hebt verkocht. Je lijkt hier op je plaats te zijn.’

‘Mijn familie wel, maar ik ga terug naar Dublin. Om je de waarheid te zeggen liefst zo snel mogelijk.’

'Mis je deze contreien niet?'

'Nope,' zei ze vlug. 'Het leven in de grote stad bevalt me. Ik werk vijf minuten bij mijn huis vandaan. Er zijn geweldige bars. Ik heb goede vrienden. Het is een prima bestaan. Qua balans tussen werk en privé en zo.'

'Waar werk je?'

'Pyro Tink.'

'O ja, daar heb ik wel van gehoord. Veel van mijn vrienden sporten er. Je schijnt je er behoorlijk in het zweet te kunnen werken.'

'Zeker.' Ze keek hem recht aan. 'Je zou het eens moeten proberen.'

'Geef jij les?'

'God, nee zeg!' zei ze lachend. 'Ik ben al blij dat ik de lessen overleef. Maar de Rebel-sessies hebben mijn leven gered.' Daar was geen woord van gelogen. Alleen tijdens die inspannende, zware uurtjes had ze haar woede kwijt gekund toen ze net in de stad was aangekomen, beschadigd en uit op zelfdestructie.

'Ben je dan de eigenaar?'

'Nee. Ik ben de manager.'

'Ah.'

Hij knikte, maar ze voelde iets van teleurstelling in het gebaar. 'We kunnen niet allemaal ondernemer zijn,' zei ze defensief.

'Waarom niet? Je bent overduidelijk een goede zakenvrouw.'

'Helemaal niet!'

'Je hebt met mij een deal gesloten voor een bedrag dat een paar honderdduizend hoger ligt dan ik van plan was op te hoesten. En veel hoger dan ik je vader zou betalen.'

Ze knipperde met haar ogen. 'Echt?'

Hij haalde zijn schouders op. 'Je had me klem. Ik wilde kopen en je trof me in een periode die mij geen ruimte bood om keihard te onderhandelen. Ik moest jouw voorwaarden accepteren of ik kon naar het kasteel fluiten.' Hij tikte weer met zijn vinger tegen zijn glas terwijl hij haar aankeek.

‘Dat heeft dan te maken met de timing, niet met mijn geslepen zakeninstinct.’

‘Je doet jezelf tekort.’

Ze haalde haar schouders op. ‘Ik denk dat het goed is om je grenzen te kennen en te aanvaarden.’

Hij leunde naar haar toe. ‘Ik ben niet zo goed in het aanvaarden van grenzen.’ Zijn ogen hielden haar blik vast en ze voelde de spanning tussen hen weer stijgen. Ze zaten hier al een behoorlijk tijdje te praten en wat ze níét zeiden, leek alleen maar luider en luider te klinken.

‘Hoi, Willow.’

Ze keek weer op en zag de jongen van O’Finlan voorbijlopen. Zijn familie verzorgde al drie generaties lang de tuinen van het landgoed. ‘Hoi, Tommy.’

Connor ging met een glimlach achteroverzitten, zodat ze weer kon ademhalen. ‘Ik weet niet of ik je wel geloof.’

‘Waar heb je het over?’

‘Dat je hier weer vertrekt zonder zelfs maar achterom te kijken.’

‘In mentaal en emotioneel opzicht ben ik al vertrokken. Ik ben hier alleen maar om mijn vaders zaken af te handelen.’

‘Vind je het hier niet fijn?’

‘Natuurlijk wel. Het was mijn thuis.’

‘Was?’

‘En nu is dat Dublin.’ Ze keek in haar glas en wilde dat hij zou ophouden met doorvragen.

Maar helaas. ‘Waarom ben je hier weggegaan?’

Ze keek hem weer aan. ‘Waarom gaan mensen weg van een plek als deze?’

‘Opwinding en avontuur. Het najagen van geluk.’ Hij keek haar aan. ‘Of omdat ze niet kunnen blijven.’

‘Nou, alsjeblieft. Kies maar.’

‘Je kon niet blijven.’ Hij sloeg haar nadenkend gade. ‘Laat me raden. Nare relatiebreuk?’

'Nee, niets van dien aard.'

'Dus je hebt geen vriend?'

Haar ogen spuwden vuur. 'Denk je dat ik met je gezoend zou hebben als ik een vriend had?'

Ze maakten weer oogcontact en ze voelde de vloer zomaar onder zich wegzakken.

'Willow...'

Ze slikte en kapte hem af, want uit zijn toon en blik kon ze al opmaken wat hij wilde zeggen. 'We hebben een zakelijke bespreking, weet je nog?'

Er viel een aarzelende stilte. 'Dat is ook zo.' Hij nam nog een slok. 'Vertel me eens wat meer over je zussen. Je hebt dus Pip en...'

'Dat gaat niet over zaken.'

'Jawel hoor, het is de algemeen geaccepteerde praktijk om uit te vinden met wie je zakendoet. De eerste regel van het ondernemerschap, zelfs.' Hij wierp haar een glimlach toe waarvan het haar duizelde.

Ondanks zichzelf glimlachte ze terug. 'Nou, je hebt Pip ontmoet. Zij is de middelste, twee jaar ouder dan ik en een behoorlijk wilde tante, zoals je hebt gezien. Ze doet haar eigen ding en luistert niet naar de woorden "stop" of "nee". Een jongensachtig type. Gek op paarden.'

'Maar niet op leren broeken.'

'Nee. Absoluut niet.' Ze grinnikte om het beeld, juist op het moment dat ze opmerkte hoeveel mensen tersluiks naar hen keken, schijnbaar geïntrigeerd door hun tête-à-tête. Waarom? Iedereen wist dat hij haar kasteel huurde.

'En je andere zus?'

'Ottie?' Ze richtte haar aandacht weer op hem. 'Die is drie jaar ouder dan ik. Zij is degene die het landgoed had moeten erven, niet ik. Ze runde het zo ongeveer, samen met mijn vader.'

Er verscheen een frons op zijn voorhoofd. 'Waarom heeft zij het dan niet gekregen?'

Willow haalde stijfjes haar schouders op. Ze waren weer op glad ijs beland.

'Denk je dat je vader je misschien probeerde terug te lokken, hiernaartoe? Iemand een kasteel met landgoed schenken is een krachtig middel om diegene aan een plaats te binden.'

'Nee. Ik denk dat hij gewoon wist dat ik in staat zou zijn om te doen wat gedaan moest worden, namelijk de boel verkopen. Hij wist dat ik er minder aan gehecht was.' Haar stem had nu een harde toon. Keihard.

'Dus Ottie is sentimenteler?'

'Ach ja. Ze is een creatief type dat zich eerder laat leiden door haar hart dan door haar hoofd.'

'Het klinkt alsof ik te maken heb met de taaiste zus.' Zijn ogen zochten even contact met die van haar. 'Om mee te onderhandelen, bedoel ik.' Maar de ondertiteling knetterde als een elektrisch stroompje over de tafel.

Er liep een man langs. 'Alles goed, Connor?' vroeg hij opgewekt, maar er lag een veelbetekenende klank in zijn stem. Een zinspeling.

Connor keek op en knikte behoedzaam.

'Ik ben bang dat we worden bekeken,' mompelde ze, en ze nam nog een slok van haar drankje.

'Waarom?'

Ze rolde met haar ogen. 'Omdat het een klein dorp is en iedereen met elkaar kletst.'

'Ga je liever naar een plek waar we meer privacy hebben?'

Ze spuugde haar drankje bijna uit. 'Nee!'

'Waarom niet? Mijn kamer is boven. We kunnen daar ook eten.'

Ze keek hem aan en voelde haar hart bonzen. 'Je weet waarom niet.' Ze zouden daarboven niet eten, dat wisten ze allebei.

'Willow... Loze kletspraatjes kunnen me niet schelen.'

Daar kon ze zich iets bij voorstellen. Er waren genoeg foto's van hem verschenen met verschillende vrouwen aan zijn zijde, op verschillende plekken, en er stond nooit bij wat ze van hem waren.

'Maar jij komt hier niet vandaan, terwijl mijn familie met deze plek vergroeid is. Niets blijft onopgemerkt.'

'Nou en? Is het dan verkeerd dat wij hier samen zitten?'

'Nee. Niet dat wij hier zitten. Voor een zakelijke bespreking.'

'En als het geen zakelijke bespreking was? Wat als ik je inderdaad mee naar boven zou proberen te krijgen? Mogen ze daar dan een veto over uitspreken?'

'Probeer je dat dan?'

'Ja.'

De eenvoud van zijn antwoord benam haar de adem. Hij stak zijn hand over de tafel uit en raakte haar vingertoppen aan. 'Wat er tussen ons gebeurt, gaat niemand wat aan.'

Ze keek hem geschokt aan. 'Er is geen sprake van ons.'

'Dat zeg je steeds.'

'Omdat we dat zijn overeengekomen.'

'Iets zeggen maakt het nog niet waar. We weten allebei dat het een leugen is. Er was al iets tussen ons gaande voordat we van elkaar wisten wie we waren, en het is er nog steeds... Het gaat niet weg, Willow. Om je de waarheid te zeggen, zou het me een stuk minder afleiden als we gewoon stoppen ertegen te vechten.'

Ze staarde hem aan en zag hoe zijn blik op haar lippen viel. Ze voelde de warme gloed van zijn hand, zijn bovenbeen tegen het hare onder de tafel. Bestond liefde op het eerst gezicht? Want haar hart gebood haar de trap met hem op te rennen. Toe te geven aan het onvermijdelijke. Zich aan hem over te geven. Maar haar hoofd... 'Er mag niets tussen ons gebeuren,' zei ze mat. 'Er staat te veel op het spel. Als er iets misgaat voordat de verkoop een feit is...'

Ze kon niet riskeren dat ze hier vast zou komen te zitten, opgezadeld met een kasteel dat ze niet kon verkopen en een moeder van wie ze niet kon houden. Haar leven speelde zich nu in Dublin af en ze moest er zo snel mogelijk terugkeren. Voordat de stad haar zou afdanken.

'Maar waarom zou er iets misgaan?'

'Omdat zulke dingen altijd misgaan,' zei ze stijfjes.

Hij glimlachte met zijn ogen, vol zelfvertrouwen en overtuigingskracht. 'Tenzij ze goed gaan.'

'Ze gaan nooit goed.' Haar woorden voelden als een guillotine: definitief en scherp.

Hij fronste en keek haar vragend aan. 'Goh, ik had je niet ingeschat als het cynische type.'

'Ik ben alleen maar realistisch,' reageerde ze. Haar bovenlijf voelde strak aan, alsof er touwen omheen waren gewikkeld.

Hij tikte weer peinzend met een vinger tegen zijn glas en liet zijn ogen over haar gezicht dwalen, alsof hij haar met een nieuwe blik bekeek. 'Hoe heette hij?'

'Wie?'

'Die vent die je heeft belazerd.'

Ze voelde de wereld weer kantelen, alles verschoof van zijn plek. Ze ging er niet over praten. Dit was niet zomaar een gesprek. Ze pakte haar jas en schoof van het bankje waar ze op zat. 'Ik moet gaan,' mompelde ze.

'Willow, wacht,' zei hij beduusd. Hij kwam in beweging om haar tegen te houden, maar ze was al buiten zijn bereik. 'Het was niet mijn bedoeling om...' Hij lachte, van zijn stuk gebracht, maar ze voelde haar wangen branden terwijl ze haar jas aantrok. Er viel voor haar niets te lachen. De leugens, de nietszeggende geloftes, de gebroken beloftes... 'Luister, het spijt me, ik realiseerde me niet dat het zo gevoelig lag. Maar wil je me nu echt zeggen dat je niet gelooft in ware liefde en happy endings?'

'Ja, Connor,' zei ze op zachte, donkere toon, haar hart een vuurbal die in haar oplaaide. 'Dat is precies wat ik zeg.'

21

Woensdag 18 december

De gepotdekselde deur was open en met een haak vastgezet aan de stenen muur, maar er stond vandaag niet al te veel wind, dus met een sjaal om haar hals gewikkeld, een muts op haar hoofd en vingerloze handschoenen aan had Ottie het warm genoeg om in alleen haar dikke katoenen schilderskiel te werken. De ezel stond in een schuine hoek, zodat ze uitzicht op het strand had, en ze hield het lange marterharen penseel lichtjes tussen haar vingers. Op sommige dagen – de goede dagen – was schilderen zoiets als meditatie, niet een bewust dóén, maar eerder een milde vorm van zíjn. Het waren de dagen waarop de uren als smeltend ijs verstreken, waarop zelfs Bertie uit haar gedachten werd verdrongen en ze de rust in zichzelf kon bereiken die meestal door het leven werd verpletterd. Al het andere deed er niet meer toe.

In deze tijd van het jaar nam ze haar spullen, vanwege de bijtende kou en de vaak striemende regen, mee het huis in, waar ze dan bij het raam schilderde, maar dat was geen optie met een logé. Het voelde sowieso goed om de deur van de bootopslag open te gooien en de ruimte te luchten. Het werd er al snel bedompt als het er niet af en toe lekker doorwaaide.

Ze werkte door aan de ezel en voelde dat haar lichaam en geest met elkaar in harmonie waren. Het was rustgevend. Het schilderdoek was voor haar wat het matje was voor Willow, en het zadel voor Pip. Als haar gedachten op hol sloegen en haar emoties te groot werden om te beheersen, bracht het haar altijd terug bij haarzelf – en op dit moment had ze dat nodig. Ze was hier niet meer geweest sinds haar vader was gestorven, juist omdat het te gevaarlijk had gevoeld om haar rauwe zelf te ervaren, om die conflicterende emoties van rouw en woede die gedreigd hadden haar te overweldigen, te onderkennen en te voelen. Als ze iets geleerd had van de afgelopen paar weken, was het wel dat het leven kort was, en hard, en dat het wreed kon zijn. Ze zag nu in dat ze al het geluk dat ze ondervond, met beide handen moest aangrijpen en het niet achter haar rug moest verbergen of in haar zakken moest proppen. Ze begreep nu dat Bertie zijn vrouw moest verlaten of dat Ottie zelf bij hem weg moest gaan. Hoe dan ook zou er in haar leven een nieuwe fase aanbreken.

Ze zette een stap achteruit, keek naar het doek en stopte peinzend een haarlok achter haar oor. Voor de verandering was ze tevreden over wat ze zag: de levendige penseelstreken die zelfverzekerd waren aangebracht, dikke lagen en vlekjes olieverf die zich over het doek verspreidden als glazuur op een kersttaart. Haar landschap oogde intens, intuïtief, driedimensionaal...

Haar ogen speurden het geschilderde krullerige strand weer af, de dikke toeven verbleekt groen gras op de voorgrond, de eeuwenoude massa van de verre heuvels imposant op de achtergrond. Meestal werd haar palet gedomineerd door chroomoxide, donker kobaltblauw, Pruisisch groen, rauwe omber, paynesgrijs, lampenzwart...

'Sombere kleuren,' had Bertie ooit gezegd toen ze ze aan hem had laten zien. 'Als een akelige kneuzing.'

Maar vandaag had ze gegrepen naar een diepe tint cadmiumrood, waar ze midden in het tafereel een rode stip van had gezet. Haar blik gleed van het doek naar het echte leven, naar de wandelaar met een rood windjack die over het zand liep. Het was Ben niet, die was bij de fysiotherapeut. Seamus had hem een half uur geleden opgehaald, waardoor ze nog wat tijd voor zichzelf had voordat hij zou terugkomen, maar hij was zo vaak op het strand dat haar ogen hem toch zagen.

Telkens als het eb was, hobbelde hij over het pad naar beneden en dan het natte zand op. Het was een steviger ondergrond dan het droge zand, maar toch niet het stabiele oppervlak waar hij op zou moeten oefenen, en om de paar stappen zakte zijn kruk weg en viel over het zand als een pijl die een bak schepijs doorboorde, waardoor hij een wankele stap zette. Zijn kniebrace zag er zelfs van deze afstand log uit, omgegespt over zijn trainingsbroek heen, maar hij gebruikte inmiddels nog maar één kruk, want zijn uitstekende basisconditie hielp zijn lichaam zich vlot te herstellen, terwijl hij door zijn hoge pijngrens sneller vooruitgang wist te boeken dan de meeste patiënten in zijn situatie zouden doen.

Op sommige dagen stond hij achter het raam te kijken tot het eb werd, als een hond die bij de deur zat te wachten tot hij zou worden uitgelaten. Hoewel hij dus snel opknapte, ging het naar zijn smaak nog niet snel genoeg. Hij was een ongedurige patiënt, geergerd en bijna ontdaan door zijn ongebruikelijke afhankelijkheid. Hij maakte weer normale slaapuren nu zijn lichaam eindelijk was hersteld van de dubbele uitdaging van de operatie en de extreme duursport waar hij zichzelf vrijwillig aan had blootgesteld. Ze vermoedde zelfs dat hij de meeste ochtenden nu eerder wakker werd dan zij, maar in de slaapkamer bleef tot hij haar hoorde rondlopen om het beddengoed op te ruimen, zodat hij zeker wist dat ze zich had aangekleed.

Ze was verbaasd geweest over het feit dat hij aangenaam gezelschap bleek te zijn. De zwijgzaamheid die ze aanvankelijk had opgevat als onvriendelijk, was simpelweg gereserveerd. Hij was niet het type dat zonder reden glimlachte of zomaar wat kletste, en hij hield niet van onnodige drukte of overdrijving. Maar hij was interessant en best grappig, met een droog gevoel voor humor, en ze hadden een soort routine ontwikkeld. 's Avonds kletsten ze tijdens het eten en het afruimen, waarna ze kaartspelletjes deden. Hij kon aardig pokeren, maar wist ook te waarderen dat zij een fanatiekeling was. Haar vader had haar en haar zussen het spel geleerd met de woorden dat geen enkele man ooit geld van zijn dochters mocht winnen. Op een avond, toen ze televisie zaten te kijken, had ze een honkbalwedstrijd voor hem gevonden en had hij geprobeerd haar de raadselachtige regels uit te leggen, met hilarisch resultaat toen de 'wijdbal' aan de orde kwam. Ze hadden de slappe lach gekregen en moesten er dertig, veertig minuten later nog steeds af en toe om grinniken.

Het meest verrassende was echter hoe prettig hij was geweest om in huis te hebben. Door zijn gezelschap realiseerde ze zich hoe eenzaam haar avonden gewoonlijk waren. Haar verdriet om haar vader was ook wat afgezwakt door zijn rustige, continue aanwezigheid (vooral omdat ze niet wilde dat hij haar door de muur zou horen huilen op de slaapbank). Op haar beurt had zij hem laten kennismaken met heerlijkheden als sodabrood, stoofpot en *colcannon*, een Iers stamppotgerecht. Het was leuk iemand te hebben om voor te koken. Er was geen lol aan om een uitgebreide maaltijd voor één persoon te bereiden, en Bertie kon nooit lang genoeg blijven voor een huisgemaakt diner als hij er was. Bovendien was het niet de honger in zijn maag die hij bij haar wilde stillen.

Hij was niet meer langs geweest sinds hij had ontdekt dat Ben hier aan zijn herstel werkte. 'Het is te verdacht als ik blijf komen,' had hij een beetje verongelijkt gezegd, en ze was het zomaar met hem eens geweest. Als ze eindelijk samen wilden zijn, moesten ze deze laatste periode van elkaar gescheiden doorbrengen.

Vreemd genoeg zat de gedwongen afstand tussen hen haar niet dwars, misschien wel omdat de eindstreep nu in zicht was. Elke ochtend werd ze wakker met een hart dat fladderde als een gekooid vogeltje dat weg wilde vliegen. Ze had zo lang op dit moment gewacht. Zou haar droom nu echt binnenkort uitkomen? Als een kind op de avond voor Kerstmis had ze het gevoel dat het ogenblik waar ze zich op verheugde bijna was aangebroken, en het leek onmogelijk te geloven na vijf jaar van geduld, van zwijgen, van inschikkelijkheid.

Haar telefoon ging, maar ze sloeg er geen acht op. Ze had haar mobiel alleen maar meegenomen om te kunnen luisteren naar de ontspannende playlist die zachtjes op de achtergrond speelde. Ze liet haar hand vrijelijk bewegen, als het ware los van haar bewustzijn. Alle puzzelstukjes vielen eindelijk op hun plaats. Ze zou met Bertie samen zijn, ze had geboet voor wat ze Ben had aangedaan. Zelfs de rauwe pijn om haar vader die haar in de eerste schokkende weken had uitgehold, werd geleidelijk… vertrouwd. Minder vijandig.

De telefoon ging opnieuw over en verstoorde haar concentratie. Ze keek inwendig mopperend naar het schermpje. *Dave Bridges, loodgieter.*

O! Ze nam haastig op. 'Bertie?'

'Otts, is hij daar?' Hij klonk buiten adem en alsof hij op een heuvel stond, met de wind die in de telefoon blies.

'Wie?'

'Gilmore! Wie anders?'

Ze voelde zich overdonderd door zijn snauwerige toon. 'Nee,' zei ze fronsend. 'Hoezo?'

'Heeft hij je verteld wat hij heeft gedaan?'

'Nee,' zei ze behoedzaam. Hij klonk woedend. Buiten zinnen.

'Hij klaagt me verdomme aan!'

'Wát?'

'Zegt dat ik aansprakelijk ben voor zijn ongeluk. Levensgevaar door roekeloosheid, zegt hij! Omdat het traject niet duidelijk gemarkeerd was.'

Ze hapte naar adem en voelde haar fijne roes uiteenspatten als een champagnebubbel. 'Maar… dat is niet eerlijk.'

'Eerlijk? Natuurlijk is het niet eerlijk! Hij ziet gewoon een kans om mij te naaien en die grijpt hij, verdomme! Nu hij de prijs voor de drievoudige titel niet kan winnen – wat nu inderdaad niet kan, want hij zal niet op tijd hersteld zijn om dit jaar mee te doen aan de Ultra Mont Blanc – is dit voor hem het beste alternatief! Behalve dan dat hij gaat voor meer! Namelijk voor drie keer zoveel als hij zou hebben gekregen bij winst op de Mont Blanc.'

'Hij klaagt je aan voor drie miljoen?' fluisterde ze, wezenloos naar de loper op het strand kijkend. Ben klaagde Bertie aan? Ze kon het niet geloven. Hij had bij het ontbijt niets gezegd wat daarop wees, en op geen enkel ander moment van de tijd die ze samen hadden doorgebracht. Hij had geen tirade afgestoken over zijn verwondingen, hij had niet geklaagd over de omstandigheden of het parcours van de wedstrijd. Hij had gelaten geleken over wat er was voorgevallen, alsof hij het beschouwde als iets wat nu eenmaal kon gebeuren. Een ongeluk, meer niet.

'Otts, je moet met hem praten. Hem ervan af zien te brengen.'

'Ik?'

'Ja, jij! Hij logeert toch nog bij jou? Hij is nog steeds je gast?'

'Nou, jawel, maar...'

'Dan staat hij dus bij je in het krijt vanwege je inspanningen om hem te helpen. Het is meer dan redelijk als je hem in ruil daarvoor een gunst vraagt.'

'Bertie, hij zal echt niet van een rechtszaak om drie miljoen afzien alleen omdat ik hem een bed heb aangeboden en wat maaltijden voor hem heb gekookt... Hij zal heus niet naar me luisteren.'

'Otts, lieverd,' zei hij, en zijn stem veranderde, werd milder. Vleiender. 'Maar jullie zullen toch wel vriendschappelijk met elkaar omgaan? Hij woont bij je in huis. Jij staat hier het dichtste bij hem van iedereen. Je bent een bondgenoot. Ik weet zeker dat hij wél naar je zal luisteren als je met hem praat, als je hem laat inzien dat dit niet redelijk is. Zo zit de Ultra-gemeenschap niet in elkaar. Het gaat in tegen onze waarden. Het draait bij ons om solidariteit bij tegenslag. Om teamgeest. We klagen elkaar níét aan. Een evenement als dit brengt automatisch risico's met zich mee.'

Ottie beet op haar lip, denkend aan de aanblik van Ben, die hier elke dag over het zand hinkte, en al zijn wilskracht inzette om op krachten te komen met dezelfde vastberadenheid die hem in staat stelde om überhaupt ultramarathons te kunnen rennen. Ze dacht niet dat hij zich ergens van af zou laten brengen. 'Hij staat sterk in zijn schoenen. Die laat zich echt niet ompraten.'

'Jawel. Ik heb gezien hoe hij naar je kijkt.'

'Jezusmina, doe niet zo belachelijk! Hij...'

'Een man weet het als een andere man een oogje op zijn vrouw heeft, Ottie.'

Ze sloot haar ogen bij zijn woorden. Zij was zijn vrouw. 'Nu we het er toch over hebben... Heb je al met Shula gepraat?'

Er viel een stilte, gevolgd door een zucht. 'Nee, nog niet.'

'Bertie...'

'Hoe kan ik ook nog eens Shula vertellen dat ons huwelijk voorbij is terwijl Gilmore het op mijn onderneming gemunt heeft, Otts, op mijn náám? Dat kan ik er niet bij hebben. Ik kan maar één vuur tegelijk bestrijden.'

Ze zweeg een ogenblik. 'Oké, luister, ik zal met Ben praten en proberen hem op andere gedachten te brengen. Dan kun jíj Shula over ons vertellen.'

'Echt?'

'Natuurlijk.'

Ze kon zijn glimlach aan de andere kant van de lijn bijna horen. 'Jezus, je bent een geweldige meid, Ottie Lorne.'

'Ik weet het. Wanneer zie ik je weer?'

'Dat weet ik niet precies. Maar snel. Zodra ik er even tussenuit kan. Hou je telefoon bij je, dan bel ik je wel.'

Ze haalde oppervlakkig adem, voelde de gebruikelijke sensatie van een touw dat strak om haar hart werd gewikkeld. 'Oké.'

'Ik moet gaan, maar ik hou van je, Ottie. Dat mag je niet vergeten. Binnenkort zullen we samen zijn.'

'Binnenkort,' herhaalde ze, en ze verbrak de verbinding. Ze vroeg zich af waarom ze zich nooit eenzamer voelde dan wanneer ze contact had met de man van wie ze hield.

Drie kwartier later liep ze net terug om haar huis heen toen Ben het tuinpad op hinkte. Ze had een poging gedaan zich weer in het schilderen te verliezen, maar ze was van slag geraakt door het nieuws van Bertie en ze kon niet meer in de flow komen. Ze had de bootopslag nog maar net dichtgedaan, haar penselen gereinigd, haar schilderskiel uitgetrokken en de ezel een eind van de deur neergezet om die te beschermen tegen eventuele binnendringende regen, toen ze Seamus' auto en zijn hartelijke afscheidsgroet naar zijn passagier had gehoord.

'Hoi!' zei ze monter terwijl hij naar haar toe hobbelde, zich te laat realiserend dat er nog verf op haar handen zat. Zijn wangen waren roze, hetzij van de wind, hetzij van zijn eigen inspanningen, en zijn ogen schitterden bijna koortsachtig helder. 'God, dat voelde goed,' hijgde hij toen ze de deur voor hem opendeed en hij de warme beschutting van haar huis binnenkwam, de bries buitengesloten achter de dichte deur.

'Je zult wel bekaf zijn,' zei ze, want ze zag dat hij een beetje ineenkromp nu hij naar de waterkoker liep.

'Nee hoor, het gaat prima.'

Daar was Ottie niet zo zeker van. Ze begon hem langzamerhand te kennen – aan te voelen – en ze wist dat hij gewend was zijn pijngrens te negeren voor zijn ultramarathons. Maar was dat nu wel een goede strategie? 'Wacht, laat mij maar. Neem even rust.' Ze probeerde de waterkoker van hem over te nemen en legde haar hand over de zijne op het handvat.

Hij keek haar aan. 'Echt, het gaat prima. Ik doe het wel. Wil jij ook koffie?'

Ze trok zich terug, want ze wist dat het geen zin had aan te dringen. Hij was altijd vastbesloten om onafhankelijk te zijn, om nooit enige kwetsbaarheid te tonen. 'Graag.' Hij liep manker dan voor hij eerder vandaag was weggegaan. 'Ik denk wel dat je na deze sessie wat pijnstillers zou moeten innemen. Ook om een ontsteking te voorkomen.'

'Welnee.' Hij plaatste zijn gewicht op zijn goede been en wachtte leunend tegen het aanrecht tot het water kookte, zijn hoofd achterover gekanteld van opluchting en vermoeidheid. 'Ik neem mijn koffie wel mee naar de slaapkamer, dan ga ik even liggen. Het been omhoogleggen zal voldoende zijn om de druk te verlichten.'

'Wil je er ijs op?'

'Hm, misschien. Ik kijk wel even.'

'Ben.'

Hij keek op door de klank in haar stem.

'Ik maak me zorgen om je. Je vergt wel érg veel van jezelf.'

'En waarom zou dat een slechte zaak zijn?'

'Je loopt het risico dat je te hard van stapel loopt en daardoor een terugval krijgt.'

'Ben je bang dat je langer met me opgescheept zult zitten?'

Ze kreunde. 'Jíj bent degene die niet kan wachten tot je hier weg kan.'

Hij wierp haar een merkwaardige blik toe. 'Ik beloof je dat ik weet wat ik doe.'

Ze kruiste haar armen voor haar borst en voelde zich op de een of andere manier opgelaten. 'Ik denk dat jij niet de normale pijnreceptoren hebt zoals de meeste mensen die hebben.'

Hij keek haar bevreemd aan. 'Natuurlijk wel.' Het water kookte en hij wendde zich af om de koppen te pakken en koffie te maken. 'Ik sla er alleen geen acht op.'

Ze lachte kort. 'Je kiest ervoor om pijn te negeren? Ik wist niet dat dat een keuze was.'

'Alles is een keuze, Ottie,' zei hij simpelweg, en hij stak haar kop koffie in haar richting. Zelfs hij was ervan overtuigd dat het te lastig was om met een kruk te lopen en tegelijkertijd een hete vloeistof mee te dragen.

Ze nam de koffie van hem aan.

'Het probleem is dat mensen denken dat pijn iets is om te vermijden.'

'Dat is ook zo! Dat is nou precies het punt! Pijn houdt ons veilig!'

'Ja. Pijn vertelt ons dat er iets mis is, dat we iets moeten mijden. Maar pijn vertelt ons ook dat we leven. Het is een teken van onze vitaliteit. Ik ben veel banger voor het níét voelen, apathie en verdoofdheid jagen me angst aan. Die zijn gevaarlijker.'

'Maar ben je nooit bang dat de pijn te erg wordt? Erger dan je kunt verdragen?' vroeg ze.

'Nee. Ik geloof dat we allemaal oneindig veel veerkrachtiger zijn dan we denken. En alleen in de moeilijke tijden krijgen we de kans om te ervaren waar we toe in staat zijn.'

Ottie staarde hem aan. Als deze onverschrokken houding er bij hem ingebakken zat, was er geen sprake van dat hij zou afzien van de rechtszaak tegen Bertie. Er was geen sprake van dat ze hem daartoe zou kunnen overhalen.

'De meeste mensen slaapwandelen door hun leven heen, Ottie. Ze blijven in hun comfortzone omdat dat gemakkelijk is, vertrouwd, veilig. Maar het leven is geen van die dingen. Het kan van de ene op de andere dag omslaan. Je denkt dat je gelukkig bent, je gaat 's ochtends naar je werk en plotseling...' Hij knipte met zijn vingers. 'Is alles anders. Niets en niemand is zoals je dacht. We hebben pijn nódig. Pijn moedigt ons aan om door te gaan, weg te gaan. Pijn houdt ons veilig.'

Ze keek hem aan, hoorde de harde toon in zijn stem, zag de spanning om zijn mond, de manier waarop zijn lippen strak waren getrokken, zijn woorden kortaangebonden werden... Wat had hij meegemaakt? Iets had ervoor gezorgd dat hij dit pad van extreme ervaringen bewandelde, had de behoefte veroorzaakt om pijn te weerstaan, er dwars doorheen te gaan. De 'wake-upcall' waar hij het over had gehad.

Ze besefte dat hij naar haar keek, maar haar niet zag. Hij was verdwaald in een ander moment, een andere tijd.

'Ben?' Zijn blik focuste zich weer op haar. 'Gaat het wel?'

Hij glimlachte geforceerd, waardoor ze wist dat zijn antwoord een leugen zou zijn. Hij deed anders nooit aan nepglimlachen. 'Ja hoor.'

Ze aarzelde, zich afvragend waar zijn gedachten naar waren afgedwaald, want tijdens dat moment van afwezigheid was zijn lichaamstaal – zijn energie – veranderd. Verzwakt. Ze legde haar hand op zijn arm, voelde de pezen en spieren, de warmte van zijn uitgeputte lichaam. 'Ben, is er iets waarover je wilt praten?'

Hij keek naar haar hand, alsof hij verbaasd was over de aanraking, en richtte zijn blik weer op haar gezicht. 'Nee.'

'Ik heb het gevoel dat… jou iets is overkomen.'

'Dat is ook zo. Dat heet het leven.'

Ze liet haar hand zakken en draaide zich om. Als hij sarcastisch ging doen…

'Ottie, wacht, het spijt me. Het was niet mijn bedoeling om…' Hij zuchtte. 'Ik ben moe. Ik weet dat je gewoon aardig probeert te zijn.'

Aardig. Was dat het beeld dat hij van haar had? Ergens voelde dat als een por in haar ribben, een trap op haar voet. Ze zwegen weer ongemakkelijk. Op de een of andere manier lagen ze vandaag met elkaar overhoop, allebei onhandig. Ze wisten geen van beiden de juiste woorden te vinden.

'Heb je geschilderd?' vroeg hij terwijl ze langs hem liep.

'Nee,' snibde ze. Dat was tegenwoordig haar automatische antwoord op die vraag. Het was haar geheim, het ging niemand aan hoe zij haar tijd wenste te verspillen. Ze wist dat er nooit echt iets uit zou voortkomen, dat ze hooguit middelmatig talent had. Maar hij pakte haar rechterhand en draaide hem om. Er liep een veeg donkerblauwe verf over de zijkant van haar hand.

O. Ze keek hem aan. 'Dat is…' Maar ze wist niet wat ze moest zeggen, het lukte haar niet recht in zijn gezicht te liegen. Nu hij zo dichtbij stond, ervoer ze hem ineens anders. Al die tijd die ze samen hadden doorgebracht, was ze zo gericht geweest op haar boetedoening dat ze vooral de verwondingen had gezien, en niet zozeer de man.

Ze voelde de sfeer in de ruimte veranderen. Had hij door dat hij nog steeds haar hand vasthield? Ze zag dat hij haar gezicht afspeurde, alsof hij háár ook ineens in een ander licht zag, en terwijl hij zich vooroverboog, stokte haar adem.

Die piepkleine beweging verraadde haar en hij stopte. Hun ogen maakten contact in een moment van brandende, onverhulde eerlijkheid. Ze wachtte op zijn kus. Het moment pulseerde… en ebde weg.

'Je hebt een beetje… Ik weet niet wat dat is.' Hij wreef lichtjes over haar huid, draaide zijn vinger om en liet haar een veegje rauwe omber zien.

'O.' Haar hart klopte twee keer zo snel, maar haar hoofd liet haar in de steek. Ze kon niet nadenken. 'Dat is… stopverf.'

'Stopverf?'

'Ja. Er zat een lek in een van de leidingen in het toiletgebouw. Ik heb het… dichtgemaakt.'

'Aha.' Hij knikte, maar hij had weer die blik in zijn ogen, die ze niet kon doorgronden maar die ze vreesde nu hij door haar leugentjes om bestwil heen keek – en ook door de grote leugens. 'Je bent goed in dingen heel maken, nietwaar? Lekkende leidingen. Gewonde hardlopers. Je kunt wel een reparatiewinkel beginnen.'

Ze probeerde te glimlachen. Het was een grappige opmerking – grappig genoeg om het ijs weer te breken en hen allebei te redden – maar ze voelde zich verward door wat er zojuist tussen hen was gebeurd. Ze trok haar hand terug en zette een stap achteruit. 'Wil je later vandaag nog steeds naar de stad om wat nieuwe kleren te kopen?' vroeg ze, haar ogen overal op gericht behalve op hem.

Hij wachtte even, keek naar haar, zág haar. 'Jawel.'

'Ik bedoel, zeg het gerust als je liever niet gaat. We kunnen morgen ook gaan als je moe bent van de fysio…'

'Ik voel me straks weer prima als ik even rust neem.'

Ze knikte. 'Over twee uur dan maar?'

Hij keek hoe ze haar jas pakte en naar de deur liep, zonder haar koffie te hebben opgedronken. 'Oké. Over twee uur. Mijn been en ik verheugen ons erop.'

22

Donderdag 19 december

Pip stond voor de deur en bracht haar kin naar haar borst als een slapende duif, maar het was geen warmte waar ze naar zocht. Ze had moed nodig, en niet zo'n beetje ook. Haar handen balden zich tot vuisten terwijl ze in haar hoofd het betoog nog eens doornam dat ze op weg hiernaartoe had voorbereid – en gisteravond toen ze slapeloos in bed naar het plafond had liggen staren. Ze moest dit doen. Ze had geen keus. Ze had geprobeerd manmoedig in haar verlies te berusten, groothartig om te gaan met het kwijtraken van haar geliefde merrie, maar het verlies deed pijn vanbinnen, hield haar 's nachts wakker en was de hele dag in haar gedachten. Ze moest Shalimar terug zien te krijgen.

Met de moed der wanhoop roffelde ze op de deur en beende naar binnen voordat degene die binnen was kon reageren. Ze wist dat hij aanwezig was. Een van de paardenverzorgers had het haar verteld toen ze de auto had geparkeerd, haar ogen afgunstig dwalend over de mooie stallen en de gele trailers met het zwarte Cuneen-logo.

'Hoi,' zei ze op luchtige toon. Daarmee stoorde ze Sean, die duidelijk iets onbetamelijks op zijn computer zat te bekijken.

'Jezus!' riep hij uit. Hij haalde haastig zijn voeten van het bureau en zette snel het scherm op zwart. 'Kun je niet kloppen?'

'Dat heb ik gedaan,' zei ze met haar liefste glimlach. 'Je ging kennelijk op in je werk.'

Sean had in elk geval nog het fatsoen om schaapachtig te kijken, en ze keek vergenoegd toe hoe hij met zijn handen door zijn haar streek en probeerde er presentabel uit te zien. Hij droeg een jeans en een coltrui van fleece met het logo van Cuneen erop. Zijn forse middel probeerde rondom te ontsnappen, als een dikke streep tandpasta uit een zojuist uitgeknepen tube. 'Pip,' stamelde hij. 'Ik heb aan je gedacht...'

Pip keek met een grimas naar het donkere scherm. Ze hoopte oprecht van niet.

'Ik vroeg me af hoe het met je gaat. Ik wilde je nog bellen om te vragen of je bent opgeknapt.'

Opgeknapt – alweer een eufemisme voor 'niet dood'. Misschien zou ze er een lijst van moeten bijhouden. Ze haalde haar schouders op. 'Ja hoor, waarom niet? Je hebt me naderhand toch alweer gezien, op mijn erf? Ik ben kerngezond.'

'Sommige mensen zouden... ermee worstelen als ze hadden meegemaakt wat jij hebt doorstaan.'

O, ze had inderdaad geworsteld, dacht ze bij zichzelf, maar niet met de bijna-verdrinking. Ze worstelde met de verliezen die moeilijk te accepteren waren: haar vader, Lorne, Shalimar. 'Het gaat prima met me.'

Hij grinnikte nerveus. 'Jij bent een pittige tante, Pip Lorne.'

'Ach ja, er zit nog wel wat pit in, Sean,' zei ze met een scheve grijns. 'En daarom kom ik nu bij je langs op de weg terug van Cork.' Dat was een leugen. Ze was de hele week op het landgoed gebleven, uitgeteld door die verrekte kou en de hoest die ze maar niet kwijtraakte.

'O?' Seans kleine donkere ogen knepen samen in zijn bleke, vlezige gezicht, waardoor hij een beetje op een varken leek.

'Ja. Ik ben gekomen om je uit te dagen.' Haar woorden waren zorgvuldig gekozen. 'Een voorstel doen' zou hem te veel ruimte geven om zich eronderuit te wurmen, maar een uitdaging zou een beroep doen op zijn trots.

'En over wat voor uitdaging hebben we het dan?' Hij klonk nerveus en argwanend, beide in dezelfde mate.

'Ik wil de kans krijgen om Shalimar terug te winnen.'

Hij ging achteroverzitten op de draaistoel en legde zijn handen achter zijn hoofd. 'O nee. Geen sprake van,' zei hij grinnikend. 'Ik ben niet gek. Ik weet wat ze waard is. Jíj hebt weliswaar een gokje met haar gewaagd, maar ze is betrouwbaar en heeft een uitstekende bloedlijn. Ik ga niet riskeren dat ik haar aan jou terug moet geven.'

Ze zuchtte. 'Tja. Ik heb ze verteld dat je dat zou zeggen.'

'Wie zijn ze?'

'Gewoon, de mensen die vinden dat je op oneervolle wijze aan haar gekomen bent.'

'Ik heb haar eerlijk gewonnen!'

Pip tuitte nadenkend haar lippen. 'Hm, in juridisch opzicht ben ik het met je eens, maar ik zou niet zeggen dat het helemaal eerlijk is gegaan. Dat wedstrijdje was vanaf het begin een gelopen race. Het verschil in BMI betekende dat ik geen enkele kans had bij die temperatuur. Zelfs als ik had op gekund tegen jouw lengtevoordeel en je extra spierkracht...' Ze zag zijn ego groeien bij het horen van de verhulde complimenten. 'Het maakte niet uit hoe fit of vastbesloten ik was, het overleven bij die watertemperatuur was simpelweg een kwestie van lichaamsbouw, en ik had de benodigde massa niet. Uiteraard zou ik dat hebben geweten als ik niet zo bezopen was geweest. Dat was mijn eigen stommiteit. Maar veel mensen zeggen dat jij hebt geprofiteerd van mijn beschonken toestand.'

'Ik was zelf ook stomdronken,' protesteerde hij, van links naar rechts draaiend in zijn stoel als een jongetje dat in het kantoor van zijn vader mag zitten. 'En de weddenschap was ook nog eens jouw idee.'

'Ja, maar als je alles in aanmerking neemt: de dronkenschap, het verschil in BMI en het feit dat ik bijna ben verdronken...' Ze haalde haar schouders op. 'Ik heb veel commentaar gekregen van mensen die zeggen dat het niet zo netjes van je was om onder die omstandigheden je prijs op te eisen.'

'Wie? Wie zeggen dat dan?'

'Nou, gewoon best veel mensen, in de wandelgangen.'

Hij draaide weer rond in zijn stoel, keek haar doordringend aan, dacht na. 'Ja, nou, ze mogen zeggen wat ze willen. Een deal is een deal.'

'Dat weet ik. En dat heb ik ze ook gezegd,' zei ze schouderophalend, leunend tegen de zijkant van het bureau. Dat lag bezaaid met papieren – medische dossiers, tijdschema's van evenementen, veilingcatalogi, oude exemplaren van de *Racing Post* – en er hing een kalender van Emily Ratajkowski uit 2017 aan de muur.

'Echt?'

'Jazeker. Jezus, het kan me niet schelen of het al dan niet netjes van je was. Wie ben ik om een moreel oordeel te vellen? Ik heb ze verteld dat het helemaal niet ging om de eer, dat je je winst hebt gepakt omdat je wist dat je me nooit zou kunnen verslaan in een eerlijke strijd.'

'Dat meen je toch niet?' lachte Sean, en hij sloeg met zijn hand op het bureau. 'Denk je serieus dat ik jou niet kan verslaan?'

'Denk jij dan van wél?' reageerde ze met net zoveel ongeloof.

Ze staarden elkaar een lang ogenblik aan en er begon een kleine grijns om haar mond te spelen. Hij was een sukkel die zich liet inpakken door zijn eigen ego.

'En wat zou die uitdaging van jou inhouden?' vroeg hij ten slotte.

'Gewoon een ouderwetse race, rechttoe rechtaan. Jij op je eigen paard naar keuze, ik op het mijne. Een recht traject over het strand van Lorne.'

'Wanneer?'

Ze haalde haar schouders op. 'Morgenmiddag? Tenzij je meer voorbereidingstijd nodig hebt?'

'Morgen is prima,' zei hij bruusk. Hij keek haar wantrouwend aan, duidelijk op zoek naar een addertje onder het gras. 'Dus als jij wint, krijg je Shalimar terug?'

Ze knikte. Haar hart begon sneller te kloppen bij het vooruitzicht haar mooie merrie terug te hebben.

'En ik dan? Wat krijg ik? Met alle respect, Pip, maar aan die pony's van jou heb ik niks en je hebt ook niets anders wat ik zou willen hebben.'

'O, dat denk ik wel,' zei Pip met een glimlach, en ze kruiste haar benen en leunde naar hem toe. 'Ik heb iets van onschatbare waarde.'

Hij fronste, maar leunde onwillekeurig naar haar toe. 'O ja? Wat dan wel?'

'Sorry dat het zo krap is,' zei Willow, die haar leunstoel een stukje achteruit zette, zodat hun knieën elkaar in elk geval niet raakten.

'Ik vind het juist gezellig,' zei Ferdy met een glimlach. Zijn ogen keken beleefd geïnteresseerd om zich heen in de kleine zitkamer. 'Je hebt al een huiselijke sfeer weten te creëren.'

'O, vind je?' vroeg Willow hoopvol, en ze keek zelf nog eens rond met een objectieve blik: de met bamboe omlijste spiegel boven de schoorsteenmantel, haar vaders favoriete olieverfschilderij aan de muur, een legerkist die in de oorlog van zijn overgrootvader was geweest, het grootste zijdezachte *oushak*-tapijt dat in deze kamer paste. Zoals altijd waren de kleuren uitbundig en contrasteerden de patronen krachtig met elkaar, zonder ergens een spoor van beige. Ze had de muren zelf appelgroen geschilderd, waarbij ze een oud overhemd van haar vader had gedragen. Niet omdat er niets anders te doen viel, maar met haar inspanningen om Connor op het kasteel te ontlopen en haar moeder die haar ontweek – ze logeerde nog stééds bij de Flanagans – waren de dagen lang en eenzaam. 'Het is een race tegen de klok geweest om het huis voor mijn moeder in orde te krijgen. Ze vatte het niet erg goed op toen ze te horen kreeg dat ze het kasteel binnen vierentwintig uur moest verlaten.'

'Dat kan ik me voorstellen,' zei Ferdy met een grimas. 'Hoelang heeft ze er gewoond?'

'Dertig jaar.'

'Een groot deel van haar leven, dus.'

Willow knikte. Ze keek in het vuur en dacht aan haar moeders verbijsterde gezichtsuitdrukking toen ze uiteen had gezet wat ze had afgesproken en wat voor krankzinnig schema daaraan vastzat. 'Ik weet dat het voor haar al moeilijk genoeg is om te wennen aan het weduwschap, zonder ook nog eens al deze andere veranderingen. Voor mijn zussen is het minder erg, want zij wonen al een tijdje ieder op hun eigen plek op het landgoed, maar als ik 's ochtends wakker word, vlak voordat ik mijn ogen opendoe, weet ik even niet in welk huis ik ben, laat staan in welke kamer. Het is heel vreemd om in bed te liggen zonder enig idee te hebben waar ik me bevind. Ik voel me ontheemd...'

'Dat heb ik als ik op reis ben,' zei hij meelevend. 'Ik reis veel voor mijn werk en dan word ik ook weleens wakker in een hotelkamer zonder te weten waar ik ben.'

'Het is ontregelend.'

'Absoluut, maar je zou trots moeten zijn op wat je hebt bereikt. Je hebt in de afgelopen weken meer aan dit landgoed gedaan dan anderen in minstens vijfhonderd jaar voor elkaar hebben gekregen. Jij hebt een lastige klus geklaard.'

'Volgens mij klaren júllie de lastige klus,' antwoordde ze glimlachend. 'Ik begrijp niet hoe jullie wisten waar te beginnen. We hebben zóveel spullen.'

'Prachtige spullen,' voegde hij eraan toe. 'Ik ben op weg hiernaartoe nog bij het kasteel langsgegaan om me ervan te verzekeren dat er niets over het hoofd is gezien in de kelders en op de zolders. Ik kon de vaklieden die er aan de slag waren niet eens téllen.'

'Echt niet?' vroeg ze vlak, en ze probeerde zich er vooral geen voorstelling van te maken. Van hém. 'Ik probeer maar een beetje uit de weg te blijven.'

'Heel verstandig. Er stonden volgens mij wel dértig busjes voor de deur. Het lijkt me een geoliede machine, die ze in gang hebben gezet. Ongelooflijk efficiënt.'

'Nou, ze zijn dan ook zeer gemotiveerd,' zei ze met een strak glimlachje. Ze had Connor niet meer gezien of gesproken sinds ze hem in het weekend in de pub had achtergelaten. De blik van ongeloof op zijn gezicht spookte haar telkens weer door het hoofd. 'Heb je... gezien hoe het er nu uitziet?'

Hij dacht even na. 'Ze hebben de tapijten verwijderd en de vloeren geschuurd, en volgens mij zijn ze momenteel de lambriseringen aan het strippen. Het ziet er allemaal... zachter uit. Nog steeds statig, maar met een eigentijdse sfeer, zou ik zeggen.'

'Juist ja.' Ze voelde een huivering door zich heen trekken, want ze was er niet helemaal zeker van wat dat betekende. Niet voor het eerst vroeg ze zich af wat ze in godsnaam aan het doen was, waarom ze dit toeliet.

'Ik denk dat je het wel mooi zult vinden.' Hij keek haar aan. 'Hoewel ik moet zeggen dat het me verbaast dat je deze uitgebreide werkzaamheden laat uitvoeren ten behoeve van zo'n kortstondige huurperiode.'

Dit was dan het moment om het hardop uit te spreken, om iemand te vertellen dat de koop al bijna rond was. Dat Lorne Castle zo goed als verkocht was. Het iederéén te vertellen. 'We moesten het sowieso nodig opknappen, dus het is een soort win-winsituatie voor ons,' zei ze in plaats daarvan, want de moed zakte haar in de schoenen.

Hij haalde zijn schouders op. 'Nou, hoe dan ook, fijn dat ik je op zo korte termijn kon spreken. Ik weet hoe druk je het hebt.'

Ze keek omlaag naar haar met verf bespatte jeans en haar vaders overhemd. Haar donkere haar had ze naar achteren gebonden met een oude Hermès-sjaal van haar moeder. 'Ik kan wel even een pauze gebruiken, eerlijk gezegd. Ik vind het alleen jammer dat mijn moeder er niet bij is. Het is háár boedelverkoop, tenslotte.' Niet dat ze zich er ook maar één moment mee had bemoeid.

'Nou, we hebben alles op orde en we zijn toe aan het volgende stadium van het proces. Alles in de opslag is zo ongeveer geïnventariseerd en we gaan nu verder met het onderzoek naar de herkomst van het een en ander, waarna we de waarde van de spullen kunnen bepalen en een catalogus kunnen opstellen.'

'Laten we hopen dat we op de verkoopdag de wind mee hebben,' zei ze nerveus.

'Maak je daar maar geen zorgen over. Ik ben ervan overtuigd dat er veel belangstelling voor zal zijn. Je vader had oog voor kwaliteit. Vooral zijn collectie legerbestek en de Europese olieverfschilderijen zullen een aantal grote bieders trekken.'

'Op hoop van zegen dan maar.' Willow nam een slokje van haar thee.

'Er is wel iets wat ik nog even met je wilde bespreken.'

Willow trok een wenkbrauw op. 'O? Wat dan?'

'Eigenlijk is het de reden waarom ik nog langs het kasteel ben gegaan om rond te kijken, voor het geval het ergens was bewaard en over het hoofd was gezien. Het is geen geringe kwestie. We lijken een Gainsborough te missen.'

Willow kreunde. 'O nee, daar heeft mijn moeder je toch zeker niet over verteld?' Ze zuchtte met een verontschuldigende blik. 'Het is niet meer dan een familielegende, vrees ik. Wensdenken van een of andere door schulden gekwelde gokverslaafde voorouder.'

'Nou, dat is het punt. Het is geen wensdenken. We hebben een verwijzing naar het werk gevonden in een oud huishoudboek dat in een van de keukenkasten lag.'

Willow keek hem stomverbaasd aan. De keuken? Had haar vader dat boek dan misschien gezien? Was dat de reden waarom hij er zo vastbesloten, zo wanhopig naar op zoek was geweest? 'Wat voor verwijzing?'

'Er staat van alles in: gegevens van bouwwerkzaamheden en

betalingen, kosten van de gedeeltelijke herbouw na een brand in 1749. Loonkosten voor de bedienden. Huishoudelijke kosten. En volgens een aantekening op 3 februari 1752 betaalde een van je over-over-overgrootouders een vorstelijk bedrag voor een portret van de hand van Gainsborough.' Ferdy keek haar aan. 'Willow, deze veiling zou van groot internationaal belang worden als we dat schilderij zouden vinden en in de verkoop konden opnemen.'

Willow staarde hem aan. Ze zou willen dat ze enige reden tot hoop kon geven. 'Ik denk gewoon niet... dat die kans bestaat. Mijn vader heeft in de loop der jaren het hele kasteel afgezocht om het te vinden, maar wij dachten dat het verspilde moeite was. We hebben het nooit serieus genomen. Het was een terugkerende grap in de familie hoe hij met hoofdlamp en kniebeschermers langs de dakspanten kroop en oud isolatiemateriaal optilde – waardoor hij onbedaarlijk niesde! – in de hoop er het schilderij aan te treffen. Als iemand het had kunnen vinden, was hij het wel. Hij was er zeker van dat het al onze problemen zou oplossen.' Ze glimlachte weemoedig om een herinnering. 'Op een keer ontdekten we een dichtgemetselde haard in de oude keuken. Hij was opgetogen, want hij dacht dat het in de schoorsteen verborgen zou zijn. Je had zijn gezicht moeten zien toen hij er alleen maar oude vogelnesten vond...' Ze keek Ferdy weer aan. Zijn teleurstelling viel nog in het niet bij die van haar vader destijds. 'Uiteindelijk kwam hij tot de conclusie dat het verkocht was om een of andere schuld te betalen, of dat het door een wraakzuchtige bediende was gestolen, of dat het was verwoest bij een van de branden die er in de loop der eeuwen zijn geweest.'

Ferdy slaakte een ontgoochelde zucht. 'Nou, het zou heel jammer zijn als het werk op een van die manieren aan zijn einde is gekomen. Maar als het was verkocht, hetzij door een voorouder, hetzij door een bediende, denk ik dat het inmiddels wel was opgedoken in een of andere privécollectie.'

'Ja, waarschijnlijk wel,' zei Willow instemmend. 'Dus het is vermoedelijk in vlammen opgegaan?'

Hij kromp ineen en knikte. 'Aangezien het in de loop der tijd nergens meer is gezien… ja.' Hij zette zijn thee op de sierlijke George III-kaarttafel. 'Doodzonde.'

Ze liepen samen naar de voordeur en bleven in de smalle gang staan. Ze had een rode kerstster op een kersenhouten zijtafeltje gezet voor een vleugje kleur in de verder sombere ruimte. Het was een eerste zwakke poging om iets van kerstsfeer in het huis te creëren, maar Willow vermoedde dat het voor haar moeder disloyaal zou voelen om meer versiering aan te brengen, alsof ze zich schuldig zou moeten voelen dat zij verder leefde na de dood van haar echtgenoot.

'Ik ga je maar niet vragen hoeveel dat schilderij tegenwoordig waard zou zijn,' zei ze.

Ferdy draaide zich om en keek haar met een licht vertrokken gezicht aan. 'Waarschijnlijk beter van niet, nee.'

'O mijn god!' kreunde ze. 'Zóveel dus?'

'Bekijk het maar zo: je kunt niet treuren om iets wat je nooit hebt gehad.' Hij schudde haar nog eens de hand en stapte op het met onkruid bedekte pad. 'Ik neem binnenkort wel weer contact op,' riep hij over zijn schouder.

Willow deed de deur dicht en haar blik viel op Rusty, die er wat ongemakkelijk – en enigszins dreigend – achter stond. Het was geen optie geweest om het harnas te verkopen, maar het paste ook totaal niet in dit huis.

Ze herinnerde zich weer hoe haar vader het had gedragen op het verjaardagsfeest van haar moeder. Het had gerammeld en gepiept bij elke beweging, en de blauwe plekken die hij eraan overhield, waren enorm. Die avond was het weer tot leven gebracht, zo levend als het ooit op het slagveld was geweest, maar nu stond het stijf en stil, was het slechts een omhulsel. Een aandenken aan vroegere glorietijden en vervlogen geluk. Aan het feit dat haar vader, de laatste knight van Ierland, dood was. Aan het feit dat er nu niemand meer was die haar beschermde.

Hoewel ze haar zogenaamde familie had, stond ze er alleen voor.

23

Dezelfde dag

'Is dat sneeuw?'

Ottie keek op en draaide langzaam rond, met een hand in de lucht gestoken. Zachte vlokjes vielen als gezeefde poedersuiker op haar handpalm en verdwenen weer zodra ze contact maakten. Ze huiverde even en trok de rits van haar jas op tot vlak onder haar kin. 'Ze zeiden dat het eraan zat te komen.'

'Dan kan ik ook maar beter een jas kopen,' zei Ben.

'Dat lijkt me een goed idee,' antwoordde ze glimlachend, en ze hees de tassen hoger op haar schouder, want de hengsels begonnen door haar jack heen te snijden. 'Hoewel het best vervelend is om zoveel spullen te moeten kopen terwijl je over een paar dagen alweer thuis zult zijn.'

'Als de fysiotherapeut me tenminste groen licht geeft,' zei hij voorzichtig.

'Natuurlijk doet ze dat. Je hebt gezegd dat ze er tijdens je laatste sessie al op zinspeelde.'

Hij keek recht vooruit en zwaaide naar voren tussen zijn krukken. 'Jawel, maar er zijn geen garanties.'

Dat was niet waar. Hij had met onvermoeibare inzet zijn oefeningen gedaan en elk risico op mislukking uitgebannen. Hij zou komende zondag in dat vliegtuig zitten, daar had hij wel voor gezorgd. 'Hoe kan ze anders dan groen licht geven? Je hebt keihard gewerkt. Over een week is dit alles een verre herinnering.'

'Dat betwijfel ik,' zei hij met een blik opzij. 'Bovendien zal alles wat ik koop een aandenken zijn aan mijn tijd hier.'

'Ah, nou, het is fijn om te weten dat je elke keer als je je nieuwe gestreepte sokken aantrekt aan ons zult denken,' lachte ze met een luchtigheid die ze niet voelde. Sinds dat moment in de keuken gisteren was er iets tussen hen veranderd, hoewel ze de vinger er niet op kon leggen. Het was amper aanwezig, als een speling van het licht slechts zichtbaar op gezette tijden.

Ze liepen langzaam. Ze voelde zich verantwoordelijk voor hem in de menigte, wilde het liefst met een stok in beschermende cirkels om hem heen maaien om de mensen op afstand te houden. Ze liepen met tassen te zwaaien, waren geconcentreerd op hun shoplijstjes en zagen vaak zijn krukken of kniebrace – laat staan het gips om zijn pols – tot het allerlaatste moment over het hoofd, en ze had zich een paar keer moeten opwerpen als een blokkade tussen hem en een verstrooide voetganger die recht op hem af kwam stevenen.

Er vielen poeltjes licht op de stoep vanuit de etalages, waar paspoppen met de handpalmen naar voren in vrolijke houding stokstijf stil stonden, gekleed in lovertjes, zacht fluweel en grove breisels. Boven hen hingen kerstlichtjes tussen lantaarnpalen, grote sterren en magisch twinkelende ijspegels. Een enorme kerstboom met gouden kerstballen stond trots midden op het plein, waaromheen in kraampjes warme chocolademelk, wafels, crêpes en geroosterde hazelnoten werden verkocht.

'Je zult wel wat gewend zijn in New York,' zei ze. 'Daar valt echt veel sneeuw, toch?'

'O ja. Dat liegt er niet om. Als het sneeuwt, dan snééuwt het ook.'

'Valt er momenteel sneeuw?'

'Yep.'

'Je kunt vast niet wachten tot je terug kunt gaan. Verheug je je erop? Zondag zit je rond deze tijd in de lucht.'

'Ik weet niet zo goed hoe ik me voel. Het zijn een paar intense weken geweest,' zei hij met zijn blik naar de grond terwijl hij zijn been over een plas zwaaide.

'Heb je je thuisfront gemist?' vroeg ze. De enige keren dat de telefoon was gegaan, waren het mensen van zijn werk geweest – gehaaste stemmen die vroegen of hij bereikbaar was.

'Ach, jawel,' zei hij schouderophalend. 'Hoewel New York alleen maar de plaats is waar ik woon. Ik zou het niet mijn thuis noemen.'

'O? Waar is je thuis dan wel?'

'Nantucket, een paar uur ten noorden van Manhattan. Het is er niet heel anders dan hier, eigenlijk: een ruige Atlantische kustlijn en kleine gemeenschappen. Vrij landelijk. Je zou het er vast mooi vinden.'

'Nou, misschien kom ik dan een keer die kant op.'

Hij zweeg en ze voelde een afwijzing in de stilte. Nee dus? Hij wilde geen contact houden?

Ze sloeg hem zijdelings gade en zag hoe hij ineenkromp bij elke stap. Ze hadden dit uitstapje gisteren toch niet kunnen maken. Toen hij de slaapkamer weer uitkwam, had hij bij hoog en bij laag beweerd dat hij zich prima voelde, maar zij had gezien hoeveel pijn hij leed en ronduit geweigerd om te gaan. Het was zo ongeveer de enige controle die ze op hem kon uitoefenen. Hij stond haar nu niet eens meer toe om thee te zetten, en de belofte die ze Bertie had gedaan, dat ze hem zou overhalen van de rechtszaak af te zien, leek nu nog een onmogelijker taak. Een aantal keren had ze haar mond opengedaan om erover te beginnen, zich schrap gezet om hun vriendschap te gebruiken en hem in een positie te manoeuvreren vanwaaruit hij geen nee tegen haar kon zeggen, maar steeds had ze de moed niet gehad en kreeg ze haar stem niet aan de praat. Om redenen die ze niet goed begreep, voelde het als verraad tegenover hém, niet Bertie.

Ze kreunde zacht. 'Au, mijn voeten doen zeer,' zei ze met een vertrokken gezicht. 'Zullen we wat gaan drinken? Ik wil wel graag even zitten.'

Die blik verscheen weer in zijn ogen. Die blik die haar vertelde dat hij wist dat ze loog.

'Wat is er?' vroeg ze, maar ze voelde dat ze bloosde.

'Ik voel me goed. En jij bent een leugenaar van niks, trouwens!'

Ze beet op haar lip. Betrapt. 'Maar je kromp ineen.'

'Jawel. Maar de pijn is hanteerbaar.'

'Je behoort niet zoveel pijn te hebben. Je vraagt te veel van jezelf.'

'Ik moet herstellen en je niet langer voor de voeten lopen.'

'Maar je loopt me niet voor de voeten. Wat mij betreft neem je alle tijd van de wereld. Ik vind je gezelschap aangenaam.'

'Ottie, het is heel aardig van je, maar we weten allebei dat je...' Hij leek te zoeken naar de juiste woorden. 'Dat je niet je normale leven kunt leiden zolang ik bij je in huis woon.' Hij keek haar aan en ze was er zeker van dat hij vermeed iets te zeggen. Opnieuw was er dat kleine lichtflitsje tussen hen, ongrijpbaar en ondefinieerbaar.

'Ben, dat is absolute lariefarie.'

'Lariefarie. Hm. Weer een nieuw woord.' Hij begon weer te lopen. 'Dat sla ik in mijn geheugen op naast topperdepopper.'

Ze lachte. Hij plaagde haar graag met haar creatieve taalgebruik en ze besefte dat ze het leuk vond als hij haar plaagde.

Hij stopte voor de etalage van de elegantste designerboetiek van de stad – waar ze nog nooit binnen was geweest, aangezien ze zich niet kon veroorloven om er zelfs maar een panty te kopen – en keek naar de mannelijke paspop in een antracietkleurige parka van Canada Goose.

'Een jas. Mooi zo. Klaar,' zei hij onverstoorbaar, en hij hinkte naar binnen.

Klaar? Zomaar? Het was een aanschaf van vier cijfers!

Ze haastte zich achter hem aan.

'De jas uit de etalage in maat medium, graag,' zei hij tegen de verkoper.

Ottie bleef midden in de winkel staan wachten, bijtend op haar lip. Haar ogen gleden over de dure jurken en kasjmieren truien, de hooggehakte schoenen en handtassen met sierspijkers.

Haar blik viel op een rode middellange jurk van zijde met lange, wijd uitlopende mouwen, een taille met een trekkoord en een lage hals met twee lintjes. Ze liep ernaartoe terwijl de verkoper zich terug haastte naar Ben, die de jas aantrok om te kijken of de maat klopte.

Ze liet de stof door haar vingers glijden. Die voelde zacht en licht aan, de rok was vol en viel soepel. Er was een subtiele gouddraad doorheen geweven.

'Pas eens.'

Ze draaide zich om. Ben stond achter haar. Hij had de jas alweer uitgetrokken en de opgetogen verkoper had hem meegenomen naar de kassa. Ben was waarschijnlijk zijn gemakkelijkste klant ooit.

'Wat?'

'De jurk. Die zou je moeten passen.'

'O jezus, nee zeg.' Ze liet de mouw meteen uit haar vingers vallen.

'Waarom niet?'

'Je bedoelt afgezien van het feit dat-ie meer kost dan mijn auto?'

'Afgezien daarvan.'

Ze rolde met haar ogen. 'Nou, eh, ik kom bijvoorbeeld nooit ergens waar ik zoiets zou kunnen dragen. Ik leid geen rodejurkenleven.'

Hij keek haar aan. 'Dat is geloof ik het meest sneue zinnetje dat ik ooit heb gehoord.' Maar ze zag de ironische glinstering in zijn ogen, en ze lachte.

'Ja hè,' giechelde ze. 'Vertel mij wat.'

Hij ging naar de kassa om de jas te betalen en trok hem meteen aan voor ze naar buiten gingen. Ze moest de neiging onderdrukken om over de bontkraag te strijken.

'Goed getimed,' zei ze, omhoogkijkend naar de vlokken, die nu overvloediger begonnen te vallen. En de sneeuw bleef nu ook liggen. 'Is er nog iets anders wat je wilt kopen?' Tot nu toe hadden ze een nieuwe jeans, boxershorts, sokken, wat T-shirts, twee casual overhemden, een trui, een paar instappers en de jas voor hem gekocht. En zij droeg alle tassen, iets wat hem duidelijk dwarszat, want hij kromp niet alleen ineen bij elke stap die hij zette, maar ook elke keer als hij naar haar keek.

'Nee, hiermee kan ik wel vooruit tot ik naar huis ga. En je hoeft geen was meer voor me te draaien.'

'Nee. Hoera,' zei ze zwakjes, en haar ogen maakten weer kort contact met de zijne. Het begon langzamerhand vreemd te voelen, verkeerd zelfs, dat hij naar huis zou gaan. Het dicht op elkaar leven had de relatie – of eigenlijk de vriendschap – snel inniger gemaakt. Ze was hem als huisgenoot gaan beschouwen. Die had ze nooit eerder gehad en ze zou er ook nooit meer een hebben. Over zes dagen was het Kerstmis, en ondanks haar luchtige aanbod dat hij mocht blijven zo lang als nodig was, zou Bertie bij haar intrekken. Ze had erop gestaan dat Shula niet uit haar huis hoefde te vertrekken. 'Oké, laten we dan maar weer gaan. Het zal je vast verbazen te horen dat ik geen winterbanden onder mijn auto heb.'

Hij deed alsof hij geschokt was. 'Nee toch!'

Ze hinkten langzaam door de stad, terug naar de parkeerplaats. 'Weet je, er is één ding dat ik nog graag zou willen doen voor ik terugkeer naar New York,' zei hij peinzend.

'O? Wat dan?'

'Een glas Guinness drinken.'

Ze was stomverbaasd. 'Heb je nog nooit Guinness gedronken?'

Hij schudde zijn hoofd. 'Elke keer dat ik hier was, kwam ik voor een wedstrijd. Alcohol was uit den boze.' Hij haalde zijn schouders op. 'Dit lijkt me het juiste moment, jou ook niet?'

'Zeker weten! En ik ken de beste plek waar je een glas van dat donkere vocht kunt krijgen,' zei ze met een glimlach, zwaaiend met zijn tassen. 'Kom. We gaan naar huis.'

Ze namen plaats in de nis in de hoek, tussen de kerstboom en het raam. Het was drukker in de pub dan Ottie ooit had meegemaakt.

'Wie zíjn al die mensen?' vroeg ze Joe, die rustig het bier tapte.

'Jullie jongens,' zei hij glimlachend en een beetje verbaasd, terwijl hij keek hoe het zwarte bier in het glas vloeide.

'Onze...'

'Van het kasteel. Ze zijn bezig met de laatste loodjes van de renovatie.'

Ottie knipperde met haar ogen. Welke renovatie?

'Heb je het dan niet gehoord?' vroeg Joe perplex, toen hij het eerste glas voor haar neerzette en haar gezichtsuitdrukking zag. 'Jezus, je moet hier toch echt wat vaker langskomen, Ottie. Een of andere dure private club neemt het hele pand een paar dagen over. Het is voor een feestweekend, maar hoe noemden ze het ook alweer? Een eh... o ja, een pop-upclub.'

'Ik heb geen idee wat ik me daarbij moet voorstellen.'

'Dat geldt voor ons allemaal. Maar het lijkt erop dat we zijn uitgenodigd voor het grote feest op zaterdagavond – het hele dorp. Avondkleding. Deftige boel.'

'Avondkleding?' herhaalde Ottie vol ongeloof. 'Dit weekend in het kasteel?'

Wat had Willow in vredesnaam uitgespookt, vroeg Ottie zich af. Ze had haar... Jezusmina, wanneer had ze haar voor het laatst gezien? De afgelopen weken waren in een waas voorbijgegaan met de zorg voor Ben en het gedoe met Bertie... Ze realiseerde zich dat het elf dagen geleden was, toen Pip in het ziekenhuis lag. Bertie had haar ondertussen een – behoorlijk geërgerd – berichtje gestuurd dat haar moeder nog stééds bij hen logeerde, dus had ze geen reden gehad om in de tussentijd naar het kasteel te gaan.

'Dank je, Joe,' mompelde ze, hem het geld overhandigend. Ze pakte de glazen, een zakje noten tussen haar tanden geklemd.

'Wat is er?' vroeg Ben haar met een vragende blik toen ze terugkwam en hij zijn hand uitstak om de nootjes aan te nemen. Hij zat er koddig bij: zijn been was op een hoge barkruk geplaatst, zodat dat hoger lag dan zijn hart. Ze had aan het samentrekken van zijn ogen kunnen zien dat zijn voet was gaan kloppen na hun winkeluitje.

'Ik weet het niet zo goed. Mijn zusje schijnt in het tijdsbestek van twee weken een of ander... publiek evenement op het kasteel te hebben georganiseerd.' Ze ging naast hem zitten en gaf hem zijn glas. Hij bekeek het een lang ogenblik met genoegen: het zwarte gerstenat en het kleine schuimlaagje erbovenop.

Ottie keek hoe hij een slok nam en zijn ogen sloot. Hij had zich vanochtend geschoren, voor de eerste keer sinds hij bij haar was komen logeren, en het was een kleine schok geweest toen hij met zijn nieuwe uiterlijk aan het ontbijt verscheen. Het stond hem goed. Zijn fijne, hoekige gelaatstrekken, eerder nog verborgen onder een groeiend stoppelbaardje, werden erdoor onthuld, maar daardoor zag hij er ook weer 'zakelijker' uit, een stap dichter bij de man die op die vrijdagavond bij haar in de regen op de stoep had gestaan. Hij leek nu klaar te zijn voor zijn pak, klaar om naar huis te gaan.

'O, mmm,' zei hij genietend voordat hij haar met een vergenoegde blik aankeek. 'Echt het wachten waard.'

Ze grijnsde. Als hij had gezegd dat hij dit bier niet lekker vond, zou dat zoiets zijn als de mededeling dat hij Ierland maar niks vond. Of de Ieren. Of haar.

Hij nam nog een slok en zette het glas weer neer. 'Maar wat zei je nou? Een publíék evenement?'

'Ze heeft het kasteel klaarblijkelijk voor een weekend verhuurd aan een chique private club, en zaterdag wordt er een groot gala-achtig feest gehouden, waarvoor het hele dorp is uitgenodigd.'

'Denk je dat het hele dorp naar zo'n galafeest zou wíllen?' vroeg Ben, een blik om zich heen werpend. Bijna iedereen die geen werkbroek droeg, had óf een witte baard óf een kaal hoofd.

'Waarschijnlijk niet,' grinnikte ze. 'Maar misschien wisten ze dat al van tevoren: een aardig gebaar, lage opkomst.'

Ben zoog op zijn tanden. 'Wat een cynisme voor zo'n jonge dame, Miss Lorne.'

'Luister, de nette pakken komen hier alleen uit de kast als er een uitvaart is.'

Nu was het zijn beurt om te lachen. 'En ben jíj van plan te gaan?'

'Jezus, nee.' Ze nam zelf een slok Guinness en veegde met haar wijsvinger snel de witte snor af.

Hij keek haar verwonderd aan. 'Waarom niet?'

'Ik ben geen avondkledingtype.'

'Want je hebt geen rode jurk, bedoel je?'

Ze grinnikte. 'Precies.'

'Aha,' zei hij knikkend, en de kenmerkende ironische klank in zijn stem deed haar mondhoeken opkrullen.

De deur van de pub ging open en ze zagen een ouder stel binnenkomen, gevolgd door de Flanagans.

Ottie maakte zich klein in haar stoel, alsof ze zich erdoorheen en erachter probeerde te duwen. Ze liet haar haar naar voren vallen om haar gezicht te verbergen terwijl Shula en haar gezelschap recht naar de tafel bij het haardvuur liepen, waar een bordje GERESERVEERD op stond. Bertie begaf zich naar de bar.

Ben keek naar hen en zei niets, waarna hij zijn blik weer op haar richtte en haar ineengedoken houding opmerkte. 'Gaat het wel?'

Ze gaf een onschuldig knikje. 'Ja hoor.' Eigenlijk wilde ze het liefst meteen vertrekken, maar ze waren nog maar net aan hun bier begonnen en ze kon geen reden bedenken waarom ze nu ineens zouden moeten opstappen.

Ze schudde haar haren over haar hoofd en legde haar wang in haar rechterhand. 'Oké...' Maar ze zag Berties spiegelbeeld in de oude opgepoetste tinnen kan op de tafel waar het bestek in stond. Hij stond aan de bar met een voet op de stang. Hij droeg een jeans en een overhemd van keperstof met daarover een mosgroene Schöffel-gilet.

Bens voorhoofd vertoonde een zweem van een frons, maar hij gaf geen commentaar op haar plotselinge defensieve gedrag en nam nog een slok bier. 'Dit zou weleens mijn nieuwe slechte gewoonte kunnen worden.'

'Nieuwe slechte gewoonte? Wil je zeggen dat je er nog meer hebt?' vroeg ze. Haar interesse was gewekt en werd tijdelijk van Bertie afgeleid. 'Ik had de indruk dat je je lichaam als een tempel beschouwt.'

'Als je met tempel een afbrokkelende Azteekse ruïne bedoelt.'

Ze lachte.

Dat had ze niet moeten doen. In de weerspiegeling van de tinnen kan zag ze dat Bertie – die de klank goed kende – zich omdraaide. Hij bleef even stokstijf staan bij de aanblik van hen samen, zoals ze daar bier zaten te drinken.

Toen liep hij naar hen toe.

Ottie voelde zichzelf verstijven in de wetenschap dat ze hem had teleurgesteld, want ze had de rechtszaak nog steeds niet aan de orde gesteld. Het was niet zo dat ze er sinds gisteren geen kans toe had gezien, want Ben en zij waren bijna de hele tijd samen geweest, maar het juiste moment had zich niet voorgedaan. Ze hadden gekletst terwijl Ben zijn oefeningen deed en zij het wasgoed streek, ze hadden vanochtend langzaam over het strand gelopen, waarbij zij zoals elke dag de rommel opraapte. Hoe had ze tussen neus en lippen door moeten vragen of hij misschien wel drie miljoen euro zou willen laten schieten?

Maar Bertie had erop gerekend dat ze het zou doen, hoe moeilijk ook. Ze besefte dat ze onbewust een keus had gemaakt en dat hij niet degene was voor wie ze gekozen had.

'Mr Gilmore.' Berties stem klonk zo hard als graniet.

'Mr Flanagan,' zei Ben koeltjes.

'Ik had verwacht dat je inmiddels wel tot inkeer zou zijn gekomen.' Berties ogen gleden in haar richting. 'Ottie?'

Ze keek hem aan met bonzend hart en ze voelde de adrenaline als een springvloed door haar aderen golven. 'Hoi,' was het enige wat ze kon uitbrengen.

Zijn wenkbrauw ging omhoog bij haar reactie, want hij begreep heel goed dat ze hem had laten zakken. Ze herkende zijn teleurstelling in de streep die zijn lippen vormden. Hij keek weer naar Ben.

'Mijn advocaat heeft me verzekerd dat je geen poot hebt om op te staan.'

Ben wiebelde met de voet van het been dat omhoog lag. 'Niet helemaal waar. Ik heb nog één poot over.'

Tot Otties afschuw ontglipte haar een geschokte lach; haar vaders nalatenschap stak op de meest ongelegen momenten de kop op. Ze sloeg haar hand voor haar mond en keek Bertie bijna angstig aan. 'Dat bedoelde ik niet zo,' fluisterde ze. 'Het is niet grappig.'

Bertie keek haar boos aan. Zijn woede en teleurstelling in haar waren voelbaar. Langzaam leunde hij naar voren, met zijn handpalmen plat op de tafel aan weerszijden van Bens been. Als hij dat zou willen, kon Ben recht naar boven trappen en zijn kaak flink raken, maar ze wisten alle drie dat hij dat niet zou doen. Bertie in elk geval.

'Laat me je dit vertellen, Gilmore. Ik laat mijn merknaam niet bezoedelen door jouw ongegronde beschuldigingen. Ik heb Ultra in de loop van vele jaren ontwikkeld en ik neem de beveiliging en veiligheid van het traject net zo serieus als van me verwacht mag worden.'

'Hoe kan het dan dat ik op klaarlichte dag op de rotsen belandde, bij koude, stormachtige wind en met meerdere breuken? Er stonden geen bordjes op die splitsing, Flanagan.'

'Jawel.'

Ottie voelde haar hart samentrekken bij de flagrante leugen, en ze staarde Bertie aan. Ben had wel dood kunnen zijn, en dat zou dan hun schuld zijn geweest. Hoe kon hij zo'n belangrijke waarheid ontkennen? Maar Bertie keek niet terug. Zijn ogen waren op Ben gericht – en vice versa – in wederzijdse antipathie.

'Ik ga een tegenaanklacht indienen wegens karaktermoord,' gromde Bertie. 'En ik ga víjf miljoen eisen.'

'O, ik zou het maar niet over iets dergelijks als karakter hebben, als ik jou was,' zei Ben kalm, zo te zien geenszins van de wijs gebracht. 'Wie zonder zonde is en zo.'

Er viel een lange stilte.
'Wat bedoel je daarmee?' vroeg Bertie op zachte toon.
'Wat denk jíj dat ik bedoel?'
Ottie bleef roerloos zitten. Ze durfde amper adem te halen. Want wat bedoelde Ben? Wat wist hij?
Ze werd zich ervan bewust dat het stiller werd in de pub, dat de aanwezigen hun 'gesprek' begonnen op te merken. Berties openlijk vijandige lichaamstaal was duidelijk intrigerend.
Hij rechtte langzaam zijn rug, zijn gezicht nog roder dan wanneer hij aan het hardlopen was. 'Je bent nog niet van me af.'
Ben trok een wenkbrauw op maar gaf geen antwoord, en na nog een gespannen wisseling van blikken draaide Bertie zich om en liep weg, terug naar de bar. Verschillende hoofden volgden hem, met ogen die heen en weer schoten tussen de twee partijen, en er steeg een geroezemoes van geroddel op als een zwerm zweefvliegen.
Ottie staarde naar haar glas zonder te weten wat ze moest zeggen.
Ben nam nog een slok van zijn Guinness. 'Mmm, heerlijk,' zei hij waarderend. 'Maar ik geloof niet dat ik nog trek heb in een tweede.'

24

Vrijdag 20 december

Willow zocht onzeker haar weg over de oneffen grond. Het had vanaf gistermiddag tot in de nacht gesneeuwd en het was moeilijk waar te nemen waar de ondergrond stevig of juist moerassig was. Voor haar trippelden Mabel en Dot moeiteloos voort met hun neus naar beneden. De lange donkerblauwe riemen had ze als lasso's om haar lichaam geslagen.

Ze bereikte de top van de heuvel met een zucht van verlichting, duwde haar verwaaide haren uit haar gezicht en keek over de velden omlaag naar de verlaten camping en het strand erachter. De sneeuw kwam uit boven de richels van het zand en de lange halmen van de toeven helmgras leken bevroren toverstokjes die de lucht in staken. De zee was vandaag van een zacht middelgrijs, met witgekuifde golven in de baai en opbollende stapelwolken erboven. Ze kneep haar ogen turend samen toen ze een ongebruikelijk groot aantal mensen op het strand zag.

Omdat het particulier eigendom was, en deel uitmaakte van het landgoed Lorne, was het er altijd rustig. Niet dat haar familie de dorpelingen ooit de toegang had ontzegd. 'Ik ben daar heel ridderlijk in,' had haar vader altijd schertsend gezegd als hij in de pub was, hoewel de meesten toch naar Dingle's Cove gingen, want daar was het strand langer; bovendien was het dichterbij. Ook de kampeerders mochten gebruikmaken van het privéstrand van Lorne, maar er stond niet één tent op de camping. Ottie sloot de boel na de Ultra altijd, tot na Kerstmis.

Er brandde licht in Otties huisje, hoewel het nog maar het begin van de middag was, en ze liep verder na even geaarzeld te hebben. Ze had haar zus al langer dan een week niet gezien en had zich gisteravond voor ze in slaap viel met een schok gerealiseerd dat Ottie nog niets wist over de 'bezetting' dit weekend. Mocht ze toevallig bij het kasteel langsgaan, dan zou ze zich kapot schrikken. Ze moesten praten – en niet alleen over dit weekend.

Ze liep verder door de velden en zag het roze deurtje in de gevel steeds groter worden, net als de menigte op het strand. Er kwam nu een gestage stroom mensen in donsjacks over het pad aanlopen, sommigen met een hond aan de lijn. Ze klopte aan en Mabel en Dot gingen op de mat naast haar voeten zitten. Ondertussen zag ze verschillende bemutste hoofden langs de heg hobbelen, wat haar nieuwsgierigheid wekte. Er was beslist iets gaande.

'Willow!' Ottie keek verrast. Haar roodblonde haar was in een losse knot op haar hoofd gestoken en er vielen sprietige lokken langs haar gezicht. Ze had een wasmand op haar heup.

Willow voelde haar glimlach verstarren bij de welkomstgroet, die haar niet het idee gaf dat ze inderdaad welkom was. De spanning voelde zwaar aan, als dikke room. 'Hoi, lang niet gezien. Dus ik dacht: ik wip maar eens langs voor een kop koffie.'

Ottie knikte, maar er zat een weifeling in de beweging. 'Leuk! Kom binnen.'

Willow stapte met de honden het huis in en trok haar rubberlaarzen uit. Haar oog viel op een aantal winkeltassen bij de smalle kast naast de deur, wat haar eraan herinnerde dat ze echt moest beginnen met kerstcadeautjes kopen. Het huisje rook naar rozen en… nog iets. Ze kon het niet plaatsen. 'Wat gebeurt er op het strand, weet jij dat?'

'Ik heb geen idee,' zei Ottie schouderophalend, en ze liep naar het grote raam om naar buiten te kijken. 'Ik heb er tot nu toe alleen maar naar gekeken. Eerst dacht ik dat het toevallig even druk was, dat er wat hondeneigenaars hadden besloten om vandaag deze kant op te komen. Maar dit?' Ze zuchtte. 'Niet normaal meer. Dit is tenslotte particuliere grond. Ik wilde net naar beneden gaan om navraag te doen.'

'O. Nou, dan ga ik met je mee,' zei Willow, die haar laarzen meteen weer aantrok. 'Dan drinken we daarna wel koffie.'

Otties glimlach bevroor. 'Ja.'

Ze stapten samen naar buiten.

'Goed, wat heb jij zoal gedaan de afgelopen tijd?' vroeg Ottie luchtig terwijl ze haar jas aantrok en onhandig aan de rits frummelde. 'Het is al even geleden.'

Die opmerking klonk argeloos, maar ze wisten dat er een onderstroom aan gevoelens onder zat. Willow was degene die onbedoeld Otties status als 'troonopvolgster' ondermijnde, en niets wat ze zouden zeggen of doen kon daar verandering in brengen. 'Klopt. Sorry. Ik heb me geconcentreerd op mama's verhuizing naar het Dower House. Het was daar behoorlijk deprimerend. De inrichting was in jaren niet veranderd, dus heb ik alle kamers geschilderd.'

'Allemaal?'

'Bijna allemaal. De kamers die zij het meest zal gebruiken. Om haar een aardige start te geven.'

'Ja, ik hoorde dat ze bij Shula logeerde...'

'O? Wie heeft je dat verteld?' vroeg Willow, in haar wiek geschoten. Wist het hele dorp dat haar moeder uit haar eigen huis was vertrokken? Dachten ze dat zij haar eruit had gezet?

'Bertie,' mompelde Ottie. 'Die kwam ik gisteren tegen.'

'O.' Willow keek opzij naar haar zus en probeerde niet op zijn naam te reageren.

Ze liepen over het steeds smaller wordende pad dat naar het strand leidde. Zowel een eindje voor hen als achter hen liepen mensen.

Ze fronsten allebei bij de aanblik.

'En ik heb gehoord dat we dit weekend gasten hebben in het kasteel,' zei Ottie luchthartig.

O god. Wie had haar dat verteld? Willow deed haar mond open, maar het duurde nog een ogenblik voordat ze de woorden kon uitbrengen. Dit was lastiger dan ze had gevreesd. 'Inderdaad,' zei ze, en ze probeerde opgewekt te klinken. 'Een private club heeft het voor een paar dagen afgehuurd. Om een kerstfeest te geven.'

'Juist ja,' zei Ottie mild.

'Morgenavond wordt er een galafeest gegeven. Iedereen is welkom. Als ik jou was, zou ik gaan.'

'Ga jij?' vroeg Ottie.

Het idee dat ze Connor weer zou zien na de manier waarop ze bij hem was weggelopen... 'Eh, nee. Nee, ik denk dat ik voor een rustige avond ga.'

'Maar het is jouw kasteel, Will. Vind je niet dat je erbij moet zijn?' Er klonk beslist enige scherpte door in Otties stem.

Willow beet op haar lip. Ze wist dat dit het moment was om haar zus de hele waarheid te vertellen, om te bekennen dat het feest werd gegeven door de toekomstige eigenaars. Het zou vroeg of laat toch uitkomen. De mensen moesten weten dat er binnenkort een einde zou komen aan de lange heerschappij van de Lornes op het landgoed.

'Luister eens, Otts, ik moet je iets vertellen,' zei ze terwijl ze op het zand stapten en het geluid van de zee ineens werd versterkt nu ze de lage duinen waren gepasseerd.

'Wat is dit verdomme...' Ottie fronste. Ze bleven allebei stilstaan. Er waren minstens honderd mensen op het strand. 'Dit kán gewoon niet.'

Willow bekeek het tafereel en probeerde te begrijpen wat er aan de hand was. De plastic vlaggetjes die voor de Ultra in het dorp hadden gehangen, waren nu bevestigd aan metalen palen die in twee banen in het zand waren gezet, over de hele lengte van het strand. De helder gekleurde vlaggetjes flapperden luid in de wind.

'Is dit voor een sportdag van de school of zo?' vroeg Willow haar.

'In december?'

'Een of andere parade dan?'

'Niemand heeft het er met mij over ge...'

Door het plotselinge geluid van muziek uit een speaker – 'Eye of the Tiger' nog wel – draaiden ze zich allebei om, net op het moment dat er een luid gejuich opging.

'Dit kan toch niet wáár zijn!' riep Ottie toen een te dikke man op een vospaard het zand op kwam draven, met de teugels van een ander paard, dat er gek genoeg bekend uitzag, in zijn hand. De rij werd gesloten door Pip, met een gezichtsuitdrukking die ze allebei eerder hadden gezien. Te vaak. Haar kaak was vooruitgestoken, strak en onbeweeglijk, en haar ogen schitterden met een vurige intensiteit en een bijna gloeiende glans.

'O god,' kreunde Willow terwijl hun eigenzinnige zus langsdraafde zonder hen te zien. 'Wat is ze nou weer aan het doen?'

Fergus hinnikte, gooide zijn hoofd achterover en steigerde lichtjes toen Shalimar werd weggeleid naar de andere kant van het strand.

'Sst, niks aan de hand, jongen,' zei Pip sussend, en ze bukte om over zijn hals te aaien. 'Ze komt terug. We krijgen haar terug, dat beloof ik.' Hij huiverde als antwoord, zijn vacht al bedekt met een laagje zweet van de tippel over de gladde ondergrond vanaf de parkeerplaats bij de camping, vermengd met de vochtige zeelucht en de opwinding over de hereniging met zijn oude stalgenote.

Ze hield haar blik gericht op haar geliefde merrie, die door een van Seans paardenverzorgers over het strand naar de finish werd geleid. Ze werd er misselijk van, haar eigenaarsinstinct ontstemd over de aanblik van iemand anders die zomaar haar prachtige paard meevoerde, maar ze wist dat ze kalm moest blijven. Het hoofd koel moest houden. En geduld moest oefenen, iets wat haar normaal nooit lukte.

Vóór haar gaf Sean een show weg voor de menigte door met zijn hengst Galway Pride rondjes te draaien. Zijn schofthoogte van één meter achtenzestig in combinatie met een bloedlijn om u tegen te zeggen, maakte dat zij verreweg de underdog was. Fergus had een schofthoogte van één meter vijfenvijftig en was geen schoonheid, maar hij had pit en een goed geheugen – en net als zij kon hij zijn ogen niet van de prijs afhouden.

Hij zette een paar stappen achteruit en hinnikte nog eens, erop gebrand om van start te gaan, alsof hij wist wat er van hem werd verwacht. En dat wist hij ook. Maar hij wist niet wat er op het spel stond. Wat ze zouden verliezen als Sean de eerste zou zijn die de in het zand getekende eindstreep passeerde.

Ze wist dat het tactiek was van Sean, dat hij er publiek bij had gehaald, waarmee hij de race tussen hen beiden tot een evenement had gemaakt. Ottie zou woedend zijn als ze…

'Pip!'

Ze keek omlaag. Als je het over de duivel hebt. Ottie en Willow keken met beschuldigende ogen omhoog, hun wangen roze van de bijtende zeewind. Pip rilde zelf ook, al voelde ze de kou niet.

'Wat is er in godsnaam aan de hand?' vroeg Ottie haar boos. 'Wat doen al die mensen hier?'

'Daar kan ik niets aan doen. Sean heeft het ze verteld. We houden een race.'

'Nee! Echt?' vroeg Ottie sarcastisch, met een gebaar naar het afgebakende parcours. 'Hoe bedoel je, jullie houden een race?'

Pips ogen gleden met een schuldbewuste blik naar Willow.

Willow begreep het meteen. 'O, Pip, nee toch! Niet weer een weddenschap?'

'Ik kon niet anders,' zei ze vlug. 'Jullie begrijpen het niet.'

'Jawel! We begrijpen dat je vorige stunt je bijna het leven heeft gekost!'

'Ja, nou, dat gaat nu niet gebeuren. Om te beginnen ben ik niet dronken. Ik heb er goed over nagedacht. Deze keer is de zaak in evenwicht. Gelijke kansen.'

‘Pip, dit zijn geen gelijke kansen. Zijn paard is enorm groot!’ riep Ottie, met een zwaaiend gebaar van haar arm in Seans richting.

‘Ik kan hem verslaan,’ zei Pip vastberaden. Ze hoestte. ‘Dat weet ik zeker.’

‘Dat dacht je de vorige keer ook,’ zei Willow bitter.

Pip keek omlaag naar haar beide zussen. ‘Luister nou, ik moet dit gewoon doen. Ik móét Shalimar terugwinnen. Ik weet dat jullie niet begrijpen wat ze voor mij betekent, maar...’ Haar stem stierf weg.

‘En wat als je haar niet terugwint? Wat raak je dan kwijt?’ vroeg Willow. ‘Wat krijgt híj dan van jou?’

Het duurde een lang ogenblik voor ze antwoord gaf. De woorden leken zich niet te willen vormen. ‘De Lorne Cup.’

Het duurde nog langer voor haar zussen reageerden.

‘Vertel ons dat dat een grapje was,’ zei Ottie zacht.

‘Otts, ik gá niet verliezen...’

‘Dat was papa’s meest kostbare bezit.’

Ze knikte. ‘Dat weet ik. En het was de enige prikkel die ik Sean te bieden had.’

‘Je gaat dit niet doen.’

‘Otts, ik verlies niet.’

‘Nee, je gaat dit niet doen,’ zei Ottie op beslistere toon.

‘Die kelk is van mij,’ zei Pip koppig. ‘Papa heeft hem aan mij nagelaten.’

‘En dit is míjn strand! Ik maak nu een einde aan deze vertoning!’

Bij het horen van die woorden ging Pip rechter in het zadel zitten, trok aan de teugels en bracht Fergus’ hoofd omhoog. Klaar voor de start. Hij schraapte met zijn hoeven in het zand en stapte even op de plaats, waarna ze met haar knieën tegen zijn flanken duwde. ‘Het spijt me.’ En ze draafde naar de plek waar Sean bij de startlijn stond te paraderen.

‘Pip!’ riep Ottie, maar haar schreeuw stuitte op de wind en werd als een emmer water terug over haar uitgestort. De menigte rende naar voren om te kijken hoe de twee ruiters zich gereedmaakten voor de start, waarna er een verwachtingsvolle stilte neerdaalde, zodat alleen nog de zee, de wind en het gesnuif van de paarden hoorbaar waren.

Een stalmedewerker van Sean had een startpistool bij zich en stak zijn arm in de lucht. Fergus had nog nooit eerder een wedstrijd geracet, hij galoppeerde alleen voor de lol in de wei, maar de schok van het pistoolschot zou hem misschien de scherpte geven voor de start. Of hij zou helemaal van de kaart raken en er spoorslags met haar vandoor gaan, de andere kant op.

'Toe maar, jongen,' mompelde ze. 'Stel me niet teleur. Laten we haar terughalen.'

'Succes, Pip,' zei Sean grijnzend, rechts van haar vanaf zijn hogere positie.

'Dat zul je wel nodig hebben!' schreeuwde iemand vanuit het publiek.

Ze had graag haar middelvinger naar diegene opgestoken, maar ze had de teugels al vast en ze keek recht vooruit naar de verre kastanjebruine vlek bij de kliffen.

Het pistool ging af en zoals ze vurig had gehoopt, schoot Fergus van pure schrik pijlsnel vooruit en racete hij over het zand voordat hij wist wat hij deed. Er ging een groot gejuich op toen ze waren vertrokken. Pip boog voorover, hield zich laag, en voelde dat de tranen uit haar ogen stroomden nu ze door de wind snelden. Vanuit haar ooghoeken zag ze zee en lucht, maar geen hengst, en ze wist dat haar intuïtie juist was geweest: dat het aanvankelijke schrikelement in haar voordeel was. Maar Galway Pride was gepokt en gemazeld als wedstrijdpaard. Hij zou zijn hoofd laag houden en in zijn ritme blijven, en ze wist dat zijn topsnelheid hoger zou liggen dan die van hen. Eerder vroeg dan laat zou hij in haar blikveld verschijnen.

Ze duwde haar knieën steviger om Fergus' gedrongen paardenlijf en trok ze op tot bijna aan haar schouders, terwijl ze probeerde haar gezicht tussen zijn oren te leggen. 'Toe dan, jongen, toe dan,' spoorde ze hem aan. Ze galoppeerden over het strand, verslonden de afstand. Shalimars gestalte kwam al duidelijker in beeld, vrolijk steigerend en de verzorger de nodige problemen bezorgend toen ze de twee paarden op hoge snelheid naar zich toe zag komen.

Ze waren nog niet eens halverwege toen Galway Pride langzaam langszij begon te komen. Zijn donkere snuit kroop steeds een paar centimeter dichterbij. Er ging een golf van paniek door Pip heen, maar ze spande haar lichaam en kroop nog lager om minder wind te vangen. Ze hoorde Fergus' ademhaling – zwaar, ritmisch, wanhopig – en ze bleef hem aanmoedigen. 'Goed zo, jongen, we halen haar terug... Kom op, jongen.'

Ze lagen nek aan nek. Er was nog honderd meter te gaan en Shalimar werd in achtjes rondgeleid om haar kalm te houden. Het gejoel van de menigte had de wolken kunnen splijten, maar het klonk Pip gedempt in de oren omdat ze al haar concentratie – haar hele wezen – op de eindstreep richtte. Galway Pride had zijn langere stappen, paardenkracht en specifieke training mee. Maar zij en Fergus – zij legden hun ziel en zaligheid erin. Ottie en Willow begrepen niet dat het haar niet ging om de triomf, om geld, om het spektakel of om eergevoel. Het ging om liefde, zo simpel was het, en soms moest je daar alles voor riskeren.

Ze zag de streep voor zich in het zand, erin getekend met een stok en klaar om door de volgende vloed te worden weggespoeld, maar die ene lijn betekende alles voor haar. Fergus zweette hevig, zijn neusgaten waren opengesperd om extra lucht binnen te krijgen, en zijn hoofd ging omlaag terwijl dat van Galway omhoogging, uit de pas ten opzichte van elkaar, maar allebei even ver.

Ze zag de 'scheidsrechters' aan weerskanten van de streep, hun lippen heel geconcentreerd een stukje geopend terwijl ze de finish op hun telefoon filmden, maar zou het genoeg zijn? Zouden ze zonder slowmotiontechnologie de marge tussen hen kunnen zien? Dit zou een fotofinish worden, waar je over zou kunnen twisten...

Zelfs als ze kantje boord zou winnen, zou dat dan ook buiten kijf komen te staan?

Maar toen zag Shalimar hen naderen. Ze herkende hen en hinnikte luid: de klank waarmee ze Pip elke ochtend begroette als ze de trap af kwam vanuit haar appartement en de stallen in liep, haar ogen nog half gesloten, haar haren in de war… Verrukt sprong ze hoog de lucht in en schopte met haar achterbenen als een lipizzaner, wat ze altijd deed als ze in de wei werd gelaten. Fergus deed er als reactie een schepje bovenop, passeerde de streep met een halslengte voorsprong en galoppeerde verder tot hij bijna tot stilstand gleed en zijn oude maatje besnuffelde.

Pip hoorde een kreet en besefte dat het haar eigen stem was. Ze stootte met haar vuist in de lucht terwijl ze haar voeten uit de stijgbeugels liet glijden en op het zand sprong, zo hard lachend en huilend dat ze een hoestbui kreeg en de tranen uit haar ogen stroomden. Maar ze huilde toch al en sloeg dubbel, probeerde het te geloven, haar hele lichaam trillend van de adrenaline. Zodra ze weer kon ademhalen, gooide ze haar armen rond Shalimars prachtige hoofd, kuste haar wang en ook die van Fergus. Ze klopte op zijn flank en vertelde hem door haar snikken heen hoe goed hij het had gedaan, hoe trots ze op hem was, hoeveel ze van hen allebei hield.

Het was geen toeval dat ze had geopperd dat Shalimar bij de finish zou staan wachten. Sean had er grif mee ingestemd, had het beschouwd als bijna ironisch: zo dichtbij, maar helaas… Hij was er zeker van geweest dat ze geen kans maakte tegen zijn superieure paard. Maar zij wist wel beter. Het lokmiddel had gewerkt. Fergus had zijn rol met passie vervuld en alles op alles gezet om als eerste bij haar aan te komen.

'Dat was een goede race, Pip.'

Ze draaide zich om en zag Sean ineengezakt op zijn paard zitten. Galway hijgde zwaar en zijn vacht glom van het zweet.

'Ja, goede race,' wist ze uit te brengen, nog niet in staat haar tranen terug te dringen. Ze huilde als een gek, maar dat kon haar niet schelen. Het kon haar niet schelen.

'Dat was een nipte overwinning. Ik dacht dat ik je vlak voor de finish zou kloppen.'

'Ja,' snikte ze terwijl Shalimar en Fergus in haar nek snuffelden, waardoor ze juist weer moest lachen.

Hij kneep zijn ogen samen toen hij haar bekeek en het zweet in haar haar zag, haar al te schitterende ogen terwijl ze hoestte, lachte en huilde. 'Was dit het allemaal waard? Je hebt alles op het spel gezet, zelfs je eigen leven, om uiteindelijk weer precies uit te komen waar je in eerste instantie al was.'

Hij had absoluut gelijk. Maar toch was alles ook veranderd. Ze kon het niet uitleggen. Ze lachte nog eens en probeerde haar tranenvloed onder controle te krijgen. 'Ken je dat verhaal over de oude vrouw die klaagde dat haar huis te klein was, waarop een wijze oude man haar aanraadde om er een koe in te zetten?'

Sean staarde haar beduusd aan.

'En een geit. En een varken. En een hond en een kat enzovoort...' Ze veegde herhaaldelijk haar wangen af, maar haar tranen bleven maar komen, onophoudelijk. 'En op het moment dat ze er knettergek van begon te worden omdat ze allemaal door het kleine huis heen holden, raadde hij haar aan om ze er allemaal weer uit te zetten. En plotseling scheen haar huis haar enorm groot toe...' Ze haalde haar schouders op. 'Zo voel ik me ongeveer.'

'Juist ja.' De wezenloze blik op zijn gezicht deed haar vermoeden dat allegorieën niet aan hem besteed waren. Hij haalde vermoeid zijn schouders op. 'Luister, volgens mij ben je niet goed wijs, maar ik wens je het allerbeste, Pip. Ik denk dat je hoe dan ook zult krijgen wat je hebben wilt.'

'Hoe dan ook,' fluisterde ze terug, en ze zag hoe hij aan Galways teugels trok, omdraaide en langzaam terugging in de richting waar ze vandaan waren gekomen. De menigte die aan de andere kant van het strand stond, kwam joelend naar hen toe, maar Pip had geen ererondje nodig en geen behoefte aan applaus. Ze nam Shalimars teugels over van de verzorger en trok haar paarden dichter naar zich toe. Ze onderkende nu de waarde van wat ze had. Het was alles wat ze wilde, alles wat ze nodig had. Voortaan zou ze tevreden zijn met een pas op de plaats.

25

'Tot vanavond dan maar?' vroeg Pip, die de paardentrailer vergrendelde.

'Ik wil wel. Lijkt me leuk,' zei Ottie schouderophalend. 'Will?'

'Eh... misschien,' antwoordde Willow ontwijkend. Mabel en Dot waren weer aangelijnd en wachtten geduldig tot ze naar huis zouden lopen om daar vanmiddag lekker te slapen voor het haardvuur.

'Niks misschien,' zei Pip op ferme toon. 'Het is pas kerst als ik "Silent Night" heb gezongen. Kijk nou toch, we hebben al sneeuw en we gaan carols zingen en mincepasteitjes eten...' Ze knipoogde met een gelukzalige glimlach. '*It's beginning to look a lot like Christmas...*' zong ze.

'O god. Jouw humeur kan niet meer kapot na die overwinning,' grijnsde Ottie. 'Zeven uur op de dorpsweide?'

'Yep. Tot dan,' zei Pip, en ze trok rillend de kraag van haar jas omhoog. 'Jullie allebei.'

'Als je maar een dikkere jas aantrekt,' berispte Ottie haar. 'Je loopt ontzettend te klappertanden.'

'Alleen omdat ik nu zweterig ben en er zo'n gemene wind staat. Later!' Ze wierp hun allebei een kushandje toe en klom achter het stuur.

'Nou...' zuchtte Ottie, kijkend hoe Pip wegreed voordat ze zich weer tot Willow wendde. 'Dan nu maar die kop koffie?' vroeg ze terwijl ze over het pad begonnen te lopen.

'O... een andere keer,' zei Willow met een flauwe glimlach. 'Ik voel me nogal verwaaid. Ik kan beter teruggaan met de honden.'

'Weet je het zeker?'

'Ja. Maar bedankt.'

Ottie fronste toen haar zusje zich omdraaide om weg te lopen. Ze leek afwezig, mat. Afgemat zelfs?

'Zeg, Pip heeft voor de verandering gelijk,' riep ze haar na. Willow keek om. 'Probeer als het even kan vanavond naar de kerstsamenzang te komen. Je hebt de afgelopen tijd overduidelijk hard gewerkt. Het is goed voor je om er even uit te zijn. Voor ons allemaal, denk ik. Het is lang geleden dat we samen iets hebben gedaan.'

Willow aarzelde. De wind kreeg vat op haar donkere haar en liet het stromen als flarden zwarte zijde. 'Oké dan.'

'Oké,' zei Ottie, die haar met groeiende ongerustheid nakeek. Willow leek het gewicht van de wereld op haar schouders mee te dragen. Ze voelde een plotselinge steek van schuldgevoel over het feit dat ze haar jongste zusje door de schok, de boosheid en de teleurstelling eigenlijk aan haar nieuwe lot had overgelaten. De onthulling dat ze het landgoed niet had geërfd was een schok voor haar geweest, maar hoe was het voor Willow geweest om erachter te komen dat zij het wél had geërfd... Was dat misschien nog erger?

Ze liep voorzichtig over het gras naar haar huisje – de sneeuw maakte het lastig de konijnenholen te zien, dus hield ze haar blik strak naar beneden gericht om een verstuikte enkel te vermijden – toen ze ineens bedacht dat haar zusje op het punt had gestaan haar iets te vertellen, vlak voor ze het strand op gingen. Ze draaide zich om en wilde roepen, maar Willow was al halverwege het veld; Dot en Mabel trippelden tevreden naast haar. Ze gaf het op en zag haar tengere silhouet kleiner en kleiner worden. Het zou moeten wachten, wat het ook was.

Ottie deed het hek naar haar tuin open en stapte het egale gazon op – dat was tenminste veilig begaanbaar – toen ze zag dat de deuren van de bootopslag beneden geopend waren. Ze aarzelde. Inbrekers? Het zou niet de eerste keer zijn dat opportunistische voorbijgangers van de Wild Way hier op zoek gingen naar een fiets of kajak. Maar ze hoorde de deur tegen de stenen muur klapperen en realiseerde zich dat de wind de boosdoener was. Ze had de boel eergisteren kennelijk niet goed vergrendeld in de haast weer boven te zijn voordat Ben terug zou komen.

Ze liep ernaartoe om de deur te sluiten toen ze binnen wat hoorde bewegen.

Voorzichtig tuurde ze om de hoek.

'Hoi!' Ben grijnsde haar toe, levendiger dan ze hem ooit had gezien. 'Zijn deze van jou?' vroeg hij met een gebaar naar de rekken met schilderdoeken die op een stellage stonden om ze van de grond te houden.

Ze voelde de vloer onder haar voeten wegzakken. 'Wat doe jij hier?' vroeg ze.

'We waren vroeg terug van mijn afspraak. Ik heb het fiat gekregen om te vertrekken.' Hij leek een juichkreet te verwachten, maar zag toen de uitdrukking op haar gezicht. 'O, je bedoelt híér? Ik zag de menigte op het strand en toen jij niet thuis bleek te zijn, besloot ik die kant op te lopen en me bij je te voegen. Ik zag de deur klapperen in de wind, dus ik wilde hem sluiten en...'

'En toen vond je dat je wel even mocht rondneuzen?' Ze staarde hem aan terwijl er allerlei emoties tegelijk door haar heen schoten. Woede, ongemak, gêne.

'Wat? Nee...'

'Hoe dúrf je? Je hoort hier niet te zijn.'

'Het spijt me.' Hij keek verbijsterd. 'Maar ik begrijp er niets van. Deze zijn prachtig, Ottie.' Hij hield een van de kleinere doeken omhoog. Het was een schildering met vervloeiende randen die ze aan de voet van de Morran Hills had gemaakt. Afgelopen zomer was ze met de boot over de baai gevaren en had ze een dag lang *en plein air* geschilderd, ze had er amper mee kunnen stoppen. Het was haar favoriet. Ze was er heel tevreden over. Hij keek haar weer aan. 'Je hebt talent, Ottie. Waarom heb je niet gezegd dat je kunstenares bent?'

'Omdat ik dat niet ben.'

Hij schonk haar een scheve glimlach, alsof hij dacht dat ze hem in de maling nam. 'Eh, jawel, dat ben je wél. Een blinde kan dat nog zien. Ik bedoel, ik weet dat je zei dat je tot de kunstacademie was toegelaten, maar ik realiseerde me niet... Maar waarom heb je geen van deze boven hangen? Je hebt immers van die enorme lege muren?'

'Omdat ze niet goed genoeg zijn.'

'Ottie,' zei hij met een lach, die snel wegstierf nu hij de uitdrukking op haar gezicht eindelijk opmerkte. Dit was geen valse bescheidenheid. Ze meende het. 'Ottie, serieus? Denk je dat echt?'

'Ik wéét het. Ze zijn kinderlijk, zelfgenoegzaam, melancholisch, te dramatisch.' Ze snelde naar hem toe, griste het doek uit zijn handen en gooide het naar de hoek. Het schampte langs een van de haken van het rek, waarbij de bovenhoek scheurde. Ze hapte geschokt naar adem en er sprongen onmiddellijk tranen in haar ogen.

Hij keek haar vol ongeloof aan. 'Ott...'

Ze voelde dat ze op instorten stond. 'Ga weg! Je hebt hier niets te zoeken!' schreeuwde ze.

Hij staarde haar aan, geschokt door de felle blik in haar ogen, zich er niet van bewust dat dit haar privéplek was. Haar geheim. Het deel van haarzelf dat niemand te zien kreeg – niet meer.

'Ottie, het spijt me, ik had er geen idee van.' Hij stak een arm naar haar uit, maar die ontweek ze met gemak, waarna ze met een snik naar buiten rende, wetend dat hij niet snel achter haar aan kon komen. Ze holde haar huis in en sloeg de roze deur achter zich dicht, maar ze had geen plek om naartoe te gaan, zelfs niet haar eigen slaapkamer. Hij was overal. Ze liep vlug naar haar tas naast de voordeur, op zoek naar haar autosleutels, maar die zaten er niet in. Waar had ze ze gelaten, dacht ze paniekerig bij zichzelf, van de bank naar de badkamer naar het aanrecht vliegend.

Even later hinkte hij met een lijkbleek gezicht door de voordeur naar binnen, en een moment lang stonden ze elkaar alleen maar aan te kijken, haar snikken nog vlak onder de oppervlakte.

Hij sloot de deur zachtjes achter zich en ze wendde zich af, want ze kon zijn doordringende blik niet verdragen.

'Heeft híj die dingen gezegd?'

'Wie?'

'Dat weet je best.'

'Nee. Dat weet ik niet.'

Hij slaakte een vermoeide zucht. 'Bertie.'

Ze wierp hem haar meest vernietigende blik toe, maar haar hartslag was omhooggeschoten. 'Waarom zou Bértie die dingen tegen me zeggen?'

Hij haalde zijn schouders op. 'Om je hier te houden, zou ik denken. Om je klein te houden.'

Ze voelde dat ze begon te trillen. Na de schok in de bootopslag waren haar emoties al gevaarlijk onbeheersbaar aan het worden. 'Dat slaat nergens op,' zei ze misprijzend.

'O jawel. Hij wil je hier houden, wil dat je op hem wacht. Hij wil niet dat je de wijde wereld in gaat, waar je vrij bent om te doen wat je zou moeten doen: je talent volgen. Dan verliest hij je en dat weet hij.'

Ze knipperde met haar ogen en bleef hem een tijdlang aanstaren. Dit was bluf. Hij kon het niet weten, van haar en Bertie. Hoe zou hij het kunnen weten? Ze waren heel voorzichtig geweest. Discreet. 'Verliest hij me? Luister, ik weet niet wat jij denkt dat...'

'Hou maar op, Ottie.' Zijn stem klonk zacht maar beslist, en ze zag in de kalmte van zijn ogen dat hij het inderdaad wist. Dat hij het steeds geweten had. 'Ik wist het de eerste keer dat ik jullie samen zag, toen hij hier kwam om het over "het verloop van de race" te hebben. En vervolgens op het strand... Je had de gordijnen opengetrokken, weet je nog?'

Ze staarde hem aan, kon nauwelijks geloven dat hij het juiste vermoeden had gehad, dat uitgerekend hij had gezien wat niemand anders had gezien. Er brandden warme, boze tranen in haar ogen nu ze wist dat ze in het nauw was gedreven. 'En wat heb jij daarmee te maken?'

'Niets,' zei hij schouderophalend. 'Maar ik weet wél dat affaires levens verwoesten, Ottie. En ik weet ook dat hij niet goed genoeg voor je is. Dat wat hij doet verkeerd is. Dat zie jij toch ook wel in? Hij is verdorie oud genoeg om je vader te zijn.'

'Nou en? Leeftijd is maar een getal.' Het was een dooddoener, als op een Hallmark-kaart, en ze zag dat zijn woede erdoor werd aangewakkerd.

'Is dat zo? Hoe oud was je toen het begon?'

'Negentien,' snauwde ze terug. 'Oud genoeg om mijn eigen beslissingen te nemen.'

'En hoe is het begonnen?'

'Daar heb je niets mee te maken.'

'Vertel het nou maar.'

'Nee.'

'Toe nou maar.'

'Nee.'

'Toe nou.' Zijn ogen keken onderzoekend in de hare, hij liet niet los. Het was zijn vak om data te verzamelen. Hij wist welke vragen hij moest stellen om de koers van een heel land bij te stellen. Hij wist hoe hij de waarheid kon achterhalen.

Ze voelde iets in zich verslappen. Het opgeven. Over een paar dagen zou iedereen het toch weten, en wat Ben betreft, die zou sowieso vertrekken naar een plek ver van hier. 'Hij hielp me om hiernaartoe te verhuizen, nou goed?' zei ze ten slotte, op zachtere toon, haar ogen ronddwalend in de kamer om hem maar niet aan te kijken. 'Ik stond op het punt naar de kunstacademie te gaan, maar ik wilde mijn eigen plekje voor als ik terug zou komen tijdens vakanties. Mijn vader wist dat ik hier graag schilderde, dus zei hij dat ik dit huis mocht opknappen, bewonen en gebruiken als atelier.'

'En?'

'En daar was ik dus mee bezig. Bertie reed op een dag toevallig over het strand op zijn paard, hij kwam even kijken hoe het ging en bood aan om te helpen.'

'En toen… kwam van het een het ander? Zomaar?' Er flitste weer woede door zijn ogen, een zeldzame heftige emotie die door zijn laagje zelfbeheersing brak.

'Nee, niet zomaar. In de loop der tijd.'

'Hoeveel tijd?'

Ze slikte. 'Een week ongeveer.'

'O ja,' schamperde hij. 'Dat moet wel het toppunt van romantiek zijn geweest.'

'Het gebeurde per ongeluk, oké? Ik had… Ik had nooit gedacht…' stamelde ze met gloeiende wangen. 'Maar hij was grappig. En slim. Hij had verstand van dingen.'

Ben staarde haar aan, zijn mond vertrokken tot een grimmige streep. Voor elke opmerking die hij wél maakte, zag ze dat er tien waren die hij voor zich hield. 'Dus daarom ben je niet naar de kunstacademie gegaan. Voor hem.'

'Nee.' Haar stem klonk fel. 'Hij vroeg me om hier te blijven, maar ik heb nee gezegd.'

'Tot je vader het je vroeg?'

'Dat lag anders. Hij was mijn vàder. Hij had hulp nodig. Ik had hier verantwoordelijkheden.'

'En vind je het niet toevallig dat je vader dat deed terwijl hij je juist had geholpen om je voor te bereiden op de kunstacademie en je dit atelier annex woonruimte had gegeven? Vond je het niet vreemd dat hij je plotseling vroeg om te blijven? Je dromen op te geven net toen je je koffers zou pakken?'

'Nee…' Maar haar stem haperde. 'Luister, ik weet niet wat je wilt suggereren. Daar kan Bertie niets mee te maken hebben gehad.'

'O nee? Hij was de beste vriend van je vader. Een terloops commentaar op de golfbaan tegenover hem, een paar valse, verpletterende meningen over jouw talent tegenover jou… Binnen de kortste keren ben jij niet meer gemotiveerd om te vertrekken en wil je vader graag dat je blijft. En Bertie kan jou behouden als zijn aangename geheimpje aan het privéstrand, hier op deze plek, op elk gewenst moment voor het grijpen.'

Ze staarde hem aan, vol ongeloof over de wreedheid van zijn woorden. 'Klootzak,' fluisterde ze. 'Dat zou hij nooit doen.'

'Ottie, je moet de waarheid horen. Hij heeft je gemanipuleerd en hij gebruikt je.'

'Hij gaat bij zijn vrouw weg voor mij!'

'Nee. Dat doet hij niet. Dat doen ze nooit.'

'We houden van elkaar.'

'Dit is geen houden van. Het is duidelijk waarom je iets met hem hebt.'

'O, echt?' Beide woorden waren doorspekt met sarcasme. 'Wil je me dat dan even uitleggen? Me vertellen wat ik met mijn éígen leven doe en waarom?'

Hij keek haar aan, bijna droevig. 'Je hebt je nooit goed genoeg gevoeld voor je vader.'

'Onzin!' Het woord schoot als een kogel uit haar mond.

'O ja? Jij bent het eerste kind en de oudste dochter van de laatste knight van Ierland. Ik zag het aan je gezicht toen je me voor het eerst over hem vertelde. Alleen vanwege het feit dat je als meisje was geboren, had je het gevoel dat je hem had teleurgesteld. Daarom was je meteen bereid om je eigen dromen te laten schieten zodra hij dat van je vroeg. Je dacht dat je daarmee een beetje zou goedmaken dat je geen jongen was. Geen opvolger.'

'Dat neem je terug,' zei ze met een zachte, beverige stem en brandende ogen.

In plaats daarvan zette hij een stap dichter naar haar toe, en voor het eerst zag ze nu dat hij zonder kruk liep. 'In je hart ben je altijd bang geweest dat hij je niet echt had gewild, dus bond je jezelf aan iets wat het dichtst bij hem lag: zijn beste vriend. En nu denk je dat je eindelijk kunt bewijzen dat je goed genoeg bent, dat je de moeite waard bent, als je Bertie zover krijgt dat hij alles voor je opgeeft. Maar je verdient beter, Ottie,' zei hij met een handgebaar om zich heen in het sober ingerichte huisje. 'Je zou wat van de wereld moeten zien en niet als een gevangene hoeven te leven op het landgoed van je ouders.'

'Waarom doe je dit?' vroeg ze. Haar stem brak en er glansden tranen in haar ogen door zijn indringende woorden, die haar staken als hete poken.

Hij staarde haar een lang moment aan en zag haar tranen. Hij zette een stap dichterbij en veegde ze weg met zijn duim. 'Omdat je met hem je leven vergooit.'

Zijn stem klonk zacht. Treurig. Ze keek hem aan en zag dat hij zich zorgen om haar maakte, alsof ze heel broos was. Kostbaar. 'En dan? Denk je dat ik met een ander een beter leven zou kunnen hebben?'

'Ja.' Zijn ogen maakten contact met de hare en ze voelde het weer, die verandering tussen hen. De snik bleef als zijde aan een doorn in haar keel steken nu ze een paar centimeter van elkaar af stonden.

'Waarom kan het jou schelen wie mij gelukkig maakt?' vroeg ze zo zacht dat haar stem bijna een fluistering was.

'Gewoon omdat dat zo is.'

'Dus je geeft om mij?'

Hij zweeg een ogenblik, maar knikte vervolgens. 'Ja.'

Hun gezichten waren zo dicht bij elkaar dat ze hem een kus had kunnen geven door alleen maar haar lippen te tuiten. 'Denk je dat jíj me gelukkig zou kunnen maken?'

Hij slikte. Plotseling was het zijn beurt om met zijn mond vol tanden te staan. 'Ja.'

Er viel een lange stilte. Ze bracht een hand omhoog en streek er lichtjes mee over zijn pas geschoren wang terwijl ze zijn hand voelde weifelen en daarna zacht op haar heup landen. Hij boog zijn hoofd naar haar toe…

'Zie dan van de aanklacht af.'

Het duurde even voor haar woorden waren neergedaald. Ze bewogen geen van beiden en de lucht tussen hen werd massief. Zwaar. 'Wat?'

'Als mijn geluk er voor jou toe doet, zoals je zegt, zie je van de aanklacht af.'

Hij trok zijn hand weg en deinsde achteruit. 'Meen je dat nou?' Er klonk weer woede door in zijn stem.

'Bertie was bij mij toen hij eigenlijk de bordjes had moeten neerzetten. Hij kwam hiernaartoe omdat hij zich zorgen om me maakte. Mijn vader was net overleden en ik was van streek. Eenzaam. En als jij deze rechtszaak doorzet, komt alles over Bertie en mij aan het licht, en de mensen die er het meest onder zullen lijden, zijn Shula en mijn moeder.'

Hij was nu lijkbleek.

'Waarom denk je dat ik je hier überhaupt naartoe heb gehaald, Ben?' riep ze uit. 'Niet omdat ik zo'n goed hart heb. Niet omdat ik een goed mens ben. Maar uit schuldgevoel omdat het door míj kwam dat je gewond was geraakt. Het komt allemaal door mij. Als je Bertie aanklaagt... dan schaad je mij daarmee.' Ze keek hem aan met heldere, wanhopige, prachtig groene ogen. 'Is dat wat je wilt?'

Het was haar favoriete dag van het jaar. Niet eerste kerstdag met de cadeautjes en de kalkoen en de televisiespecials, maar déze dag, waarop de voorpret het echte feest overtrof. Het hele gebeuren bezorgde Pip kippenvel: tweehonderd gezichten verlicht door flakkerende theelichtjes in versierde jampotjes, kerstliedjes gezongen met witte wolkjes adem die in de avondlucht bleven hangen, het kerkkoor warm in behaaglijke gewaden, kinderen die tussen de benen van de volwassenen door renden, iedereen om de kerstboom geschaard als rond een wijze dorpsoudste, de gastvrije lichten van The Hare op de achtergrond... Geen van de dorpelingen liet deze bijeenkomst aan zich voorbijgaan. Pip wist dat ze niet de enige was die waarde hechtte aan deze jaarlijkse traditie.

Ottie kwam terug met hun glazen bisschopswijn, kennelijk met de bedoeling om hen alle drie dronken te voeren, want dit was hun derde ronde in twintig minuten. Pip vond het spul niet eens lekker, maar dronk het niettemin toch. Het was het enige passende drankje voor vanavond.

'Dank je,' mompelde Willow, die haar glas gehoorzaam aannam, hoewel ze totaal niet in feeststemming verkeerde. In feite had ze amper een woord gezegd sinds haar aankomst hier en was ze opnieuw vervallen in haar kenmerkende zwijgzaamheid.

'Dank je, Otts,' zei Pip, die ook haar warme wijn aanpakte. 'En die krijg je terug.'

'Wat is dat?' Ottie fronste en tuurde naar de foto.

'Die viel uit je zak toen je je pasje tevoorschijn haalde om de drankjes te gaan kopen.'

'O.' Ottie staarde er aandachtig naar.

'Wie is die dame?' vroeg Pip. 'Proost.'

'Proost,' zei Willow mompelend, met een bijna nerveuze blik om zich heen kijkend.

'O, eh... een campinggast,' antwoordde Ottie verstrooid. Zij was de hele avond ook al in een merkwaardige bui en had Pip verrast door vroeg bij haar huis op te duiken voor alvast een 'snelle borrel', zoals zij het had uitgedrukt, zonder iets te zeggen over haar rode, waterige ogen. Pip hoefde er niet naar te vragen om te weten wat er was. De slechte dagen in het verdriet om hun vader kwamen en gingen zonder waarschuwing vooraf en je wist nooit wanneer de tranen zouden opwellen. 'Gevonden op een van de standplaatsen toen ik aan het opruimen was.'

'Ze ziet er niet uit als een kampeerster,' proestte Pip, die het zakelijk-elegante uiterlijk nog eens bekeek terwijl ze van haar wijn nipte. Ondanks de bedrukte stemming van haar beide zussen was haar humeur juist beter dan het in de afgelopen paar weken was geweest. Het terugwinnen van Shalimar had op de een of andere manier als karma gevoeld, alsof het universum haar iets teruggaf na de kwellingen waarmee het haar de laatste tijd had geteisterd. Ottie liet de foto weer in haar jaszak glijden. Ze leek er met haar gedachten niet bij te zijn, evenmin als Willow, en ook zij keek continu rond in de menigte, alsof ze naar iemand op zoek was.

Pip hoestte in haar vuist en trok haar kraag zo hoog op als ze kon. Ze had haar warmste jas aan, zoals ze Ottie had beloofd, maar de koude avondlucht hielp niet en ze voelde zich een beetje kortademig. Het leek weer te gaan sneeuwen, met af en toe wat vlokjes die boven hun hoofd in het rond dansten, en ze was na de race verkleumd thuisgekomen. Ze had voor de avond eerst de paarden van dekens willen voorzien en had niet de tijd gehad om zelf te douchen en warm te worden.

'Brrr.' Ze stampte met haar voeten en bracht het glas naar haar gezicht om de warme damp van de wijn te voelen. Ze wist niet meer of ze het nou koud had of het juist heet kreeg. 'Waarom beginnen ze niet? Het is ijskoud. God, ik hoop dat Joe mijn kruk aan de bar voor me vasthoudt. Ik voel me net een ijsklont.'

'Echt?' vroeg Willow, die haar een moment oplettend aankeek voordat ze een van haar wanten uittrok en de rug van haar hand op Pips voorhoofd legde.

'Je brengt veel te veel tijd in die pub door,' mompelde Ottie.

'En jij te weinig, als je het mij vraagt,' grapte Pip.

'Jezus, je gloeit helemaal!' zei Willow, die haar hand terugtrok alsof hij verschroeid werd.

'Of jouw handen zijn bevroren en ik voel daarmee vergeleken gewoon warm aan?'

'Nee. Je bent echt gloeiend heet. Voel eens, Otts.'

'O jezus, nee hè,' kreunde Pip. Ze probeerde achterover te leunen en weg te duiken toen Ottie zich ook naar haar toe boog en eveneens fronste.

'Ja. Hartstikke heet. Hoe voel je je?'

'Net als jullie. IJskoud. Er dwarrelt wat sneeuw, mochten jullie dat nog niet hebben opgemerkt.'

'Ik denk niet dat je rilt vanwege het weer, Pip. Je hebt een akelige hoest en verhoging.'

'Oké. Nou en? Ik neem wel een paracetamol als ik thuiskom. Maar kunnen we nu alsjeblíéft "Away in a Manger" gaan zingen?' smeekte ze met haar handen gevouwen. 'O, lekker.'

'Worstjes, meiden?' vroeg Betty, de moeder van Joe. Ze ging rond met een diepe ovenschaal vol warme, met honing bestreken worstjes.

'Perfécte timing,' zei Pip stralend, en ze nam er twee, opnieuw hoestend.

'Pip...' reageerde Willow bezorgd, net op het moment dat Fred Malone, de koorleider van de St. Agnes Church, zijn dirigeerstok – of toverstok, zoals ze hem in hun kindertijd hadden genoemd – oppakte en er een stilte over de menigte kwam. Een jongetje met opzijgekamd donker haar dat netjes probeerde te zitten, stapte naar voren met een vel bladmuziek in zijn hand.

'*Once in royal David's city...*'

Zijn stem, zo zuiver en helder als een regendruppel, steeg op in de lucht, zodat zelfs de baby's er stil van werden en Pip een ogenblik van harmonie voelde neerdalen. Plotseling zag de wereld er weer mooi uit. Onschuldig en hoopvol, alsof de liefde hen daadwerkelijk allemaal zou kunnen redden.

Haar blik doolde over de gezichten van de verzamelde dorpsbewoners, die ze voor het grootste deel al haar hele leven kende, en ze zag het kalme geluk dat ze uitstraalden. Ze bezaten geen van allen veel, maar haar vader had altijd gezegd dat 'genoeg meer dan veel is'. En ze hadden wat ze nodig hadden. Wat haar het meest opviel, was hoe tevréden ze eruitzagen, en vanavond, nu haar paardenfamilie herenigd was in de stallen thuis, voelde ze zich een van hen. Ze had genoeg.

Ze keek op bij het geluid van een portier dat zachtjes werd dichtgeslagen, en door de halo van een straatlantaarn zag ze haar moeder uit de zwarte Range Rover van de Flanagans stappen, met om haar schouders het oude vossenbontje dat ze vijfentwintig jaar geleden met hun vader in Moskou had gekocht en dat nog altijd chic oogde.

'Mama is er,' fluisterde ze haar zussen toe, met een por tegen Otties arm om haar aandacht te trekken en een slokje van haar wijn nemend nu ze weer een opkomende hoestbui in haar keel voelde prikkelen. Dat begon meer dan vervelend te worden.

Ottie keek en zag hun moeder ook. Haar ogen richtten zich vol aandacht op de drie gestaltes die over de sneeuw naar The Hare slopen om een verwarmend aperitief te halen voordat ze zich bij de menigte zouden voegen.

'*So at last, our hearts shall see him…*' De collectieve stem van het dorp zwierde als één over de dorpsweide: jong en oud, laag en hoog, zuiver en onzuiver. Pip voelde zich opgetild. Ze glimlachte terwijl ze zong en liet haar blik dankbaar over de aanwezigen glijden, waarbij ze hier en daar in stille saamhorigheid oogcontact met anderen maakte.

Maar er was één gezicht… Dat kon ze niet goed plaatsen, maar in gedachten ging ze terug naar de afgelopen dag, de vorige week, de…

'O mijn god,' fluisterde ze op dringende toon tegen Willow. Ze greep haar mouw vast en schudde er opgewonden aan nu ze zich de man met het filmsteruiterlijk herinnerde, zoals hij had staan schitteren onder de kristallen kroonluchter. 'Daar is die vent van het feest, die jij zo leuk vond. Hij is hier! Wat dóét hij hier?'

Maar terwijl de vraag tussen haar lippen door glipte, herinnerde ze zich ook de andere dingen die Willow haar over hem had verteld: dat hij degene was die haar uit het water had gehaald, haar held (en om eerlijk te zijn zag hij er ook nog eens uit als een held). Maar dat niet alleen. Hij was degene die het kasteel van hun vader had willen kopen, die hem op het laatst veel te weinig wilde betalen. Dus ook een antiheld.

Ze hield op met zingen. Waarom was hij hier? De kerstsamenzang van Lorne was voor niemand interessant behalve voor de inwoners zelf. Dit was een kleine dorpsbijeenkomst, helemaal niet flitsend genoeg voor lieden als hij. Tenzij...

Tenzij hij van plan was zélf inwoner te worden.

Ze keek gealarmeerd naar haar jongere zusje, maar Willows ogen hadden hem al gevonden, en die van hem de hare. De twee leken verwikkeld in een soort stille strijd. Ze communiceerden zonder woorden door de menigte heen, hun gezicht verlicht door kaarslicht, maar wat zeiden ze? Pip kon hun gedachtewisseling niet volgen.

Ze voelde dat er weer een hoestbui door haar longen begon te rollen. Het gehoest kwam steeds in golven en ze wist dat de avondlucht het er niet beter op maakte. Ze duwde een vuist tegen haar mond en probeerde zachtjes, discreet te hoesten, maar daar werd het alleen maar erger van en ze kon de bui niet meer stoppen, waardoor ze buiten adem begon te rochelen en te proesten.

Verschillende mensen om haar heen zetten een stap opzij en Ottie klopte haar stevig op haar rug. 'Gaat het wel?'

Pip, die er zowat in stikte, knikte en gebaarde met haar duim dat ze naar achteren zou lopen, om te kunnen hoesten zonder dat anderen daar last van zouden hebben. Ottie knikte begrijpend en keek met bezorgde ogen hoe ze zich omdraaide en zich een weg zocht door de kerstliederen zingende schare, over het gras wankelend in de richting van de heldere lichtjes van de pub.

Haar longen leken in brand te staan. De pijn in haar borst, die ze op het strand en in de stallen nadrukkelijk had genegeerd, vroeg nu haar volle aandacht. Haar ademhaling was zwaar en voelde oppervlakkig, alsof het moeilijk was om zuurstof te onttrekken aan het zwarte, met sterren bezaaide hemelgewelf. Ze keek omhoog en probeerde adem te halen en te kalmeren, maar in plaats daarvan werd ze duizelig, alsof de wereld begon te kapseizen.

En plotseling kantelde de wereld inderdaad, werd de grond onder haar voeten weggetrokken en haar wang tegen de sneeuw gedrukt.

‘Pip.’ De stem in haar oor klonk dringend.

Ze deed haar ogen open en voelde de kou. Ze zag The Hare, verticaal in haar gezichtsveld.

Ze trok haar voeten naar zich toe en probeerde overeind te krabbelen.

‘Ho, voorzichtig!’

Er drukte een hand op haar schouder die haar tot rust maande, en ze keek op naar Taigh O’Mahoney, die naast haar gehurkt zat. ‘Je ging van je stokje, Pip. Wat is er gebeurd?’

‘N... Niets, ik gleed uit.’ Ze probeerde weer op te staan, maar ze voelde zich beverig en slap.

Zijn ogen zochten haar gezicht af. ‘Je lippen zijn blauw.’ Hij legde de rug van zijn hand tegen haar voorhoofd. ‘En je hebt koorts. Heb je last gehad van pijn in je borst?’

Ze duwde hem van zich af. ‘Nee. Ga weg.’ Ze stond op, maar haar evenwicht liet te wensen over en ze zakte bijna door haar benen, als een pasgeboren veulen.

‘Pip, je bent ziek. Je hebt een longontsteking.’

‘Hou toch op, Taigh,’ mompelde ze, en ze begon naar voren te strompelen. Ze moest gewoon de pub in en naast het haardvuur gaan zitten. Als ze weer warm was, zou ze weer in orde zijn.

‘Je hebt hulp nodig.’

‘Ik héb geen hulp van jou nodig, Taigh O’Mahoney,’ zei ze, hem wegwuivend met een handgebaar. ‘Je bent verdomme geen held. Je hoeft me niet te redden.’

‘Dat heb ik anders al eerder gedaan.’

Ze draaide zich om en keek hem aan. ‘Nee. Jíj hebt me niet gered, maar Willow. Zij heeft me uit het water gehaald, zij en die knappe kerel, dus doe maar niet alsof jij die avond de redder in de nood was.’ Ze kneep haar ogen tot spleetjes, zijn aanblik wazig in de schittering.

‘Jezusmina, het houdt niet op met die wrok van jou, hè?’ riep hij terwijl ze bij hem weg wankelde.

Wrok? Ze draaide zich meteen weer om en waggelde als een dronkaard naar hem toe. 'Wat is dat toch met jou? Het lijkt wel alsof je graag wílt dat ik je iets verschuldigd ben of zo. Wat is dat toch?'

Hij staarde haar aan, leek zich geen raad te weten, en ergens diep in haar benevelde brein besefte ze dat ze op een waarheid was gestuit. 'Oké, aye, misschien heb je gelijk. Misschien wil ik je redden. Ik wil iets doen waardoor jij voor de verandering míj wat verschuldigd bent.'

'Waarom?' vroeg ze stuurs.

'Omdat ik bij jou altijd achter de feiten aan loop, ja toch? Wat ik ook doe, je zult me nooit vergeven wat ik lang geleden heb gedaan, toen ik dat verrekte meisje kuste op de dag dat ik het met jou had uitgemaakt. Godsamme, ik kan me haar naam niet eens herinneren.'

'Lizzie Galloway,' bitste ze.

Hij keek verbaasd. 'O ja. Lizzie. Maar je geeft me niet de kans het goed te maken.'

'Dat klopt...' sneerde ze, maar ze voelde zich weer heel duizelig. De koude lucht wervelde door haar borst.

'Kun je het niet gewoon loslaten en het verleden laten rusten? Ik was zestien jaar oud, verdorie!'

'Het interesseert me niet,' zei ze, maar haar stem klonk fluisterend en ze richtte haar blik strak op de lichtkegels die vanuit de ramen van The Hare op de grond vielen terwijl ze de ene voet voor de andere probeerde te zetten.

Hij liep naast haar, vastbesloten om zijn zegje te doen. 'Laten we eerlijk zijn, het zou toch nooit iets zijn geworden tussen ons. Meisjes als jij zijn niet voorbestemd voor jongens als ik, dat wist ik. Ik voorzag dat het op niets zou uitlopen, dat is alles.'

Er speelde een wrang glimlachje om haar lippen terwijl ze probeerde het licht te bereiken. 'Ik had nooit gedacht dat jij je iets zou aantrekken van zoiets als klassenverschil, Taigh O'Mahoney.' Maar toen haar knieën bezweken en ze weer ineenzakte, hoorde ze duidelijk zijn woorden in het donker.

'Ik ben gewoon een realist, Pip.'

26

De blauwe zwaailichten verdwenen uit het zicht. De ambulance reed voorzichtig voort over de besneeuwde weg. De strooiwagens kwamen hier nooit, de wegen waren te smal en er woonden vermoedelijk 'niet genoeg' mensen in deze onbeduidende streek om de kosten te rechtvaardigen. Het kwam gewoonlijk neer op de boeren om hun trekkers tevoorschijn te halen en te doen wat ze konden.

'Het komt toch wel goed met haar?' vroeg Willow angstig terwijl Shula haar arm steviger om haar heen sloeg.

'Natuurlijk. Je moeder is bij haar en Taigh was er zeker van dat ze een longontsteking heeft. Hij zegt dat ze snel weer beter wordt zodra ze antibiotica krijgt.'

'Die arme Taigh, wat was hij van slag. Hij bleef maar zeggen dat het zijn schuld was.'

'Maar dat is onzin,' suste Shula. 'Hij kon het niet weten.'

'Maar hij wist het wél, dat is het punt. Hij bleef achter haar aan gaan met pogingen om haar te onderzoeken nadat ze uit het ziekenhuis was ontslagen. Hij heeft tegen haar – en tegen míj – gezegd dat ze rust moest nemen, dat we het serieus moesten nemen. Maar dat hebben we niet gedaan, wij geen van allen! Ze heeft mij geholpen met de verhuizing, ze heeft Ottie geholpen de camping op te ruimen na het Ultra Event, de dag nadat ze het ziekenhuis had verlaten. En vanochtend racete ze nog op het strand! Ze heeft geen minuut stilgezeten, Shula, en wij hebben haar haar gang laten gaan. Wij allemaal.'

Shula zuchtte bij het zien van het zelfverwijt op haar gezicht. 'Willow, je weet dat je zus een wervelwind is. Niets en niemand kan haar tegenhouden als ze eenmaal iets in haar hoofd heeft. Maar op een gegeven moment zal ze onder ogen moeten zien dat ze ook maar een mens is. Diep vanbinnen is ze net zo kwetsbaar als wij.'

Pip, kwetsbaar? Dat was nog eens een contradictio in terminis.

'Hoi.'

Ze keek op. Connor stond een eindje van hen af. Hij wilde zich kennelijk niet opdringen. Shula's arm gleed van haar schouder toen ze zag hoe ze naar elkaar keken. 'Kom straks binnen om iets te drinken en op te warmen.'

'Zal ik doen.'

Ze keek hoe Shula de pub in liep. Bertie was alvast vooruitgegaan om wat te bestellen en Ottie… Nou, ze wist niet waar Ottie nu was. Die was waarschijnlijk met iemand in gesprek.

'Hoe gaat het met haar?' vroeg hij, waarmee hij haar aandacht – haar blik – weer naar zich toe trok. Dit werd zo langzamerhand een gewoonte: zij, Pip en een noodsituatie.

'We hopen dat het helemaal in orde komt. Het is waarschijnlijk een longontsteking.'

'Een complicatie van twee weken geleden?'

Ze knikte.

'Maar te behandelen?'

'Meestal wel.' Ze keek hem aan. Hij droeg een jeans en een donkerblauw Prada-donsjack dat eruitzag als iets om te dragen in de straten van Milaan, niet bij een kerstsamenzang in een dorpje in de zuidwesthoek van Ierland. 'Ik had niet verwacht je vanavond hier te zien. Zijn de gasten er nog niet?'

'Ja, we zijn van start gegaan. Ik kan niet lang blijven.'

Ze slikte. Het voelde intens vreemd, de gedachte aan al die mensen… onbekenden… die in haar huis logeerden. 'Was alles op tijd klaar?'

'Nog maar net. Er zijn nog wel wat dingetjes te doen, maar niets wat de gasten bijzonder zal opvallen, hoop ik.'

Ze realiseerde zich dat hij er uitgeput uitzag. Ze trok haar wenkbrauwen op. Aan de ene kant zou ze het resultaat vreselijk graag willen zien, aan de andere kant juist helemaal niet.

'Ik had gedacht dat ik je deze week wel zou zien in het kasteel. Ik dacht dat je in elk geval... wel zou willen zien wat we hebben gedaan.'

'Er is veel werk aan de winkel geweest in het Dower House, dus...' Ze wisten allebei dat ze hem had ontweken, maar hoe kon ze hem vertellen dat ze zich geneerde voor de manier waarop ze bij hem was weggelopen uit de pub? Voor hoe ze had gereageerd op een terloopse opmerking? Haar emoties waren de pan uit gerezen en haar reactie had te veel onthuld.

'Juist ja.' Er viel een korte stilte en ze keek de andere kant op om maar geen wezenlijk contact te maken. 'Nou, hoe dan ook, ik dacht dat je wel zo snel mogelijk zou willen weten dat de financiën rond zijn.'

Haar hoofd schoot met een ruk naar achteren. 'Wat?'

'We hebben snel gehandeld. Onze investeerders vinden ook dat we Lorne geen tweede keer aan onze neus voorbij mogen laten gaan. Dus de contracten zijn klaar en worden morgen vanuit Dublin door een koerier hiernaartoe gebracht.'

Ze voelde haar maag als een adelaar een duikvlucht maken. 'O.'

Hij fronste. 'Dat is toch oké? Je zei dat je een snelle deal wilde.'

Ze staarde in de verte, voelde haar hart tekeergaan. Was dit het dan? Ze kreeg wat ze wilde? 'Natuurlijk.'

'Dus als je morgen kunt komen, kunnen we tekenen en de overeenkomst definitief maken.'

'Prima. Juist. Ja.' Vanavond stond ze zevenhonderdvierentachtig euro rood. Morgen zou ze een positief saldo van vier komma drie miljoen euro hebben.

'En dan hebben we de zákelijke kant tussen ons achter de rug.' Haar ogen schoten omhoog naar de zijne, want ze ving de onderstroom van zijn woorden op. Had hij haar niet opgegeven? 'Zullen we tekenen op het feest?'

'Als je wilt,' zei ze schouderophalend, ondertussen wensend dat ze geen handgebreide muts op haar hoofd had. Het was weliswaar haar lievelingsmuts, jaren geleden door Mrs Mac voor haar gemaakt, maar dat wilde niet zeggen dat ze er door de knappe Connor mee gespot wilde worden.

'Was je trouwens wel van plan om naar het feest te komen?' vroeg hij, zijn handen dieper in de zakken van zijn jeans stekend in een poging warm te blijven.

'Nee.'

Hij fronste. 'Waarom niet? Je hoort erbij te zijn. Het is jouw kasteel.'

'Morgen is het van jou,' wierp ze tegen, snel rondkijkend om te checken of iemand het gehoord had. Alleen al het uitspreken van de woorden voelde als verraad.

'Het voelt gewoon verkeerd om zo'n evenement te houden zonder dat de Lornes er deel van uitmaken.'

'Maar we máken er geen deel meer van uit. Wij zijn het verleden en alles gaat nu verder.'

'Goed dan. Ik zou het zélf gewoon fijn vinden als je erbij was.' Hij keek haar aan met dat ongecompliceerde verlangen dat alles vanaf het begin gecompliceerd had gemaakt. 'Ik wil je graag zien, Willow. Ik weet waarom je deze week bent weggebleven en daar had je gelijk in. Het was inderdaad beter om privé en zaken gescheiden te houden. Maar zodra dat contract is getekend...' Hij haalde zijn schouders op. 'Kunnen we niet gewoon kijken waar het schip strandt?' Hij knipperde en keek haar aan met ogen die alles mogelijk leken te maken. Zelfs happy endings. 'Zeg alsjeblieft dat je komt.'

Ottie drentelde onrustig heen en weer in het damestoilet, wachtend op het karakteristieke klopje op de deur dat tegenwoordig een pavloviaanse reactie in haar losmaakte. Verwijde pupillen, ademtekort, een verhit gevoel, het teken dat hij hier was. Eindelijk.

Het klopje kwam en ze deed de deur open. Ze zette snel een stap naar achteren zodat hij zich naar binnen kon haasten zonder gezien te worden.

'Heeft niemand je gezien?' fluisterde ze terwijl hij zich bij haar in de kleine ruimte wurmde. Ze hadden hier in het verleden verschillende keren afgesproken – geïmproviseerde clandestiene ontmoetingen bij de weinige gelegenheden dat ze hier allebei toevallig met andere mensen waren. De ogen van de een die de ander volgden bij het opstaan van de tafel en het zonder blikken of blozen langslopen… Maar dat was de laatste keer niet mogelijk geweest, toen zij hier met Ben had gezeten, en het leek erop dat zijn wrevel jegens haar was blijven hangen.

'Ik ben zo weer weg.' Zijn ogen waren koud en hij zag er ouder uit. Vermoeid. De stress van de dreigende rechtszaak speelde hem parten.

'Ik heb goed nieuws,' zei ze glimlachend zonder zich te laten ontmoedigen. Ze was vastbesloten om vandaag goed te laten eindigen. Na haar aanvaring met Ben en Pips instorting moest er toch ook een lichtpuntje zijn.

Hij keek haar aan met een aarzeling in zijn ogen.

'Hij ziet van de aanklacht af.'

'Wat?' Hij keek stomverbaasd. 'Gilmore?'

Ze knikte opgetogen en zag het licht weer in zijn ogen terugkeren, waardoor hij weer jonger oogde, alsof hij nieuw leven kreeg ingeblazen. Haar glimlach werd groter. Zij deed dat voor hem. Zíj deed het. Niet Shula.

Hij stak zijn handen naar haar uit. 'Maar hoe heb je dat voor elkaar gekregen?'

'Ik heb hem gewoon gevraagd om ervan af te zien,' zei ze schouderophalend, tikkend op de knopen van zijn overhemd alsof het muzieknootjes waren, ongedurig spelend.

'Dat was alles?'

'Ja.'

Hij staarde haar aan. Kon hij zien dat ze tipsy was? Van streek? 'Je hebt hem gewoon gevraagd om af te zien van een rechtszaak voor drie miljoen, en daar ging hij in mee?'

'Precies.'

'Maar hij zal er toch wel iets voor terug hebben gewild?'

'Zoals?'

'Ik weet het niet, Ottie. Zeg jij het maar.'

Ze keek hem vragend aan met een verwarde glimlach op haar lippen. 'Bertie, ik heb het hem alleen maar gevraagd en hij zei ja. Meer niet.'

Hij had haar handen vast en hield ze in bedwang, kalmeerde haar. Hij keek haar indringend aan alsof hij van haar gezicht probeerde af te lezen wat ze niet vertelde. Maar er viel niets te vertellen. 'Heeft hij iets over ons gezegd?'

Ze slikte, voelde haar mond droog worden en haar hart omdraaien bij de gedachte hoe ze hem had bespeeld. Gebruikt. 'Nope,' loog ze.

Bertie kreeg een peinzende blik in zijn ogen. 'Interessant. Ik dacht dat hij ervan wist. Ik dacht dat hij daar gisteravond op zinspeelde. Dat is zijn achilleshiel, dus ik dacht dat hij precies dat zou aangrijpen.'

'Waar heb je het over?' vroeg ze. 'Hoezo zijn achilleshiel?'

'Hè?' Hij keek haar afwezig aan. 'O, zijn vrouw heeft hem verlaten voor zijn beste vriend.'

'Wát?' Ze haalde haar handen van zijn overhemd en liet ze zakken.

'Ja. Ze ging al jaren met hem naar bed voordat hij erachter kwam. Heeft hij je dat niet verteld?'

'Nee!'

Bertie keek vergenoegd. 'Ha. Nee, dat zal ook wel niet. Geen man geeft graag toe door zijn vrouw bedrogen te zijn.'

Ze kreeg amper lucht. 'Hoe weet jíj dit allemaal?' vroeg ze onthutst.

Hij haalde zijn schouders op. 'Ik heb een privédetective ingehuurd om zijn leven onder de loep te nemen. Als hij mijn leven zo nodig moest verwoesten, wilde ik hem vóór zijn.' Hij keek haar weer aan. 'Maar hij heeft je dus absoluut gezegd dat hij de aanklacht intrekt?'

Ze knikte, terwijl ze langs hem heen in de spiegel staarde. Was de vrouw op de foto zijn ex-echtgenote? En hield hij nog van haar? Waarom zou hij anders haar foto bij zich hebben?

Bertie haalde zijn telefoon tevoorschijn. 'Luister, ik ga mijn advocaat dan maar even bellen om de boel af te blazen. We zetten dit later voort, oké?' Hij boog voorover en gaf haar een kus op haar lippen. Maar ze kuste hem niet terug, te afgeleid door het verhaal dat ze te horen had gekregen, zich voor de geest halend hoe Ben van haar was weggedreven toen hij het had over de 'wake-upcall' in zijn leven. *Ik weet wél dat affaires levens verwoesten, Ottie.* Zijn vrouw had hem bedrogen met zijn beste vriend. Dáárom liep hij dagen en nachten achtereen hard, door stormachtige wind, tegen hellingen omhoog. Dáárom had hij een hekel aan Bertie. En zij... Ze had zijn verlangen naar haar gevoeld en het tegen hem gebruikt, ze had hem gemanipuleerd om te krijgen wat ze wilde voor haar minnaar. Ze was geen haar beter dan die vrouw op de foto. Ook zíj had hem bedrogen.

'Kijk even of de kust veilig is, oké?' vroeg hij terwijl hij bij de deur weg stapte, zodat zij eromheen kon turen. 'Ottie?'

'Hè? O...' Ze duwde het schuifje opzij en keek naar buiten. De smalle gang was leeg, afgezien van een geranium in een pot op het zijtafeltje en wat stukjes smeltende sneeuw van iemands laarzen op het rood-zwarte bloementapijt. Noddy Holder van Slade jubelde 'Merry Christmas Everybody' uit de speakers in de bar.

'Kust veilig,' mompelde ze.

'Super. Ik bel je nog.' Hij wurmde zich langs haar en duwde in het voorbijgaan de deur naar het herentoilet open zodat die langzaam zou terugzwaaien op zijn veerscharnieren, voor het geval er net iemand de hoek om zou lopen.

Maar hij zei niet wanneer hij zou bellen.
En voor de verandering vroeg ze er niet naar.

Ottie staarde met opengesperde ogen naar de muur. De grote, witte, lege muur vol donkere schaduwvlekjes van sneeuwvlokken die buiten voor het raam dwarrelden. Ze kon niet slapen. Dat kwam niet omdat de bank ongemakkelijk lag – ze sliep er nu al bijna twee weken elke nacht op – en er waren ook geen geluiden waar ze last van had. Het was eerder te stil. Zelfs de zee liet vanavond slechts een zacht geruis achter het glas horen.

Ben was in de slaapkamer – nog steeds – toen ze was teruggekeerd van de kerstsamenzang. Het lukte hun goed om elkaar te vermijden. Hij zat daar ook al toen ze naar Pip was vertrokken, toen ze geen moment langer in het huis wilde blijven met hem aan de ene kant van de deur en zij aan de andere.

Ze had zijn stem gehoord, zachtjes aan de telefoon pratend met iemand – of met meer mensen. Zijn diepe stemgeluid kwam onder de deur door en het had een tijdje geduurd. Maar ze wist dat hij de kamer had verlaten in de tijd dat zij weg was geweest. Hij had de maaltijd opgegeten die zij voor hem in de koelkast had achtergelaten, het bord afgewassen en het teruggezet. Had hij gewacht tot hij haar koplampen zag, en was hij toen weer gauw de slaapkamer in gegaan, om haar te vermijden zoals zij hem zelf ook vermeed? Ze kon het hem niet kwalijk nemen. Maar zijn vlucht ging pas over twee dagen en dat voelde ondraaglijk lang als het zo zou blijven als nu: zij tweeën als houten figuurtjes in een weerhuisje, het ene steeds binnen als het andere buiten was.

Het was een vreemde gewaarwording om zich in haar eigen huis zo verloren te voelen, om zich niet vrijelijk in haar eigen slaapkamer te kunnen begeven of zelfs maar naar de wc te gaan. En nu ze er zo over nadacht, inderdaad, al die bisschopswijn... Het bevestigde alleen maar hoe gemakkelijk de afgelopen weken waren geweest, toen ze nog bevriend waren.

Ze draaide zich om in een poging de druk op haar blaas te verlichten – het was vannacht veel te koud om naar het toiletgebouwtje te gaan – en probeerde comfortabel te gaan liggen met het dekbed rond haar hals opgetrokken om de warmte vast te houden. Ze staarde door het raampje van de kleine houtkachel. Er flakkerden nog wat zwakke vlammen achter het glas en de kooltjes hadden een oranje gloed.

Ze deed haar ogen dicht en probeerde de slaap te vatten, de rust over zich heen te laten komen als een regenbui. Maar het ging niet, het was te druk in haar hoofd en haar hart. Ze voelde zich geagiteerd en rusteloos, kon haar benen niet stilhouden en draaide met haar vingers.

Nadat ze ongeveer een half uur had liggen woelen, kon ze nog steeds niet slapen en knapte haar blaas bijna uit elkaar. Ze gooide het dekbed van zich af, stond op en stopte haar van sokken voorziene voeten in de rubberlaarzen bij de deur. Ze pakte haar jack en sleutelbos van het haakje en glipte naar buiten.

'Jezusmina!' zei ze naar adem happend. De opluchting dat ze in beweging was gekomen, werd door de schok van de kou de kop ingedrukt. Er schoten wolken langs de maan en sterren, zodat er schaduwen over de grond gleden terwijl ze voorzichtig over het tuinpad snelde, door het hek, over het weggetje en het besneeuwde veld naar het toiletgebouwtje. De ijzige temperatuur viel aan op haar blote benen, haar oversized T-shirt was lang niet groot genoeg om iets van warmte te bieden, en ze dankte de hemel dat de camping gesloten was.

Met haar koude vingers frummelde ze het slot open, waarna ze in het donker naar de wc liep en haar ogen even later nerveus over de schaduwen liet glijden, voordat ze weer afsloot en terug naar haar huisje rende. Ze was misschien nog geen drie minuten buiten geweest, maar het voelde alsof haar lichaamstemperatuur met de helft gedaald was, dus bij binnenkomst hijgde ze van opluchting toen de warmte haar omvatte als een zachte massa kussens.

'Ah,' huiverde ze, haar jack van zich af schuddend en haar ene laars uit trappend met de andere voet. 'O!'

Ze sprong bijna de lucht in toen ze Ben plotseling bij de slaapkamerdeur zag staan.

'Sorry,' zei hij, zelf ook half geschrokken. 'Ik hoorde iets. Ik dacht dat er iemand...' Zijn woorden stierven weg en ze realiseerde zich hoe idioot ze eruit moest zien met haar wijde T-shirt, oude sokken en nog één laars aan. Haar handen trokken automatisch de zoom van het T-shirt naar beneden. 'Maar er is blijkbaar niets aan de hand, dus...'

Hij maakte aanstalten om te draaien.

'Ben!'

Hij keek om. Hij droeg zijn nieuwe pyjamabroek, die ze samen hadden gekocht, van donkerblauw met grijs gestreept katoen, maar geen T-shirt. Ze probeerde niet naar zijn gespierde buik te kijken. 'Ja?'

Ze opende haar mond, maar besefte dat ze geen idee had wat ze wilde zeggen. 'Het spijt me.' Dat, maar dat ook weer niet.

Hij staarde haar aan met die ondoorgrondelijke blik die ze nooit zou leren begrijpen. 'Het spijt mij ook,' zei hij zacht.

En hij ging terug naar bed.

Ze staarde naar de gesloten deur en nu stroomden de woorden door haar heen. Te laat. Ze wilde hem vertellen dat het haar speet wat ze had gedaan, en dat ze het rot vond van zijn vrouw, maar dat kon ze niet doen zonder te onthullen wie haar daarover had verteld en hoe hij aan de informatie was gekomen. Ze wilde hem zeggen dat ze morgen samen op avontuur zouden moeten gaan – een eind rijden met de auto, ergens lunchen, een laatste dag samen doorbrengen als vrienden voordat hij de oceaan zou oversteken en terug zou keren naar zijn eigen leven. Ze wilde hem vertellen dat ze hem zou missen.

In plaats daarvan haalde ze de foto van de brunette uit haar jaszak en legde hem op het aanrecht, klaar om morgenochtend heimelijk terug te laten glijden in zijn tas als ze hem de badkamer in zou horen gaan. Had hij die foto gemist? Gemerkt dat-ie weg was? Ze kroop weer op de bank, rillend van haar middernachtelijke uitstapje. Ze trok het dekbed strak om zich heen.

Hij had maar vier woorden gesproken, maar die hadden haar genoeg gezegd: dat hij geen hekel aan haar had, ondanks de manier waarop ze hem had bespeeld. Dat ze nog steeds, min of meer, vrienden waren. Ze zou het morgen goedmaken, nam ze zich voor terwijl ze haar ogen sloot, het licht van het nagloeiende vuur op haar gezicht flakkerend. En deze keer viel ze meteen in slaap.

Het was nog vroeg toen ze wakker werd. Vroeger dan ze gewoonlijk opstond. Een beetje duf hees ze zich op haar ellebogen en keek op haar telefoon hoe laat het was. Nog geen zes uur. Ze fronste. Waarom was ze wakker? Ze had heel vast liggen slapen en wist zeker dat ze gedroomd had, iets over Pip die op een draak reed. Een dráák? En die had blauwe ogen die flitsten en…

Pip.

Meteen herinnerde ze zich gisteravond, de ophef en het geschreeuw toen haar zus op de sneeuw in elkaar was gezakt, Taigh O'Mahoney die haar The Hare in had gedragen, de ambulance die werd gebeld.

Hoe ging het met Pip? Ze moest bellen, bedacht ze, en ze reikte naar de vaste telefoon. Het mobiele bereik was hier niet…

De slaapkamerdeur stond op een kier.

Ze verroerde geen vin meer. Ze herinnerde zich Ben ook, hun aanvaring van gistermiddag, de voorzichtige toenadering midden in de nacht. 'Ben?' riep ze zachtjes, want ze hoopte wel dat hij zou antwoorden, maar ze wilde hem ook weer niet wakker maken.

Niets. Ze voelde haar hartslag versnellen als een slee die van een heuvel gleed. Ze duwde het dekbed van zich af en zwaaide haar benen over de rand van de bank. Ze liep langzaam naar de deur, tuurde door de kier en zag dat de rode weerschijn van haar wekker een vage gloed in het donker wierp. De gordijnen waren gesloten. Hij sliep nog.

Met een zucht van opluchting begreep ze dat het zou kunnen dat hij de deur vannacht waarschijnlijk niet goed had dichtgedaan, nadat zij hem bij haar binnenkomst had gestoord. Ze legde haar hand om de knop en sloot de deur zo zacht als ze kon. Ze ademde lang en langzaam uit. Vroeg wakker worden was al vervelend genoeg, zonder ook nog ergens van te schrikken.

Ze liep naar de gootsteen om een glas water te pakken en vroeg zich af of ze haar moeder al kon bellen om te vragen hoe het met Pip ging. Ze waren samen in de ambulance naar het ziekenhuis gegaan, dus ze zouden opgehaald moeten worden, áls Pip vandaag tenminste al naar huis mocht. Tenzij Willow dat zou doen? Als mama nu misschien naar het Dower House zou gaan? Dat was waarschijnlijk wel logischer. Ze kon Willow beter eerst even bellen om te vra...

Ze zette haar glas neer en staarde naar het aanrecht zonder meteen te begrijpen waarom ze verstijfde bij de aanblik. Er zat een schroeivlek op het hout waar ze ooit eens een pan had neergezet toen Berties klop op de deur op een onverwacht moment kwam. Maar wat ze wél zag, was niet schokkend. Het ging erom wat ze níét zag.

De foto ontbrak, en dat kon maar één ding betekenen.

Ze rende de slaapkamer binnen en duwde de deur daarbij zo hard open dat hij terugkaatste van de muur. De gordijnen waren nog steeds dicht maar het bed was opgemaakt en de badkamer was leeg. De handdoeken waren opgevouwen, de kussens opgeschud...

'Nee!' riep ze uit. Er sprongen tranen in haar ogen nu ze de verlatenheid in zich opnam. Er was geen enkele blijk meer van zijn aanwezigheid. Ben Gilmore was weg.

27

'Ja, ik beloof het, ik verzet geen stap,' zei Pip terwijl haar moeder de deken om haar heen instopte en de gordijnen dichttrok zodat de felle zon niet in haar gezicht scheen.

Pip keek rond in de kleine slaapkamer en voelde zich weer kind. Warme melk op het nachtkastje, een boek ernaast, de tv op een tafeltje aan het voeteneinde.

'Heb jij dit echt allemaal gedaan?' vroeg ze aan Willow, die een glazen fles vulde met takken eucalyptus en hulst; van alles wat ze in de tuin van het Dower House had kunnen vinden, kwam dit het dichtst bij bloemen.

Willow rechtte haar rug en keek trots naar de kanariegele muren, de lichtroze slaapkamerstoel en het rode dekbedovertrek. Het vertrek had met zijn contrasterende kleuren dezelfde chaotische uitstraling als het kasteel, maar dan met minder spullen. 'Ach, ik had toch niets anders te doen. Ik heb geprobeerd het huiselijk te maken.'

Pip zag dat haar moeder haar hoofd optilde bij die woorden, en haar blik gleed tussen haar zus en haar moeder heen en weer. Ze zag dat ze op geen enkel moment oogcontact maakten en tegen elkaar praatten in plaats van mét elkaar. Ze had nooit begrepen wat er tussen hen was gebeurd. Willow liet zich er niet over uit en haar moeder deed alsof er niets was veranderd. Maar dat was wel degelijk zo. Er hing iets tussen hen in, iets wat verschrikkelijk moest zijn, een slapend monster.

'Goed, je volgende antibioticapil krijg je over anderhalf uur. Ik breng je dan wel wat te eten voor de lunch, want je moet hem niet innemen op een lege maag.'

'Dank je, mam.'

Haar moeder boog zich voorover en gaf haar een tedere kus op haar voorhoofd. Ze keek haar met bezorgde ogen aan. 'En nu rusten,' zei ze streng.

'Dat doe ik. Beloofd.'

Haar moeder tuurde haar door samengeknepen ogen aan. 'Ik vertrouw het nooit als je gehoorzaam doet.'

'Zelfs ík zie nu wel in dat ik mijn grens heb bereikt, mam.' Pip liet haar hoofd achterover op het kussen zakken. 'Ik hou me nu gedeisd, dat beloof ik je.'

'Mooi zo.'

Pip keek hoe haar moeder de kamer verliet, met de vuile kleren om in de wasmachine te doen, zachtjes mopperend over de manier waarop ze haar laarzen had uitgeschopt. Heel even had ze een déjà vu, ving ze een glimp op van de moeder die ze was geweest voordat hun wereld in een neerwaarts glijdende schaal was terechtgekomen, toen ze zich nog liefdevol druk maakte en zich over hen ontfermde.

Willow ging op de rand van het bed zitten, met haar rug leunend tegen het vlechtwerk bij het voeteneind en met haar voeten onder het dekbed gestopt. 'Nou, je was er misschien bijna geweest – alwéér – maar je hebt Shalimar tenminste terug. Je kunt nu op je lauweren rusten.'

'Maar ze zal zich wel afvragen waar ik ben. Ze was nog maar net een paar uur terug in de stal voordat ik weer wegging.' Pip voelde weer een steek van ongerustheid door zich heen gaan.

'Het ging uitstekend met haar toen ik vanochtend bij haar kwam kijken. Fergus bleef zijn hoofd maar over de afscheiding naar haar box steken. Ik denk dat ze zo de hele nacht hebben geslapen, snuffelend aan elkaars hals. Ze hebben jóú vast helemaal niet gemist.'

'Ai.' Pip grijnsde gerustgesteld.

'En ik heb Kirsty gesproken op weg hiernaartoe. Zij zorgt de komende dagen overal voor. Ze zal ze naar buiten laten, de stallen uitmesten, ze vers stro geven, de haver weken en wat al niet.'

'Je bent een fijne zus, weet je dat?'

'Hm, dat zeg je niet meer als je hebt gehoord wat ik je moet vertellen,' zei Willow, plotseling naar haar handen starend met een blik alsof ze op het punt stond om over te geven. Ze haalde diep adem en zag lijkbleek.

'Je verkoopt de boel,' zei Pip haar voor.

Willows mond viel open. 'Ja, vandaag. Hoe weet jij dat?'

Pip keek haar aan en probeerde te verhullen hoe zwaar haar hart ineens aanvoelde. Lorne kwijtraken, vandaag al. Ze had geweten dat het eraan zat te komen, want Willow had haar gewaarschuwd – in elk geval in algemene bewoordingen. Maar de realiteit ervan. Het definitieve ervan. Het voelde alsof hun vader voor de tweede keer stierf. Eerst was met de laatste knight de adeldom verdwenen, en nu ook het kasteel... 'Ik zag de koper gisteravond bij de samenzang – mijn knappe redder. Waarom zou hij daar anders zijn geweest als hij niet probeerde bij de lokale bewoners in de gunst te komen?'

Willow gaf geen antwoord.

'Wanneer ga je het mama vertellen?'

De moed zonk Willow zichtbaar in de schoenen. 'Geen idee. Ze is hier de hele week niet geweest. Sinds ik haar vertelde dat we hiernaartoe moesten verhuizen, heeft ze me ontweken door bij de Flanagans te gaan logeren, en zeg me niet dat ik me dat verbeeld. Ze vermijdt me absoluut.'

'Ja, natuurlijk,' beaamde Pip, die zag hoe het gezicht van haar zusje betrok. 'Volgens mij wordt het hoog tijd dat jullie twee eens een open gesprek gaan voeren. En niet alleen over het kasteel.'

Willow hield haar blik strak op het dekbed gericht. 'Ach, nee. Zodra het papierwerk is afgehandeld, ben ik hier weg, Pip. Ik ga terug naar Dublin.'

Pip fronste. 'Waarom zou je dat doen?'

'Omdat mijn leven zich daar nu afspeelt.'

'Dat zou je niet zeggen,' spotte Pip. 'Je hebt een prima imitatie neergezet van iemand die geniet van het plattelandsleven. Elke dag wandelen met de honden, dit huis opknappen, kersttakken schikken, flirten met knappe vreemdelingen op Daniel O'Donnell-feesten...'

Ze staarden elkaar aan, ieder vanaf het eigen uiteinde van het bed, hun benen over elkaar gelegd als het latwerk op een appeltaart, en heel even dacht Pip dat Willow het zou toegeven, dat ze het hier inderdaad heerlijk vond, dat ze hier thuishoorde...

'Klop-klop.'

Ze draaiden zich allebei om en zagen Otties hoofd met zijdeachtige haardos om de deur turen.

'Jezus, jij ziet er nog slechter uit dan ik,' zei Pip toen hun oudste zus binnenliep met een zak jamdonuts van de bakkerij en het tijdschrift *Horse & Hound*. Ze gooide beide op het bed en boog zich voorover om haar een kus op haar wang te geven.

'Hoe voel je je?'

'Beter dan jij, zo te zien.'

'Vannacht slecht geslapen,' mompelde Ottie. Ze ging op de andere kant van het bed zitten en stopte ook haar voeten onder het dekbed. 'Het is vandaag koud buiten.'

'Sneeuwt het nog steeds?' Pip strekte haar nek om het beter te kunnen zien, maar door de kier in de gordijnen zag ze alleen een witte hemel en stakerige boomtoppen.

'Op dit moment niet. Even respijt, godzijdank.' Ottie keek belangstellend rond in de kamer nu ze zich bewust werd van haar omgeving. 'Goh. Het is hier sfeervol, hè?'

'Ja, aangezien Willow zich uit de naad heeft gewerkt om er wat leuks van te maken,' zei Pip. Haar ogen gleden van de een naar de ander, en ze zag dat haar zussen ook al niet rechtstreeks met elkaar praatten, dat er een sterke spanning tussen hen heerste.

'Heb jíj dit allemaal gedaan, Will?'

'Dat heb ik je gisteren verteld,' zei Willow mat.

'Jawel, maar... Ik realiseerde me niet dat je bedoelde dat je het zó had gedaan.' Ottie leek haar met een frisse blik te bekijken. 'Je hebt veel gevoel voor kleur.'

'Kennelijk ben jij niet de enige schilderes in de familie,' plaagde Pip, maar Ottie gaf slechts een stijf glimlachje als reactie. Pip rolde met haar ogen. Probeerden haar zussen elkaar te overtreffen in somberheid? Stelletje zuurpruimen.

Van beneden hoorden ze geklop door het huis weerklinken. Er werd met de bronzen leeuwenkop tegen de voordeur gebonkt.

'O jee, niet nog meer visite,' kreunde Pip. 'Het bed is niet groot genoeg.'

Dat bracht in elk geval een glimlach teweeg en Pip pakte de zak en overhandigde beiden een donut.

'Maar goed, Will heeft nieuws,' zei Pip. Ze nam een hap van haar donut en beet meteen in het jamgedeelte, zodat er een rood stroompje over haar kin omlaag liep.

'O ja?' vroeg Ottie, met een blik opzij naar Willow terwijl ze met haar vingertoppen een stukje van haar donut plukte alsof ze een croissant zat te eten.

'Pip!' zei Willow berispend en met een licht paniekerige gezichtsuitdrukking. Pip wist dat haar zusje er net zo tegen opzag om het Ottie te vertellen als hun moeder. Maar het was als het verwijderen van een pleister, het moest snel gebeuren.

'Wat? Je kunt het niet voor haar geheimhouden. Als het vandaag zover is, zul je ermee voor de draad moeten komen.'

'Waarmee? Welke draad?' vroeg Ottie.

Willow haalde diep adem en trok haar schouders tot haar oren op. 'Ik verkoop het kasteel. Eh, het landgoed. Vanavond. De contracten zijn klaar om te worden getekend.'

Er viel een lange stilte waarin ze allebei naar Ottie keken, wachtend op... iets. 'O. Juist ja.'

'Juist ja?'

'Oké.' Ottie haalde haar schouders op.

Willow keek Pip aan, zich afvragend of het een soort valstrik was. ‘Dit was niét de reactie die ik had verwacht,’ riep ze uit. ‘Ik heb me schrap gezet tegen tranen, hysterische taferelen, schoenen naar mijn hoofd. Wat is er met jullie aan de hand?’

‘Ik ben halfdood,’ zei Pip schouderophalend, en ze nam nog een hap van haar donut, die ze al bijna ophad.

‘Ik ook,’ zei Ottie zwakjes, en Pip fronste omdat ze niet eens een grapje leek te maken. Haar oudere zus zag er inderdaad uit alsof er een stoomwals over haar heen was gekomen.

‘Vraag eens aan wie ze het verkoopt,’ opperde Pip behulpzaam.

‘Pip!’ riep Willow weer uit, met haar donut als een bal in haar hand.

‘Aan wie ga je het verkopen?’ vroeg Ottie gehoorzaam, maar het antwoord leek haar niet te kunnen schelen. Het leek alsof er überhaupt maar heel weinig was wat haar kon schelen. Lorne niet, zelfs de donut niet.

Willow beet nerveus op haar lip. ‘Connor Shaye, een Engelsman. Hij heeft een keten van private clubs, Home James.’

‘Hm… Ik geloof dat ik weleens van hem gehoord heb.’ Ottie fronste lichtjes. Ze klonk vaag en leek nog steeds onbewogen. Ongeïnteresseerd. Afstandelijk.

‘Ik heb hem gezien,’ zei Pip grijnzend. Ze deed alsof ze haar vingers brandde en blies erop. ‘Oei, heet!’

Zelfs Ottie liet een scheve grijns zien. ‘Echt?’

‘Echt. Niet beschikbaar voor jou of mij,’ pruilde Pip. ‘Willow was ons voor.’

‘Niet waar!’

‘Zeker wel. Je zat hem lustig af te lebberen toen ik aan mijn middernachtelijke zwempartij begon.’

‘Dat was voordat ik wist wie hij was!’ zei Willow fel.

‘Die knapperd over wie je het had?’ vroeg Ottie verbaasd. ‘Van wie je het telefoonnummer niet had gekregen?’

‘Er is niets tussen ons gebeurd sinds we… sinds ik heb besloten Lorne aan hem te verkopen.’

‘Tuurlijk niet. Het zag er gisteravond strikt platonisch uit tussen jullie,' zei Pip op haar beste sarcastische toon. Ze keek Ottie aan. 'Je had hem moeten zien zwijmelen vanaf de andere kant van de dorpsweide terwijl iedereen druk aan de zang en de drank was, en ook bij haar lag het er dubbeldik bovenop.'

'Het verbaast me dat je überhaupt iets hebt opgemerkt, want jij was druk bezig een long op te hoesten,' grapte Willow.

'Ieuw!' protesteerden Ottie en Pip allebei luid lachend.

Ottie verschoof haar benen en legde ze over die van Willow. Ze zag er nu wat wakkerder uit. 'Nou, kleine Will, stille wateren hebben diepe gronden,' zei ze. 'Ik had geen idee dat er zoveel gaande was in je leven.'

Willow deed haar mond open om weer te protesteren, maar er werd op de deur geklopt en hun moeder kwam binnen.

'Echt, meiden, ik kon jullie beneden horen gieren,' zei ze, binnenlopend met een grote doos in bruin papier. 'Ik dacht dat jullie een feestje aan het bouwen waren.'

'We praten alleen maar over Wills liefdesle...'

'Pip!' gilde Willow.

Pip giechelde vermoeid en verrukt tegelijk, en haar ogen werden groot bij de aanblik van het pakket. 'O, wat is dit? *Pour moi*?' Ze reikte ernaar.

'Nee, niet voor jou, vrees ik, lieverd. Voor je zus.' En ze stak het Ottie toe.

Pip keek verontwaardigd.

'Voor míj?' vroeg Ottie stomverbaasd. 'Maar... hoe wist de bezorger dan dat ik hier was?'

'Het was Taigh en dat wist hij niet. Hij was bezig aan zijn postronde en stond op het punt naar jouw huis te gaan toen hij het kabaal hoorde, en ik zei dat jullie drieën hier boven waren.'

'Taigh?' Pip keek verwachtingsvol naar de deur. 'Komt hij niet even naar boven?'

'Nee. Hij zei dat hij verder moest.'

'O.' Pip knipperde met haar ogen. 'Oké.'

'O, meiden, serieus, wat hebben jullie... hebben jullie het dekbed losgehaald?' verzuchtte hun moeder. 'Ik had geprobeerd Pip warm in te stoppen.'

'Ze is warm genoeg,' zei Ottie schouderophalend, en ze nam eindelijk een hap van haar donut. 'Hoewel ze verdorie haar benen weleens mag scheren. Jakkes, ze prikken!'

Pip wreef nog eens extra met haar been over het hare, waarbij ze beiden een gilletje slaakten.

'En wat doen jullie met die donuts in bed?' vroeg hun moeder vertwijfeld. 'Zo komt er suiker op het beddengoed en kan Pip daardoor niet slapen.'

Hun moeder begon het hoeslaken aan de rand van het bed los te maken en begon er niet-aanwezige suikerkorreltjes af te vegen – die lagen allemaal bovenop het dekbed – voordat ze Pip (eigenlijk hen alle drie) weer instopte.

Maar Pip en Willow waren niet geïnteresseerd in suiker in het bed. Ze keken hoe Ottie langzaam de doos opende en probeerde het papier niet te scheuren. 'Ik snap gewoon niet wat dit kan zijn...' mompelde ze. 'Ik heb de afgelopen tijd niets besteld. Toch?'

'Hoe kunnen wij dat nou weten?' vroeg Pip, die haar handen vragend opstak en zo suiker over de kussens strooide.

'Een kerstcadeau?' suggereerde haar moeder.

'Vast niet.'

'Verf?' opperde Willow.

'Nee.'

'O jezusmina, schiet op en maak het open,' mopperde Pip ongeduldig terwijl Ottie het plakband voorzichtig lostrok om het pakpapier te kunnen hergebruiken.

Ottie duwde het papier opzij en haalde een matzwarte doos tevoorschijn, met daaromheen een ivoorkleurig satijnen lint met een strik. Ze trok eraan, maakte de doos open en verwijderde de vellen vloeipapier alsof het rozenblaadjes waren. Haar mond viel open toen ze de opgevouwen rode zijde zag.

'Wauw!' riep Willow.

'Jee!' sputterde Pip.

'O nee!' fluisterde Ottie. Haar vingers trokken aan het envelopje dat erbovenop lag.

Om een rodejurkenleven te leiden heb je eerst een rode jurk nodig. Bedankt voor alles, Ben.

'Een rodejurkenleven?' vroeg Willow perplex terwijl Ottie de woorden steeds weer las en met haar vingers over de soepele zijde streek.

'Ben?' Pip ging glimlachend achterover tegen de kussens liggen. 'Over stille wateren gesproken!'

'Mam?'

Willow stond op de overloop aan de voet van de ladder.

'Ik ben boven.' Haar moeders stem klonk ver weg – in elk opzicht.

Willow klom omhoog en tuurde over de zolder, die heel anders was dan de zolderverdieping van het kasteel, waar ze konden staan en spelen en springen. Hier kon je je onder het lage dak alleen maar op handen en voeten voortbewegen.

Ze tuurde de slecht verlichte ruimte in; een zaklantaarn gaf niet meer dan een smalle lichtstraal. 'Wat doe je hierboven?' vroeg ze toen ze haar moeder een grote kist zag doorzoeken.

'Ik vond dat ik maar eens een kijkje moest gaan nemen. Er zal in de kamers niet genoeg bergruimte zijn voor al onze spullen. Moet je dit eens zien.' Ze ging achterover op haar hurken zitten en hield iets omhoog wat er qua omtrek uitzag als een sjaal met franje. 'Mijn hemel, wat een kwaliteit.'

'Van wie is die? De Wheelers?'

'Nee, het is allemaal van ons. Zij hebben nooit de sleutel van de zolder gekregen. Die heeft je vader een aantal jaren geleden per ongeluk gevonden, maar hij wilde de Wheelers niet storen. Het waren geen gemakkelijke mensen. Hij zei dat het wel kon wachten tot ze waren vertrokken.'

'Wat hebben we hier nog meer?' vroeg Willow, die haar hoofd naar links en rechts draaide om te kijken hoe groot de zolder was. Het was één vertrek met de stenen schoorsteen als enige onderbreking. Ze zag overal donkere, onregelmatige hobbels en bobbels.

'Een oude kinderwagen. Victoriaans, denk ik, hoewel het er helaas op lijkt dat er muizen bij zijn geweest. En er staat een doos met wat eruitziet als oude behangrollen en een...' Ze hapte naar adem en trok iets groots uit de kist, iets wat nogal ruiste. 'Lieve hemel, Willow, moet je zíén!'

Ze pakte de zaklantaarn en scheen ermee op een smaragdgroene satijnen jurk. Die zag er edwardiaans uit, met opgepofte mouwen bij de schouders die naar de pols toe strak werden, een smalle taille en een lange rok. 'Deze is nog onberispelijk,' fluisterde ze, met haar handen over de stof glijdend, op zoek naar scheuren, gaatjes, vlekken of wat voor onvolkomenheden dan ook. 'Degene die dit allemaal heeft ingepakt, wist hoe het moest. Er zitten heel veel lagen zuurvrij vloeipapier tussen. Alles is perfect bewaard gebleven. O, wat ik niet had gegeven om zo'n jurk te dragen. Ik vraag me af van wie hij geweest is...'

Willow zag haar moeder de langvergeten familieschatten doorsnuffelen als een kind in een snoepwinkel. Was het een goed teken dat ze zo fysiek in hun verleden aan het graven was, precies op de dag dat ze Lorne zouden kwijtraken? Was het een teken dat ze toch niet alles verloren, maar slechts hectares en stenen? Dat ze nog steeds zouden hebben wat er overbleef van het leven van de mensen die er hadden gewoond: de inhoud van het kasteel, dit huis, alles wat zich hier op zolder bevond... Ze raapte al haar moed bijeen, want ze wist dat het moment gekomen was. Ze kon het niet langer uitstellen. 'Mam, er is iets waar ik met je over moet praten.'

'O?' Ze deed weer een greep in de kist en hapte weer naar adem terwijl ze er een katoenen onderjurk uit trok.

'Het is belangrijk.'

'Lieverd, kan het niet wachten? Snap je niet hoe opwíndend dit voor me is? Ik heb thuis altijd naar zo'n moment verlangd, maar er viel niets meer te vinden. Al je voorouders hadden de geheimen van het kasteel al lang voordat wij er kwamen weggekaapt. O, je vader had dit geweldig gevonden. Echt geweldig.' Ze drukte de onderjurk tegen haar borst, haar stem lichtjes haperend nu ze zichzelf even verloor in een oude herinnering en het heden uit haar gedachten bande. En Willow.

Altijd weer.

'Natuurlijk. We praten er wel over als je beneden komt,' zei Willow zacht, en ze begon de ladder af te klimmen.

'O, maar neem deze mee, lieverd.' Ze keek op en zag dat haar moeder de groene jurk voorzichtig oprolde en naar haar toe gooide. 'Nu de kist geopend is, wil ik niet dat er stof op komt. De kleur is schitterend. Wil je hem op mijn bed leggen?'

'Ja hoor.' Ze daalde de ladder af met de jurk over haar schouder gedrapeerd, waarna ze zich omdraaide naar Ottie, die net Pips kamer uit kwam met de rode jurk over háár schouder.

'Ze slaapt,' fluisterde Ottie, en ze deed de deur zachtjes dicht. 'Ze was halverwege een zin ineens weg.'

'O.' Ze stonden samen een ogenblik op de kleine overloop, op de een of andere manier nog terughoudend en los van elkaar, verdeeld door geheimen. Willows blik viel op de rode jurk. 'Maar wie is Ben eigenlijk?'

Ottie haalde nonchalant haar schouders op. 'Gewoon een man die ik heb geholpen. De hardloper van het Ultra Event die gewond was geraakt.'

'Die verdwaald was?'

'Ja. Hij kon uiteraard niet in zijn tent verblijven met een gescheurde kruisband, en hij kon verder alleen in dat vreselijke

Broad Oaks terecht, dus heb ik gezegd dat hij bij mij mocht...' Ze haalde nog eens haar schouders op.

Willows ogen werden groot toen ze zich plotseling de andere geur in het huisje herinnerde die ze had geroken toen ze gisteren langs was gekomen. Die was... mannelijk geweest. 'Je hebt hem bij je thuis laten logeren? Een onbekende?'

'Hij was aardig. Sympathiek. Professioneel. Gewónd.'

Willow staarde weer naar de jurk. 'En hij heeft een rode jurk voor je gekocht?'

'Eh, ja. Als dank, kennelijk.'

'Ja. Want het is heel gewoon om iemand te bedanken met een prachtige rode jurk.'

Ottie trok een wenkbrauw op, niet gediend van haar sarcasme. 'Het is niet wat je denkt.'

'Nee?'

'Nee. Het is een verwijzing naar een gesprek dat we hadden over rodejurkenlevens.'

Willow knipperde met haar ogen. 'Oké, ik kan je niet meer volgen. Wat is een rodejurkenleven?'

Ottie keek haar geërgerd aan, alsof ze met opzet traag van begrip was, en nu zag Willow ineens hoe oprecht van streek haar zus leek. 'Dat is een leven dat grootser, zelfbewuster en beter is dan dít leven. Het is een leven waarin je op reis gaat, nieuwe mensen ontmoet, opwindende dingen doet en naar elegante feesten gaat, waar je dan...'

'Een rode jurk draagt,' maakte Willow haar zin af terwijl ze tranen in de ogen van haar zus zag glanzen.

Ottie slikte en staarde naar haar eigen voeten. 'Dat begrijp jij toch wel? Jij bent vertrokken, en nu leid je een rodejurkenleven in Dublin.'

'Daar zit wat in,' zei ze met zachte stem. Het was alleen niet de reden waarom ze was vertrokken. 'Ottie... gaat het wel?'

Het duurde even voor ze antwoord gaf. 'Jawel,' zei Ottie knikkend. Ze perste haar lippen op elkaar en beheerste zich, maar het was een leugen. Haar reactie oogde onnatuurlijk. Geforceerd. Ze snoof en keek haar weer aan. 'Wat heb jij daar trouwens?' vroeg ze, haar hand uitstekend om de groene jurk van haar over te nemen. 'O mijn god!'

'Ik weet het. Prachtig, hè?'

'Magnifiek.'

'Mama is op de zolder aan het schatzoeken, in de hoop op meer.' Willow rolde met haar ogen. 'Ik zocht haar op om haar te vertellen over… vanavond. Maar ze heeft het te druk met het doorneuzen van oude dozen om naar me te luisteren.'

Precies op dat moment hoorden ze een opgetogen gilletje vanaf de zolder.

'Nou, een paar uren erbij zal geen verschil maken, lijkt me. Het tij valt toch niet meer te keren. En als dit betekent dat ze nog iets langer gelukkig is…' Ottie haalde haar schouders op.

Willow zuchtte. 'Heb je zin in thee, dan?'

'Ach, jawel,' zei Ottie, die een paar stappen zette, vervolgens stopte en zich naar haar toe draaide.

'Tenzij…'

'Tenzij wat?'

Er gleed een samenzweerderige glimlach over Otties gezicht. 'Tenzij we deze jurken gaan passen.'

28

Ottie staarde naar haar spiegelbeeld. De jurk deed niet aan beleefdheden. Maar zei 'Hallo!', 'Joehoe!', 'Kom hier', 'Trek me uit...'

De kleur was scharlaken tegen haar huid, een bloeddruppel in de sneeuw. De jurk omvatte haar taille, viel los langs haar heupen en de lage hals toverde haar decolleté om tot een discreet spektakel. Precies om deze reden had ze nog nooit een rode jurk gedragen. Zo'n jurk was een statement. Had een bedoeling. Hierin kon ze niet in de massa opgaan of zich verbergen.

Maar was dat niet juist wat ze wilde? Was dat niet wat Ben tegen haar zei met dit geschenk? Het was geen aanmoediging voor haar en Bertie, uiteraard, maar hij bedoelde wel dat ze zich niet meer zou moeten verstoppen. Het was tijd om uit de schaduw te treden. Opgemerkt te worden. Aandacht te krijgen. Ze had Bertie alles gegeven en alles gedaan wat hij haar had verzocht. Ze had om hem te plezieren het uiterste van Ben gevraagd, hoe verschrikkelijk dat ook was geweest. Nu was het zijn beurt om in actie te komen.

Ze had lang genoeg gewacht. Het was tijd om het heft in handen te nemen.

Ze keek zichzelf aan in de spiegel en begreep dat het vandaag zover was: vanavond zou ze haar man voor zich opeisen.

Willow knipperde met haar ogen, draaide een stukje de ene en dan weer de andere kant op. Het groene satijn ritselde als een herfstochtend, en haar silhouet werd gemodelleerd alsof het uit klei was gesneden. Ze had zichzelf nog nooit zo vrouwelijk en elegant gezien, en ze had zichzelf in haar toekomstige kledingkeuze zeker niet in verband gebracht met opgepofte mouwtjes.

Door de kleur leek haar ravenzwarte haar nog donkerder dan het al was, en voor de verandering vond ze dat niet erg. Naast haar stond Ottie perplex in haar rode zijde, en ze voelde dat ze beiden ook een figuurlijke gedaantewisseling ondergingen, dat ze van wat – of eigenlijk wie – ze waren, allebei veranderden in een nieuw mens.

Ottie draaide zich naar haar toe zonder een spoortje ironie in haar ogen. 'Ik wil naar het feest.'

'Oké. Het lijkt wel of je het angstaanjagend vindt.'

'Dat is het ook. En dus ga je met me mee.'

'Wat? N...'

'En je trekt dat aan.' Ze gebaarde naar Willows jurk.

'Nee! Geen denken aan!' lachte Willow.

Maar Otties ogen straalden met de intensiteit die Willow maar al te goed kende van haar andere zus, die nu rustig lag te slapen in de naastgelegen kamer. Ze slikte, want ze wist wat dat betekende...

'Oké, luister, ik moet sowieso die kant op om het contract te ondertekenen, dus ik ga met je mee, maar...' Ze slikte opnieuw, denkend aan Connors woorden van gisteravond, de belofte in zijn ogen. De deal was bijna achter de rug. Er was niets meer wat hen tegenhield. Wat zou het gemakkelijk zijn om voor hem te vallen, om te geloven in liefde op het eerste gezicht en happy endings... Nee. Ze zette de gedachte van zich af. 'Ik doe gewoon wat ik moet doen en dan ga ik weer weg. Ik kan niet blijven.'

'Mooi. Ik ook niet.' Ottie pakte haar arm stevig vast. 'Zeg me dat je op me wacht.'

'Wat ga je doen dan?'

'Ik... Dat kan ik je nog niet vertellen. Dat doe ik later wel, dat beloof ik, maar ik moet eerst iets afhandelen. Alsjeblieft, samen sterk?' Ze stak haar pink uit, gekromd. Hun beloftesymbool toen ze klein waren. 'Zussen, daar komt niemand tussen.'

Willow staarde ernaar. Ze kon zelf ook wel wat steun gebruiken. Iemand om haar moed in te spreken bij wat ze moest doen. Iemand die ervoor zou zorgen dat ze daarna meteen wegging. Ze kromde haar pink en haakte aan. 'Zussen, daar komt niemand tussen,' zei ze met een glimlach.

Pip lag in bed te luisteren naar het geluid van de stemmen van haar zussen die door de vloerplanken heen kwamen. Het klonk alsof ze zich klaarmaakten om weg te gaan, met uitroepen als 'Schiet eens op!' en 'Waar blijf je nou?' die de trap op zweefden.

Door de kier tussen de gordijnen heen zag ze dat het buiten donker was. Gingen ze naar het feest in het kasteel? Ze hoopte van niet. Het had iets onnatuurlijks, vond ze, om je eigen huis als gast te bezoeken.

Aan de andere kant was er verrekte veel om te doen geweest. Misschien had de nieuwsgierigheid toegeslagen? Het was de afgelopen week steeds het gesprek van de dag geweest in The Hare: zouden ze gaan? En waarom dan? En wat moesten ze aantrekken?

Ze had diep geslapen, maar ze wist niet hoelang. Haar ledematen voelden aan als lood en het dekbed lag zwaar over haar heen. Iemand had haar weer ingestopt, zag ze. Het exemplaar van *Horse & Hound* lag nu op het nachtkastje en de lege donutzak was zorgvuldig opgevouwen en in de prullenbak gegooid. Dan was het Ottie dus geweest.

Plotseling sloeg de voordeur hard dicht, waardoor de ramen in hun sponningen natrilden. Ze kon de stemmen van haar zussen nog maar net horen terwijl ze over het overwoekerde pad naar de auto liepen.

Alleen achtergebleven keek Pip met peinzende ogen rond in de kamer – haar kamer. Ze zou hier natuurlijk nooit wonen, want haar huis lag nu boven de stallen. Maar haar moeder had erop gestaan dat ze 'haar kamer zou uitkiezen' toen ze vanochtend vanuit het ziekenhuis hiernaartoe waren gekomen, alsof een dergelijk eigendomsdetail alle verschil zou maken. Willow had fantastisch werk verricht met de schoonmaak en het verven van het plafond en de muren, maar de kamer was nog vrij kaal. In feite had Pip nog nooit een vertrek met zo weinig spullen gezien. Het was een typische logeerkamer, met een lamp op een tafeltje, een stoel bij het raam, een paar uit een doos getrokken boeken op de vensterbank die niemand ooit zou lezen. Het bewees lippendienst aan het beeld van het leven dat in deze kamer geleid zou worden. In werkelijkheid zou haar moeder alleen zijn in dit huis. Een weduwe in haar nieuwe onderkomen.

Ze dacht aan Willows bekentenis, de angst op haar gezicht toen ze had meegedeeld dat de verkoop vandaag doorgang zou vinden. Of vanavond? Misschien was het al gebeurd. O god, had ze erdoorheen geslapen? Waren ze Lorne al kwijt?

De gedachte was als een koude hand om haar hart. Ze probeerde zich onder het dekbed om te draaien, maar ze was zo stijf ingestopt, vastgepind als een nachtvlinder, dat ze terugviel in dezelfde houding, voor de verandering te zwak om in opstand te komen.

Ze probeerde zich te schikken in de onvermijdelijkheid van de situatie, om de luchtigheid op te roepen die ze tegenover Willow had tentoongespreid toen ze haar angstige blik zag. Het kasteel moest verkocht worden, dat wisten ze allemaal. Het was een onvermijdelijke realiteit die ze onder ogen zou moeten zien, want ze kon niet net als haar vader steeds weer een bij voorbaat verloren strijd aangaan. In haar verlangen alles te hebben, had ze bijna alles verloren. Dat moest ze onthouden.

Maak pas op de plaats, had ze zichzelf in de oren geknoopt toen ze Shalimar terug had. Alles was simpelweg weer zoals het was geweest en dat was genoeg. *Genoeg is meer dan veel.* Ze had Shalimar en Fergus, haar naam op de eigendomsakte voor de stallen... Maar waarom had ze dan het idee dat er iets ontbrak? Ze had een gevoel dat ze niet kwijtraakte, dat er iets essentieels was veranderd. Maar wat?

Ze schrok van een plotselinge schreeuw, maakte het dekbed los genoeg om uit bed te kunnen strompelen, maar haar bloeddruk had nog een paar ogenblikken extra nodig om haar bij te benen, dus bleef ze eventjes staan, licht in het hoofd, voordat ze naar de slaapkamerdeur wankelde toen er opnieuw een kreet klonk.

'Mam! Mam! Ik ben hier!' Ze strompelde de gang in en probeerde niet flauw te vallen terwijl ze de ladder beetpakte. 'Wat is er?'

29

‘O mijn gód!’ riep Ottie uit toen ze vanaf het Dower House de laan naar het kasteel insloegen en abrupt stopten, met hun koplampen recht tegenover die van de lange rij auto’s die bumper aan bumper door de hekken van de hoofdingang kwamen. Maar het waren niet de auto’s waar ze naar keken.

‘Het is… roze,’ reageerde Willow, voor het geval haar zus dat gegeven had gemist.

Ze keken elkaar vol ontzetting aan.

‘Het kasteel, róze?’ sputterde Ottie giechelend, waarna ze haar hoofd achterover tegen de hoofdsteun gooide en begon te lachen. Luid.

‘Het kasteel is roze,’ herhaalde Willow, die meelachte en begon te schuddebuiken en nog harder proestte toen ze zich haar vaders gezicht voorstelde bij de aanblik van zijn eeuwenoude, ruige, stoicijnse kasteel badend in roze licht. ‘Het was al erg genoeg dat hij drie dochters had,’ wist ze uit te brengen, met haar handen in haar zij duwend. ‘Maar om ook nog een roze kasteel te hebben…’

‘Het is niet… het is niet grappig,’ gierde Ottie, die zowat van haar stoel af gleed, ware het niet dat haar veiligheidsgordel haar tegenhield.

‘Ik lach toch ook niet,’ schaterde Willow, die ook onderuitzakte op de bestuurdersstoel.

Zo hadden ze niet meer gelachen sinds ze kinderen waren en Ottie zowat in haar broek had geplast toen Pip tijdens een rijles met Halloween verkleed ging als vogelverschrikker en haar paard de hele les lang pogingen had gedaan om te happen naar het stro dat in haar shirt en broek was gestopt.

Ze schrokken van een scherp getik op het raam en hielden meteen op met lachen.

Langzaam draaide Willow het raam omlaag. 'Ja, agent?' vroeg ze, waarop Ottie opnieuw in lachen uitbarstte. Willow wreef in haar ogen om zich ervan te weerhouden haar voorbeeld te volgen.

'Ik ben bang dat u hier niet mag stilstaan,' zei een jonge vent in een zwart uniformjasje met een zaklantaarn in de hand.

'O, jawel hoor. Dit is ons kasteel.'

'Ons róze kasteel,' riep Ottie uit, die nu echt de slappe lach had. Ze kón niet meer.

'Inderdaad. Ons roze kasteel,' giebelde Willow, die haar hoofd naar haar zus draaide. 'O mijn god, ik voel me al dronken en we zijn nog niet eens binnen!' Haar schouders schokten. 'Ik moet nog papierwerk ondertekenen! Een roze kasteel verkopen!'

'En ik moet nog een eind maken aan een huwelijk!' hijgde Ottie.

De lach bleef in Willows keel steken. 'Hè?'

Ottie staarde haar aan zonder te knipperen en zag de schrik in de ogen van haar zusje. 'Grapje!' zei ze, en ze proestte het weer uit.

'O mijn god!' gierde Willow, die haar hand tegen haar borst sloeg alsof ze haar hart tot bedaren moest brengen. 'Ik dacht dat je het meende!'

De jongeman keek van de een naar de ander, totaal verbluft door hun gedrag. 'Eh... nou, als ik u mag verzoeken om de auto daar ergens te parkeren... We moeten deze toegang vrijhouden voor noodgevallen.'

'Absoluut, agent,' beaamde Willow, nog steeds giechelend en haar ogen afvegend. Ze had vast en zeker al haar make-up eraf gewreven. 'O jezus, Ottie, ben ik nu streperig?'

'Wat? Streperig? Met strepen?' vroeg Ottie, haar nek strekkend om Willows gezicht te bestuderen terwijl ze stapvoets verder reed. 'Nee, je bent streeploos,' grinnikte ze, nog af en toe naschuddend van het lachen terwijl ze naar de voorkant van het kasteel reden en parkeerden bij het gazon. De grootste boom werd met schijnwerpers beschenen en er waren feestlichtjes gedrapeerd over nieuwe, perfect halfronde laurierboompjes, die in fraaie zwartgeverfde bakken om de rand van het parkeergedeelte waren geplaatst.

Ze stapten samen uit de auto en zagen de taxi's af en aan rijden om extravagant geklede gasten in frivole japonnen en stijlvolle smokings af te leveren.

'Juist...' zuchtte Willow, en haar lach ebde eindelijk weg nu ze achteromkeek naar het kasteel waar ze straks afstand van zou doen. Zenuwen manifesteerden zich soms op rare wijze. 'Nou, dan gaat het nu dus echt gebeuren.'

'Ja,' mompelde Ottie, die nu ook stukken minder vrolijk keek. 'Ben je er klaar voor?'

'Voor zover ik dat kán zijn.'

Ze liepen zij aan zij, zo dicht naast elkaar dat hun handen elkaar raakten, over de oprijlaan, de trap op en de grote hal in.

'O mijn god.' Ottie wist alweer niet wat ze zag.

Was dit Lorne nog wel, vroeg Willow zich af. Anders dan Ottie had zij tenminste nog iets van de transformatie meegekregen. Ze had gezien hoe het versleten tapijt van de trap was gehaald en de talloze kleden waren weggerold. Ze wist al dat hun strenge voorouders niet langer vanaf de muur meekeken. Ze had geholpen met het inpakken van alle foto's en vazen, kannen en snuisterijen, wapenschilden en andere heraldische memorabilia, met het weghalen van de tafels en stoelen, Rusty, hun hele leven, waarna alleen nog deze basis was overgebleven. De imposante trap met afsplitsing naar links en rechts, de lambriseringen, de overloop en de galerij...

Maar waar de houten muren en vloer ooit van een warm, gepolijst donker eiken waren geweest, waren ze nu kaal geschuurd tot er een blanke tint was overgebleven. En ze had niet kunnen vermoeden dat ze in het midden van het plafond een kérstboom zou ontwaren, een boom van zo'n vier meter lang die de galerijruimte bijna vulde, hangend op zijn kop! Er zat geen kerstbal of slinger aan, maar de volle takken bogen naar de vloer alsof ze naar de gasten die eronderdoor liepen reikten. Het weelderige groen ervan zag er zo aanraakbaar uit dat ze haar hand zou willen uitsteken om er met haar handpalm over te strijken. Het krachtige designstatement had een puurheid die modern aandeed, maar ook tijdloos was. Het legde de nadruk op het natuurlijke, het rauwe, het ambachtelijke, en niet het statige, zoals ze zou hebben verwacht.

'Dat ding kan niet op ons vallen, hoop ik?' mompelde Ottie terwijl ze de adem van de gasten die na hen binnenkwamen, hoorde stokken.

'Moet je kijken!'

'God nog aan toe, hoe hebben ze die boom daar gekregen?'

'Stel je voor dat je hier zou wonen...'

Ottie en Willow wisselden een blik van verstandhouding. De genoegens van deze plek zaten net zozeer in wat je niet kon zien als in het zichtbare. De mensen wisten niet – en zouden nooit weten – dat er onder de vloer een smalle trap naar een klein vertrek leidde dat overstroomde als het water hoog stond en dat in het verleden als een cel voor indringers, vijanden en onfortuinlijke belastinginners was gebruikt. Ook zouden ze nooit weten hoe snel je over de trapleuningen kon roetsjen. Of dat er luistergaten in sommige muren zaten, waardoor je gesprekken kon horen die een paar kamers verderop werden gevoerd.

Er kwam een ober met drankjes naar hen toe en ze pakten allebei automatisch een glas van het dienblad, luisterend naar de bewonderende commentaren terwijl ze langzaam voortliepen in de rij die zich had gevormd, op weg naar de balzaal.

'Hoe zie ik eruit?' siste Ottie toen er een modellentype in een weinig verhullend Balmain-gevalletje langszwierde.

'Prachtig. Ik kan nog steeds niet geloven dat je logé die jurk voor je heeft gekocht,' merkte Willow op met een blik opzij. Allebei namen ze haastige, nerveuze slokjes.

'Ach, nou ja, hij kon moeilijk met zo'n lullige bos bloemen van de supermarkt komen aanzetten.'

Willow grinnikte.

'En trouwens, ík kan niet geloven dat mama die jurk van jou heeft gevonden. Hij zit je als gegoten.'

'Hm, ik weet het niet, hoor,' sputterde Willow zacht. Ze voelde zich er een beetje opgelaten in, en niet alleen vanwege de opvallende kleur en de lage hals. De meeste vrouwen droegen de laatste mode volgens Net-a-Porter en in vergelijking daarmee zag deze jurk eruit als wat hij feitelijk ook was: een heel oud tweedehands kledingstuk.

'Wat weet je niet? Je ziet er oogverblindend uit. Ik heb verderop al wat kerels naar je zien kijken.'

'Blèh, dat is het laatste waar ik op zit te wachten. Ik moet helder blijven om te kunnen doen wat ik moet doen, ondertussen kun jij jouw ding doen, en met een beetje geluk zijn we hier dan weer weg en zitten we tv te kijken voordat *Dancing with the Stars* is afgelopen.'

'Je beseft toch wel dat dat de meest tragische uitspraak is die je ooit hebt gedaan?' vroeg Ottie terwijl ze de balzaal in stapten.

'Absoluut... Wauw!'

Opnieuw richtten ze hun blik omhoog en zagen ze zich gedwongen de ruimte zwijgend in zich op te nemen. Een reusachtige wolk van witte bloemetjes en veertjes, wel zes meter in doorsnee, leek vlak onder het plafond te zweven. De massieve zuilen waren omwikkeld met dikke klimopslingers en witte kerstrozen. 'Wie zíjn deze mensen?' riep Ottie uit terwijl ze naar binnen schuifelden en het geluidsniveau meteen verviervoudigde. 'Is dit normaal in hun wereld?'

'Ze zouden over ons misschien wel hetzelfde kunnen zeggen? Wij zijn degenen die hier woonden, weet je nog?'

Haar gebruik van de verleden tijd deed hen allebei ineenkrimpen.

'Ja, nou, niet zoals het er nu uitziet.' Ottie beet op haar lip. 'En ik begrijp nog steeds niet hoe ze dit in godsnaam in een paar weken voor elkaar hebben gekregen.'

'Mankracht. Joe heeft me verteld dat ze er tweehonderd man op hebben gezet.'

'Jezusmina, geen wonder dat hij de laatste tijd in zo'n opperbest humeur is. Hij heeft goede zaken gedaan, zo vlak voor de kerst.'

Aan de andere kant van de zaal bevond zich een tien meter lange bar van onyxmarmer en stond een deejay te spelen op een gelegenheidspodium. De trillingen dreunden door haar lijf en heel even voelde Willow haar werelden samenvallen: Dublin en Lorne, vrijheid en vertrouwdheid, heden en verleden. Ze wiegde heen en weer.

'Ken je dit nummer?' vroeg Ottie haar, schreeuwend in haar oor om zich verstaanbaar te maken.

'Ja hoor. Ze spelen het in alle clubs.'

'Nu voel ik me oud. Ik kan me de laatste keer dat ik naar een club ben geweest niet herinneren,' zei Ottie.

'En waarom niet? Je bent midden twintig, niet vijftig. Je zou uit moeten gaan, leuke mannen moeten tegenkomen.'

'Zoals jij, bedoel je?'

'Precies. Je zou lol moeten maken.' Willow gooide haar donkere haar achterover en begon de feeststemming om haar heen te voelen, ondanks de zenuwen, of misschien wel juist vanwege.

'En wat als ik meer dan "lol" wil hebben?'

Willow wierp haar een waarschuwende blik toe en stapte weer in de schoenen van de oudere zus. 'Laat je niet in die val lokken, Ottie. Er bestaan geen happy endings.'

'Nou, dat is duidelijk niet waar. Kijk naar papa en m...'

'Nee!' Willows toon snoerde haar onmiddellijk de mond. 'Laat die leugen nou niet voortbestaan.'

'Willow!' zei Ottie verbijsterd. 'Wat is er in godsnaam...'

Maar Willow keek met een gemaakte vastberadenheid rond in de menigte. 'Ik zie geen bekenden, jij wel?'

Ottie knipperde met haar ogen, van haar stuk gebracht door wat er zojuist tussen hen was voorgevallen. 'Nee, nog niet.'

‘Kennelijk is de lokale opkomst klein.’

‘Tuurlijk. Die uitnodiging was alleen maar een pr-stunt. Iedereen prikte er zo doorheen. De locals bouwen een eigen feestje in The Hare.’ Ottie pakte plotseling haar arm dankbaar vast. ‘Godzijdank ben jíj hier. Ik geloof niet dat ik dit in mijn eentje zou kunnen doorzetten.’

‘Wat doorzetten? Je hebt me nog steeds niet verteld wat er aan de hand is en je hebt me beloofd dat je dat zou doen.’

‘Dat ga ik ook doen.’ Ze nam een nerveus slokje van haar champagne en keek speurend rond. ‘Echt. Ik wil het gewoon niet verprutsen. Ik moet hem gewoon eerst zien.’

‘Hem? Oké. Nou, dat is tenminste een aanwijzing.’

Ottie keek haar zenuwachtig over haar schouder aan. ‘Je bent Poirot niet, dus doe ook maar geen poging.’

Willow kreunde. ‘O jezus, daar heb je de Flanagans,’ zei ze, haar ogen ten hemel slaand.

‘Waar?’

Willow wees naar de bar. ‘We hadden kunnen weten dat zíj er wel zouden zijn. Altijd als de dood dat ze iets mislopen. Best sneu, eigenlijk.’

‘Volgens mij ligt het aan Shula. Moet je kijken,’ mompelde Ottie, over haar glas heen turend. ‘Die jurk is veel te jong voor haar. Ze probeert wat al te wanhopig gezien te worden.’

‘Ja, door haar echtgenoot, waarschijnlijk.’

Otties hoofd draaide bliksemsnel naar haar toe. ‘Hoe bedoel je?’

Willow aarzelde, maar leunde naar voren. ‘Je moet dit voor je houden, maar Shula is ervan overtuigd dat hij vreemdgaat.’

‘Wat?’

‘Het verbaast me niets,’ zei Willow vernietigend. ‘Hij is er beslist het type voor, egoïstisch, ijdel, de eeuwige jeugd nastrevend... En je weet wat ze zeggen: eens een vreemdganger, altijd een vreemdganger.’ Ze nam een nijdige slok.

‘Hoe weet jij dat allemaal?’

'Wat? Over dat type man? Jezus, in Dublin sterft het van zulke kerels. Verdomd tragisch, die lui.'

'Nee, ik bedoel...' Ottie keek haar ontdaan aan. 'Hoe weet je dat Shula dat denkt?'

'Ze heeft het mama verteld, die het Pip weer heeft verteld, die het mij vanochtend in het ziekenhuis heeft verteld. Het schijnt dat mama daarom zo lang bij ze is gebleven, niet alleen omdat zijzelf van streek was vanwege de plotse verhuizing, maar omdat Shula in een crisis zit! Mama heeft geprobeerd haar over te halen bij hem weg te gaan.'

Otties ogen werden groot. 'En gaat ze dat doen?'

Willow haalde haar schouders op. 'Wie weet? Gemakkelijker gezegd dan gedaan, denk ik.'

'Dat zal wel.' Ottie beet op haar lip. 'Weet Bertie dat zij het weet?'

'Ik geloof van niet. Ze laat zich vast niet in de kaart kijken tot ze een advocaat heeft geraadpleegd en een besluit heeft genomen.'

'Weet Shula wie die andere vrouw is?'

'Ja, maar volgens mama wil ze dat niet vertellen.' Willow zuchtte. 'Niet dat het lang geheim zal blijven. Als er een grote, dure scheiding aan zit te komen, zal alles wel breed worden uitgemeten in de kranten. Akelig, hoor. Echt akelig.' Ze boog met felle ogen haar hoofd naar haar oudste zus toe. 'Nog een reden om nooit te gaan trou...' Haar stem stierf weg toen ze Connor de zaal in zag komen.

Telkens weer.

Zijn aanblik overviel haar telkens weer.

Hij was binnengekomen via de verborgen deur in de lambrisering die naar een gang tussen hier en de keuken leidde. Leerde hij de hoeken en gaten van het kasteel nu al kennen, gaf de oude dame van Lorne haar geheimen zo snel prijs? Hij droeg een kostuum, zonder eigentijdse print of tierlantijnen, gewoon een klassiek maatpak dat niet om aandacht schreeuwde. Maar met dat gezicht en voorkomen had hij ook geen enkele franje nodig...

Hij oogde gespannen en heel erg 'in functie' terwijl zijn blik over de menigte gleed en controleerde of alles in orde was. Hij had keihard gewerkt om dit feest mogelijk te maken, een klein leger ingehuurd, tegen elk probleem geld aan gegooid, allemaal om zijn gasten een geweldige tijd te bezorgen en zijn merk te consolideren. Was hij tevreden? Opgelucht? Had hij zich vanavond – dit weekend – zo voorgesteld?

Het was zonder meer een doorslaand succes. Ze keek naar zijn gasten, die bijna allemaal jong, mooi en rijk waren, ondanks de uitnodiging die de dorpsbewoners hadden gekregen. Ze zagen er allemaal uit alsof ze het weekend voor Kerstmis thuishoorden in een balzaal in een Iers kasteel, alsof hun leven een aaneenschakeling was van dergelijke luxueuze gelegenheden.

Ze wendde zich vlug af nu de werkelijkheid tot haar doordrong, nu ze zich realiseerde dat het moment was aangebroken, het moment van de overdracht, waarna Lorne een nieuwe toekomst tegemoet zou gaan.

'Jezus, ik heb nog een drankje nodig. Nu meteen,' mompelde Ottie gestrest, rondkijkend of ze een ober zag. Ergens in de voorgaande minuut had ze haar glas leeggedronken.

Willow zag hoe Connor met een van zijn personeelsleden stond te praten en iets in diens oor riep zonder zich bewust te zijn van de geïnteresseerde blikken die als pijlen op hem landden. Hij had haar nog niet gezien en ze wilde dat graag nog even zo houden. Hun interacties werden steevast ondermijnd door onzichtbare krachten die hun beiden uit evenwicht brachten. Een van hen leek altijd iets verkeerd te zeggen of te doen. De neiging hem te ontwijken was net zo sterk als de behoefte naar hem toe te vliegen – een hopeloze patstelling die haar aan de grond genageld hield. 'Ja, ik ook. Laten we naar de bar lopen.'

'O, nee, maar...' Ottie krabbelde terug. 'Kunnen we niet gewoon een ober zoeken?'

'Maak je geen zorgen. Ik heb een tactiek waarmee ik bij elke willekeurige bar binnen een minuut bediend word,' zei Willow zelfverzekerd, juist op het moment dat er een ober voor haar stilstond.

'Miss Lorne,' zei hij tot haar verwondering.

'Perfect,' zei Ottie met een opgeluchte zucht, en ze pakte twee glazen voor zichzelf, waarvan ze er een in één teug half leegde.

'Ja?'

'Mr Shaye heeft gevraagd of u zich over een paar minuten bij hem wilt voegen in de bibliotheek.'

Willow keek de boodschapper van het nieuws knipperend aan. Had Connor haar gezien? Wanneer dan? Ze had haar ogen amper van hem af gewend. 'Prima.'

'Wilt u misschien eerst nog een drankje?' vroeg de ober, die haar lege glas en nerveuze gezichtsuitdrukking opmerkte.

'Goed idee,' zei Ottie veelbetekenend. Ze zag er zelf iets relaxter uit nu ze het andere glas ook achterover had geslagen.

De ober schreed weg.

'Dus het is eindelijk tijd om deze oude dame te laten gaan,' mompelde Willow. Ze liet haar ogen door de ruimte gaan alsof het voor de laatste keer was, waarna ze bleven rusten op haar zus.

'En je weet het heel zeker?' vroeg Ottie haar. 'Geen twijfel?'

Willow aarzelde en schudde toen haar hoofd. Het was toch al zo ongeveer een voldongen feit. Haar handtekening maakte het niet ineens werkelijkheid. De overeenkomst was al gesloten en het leven dat zij, haar zussen en hun ouders hier hadden geleid was al verleden tijd. Ze waren al vertrokken, het kasteel was opgeknapt, gestript en had nieuw leven ingeblazen gekregen met dit chique feestpubliek... Het was pijnlijker dan ze zich had voorgesteld. Toen ze die dag in de studeerkamer naar Connors telefoonnummer had zitten staren, had deze wraak haar zoet geleken. Maar nu overheerste er een bittere smaak. Ze slikte moeizaam. 'Nee. Jij?'

Ottie zuchtte en keek haar met bezorgde ogen aan. Ook zij leek huiverig te zijn, maar haar stem klonk ferm. 'Nee.'

'Goed dan. Ga jij maar doen wat jij moet doen, dan doe ik wat ík moet doen. Ik zie je over tien minuten in de hal.'

Ottie pakte haar hand en kneep er hard in. 'Over tien minuten is het allemaal achter de rug, Will. Dan kunnen we aan de rest van ons leven beginnen.'

Rodejurkenleven. Het was een concept dat eenvoudig te definiëren viel, maar om het te verwerkelijken was een heel andere kwestie. In haar hoofd was het allemaal heel helder geweest. Ze hielden van elkaar. Dit was wat ze altijd had gewild, de kans om hun leven vrijelijk te leiden. Samen. Maar nu ze hier stond, alleen, klaar om het allemaal in gang te zetten... Ze voelde zich overweldigd en onzeker. Was dit écht het juiste moment? Als Shula een vermoeden had, wie dan nog meer? Ze wist al wat de roddelaars zouden zeggen: net als Ben zouden ze geen liefde zien, maar alleen het leeftijdsverschil, het bedrog, het schandaal...

'Hoi, Ottie, ik had je hier niet verwacht,' riep een stem boven de muziek uit.

Ottie keek verbaasd op en zag dat Lorna Delaney op haar af stevende. Ottie kende haar niet goed, ze wist alleen dat ze in het dichtstbijzijnde dorp, Dunmorgan, woonde, waar ze voor haar ouders in de Stores werkte. Ze droeg een strakke jurk met pythonprint, had hoog opgeföhnd haar en veel te veel make-up op haar gezicht. Ottie veronderstelde dat ze zich geïntimideerd voelde door het stijlvolle publiek op het feest en zich vastklampte aan elk bekend gezicht. 'Hoi. Hoe gaat het met je? Lang niet gezien.'

'Ik heb het druk gehad,' zei Lorna schouderophalend. 'En hoe gaat het met jou?'

Ottie vroeg zich af of Lorna misschien niet had meegekregen dat haar vader kortgeleden was gestorven of dat het haar gewoon geen moer kon schelen. 'O... wel goed, hoor. Het is nogal... hectisch geweest. Nu heb ik gelukkig even geen kampeerders. Het is fijn om een paar weken rust te hebben voor alles weer begint in het nieuwe jaar.' Ottie dwong zichzelf te glimlachen, maar had geen zin om nog meer koetjes en kalfjes met deze meid uit te wisselen. Ze wilde dat Bertie deze kant op zou kijken en haar zou zien. Ze moest hem vertellen dat Shula van hen wist, dat ze niet meer hoefden te doen alsof. Zijn huwelijk was hoe dan ook voorbij.

Ze zag hem staan, nog steeds aan de bar, waar hij beleefd stond te praten met een man rechts van hem. Met zijn ene hand hield hij losjes zijn glas vast, zijn andere hand had hij nonchalant in zijn broekzak gestoken. Hij leek zich enorm op zijn gemak te voelen en was zich duidelijk niet bewust van wat hem te wachten stond. Shula, die naast hem stond, zag er ongelukkig uit, verloren zelfs, terwijl ze met wezenloze ogen rondkeek. Ze oogde bleek onder de lampen en leek ook te zijn afgevallen... Was hij echt zo blind voor de overduidelijke droefheid van zijn vrouw?

Ottie slikte en voelde een steek van twijfel bij de aanblik van haar rivale, die er al verslagen uitzag. Hoewel ze haar moeders beste vriendin was, zag Ottie haar eigenlijk zelden. Zij en haar moeder gingen altijd lang lunchen in Waterford of samen naar een wellnesscenter, ze zagen elkaar bij etentjes op het landgoed van de Flanagans of op Lorne, waar Ottie zich meestal in haar strandhuisje had verschanst. Ze was in Otties gedachten bijna een abstractie geworden, iemand die haar echtgenoot verwaarloosde en meer geïnteresseerd was in haar sociale leven en status dan in een bevredigende persoonlijke relatie.

Ze zag Berties hoofd haar kant op draaien. Hij voelde zich zichtbaar overrompeld door de aanblik van haar in de rode jurk. Ze zou zich niet langer verschuilen en zich niet meer laten wegmoffelen. Zijn mond ging open, alsof hij iets tegen haar wilde zeggen. Of tegen zijn gesprekspartner? Ze wist het niet.

Hun ogen maakten contact. Er stonden tweehonderd mensen tussen hen in nu ze hem meer dan ooit alléén moest spreken. Maar het was al te laat.

Shula had haar ook gezien, alsof ze voelde dat de aandacht van haar echtgenoot door de ruimte bewoog. Ze haastte zich naar Ottie toe, zich een weg banend door de menigte met een gepijnigd gezicht dat niets te raden overliet: het ging hier, op deze plek, gebeuren. Nu.

Iedereen zou het zien. Iedereen zou het weten. Weet waar je om vraagt, nietwaar? Want was dit niet wat ze had gewild?

Naast haar kletste Lorna verder, drinkend door een rietje en de menigte afspeurend naar nog een bekend gezicht om aansluiting bij te zoeken.

Ottie stond als verstijfd. Haar voeten voelden als boomwortels die haar aan de grond hielden, hulpeloos nu Shula naderde met alle gerechtvaardigde woede van de bedrogene. Ze slikte en haalde een paar keer diep adem om een waardigheid te verkrijgen die in de volgende twintig seconden aan scherven zou worden geslagen. Tien seconden... Vijf... En daar was ze, minder dan twee meter bij haar vandaan, de menigte die hen als een school vissen van elkaar had gescheiden nu gereduceerd tot alleen nog het roofdier en de laatst overgebleven prooi.

Ze zag Shula's arm als in slow motion achteruit bewegen, ze zag haar vertrokken mond en tot spleetjes samengeknepen ogen, haar vlakke hand die door de lucht scheerde en...

Ottie wankelde in verschrikt afgrijzen achteruit. De wereld werd tot een miljoen kristallen stukjes versplinterd.

Lorna's hand vloog naar haar wang, waar meteen een gloeiende, gezwollen plek zichtbaar werd.

'Blijf uit de buurt van mijn echtgenoot, klein kreng dat je bent!' schreeuwde Shula haar toe. 'Begrepen?'

Willow liep door de hal langs de tientallen onbekenden die in haar huis aan het brassen waren. Bij de muren stonden groepjes gasten diverse canapés te nuttigen, achteloos kletsend onder de bloemetjeswolken, en hier en daar dook een stelletje een deuropening in. Een stel leek zich met de armen om elkaar heen al klaar te maken om zich terug te trekken voor de nacht, met een grote fles wijn in de hand de trap op wankelend.

Ze voelde zich een geest in haar eigen kasteel, in de jurk van een van haar voorouders. Een ontsnapte Black Bess op een laatste avond uit…

'Hé, Willow!'

Ze keek op en zag Joe uit de achterste hal komen, die leidde naar het achtergebouw en de toiletten beneden. 'Joe! Wat fijn dat je er bent,' zei ze opgelucht toen hij naar haar toe liep en haar omhelsde. Het was troostend om een vertrouwd gezicht te zien. 'Ik geloof dat ik je benen nog nooit heb gezien. Ik dacht dat je wieltjes had in plaats van voeten.'

Hij lachte. 'Ik vond dat ze zich wel een avondje konden redden zonder mij achter de bar. We hebben het de laatste tijd heel druk gehad en ik wilde dit niet missen. Wat een feest!'

'Dus je hebt het naar je zin?'

'Reken maar. Dit is de beste fuif waar ik ooit ben geweest. En een vent op de wc's zei net dat hij ons maandag naar Marrakesh kan vliegen als we willen blijven feestvieren.'

Haar mond ging verbaasd open. 'O.'

'En ik heb iemand horen zeggen dat er voor later vuurwerk gepland staat. En daarna… Luchtballonvaarten om de zon te zien opkomen?'

'Ik heb geen idee, Joe.' Ze haalde haar schouders op. 'Dit is mijn feest niet.'

'Wel jouw kasteel. Wat is dit een feestpaleis! Jullie hadden dit al jaren geleden moeten doen!'

Haar glimlach vervaagde. De gedachte ook maar een van hun herinneringen als gezin hier te hebben moeten missen… 'Ach ja. Luister, ik heb een afspraak. Maar ik zie je straks nog wel, oké?'

'Best. Ik ga nu naar de moshpit.'

Willow staarde hem aan. Er was een moshpit? O god, ze hadden toch geen dansvloer in de rozentuin van haar grootmoeder gecreëerd?

'O, en je moeder zoekt je!' riep Joe over zijn schouder.

Ze stopte. Wat? 'Is mijn móéder hier?' riep ze terug.

'Aye. En ze is wanhopig naar je op zoek. Rent als een razende het hele gebouw rond, zeg ik je.'

Ze wist precies waarom. Pip zou haar wel hebben verteld over de verkoop, in de veronderstelling dat Willow het haar zélf al verteld had.

Ze bleef even in de hal staan staren naar de deur van de bibliotheek. Haar moeder was gekomen om haar tegen te houden, dat wist ze. Ze wilde opnieuw het moment uitstellen dat er haar hele huwelijk al aan had zitten komen. Maar het was te laat. Zelfs als Willow van gedachten zou willen veranderen, kón ze dat niet. Er was al te veel veranderd, dat zou haar moeder toch wel zien nu ze hier was? De bal was al aan het rollen gebracht.

Ze draaide aan de knop van de deur naar de bibliotheek, waar een bordje PRIVÉ, VERBODEN TOEGANG aan hing, maar ze klopte automatisch eerst aan, zoals ze haar leven lang had gedaan.

De bibliotheek was leeg, Connor was er nog niet.

Ze liep naar binnen en voelde een golf van emotie door zich heen stromen bij de aanblik van dit vertrek, dat bij de opknapbeurt bijna ongemoeid was gelaten. Het enige, afgezien van de keuken. Het bureau en de stoel van haar vader waren overgebracht naar het Dower House, zijn tapijten waren opgerold en naar de opslagruimte van Christie's gebracht, maar de planken stonden nog vol met zijn boeken en zijn klok tikte nog op de kalkstenen schoorsteenmantel. Er waren wat banken neergezet, mogelijk bedoeld als een rustige plek om je even terug te trekken?

Haar handen gleden zachtjes over de eikenhouten planken en haar ogen vielen op de glans van de vergulde randjes aan de boekruggen. Het was een bron van grote trots geweest dat haar vader elk boek dat hier stond had gelezen, dat hij zich er in de loop der jaren methodisch doorheen had gewerkt. Hij had altijd tegen haar en haar zussen gezegd dat het geen zin had om ze alleen als decoratie te bezitten. Ze moesten een doel dienen. Het was een teer punt voor hen geweest. De ironie ervan ontging hem grotendeels.

Ze liep naar de open haard en staarde naar de sintels die er nog in lagen van het laatste vuur, en een paar in elkaar gedraaide stukken papier in de mand met aanmaakhout, door Mrs Mac klaargelegd om het stoken van het volgende vuur 'te bespoedigen'.

'... hier even binnen om te kalmeren. Je wordt zo nog ziek.' Bij het horen van de zwakke stem van een vrouw stond ze abrupt stil. Het was Ottie, dat wist ze meteen.

'Blijf van me af!' Een andere vrouw. Willow fronste. Ze klonk hysterisch, snikkend, ellendig. En toen de stem van een man, zijn woorden te zacht om te verstaan, alleen maar het lage timbre dat door de luistertunnel weerklonk.

Ze waren in de keuken. Hoe vaak had haar vader niet door de tunnel geroepen om nog een stuk fruitcake of om een hond die hem zijn pantoffels moest brengen, een truc die de honden als puppy hadden geleerd.

Wat was er daar precies aan de hand?

'Nee, ik wil niet naar je luisteren! Ik haat je! Dacht je dat ik er niet achter zou komen?'

Opnieuw de mannenstem, op dringende toon gemompel voortbrengend, clichés, veronderstelde ze, die niet in goede aarde vielen.

'Je hebt me voor schut gezet! Hoe kon je me dit aandoen? Na alles wat ik voor je heb opgegeven?'

Willow fronste. De stem klonk haar vaag bekend in de oren, maar was toch moeilijk te plaatsen. De tunnel transporteerde het geluid niet alleen, maar vervormde het ook.

'Neem een slokje water.' Dat was Ottie weer. 'Dat helpt misschien een beetje.'

Stilte. Meer gemompel, de mannenstem. En vervolgens het geluid van glas dat aan diggelen werd gegooid. Willow schrok ervan, zelfs een paar kamers verder.

'Waag het niet om mij de schuld te geven! ... Nee, dat pik ik niet!' Er klonk een gekwelde kreet. 'Serena!' Willow verstijfde. Haar moeder was daar ook? 'Hij heeft haar hiernaartoe laten komen! Hier, vlak voor mijn neus!'

'Wie?'

'Die slet van hem!' Nu liep Willow naar de muur en legde haar oor tegen het luistergat.

'Dat is níét…' De mannenstem klonk nu luider. Duidelijker. Bertie! Willow bevroor ter plekke en raakte vervuld van haat. Was zijn geheim dus uitgekomen? In elk geval een van zijn geheimen?

De vrouw begon te schreeuwen. Shula. 'Hou op met liegen! Hou ermee op! Ik accepteer het niet langer, hoor je me?'

Sussende geluiden.

'… liever met mij meekomen. Dit is niet het juiste moment of de plaats… zal beter zijn als ze tijd heeft gehad om te kalmeren.' Haar moeder, koel, kalm, sereen, beheerst.

'Je bent een valse, vuile leugenaar! Ik ga je helemaal kaalplukken… Begrepen?' Haar stem stierf langzaam weg.

Er werd een deur dichtgesmeten.

Even was het stil en vervolgens…

'Fuck!' De mannenstem weer. Boos. Gestrest. 'Fuckfuckfuck! Ze is verdomme gek geworden! Zag je hoe ze me aanviel? Moet je zien! Bloed! Ze is een maniak!'

Weer een lange stilte. Toen een harde, scherpe klap.

'Fuck!' Hij schreeuwde opnieuw. 'Wat was dat nou weer, verdomme?'

'Durf je me dat nog te vragen?' Ottie, haar stem een dreigend gegrom.

Opnieuw een lange stilte en het geluid van… voetstappen. Stoelen die over de vloer schraapten.

'Blijf uit mijn buurt.' Ottie weer.

'Ze betekende niets voor me.'

'Ze is je vrouw!'

Wat? Willow fronste verward en er daalde een beklemmend gevoel over haar neer.

'Nee, Shula niet. Ik... Ik bedoelde Lorna.' Zijn stem klonk paniekerig.

Onzichtbare stemmen, flarden van een gesprek, een uitleg die nergens op sloeg... Het kon niet waar zijn... Nee...

'Hoe kón je? Je zei dat je van me hield!' De vloer zakte onder haar weg. Willow zette een stap achteruit en voelde haar adem stokken.

'Dat deed ik ook! Dat doe ik!'

'Ik geloofde je! Ik vertrouwde je!'

Ze voelde haar maag omdraaien van afgrijzen nu de volle waarheid onmiskenbaar daagde. En toen begonnen haar voeten in beweging te komen. Ze droegen haar over de vloer terug naar de deur, die ze opengooide op hetzelfde moment dat Connor eraan kwam met de papieren in zijn hand.

'Willow...' Een geschokt gezicht, een diepe rimpel op zijn voorhoofd. 'Wat is er gebeurd?'

Maar haar benen bleven voortgaan en brachten haar door de hal naar de keuken terwijl de woorden van haar zus in haar hoofd weerklonken. *Ik moet nog een eind maken aan een huwelijk.*

30

Pip zat onderaan de trap zonder zich druk te maken om het feit dat ze nogal uit de toon viel in haar pyjama en sloffen. Die droeg ze hoe dan ook liever dan zo'n jurk. Boezem naar voren, buik ingetrokken. Nee, bedankt.

Ze keek hoe de feestvierders langs haar wankelden, slingerden en snelden, in de richting van de bar, de wc's, de slaapkamers of de balzaal, maar haar ogen werden ook steeds weer naar de omgekeerde kerstboom aan het plafond getrokken. Ze wist niet of ze die waanzinnig cool of juist bespottelijk vond. Het was alsof het huis uit haar kindertijd aan de lsd was. Aan de buitenkant felroze, aan de binnenkant alle kleuren verbleekt, terwijl volwassenen er ronddartelden als kinderen. Alles leek op de een of andere manier 'verkeerd om'.

Ze wachtte op de blije kreet, maar het was de vraag of ze die wel zou horen boven het lawaai uit. Er was even geleden enige commotie in de balzaal geweest, maar ze had iemand horen zeggen dat het slechts om een ruzie ging, een liefdesconflict. Wat zou Willow doen, vroeg ze zich af. Of waren ze te laat en was hun haastige rit hiernaartoe verspilde moeite geweest?

Ze hoestte zachtjes in haar vuist en hoopte vurig van niet. Ze had zichzelf niet uit bed gesleept zonder goede reden. De antibiotica begonnen te werken, maar ze voelde zich nog steeds volledig uitgeput, als een uitgewrongen dweil, en voor de verandering wilde ze het liefst terug naar bed en gehoorzaam doen wat haar gezegd was, het doktersvoorschrift volgen.

Taigh. Zou hij hier zijn? Ze keek rond in de grote hal, naar alle uitbundige groepjes en opgewonden stelletjes. Hij was de hele dag niet langs geweest en ze had hem ook in het ziekenhuis niet gezien. Deed híj eindelijk wat hém gezegd was en volgde hij haar advies om weg te blijven? Dat zou haar dan niets kunnen schelen. Hij was een lastpost geweest, zoals hij haar steeds achterna had gezeten. Het had haar alleen verbaasd, meer niet. Ze was kennelijk gewend geraakt aan zijn drammerige weldoenerij.

'Willow!'

Pips hoofd draaide scherp bij het horen van de naam van haar zusje en ze stond op. Ze zag haar nog net de bibliotheek uit hollen, een romantisch personage in groen satijn met haar donkere haren achter haar aan wapperend.

'Willow, kom terug!' riep de man, en Pip kreeg haar eigen antiheld in het oog, de knapperd van het feest en de kerstsamenzang, de koper van het kasteel, die geschrokken achter haar aan liep.

Maar zijn blik was niets vergeleken met de uitdrukking op Willows gezicht. Pip voelde dat haar hart een slag oversloeg. Jezus, wat was er gebéúrd? Ze had niet verwacht dat ze zo zou reageren!

'Will!' riep ze, zich halfbakken naar voren haastend in een poging haar in te halen.

Willows hoofd draaide zich om tijdens het rennen, alsof haar brein haar iets vertelde, maar haar lichaam iets anders zei. 'Pip!' stamelde ze verbijsterd, aangezien ze haar hier niet verwachtte. Verbijsterd en geschokt. Ze had een vertwijfelde blik in haar ogen. 'Waar is mama?'

Nu was het Pips beurt om verbijsterd te kijken. 'Bedoel je dat ze niet bij jou was?'

'Ze is net vertrokken met Shula. Jij moet haar voor mij uit de keuken weghouden.'

'Waarom?'

'Ik... Dat kan ik niet uitleggen.' Maar ze was over haar toeren en speurde de hal af, als een spion op de vlucht.

'Will, je moet me vertellen wat er aan de hand is. Is het einde van de wereld nabij?'

‘Ja.’ Willow knipperde en probeerde op adem te komen. ‘Het is Ottie. Ze is in de keuken met Bertie.’

‘Nou en?’

‘Ze zijn samen.’

Pip rolde met haar ogen. ‘Ja, dat zei je. En dus?’

‘Nee. Ik bedoel dat ze sámen zijn. Ze hebben wat met elkaar.’ Ze slikte zwaar, alsof de woorden rotsen waren waar ze overheen moest klimmen.

Pips eigen woorden bleven steken. De gedachten kregen geen vorm. De uitspraak – het féít – tolde richtingloos als een strandbal in de kosmos. Nee, dat was gewoon onmogelijk. Het kon absoluut niet waar zijn… Maar toen voelde ze een ruk aan haar mouw en werden haar voeten in beweging gezet. Will trok haar mee en Pip strompelde langs de feestvierders, weg van de bizarre hangende boom en naar de gang. Ze stormden de keuken binnen en zagen in eerste instantie Mabel onder de tafel liggen, het vrolijke gele AGA-fornuis geruststellend als de zon aan de hemel. Maar er heerste hier geen vrolijkheid. Geen monter optimisme.

Ottie, bleek als albast in haar rode jurk, zat ineengezakt op een stoel met tranen stromend over haar wangen en een blik die veel verder reikte dan de muren van het vertrek. Bertie zat geknield naast haar, als een galante aanbidder. Een ridder zelfs.

Hij verstijfde bij de aanblik van het kleine Lorne-leger dat arriveerde voordat hij langzaam overeind kwam. Hij durfde niets te zeggen en Pip wist dat hij tijd rekte om eerst na te gaan wat zij wisten. Hij zou niet uit zichzelf de verdenking op zich laden, daarvoor was hij een te slimme manipulator.

Willow rende naar Ottie toe, sloeg haar armen om haar heen en trok haar tegen zich aan. ‘Otts, stomme idioot. Wat heb je gedaan?’

‘Ik weet niet wat jullie denken dat hier gaande is, maar het is niet wat het lijkt,’ zei Bertie, die een stap dichterbij waagde te zetten in een poging weer de overhand te krijgen.

Maar Willow keek naar hem op met een uitdrukking die Pip nog nooit op haar gezicht had gezien. Ze straalde een en al minachting uit, en een harde haat waardoor ze leek te verstenen. 'Nee, je hebt gelijk, Bertie,' zei op gevaarlijk koude toon. 'Het lijkt compleet onschuldig, wat hier gaande is. Een oude bekende van de familie troost de dochter van zijn beste vriend. Daarentegen klonk door het luistergat in de bibliotheek een walgelijke, hitsige, pedante, doortrapte oude man die de dochter van zijn beste vriend gemanipuleerd en verleid heeft!'

Er viel een broze stilte en de lucht werd gevuld met pauzes, aarzelingen, weifelingen. Elk woord was cruciaal. De toekomst van verschillende mensen hing ervan af.

'Oké. Ik besef dat het misschien slecht overkwam...'

'O, het kwam meer dan slecht over,' snauwde Willow. 'Het klonk mij in de oren als een reputatie die schade oploopt, een bedrijf dat in opspraak komt, een huwelijk dat op de klippen loopt... Slecht is heel zwak uitgedrukt.' De bedreigingen drupten als bloed.

Hij stak zijn handen omhoog en Pip zag dat ze trilden. Hij was in het nauw gedreven. 'Dit is nooit mijn bedoeling geweest, jullie moeten me geloven.'

'Je deed het met Lorna Delaney!' gilde Ottie. 'Natuurlijk is het je bedoeling geweest. Zo zit je in elkaar! Zo ben je! Hoeveel anderen zijn er nog? Hè?' Ze gebaarde naar de deur. 'Zijn er daarbuiten nog meer? Op dit moment?'

'Doe niet zo belachelijk!'

'Noem je mij nou belachelijk? Jij stond net in een balzaal met je echtgenote en twee minnaressen!'

Pip geloofde haar oren niet. Bertie en Ottie die wat met elkaar hadden? Daar kon ze met haar verstand niet bij. Ze wilde het eigenlijk ook niet weten. Hoelang was het al gaande? En waarom?

'Ottie, je was speciaal voor me...'

Was? Pip hoorde dat hij de verleden tijd gebruikte – net als haar zussen – en dat specifieke niet-specifieke woord: speciaal. Dat zou een oom ook kunnen zeggen, of een vader.

'Maar als puntje bij paaltje komt, zal niemand erbij gebaat zijn als dit uitkomt. Ik ontken alles. Het is jouw woord tegen het mijne, lieverd.'

Zijn stem klonk koel en beheerst. Ottie keek hem geschokt aan. Dat deden ze alle drie.

'Maar ik heb foto's,' stamelde ze. 'Cadeautjes die je me hebt gegeven...'

Hij haalde zijn schouders op. 'Ik zal de affaire niet ontkennen. Maar ik zal zeggen dat jij mij hebt verleid. Je bent een mooie jonge vrouw. Hoe kon ik nee zeggen? Welke man zou dat doen?'

Otties gezichtsuitdrukking veranderde, haar mond viel open van ongeloof.

'Klootzak...' fluisterde Willow.

Maar Berties ogen bleven op Ottie gericht. Zijn lichaamstaal veranderde, werd krachtiger. Dominant. 'Dit blijft tussen deze vier muren, Ottie. Dat moet,' zei hij zonder zijn blik af te wenden. 'Het spijt me dat je gekwetst bent, maar ik laat mijn hele leven niet verwoesten door een onnozel meisje met een vadercomplex. Shula mag hier nooit achter komen. Niemand.'

'Denk je dan dat ik wíl dat iemand het te weten komt?' schreeuwde Ottie, die zo snel opstond van haar stoel dat die achteroverviel. 'Ik word al misselijk bij de gedachte! Ik kan niet geloven... Ik kan gewoon niet geloven... O mijn god, wat heb ik gedaan?' Ze begon te snikken met schokkende schouders en haar gezicht verborgen in haar handen.

Hij bleef even naar haar staan kijken en zag hoe Willow als een politiehond tussen hen in ging staan. 'Ottie, je kunt het je nu misschien niet voorstellen, maar je gaat hierna verder met je leven, echt waar. Je zult me vergeten.'

Ze schudde heftig haar hoofd. 'Hou je kop!' gilde ze met een paars aangelopen gezicht. 'Hou gewoon je kop! Ik kan je niet meer zíén.'

'Ik wil als vrienden uit elkaar gaan.' Hij werd nog kalmer bij de aanblik van haar hysterie, leek de rust zelve. 'Er moet iets zijn wat ik kan doen om het goed te maken. Dat doe ik dan graag.'

'Nee, niets! Ik wil niets van je, behalve dat je nu oprot!' tierde ze, haar stem schor van het schreeuwen.

Hij staarde naar Ottie, naar Willow. Met verwonderde blik keek hij naar Pip nu het tot hem doordrong dat ze haar vaders oude pyjama aanhad. Vervolgens haalde hij zijn schouders op. Onaangedaan. Verveeld zelfs. 'Oké dan.'

Hij liep door de keuken met een zelfgenoegzame grijns op zijn gezicht waardoor Pips hart vlam vatte. Ze voelde de adem in haar longen uitzetten, zwellend terwijl hij langs wilde lopen.

'Er is nog wel iets...' zei Pip, die voor hem ging staan. Ze zag de schok in zijn ogen toen haar vuist contact maakte met zijn gezicht, zijn reactie een seconde te laat, de ogen stijf dicht, de grimas van pijn, nadat het al was gebeurd.

Hij wankelde naar achteren, struikelde over Mabel, die van haar plek onder de tafel tevoorschijn was gekomen, en kwam languit op de vloer terecht. 'Je hebt verdomme mijn neus gebroken!' schreeuwde hij, met een hand tegen zijn gezicht terwijl zijn overhemd doorweekt raakte met bloed.

'En jij hebt mijn zus' hart gebroken,' zei ze koeltjes, maar met nog een withete blik in haar ogen. Een moordlustige in pyjama was nog steeds moordlustig. 'En bovendien mijn vaders vertrouwen beschaamd. En dat van mijn moeder. En dat van je vrouw.'

Hij wilde overeind krabbelen, maar zij trapte zijn voeten weer onder hem weg voordat hij houvast vond. 'Nee. Je mag nog even blijven liggen,' sneerde ze. 'We zijn nog niet klaar met je.'

Haar hand dwaalde over het tafelblad en maakte vormen die ze niet zag. Mabels kop lag zwaar op haar voeten. Aan de andere kant van de eeuwenoude deur wervelde het feest als een tornado door, met gilletjes en lachsalvo's van onbekenden, afgewisseld met stiltes wanneer ze elkaar kusten onder de extravagante massa's maretakken.

Willow was blij dat de keuken – net als de bibliotheek – nog niet was aangepakt. Zelfs met Connors kleine leger van werklieden was er niet genoeg tijd geweest om dit grote vertrek te strippen en opnieuw in te richten in de tijd die ze hadden gehad, dus hadden de cateraars in de oude bijkeuken een provisorische kookgelegenheid gecreëerd, met gehuurde werktafels van roestvrij staal en grote ovens. Dat betekende dat ze hier alleen kon zijn, met alleen haar eigen gedachten en de honden, terwijl de onthullingen in haar hoofd neerdaalden als een scheepswrak op de zeebodem.

De waarheid was telkens weer een clown die haar recht in haar gezicht uitlachte, de draak met haar stak. Hoe konden haar zus en... híj... Uitgerekend hij. Van alle andere mannen op de wereld, waarom hij? Altijd weer?

Ze keek omlaag naar haar groene zijden schoot, naar de gele AGA, de soezende honden... Dit beeld leek op de een of andere manier zowel de ziel van het kasteel als alles wat verkeerd was aan haar leven samen te vatten. Slechts meters bij haar vandaan was een feest gaande en zij zat hier, afgezonderd als een Miss Havisham. Altijd aan de verkeerde kant van het glas.

De deurknop bewoog en ze keek op, automatisch verstijvend toen ze haar moeder zag binnenkomen, zichtbaar vermoeid, de kwellingen van de avond op haar gezicht gegrift. Voor de verandering was ze eens niet gekleed voor de gelegenheid, met haar jeans en kasjmieren trui.

'Waar zijn de anderen?' vroeg haar moeder, die een stoel onder de tafel vandaan trok alsof die van lood gemaakt was.

'Naar huis. Pip was moe,' antwoordde Willow vaag, want ze wilde voor zich houden dat het Ottie was die begeleiding nodig had gehad, en waarom. 'Hoe gaat het met Shula?'

Haar moeder slaakte een diepe zucht en zweeg even. 'Die is er kapot van.'

Willow knikte. Natuurlijk.

'En ze schaamt zich.'

Willow trok een wenkbrauw op. Waarom zou Shula zich moeten schamen? Het was haar klootzak van een echtgenoot die was vreemdgegaan.

Haar moeder tikte met een nagel op de tafel. 'Maar ik geloof dat ze bovenal opgelucht is.'

'Opgelucht?'

'Opgelucht omdat haar vermoedens zijn bevestigd. Bertie had haar ervan overtuigd dat ze gek werd, dat ze zich dingen verbeeldde.'

De rotzak! Willow voelde weer een steek van woede. Ze kon haar minachting amper bedwingen. Haar razernij. Ze trilde van de inspanning die het vergde om niet te gaan staan en zich de longen uit het lijf te schreeuwen. 'Ze is beter af zonder hem,' zei ze laatdunkend.

'Ja. Dat is zo.'

'Hij is een vuile vreemdganger.'

'Ja.'

'Eens een vreemdganger, altijd een vreemdganger.'

Haar woorden, met opzet provocerend, bleven in de lucht hangen en Willow staarde naar haar moeder, wachtend op een reactie. Die zou toch wel komen? Het gesprek dat ze drie jaar lang hadden vermeden pulseerde nu als lamplicht in dit vertrek en kon niet langer worden genegeerd. Om hen heen stortten levens in. Hoe kón haar moeder het nog negeren?

Willow voelde haar woede weer oplaaien nu de stilte voortduurde.

'Hij heeft duidelijk nooit van haar gehouden als hij haar zo kon bedriegen. Niemand doet dat een geliefd iemand aan.' Elk woord was een porrende hete pook. 'Het is verachtelijk.'

Haar moeder keek op nu ze haar eindelijk hoorde, haar toon begreep, haar onderliggende bedoeling herkende, haar uitdaging oppakte. 'Het ligt niet altijd zo simpel.'

Willow voelde haar hart zinken en een golf van boosheid en angst door zich heen kolken. 'O nee?'

'Nee...' Ze hoorde de hapering in haar moeders stem. 'Soms bedriegen mensen hun partner juist uit liefde.'

Willow lachte spottend. Was dit het nou? Was dit echt haar verweer? 'Nee, mam. Echt niet.'

'Willow...'

Ze kon dit bij nader inzien niet. Ze wilde niet luisteren naar het excuus dat de liefde haar ertoe had gebracht. 'Ik moet nu op zoek naar iemand,' zei ze, en ze duwde abrupt haar stoel naar achteren. 'Ik ben moe. Ik wil alleen maar naar huis.'

'Je bent thuis...'

De eenvoud van de woorden maakte dat ze stokstijf stilstond. Willow staarde haar moeder aan, zich ervan bewust dat hun woorden een dans vormden rond het onderwerp dat ze lange tijd hadden ontweken.

'Dit is altijd je thuis geweest.'

Willow schudde haar hoofd. 'Nee... niet dat van mij. Ik heb hier nooit thuisgehoord. En woorden in een testament brengen daar geen verandering in.'

De ogen van haar moeder vulden zich meteen met tranen, overweldigd door emoties die ze gewoonlijk zo goed wist te verbergen. 'Ik...' Ze klonk beverig. 'Ik heb nooit geweten dat hij het wist, Willow. Je moet me geloven. Ik besefte het pas toen het testament werd voorgelezen.' Haar stem knarste op de woorden als schelpen die op de rotsen sloegen, en ze drukte een vinger tegen haar lippen alsof de emoties simpelweg terug konden worden geduwd als ondergoed in een lade. 'De schok... Ik werd overvallen door schaamte. Ontsteltenis. Ik kon mezelf er niet toe brengen je aan te kijken. Ik dacht dat je me zou haten. Ik dacht dat hij me waarschijnlijk had gehaat toen hij stierf.'

'Misschien wel,' zei Willow kil, hoewel haar bloed kolkte. 'Hoe is hij erachter gekomen?'

'Dat weet ik niet.' Haar moeder schudde haar hoofd en slikte. 'Hij had het heel moeilijk met jouw vertrek, jouw radiostilte... Hij probeerde het voor ons te verbergen, maar hij was er zeker van dat jij je gedwongen had gevoeld om weg te gaan. Hij moet het op de een of andere manier hebben ontdekt.'

'Zou het feit dat ik donker en de anderen licht zijn er wat mee te maken kunnen hebben? Dat zij groene ogen hebben en ik blauwe?' vroeg ze sarcastisch. Het lag zo voor de hand als je het eenmaal zag.

'Nee. Broers en zussen verschillen wel vaker van kleur qua haar en ogen. Dat is niet uitzonderlijk.' Haar moeders lippen waren vertrokken tot een dunne streep.

'Dan heeft hij misschien ook de brief gevonden.'

Ook? Haar moeders ogen schoten omhoog naar de hare en zagen de woede, de hardheid die zich in haar kern had gevormd, die haar van binnenuit had bevroren. Ze zweeg, kon even niets uitbrengen. 'Misschien wel,' knikte ze uiteindelijk. 'Ik heb nooit geweten waar die brief precies was gebleven. Ik moest hem in de haast verstoppen, ik wist niet meer in welk boek...' Ze kneep haar ogen dicht en er drupten tranen door haar wimpers. 'Ik had hem moeten verbranden.'

'Ja. Dat had je moeten doen,' zei Willow op koude toon. Maar misschien, dacht ze bij zichzelf, had zij dat zélf ook moeten doen. Ze had de brief niet terug moeten stoppen in dat boek in de bibliotheek, waar haar vader naar eigen zeggen elk exemplaar las. Maar zij dacht op dat moment dat hij allang op de hoogte was.

'Ik was er nooit zeker van of jij het wist.' Haar moeder keek haar aan, gebroken, nog altijd mooi. 'Ik was bang van wel – en de gedachte dat jij het wist, beangstigde me. Het vermoeden dat het de reden was waarom je was vertrokken, achtervolgde me. Ik voelde me verlamd van angst door het idee dat ik je pijn had gedaan, maar dat kon ik nooit zeggen, voor het geval ik het fout had.' Haar stem beefde. 'En dan te ontdekken dat je vader het ook wist... Het doet me pijn dat hij me nooit de kans heeft gegeven om het hem uit te leggen.'

Willows wenkbrauwen vlogen omhoog. 'Dus je bent boos op

hem omdat hij je de kans heeft ontnomen te rechtvaardigen wat je hebt gedaan?' zei ze smalend.

'Ik heb het voor hém gedaan, Willow.'

'Hoezo?' riep Willow uit. 'Hoezo ben je vreemdgegaan voor hém?'

Haar moeder kromp ineen en schudde haar hoofd. 'De kans op nog een meisje werd met iedere dochter groter. Ik probeerde het patroon te doorbreken...'

'Het patroon? Of de vloek?' sneerde Willow, die dacht aan de bekende familielegende, de vloek van Black Bess.

'Hij had behoefte aan een zoon. Ik had de behoefte hem die te geven.'

'En je besloot dus om dat te doen door met iemand anders naar bed te gaan?'

Haar moeder kromp weer ineen, maar de woorden hingen in de lucht, massief en waar.

Ze staarden elkaar over de tafel aan.

'Geen geweldig plan, hè mam? Je werd verdomme opgescheept met niet alleen nog een dochter, maar een buitenechtelijke op de koop toe!' Ze stootte een bitter lachje uit dat de tranen in haar ogen liet opwellen. 'Jezus, je kon het vast niet geloven toen je mij eruit had geperst! Het was al erg genoeg met Ottie en Pip, maar met mij? Wat kon je verder nog doen, nietwaar?' Willow gooide haar armen opzij. 'Het zal de ergste teleurstelling van jullie leven zijn geweest! Voor jullie allebei!'

Haar moeder sprong op en legde haar handpalmen plat op de tafel. 'Nee! Ik was de mislukkeling, Willow, jij niet! Je vader heeft de schuld nooit bij jou gelegd, nooit.'

'Hij was mijn vader niet!' snikte Willow.

'Jawel. In alle opzichten die ertoe deden! Hij hield van je en was dol op je! Jij was zijn kuikentje.'

'Ja hoor! Het koekoeksjong zal je bedoelen!'

'Willow!' Haar moeder keek haar aan met een smekende blik. 'Jouw vertrek brak zijn hart. Het was allemaal mijn schuld en dat wist ik. En nu kan ik het nooit meer goedmaken.' Haar woorden mondden uit in een snik en ze liet zich weer op haar stoel vallen. Ze verborg haar gezicht in haar handen en snikte onbedaarlijk terwijl Willow als bevroren zat toe te kijken. Het leek of het jongetje zijn vinger uit de dijk had gehaald, zo onafgebroken stroomden de tranen.

Willow liet zich ook achterover in haar stoel zakken, met een leeg gevoel. Ze had gedacht dat er iets van rust zou ontstaan na de bekentenis. Dat ze het konden afsluiten. In plaats daarvan was er alleen maar meer verdriet, meer spijt.

De minuten verstreken en beiden voelden zich verloren in hun eigen pijn. Erover praten zou niets aan de situatie veranderen.

Ten slotte keek haar moeder op, haar gezicht gezwollen en vlekkerig. 'Laat het me dan goedmaken met jou, Willow.'

'Hoe dan?' Haar stem klonk toonloos. 'Hoe kun je alle schade die je hebt berokkend ongedaan maken?'

'Op dezelfde manier als je vader heeft gedaan: door jou het laatste woord te geven. Tot nu toe is alles jou overkomen, er zijn keuzes vóór jou gemaakt. Nu is de keuze aan jou.'

Willow schudde haar hoofd. 'Ik begrijp het niet.'

'Ik ben hier vanavond naartoe gekomen om je tegen te houden. Pip heeft me verteld van de verkoop. En toen ze me vertelde dat je het kasteel weer wilde verkopen aan Connor Shaye, wist ik dat je dat deed om mij te straffen. Maar je staat in je recht. Dat is precies de reden waarom je vader het landgoed aan jou heeft nagelaten.'

'Nee, hij heeft het aan mij nagelaten omdat hij wist dat ik de enige was die het kon verkopen zonder de last van het schuldgevoel. Ik ben geen echte Lorne. Ik ben een indringer, ik hoor hier niet te zijn. En toen hij zich realiseerde dat ik dat wist, wist hij ook dat ik het van de hand kon doen zonder achterom te kijken. Verrek maar! Gewoon voor het geld gaan! Zijn erfgoed, dit geboorterecht, het was allemaal sowieso nooit van mij geweest, dus wat kan het mij schelen, toch?'

Haar moeder schudde treurig haar hoofd. 'Je hebt het mis, lieverd. Dat is niet de reden waarom hij Lorne aan jou heeft nagelaten.'

'Wel waar.'

'Nee. Dat heeft hij gedaan omdat hij jou de vrijheid gunde om ervan af te zijn, áls je dat zou willen. Begrijp je? Door jou Lorne te geven, en daarmee de keuze om een besluit te nemen, heeft hij gezegd dat jij belangrijker voor hem was dan een zoon, een titel, een kasteel. Niets anders was belangrijk. Hij koos jou. Jij was zijn kuikentje, zijn jongste dochter, zijn kleine meisje...'

Willow wendde zich af, maar er gleden ook tranen over haar wangen. Was dat waar? De afgelopen drie jaar had ze gedacht dat ze een vergissing was geweest, een mislukking, een buitenbeentje. Een vreemde in haar eigen familie...

'Ik vraag je niet om vergiffenis voor wat ik heb gedaan. Het is onvergeeflijk, dat weet ik. Het was de ergste fout van mijn leven, en er is geen dag voorbijgegaan zonder dat ik mezelf die fout heb verweten, maar in één opzicht zal ik er nooit spijt van hebben.' Haar stem klonk gesmoord. 'Want ik heb er jóú door gekregen. En als ik de kans had om mijn leven opnieuw te leiden, zou ik hetzelfde doen, omdat ik altijd voor jou zou kiezen.'

Haar moeder stond op en kwam naar haar toe, bleek en trillend, maar met een vuur in haar ogen dat er niet meer geweest was sinds de dood van haar vader. 'Ik ben hier vanavond gekomen om je dat te geven, omdat ik dacht dat het je zou tegenhouden.' Ze wees naar een grote boodschappentas die tegen de voorraadkast geleund stond en waar stukken papier boven uitstaken. 'Maar ik ga niet proberen je tegen te houden. Je mag het sowieso hebben. En Lorne verkopen. Dat doet er allemaal niet toe. Je vader heeft je de keuze gegeven om je te laten zien hoe bemind je bent, en ik doe nu hetzelfde. Ik geef je een keuze.'

'Wat is dat dan?' zei Willow nog nahikkend, met een blik op de tas.

'De vrijheid om je eigen toekomst te bepalen. Je hele leven is beheerst geweest door het verleden en het gevoel van je vader en mij dat we er schatplichtig aan waren. Maar dat is voorbij. We kijken niet meer achterom. Jij mag bepalen wat er gebeurt, en wat dat ook is, het zal goed zijn, want we houden van je, hoe dan ook.' Haar moeder klemde haar natte gezicht tussen haar warme handen en gaf haar een kus op haar voorhoofd en het puntje van haar neus, zoals ze vroeger altijd deed. Hun ogen ontmoetten elkaar voor het eerst in drie jaar. 'Hoe dan ook. Oké?'

Willow knikte terwijl ze nog een liefhebbende, moederlijke kus op haar voorhoofd in ontvangst nam. 'Ik zie je thuis.'

Willow keek hoe haar moeder door de keuken liep. 'Mam,' riep ze zwakjes, toen ze bij de deur was. Haar moeder draaide zich om.

'Weet Shula ervan?'

Haar moeder sloeg haar ogen neer met rode vlekken van schaamte op haar wangen voordat ze haar weer aankeek. 'Nee. Ik geloof dat het soms liefdevoller is om een geheim te bewaren.'

Willow knikte, denkend aan dat van Ottie.

Ja, soms misschien wel.

31

'Ik weet het, godsamme! Ik loop hier in mijn pyjama! Nou en?' snauwde Pip tegen een verbluft kijkend stel dat het kasteel in liep terwijl zij en Ottie naar buiten wankelden. Ze zagen er eerder uit als halloweenvierders dan als kerstfeestgangers, met hun bleke gezichten en streperige wangen. 'Heb jij de sleutels?' vroeg Pip, haar hand uitstekend toen ze bij de auto waren.

'Willow heeft gereden,' antwoordde Ottie mat. Ze leek alles met vijf seconden vertraging te horen.

'O, geweldig. En mama heeft mijn sleutels.' Pip zuchtte en zette haar handen op haar heupen. 'Oké, prima. Ik ga wel weer naar binnen. Wacht jij hier maar.'

'Nee, ik ga wel.'

'Zoals jij eraan toe bent, kun je beter even nergens heen gaan. Ga hier maar zitten.' En Pip duwde haar zachtjes tegen de motorkap alsof ze een pop was die ergens tegenaan gezet moest worden.

'Hé, Pip!'

Ze keken allebei op en zagen Joe de kasteeltrap af komen slingeren, wild met zijn armen zwaaiend.

'Jij hebt er weleens frisser en fruitiger uitgezien, Joe!' riep Pip opgewekt terug, de schok en vertwijfeling die nog doorwerkten na de gebeurtenissen in de keuken verbergend. Op dit moment ging het met niemand van hen goed.

Ottie fronste bij de aanblik van haar huiverende zus bij de lage temperatuur. Zelfs in haar geschokte toestand wist ze dat Pip het niet koud mocht krijgen.

'Aye! Geweldig feest, dus! O, hoi Ottie!' riep hij toen hij haar zag zitten, roerloos en zwijgend.

'Hoi, Joe.' Ze klonk als een schaduw, donker en vlak.

'Jullie gaan toch niet al weg?' vroeg hij, bijna op een laurierboom in pot botsend.

'Joe, het zal je misschien verwonderen, maar ik ben goddorie in mijn pyjáma naar het feest van de eeuw gekomen,' riep Pip uit. 'Ik ben de afgelopen twee weken ook nog eens twee keer bijna doodgegaan, dus ik denk dat ik zo snel mogelijk mijn bed maar weer opzoek, als het jou hetzelfde is.'

Joe lachte. 'Jammer. Ik wilde jullie uitnodigen voor een besloten feestje in The Hare.' Hij drukte een vinger op zijn lippen. 'Alleen voor vips. Ik vind dit dé avond om een fles Teeling Vintage Reserve open te maken, die ik voor een speciale gelegenheid heb bewaard.'

Pips ogen knepen meteen belangstellend samen. 'Zei je nou Teeling?'

'Aye, de Thirty-Year-Old Platinum.'

'Pip, je moet terug naar bed,' zei Ottie, die zichzelf bij elkaar raapte toen ze de blik zag die haar zus in de ogen kreeg.

'Ssjt,' suste Pip. 'Mijn volgende antibioticapil hoef ik pas over...' Ze keek op haar telefoon. 'Twee uur.'

'Je mag geen whisky drinken als je aan de antibiotica bent.'

'Misschien niet, maar ik mag wel rúíken.'

'Zou je naar een feestje gaan om alleen maar de geur van whisky op te snuiven?' vroeg Ottie vol ongeloof.

'Twee uurtjes maar, hoor. Ik ben herstéllende.' Pip keek achterom naar Joe, die naar een bekende auto waggelde die ze allemaal goed kenden. 'Hoe ga jij terug naar het dorp, Joe?'

'Met Seamus hier. Hoezo? Lift nodig?'

'Nou, we hebben hier geen autosleutels, dus... ja.' Pip keek Ottie aan. 'Anders vriezen we nog dood. Ik stuur Willow wel een berichtje als we daar zijn. Dan kan zij ons oppikken.'

Ottie kreunde, maar haar zus had een punt en het was nu het belangrijkst om Pip de kou uit te krijgen. In The Hare was het tenminste gegarandeerd warm.

Met tegenzin stond ze Pip toe haar arm door de hare te haken en met haar naar de auto te lopen. Joe deed het achterportier voor hen open en ze kropen op de achterbank. 'Hoi, Seamus!' zei Pip monter.

'Hoi, Seamus,' zei Ottie, maar ze werd afgeleid door iets wat ze had opgemerkt toen haar zus de auto in was gestapt. Ze hield haar hand in een rare stand. En nu ze zat, zag ze dat diezelfde hand als een gewond vogeltje op haar schoot lag. 'Pip, laat me eens naar je hand kijken,' fluisterde ze.

'Nee, laat maar,' zei Pip vlug, die de hand wegschoof, buiten bereik, terwijl de taxi reutelend in beweging kwam.

Ottie zweeg, maar het was duidelijk dat zij niet de enige was die vanavond pijn leed. Pip was gewond, en niet alleen fysiek. Ottie wist dat haar wie-doet-me-wat-houding slechts een pose was en dat ze daaronder van streek was om wat Ottie had gedaan, om het schokkende geheim dat ze al die jaren voor haar zussen en ouders geheim had gehouden. In feite was haar stoere jongere zus een stuk breekbaarder dan ze overkwam.

Joe begon met de radio mee te zingen en Pip volgde zijn voorbeeld. Ze reden weg en Ottie keek achterom door de achterruit naar het roze kasteel en zijn niet zo mooie verrassingen. Ze was er vanavond naartoe gegaan om haar rodejurkenleven te beginnen maar in plaats daarvan leek alles nu juist grauwer.

En ondertussen stond Lorne Castle er nog steeds.

Joe sloot de deur achter hen en er ging een zacht gejoel op onder de kleine groep vaste klanten die nog aanwezig was. 'Besloten partij!' riep hij, wat nog meer gejuich teweegbracht.

Ottie zag Taigh O'Mahoney terugkomen van de wc. Hij bekeek het tafereel met een verbaasde blik, die overging in een frons toen hij Pip zag, die in de richting van de bar liep.

Ottie zwaaide even naar hem en hij kwam naar haar toe. 'Ze hoort in bed te liggen!' zei hij streng.

'Ik weet het. Maar we hebben nogal een avond achter de rug,' antwoordde Ottie zacht. 'Ik denk dat ze daar eerst even van moet bijkomen.'

Meteen trok hij bezorgd zijn wenkbrauwen op. 'Alles in orde?'

'Het komt wel goed,' zei Ottie knikkend, en ze hoopte dat ze zekerder klonk dan ze zich voelde. 'Je bent dus niet naar het feest gegaan?'

Hij haalde verontschuldigend zijn schouders op. 'Sorry, nee. Ik had wel wat meer belangstelling mogen tonen, dat weet ik, maar het is niet echt iets voor mij om me op te doffen.'

'Hé, je hoeft je tegenover mij niet te verontschuldigen, Taigh. Het was ons feest niet.'

'Was het leuk? Ik hoorde dat zich een drama heeft afgespeeld.'

Ze verstijfde onmiddellijk. 'Drama?'

'Dat Lorna Delaney het doet met Bertie Flanagan en dat Shula hem de deur heeft gewezen.'

Ze werd elke keer misselijk als ze de woorden hoorde, als ze eraan dacht. En dan te bedenken dat ze het de hele wereld had willen laten weten toen ze vanavond van huis was gegaan... 'O. Ja.'

'Heb jij het dus ook gehoord?'

Ze slikte en het lukte haar om te knikken. 'Hm.'

Taigh trok zijn neus op. 'Ik kan niet zeggen dat het me verbaast.'

'Nee?' Jarenlang had ze gewild dat de waarheid uit zou komen, dat iedereen van hun liefde op de hoogte zou zijn, hen erom zou bewonderen, maar nu haar de schellen van de ogen waren gevallen en ze hun relatie in het juiste perspectief zag, kon ze niets vreselijkers bedenken. Ze schaamde zich. Verafschuwde wat ze had gedaan.

'Nee. Ik bedoel, het is geen geheim dat ik een tijdje met Lorna ben omgegaan. Ze heeft toen wat dingen gezegd die achteraf wel wat belletjes doen rinkelen...' Hij haalde zijn schouders op. 'Maar ik had er geen erg in, snap je?'

'Natuurlijk niet. Jij kon het toch niet weten?' mompelde ze, en ze wist dat haar wangen vuurrood kleurden.

'Nou, die Amerikaan had het door,' zei hij schouderophalend. 'Hij zag waar wij allemaal blind voor waren.'

Ottie viel even helemaal stil. 'Amerikaan?'

'Ja. Ben. Die hardloper die gewond is geraakt. Kruisband gescheurd, arm gebroken... De ouwe Paddy leverde commentaar aan de bar over de rechtszaak waar hij van afzag, en toen zei Ben dat Flanagan in meer dan één opzicht een bedrieger was.' Hij haalde weer zijn schouders op. 'We snapten toen niet waar hij het over had, we dachten dat hij zijn gal spuwde omdat Berties juristen hem te slim af waren, maar nog geen half uur geleden kwam Fergal Sheehan binnen met de roddel over Lorna, en bleek hij gelijk te hebben.'

'Wanneer heb je hem dan gesproken?' vroeg Ottie stomverbaasd. Ze dacht dat hij hier maar één keer was geweest, samen met haar na het winkelen.

'Ben? Kortgeleden.'

'Hoe bedoel je, Taigh, twee dagen geleden? Vorige week?' vroeg ze op dringende toon.

Taigh lachte. 'Nee, ongeveer twintig minuten terug.'

'Is hij dan nog híér?'

Taigh keek op van haar reactie. 'Ja. Hij huurt boven een kamer.'

Ben was hier dus in het pand? Ottie keek vol ongeloof naar het plafond. Ze dacht dat hij meteen naar Dublin was gegaan, klaar voor zijn vlucht van morgenmiddag. Er waren daar meer plekken waar hij kon verblijven, hotels met een lift bijvoorbeeld... Hoe was hij in godsnaam de trap op gekomen? Ze had weleens minder steile ládders beklommen.

'Is alles oké, Ottie?'

'Ja, ik...' Maar ze had het gevoel dat ze zich onder water bevond, alles leek gedempt en traag.

'Wil je wat drinken? Je ziet een beetje bleek. Ik denk dat Joe naar de kelder is gegaan om die beroemde fles Teeling te halen waar hij het altijd over heeft. Persoonlijk geloof ik er pas in als ik 'm zie.'

'Eh… nee. Nee.' Ze beet op haar lip. 'Er is iets wat ik eerst nog moet doen.'

Hij keek haar verwonderd aan. 'Oké, prima.'

'Ik blijf niet lang weg.' Ze maakte aanstalten weg te lopen, maar er schoot haar ineens iets te binnen. 'O, maar Taigh…'

'Ja?'

'Pip heeft haar hand verwond.'

Hij liet zijn schouders hangen. 'Luister, Ottie, het spijt me, maar ik doe er even niets mee, als je het niet erg vindt. De ervaring leert…'

'Alsjeblieft. Ik denk dat hij misschien wel gebroken is, maar dat ze dat voor mij probeert te verbergen. Je kent haar. En als er niet snel wat aan gebeurt, zoals…'

Hij fronste. 'Hoe heeft ze haar hand dan bezeerd?'

'Ze eh… eh…' O god, wat moest ze nu zeggen? 'Er is iemand per ongeluk tegenaan gebotst.'

Taigh staarde haar aan, zijn kenmerkende lach al dansend in zijn ogen. 'Iemand?'

'Iemand die het verdiende.'

Taigh lachte. 'O jezus,' riep hij hoofdschuddend, zijn blik neerstrijkend op haar jongere zus aan de bar. Hij trok zijn wenkbrauwen op. 'Heeft ze een pyjáma aan?'

'Nog een lang verhaal.'

'Dat is altijd zo bij haar,' zei hij, en hij wreef met zijn handen over zijn gezicht voordat hij een gelaten zucht slaakte en naar haar toe liep. 'Serieus, wat heeft die maffe meid nou weer gedaan?'

Ottie keek hoe hij naar Pip liep en haar op haar schouder tikte. Ze zag dat Pip schrok, en ze hield haar hoofd schuin toen ze zag dat haar zus slikte en ontkende en protesteerde, zoals ze altijd deed als ze zich kwetsbaar voelde. Haar ogen werden groter toen ze zag hoe Pip naar hem keek terwijl hij haar hand onderzocht.

Taigh? Echt?

Ottie klopte op de deur en zette een stap achteruit, alsof ze elk moment van gedachte kon veranderen en de ene of de andere kant op moest kunnen vluchten. Maar toen de deur openging en die doordringende ogen zich op haar richtten, wist ze dat vluchten geen optie was.

'Ottie.'

Ze bevochtigde nerveus haar lippen en besefte dat ze geen idee had wat ze moest zeggen. 'Hoi.'

Hij staarde haar aan en liet zijn ogen over haar bleke gezicht en slaphangende haar dwalen, die een heel ander verhaal vertelden dan de rode jurk. Meteen wist ze dat hij het wist. Hij stapte achteruit en hield de deur verder open. 'Kom maar binnen.'

Ze liep aarzelend de kamer in. Die was sfeervol ingericht. Een blauwgroene met tweed beklede stoel bij het raam, een tweepersoonsbed opgemaakt met lakens en een wollen deken. Antieke lampen en een paar olieverfschilderijen van Dingle Bay, die ze herkende als het werk van Molly McCabe, een lokale amateurschilderes. In de hoek stond zijn North Face-reistas, volgepakt, met de parka die ze samen hadden gekocht eroverheen gedrapeerd. Klaar voor vertrek.

'Mooie kamer,' mompelde ze, zich naar hem omdraaiend. Ze zag dat hij nog hinkte, maar minder merkbaar dan de laatste keer dat ze hem had gezien.

Was dat echt nog maar de vorige nacht geweest? Toen ze zich naar binnen had gehaast nadat ze midden in de nacht naar het toiletgebouw was geweest en die stommiteit had begaan, hun ruzie nog sluimerend, hun gevoelens gekwetst? Het voelde alsof er tussen toen en nu een einde aan haar wereld was gekomen.

Ze wist dat het geen zin had om over ditjes en datjes te praten. Ze streek neer op het voeteneind van het bed en merkte dat hij wat afstand tussen hen bewaarde. 'Ik dacht dat je naar Dublin vertrokken was.'

'Het was ook de bedoeling dat je dat dacht.'

Ze keek hem aan, overvallen door zijn botheid. 'En dat vind je oké? Dat je zomaar bent weggegaan zonder afscheid te nemen?'

'Ik had het gevoel dat we alles hadden gezegd wat er tussen ons gezegd moest worden.'

Ze fronste. 'O?'

De lucht tussen hen werd zwaar en hij wendde zich af. 'Ik wil niet dat je denkt dat ik niet dankbaar ben om alles wat je voor me hebt gedaan.'

'Dankbaar,' herhaalde ze.

'Zeker.' Ze keek hoe hij naar het raam liep en de gordijnen dichttrok. Hij droeg de jeans die ze samen hadden gekocht, met een van de T-shirts.

Ze lachte bitter. 'Nou, je hoeft me echt niet dankbaar te zijn, Ben. Je weet dat ik de oorzaak was van de situatie waarin je was beland.'

'Nee. Bertie had de bordjes moeten plaatsen, het maakt niet uit wat hij in die tijd deed. Hij had nooit mogen toestaan dat jij de schuld op je nam.'

'Luister, ik ben inmiddels niet meer zijn grootste fan, zoals je misschien gehoord hebt,' zei ze luchtig zonder dat ze hem in zijn ogen durfde te kijken. 'Maar het was echt niet helemaal zijn fout. Jij zou nooit dat pad zijn ingeslagen als ik op mijn post was gebleven.'

'Was je niet op je post?' Hij fronste.

Ze slikte, beschaamd dit te moeten bekennen. 'Ik moest plassen. Heel erg nodig. Dus ik ben aan de andere kant van de helling gaan zitten, uit het zicht.'

Hij zweeg een lang moment. 'Dus, voor alle duidelijkheid, je vertelt me nu dat ik een gescheurde kruisband, een gebroken arm, drie gebroken ribben en een hersenschudding heb opgelopen omdat jij niet met blote billen gezien wilde worden?'

Ze hapte even naar lucht en hield toen haar adem in. Ze wist niet of hij tegen haar zou gaan schreeuwen of... 'Waarom lach je?' vroeg ze.

'Omdat het grappig is.'

‘Je had dood kunnen zijn.’

Hij haalde zijn schouders op. ‘Dan was het een stuk minder grappig geweest.’

God, die droge humor had ze zelfs deze ene enkele dag gemist. Er brak een lachje door op haar gezicht. ‘Dus je hebt geen hekel aan me?’

‘Nee,’ zuchtte hij. Zijn glimlach vervaagde en hij wendde zijn blik weer af. ‘Dat heb ik al geprobeerd.’

‘Toen ik je vroeg de aanklacht in te trekken?’

‘Ja.’

‘Het zou wel een verdomd goede reden zijn om een hekel aan me te hebben.’

‘Dat weet ik.’

Ze keek naar hem en zag de onzichtbare muur die hem omgaf. ‘Het is misschien een schrale troost, maar ik heb wél een hekel aan mezelf.’

Hij schudde zijn hoofd. ‘Niet doen. Ik weet als geen ander dat mensen alles willen doen voor degene van wie ze houden, en jij houdt van hem.’ Hij zei het met een neutrale blik en haalde zijn schouders op, maar ze zag dat zijn adamsappel op- en neerging en dat hij zijn schouders iets optrok.

‘Behalve...’ Haar keel voelde droog aan. ‘Dat ik niet van hem hou.’

Ben snoof vol ongeloof. ‘O, jawel.’

‘Nee.’

Ze liet het woord tussen hen in hangen als een punt aan het eind van een zin, waarmee ze hem dwong haar weer aan te kijken.

‘Ik dacht dat ik van hem hield. Ik ging vanavond naar het feest om iedereen over ons te vertellen. Ik was moe van het wachten. Ik wilde mijn rodejurkenleven,’ stamelde ze, plukkend aan de stof van de prachtige jurk. Ze zag dat zijn ogen over haar heen gleden en hoe zijn adem stokte.

‘Ik weet het. En je kwam erachter dat hij jou óók bedroog,’ vulde hij aan. 'Het was binnen de kortste keren bekend in de pub. Het schandaal rond Bertie Flanagan.'

'Juist. En weet je?'

Hij hield zijn hoofd vragend schuin.

'Het was precies wat ik wilde horen. Het was een enorme schok, dat zal ik niet ontkennen, maar er gebeurde ook iets merkwaardigs: het schudde me wakker. Plotseling was het alsof ik mezelf van buitenaf bekeek, alsof ik uit mijn eigen huid was gekropen, weg van al mijn verwarde gevoelens, en ik de hele treurige puinhoop kon zien. Zoals jij al had gedaan.'

Hij klemde zijn kaken op elkaar bij de herinnering aan hun ruzie.

'En ik walgde ervan. Van mezelf, van wat ik anderen had aangedaan: Shula, mijn ouders, mijn familie.' Ze keek hem recht aan. 'En vooral jou.'

'Ottie...'

Ze stond op en zette een stap dichterbij. 'Ken je dat gezegde? Het hebben van de zaak is het einde van het vermaak? Nou, zo verging het mij vanavond ongeveer. Zelfs voordat het bekend werd, van Lorna, toen ik daar in het kasteel stond, realiseerde ik me dat ik hem níét wilde. Ik probeerde mezelf over te halen hem voor me op te eisen, maar ik kon het niet. En het was heel verwarrend, want ik heb heel lang gedacht dat hij alles was wat ik wilde.' Ze staarde in de verte en herinnerde zich de drukte in de zaal, Shula die door de menigte naar haar toe liep, en het paniekgevoel bij het idee dat ze inderdaad haar echtgenoot zou verlaten, zodat zíj hem kon hebben. 'En toen het uitkwam, van Lorna, voelde ik vooral opluchting. En wat ik had moeten ervaren als een verschrikkelijk verlies, was dat helemaal niet, want dat was wat ik voelde toen jíj vertrokken was.'

Hij keek op van de vlek op het tapijt en ze liep naar hem toe. Ze zag alle kwetsbaarheid in zijn gezicht die hij anders altijd zo goed verborgen hield. Zijn vrouw had zijn hart gebroken en hij had zijn leed gekanaliseerd in zijn sport, had er een deugd van gemaakt pijn te kunnen verdragen. 'Ottie, ik vlieg morgen naar huis.'

Het was bedoeld als afweer. Een reden om iets tegen te houden voor het begon. Het had geen zin. Er was geen tijd. Maar ze bleef vlak voor hem stilstaan, in de wetenschap dat haar rodejurkenleven voor haar lag. Ze liet een hand langs zijn nek omhoog in zijn haar glijden.

'Vertel me dat maar nadat je me hebt gekust.'

32

Willow stond bij het raam naar de glinsterende zilverkleurige strook van de zee te kijken, waar de maan over het water danste als een zwaan op een meer. De bank die midden tussen de bloemperken stond, recht voor haar, was altijd haar vaders lievelingsplek in de tuin geweest, met eromheen de oude taxusheggen, aangeplant in vier liefdesknopen. Met het kasteel achter zich had hij het heerlijk gevonden om de zeilboten langs te zien glijden.

Hij had zich echter waarschijnlijk nooit een nacht voorgesteld waarin zijn geliefde kasteel roze zou zijn. Of waarin een kerstboom op zijn kop aan het plafond hing. Had zij Lorne een eigentijdse touch bezorgd? Had zij de statige oude dame een facelift gegeven, of was dit een parodie op haar waardigheid? Het feest was nog in volle gang en er liepen stelletjes in de tuinen te genieten van het maanlicht.

Ze keerde zich af van het raam en liep rond in de bibliotheek, zoals haar vader altijd had gedaan als hij iets had om te 'overpeinzen'. Het was een van de kleinste vertrekken in het kasteel, maar op de een of andere manier ook het belangrijkste. Het was het zenuwcentrum van alle Lorne-activiteiten. Het was de plek waar haar leven was veranderd. En ook dat van hem, want ze had de brief er voor hem achtergelaten in de wetenschap – met het voorgevoel – dat hij hem op een dag zou vinden. Ze had gewild dat hij eronder zou lijden, net zoals zij, dat hij haar moeder zou straffen omdat zij het niet kon.

Ze stond stil voor de uitgave van *Silas Marner*, die haar leven op losse schroeven had gezet. Het was puur toeval geweest, of misschien een speling van het lot, want waarom had ze, van alle boeken die ze in deze bibliotheek had kunnen openslaan, juist dit exemplaar gekozen? Het had geen fraaie belettering of een verguld randje zoals veel andere werken. Het was niet het grootste of het kleinste boek, niet het zeldzaamste of het kostbaarste. Het was een onooglijk geval geweest, doodgewoon, maar ook dodelijk.

Als ze haar ogen sloot, zag ze nog steeds het krachtige, zwierige handschrift voor zich – zwarte inkt, glad papier – fragmenten van zinnen die onuitwisbaar in haar geheugen waren gegrift: *Liefste Serena... alles wat ik ooit heb gewild... heb naar je verlangd... smoorverliefd... geef me nog één nacht... laat me je een nieuw leven geven... je verdient meer dan hij je kan bieden... ik zal Shula verlaten...* Het was de datum die erboven stond, negen maanden voor haar geboorte, die de hele waarheid had onthuld.

Wat moest haar vader hebben gevoeld toen hij die brief las? En hoe pijnlijk ook, was het ook maar in de verte te vergelijken met wat de inhoud voor haar had betekend: het verlies van haar familie, haar identiteit, haar authenticiteit, in één klap?

Ze trok het boek tevoorschijn en voelde het gewicht ervan weer in haar handen. Ze hield het schuin en haar adem stokte toen ze de envelop zag vallen. Hij zat er nog in. Verspreidde zijn gif nog tussen de bladzijden... Ze pakte de brief weer op. En stopte.

Haar vaders handschrift. Blauw papier. Haar naam.

Ze slikte moeizaam en maakte de envelop met trillende handen open. Het verleden strekte zich uit naar het heden alsof de wind zachtjes een adem in haar nek blies.

13 mei 2019

Mijn kuikentje,

Als je dit leest, ben je niet alleen weer thuis, maar hier, terug in de bibliotheek, met het boek in je handen waarin je het geheim hebt ontdekt dat je ertoe heeft bewogen te vertrekken. Dat is althans mijn veronderstelling: dat er iets is gebeurd waardoor jij je van ons hebt afgekeerd. En ik wist niet wat het was tot ook ík de brief hier vond. Heb ik gelijk?

Als dat het geval is, laat ik dan beginnen door te zeggen dat het me spijt en dat het me altijd zal spijten, want ik heb deze situatie veroorzaakt, niet je moeder. Zij heeft een keuze gemaakt die haar is opgedrongen door mijn vreselijke schuldgevoel. De druk die ik op haar heb uitgeoefend in mijn wens een zoon te krijgen, was ondraaglijk en het is een wonder dat ze bij me is gebleven.

Mijn hele leven, vanaf het moment dat ik werd geboren, heb ik te horen gekregen hoe gelukkig ik me mocht prijzen de negenentwintigste Knight of Lorne te zijn, hoe waardevol dat privilege was, en natuurlijk werd mij steeds weer verteld dat het mijn plicht was om een zoon voort te brengen die de lijn zou kunnen voortzetten. Te veel jaren heb ik daarin geloofd en had ik het gevoel dat ik gefaald had, want het is vreselijk om te weten dat jij degene bent die de lijn doorbreekt. Maar veel erger dan dat alles was de schaamte die ik ervoer toen ik erachter kwam wat mijn egoïstische lijden had aangericht: dat mijn prachtige echtgenote, jouw dierbare moeder, in een onbestaanbare positie was gedwongen, dat mijn geliefde dochters waren opgegroeid met het idee dat ze niet voldeden, niet genoeg waard waren, terwijl ík in feite onwaardig was.

Ik heb met alle vezels in mijn hele wezen van je gehouden vanaf het moment dat je werd geboren, en de brief die jij en ik hebben gevonden, heeft daar niets aan veranderd, helemaal niets. Je bent míjn dochter, niet de zijne, nooit, en dat zal ik tot mijn dood blijven onderstrepen. Want ik heb een simpele waarheid ontdekt: het verlangen naar een zoon, een nieuwe knight, is achterhaald, want wat voor nut heeft een ridder zonder zijn koningin en prinsessen om te dienen en te beschermen? Waarom zouden er knights moeten bestaan als zij er niet zouden zijn?

Jij bent de reden waarom Lorne is gebouwd en waarom Lorne er nog steeds staat, en ik hoop dat ik als je dit leest in de kamer hiernaast ben en dat je naar me toe zult komen, en me zult vergeven.

Maar als ik te laat ben (en ik ben ziek, dat weet ik), onthoud dan dit: dat ik weliswaar de laatste knight ben, maar dat ik voor altijd jouw vader zal zijn en dat mijn liefde voor jou duurzamer is dan welk kasteel ook.

Voor altijd,
Papa

De brief trilde in haar bevende hand en de tranen die op het papier vielen, lieten de inkt uitvloeien zoals haar hart bloedde. Want hij was te laat. Dat waren ze allebei.

'Willow?'

Ze draaide zich met een hap naar adem om en zag Connor in het vertrek staan, met de deur achter zich gesloten. Hoelang was hij er al?

Ze veegde haastig haar tranen weg met de rug van haar hand en probeerde zich te herpakken, maar ze voelde zich verscheurd. Deze avond had haar steekje voor steekje uiteengetrokken.

Hij liep zwijgend naar haar toe en haalde een zakdoek uit zijn fraaie pak tevoorschijn.

'Dank je,' mompelde ze, terwijl ze haar ogen droog depte en een moment nam om haar gezicht in het katoenen vierkant te verbergen.

Toen ze zich eindelijk oprichtte om hem aan te kijken, zag ze de reserve in zijn gezicht. Zijn ogen gleden over haar heen en wierpen licht in haar donkerste hoekjes, op haar geheimen.

'Wat is...' Hij zette een stap achteruit, alsof ze hem een klap had gegeven. 'Je gaat het kasteel niet aan me verkopen.'

Ze haalde snel adem en hield de lucht een ogenblik vast, alsof ze het antwoord in haar lichaam afwoog, maar ze wist het al. 'Nee. Het spijt me.'

Hij perste zijn lippen op elkaar, zo te zien boos, maar niet verbaasd. 'Mag ik vragen waarom niet?'

'Omdat het mijn thuis is. Ik hoor hier.' Ze vouwde de brief weer in drieën en sloot haar ogen terwijl ze hem tegen haar lippen drukte. 'Ik ben weer thuis.'

Hij staarde haar aan, zag haar natte wimpers en begreep dat de brief in haar handen de dingen op de een of andere manier had veranderd. Alles. 'Maar hoe kun je je veroorloven het te houden? Het bedrag dat je erin zult moeten investeren...'

'Ik weet het. Dat is enorm. Maar we hebben voor de verandering eens een meevaller.' Er ontsnapte haar een snikje van vreugde en ongeloof. Was het echt waar?

Ze wees naar de grote boodschappentas op het bureau.

Met een verwonderde blik liep Connor ernaartoe. Hij trok er een plat pakketje uit, losjes verpakt in krantenpapier. Hij duwde de vellen papier opzij en onthulde een sierlijke vergulde lijst met daarin het bijna lichtgevende portret. Hij hield het omhoog.

'Zij was mijn over-over-over-over-over-stiefgrootmoeder. Elizabeth Carr, maar ze stond bekend als Black Bess.'

Connors ogen vielen op de signering in de hoek, waarna hij haar verbijsterd aankeek. 'Het is een Gainsborough.'

'Ja,' zei ze, de blijdschap als bubbels bruisend in haar keel. 'Hij heeft haar in 1752 geschilderd. We veronderstelden dat het werk verloren was gegaan bij een brand, maar ze moet het uit het kasteel hebben meegenomen toen haar stiefzoon, de vijftiende Knight, haar na de dood van zijn vader eruit zette. Ze stond bekend om haar ijdelheid en ze zal het wel bij zich gehad willen hebben.'

'Het is schitterend,' zei hij mat.

'Ze heeft het verborgen op de zolder van het Dower House, in de verste hoek. We kunnen amper geloven dat het zo goed bewaard is gebleven, maar ze heeft het in een houten kist gelegd. Ze wist kennelijk wat ze deed.'

'Net als haar achter-achter-achter-achter-achterkleindochter.' Hij zette het schilderij voorzichtig neer, keek er een lang ogenblik naar en liet het tot zich doordringen. 'En je gaat dit dus verkopen.' Zijn stem klonk gespannen. Broos.

'Ja.'

Hij ijsbeerde langzaam en wierp haar een blik toe. 'Je gaat het verkopen, het kasteel verder opknappen en dan leef je nog lang en gelukkig. O nee, wacht, ik was even vergeten dat je niet gelooft in happy endings.'

Was dat zo? Ze voelde de brief tussen haar vingertoppen. Haar vaders begrip en vergevensgezindheid jegens zijn vrouw, het offer van haar moeder en haar berouw. Hun liefde had het ergst denkbare bedrog overleefd. Ze waren samen gelukkig geweest, zelfs nadat haar vader achter de waarheid was gekomen. Hoe had haar vader Bertie kunnen verdragen, vroeg ze zich af. Was hij met hem op de vuist gegaan? Of was het voor hem gewoon genoeg geweest om te weten dat hij iets had wat Bertie met al het geld van de wereld niet kon kopen: de liefde van haar moeder?

'Natuurlijk betaal ik je terug wat je tot nu toe aan de renovatie hebt besteed. Je zult niet zonder geld zitten.'

'O. Aardig van je. Bedankt.' Een kil sarcasme koelde zijn woorden. 'En hoe zit het met de tijd en moeite die ik erin heb geïnvesteerd? Ik heb alleen voor Lorne geleefd sinds ik het zag. Ik ben ervoor gevallen.'

Ze keek naar hem, voelde dat hij zich terugtrok, dat hun chemische aantrekkingskracht afnam door zijn kilte. 'Misschien weet je nog dat je gezegd hebt dat ik niet verplicht was het aan jou te verkopen na de pop-up. Je wist dat je dat risico nam.'

'Maar ik heb het geld toch kunnen regelen. In dezelfde tijdspanne als wanneer we er een klap op hadden gegeven.'

'Maar we hebben er nog geen klap op gegeven.' Ze beet op haar lip. 'Het spijt me heel erg, Connor. Ik heb het zo niet gepland. Er is de afgelopen dagen heel veel gebeurd.'

'Klaarblijkelijk. Je hebt zomaar een oude meester gevonden die ergens rondslingerde. Is me dat boffen. Daarmee ben je helemaal uit de brand.'

Ze hield haar hoofd schuin, gepijnigd door de bitterheid in zijn stem, maar ze kon het hem niet kwalijk nemen. 'Ik zweer je dat ik hier vanavond te goeder trouw naartoe ben gekomen, met de intentie om de papieren te tekenen.'

'En ik ben hiernaartoe gekomen met de intentie om je te kussen.' Zijn ogen gloeiden fel. 'Het lijkt erop dat we nooit op dezelfde golflengte zitten.'

'Connor...'

'Niet doen. In elk geval heb ik nu het antwoord op de vraag of ik je kon vertrouwen.'

Ze fronste. 'Het is niet met opzet zo gegaan.'

'O nee? Of heb je me al die tijd voor de gek gehouden? Als wraak voor je vader?'

'Nee!'

'Echt niet? Ik heb je verteld dat wat er met je vader is voorgevallen niet persoonlijk was. We maken veel schulden, dat is geen staatsgeheim. Het staat geschreven in ons businessmodel voor de eerste acht jaar: investeren in onroerend goed, het merk consolideren. Maar die week had onze bank net een lening teruggeëist. Ik had geen andere keuze dan een lager bod te doen of af te haken. Het was een zakelijke kwestie en wij waren de verliezers, niet hij.' Hij haalde diep adem. 'En het ziet ernaar uit dat ik opnieuw de verliezer ben.'

'Connor...' Haar stem brak. Ze wist niet wat ze moest zeggen.

Hij keek haar koeltjes aan.

'Ik wilde niet dat het zo zou gaan.'

'Ik ook niet. Geloof me,' snauwde hij, waarop hij de contracten pakte en zich omdraaide om te vertrekken.

'Heb alsjeblieft geen hekel aan me,' flapte ze eruit tegen zijn rug.

Hij stopte en draaide zich weer om. 'Een hekel aan je hebben zou geen probleem zijn, Willow. Heus, ik zou het heel prettig vinden om een hekel aan je te kunnen hebben.'

'Kunnen we niet...' Ze maakte aanstalten naar hem toe te lopen, maar hij hield haar tegen met zijn blik.

'Nee. Dit is nu voorbij. Voorgoed.' Hij liep naar buiten en smeet de deur achter zich dicht.

Willow staarde met wild bonzend hart naar de plek waar hij had gestaan. Ze had de brief in haar handen, de Gainsborough stond op de vloer. Ze was eindelijk thuis. Maar dit was geen happy ending.

33

Zondag 22 december

'Goed zo, jongen, kom maar mee,' zei Pip sussend terwijl de klep op de keitjes werd neergelaten. 'Dan stel ik je voor aan je nieuwe stalgenoten.'

Voorzichtig leidde ze de jonge hengst met de halster in haar goede hand de trailer uit en het erf op. Kirsty had goed werk verricht. Ze had de sneeuw weggeveegd terwijl zij in haar bed lag, en alle paarden hadden vers en schoon ligstro.

Hij snoof even toen de koude temperatuur zijn neusgaten bereikte, en er golfde een huivering over zijn zwartfluwelen flank. 'Kom maar binnen, hierlangs, je zult het er fijn vinden, dat beloof ik,' mompelde ze, en ze leidde hem naar zijn nieuwe box, in de stal tegenover die van Shalimar, maar de boxen aan weerszijden waren bewust leeg gehouden voor het geval hij veel zou trappen.

Slinki hield het schouwspel goed in de gaten vanaf haar lievelingsplek op de dwarsbalk, van bovenaf naar beneden kijkend. Fergus en de andere paarden keken met hun hoofd over de deur van hun box nieuwsgierig toe terwijl ze de hengst mee naar binnen voerde en omdraaide. Hij snuffelde aan de hooizak en de liksteen. Ze had ook een spiegel opgehangen en Pip lachte toen hij het knappe spiegelbeeld bewonderde en het geïnteresseerd besnuffelde.

'Nee, het is niet de bedoeling dat je jezelf liefhebt, maar háár,' zei Pip, en ze manoeuvreerde hem zo dat hij uitzicht had op Shalimar.

Ze stapte de box uit, schoof de grendel voor zijn deur en bleef in het gangpad tussen hen in staan. 'Dit is Shalimar, je nieuwe vriendin. Shalimar, dit is Dark Star. En het is héél belangrijk dat jullie van elkaar gaan houden.'

'Ik weet niet of het zo wel werkt, Pip.' Ze schrok van het plotselinge stemgeluid. 'Naar mijn ervaring gebeurt het gewoon, of je het nou wilt of niet...'

'Jezusmina!' riep ze uit, bijna door haar knieën zakkend terwijl ze zich omdraaide. 'Wat nou, Taigh? Je bezorgt me zowat een hartaanval.'

'Een hartaanval? Hm, oké, ja hoor, waarom niet...'

'Hè?'

'Laten we dat toevoegen aan de lijst met dingen die je doet om mij steeds te laten opdraven voor een gezondheidscheck: bijna verdrinken, een longontsteking oplopen, hand breken. Hartaanval.' Hij liep recht naar haar toe, zonder aarzelen en... zoende haar.

Ze deinsde geschokt achteruit. 'Wat doe je?'

'Ik geef je een zoen.'

Ze knipperde met haar ogen. En nog eens. 'Waarom?'

'Nou, je grote zus hield me gisteren staande en vroeg me wat precies mijn bedoelingen waren als het om jou ging.'

Ze fronste, verward door wat er gebeurde. 'En wat heb je gezegd?'

'Het zien te overleven.'

Ze staarde hem even aan, met een lach die in haar keel bleef steken terwijl ze zijn gezicht afzocht naar aanwijzingen voor een truc of een grap. Maar zoals altijd lachten zijn ogen toch al.

'Waarom... zou ze je vragen wat je bedoelingen zijn? Ik begrijp het niet.'

'Volgens Ottie verfoeit niemand een ander zo verschrikkelijk als jij mij zonder, vreemd genoeg, ook smoor op hem te zijn.' Hij grijnsde. 'Je bent gek op me, Pip, je moet er alleen nog achter komen.'

'Ik ben niet gek op je!'

Zijn grijns werd breder en zijn ogen dansten. 'Je zoen van zojuist vertelde me iets anders.'

'Ik heb jou niet gezoend. Jij zoende mij.'

'Nee, die bedoelde ik niet. Deze.' En hij stapte naar voren en zoende haar weer. En deze keer, toen ze zijn lippen tegen de hare voelde, zijn smaak proefde, zijn handen om haar hoofd voelde... zoende ze hem terug.

'Oké,' mompelde ze toen hij zich terugtrok, en ze probeerde te verbergen hoe snel hij haar hart liet slaan. Hij zou vast en zeker zijn stethoscoop tevoorschijn halen. 'Nou, misschien ben je niet alleen maar stom.'

Hij liet een scheve grijns zien. 'Vooruitgang!'

'Maar je vindt me niet eens leuk,' zei ze stuurs. 'Je hebt nooit iets gedaan waaruit bleek...'

'Jezus, meid, ben je al net zo blind als vatbaar voor onheil? Ik ben al stapelgek op je sinds de eerste keer dat we samen uitgingen. Ik heb het alleen maar uitgemaakt om mezelf de pijn te besparen, want het leek mij onvermijdelijk dat jij mij zou dumpen.'

'Nou, je hebt je gebroken hart anders prima weten te verbergen!' hoonde ze, denkend aan Lorna Delaney, met wie hij nog maar een paar weken geleden datete.

'Alleen omdat ik veel te lang naar je heb geluisterd en uit je buurt ben gebleven – en dat terwijl je geen enkel idee hebt wat goed voor je is.'

'O.'

Hij keek haar teder aan en streek met een hand door haar haar. 'Goed, laat me je vertellen wat we gaan doen. Eerst gaan we dit paard verder op zijn gemak stellen. Daarna neem ik je mee naar boven en ga ik doen wat ik al acht lange jaren dolgraag met je heb willen doen. En dan trek jij je pyjama aan.'

Ze keek hem glunderend aan. 'Waarom zou ik mijn pyjama aantrekken?' vroeg ze.

‘Ik dacht dat we een drankje konden gaan drinken in The Hare om iedereen te vertellen dat we eindelijk samen zijn.’

‘Eindelijk?’

‘Het schijnt dat Joe de afgelopen acht jaren een langlopende weddenschap over ons heeft bijgehouden.’

Pip gooide haar hoofd achterover en lachte. ‘Niet waar!’ Ze bedekte haar wangen – en blosjes – met haar handen.

‘Jazeker wel,’ zei hij grijnzend. ‘Lijkt het je een plan waar je mee kunt leven, Pip Lorne?’

Ze sloeg haar armen om zijn nek. ‘Taigh O’Mahoney, voor de verandering heb je ook eens wat zinnigs te melden. Het klinkt me als muziek in de oren.’

34

Maandag 23 december

Kirsty MacColl zong Shane MacGowan door de speakers toe terwijl Taigh met een nieuw rondje terug naar de tafel liep. 'Geen "Fairytale of New York" voor jou dit jaar, vriend,' grinnikte hij, zinspelend op de titel van het kerstduet. Hij overhandigde Ben zijn glas donker bier.

'Nou, nog niet in elk geval,' zei Ben, die een arm om Otties schouders had geslagen. 'Wat zal ik zeggen? Manhattan kan wachten.'

Maar niet lang meer. Willow kon nog steeds niet geloven dat Ottie in het nieuwe jaar met hem naar New York zou vertrekken om een poging te wagen het daar als kunstenares te gaan maken. Aan de ene kant leek haar dat te snel, te vlug. Aan de andere kant... Werd het niet hoog tijd voor een nieuw leven, na de manier waarop Bertie haar geïsoleerd had? Ze zag hoe Ben een kus op haar zus' kruin gaf en hoe zij tegen hem aan leunde. Ze waren nu al heel hecht met elkaar en zaten steeds zachtjes met elkaar te praten, met hun ogen op elkaar gericht alsof er niemand anders bestond.

Pip en Taigh waren al geen haar beter, twee hyperactieve puppy's die lachten om elke grap en om de paar minuten naar elkaar toe bogen voor een kus. Zij hadden het al over samenwonen boven de stallen.

Willow keek de andere kant op. Ze was blij voor haar zussen, heus. En ze zou helemaal geen tijd hebben om zich druk te maken over haar eigen liefdesleven – of het gebrek daaraan – met de hoeveelheid werk die ze aan het kasteel zou hebben. Ze had vanochtend haar ontslag ingediend bij Pyro Tink, eindelijk af van de pose dat het bruisende, heftige leven waar ze haar sociale media mee had volgestouwd, ook het leven was dat ze daadwerkelijk wilde leiden. Ze had Dublin niet nodig om te sporten en ze had zich voorgenomen om met Al Brody van de Lorne Stores te praten over uitbreiding van het assortiment met matcha en meer bleekselderij. Er waren wegen van hier naar de steden, toch?

Caz had gehuild toen ze had gebeld om te zeggen dat ze niet terug zou keren en dat ze op zoek zou moeten naar een nieuwe flatgenote. Willow had beloofd dat ze met oud en nieuw zou komen 'voor een laatste knalfuif' en om haar kamer leeg te halen, maar verder was het vertrek uit de stad zo simpel als het doorknippen van een touwtje aan een ballon om vrij te kunnen vliegen. Dit was haar thuis en ze was hier met haar familie, haar stam.

Ze keek rond naar de vertrouwde bedrijvigheid. De pub was vol, niet barstend uit zijn voegen zoals de afgelopen weken toen Connors werklieden hier waren om het kasteel klaar te maken voor de pop-up, maar bijna iedere familie uit het dorp werd vertegenwoordigd door minstens één persoon. De grote kerstpubquiz zou over een half uur beginnen en iedereen wilde een tafel zien te bemachtigen. Pip nam de quiz altijd heel serieus, omdat ze niet tegen haar verlies kon, en ze zat Taigh al te overhoren over pophits uit de jaren tachtig.

Aan de andere kant van de pub zag ze Seamus en zijn vrouw Mary een blik op de menukaart werpen, hoewel iedereen al wist dat ze allebei Betty's speciale kerstkipcurry zouden bestellen. Ze zag dat Paddy Mahoney in afwachting van de quiz een kruiswoordpuzzel zat te maken. Ze keek naar Mrs Mac met de zwaar op de proef gestelde Mr Mac, die zijn vrouw zelden zag vanwege haar toewijding aan Willows familie. Ze zag Joe achter de bar staan, rustig een biertje tappend met de karakteristieke tevreden glimlach op zijn lippen. Ze zag Conn…

Ze verstijfde toen ze Connor door het raam zag. Hij stapte uit zijn auto, de prachtige Jaguar E-Type die vanaf het begin te perfect was geweest voor deze contreien. Ze zag dat hij het portier achter zich dichtsloeg, zich omdraaide en haar meteen in het vizier kreeg, alleen aan de drukke tafel. Hij leek haar altijd te kunnen vinden in een menigte.

De tijd stond stil, één tel maar, waarin hun ogen het moment vasthielden en zij probeerde haar reactie te verbergen. Het was een schok hem daar te zien. Ze had verondersteld dat hij al vertrokken was, en ze had de afgelopen paar dagen en nachten een nieuw soort rouw gevoeld terwijl ze tot zich liet doordringen dat het voorbij was tussen hen, voorbij voordat het ooit was begonnen, de liefdesrelatie die continu werd opgeschort omdat er altijd iets anders vóór moest gaan. Wat had Ferdy ook alweer tegen haar gezegd? Je kunt niet treuren om iets wat je nooit hebt gehad? Maar ze had hem bíjna gehad. Een terloopse aanraking, een blik, verleidelijke voorproefjes... En het deed fysiek pijn om hem los te laten.

Hij stak langzaam zijn arm op en ze zag de grote bos sleutels aan zijn vingers bungelen – de sleutels van het kasteel – en toen begreep ze waarom hij hier was. Hij ging nu wél echt weg.

Dat besef voelde als een vlijmscherp scheermesje dat pijnlijk over haar huid schraapte.

Ze keek de andere kant op en voelde haar hart verkrampen. 'Ik ga even naar buiten om een telefoontje te plegen,' zei ze tegen de anderen, met gesmoorde stem.

'Wie ga je bellen?' vroeg Pip nieuwsgierig.

Maar Willow liep al door de pub, naar de deur. Ze stapte de kou in en het viel haar op hoe donker en glanzend zijn E-Type afstak tegen de sneeuw. Het was weer begonnen te sneeuwen en de boeren waren de hele dag met hun trekkers in de weer geweest met het schoonmaken van de lokale wegen. Ze hoopte dat ze geen zout zouden komen strooien zolang Connors auto hier nog stond.

'Alles is afgesloten,' zei hij stijfjes, zonder enige inleiding, en hij reikte haar de sleutels aan.

Er lag iets overdrevens in het gebaar en toen zij haar hand uitstak om ze aan te pakken, wierp hij een blik door het raam van de pub, waarop zestig gezichten zich meteen afwendden. Natuurlijk hadden ze publiek. Iedereen wist inmiddels wie hij was, die vent die de Lornes bijna van hun plek had verdreven.

'Bedankt,' mompelde ze.

'Het is schoongemaakt en alles wat wij er hadden neergezet, is weggehaald.'

'Oké,' zei ze, met een bezwaard gemoed. Het was moeilijk om naar hem te kijken, maar onmogelijk om het niet te doen.

'In wezen is het achtergelaten zoals we het hebben aangetroffen, afgezien van de restauraties.'

'Dank je. En ik zal ervoor zorgen dat al het geld dat we je verschuldigd zijn binnen een maand is overgeboekt. Met rente.' Ferdy had verrukt gereageerd op het nieuws van de ontdekking van de Gainsborough. Zeer binnenkort zou ze een rijke vrouw zijn.

'Prima.' Hij ademde uit alsof dat alles was wat er te zeggen viel. 'Oké dan.'

Ze wist niet goed wat ze moest doen, dus ze stak hem haar hand toe en ontmoette vluchtig zijn blik, als een libel die over het oppervlak van een vijver schoot. 'Bedankt voor alles... Het spijt me dat... het niet is gelopen zoals we hadden gehoopt,' stamelde ze. 'Ik zou willen dat de omstandigheden anders waren.'

'Ja.' Hij schudde haar hand en hield die een fractie langer vast dan nodig, zoals hij altijd deed, nooit goed in staat om gemakkelijk los te laten. 'Ik ook.'

Hun ogen maakten voor de laatste keer contact. Ze wisten allebei dat er niets meer te zeggen viel. Hij ging terug naar Londen en zij bleef hier. Ze waren ieder terug in hun eigen leven en zelfs hun grote wederzijdse aantrekkingskracht kon niet op tegen de loop van de gebeurtenissen.

Hij opende zijn mond en heel even was ze er zeker van dat hij nog iets wilde zeggen, maar toen draaide hij zich om en keek ze toe hoe hij naar de stoeprand liep.

Ze had het eerst niet door toen ze de deur van de pub achter zich hoorde opengaan, en ze zag ook niet meteen de kastanjekleurige flits die langs haar vloog. Maar haar aandacht werd gewekt toen ze de woorden hoorde: 'Hé, gozer!'

Connor draaide zich om en zag Pip achter hem aan hollen. Ze slipte op een stukje ijs en gleed bijna recht tegen hem aan. Hij ving haar net op tijd op.

'Hé!' zei ze glimlachend terwijl ze haar evenwicht hervond.

'Pip, wat doe je?' wilde Willow weten. Een paniekerig gevoel maakte zich van haar meester. Pip 'met een missie' beloofde weinig goeds.

'Hoi, ik ben Pip,' zei ze, haar compleet negerend en haar hand uitstekend.

Verbluft schudde Connor haar hand. 'Hoi, Pip.'

'Je herinnert je me misschien niet, maar je hebt me een paar weken geleden uit een meer getrokken?'

Een beduusde glimlach zweefde om de hoeken van zijn mond. 'Dat herinner ik me.'

'Goed, daar ben ik blij om,' hijgde ze, nog niet helemaal op krachten na de longontsteking. 'We hebben namelijk een probleem.'

Zijn ogen knepen samen. 'Is dat zo?'

'Ja. Feitelijk was jij die avond mijn redder, maar zeg dat niet tegen mijn vriendje, want die denkt veel te graag dat híj mijn leven heeft gered in de ambulance en zo.' Ze wapperde met haar handen rond haar gezicht. 'Maar jíj bent degene die me heeft gered en dat betekent dat ik van mijn kant verplicht ben om jou te redden.'

Connor staarde haar aan. 'Pardon?'

'Ja,' zei ze plechtig knikkend. 'Dat is een Chinese wet.'

'Het is een Chinees gezégde, Pip,' zei Willow vertwijfeld. Ze wist niet waar dit toe zou leiden en ze wilde het ook niet weten. 'Connor, ik heb geen idee wat ze...'

'Wet. Gezegde. Wat maakt het uit. Hoe dan ook, ik ben je wat verschuldigd, dus als je zo vriendelijk zou willen zijn om mijn zusje hier te zoenen, dan heb ik ook jóúw leven gered en staan we quitte.'

Connor keek van Pip naar haar, alsof Willow misschien licht op de zaak kon werpen.

Willow voelde haar wangen branden van verontwaardiging. 'Pip! Wat is dit in godsnaam...'

'Waarom zou... je zusje zoenen mijn leven redden?' vroeg hij verbijsterd.

'Zoen haar nou maar, dan kom je er wel achter,' zei Pip kordaat.

'Pip, nee!' zei Willow boos. 'Dit is belachelijk. Je zet me voor schut!'

'Wilhelmina...'

'O mijn god, noem me alsjeblieft niet zo! Serieus? Alsof dit nog niet gênant genoeg is,' kreunde Willow, en ze wendde zich af.

Achter haar hoorde ze Connor zacht grinniken om hun zusterlijke gekibbel.

'Luister, ik wil alleen maar dat hij je zoent opdat ik word bevrijd van een anders eeuwigdurende schuld.'

'God nog aan toe! Je bent echt niet voor eeuwig schuldplichtig!' riep Willow, die haar armen gefrustreerd omhooggooide.

Pip keek achterom naar Connor. 'Wil jij het haar alsjeblieft vertellen? Ze luistert nooit naar mij.'

Connor bleef een lang moment zwijgend stilstaan, en zijn ogen schoten tussen hen beiden heen en weer terwijl hij – vergeefs – probeerde te begrijpen wat er nou eigenlijk gebeurde. 'Nou, feitelijk, in principe, denk ik dat Pip...' Hij liep naar voren, pakte Willow bij haar pols en trok haar langzaam naar zich toe. 'Ja, ik denk dat Pip gelijk heeft. Het is nu eenmaal de wet.' Hij keek naar Pip. 'Het is de wet, toch?'

'De wet. Absoluut.' Pip klonk als een rechter die uitspraak deed en knikte plechtig.

Connor keek haar aan en haar hart maakte een buiteling. 'Dus ik zal je één zoen geven,' mompelde hij, zijn blik al op haar lippen gericht. 'Want dan heeft ze mijn leven gered en is ze bevrijd van...'

'Mijn eeuwigdurende schuld,' souffleerde Pip.

Maar ze hoorden haar geen van beiden meer, want zijn lippen waren al op de hare en zijn armen omsloten haar. Willow voelde de wereld sneller om haar heen wervelen nu hij haar zo vasthield. Ze was weer terug op die eerste avond, in zijn armen, voordat Pip het meer in was gedoken, voordat hij naar haar kasteel was gekomen, terug naar het moment dat alleen zij tweeën bestonden, onderworpen aan de zegeningen van de aantrekkingskracht en het lot.

Hij trok zich terug en keek haar aan, beiden waren ademloos van verlangen.

'Zie je wel? Je stapt nu die auto niet meer in, hè?' vroeg Pip, die met een ondeugend lachje hun persoonlijke moment verstoorde.

'Nee,' zei Connor zonder zijn ogen van Willow af te wenden.

'Mooi zo. Want de gladde wegen zijn levensgevaarlijk in zo'n ding met achterwielaandrijving. Bam! Ik heb je leven dus hartstikke gered,' giechelde Pip. 'En trouwens, Will, als je een telefoontje wilt plegen, heb je zo'n toestel nodig, weet je wel?'

Willow voelde dat haar mobieltje in de achterzak van haar jeans werd geschoven en kreunde toen ze zich realiseerde dat ze het op de tafel had laten liggen. Pip, die zich kostelijk vermaakte, liep terug de pub in, waar ze met luid gejuich werd ontvangen.

Connor grijnsde. 'Interessant, die familie van je.'

Willow lachte terwijl hij haar weer tegen zich aan trok. 'Je moest eens weten!'

EPILOOG

Eerste kerstdag 2019

Het vuur knisperde dromerig en spuwde af en toe wat splinters uit die zich opkrulden en zwart kleurden op de oude stenen rond de haard, slechts centimeters verwijderd van de koude, natte neuzen van Mabel en Dot, die lagen te dommelen op hun comfortabele plek op het tapijt. Het ontbijt dat Mrs Mac de avond tevoren op een dienblad had klaargezet, was al verorberd – haar havermoutpap en birchermuesli waren opgelepeld en overal lagen toastkruimels – en nu zaten de vier Lorne-vrouwen met grote verwondering naar de keurige stapel cadeautjes onder de boom te kijken. Waren er vannacht elfjes langsgekomen? Niemand had dit jaar veel zin gehad om kerstinkopen te doen. Dat had niet goed gevoeld tegen de achtergrond van zoveel verlies, en als de vrachtwagens vol aardse bezittingen die door Christie's waren opgehaald hun iets geleerd hadden, was het dat ze niet meer spullen nodig hadden. Toch was een of andere kerstengel druk bezig geweest, want rondom de kerstboom stonden verschillende dozen opgesteld.

Willow voelde de herinneringen in het Dower House al ontstaan nu alle drie de zussen vannacht in hun nieuwe slaapkamer hadden geslapen. Connor had gisteren de laatste vlucht naar Londen genomen en Ben had bij Taigh gelogeerd. Ze begrepen dat de dames Lorne een familiemoment in kleine kring nodig hadden, en zouden later komen lunchen. De kerstboom zelf was 'gered' uit de tuin. Het was een kleine spar die onder de kroon van een beuk had gestaan en sowieso zou worden omgehakt om daglicht in het huis te brengen. Ze hadden hem gisteren versierd met oude zijden linten die ze in de kist op zolder hadden gevonden, en met wat lange parelsnoeren uit de jaren twintig van de vorige eeuw die van hun overgrootmoeder waren geweest. Hun gebruikelijke kerstversiering zat momenteel in een doos in het pakhuis van Christie's. Pip had haar dierbare piepkleine oude teddybeertje Mr Bunts als piek op de boom gezet – die moest dan maar als kerstengeltje dienen – en op de vensterbanken en richels hadden ze op één doosje na alle theelichtjes aangestoken, die ze altijd op voorraad hadden voor het geval de elektriciteit zou uitvallen. Iemand – Pip – had Rusty met een paarse papieren kroon versierd.

De Gainsborough had voor de feestdagen een tijdelijke speciale plek boven de schoorsteenmantel gekregen. In het nieuwe jaar zou het meteen worden ingepakt en weggehaald, maar ze wilden zelf nog graag even van het portret genieten. En het leek alleen maar gepast dat Black Bess – wier slinksheid hun zoveel geluk had gebracht – eindelijk haar plaats in de schijnwerpers kreeg, met haar felle, zwarte ogen die met een majesteitelijke blik over hen waakten terwijl zij in pyjama in de leunstoelen genesteld zaten. Maar net als in het echte leven zou haar heerschappij op Lorne ook in de kunst slechts van korte duur zijn, want ze hadden andere verborgen meesterwerken die zouden worden tentoongesteld nu Otties indrukwekkende doeken – dankzij Ben – waren gered uit hun verstopplek en zij, haar moeder en Pip alle drie hun favoriet hadden aangewezen.

'Wie gaat er eerst?' vroeg hun moeder. Maar het was een retorische vraag.

'Ik!' zei Pip gretig. Ze schoot van haar stoel en reikte naar het cadeau met haar naam erop. 'Hoor ik het klotsen?' grinnikte ze terwijl ze de lange, smalle doos naar haar oor bracht en ermee schudde. De inhoud rammelde zachtjes. 'Hm,' zei ze verbaasd aan het lint trekkend en het papier eraf scheurend.

‘Wat is het?’ vroeg Ottie nieuwsgierig toen Pip het deksel optilde en haar mond openviel.

Ze haalde een roodleren hoofdstel tevoorschijn. ‘O mijn god,’ zei ze fluisterend. Ze kneep zachtjes in de gevoerde wangstukken, streek over de koele geelkoperen onderdelen, liet haar vingers teder over de zwarte stiksels glijden. Ze keek haar zussen en moeder aan. ‘Wie…’

Willow keek naar haar moeder en Ottie, want zelf was ze het niet geweest, maar zij keken al net zo blanco als zij. ‘Zit er een kaartje bij?’ vroeg ze.

Pip tuurde in de doos, onder het vloeipapier en checkte het pakpapier. ‘Nee. Niets.’ Ze keek weer naar het hoofdstel. ‘Er is een zwarte ster op de frontriem geborduurd…’ Ze keek hen weer verbluft aan. ‘Het is voor Dark Star!’

Willow glimlachte. ‘Dan is het vast afkomstig van Taigh. Hij weet waar je hart ligt.’

‘Die drie baantjes van hem betalen kennelijk goed,’ grapte Ottie, haar handen warmend om haar kop thee.

‘Ik vermoord hem,’ zei Pip zacht, met een kus op de neusriem. ‘We hebben afgesproken dat we dit jaar geen cadeaus zouden geven. Er was geen tijd voor… O, ik kan niet wachten tot ik hem dit kan omdoen.’

‘Wie? Taigh?’ spotte Ottie, en ze haalde haar schouders op. ‘Nou, als jullie houden van kinky…’

‘Dark Star natuurlijk!’ protesteerde Pip met een gloeiende blos.

Hun moeder glimlachte om hun plagerijtjes. ‘Ottie, maak jij nu jouw pakje open?’ vroeg ze, en ze overhandigde haar de platte doos met haar naam erop.

‘Het is verdacht licht!’ zei Ottie, die met haar pakje schudde zoals Pip eerder met haar cadeau had gedaan.

Iedereen keek vol verwachting en heel geduldig toe – zelfs Pip – terwijl ze het lint eraf haalde en dat behoedzaam oprolde, waarna ze het papier eraf trok zonder het te scheuren. Willow sloeg haar gade toen ze de doos opendeed en zag dat haar gezicht betrok.

'Het is een envelop.'

'O, ik ben dol op enveloppen!' kwekte Pip opgewekt, op haar beurt plagerig, het hoofdstel liefderijk over een gebogen knie gedrapeerd. Ze zat met haar rug tegen de leunstoel van haar moeder en liet haar verstrooid met haar haar spelen.

'Het zijn vast tickets voor New York,' zei Willow. 'Ben wil je zo snel mogelijk meenemen. Heb ik gelijk?'

Ottie trok de tickets uit de envelop. 'Ja en nee.' Ze keek ze allemaal beurtelings aan, perplex. 'Hij neemt me mee naar Florence.'

'O, lieverd!' lachte hun moeder, die blij in haar handen klapte. 'Daar heb je altijd al naartoe gewild. De kunsthoofdstad van de wereld!'

'Ongelooflijk. Wij zouden ook geen cadeautjes kopen.'

'Nou, die jongens hebben kennelijk achter jullie rug onder één hoedje gespeeld,' zei Willow, en ze nam een slokje van haar thee.

'Dus misschien ook achter jouw rug?' vroeg haar moeder, die haar het pakje met haar naam erop aanreikte. Maar zij en Connor hadden elkaar hun cadeaus al gegeven, gistermiddag voordat hij was vertrokken om zijn vlucht naar Londen te halen. Hij had een E-Type-modelauto gekregen die Dave Nolan, de monteur, al twintig jaar in zijn garage op een plank had staan na een promotieactie van lang geleden. Zij had een piepklein bronzen olifantje gekregen dat hij onlangs van een reis naar India voor zijn nichtje had meegenomen en dat nog in zijn koffer zat. Hij had erbij gezegd dat ze het in haar kamer moest bewaren als reminder aan de aantrekkingskracht tussen hen die ze hadden getracht te negeren, maar nooit meer zouden ontkennen. Ze glimlachte bij de herinnering aan de zoenen die met het geschenk gepaard waren gegaan. Hij zou voor oud en nieuw naar Dublin vliegen om oudejaarsavond met haar en Caz en hun vrienden door te brengen, en ze telde nu al de uren af.

Ze nam het pakje geïntrigeerd aan. Ze voelde het gewicht. Massief. 'Zwaar ding,' mompelde ze. 'Een presse-papier?'

‘Die heb je wel nodig met al die rekeningen die straks jouw kant op komen,’ proestte Pip.

Willow wierp haar een grimas toe, maar grinnikte zelf ook terwijl ze aan het lint trok. Zoals gewoonlijk had Pip een punt. Haar kersverse voornemen om van het kasteel een luxueus wellness- en yogacentrum te maken, zou visie vergen, organisatietalent en een heleboel geld. Maar Connor had contacten aan wie hij haar zou voorstellen en hij had al het idee opgeworpen dat Lorne op de een of andere manier zou kunnen worden gelieerd aan de Home James Group, misschien als partnerlocatie.

Ze tilde het deksel op en duwde het vloeipapier opzij. Ze onthulde een matkristallen sculptuur van een vogeltje, met verfijnd vormgegeven veertjes, zelfs het dons was prachtig verbeeld. Het stak zijn snaveltje naar beneden en had tevreden gesloten ogen.

‘Is dat een Lalique?’ zei haar moeder ademloos, haar hand uitstekend. Willow gaf haar het vogeltje en keek hoe haar moeder het met een rimpel in haar voorhoofd bestudeerde. ‘Ik zou durven zweren dat ik het eerder heb gezien,’ mompelde ze, het omdraaiend. ‘Het is antiek…’

Plotseling stokte haar stem, maar Willow wist al wat ze zou zeggen. Want ze besefte, voor eeuwig besloten in het moment, dat het een kuikentje was. Het was een kuikentje dat thuis was gekomen.

‘Dat kan niet,’ prevelde Willow, die haar hartslag omhoog voelde schieten terwijl ze het pakpapier naast haar knieën oppakte en keek naar het handschrift op het kaartje dat erbij zat. Ze keek naar haar moeder, die net als zij wit was weggetrokken. ‘Mrs Mac heeft dit geschreven.’

‘Deze cadeaus zijn van Mrs Mac?’ sputterde Pip, nog steeds over haar hoofdstel strijkend, haar knie gebogen in de vorm van een paardenhoofd.

‘Nee,’ fluisterde Willow, die tranen voelde opwellen. ‘Maar ze moet ze gevonden hebben… Ze zijn van papa.’

Het werd plotsklaps muisstil in het vertrek en de zussen bekeken hun geschenk nu alle drie met andere ogen: Pips hoofdstel, bedoeld voor het paard dat hij op het punt had gestaan voor haar te kopen; Otties vliegtickets naar Florence, terug naar de wereld die zij voor hem had opgegeven; Willows vogeltje, zijn kuikentje dat was uitgevlogen en weer thuis was gekomen.

'We zagen dit in september op de Lapada Antiques Fair in Londen,' mompelde haar moeder, die het in haar handen hield en het troostende gewicht ervan voelde. 'Hij was er meteen weg van. Hij bleef er maar naar terugkeren, hoewel ik zei dat we niet nog meer snuisterijen nodig hadden... Ik had geen idee dat hij het toch had gekocht.'

Pip en Ottie hadden allebei een hand tegen hun mond gedrukt en er begonnen stille tranen over hun wangen te biggelen nu ze zowel zijn aanwezigheid als afwezigheid voelden.

'Maar papa kocht nooit cadeautjes voor ons,' wist Ottie uiteindelijk uit te brengen. 'Dat deed jij altijd, mam.'

Maar het hoefde niet gezegd te worden. In september wist hun vader al dat hij ten dode opgeschreven was, dat er een tikkende tijdbom in zijn hoofd zat en dat elke minuut zijn laatste kon zijn.

'Je vergeet die keer dat hij iets voor Willows vijfde verjaardag moest kopen en met een fotolijstje aankwam,' merkte Pip op. 'Weet je nog?'

Hun moeder giechelde bij de herinnering, haar betraande ogen gecombineerd met blozende wangen. 'En of. Ik dacht dat ik het hem nooit zou vergeven. Hij was hopeloos met cadeautjes kopen!'

'Nou, dit jaar heeft hij het helemaal goedgemaakt,' zei Pip met het hoofdstel tegen haar wang gedrukt, dat ze nu nog meer koesterde dan eerst. Willow verwachtte bijna dat ze het over haar eigen hoofd zou laten glijden, en ze bedacht hoe blij haar vader zou zijn geweest met het feit dat Bertie eindelijk ter verantwoording was geroepen voor zijn daden, languit liggend op de keukenvloer. In ruil voor Pips stilzwijgen had hij simpelweg toegezegd haar Dark Star te geven, in ruil voor Otties stilzwijgen had hij gezegd in te zullen stemmen met Shula's eisen aangaande hun echtscheiding, en in ruil voor Willows stilzwijgen – dat ook gold voor het geheim dat alleen zij en haar moeder nu kenden – had hij beloofd een aanzienlijke donatie te doen aan Headway, de Ierse hersenstichting, ter nagedachtenis aan Declan Lorne namens zijn jongste dochter. Maar hij had er niet aan gedacht om ook te onderhandelen over Ben Gilmores stilzwijgen, en omdat de advocatenkantoren tijdens de kerstperiode in het hele land gesloten waren, was de aanklacht nog niet teruggetrokken. Ook gingen er geruchten over meer eisers die met andere beschuldigingen van nalatigheid zouden komen. Ultra zou niet lang meer een goede naam hebben.

'Maar... wat heeft hij voor jou gekocht, mama?' vroeg Willow met een blik op het laatste cadeau dat onder de boom lag.

Pip pakte het en reikte het haar aan. Ze gingen allemaal vol verwachting rechtop zitten. Hun moeder trok aan het lint en haalde een platte blauwe doos van Tiffany tevoorschijn. Niemand durfde adem te halen toen ze het deksel eraf nam en met tranen in haar ogen naar het laatste geschenk van haar echtgenoot keek. Zijn laatste woord over een dertigjarig huwelijk.

'O, mam!' zuchtte Ottie, die uit haar stoel kroop. 'Ik heb deze foto van jou en papa nog nooit gezien.'

Pip kwam overeind en liep naar de zijkant van de leunstoel. Het was een vergrote zwart-witfoto, waarop haar moeder lachend haar hoofd achterovergooide en haar vader vlak achter haar stond met een blik van verrukte bewondering op zijn gezicht.

Na een ogenblik wist haar moeder het tafereel te plaatsen. 'Die is genomen op de avond dat ik jullie vader heb ontmoet, op de eenentwintigste verjaardag van Archie O'Malley.' Ze knipperde glimlachend met haar ogen bij de herinnering. 'Ik geloof dat we er ergens een dia van hadden. Hij heeft er kennelijk een foto van laten drukken.'

'Er zijn vast niet veel zaken meer die de technologie daarvoor hebben, of wel?' vroeg Ottie.

‘Wat staat daar onderaan?’ vroeg Pip zacht, die met haar hoofd schuin ging zitten om het beter te kunnen zien. ‘Voor altijd.’

Hij zou altijd van haar houden.

Haar moeders blik ontmoette die van Willow, en ze hoefden geen van beiden iets te zeggen. Want in die belofte nestelde een andere: dat hij haar had vergeven. Op de laatste dag voor hij was gestorven, hield hij net zo intens van haar als hij zo overduidelijk op hun eerste dag had gedaan. De laatste knight van Ierland was weliswaar dood, maar zijn nalatenschap was zijn liefde.

En dat was genoeg.

WOORD VAN DANK

Dit verhaal speelt zich af in een fictief dorp in het zuidwesten van Ierland. Het oorspronkelijke idee ontstond nadat ik een tijdschriftartikel had gelezen over een moeder en haar volwassen dochters die probeerden van hun voorouderlijk landgoed een goed draaiende onderneming te maken. Er staan in Ierland veel kastelen, dus dat was niet wat mijn aandacht specifiek trok, maar wel het ene zinnetje dat verwees naar wijlen de echtgenoot van de vrouw als de laatste knight van Ierland. Mijn moeder komt uit Cork en ik wist dat wij – héél in de verte – verwant waren aan een oude koning van Munster, maar ik had me niet gerealiseerd dat de Ierse adelstand was blijven bestaan tot in moderne tijden. Het zette me wel aan het denken. Hoe zou het zijn om te weten dat je de laatste in een lange rij bent? De breuk in een keten? En wat doet dat met een familie? Hoe zet je die eerste stappen voorwaarts als een honderden jaren oud erfgoed plotseling ten einde komt en het leven opnieuw moet beginnen?

Dit was geen gemakkelijk boek om te schrijven – zo gaat dat soms – en ik moet echt mijn agent, Amanda Preston, en het complete team van Pan bedanken voor het feit dat ze niet helemaal in paniek raakten toen ik de eerste versie inleverde. Ik was wel in paniek, maar zij bleven kalm en gingen door met het bedenken van mooie marketing- en advertentiecampagnes, waarmee het boek op alle belangrijke boekenplanken terechtkwam en degenen die ervan moesten weten er inderdaad van wisten.

Er zit een groot team achter elk verhaal dat ik schrijf en ik ben iedereen die bij de reis betrokken is enorm dankbaar, maar ik wil graag enkele mensen in het bijzonder noemen: Louise Davies, de redacteur van dit boek. Ze hield het hoofd koel toen het verhaal nog slechts een verzameling botten was en ze hielp me kalm om het body en vorm te geven. Ik had die heldere insteek echt nodig, dus bedankt! Verder dank aan Natalie Young, mijn bureauredacteur, voor haar geduld en de manier waarop ze mijn abominabele handgeschreven aantekeningen op de zetproeven heeft weten te verwerken. En aan Mel Four voor het prachtige omslag! Dat was zo sterk dat ik de druk voelde om een verhaal te leveren dat de belofte van het beeld waar zou maken. Ik hoop dat dat gelukt is en dat jullie, lieve lezers, het gevoel hebben dat de meiden uiteindelijk hun eigen rodejurkenleven kunnen gaan leiden. En daar hoop ik voor ons allemaal op!